剑宗作品集

贰
万武归宗

剑宗著

21 二十一世纪出版社集团
21st Century Publishing Group
全国百佳出版社

图书在版编目（CIP）数据

剑宗作品集 / 剑宗著 . -- 南昌 : 二十一世纪出版

社集团 , 2017.12

　　ISBN 978-7-5568-3252-1

　　Ⅰ . ①剑… Ⅱ . ①剑… Ⅲ . ①侠义小说—作品集—中

国—当代 Ⅳ . ① I247.5

　　中国版本图书馆 CIP 数据核字 (2017) 第 294460 号

剑宗作品集　　　　　　　　　　　　　　　　剑　宗 著

责任编辑　敖登格日乐
出版发行　二十一世纪出版社集团
　　　　　　（江西省南昌市子安路75号　　330025）
　　　　　　www.21cccc.com　　cc21@163.net
出 版 人　张秋林
经　　销　新华书店
印　　刷　北京柯蓝博泰印务有限公司
版　　次　2018年8月第1版　　2018年8月第1次印刷
开　　本　710mm×1000mm　　1/16
印　　张　200
字　　数　3000千
书　　号　ISBN 978-7-5568-3252-1
定　　价　800.00元

赣版权登字—04—2017—905
如发现印装质量问题，请寄本社图书发行公司调换 0791-86524997

目 录

引 子

江湖如神话一般在江湖中传说，真亦假兮假亦真？

人生似梦魇一般在人生里萦绕，福亦祸兮祸亦福？

江湖大人生，人生小江湖——真、假、福、祸，难以评说。

传说中，江湖由两句谒语开始：

"混沌苍穹无极，鸿蒙天地争辉。"

万流归宗，数极同源，江湖上三教九派的内功心法均由混沌极神功分解而出，千招百式的武器技艺均由"天地二老"的"鸿蒙一式"演绎出，从而有江湖，才有血腥的纷争，安宁与喧嚣。

江湖上传说着另外两句谒语：

"万缕烟锁垂柳，七彩星绕月钩。"

不知是暗指四样绝命兵器，还是指神秘的四个人，抑或擅长四种兵器的四个人，无人知晓，传说终归是传说。

新月怡心钩。

柳叶无忧剑。

七彩流星镖。

如烟追魂针。

如谜般的武器，如谜般的人！

第一章

如发似油的河草躺在裸露的河床和没有棱角的砾石上，散发出鲜气，青幽幽的河水披着淡淡的雾气，不知是滞是流，两岸青山相对而出，如庞大的青衣客在暗窥着，亦似在聆听着。

血红的夕阳已完全落入山后，留下无限的红晕，染红了天空，黑了山谷。

谷中人迹罕至，如死一般静，如死一般等待，等待崭新的黎明，或是等待死寂的黑暗！

一舟黯然从芦苇中撑荡而出，似舟的竹筏，简单而不俗陋，筏上居然有人，谷中居然有人，恍然一悟间，隐见依山傍水处有一座芦苇掩盖的小屋。

筏上人想必就是屋的主人，亦是谷的主人，筏上一人静坐，一人挑竿而撑，均为白色，坐者白纱裙掩足，立者白衫微微颤动。

竹筏飘出水草荡，滑入河水，轻折后顺流而下，撑竿疾点如雨，小筏穿雾破浪，如箭一般的快，这时幽幽的两岸突然传出长长的尖啸声，啸声划破了谷中的静寂，立见两岸的丛林哗哗而动，人影沿岸向小筏疾逼来，强弓响而疾箭啸，乱飞山谷，向河心中的木筏而来，同一时间，静坐者怀中传出婴儿的哭叫声，母亲的安慰抚拍声，立者的怒喝咋舌声，霎时，山谷喧哗无比。

只见白衫撑杆者旋身而起，快疾无比地绕筏数圈，击落掠来的响箭，眨眼又屹立在竹筏上，不慌不忙地继续疾点惊起无数涟漪的河水，坐着的少妇一边安抚怀中的婴儿，一边娇叱冷喝，拂手而出七彩的光环，包裹着竹杆，七彩光环快疾扩散而去，转眼之际，变成无数的流星，嗡嗡如蜂，向两岸的树林疾射而去。

隐藏在树叶间的人影惊呼，此起彼落，"七彩流星镖，快闪！"

话音甫落，一声声惨叫传了出来，回荡在山谷间，响箭一时停了下来，而竹筏同时已溜到了远处，两岸隐藏的玄衣人在惊险之后，继续飞掠，沿河而追，边追，边长啸不断，显是在向另一处的伏击者发出惨烈的警告。

七彩流星镖，点如流星，江湖上传闻流星夺命，果然传言不虚，伏击的玄衣人亦未料到他们伏击的对象是七彩流星镖，传说中的四样武器之一。

竹筏沿河峰回路转，前面地面开阔，河道变宽，水流转缓。

那坐着的少妇飘然站了起来，苍白凄然地道：

"朔君，我们不能再行水道，那是一条不归路啊！"

着白衫者沉思片刻，冷眼如箭，向四周望了望，黯然凝视着黑漆漆的树林、树林间时隐时显的幽静小道，深叹了口气，方道：

"只好如此，星儿，真是难为你了，如果不是因为我……"

白衣少妇顺手拂了拂长发刘海，苦涩中依然一笑，道：

"朔君，跟着你，与你在一起，即便是不归路，也是值得的，妾身现在唯一担心的就是这孩子，朔君……如果他……妾身不甘心啊！"

看着冷艳如星的娇妻面色愈来愈凄凉，着白衫者心中一阵阵剧痛，安慰道：

"星儿不用担心，为夫早就料到了这一天，唔……我们上岸吧！"

夫妇二人拔身而起，如鸿羽一般掠过宽宽的河道，在落地的一刹那，树林中传出一声冷哼，既而无数冷箭穿叶而出，着白衫者似早料到了这一着，怒喝一声，身影闪电般射到少妇前面，从腰中拔出洁华晶莹的怪刃，旋转，立时，空中划过一道皎洁的月华，横空而来的冷箭纷纷折羽，坠入林间落叶丛中，林间传出阴森的冷笑声："新月怡心钩，钩钩怡心割命，果然名不虚传！"

一个仓惶的声音道："大人，新月怡心钩，传说的兵器怎会出现在这里？"

"住嘴，怕什么，怡心钩还会是三头六臂？何况还有老夫在此！"

着白衫者脸色一变，似已猜得那"大人"的来历，道："那就让你尝尝割命的味道！"说完几个腾挪，箭一般射向树林，白裙少妇焦急地道："朔君，不可……"

话未完，着白衫者身形已杳于树林间，少妇不由轻轻皱皱娇容，欲踏步进入，只听得树林里一阵微微的颤动，几声粗大的惨吼声从林间传来，一阵血雨从林间树叶里急射出来，撒落在白裙少妇面前的沙土和落叶间，黑沉沉的树林愈加恐怖，充满死亡的气味，仿佛地狱之门。

又是一阵激烈的打斗声和金属的交碰声传了出来，很快就在两声闷哼中沉寂了下来，只听先前那阴森的声音又颤抖着从黑沉的树林间传来，道：

"不错，不错，果……果然是新月怡心……钩，招招割命！"

继而，只听噗的倒地之声，白衣少妇再也按捺不住焦急忐忑的心，飘曳而起，寻声而来，几起几落，已看到凝立不动的白衫夫君。

残缺零乱的尸体，汩汩流淌的热血，暖暖的腥气浸透了湿润的空气，除了着白衫者，来伏者全部仆地而死，点点血迹浸杂着他的白衫。

白裙少妇娉婷上前，静静地看了看自己关爱的人，依然活着，惊喜道：

"朔君，你没事……啊，朔君，你……你受伤了！"

着白衫者居然也会受伤，新月怡心钩也会让自己的主人受伤，怎不让人惊愕？着白衫者一手垂落，握着如新月一般洁白的弯弯的怡心钩，在夜空里，窄窄的钩面闪着冷冷的光，弯弯的锋刃慑人心魂，此时尖尖的钩尖上依旧"啪嗒啪嗒"滴着血液，在着白衫者的肩上，洁白的衣裳已被撕开，鲜血渐渐浸了出来。

着白衫者回首望着担心的娇妻，释然地笑了笑，盖住了他充满杀机和忧虑的神情，说道："江湖上很少露面的'鬼手'居然也会来凑热闹，想不到这一次会是他最后一次莅临江湖，不过他倒也有些门道，居然伤着了我！"

少妇皱了皱美丽的额头，瞪大了眼睛，讶然问道：

"这黑衣老者居然就是传闻的'鬼手'？谁有如此大面子，请出了他？"

"人为财死，鸟为食亡，千古亦然，重利熏心，何况还有玉……只怕后面还会有更出乎意料的人物出现，星儿，我们继续向前走吧！"

白裙少妇忐忑不安地默然片刻，又看了看怀中熟睡的婴儿，想不到这婴儿在这生死的时刻，居然还能酣睡，真是一个奇才，或是还未看清局势，白裙少妇伸出的手颤颤地拂了拂婴儿安静的睡脸上未干的泪滴，仿佛欲将黑沉沉的疽气从婴儿四周扫开，或是将死亡腥气、恐怖扫逝。

"星儿，走吧，再不走，就难以走出这片树林了！"

在着白衫者行将前跃时，四周黑暗中又传来足踏枯叶细沙的疾骤声，四周又汇聚了无数的玄衣伏击者，只听那细微的声音，便知来者均是江湖强大的帮派和一流好手，而被伏击者却只有两人。

四周的空气依旧紧张，如一颗滴血的心挂在夜空中，在逐分逐寸地收缩，窒息要命，对每一位伏击者来说，面前的猎物不是两人，而是天一样高、海一样深的死亡之幕，七彩流星镖与新月怡心钩二者均是死亡的象征。

白裙少妇踏步跟上，面上的温馨消失殆尽，浮起一片寒霜，死亡的寒霜。

着白衫者衣袂被少妇轻轻拉了拉，林间突然传出低低的啸声，四周的响声大作，白衫少妇闪电般旋身而起，纤纤玉手挥撒而出，立时，七彩光环重新出现，向四周树林间飞掠而去，惨叫声、惊呼声此起彼落，栖息的夜鸟惊诧鸣叫着扑翅而起，在林间上空盘旋不停，不敢重回林间。

在光环未消散殆尽，着白衫者已拉着少女妇联袂而起，穿林而过，到了前面的空旷地面上，那黑压压的树林已被抛在了身后，二人不由长吁了口气。

前面是一条由东向西，白晃晃的官道，白衫者面上掠过一丝喜色，侧顾道：

"星儿，我们终于到了这里，好……好，终于到了这里！"

白裙少妇似乎不明白丈夫的话，茫然地望了过去，正欲相问，只听一女子的娇笑声传了过来，道：

"好……确实很好，本谷主终于等来了你们，还不束手待毙！"

话声刚落，四周已现出了十数罗衣宽带的白衣女子，如九天仙子下凡般冉冉而来，将夫妇二人围在了中间，着白衫者夫妇诧愕四顾，面色顿变。

着白衫者低沉叱道："想不到浮烟谷远离江湖纷争，也会动了俗人之念！"

中间那中年白衣女子冷冷娇笑道：

"朔玉先生果然眼睛锐利，而且过目不忘，与妾身仅一面之缘，亦能顷刻认出本谷主，妾身受宠若惊，仅凭此点，妾身可擅作主张，只要二位把传闻的宝物移与妾身代管，本谷主决不为难武林第一伉俪！"

七彩流星镖与新月怡心钩是针锋相对，居然结成了夫妇，当然是梦幻组合，二人亦被武林人称为"武林第一伉俪"，朔玉冷声道：

"听夫人口气，似乎浮烟谷是受命于人，不知江湖上还有哪一位人物，居然消遣得起浮烟谷，想必是谷主甚为忌惮的人吧？"

浮烟谷主面色一变，怒而生惊，叱道："谁敢消遣本谷？不要岔开话题！"

"哈，夫人不愿说，也不用发怒啊，何况朔某夫妇亦不想知道他是谁！"

"那就最好不过了，朔先生当知道本谷主的脾气，不达目的是不甘心的！"

这时，白裙少妇莺语道："天下之物，均为有缘者得之，谷主也太霸道了！"

浮烟谷主望向白裙少妇，怒不可遏，道：

"本谷主与朔先生说话，哪有你繁星宫插话的资格！"

朔玉遽然变色，正欲发怒，白裙少妇已然娇喝一声，挥手撒出数枚七彩流星镖！

浮烟谷谷主冷喝道："放肆，居然敢班门弄斧，不知好歹！"

说完，浮烟谷主飘身而上，宽袖一挥，立时，一蓬轻烟而起，无数的细针向七彩光环迎来，只听到"叮叮当当"声络绎不绝，白裙少妇发出的七彩流星镖被全数击落尘沙中，浮烟谷谷主显然功力高过一筹，剩余的细针，余劲未了，电闪般向白裙少妇射来。

朔玉幻化成一道白影，手中怡心钩割出数道皎洁的月牙光影，立时听到微细的"咔嚓"声，飞疾而来的细针全被击落地上，待白衫者身停，众人俯视被击落的细针，不由愕然瞪目。

沙尘中闪烁的细针均被一分为二，针针被割断，众人面色立变，浮烟谷谷主亦不由黯然无语，既而咯咯娇笑，道："朔先生，一别数日，功力精进许多，江湖四种绝命兵器，俯瞰天下，齐天境界竟然还能看涨，只怕本谷主之技——如烟追魂针亦要礼让三分，若要重新排名，第一非朔先生怡心钩莫属了！"

原来浮烟谷主拥有天下四种绝命兵器之一的如烟追魂针，有恃无恐合情合理，从对话中可嗅到浮烟谷与繁星宫关系不大和谐，四种兵器的主人亦在相互排挤，均想坐上第一的位置，那可是十分诱人的位置！

朔玉漠然道："谷主过奖了，不过谷主最好不要为难星儿，她已离开了繁星宫，若与繁星宫有什么过节，均与她毫无关系！"

浮烟谷谷主嫣然笑道："哦，妾身倒一时忘记她已离开了繁星宫！"

话音甫落，只听一愠怒声从夜色中传了过来，道：

"无论她是否为繁星宫弟子，若一谷之主与她过不去，恐怕有失风度吧！"

众人脸色一怔，循声望去，白裙少妇紧张的娇容立时更加苍白惶恐，纤纤玉手颤抖着紧紧抓住朔玉的衣衫，仿佛溺者抓着一根救命草。

既而，从黑暗中飘然而来几位青衣女子，落地无音，居中亦是一位中年女子，举手投足之间，温文尔雅，不失一方强者的威严，眼光更是柔而逼人，不待浮烟谷谷主答话，朔玉之妻战栗着上前，恭敬地道：

"不孝弟子拜见宫主，无论降何种，弟子心甘情愿领受！"

中年女子逼视着白裙少妇，威而含怒，但望了望其旁边的朔玉，莞尔缓语道：

"不用多礼，朔先生夫人的大礼，本宫哪受得起，何况你早已逐出繁星宫，以朔玉先生的大名，本宫哪敢向你问罪，赔笑脸还来不及呢！"

繁星宫主软中带刺，显是不满意自己的弟子离师门与、朔玉结合。白裙少妇呆呆地站着，不知如何是好，繁星宫宫主的威严，在其心目中依旧不能抹取，朔玉见妻子左右为难的神色，心中一阵难过，上前轻轻拉了拉爱妻，爱妻无可奈何地依偎向朔玉，此时，只有这唯一的依赖对象了，繁星宫主教训了自己昔日的弟子后，才向浮烟谷谷主冷冷地望了过去，冷哼道："对繁星宫有不满，只管冲着本宫来就是，繁星宫只怕也不会忌怕浮烟谷吧，哼，谷主那些小心眼依旧不改呀，只怕有辱如烟追魂针那响誉江湖的名气吧！"

"老姐姐责怪得是，小妹会虚心听教的，但小妹也要向老姐姐提个意见，你如此纵容宫中弟子，只怕以后还会有叛离师门的，从另一个方面来说，繁星宫日渐消沉，是吧？"

繁星宫主被浮烟谷谷主左一个老姐姐，右一个老姐姐叫得心中生怒，又被其辱及繁星宫，脸色森然，眼露杀机，随后一拂，只见一道七彩光环向浮烟谷谷主飞掠而来，浮烟谷谷主面色立变，立即疾步一错，身形立动，手裙如绫，向七彩流星镖卷了过去。

二人瞬间即止，待浮烟谷谷主停身，左右惊魂甫定相视谷主，发现谷主衣裙上已被流星镖刺破了许多小洞，虽没有受伤，但以浮烟谷谷主的功力，居然亦未躲过繁星宫的流星镖，流星镖果然名不虚传，浮烟谷主脸色此时十分难看，恶狠狠地望向繁星宫宫主，道：

"老姐姐也太狠心了，居然学会了偷袭，幸好小妹躲得快，老姐姐若想与小妹比式比式，看繁星宫的镖还是浮烟谷的针厉害，小妹决不害怕！"

两人口舌如剑，相互讥讽，更加深了过去的隔阂，大有比个孰高孰低的冲动，朔玉和星儿心头暗喜，本来一宫一谷均是针对他们而来，想不到如今成这样的局势，只要她们打将起来，朔玉夫妇逃走的希望就大大增加了，就在二人暗暗得意之时，忽然从树林间传来一阵怪啸。

啸声低沉，却刺人耳膜和心肺，仿佛一把利刃正直贯耳膜而入，朔玉夫妇心头一沉，不知林间又是何方人物，只凭这啸声，便可辨得此人内力深厚，当是劲敌，繁星宫和浮烟谷两位主人听之更是脸色惶然，相互望了望，浮烟谷谷主心直口快，尴尬地笑了笑，道：

"只顾与老姐姐斗嘴，差点忘了办正事，老姐姐，是不是？"

繁星宫主脸色一怔，忧戚地望了望站在朔玉旁边的星儿，叹道：

"本宫主也差点忘记了，我们之间的事暂且放在一边！"

两人一问一答，朔玉心中震惊不已，显然这次合围他夫妇二人是由某个人物统一领导的，怪不得他们虽然来自各门各派，但均有条不紊，朔玉在震惊之余，暗忖是谁有如此大的能力和面子，凝聚三教九流人物，而且包括天下闻名的繁星宫和浮烟谷。

朔玉心乱如麻，快如闪电地琢磨了一遍，理不出头绪，不由暗叹，应了自古一语"其人无罪，怀璧其罪"，想到这里，又忧戚地看了看白裙少妇怀中的婴儿，狠狠地咬了咬因愤怒而充血的嘴唇。

繁星宫宫主也斜着美目向朔玉淡淡一笑，说道："朔先生，想必你亦知妾身前来此地是为了何事，妾身不想与你为敌，你应明白妾身的难处……"

朔玉冷哼道："繁星宫宫主心中所想，亦是昭然若揭，但宫主亦应明白本人的江湖作风。"说完，朔玉扯着白裙少妇就欲沿道向前。

浮烟谷谷主一见，冷颜立时含霜，向身旁的几位白衣女子挥了挥手，同时，繁星宫几位青衣女子亦围堵了上去，场上气氛顿时凝重了起来。

白裙少妇幽怨的眼睛环顾了一下四周，向朔玉低语道："朔君，这样只怕不……不行，让妾身向宫主求求吧！"

朔玉冷哼一声，嘴角微微一翘，露出俊傲之态，但依旧轻语道：

"星儿，你想得太简单了，别顾忌太多，跟上我……"

说完，朔玉紧拉白裙少妇一把，脚下依旧未停，脸上杀机更加浓烈。

繁星宫宫主又皱了皱眉，娇叱道："朔君，还请量力而行，不要逼妾身！"

朔玉充耳不闻，低垂的新月怡心钩已缓缓抬起了头。

钩，如新月一样，洁亮皎白，如新月一样令人怡心。

但此时的怡心钩，亦闪着杀气，可怕的杀气！

钩的刃，似要割断夜空苍穹，钩的头，似欲刺破夜的厚幕！

浮烟谷谷主已收起了冷艳的笑容，盯着轻飘而起的朔玉，冷喝道："朔先生，你太自负了，妾身不信以你怡心钩能敌二强！"

见没有回音，浮烟谷谷主狠声下令道："给我上，留下他的尸骨，说完宽袖一挥，一蓬浓烟随劲而出，向朔玉夫妇直逼而来！

朔玉眼观六路，耳听八方，本能地将妻子向前一推，根本不去捕追如烟追魂针的踪影，天下间追魂针和流星镖的踪影根本就无人能够捕捉，针的细微与镖的快疾，眼光虽然能够见到，但无人能及时反应过来，就是朔玉亦不例外，但朔玉却与众不同，有独到的潜意识！

只有用惯了绝命兵器的人才会有那奇妙的潜意识！

朔玉能将怡心钩的威力发挥得淋漓尽致，其潜意识更是与众不同！

只见一道月华横断夜色，月华暴涨漫延，朔玉更是不遗余力地摧动内劲，怡心钩的光华在快速前行，拉成优美的圆弧，更是诡异。

只听"叮叮叮叮"的声响不绝于耳，在前面拦阻的几名白衣女子和青衣女子脸上现出骇异，但退无可退，唯有奋力向怡心钩扑去，立时听到几声惨叫和一轻微的闷哼，几名拦截的女子已倒在黄沙之上。

但怡心钩的光华亦在空中凝滞了瞬间，繁星宫宫主和浮烟谷谷主抓住这千载难寻的一刹那，同时使出了追魂针和流星镖！

只听得白裙少妇关切问道："朔君，你又……又受伤了！"只听到"叮叮""当当"几声和少妇"啊"的痛叫声，白裙少妇跨了两步，脚下缓了下，所有的声音和动作几乎同时出现，转瞬停了下来。

白裙少妇背上已中了数枚流星镖，更不知中了多少追魂针，刚才显是她欲射出流星镖为丈夫解难，同时潜意识里用自己的身体挡住了丈夫的破绽，并保护怀中的婴儿。

她知道流星镖和追魂针任何一样均是致命的，何况二者同时施出。

她却毫不犹豫地那样去做了，因为爱，只有爱才能克制致命的武器！

似乎所有的人均没有想到这样的结果，即使是浮烟谷谷主，亦没有料到，更不用说繁星宫的宫主，一时所有的人均停了下来，不知如何是好！

朔玉虽躲过了两种绝命兵器，但先前受的伤在众人合力下，亦渗出了一片殷红，此时他傻愣愣地跪了下来，抱过了婴儿，关切地问道：

"星儿，你……你，怎么啦？你是不是在吓我？"

白裙少妇抬起头来，挤出了苍白的笑容，含泪道：

"朔君，我……我不行了，我很……很高兴！"

朔玉将怡心钩插在了地上，一手揽住了渐渐下仆的娇妻，充满杀机的脸上满是悲哀，突然身体一耸，从娇妻的背上摸下了几枚流星镖和几枚细针，还有温暖的鲜血，抬头向浮烟谷主和繁星宫宫主恶毒的吼道：

"你们居然杀了她，居然合力杀了她！"

繁星宫主没料到自己会用流星镖打中了自己的弟子，不由自主地向前走了过来，朔玉突然叫道：

"你别过来，再上前一步，就杀了你，你太狠了！"

繁星宫宫主如梦方醒，或忌惮怡心钩，果然停步不前，白裙少妇努力睁开眼睛，劝道："朔君，别怪宫主，能死在流星镖下，妾身已很满足了！"白裙少妇全身剧颤了一下，顿了顿，又道：

"朔君，别管妾……身，一定要保住孩子，否则，妾身会……不甘心的！"

然后，白裙少妇转向繁星宫宫主，艰难地道："宫主，弟子……跟……你回去！"说完，用尽全身力气，狠狠地推开了朔玉，倒向了繁星宫宫主。

朔玉眼中噙满了泪花，看了看渐渐魂飞香冷的娇妻，又低头凝望了一眼怀中的婴儿，突然拔起竖插的怡心钩，腾身而起，划出无匹的华环，在几声惨叫声后，箭一般冲入黑暗中。

浮烟谷谷主见朔玉居然离妻而去，恍然间清醒了过来，娇叱道："休得让他走脱！"说完，率先掠身而起，向朔玉追了过去。

繁星宫宫主望了望地上的星儿，狠狠地咬了咬银牙，向一随从道：

"抱上星儿这贱婢，带回繁星宫，其余之人随本宫追！"

一行人来得神秘，去得快疾，瞬间走一干二尽，仅留下许多血迹。

朔玉展身如轻鸿一般向前狂奔，快疾得如飞逝的光，浮烟谷主和繁星宫主二人轻功虽高，但与朔玉比还是稍逊一筹，越追越远，浮烟谷谷主气极败坏，向远处的白影射出了追魂针，但追魂针如泥牛入海，无声地息，被夜色尽数吞没了。

却说朔玉狂掠良久，已到了官道上，再往前，就是一个小镇，此时小镇黑乎乎的影子愈来愈清晰，愈来愈庞大，朔玉在发力狂奔时，身上的鲜血无声无息地越流越多，但这更激发了他无坚不摧的内力，但那黑乎乎的小镇又意味着什么呢？希望？死亡？

就在白衫者朔玉到达镇东口的瞬间，从黑暗中掠出了数条黑影，黑影全是黑衣蒙面人，来者起落无声无息，均是江湖一流好手。

朔玉料知神秘的小镇并不安宁，也是最危险的地方，身形一缓，呼出一口浊气，怒声道："欲与朔某为敌，必不是鼠辈，何必要蒙了鬼脸！"

狙击的玄衣蒙面人并不搭理，大概怕话一出口就漏了身份，如今面对的是江湖有名的新月怡心钩，他们亦没有十足的把握能击倒对手，玄衣蒙面人忽然挥动手上黑乎乎的棍子，向朔玉扫来。

朔玉面色一变，惊呼道："锁天黑杖，原来是……"

话音未落，黑油怪杖已扫向前，朔玉不敢怠慢，挥动怡心钩，向黑油怪杖割了过去，同时挥掌硬劈，七名黑衣人似乎训练有素，进退一致，只听"当当"数声，黑夜里冒出火花。

怡心钩在七支怪杖的合力下，威力顿减，皓洁月华突然黯淡下来，朔玉在猛烈的攻击下，倒退了几步，脸色上闪过一丝颓丧，但七名黑衣人亦同时后退了几步，其中一名突然赞道：

"怡心钩列为四大兵器之首，果然不同凡响，朔先生更是名不虚传！"

朔玉脸色一变，低喝道："北斗七煞居然也来赶热闹！"

那说话的黑衣人哈哈笑道："朔先生果然博闻广记，居然连敝兄弟七人亦记得，我们兄弟简直受宠若惊！"

另一个黑衣人冷冷地道："朔玉，只要你交出宝物，我们决不为难你！"

朔玉凄笑道："阁下说得太迟了，若朔某妻子未亡，朔某或许还要考虑考虑，现在绝对不行！"

北斗七煞一愣，又向朔玉猛攻了过去。

朔玉长啸了一声，声动苍穹，闪电般飞旋而起，勾影陡然暴涨，怡心钩如飞旋的罗盘，向一名黑衣人割划而来，只听得一声闷哼和一声惨叫，一名黑衣人仆地不动，朔玉亦后退了几步，嘴角流出了一丝血迹，显然已受到怪杖的猛烈震荡。

一煞受攻，六煞合围，朔玉运功摧钩杀了一名魔头，亦受到了攻击，虽然功力高绝，但六人合力，足可开碑裂石，何况仅仅血肉之躯的朔玉。

北斗七煞虽然阵亡了一名，但这更激发了另六名的杀气，挺杖向前，交相呼应，威力不减，朔玉望着从四方绞杀而上的黑色怪杖，又看了看未动的另外几名黑衣人，心里多了几分无奈，更添焦急。

朔玉心神一分，手中怡心钩一缓，黑杖之势直逼而来，阴冷刺骨，朔玉大惊，心知如此下去，不但脱不了重围，更会连累到怀中的孩子，那岂不辜负了死去的娇妻？一想到娇妻，朔玉禁不住又黯然神伤，这时杖势更进一步，扑向朔玉之怀，朔玉大惊，快疾地一旋身，以残余的内力逼住了来势，更是化心痛为力量，将怡心钩招式演化得眼花缭乱！

剩余的六煞料不到强弩之末，余势居然还如此厉害，慌乱后退，这时远处又传来一阵尖啸声，那几名一直未动的黑衣人箭一般冲入了战圈，每人手中持着发光的奇棍，森蓝的光让人胆寒，更飘着阴冷的腐气。

朔玉心里一沉，暗忖：今夜来围追堵截之人均是料所难料，久不在江湖上走动的人物，是谁有如此大的能力，居然能驱使他们。

这替下北斗六煞的黑衣人正是地狱使者，他们的武器——磷光棍如他们的门派一样，可怕，那阴森的腐气令人欲呕欲倒，朔玉担心孩子受不得这腐烂阴气，只有挑钩硬挡，但地狱使者是愈战愈勇，誓要逼朔玉于死角。

突然，怡心钩力有不济，露出了空门，一支磷光棍闪电般直点空门，而这空门正是朔玉怀中的小孩，小孩似乎受到了磷光棍的威胁，眼睛忽地张开，漠然地看着磷光棍，竟然大哭，哭声撕裂了苍穹，令人心烦意乱，朔玉一转身体，正欲还击，磷光棍已击在朔玉腰间，朔玉只觉一股寒气直透血髓，心里一惊，又是狂怒，不由大喝一声，竭力将怡心钩飞旋脱手，向靠近的地狱使者掷去，眨眼间，那名地狱使者惨叫一声，魂魄归回地狱，剩余几名地狱使者不由一愣，骇得后退，他们未料到朔玉在此时此刻，依旧威力不减，竟在一念之间杀了一名地狱使者，朔玉乘众使者发愣之时，飞掠而起，抓住了下坠的怡心钩，刚才一招，正是朔玉赖以成名的绝招——飞钩断魂！

同一时间，场中静了下来，而场外却并不静，一飞骑直逼而来，马蹄声破夜扬尘，而繁星宫和浮烟谷亦随后而来，形势扑朔迷离，朔玉脸显喜色，向飞骑低吟了一声，吟声刚止，飞骑已窜到朔玉旁边，飞骑上坐着一蒙面白衣人，朔玉如看到了救星。

那蒙面人望着朔玉伤痕累累，心力皆竭的样子，说道：

"朔兄，小弟来迟，让你受罪不少，让小弟来教训教训这些江湖小丑！"

朔玉明白此时不宜缠斗，艰难笑道："以你武功，难以突出围追堵截，眼前的地狱使者和北斗七煞就难以对付，何况还有追来的繁星宫和浮烟谷众人，更不用说更厉害的还没有露面！"

朔玉明白那调兵遣将的神秘啸声，其后定是位深不可测的人物，此时自己不再有初时之威力，想起妻子的惨死，朔玉心灵抹上了无边的阴影，转身对蒙面白衣人道："惊梦弟，为兄拜托你一件事，请为我照顾儿子，只要他平安无事，为兄就至死畅心了！"

那蒙面白衣人一惊，忙道："不行，我必须救你出去，否则……"

朔玉挥手止住了蒙面白衣人的话，将怀中婴儿塞了过去，狠狠在马股上一拍，骏马受惊，箭一般闯进了夜幕之中，朔玉长吁了口气，仿佛轻松了许多，狠狠地向四周的黑衣人道：

"各位，你们不想要宝物吗？有本领的就过来索取呀！"

说完，朔玉从怀中一掏，掏出了一尊玉制佛像，亮得惹眼，众人眼睛立时瞪大，射出贪婪的光芒，又疯狂地向朔玉扑了过来。

且说蒙面白衣人飞骑窜过小镇的孤街，心里惦记着朔玉，又感到四周充满了杀机，眼睛不由自主地四处看，四处却一点动静也没有，根本就没有一人，但那层惴惴不安，是越来越强烈，就连飞奔的骏马亦不由自主地慢了下来，蒙面白衣人骇异无比。

这时，前面出现了一家客栈，他已到了小镇的西头，在昏暗的灯火下，客栈显得格外安宁，蒙面白衣人恍然大悟，喝住了马，一跃而下，向客栈而去。

朔玉心中暗自得意，将玉制佛像放入衣内，脸上杀机更浓，又见地狱使者和北斗七煞全数攻来，提钩飞跃而起，如拼命三郎一般迎头而上，一时"锵锵""当当"的碰击声响个不停，朔玉在众人的围攻下，顿觉力有不及，连连后退了几步，在这瞬间，朔玉突然身影上掠，如一缕烟，向一名地狱使者袭去，立时血光暴溅，随着地狱使者的倒地，朔玉身上的长衫亦碰上了那可怕的磷光棍。

朔玉一招得手，却也感到一寒，明白地狱阴气已浸入了体内，更未料到的是，磷光棍触到衣衫，一团火焰燃了起来，而且愈燃愈旺，朔玉只觉内寒外灼，难受已极，暗叹磷光棍的可怕，朔玉就地十八滚，但火焰灭后复燃，根本扑灭不了！

形势之危，危如垒卵，朔玉突然双臂一伸，大喝一声，立时，身上衣衫暴裂而开，化作千万火星，向四周飞去，四周黑衣人惊呼后退急躲，但几乎一半的黑衣人同时中彩，立时受伤的受伤，燃烧的燃烧，场中一片混乱，朔玉此时脸上直冒神光，苍白无力一丝无存。

急急追来的繁星宫和浮烟谷众女见刚才的一幕，均粉面一寒，倒退了几步，浮烟谷谷主道：

"这难道是少林寺佛经内记载的'释裂神功'？难道真有其事？"

"佛祖从不打诳语，朔玉施的的确是传闻中的释裂神功！"

话音先到，即从黑暗中踱出一位身着黑色袈裟，面色殷红如血的僧人，此人正是久未踏足中原的"西域灾僧"。

西域灾僧眼睛望着朔玉一刻不离，片刻方才叹道："可惜朔施主并未完全练完释裂神功，否则衣不破，杀人于无形，这样会使朔施主折寿的！"西域灾僧本是少林寺客座高僧，当是见闻很广，当年由于与中原武林人士不合，少林寺又与他有芥蒂，故他一气之下返回西域，很少走动。

朔玉冷哼一声，暗忖这恶秃驴见识倒也不少，怒道：

"灾僧，你踏足中土，是否亦是为了玉佛呢？"

西域灾僧倒是乐意别人称他灾增，道：

"不错，本僧一听到玉佛，就怦然心动，朔玉，你用的释袈神功是否就是从玉佛中悟到的？"

朔玉爽快地道："确实如此，你是否也想试试释袈神功的威力？"

西域灾僧眼睛一亮，得意洋洋地道："阁下释袈神功没有完全练成，难道还敢施用？本僧倒是不信！"随后转头向一宫一谷众女道：

"各位仙子，你们不是要置他于死地吗？为何现在还不动手！"

繁星宫宫主和浮烟谷谷主听到"玉佛"二字就怦然心动，但又见西域灾僧插手此事，料知事情变得复杂起来，不由蹙眉茫然，浮烟谷谷主不但忌惮朔玉，而且不想与西域灾僧为敌，娇笑道：

"本谷主只是出来散散心，繁星宫和僧人想着玉佛，还是你们先上吧！"

繁星宫宫主气哼哼地扫了浮烟谷谷主一眼，懒得去搭理她，西域灾僧哈哈笑道："如烟追魂针到底没有七彩流星镖来得有气魄，江湖传言，本僧本不相信，今日见了谷主与宫主，方才真正相信了，哈哈哈！"

浮烟谷谷主听得芳心气炸，粉面通红，怒冲冲道：

"你……你……"

最后终于没骂出来，浮烟谷谷主知道，小不忍则乱大谋，嫉恨地看了看繁星宫宫主，甩袖退了两步，看繁星宫和灾僧如何应付，繁星宫主不开口，也没有立时行动，西域灾僧又踏上了几步，向朔玉道：

"玉佛是佛界之尊，天地精华，朔施主，还是让给本僧吧！"

"宝物既是福，又是灾，灾僧不怕它会给你带来灾难吗？"

"佛祖信物，本僧有责任保护它，何况本僧本就叫灾僧！"

朔玉知道西域灾僧今日不得玉佛，绝不罢休，若是大大方方给他，只怕会……朔玉心有定计，突然大喝道："既然这样，你就拿去吧！"

说完，朔玉左手一扬，一团七彩之环暴然而出，向西域灾僧而来，西域灾僧本听得乐滋滋的，料不到江湖有名的怡心钩主亦会使诈，待看到七彩光环，本能地虚晃后退，如蒲扇的大手虚空一捞。

虽然西域灾僧捞了几枚，闪过了几枚，但依旧有几枚射中了他，血红的脸上顿时溢出血来，黑裂裟亦破了几个洞，西域灾僧顿时气极，将七彩流星镖向朔玉抛来，身体亦紧跟而上！

朔玉将怡心钩上扬，将七彩流星镖钩入地下尘中，与灾僧战成一团，不是繁星宫之人，使用流星镖确要稍逊一筹，但繁星宫宫主见朔玉居然会使流星镖，而且使出的威力并不逊于他，心里暗骂星儿：想不到这贱婢，不但擅自离宫，还将宫内秘技传了出去！

浮烟谷谷主乘机奚道："好姐姐，想不到朔先生也会七彩流星镖，我们俩也忒幸运，若先前朔先生用上流星镖，只怕谁也不能站在这里！"繁星宫宫主气极，无法反驳，只有恨恨地哼了一下，浮烟谷谷主难得这样的好机会，继续唠叨道：

"妹妹香断流星镖下倒无所谓，若姐姐芳魂失于自己的得意绝技之下，那才真正贻笑大方，此时细想，星儿倒是死得可惜，虽然她背叛了师门，私传朔先生流星镖，但肯定叮嘱过朔先生别用流星镖对付繁星宫的人，姐姐是不是有点后悔……"

繁星宫宫主被浮烟谷谷主冷嘲热讽，再有涵养，此时亦难自持，瞪眼怒道："闭上你的臭嘴，休得在本宫主面前提到那贱婢！"

"哟，什么贱婢，好姐姐怎能这样说，再坏，也是你的……"

繁星宫宫主听得香肩直颤，怒火中烧，更是心如刀割，挥袖而起，几枚七彩流星镖闪电而出，浮烟谷谷主是料定会有这一着，咯咯娇笑，射出一蓬追魂针，立时针镖相碰，"叮叮当当"，甚是好听，同时，两人一闪，几枚流星镖从浮烟谷谷主裙边掠过，几枚追魂针从繁星宫宫主袖口溜走，两人不相上下，浮烟谷谷主娇笑道：

"姐姐涵养一向不是很好么？不动气，不动怒，现在怎么学起了小妹？不但要生气，而且要置人于死地，先害了星儿，现又想害小妹！"

场外斗嘴，场上却是异常凶险，朔玉心里有底，不敢再用"释裂神功"，只是用新月怡心钩应付西域灾僧，西域灾僧内力深厚，拳掌交替，密不透风，怡心钩，钩钩精妙，场上亦不相上下，朔玉虽然轮翻作战，力有不继，但用的是巧，而西域灾僧招招用力，势如秋风扫落叶一般，月华如钩，依旧高挂夜空，凉而生寒。

蒙面白衣人大步流星地跨入了客栈，突然，从侧面闪出两名粗犷大汉，同声喝道："来者何人？可知本店已经包租！"

蒙面白衣人挫步后退，两眼鹰隼般向客栈门口竖着的告户招牌望去，但见牌上书曰"本客栈已被包租！"蒙面白衣人低语道：

"在下惊梦炫奇，还请二位向头人通报一下。"

两名壮汉一愣，其中之一向内一招，又有两名壮汉闪身而出，只看他们的身法，便知来历不简单，两名壮汉闪身走入室内，片刻后，二人又走了出来，向蒙面人惊梦炫奇恭敬相请，惊梦炫奇在两壮汉的带领下进入内室。

这时，在客栈外不远处的暗角里，正有数名黑衣人眼睛一眨不眨地望着客栈门口，其中一人道："惊梦炫奇，怎没有这人的印象？他会是谁呢？客栈里住的又是什么人物，声势如此与众不同？"

就在跟踪的黑衣人猜测不透时，惊梦炫奇又从客栈踱了出来，怀中似乎依旧抱着朔玉的孩子，惊梦炫奇不慌不忙地上了骏马，骏马又腾身向前，黑衣人悄然跟上，刚出了古镇，众黑衣人在一尖啸声下搭箭拉弓，立时，强弩如飞蝗一般向骏马疾射而来。

惊梦炫奇似乎茫然不知，任凭劲箭飞来，就在劲箭触上惊梦炫奇的后背时，背影却不见了，人亦在瞬间消得无影无踪，如一缕风般卷向劲箭，待到惊梦炫奇重新坐在骏马上，劲箭却闪电般调头回掠，黑衣人未及反应过来，待清醒时，劲箭已到了跟前，立时，暗处惨声四起，惊梦炫奇对着惨叫处讥笑了一下，方才掠马继续前行，突然，骏马仰立长嘶，路中央横立着一名灰衣蒙面人。

灰衣蒙面人腰上佩剑未露锋刃，杀气已溢向四周，夜色更添萧瑟与冷酷，惊梦炫奇心里一沉，勒住马缰，正欲说话，那灰衣人却主动传出话来，道："惊梦一族，神秘一族，阁下能施出'附梦影法'，必是出自惊梦一族，以惊梦一族远离江湖的习惯，阁下不应趟这浑水！"

惊梦炫奇刚才躲过利箭，用的是"附梦影法"，江湖上居然有惊梦一族，惊梦炫奇沉默不言，不知是否认还是承认，灰衣人亦不说话了，右手已握在细细的青中泛绿的剑鞘上，在内力的逼迫下，剑已慢慢而出。

剑，很薄，很细，薄如柳叶，细如柳丝！

剑鞘一色，青中注绿，绿中静蕴戾气，含强烈杀气！

四种上乘兵器之一——柳叶无忧剑终于出场！

惊梦炫奇见到柳叶无忧剑，面巾一颤，突然拍马向前冲来，马嘶声中，无忧剑已然出鞘，一道剑光过后，立时血光暴涨，夜空回荡着马的哀鸣声，惊梦炫奇乘机拔身而起，消失在夜色里！

灰衣人望着快疾无比的身影，道："附梦影法，果然不同一般！"

"当年因玉佛江湖闹得沸沸扬扬，牛鬼蛇神纷纷登场，四大兵器相继出现，顿时掀起江湖血雨腥风，一浪高过一浪，最后，新月怡心钩主人朔玉只有携妻归隐，被神秘人物发现，组织了几个绝世高手围追堵截，朔玉功夫纵然高绝，但英雄气短，妻子阵亡，最后自己用上'释袈神功'，与围追堵截的敌人同归于尽，尸首下落不明，所幸的是他的后裔被一高人负伤救走，从此销声匿迹，四大兵器再未出现，白云悠悠，一晃已是十五个春秋了！"

盛夏的江南，虽然山青水秀，风光怡人，但烈日炎炎，难以忍耐，路上行人稀少，纷纷躲入凉亭、茶馆、酒楼里去了，西湖好，而全观西湖美景，凉风送爽的好地方，当是西湖西边的楼外楼了，楼外楼上茶最好，酒最香，饭菜虽贵，依旧座无虚席。

楼外楼共分三层，越往上走，要价越高，而要数热闹，还算一楼，盖因一楼之人无拘无束，十分和谐，一位老人正在中间一张桌子口若悬河地讲述江湖秩事，说者绘声绘色，听者如痴如醉，那老人看到听者愈来愈多，十分得意，不知不觉又夸口道：

"老夫被江湖中人称为'古今尽知'，当是因为古今之事，老夫没有不知道的，上至三皇五帝，下至街谈笑闻，老夫均知道！"

围着听得如痴如醉，这时，从人群堆里挤入一衣着花花绿绿，款式怪异的青年小子，讥笑道："吹牛吹牛，上嘴唇挨天，下嘴唇着地——不要命，也不要脸！"说完，那古怪小子已拍开众人，蹲在了座长凳上，一双机灵的眼睛望着"古今尽知"。

众人立时把眼光聚到古怪小子的身上，如同看到一个怪物，"古今尽知"料不到会有人来拆他的台，而且是个乳臭未干的小人物，没好气地道：

"去去去，少不更事的小家伙，你懂什么，老夫吃的盐比你吃的饭还多！"

古怪小子眼睛一转，笑嘻嘻地道：

"老头，本少爷也不想与你瞎吹，你若能正确回答本少爷的几个问题，本少爷就服你，否则你这'古今尽知'就得改为'古今无知'，怎么样？"

此语一出，众人立时交头接耳，知道有好戏可看，纷纷激"古今尽知"，"古今尽知"望了望四周众人，又看了看古怪小子，不慌不忙地道：

"行行，你且说给老夫，老夫一定给你个满意！"

古怪小子立时高兴地拍了拍掌，眼睛一转，笑嘻嘻地道：

"你且先说说本少爷是谁，从哪里来，干什么？"

古怪小子此语一出，众人立时哗然，会意是这小哥儿为难"古今尽知"，但"古今尽知"不慌不忙地掏出一面书有周公解梦，另一面书着古今尽知字迹的香木扇，轻轻扇了扇，立时淡香盈楼，他摸着山羊胡须，沉思了一下，眼中光芒一闪，轻轻问古怪小子：

"小家伙，这里人多，是直说呢，还是隐喻呢？"

古怪小子一怔，眼睛四下望了望，脸上严肃，说道：

"该怎么说就怎么说，你古今尽知当知本少爷心里想你怎么说，是吧？"

"古今尽知"别有深意地说道："公子独霸一方，一人之下，万人之上，来自雪峰之下，高原之上，路遥遥，而天苍苍，远来江南，是为了……"

说到这里，"古今尽知"别有深意地笑问道："小家伙，还须老夫说吗？"

众人听了"古今尽知"的话，立时脸现惊愕之色，料不到这古怪小子来头如此"讲究"，只凭那"一人之下，万人之上"，就够令人怦然心动，这事玄得如神话一般，均不相信地望着古怪小子，希望他说"猜错了"。

谁知那古怪小子脸色一变，怔怔地看了看"古今尽知"嗫嚅道：

"不用再说了，你也只能猜到这里，现在本少爷问问容易的话，那十五年前的新月怡心钩主人朔玉是死是生？那神秘人是谁？救走那后裔小家伙的人又是谁？小家伙哪里去了？玉佛呢？谁得到了？"

古怪小子一口气问了五个问题，而且这五个问题普天下的江湖人士均想知道，听者均屏气住嘴细细聆听，谁知"古今尽知"想了良久，越想越是面色不对，汗流如雨，支吾道：

"玄玄玄，老夫不能说，不能说……"

说完，"古今尽知"突然身形一晃，从人缝里溜了出去，众人循影望去，"古今尽知"的半个影子都没有了，众人立时叽叽喳喳不已，古怪小子暗忖：好快的身影，转而笑嘻嘻地道："古今尽知原来是古今无知。"

这时，两位异装汉子推开人群，看到古怪小子，恭敬地道：

"少主怎么在这里？三爷正到处找你，甚为担心，快回去吧！"

古怪小子无可奈何地耸了耸肩，从凳子上跃了下来，拉着两名汉子的手，道：

"走吧，人老了，总是胆小怕事，唠里唠叨，烦！烦！烦！"

三人刚走出人群，古怪小子突见"古今尽知"又慌里慌张地跑了回来，心中一喜，一个箭步上前，拉住"古今尽知"，笑嘻嘻地道：

"老头，本少爷的问题，你没答完，就溜了，是不是真想当古今无知呀？"

"古今尽知"仰头一看，是小家伙，又看了看两旁瞪着铜铃大眼的汉子，将头一缩，慌张道："哪里哪里，老夫本想去方便方便，却碰上两个人，无缘无故要跟他们走，来者不善，小家伙救救老夫！"

说完，"古今尽知"闪到了古怪小子的背后，小家伙正欲再说，已见两名白衣青年人匆匆走了进来，眼光四下搜索，最后锁定在古怪小子身上，两人跨步上前，眼中有股睥睨天下的神气，轻傲无比，让人生寒，敬而远之，厅内谈者止声，笑者止笑，近者远之，远者望之，古怪小子抱臂而立，亦不理不睬，不依不饶的样儿，两名白衣青年显是已发现了"古今尽知"的藏匿之处，冷声道："古今尽知，在下二人只是请先生去见侯爷，请教几个问题！"

古今尽知在古怪小子背后嘟哝道：

"侯门深似海，老夫怕有福去，没福出来，老夫说过不去就不去！"

两名白衣人脸色一变，立现怒意，其中之一再跨一步，锋芒毕露，道：

"先生敬酒不吃吃罚酒，我们只有得罪了！"

古怪小子突然截话道："现在古今尽知在本少爷这里，只怕得罪不得！"

两名白衣人这才正眼望向古怪小子，其中一位慢吞吞地道：

"小子，是你说话吗？可知道多管闲事，长命也会变成短命！"

两名大汉一见少主被欺，无论是非黑白，齐声喝道："大胆！"说完，闪电般向两名白衣人扑去，身法之快，如同幻影，未等众人反应过来，血光暴现，青芒一闪，两声惨叫后重归平静，地上已多了两具尸体，两名大汉的印堂此时已被洞穿，鲜血汩汩流出，场中众人立时脸色剧变，哗者细语，呆者哑然，均注意到二白衣青年腰间，细长青，中泛绿的剑鞘，剑依旧静留在鞘中，仿佛从未被拔出过。

"柳叶无忧剑，快如闪电！""古今尽知"在古怪小子背后战栗着说了出来，场中之人更是面色一变，这就是神秘的柳叶无忧剑，江湖四大兵器之一，消匿江湖十五年，重现江湖就血光一现！

古怪小子大概不知柳叶无忧剑的厉害，或许更不知江湖中事，见自己两名随从转眼间变成了死人，立时脸色一变，稚嫩的脸上杀机浓烈欲滴，但他出奇地冷静，转身问"古今尽知"："你猜猜看，本少爷杀了他们为两位叔叔陪葬，两位大叔会不会很高兴？会不会怪本少爷多管闲事？"

"古今尽知"脸色数变，呆呆望了望古怪小子，看古怪小子是不是有神经病，最后断定古怪小子少不更事，不知柳叶无忧剑为何物，道：

"小少爷，老夫不敢猜，也不敢说，老夫还是随他们去吧！"

说完，"古今尽知"踏步就欲就范，古怪小子脸色立时森然，冷声道：

"你若不说，就会变成古今无知，更要一起陪葬，快说！"

"古今尽知"心中一凛，心中暗叫倒霉，想了一下，方说道：

"当年四件奇兵会聚一处，柳叶后现，十五年了，如今柳叶重现，只怕另三件会相继而出，血雨腥风，无法避免，天地二老亦难料，何况老夫这凡夫俗子，若要老夫猜，小少爷只有用上天之法，方可战胜柳叶无忧剑，但……"

古怪小子冷然一笑，拍了拍"古今尽知"，赞道："厉害，果然无所不知！"说完，转头逼视两名白衣人，狂傲地道：

"是你们自刎呢，还是本少爷亲自动手？"

第二章

两名白衣人反而一愣，柳叶无忧剑前，居然还有如此猖狂的人，齐喝道："找死！"青芒已现，无忧剑已然出鞘，众人均屏住了呼吸，不想见到古怪小子惨死的样儿，但又舍不得不看。

剑出，古怪小子神奇地跨步，只听"当当"两声，又是两声惨叫，这次与上次一样快，两名白衣人倒在了地上，立时，围观众人哑然呆立，两支薄薄的，细细的无忧剑撒落地上，而锋锐的剑尖钉在了木质地板上，两名白衣人亦是印堂六穴洞开，鲜血汩汩而出，半晌，众人望向古怪小子，四下寻找，却找不出半个兵刃。

古怪小子若无其事地往后看，发现背后空无一人，"古今尽知"已然不知去向，古怪小子暗暗骂道："这糟老头，下次碰上，定要'修理'他一顿！"

古怪小子看着已流了一地鲜血的两位大汉，慢慢蹲了下来，神色黯然，很快潸然泪下，道："两位叔叔，都是雪龙不好，不该多事生非，多管闲事，让你们不明不白地死了，现在雪龙已杀了这两个狗奴才，为你们陪葬，若你们还不高兴，雪龙以后多找几个使这样剑的人，为你们做一辈子的奴才，好不好！"说者幼稚，听者无不生寒。

柳叶无忧剑十五年未出江湖了，十五年后的今日，在楼外楼上，重出江湖，就剑添鲜血，谁知转眼间就剑崩人亡，做了亡魂奴才，这可是江湖上从未有过的事，只怕未看见的人，打死他们也不会相信。

这时，一少女的娇叱声从外面传了进来，道：

"真是两个饭桶，做芝麻大的一点小事，也要耽搁半天，真不像话！"

当那少女看到黑压压的人群，不由不解，好奇心大起，越过人群，到了场中，众人只觉眼前一晃，场上已多了一位白衣仙子。

白衣少女看到仆地不动的两名随从，又看到死了的壮汉和与自己年纪相仿的古怪小子，更是惊愕不已，不相信谁人敢与柳叶无忧剑为敌，而且还杀人断剑，这如同是给了她一记重重的耳光。

白衣少女见这花花绿绿穿着的怪异小子自言自语，与死人说个不过，不由怒道："喂，小子，这到底是怎么一回事？你是什么人？"

古怪小子愣愣地抬起头来，眼中满是泪花与愤懑，当看到白衣少女的柳叶无忧剑鞘，立时杀机暴涨，喝道：

"凭你，也配问本少爷的来历？存心找死！"

说完身影忽闪，向少女欺去，少女芳心大骇，本能地拔剑出鞘，向人影中急点而去，白衣少女用剑较之先前两位白衣青年快疾了许多，而且更加精妙无比，如青蛇出洞，苍穹流星。

两人瞬间出手，又快疾无比地后退开去，白衣少女面色苍白，肩上白衣多了一个窟窿，而古怪小子衣袖亦缺了一块，飘落在地上，两人互有得失，虽然两人初入江湖，未不知江湖之事，但以二人技艺，足可跻身一流，当是年少气盛，不知天高地厚，今日拼了个半斤八两，确让二人清醒得许多。

但古怪小子依旧坚持道："小丫头，只要你解下剑来，本少爷免你一死！"

那白衣少女几时受过如此大的委屈？怒极道：

"侥幸逃脱，还有什么把戏值得卖弄！"

说完，怒剑再上，古怪小子暗忖，这柳叶剑法果然与众不同，少了花巧，多了锋芒，一不小心就会栽跟斗，但四种绝命兵器他从未听过，又怎知它们的厉害程度。古怪小子身法与众迥异，静如磐石，动如羚羊，当青芒射来，古怪小子已退后了数尺，躲开了青芒，古怪小子未等柳叶剑续进，伸手就横向青芒拍去，劲风快疾无比，青芒立时偏向一边，从古怪小子的腋下滑过。

剑快，身形快，古怪小子亦快，而且仅用双掌对无忧剑，众人感同身受，江湖人物是一浪高过一浪，一代比一代喜欢打斗，古怪小子让过无忧剑，冷喝一声，就欲向剑身抓去，那白衣少女叱道："找死！"

说完，身体和手腕急旋，青芒一抖，锋刃锐利无比，古怪小子变抓为弹，变化诡异得很，难以看出是中原武学，只听"当"的一声，青芒剧颤了几下，白衣少女只觉剑柄难控，慌乱后退，才没有让剑脱手飞去，古怪小子暗叫可惜，没有弹碎这把无忧剑，正待乘胜追击，突听到一如炸雷的喊声："住手！"

古怪小子脸色一变，倒纵了丈远开外，这时，说话者已到了场内，此人身材魁梧，如铁塔一般，全身散出咄咄逼人的气氛，众人不知不觉又站远了点。

白衣少女不知来者何人，是敌是友，只看这粗壮身材，就让人皱眉，难以下手，来者正是死去两位壮汉口中的三爷，这位三爷想必在古怪小子心里地位高极，那三爷一见地上的尸体，而且看到地上的尸体正是左右随从，怒道：

"雪龙，这是怎么一回事？他们怎会这么快就死了？"

这话倒也十分奇怪，要死的人，当然死得快，何况在快剑之下，那三爷见没有人答话，又向地上望去，脸上显出惊愕之色，有心无心地道：

"噢，还死了两个柳溪十二堡的人，奇怪，他们罕有出现江湖的吗！"

但他依旧不明白这是怎么回事，忍不住厉言向古怪小子询问，古怪小子怕那"三爷"，支吾道："一个叫'古今尽知'的人要我们保护，而追杀的人正是那两个白衣人，雪龙被他们侮辱，两随从就与他们斗了起来，最后四人均倒地而死！"说到这里，他怕"三爷"不信，向四周的众人狠狠问道："你们说，本少爷说的是不是真实的？"

众人不想得罪了这古怪小子，只好跟着撒了谎，那三爷几乎了解了个大概，亦以为白衣少女与古怪小子相斗也与死者一样，摆了摆手，道：

"算了，已经死了四人，一方两个，互不相欠，你们斗又有何用！"

说到这里，那三爷突然自语道："'古今尽知'？怎么没听说过呢？"随后望了望四周，奇怪地问古怪小子："喂！那古今尽知呢？"

古怪小子只有说跑了，那三爷叹了口气，向白衣少女道：

"小姑娘，你既然将无忧剑练到那样高的境界，想必是柳溪十二堡内的千金，这次谁也没有吃亏，谁也没错，小姑娘千万别放在心上！"

白衣少女怒气难消，轻哼了一下，又狠狠瞪了古怪小子一眼，不理地上的两具尸体，转身奔出了楼外楼，那三爷浓眉紧锁，随后叫楼外楼的主人买了四口棺材，收拾了残局，后拖着古怪小子上了楼外楼三楼，在一雅座旁坐了下来，另一旁坐着的亦是魁梧大汉，还有两位商人，这两名商人杭州人均识得，那就是回春堂妙老板和椒五店的钱老板，妙老板因名贵药材而出名，而钱老板由奇异兽皮而发家致富。

妙老板和钱老板一见古怪小子，立即笑脸问道：

"这大概就是头人的儿子吧，年纪轻轻，就如此剽悍，英气逼人，果然是虎门无犬子呀！"

古怪小子很快就忘记了刚才的不快，毕竟他杀了两个柳溪人，一点也未亏本，他经常跟着两位叔叔出外谈生意，观念里净是赚钱，不亏就心安理得了，古怪小子见两个老板的样儿，也乐了起来，笑呵呵地一抱拳，道："哪里哪里，两位老板太夸奖了，说到康巴人多杰家族，桑龙叔叔和佐龙叔叔，才是真正的雪峰神羚，我只是在雪中滚爬顽皮的小羚而已！"

古怪小子开始学大人说时似模似样了，但越说越小孩子话，惹得四位大人哈哈大笑，原来这古怪小子是康巴人，康巴人居住在青藏高原上，十分神秘，难以找出他们的居住地，两名魁伟大汉当是桑龙多杰和佐龙多杰，古怪小子应是雪龙多杰。

雪龙多杰转头看了看窗外的西湖碧波和蓬秀青山，难以抑住好奇之心，看两位叔叔高兴的样儿，不由大胆道：

"叔叔，你们在这里饮酒聊天，雪龙却不自在，想要到外边逛逛！"

还在为刚才之事苦恼的佐龙多杰眉一扬，就欲发作，但桑龙多杰已开口道："逛可以，却不要走远，不要招惹是非，最多给一个时辰！"

雪龙多杰高兴得一跳三尺高，箭一般溜出了楼外楼，外面烈日似火如蒸，但阵阵凉风掠湖而来，倒也舒服无比，雪龙多杰被碧绿的湖水吸引了，不由自主地走到了湖边，看到一座凉亭，名曰"清濯亭"，雪龙多杰暗忖：要想清凉，就得濯濯，好名字！

想到这里，雪龙多杰脱下靴子，将足伸过围拦，放入湖水中，立时，一股股清凉沁入心脾，舒服极了，不由信口吟哦道：

"凉风送爽，波动亭动人不动，轻轻濯足，清清心脾，佳人盈目，禅意浸心，西湖好，好好好！"

"什么歪诗，一点不通，强作文人墨客，咬文嚼字，脸皮真厚！"

雪龙多杰懒得睁开双眼，觉得来人没有恶意，懒得回头，笑道：

"诗非诗，词非词，评之无味，论之无色，安吾之心神，美也！"

那如黄鹂的声音没有响出来，又一如幼风声音道：

"不知又是哪一家久考不中的酸秀才，江南多才子，也多蠢才！"

另一轻脆平缓的女子声音道："柳儿，荷儿，怎可这样说这位公子，天下间能人异士非我等能猜度，走吧，别打扰这位公子的心境！"

雪龙多杰再也忍不住好奇，转头一看，见背后不远处站着一貌若天仙的少女，旁边分立着乖巧的丫头，不由赞道："听三位声音，还以为是仙女下凡，谁知看到，比料到的还要漂亮十分。"

三女这才看见是个顽皮的小子，衣服花花绿绿，哪里是个斯文公子，均笑了起来，那柳儿刁钻，道："少贫嘴，没大没小的，见到三位姐姐，还不过来行礼！"说着，已"咯咯"笑了起来。

其实少女年纪也不过二八，两丫头恐怕与雪龙多杰相仿，雪龙多杰黑亮的眼睛一转，挥了挥手道："少来这一套，刚才本少爷差点没被你的声音吓坠入湖中，没找你的麻烦，就是阿弥陀佛，还要我向你行礼，若要本少爷给那位神仙姐姐行礼，本少爷或许还要考虑考虑！"

那小姐被雪龙多杰特别夸奖，脸上飞出一片红晕，飞眸四下流光，两个丫头看小姐得意的样儿，均把气撒向了雪龙多杰，荷儿气呼呼道："这家伙年纪小小的，就长了一双势利眼，长大后不是好东西！"

柳儿跨前一步，扬手道："这臭小子，让他到湖里泡个凉澡！"

雪龙多杰故作害怕的样儿，嚷道："好姐姐，我可不会游水，千万别！"

柳儿气呼呼地道："谁是你的好姐姐，现在嘴甜没用！"

"那不是好姐姐，就是好妹妹啦！"

柳儿更气，捉弄道："不会游水，就要让你到湖里泡泡！"

说着就欲挥手来推，那小姐慌忙阻止道："柳儿，不可，万一他真的不会游水，岂不是很危险？算了吧，否则待会你去救他！"

雪龙多杰打趣道："自古英雄救美女，如今美人救英雄！"

柳儿脸上发烫，怒极，向雪龙多杰走了过去，反手一推，荷儿和美丽的小姐均叫了起来，谁知，就在柳儿纤纤玉手要触到雪龙多杰的背时，雪龙多杰突然"嘻嘻"笑了两声，身形拔水而出，撒了几滴零星的水滴，已然安然无恙地躲过了那似是而非的飞掌。

三女料不到雪龙多杰轻功如此上乘，均脸色一变，那小姐夸奖道：

"小公子竟然是个深藏不露的武林好手，倒是让吾等看走眼了！"说着向雪龙多杰问道："小公子是否是康巴多杰家族的少头人？"

雪龙多杰诧异地问道："你如何知道本少是康巴人，是多杰家族少头人！"难道她一直跟踪自己的动向吗？雪龙多杰忍不住警惕起来。

那小姐"咯咯"笑道："怎么不知道？凭你们的服饰，就能看出，何况你在举手投足间就杀了两名柳溪弟子，这只怕很快就要传遍杭州城，天下能够击败无忧剑的人亦是罕见！"

雪龙多杰摇头道："对我来说，这些都没有意思，本少爷只想快快乐乐、平平安安地生活就行了，若似你们吹的那样，无忧剑只怕要来找本少爷的麻烦，但怎么想，我都没有做错什么，既然如此，没有什么可怕的！"

说到这里，雪龙多杰对那小姐道："雪龙与漂亮姐姐偶然相逢，还不知好姐姐的名字？"说完向那小姐深深鞠了一躬，十分滑稽。

荷儿和柳儿及小姐均"咯咯"笑了起来，荷儿娇叱道："你也配打探我们家小姐的名儿？是不是真想尝尝掌嘴的厉害！"

雪龙多杰耸了耸肩，无可奈何道："不说就算啦，何必又想欺负人！"

那荷儿倒没耐性，说道："我们家小姐贵姓杭，芳名婉琪，二八年纪！"

那小姐立时羞怒道："荷儿，就你长舌妇，少说一点，没有人当你是哑巴！"

雪龙多杰暗忖：这小姐叫杭婉琪，只比自己大一岁，端庄稳重得让人佩服。那杭婉琪羞怒后依旧大方有礼，道：

"雪龙公子，想必你年纪是十五岁吧？"

雪龙多杰一愣，旋即赞道："姐姐真乃神仙，怎么知道我是十五岁？"

杭婉琪宛尔一笑，似胸中包罗万象，上知天文，下知地理，说道：

"外像看来，你应比姐姐小，但，比荷儿和柳儿大一点，二人均是十四岁，那么公子当是十五岁无疑，对了，听说你们远在青藏高原之上？"

"是啊！雪峰之巅，高原之上，那里有许多飞禽走兽，特别是雪羚羊。我们住在一个山谷里，那山谷也十分美丽，唔，与西湖的美不同，我们称之为神羚谷，说着说着，就有点想回家了！"

杭婉琪眼睛一亮，充满喜色，又问道："你年纪轻轻，武功就如此高，是不是你们那谷中人人都武功高强？是跟谁学的呢？"

雪龙多杰听杭婉琪的声音柔柔的，如煦日，似和风，舒服极了，和她聊一天一夜只怕也不会觉得累，甚至越聊越有精神，不觉时间长，只恨时间短，而且杭婉琪吐气如兰，简直是个香香公主。

"其实我也不知我的功夫有多高，今天是第一次和外面人打架，如果说我武功高强，那谷中之人都十分厉害，我是跟老爹，也是头人学的！"

杭婉琪脸上不由露出惊讶之色，啧啧道："真如在描绘世外桃源一样，姐姐好生羡慕，对了，你老爹有没有给你讲过江湖上的趣事？"

雪龙多杰想了想，失望地摇了摇头，哑然失笑道：

"不是今日听到柳溪十二堡和无忧剑，还不知天下四绝兵器是什么呢！"

雪龙多杰脱口而出，杭婉琪向荷儿望了望，有点失望，为雪龙多杰可惜，杭婉琪正欲再问，突然雪龙多杰飞跃而起，离开了清濯亭，沿湖畔石径大跨步向西堤而去，上了西堤，几个起落，已上了断桥，杭婉琪和二婢没有立即追过去，看雪龙多杰到底想干什么！

雪龙多杰在断桥上望了望，向杭婉琪招了招手，杭婉琪率着荷儿、柳儿上了断桥，雪龙多杰未等三人靠拢，就快步迎上前去，不解道："这家伙到哪里了，本少爷明明看得一清二楚，怎会突然不见！"

杭婉琪茫然问道："雪龙公子，你到底说的是谁呀？"

"还不是那糟老头，'古今尽知'，就是他害得本少爷失去了两名随从，而且因杀了两名柳溪弟子，让我倒卷入血雨腥风的江湖中去了！"

杭婉琪听了眼睛内神色又是一变，心里似有所想，道："古今尽知，从未听说呀，江湖中突然冒出这样一人，不可思议！"

雪龙多杰确实没有发现"古今尽知"，颓丧道：

"古今尽知虽然江湖无名，但无忧剑侯爷亦来请他，可见他真知道不少，我很想问问有关玉佛的人和事，以及玉佛到底是什么东西！"

杭婉琪一听到玉佛，立时美目大瞪，显是亦听说过玉佛，以及玉佛有关的人物，雪龙多杰立刻问道："杭姐姐，你大概知道玉佛的事，你且告诉小弟！"

杭婉琪本欲拒绝，但看雪龙多杰渴求的眼光，以及那甜甜的杭姐姐，又怎能拒绝，微颔蟾首道："姐姐亦只知一个大概，就将听来的告诉你吧！"杭婉琪微微想了想，续道：

"传说武林的一切内功心法，均是由天地二老创造的混沌无极神功分解演化而来的，兵器招式，拳脚功夫由无地二老的鸿蒙一式而来，而这混沌无极神功和鸿蒙一式就记载在玉佛上，另有一种说法就是玉佛内有宝藏秘图和列兵谷的路线图，得之不但富甲天下，而且武功绝顶，将四种绝命兵器收服为一！"

杭婉琪说到这里突然停下来，雪龙多杰瞪大双眼，呆呆地看着杭婉琪的秀脸，一言不发，杭婉琪见雪龙多杰的样儿，脸上微微发烫，荷儿将纤纤玉手在雪龙多杰的眼前晃了晃，气乎地道：

"这小色鬼，居然醉翁之意不在酒，在乎小姐之绝色也！"

杭婉琪更加不好意思，娇叱道："死丫头，越来越没大没小了！"

这时雪龙多杰如梦方醒，茫然地看了看面有羞涩的杭婉琪和怒目而视的荷儿、柳儿，不解道："你们怎么啦？就像吃错了药！"

荷儿刚被小姐数落了一下，气未消，怒叱道："你才吃错了药！"

雪龙多杰扮了个鬼脸，吐了吐舌头，才说道："刚才听了杭姐姐说的，雪龙就在想，如果雪龙得了那尊玉佛，那会有何后果！"

三女听得好奇，均等雪龙多杰说将出来，雪龙多杰眼冒神光，道：

"如果本少爷得了玉佛，当然不怕打不过任何人，当然自己例外，没有人能够打胜他自己，得到的财富收归己有，用来做生意，等到赚回足够的钱，然做慈善事，对了，本少爷一人不够，还得有几位好帮手才行！"说完，冒着神光的眼睛盯着杭婉琪、荷儿、柳儿，情不自禁道：

"有杭姐姐、荷儿、柳儿你们三个如花似玉的美人帮助，一定能行的！"

说着，就去拉杭婉琪的纤纤玉手，杭婉琪料不到雪龙多杰这么痴疯，吓得慌忙收手，但雪龙多杰刚才那强有力的灸热感觉仿佛还留在手上，杭婉琪立时满面红霞，心如鹿撞。

柳儿拍了雪龙多杰一下，娇骂道："真是大白天做白日梦！"

雪龙多杰被拍醒，愣了愣，笑道："真的好像是在做梦，但那感觉好舒服！"雪龙多杰嘴唇动了动，自语道："梦能成真就更好了！"

柳儿骂道："梦若成真之那才叫倒大霉呢，跟着你疯疯癫癫的，我们倒没什么，可就苦了小姐，她可是千金之躯，千万别梦成真！"

杭婉琪脸颊生霞，眼眸如浸了一层流波玉翠，亮晶晶的，向柳儿嗔道："死妮子，你倒也着了魔，跟着他一起说梦话！"

雪龙多杰突然问道："杭姐姐，你可知道玉佛最后让谁得去了？十五年了，怎么一点音信也没有？富甲天下的人没有，武功绝顶的也没有！"

杭婉琪双眼紧紧地盯着雪龙多杰，见他着迷的样儿，心里一阵失望，又是一阵高兴，矛盾中藏深情，长叹道："没有谁知道，下落不明！"

雪龙多杰一听，着急道："怎么会这样？当初在场的人，总应该知道吧！"

"其实，当初在场的人也说不清楚，只因那夜发生的事太多了，除了当事人，只有漆黑的夜知道！"

不知什么时候，"古今尽知"已站在四人的旁边，来去无声无息，真是个神秘的人，"古今尽知"眼睛盯着杭婉琪主婢三人良久，方望向雪龙多杰，雪龙多杰一见"古今尽知"，立时怒气冲冲地道：

"糟老头，你也太不讲义气了，为保护你，本少爷死了护卫，又与无忧剑为敌！为本少爷惹了一身麻烦，而你，却一句好话也没留就溜走了！"

"古今尽知"立刻赔笑道："就我这孤寡老人，你也惹不得，柳溪十二堡也惹不起，你们谁胜谁负，老头我都不好过日子，人的名，树的影，当日老夫没料到你会胜，所以老夫溜为上策！"

"说胜也没有胜，与柳溪十二堡的千金打了个平手，以后有麻烦了，你这样东跑西遁，迟早会被他们捉住，那时你可死定了！"

"古今尽知"笑呵呵地道："刚才就因人追得紧，老夫才没敢露面，现在露面，就是想报答你的恩，你有什么需要老夫帮助的？"

这时杭婉琪突然娇笑道："就说说玉佛到底让谁得了！"

"古今尽知"没好气地瞪了杭婉琪一眼，很不友善，雪龙多杰一见，忙道："老头，这是本少爷刚刚认识的姐姐，叫杭婉琪，那两个是荷儿、柳儿！"说着又向三女道："这就是古今尽知老前辈！"

彼此假惺惺地客气了一番，雪龙多杰才道："杭姐姐问的也正是我想问的，也是天下人想问的事，你就说说吧！"

"古今尽知"摸了摸山羊胡须，方道："当年怡心钩主朔玉为那玉佛，害得夫妻双亡，后裔下落不明，就是仇人，也难以说明，可叹可悲，想那玉佛定是不祥之物，小少爷，你可得想清楚，老夫一句话不打紧，可能害苦了你！"

雪龙多杰不以为然，不耐烦道：

"要说就说吧，你是不是不知道？"

"古今尽知"脸色一变，怒道："好，为了老夫的声誉，也顾不得许多了，以老夫的猜度，玉佛就在……"话未说完，雪龙多杰发现"古今尽知"呆立不动，而在断桥下，一人影飞快地沿西堤前遁，雪龙多杰暗叫不好，更是气恼，向杭婉琪道："杭姐姐，快看'古今尽知'怎么样了，我去追那可恶的坏人！"

说完，雪龙多杰朝人影方向追了过去，杭婉琪见雪龙多杰渐渐远去，脸上露出莫名的笑容，点了"古今尽知"全身几处穴道，在其哑穴一拍，立时，一根细针倒震而出，"古今尽知"恢复了说话，对自己的处境倒不慌不忙，只是骂道："这小家伙真的瞎了眼，被外表迷住了！早知道老夫就不现身出来示敬了！"

杭婉琪"咯咯"笑道："古今尽知，你一现身，本姑娘就猜着了你的用意，但你忘了这里有本姑娘，就不许你胡来，现在你落在本姑娘手中，还是去见见我们的主人吧，否则会吃苦头的！"

"古今尽知"只有自认倒霉，跟在杭婉琪的背后，乖乖地离开了断桥，四人前脚刚走，断桥下跃上一白衣倜傥的公子，清秀无比，向孤山方向看了看，又向城里方向望望，最后决定去跟踪"古今尽知"和杭婉琪三女。

"古今尽知"被杭婉琪带入城里，人流渐渐喧哗起来，杭婉琪三女轻车熟路，拐入了一冷静的小巷中，两排古老的榕树，枝叶茂盛，盖住了小巷，小巷十分静，静得让人心冷。

三女带着"古今尽知"从一古朴的小木门进去，随后轻轻地掩上，倜傥公子在古榕树的掩护下到了那扇小门跟前，细想了一下，小心翼翼地推开了木门，谁知门虽小，里面却幽静明亮，外院中有花圃，鲜花竞放，桂香盈神。

倜傥公子正环顾四周，忽听得轻微的脚步声，荷儿和柳儿的倩影出现在石阶上，只听荷儿担忧道："不知雪龙少爷怎么样，小姐也真狠，引诱雪龙少爷去惹难惹之人，他可是与我们无怨无仇，被别人剁了多可惜！"

柳儿咯咯笑道："相思美人，别瞎担心了，雪龙少爷能同时杀了两名柳溪无忧剑弟子，而且还与大千金斗了个平手，天下间怕没有多少人可奈何得了他的，小姐都不担心，这就叫皇帝不急太监急，呵！呵！呵！"

两女打打闹闹地隐入了另一间厢房，倜傥公子在花圃间就地一滚，沿石阶小路无声无息到了一处厢房，却没有动静，情急中轻轻一推，发现是个穿堂，里面又是一个天井小院，倜傥公子皱了皱眉，最后沿着窗棂纸壁悄悄前行，突然听到一个女子威严的声音道：

"古今尽知，你自吹天下间什么都知道，你且猜猜，本谷主请你来是为什么呢？"

"夫人明鉴，若让老夫猜，老夫以为夫人之意与柳侯之意同出一辙，当年谁都见到了玉佛，而且当怡心钩主朔玉功竭力衰之时……"

"别说这些，一想起来就让本谷主周身发冷，你还是说说玉佛的事，到底玉佛在何人手中……"

"当初发现朔玉身上居然有五尊玉佛，但世上只有一尊玉佛是真的，神秘客拿去了朔玉胸前佩的，而夫人、繁星宫主人、柳叶剑主、西域灾僧各得一尊，朔玉在临死前，说过五尊中仅有一尊是真的，而且有缘之人才能解开其中之谜！"

"你怎么如此多的废话，这些本谷主亦知晓，辛辛苦苦地请你来，就是说这些废话的吗！"

"以老夫猜度，五尊玉佛均是赝品，真品根本就不在朔玉身上，否则柳叶无忧剑和追魂针不会如此出现在江湖，想必另三尊也很快悟出假来，江湖中只怕又不会有一日之安宁！"

这时一冷艳的声音从窗外传了进来，道："不错，不能找到真的玉佛，江湖就不会有安宁之日。"在外面窥听的倜傥公子听得大吃一惊，想不到还有高人潜了进来，自己居然浑然不知，他找到窗缝，把视线投入房内，房内除了一白衣女子，还多了位青衣女子，均年过中年。

白衣女子一见青衣女子，眼中射出忿恨之光，冷冷笑道："我说是谁在外面鬼鬼祟祟的，原来是姐姐在外面偷听，姐姐的习惯依旧没有改，小妹觉得姐姐没有老啊！"

青衣女子懒得理她，问"古今尽知"："果如先生猜度，本宫那尊亦是赝品，先生天下无事不晓，可否猜度一下真品会在何处？"

"古今尽知"叹了叹气，道："世上本无事，凡人自扰之，真品当在朔玉后裔身上，这是你们担心的结果，可惜苍天弄人，偏偏与人作对，一旦那儿领悟出玉佛真谛，当初那些人只怕劫数难逃，两位还是好好打算一下。"

青衣女子和白衣女子脸色均是一变，不用猜度，两人正是繁星宫宫主和浮烟谷谷主，十五年过去了，虽然老了许多，但风彩依旧，神韵依旧，但听了"古今尽知"的话，苍老了许多，繁星宫宫主叹道："其实早就应该想到婴儿身上，朔玉聪明至极，怎会将玉佛留在身上，那夜飞驰而来的蒙面白衣人是谁呢？可见朔玉早就有安排，而且以死求全，弄得婴儿下落不明！"

浮烟谷谷主突然望向"古今尽知"，质问道：

"你知道得如此详细，想必先生也是当事人，那时先生一定不叫'古今尽知'吧？"

"古今尽知"脸色一变，突然呵呵笑道："要想人不知，除非己莫为，你们合围新月怡心钩主人朔玉夫妇，江湖谁人不知，谁人不晓，老夫有眼有耳，更有聪明的脑袋，当然可以古今后事无不知晓啦！"

说完，"古今尽知"突然就地一滚，躲开了两女的掌力，破窗而出，待二女反应过来，追出厢房，哪里还有人影，二人不由暗抽了一口凉气，均惊叹道："好快的动作!"

偶傥公子万万没有料到"古今尽知"可以自解穴道，暗叹可惜，悄悄地跟着"古今尽知"，"古今尽知"急急忙忙跑了一段路，方才放缓了脚步，得意洋洋，自语道：

"两个毒蝎子没有想到老夫能自解穴道吧，以老夫的轻功，想逃，还不是易如反掌!"

话未完，就听人道：

"那不见得吧，以本僧的修为，跟上你应该不成问题，不信，现在我们就试一试。"

"古今尽知"听到此音，立时面如土色，知道来者就是自己刚在浮烟谷主面前说过的西域灾僧，想不到他来中原来得如此快疾，"古今尽知"一想起西域灾僧的血脸黑袈裟就恐惧不已，头也不敢抬，如轻烟似的向前窜去，轻功之绝，果然不是吹嘘。

谁知西域灾僧的哈哈狂笑声一直跟在"古今尽知"的耳边，无论多快，也丢不了，"古今尽知"越跑越慌，见前面是一望无际的竹林，根根细竹密密而生，放眼望去，令人眼花缭乱。

"古今尽知"窜出竹林，傥竹而行，却怎么也甩不脱那如魔鬼般的笑声，"古今尽知"立时面如死灰，甘脆坐在了竹林间，以逸待带，这时，西域灾僧出现在林间，十五年光景，对他来说，尤如弹指一挥间，什么都没有改变。

西域灾僧手托一只玉佛，向"古今尽知"道：

"古今尽知，十五年前，本僧强出风头，与朔玉力拼，差点没命回西域，更令人懊悔的是辛辛苦苦得到的，是一尊假玉佛，本僧业已明白真玉佛不在那夜缠斗的任何人手中，本僧相信有缘而得，但本僧依旧不甘，这次本僧不急于找玉佛，而是想知道组织无忧剑、流星镖、追魂针等等高手的神秘人是谁，一人呢，还是许多人!"

"古今尽知"面色一变，说道：

"老夫除了这个问题，别的尽数知道，但老夫可以肯定，这个神秘人与玉佛关系很紧密，普天下，除了学了玉佛武功，怕无人是他的敌手!"

西域灾僧面色数变，摇了摇手，道：

"你不用说了，本僧自不会强人所难，让你赔上性命说出来，本僧会摸清楚的！"

说完，西域灾僧身形一晃，消逝在竹林间，"古今尽知"叹道："看来这古今尽知也难当啊，另外改个行当才行！"

这时，倜傥俊秀公子从林间走了出来，"古今尽知"立时脸色一变，担心道："月儿，你怎么在这里？"

那俊秀公子答道："师父，徒儿放心不下你嘛！""古今尽知"瞪了瞪眼，匆忙拉起倜傥公子的手，箭一般消失在竹林间。

雪龙多杰展开身形，朝逃遁的人追了过去，那人影去势快疾无比，一前一后追到孤山放鹤亭，人影突然消逝了，雪龙多杰四下环顾，半个人影也看不见，好生沮丧，正欲往回赶，林间走出一黑衣人，脸上蒙着黑巾。

黑衣人望着雪龙多杰无言，雪龙多杰只觉黑衣人眼光如炬，冷如寒星，奇问道：

"你是何人？为什么要暗算古今尽知？"

"本座为何要暗算他？何况本座亦不乎此人！"

雪龙多杰一愣，暗忖：这人撒谎，眼睛都不眨一下，心里窝火，怒道："难道白日见鬼？古今尽知一下变成了哑巴，而你又撒腿逃窜！"

"本座为何要逃窜？只是引诱你到这里，本座只想问你一件事，其余本座一概不管！"

雪龙多杰真的糊涂了，心中好奇心起，问道："你有什么问题？若是本少爷感兴趣的，本少爷会告诉你，既然你现身出来，就再也逃不脱了，望你也别有逃的念头！"

黑衣人眨了眨眼睛，方道："你是康巴族人吉龙多杰的儿子？"

雪龙多杰惊讶无比，忍不住问道："你怎么知道我是康巴人和我老爹的名字？俺老爹很少出山，更少涉足中原，你认识他？"

黑衣人顿了顿，道："仅数面之缘，你确信你是你爹的儿子？"

"废话，你是不是头脑有毛病？我不是我老爹的儿子，难道你是！"

黑衣人身形一颤，显然有点动怒，说道："懒得与你小孩子一般见识，本座与你老爹一般年纪，你怎可如此说话！"

雪龙多杰一想，自己说得过分了点，但不愿认错，奇问道：

"喂，你把本少爷引到这里，就是说这些无聊的话吗？"

黑衣人突然想到了什么，又问道："你老爹是康巴人，亦是头人，是否康巴人就只有一个头人，只有你老爹才叫吉龙多杰呢？"

雪龙多杰听这人越说越离谱，智商仿佛一个三岁孩童，不耐烦地道："康巴是个族，一个族有许多部落，俺老爹是一个部落的头人，天下之大，茫然无涯，有和他同名同姓的人大有可能，本少爷说得够清楚了吧！"

"那十五年前，你老爹是否常到杭州做药材生意和兽皮生意？"

雪龙多杰听了更是气不打一处来，想哭又想笑，叹气道：

"你是不是傻瓜加白痴？看不出来本少爷最多也才十五岁？又怎么知道十五年前的事呢？本少爷劝你以后说话三思而行，若不是碰上本少爷这样的好人，有耐心给你说，换了别人，不但打扁你，还要笑掉大牙，现在本少爷没空与你这现世宝闲聊，你还是去问问别人吧！"

说完，雪龙多杰转身就欲离开放鹤亭，谁知黑衣人闪身挡住了雪龙多杰的去路，冷森森道："未弄清楚你的来路，你休想离开！"

雪龙多杰挂念"古今尽知"和杭婉琪三女，顺手就向黑衣人推去，黑衣人出手快疾无比，抓向雪龙多杰的手腕，雪龙多杰心中一惊，立即翻腕一弹，黑衣人立觉手腕一麻，暴退了几步，怒喝道："这是什么招式？"

雪龙多杰嘿嘿笑道："你这人好没来由，随口就问别人的武功秘密，是不是心里痒痒的，想学又放不下脸面，你忘了自己蒙着脸，本就不要脸！"

黑衣人一再受雪龙多杰讥笑暗讽，顿时勃然大怒，口中叫道："你这是找死！"说完，闪电般向雪龙多杰抓来，这一抓，方向动作奇特无比，雪龙多杰身影一滚，只听"嗤"的一声，人虽逃脱，但留下了花绿绿的袖口。

黑衣人又是一呆，茫然道："小子果然有些斤两，这又是什么花样？"

雪龙多杰看着自己的长袖花衫变成了短袖，气恼道："挥袖一式！"声音稍顿，转语道："刚才那一抓是不是叫猫爪一式？"

黑衣人一顿，雪龙多杰喝道："神羚十八式，我拍，拍……"说完皓手暴长，变成无数道光影，就向黑衣人脸颊拍来，黑衣人顿感到无数雪片纷纷扬扬在眼前飘动，雪龙多杰嬉笑道："拍不着，你厉害，本少爷没闲心与你争高低，后会有期！"

说完，雪龙多杰飞离放鹤亭，沿着大堤奔了一气，方回头，黑衣人并没有追来，长吁了一口气，暗忖：初入江湖就碰上如此多的厉害人物，以前学的东西难道没用吗？转而想到一气杀了柳溪无忧剑的两名弟子，心里又宽慰了不少，不由嘿嘿笑道："看来只有四种绝命兵器好应付！"

雪龙多杰未曾想到，四种绝命兵器天下第一，而他碰上的无忧剑是膺品，无忧剑的威力远非他想象的那样，若他碰上无忧剑的主人柳侯，大概就不会有如此时想法了，雪龙多杰眼望断桥，断桥上空无一人，心里暗呼不妙，难道在自己走后，断桥上又来了高手？如今找"古今尽知"的人很多，转眼又想到温柔可人赛西施的杭婉琪及二女婢。

雪龙多杰暗自担心时，忽见杭婉琪领着荷儿、柳儿从望湖阁转了出来，雪龙多杰心中放下了许多，更是喜出望外，三步并作两步，奔了过去，当见到"古今尽知"没有踪影，立时疑惑道：

"杭姐姐，'古今尽知'呢？他去了哪里？"

杭婉琪心里一沉，立时美眸一转，幽戚道：

"唉，不知'古今尽知'怎么得罪了繁星宫，刚才你前脚一离开，就来了两位青衣少女，说要带'古今尽知'走，杭姐姐手无束鸡之力，只好眼睁睁地看着她们把人带走，她们留下话，说繁星宫不会伤害他，只是请教几个问题，杭姐姐看她们并非凶煞之人，'古今尽知'不会有事吧！"

雪龙多杰虽然与他只相见两次，但觉得与他相当投缘，仿佛是一个老朋友，如今被繁星宫抓走了，心里忿忿不平，恨恨道：

"繁星宫的人怎会是好人，仅凭当年他们许多超一流人物追杀新月怡心钩主，就知道不是善类，她们抓'古今尽知'不就问那些问题吗！"

杭婉琪眼中闪出一丝诡谲之色，瞬间又变得如西湖水一般清纯，莺语道：

"雪龙弟，你猜猜，繁星宫带去'古今尽知'，会问些什么问题？"

雪龙多杰毫不犹豫，脱口而出道："不就是有关当年追杀之事，旁观者不清，当局者又着迷，这事恐怕只有老天知道，如今想来，神秘人也真是蠢得出奇，那么多超一流高手追杀，居然追脱了那小孩和玉佛！天意啊！"

杭婉琪瞳孔中放出惊骇之色，立即劝阻道：

"雪龙弟，江湖事难以预测评说，你还是少说两句，若是让那神秘人知道，那可不是闹着玩的，连四大绝命兵器的主人都忌惮呀！"

杭婉琪说到这里，突然意识到自己说得太多，惊惧地向四下望了望，夕阳照耀的宝石山和宝石塔，神秘兮兮，长堤柳叶随风飘飘，尤如人影消逝，一时草木皆兵，杭婉琪不知不觉地向雪龙多杰靠了靠，玉手紧紧抓住雪龙多杰的紧厚之手，雪龙多杰立时觉得自己触到了凝脂玉膏，走进了幽谷，嗅到了兰香，心头有说不出的舒服，本想说"杭姐，你不但美如天仙，更是香如白花。"但终未说出口。

当看到杭婉琪的脸色不对，小鸟依人，更如惊惶，惊问道：

"杭姐，你……你怎么啦？是不是觉得不舒服？"

"唔，我觉得仿佛有人在偷听我们的说话，刚刚离开！"

雪龙多杰一怔，亦望了望四周，四周并没有可疑之处，憨然一笑，道：

"杭姐也忒多心多疑，哪会有人！"

说到这里，雪龙多杰想到了黑衣人，顿住了笑容，暗忖：杭姐的感觉没有错。杭婉琪见雪龙多杰刹住了笑容，不解道："你想到了什么？"

"黑衣人，就是刚才去追的人，武功高深莫测！"

杭婉琪倒是惘然不知，这时才发现自己的手还紧紧抓着雪龙多杰，立时脸上飞过了一丝红晕，不知是抽手好，还是不抽手好，雪龙多杰性情粗犷，但心细，立即感到了杭婉琪的为难，慌忙撒手道：

"哎呀，雪龙真是顽皮得该死，怎可去抓杭姐姐的玉手，杭姐不会责怪雪龙吧？"

这时站在桥栏的另一侧的荷儿、柳儿警然回首，待明白原因，才吁了口气，柳儿气呼呼地道："大男人一个，摸一下杭姐的手就大呼小叫，想吓死人啦！"

荷儿捂嘴"扑哧"笑道："小小年纪，好的不学，就学会了揩油，还要卖乖！"

杭婉琪玉面再次飞霞，雪龙多杰看得心中旖旎顿生，暗忖刚才为何要那样做，简直是天字第一号傻瓜，偏向两婢道："不想与你们小女子一般见识！"

柳儿和荷儿已然了去心结，觉得雪龙多杰忒心纯，也好玩，均要上前"教训"雪龙多杰，谁知雪龙多杰躲得快，二女轻拍在杭婉琪的俏肩和藕臂上，杭婉琪娇嗔道："两个死妮子想找死，居然欺负本小姐！"

三女一男就在断桥上嬉戏追逐，甚是欢乐，又怎记得桥外之事呢！

"古今尽知"拉着白衣倜傥公子慌慌张张地窜出了竹林，正欲向西湖边而来，突然从斜路闪出了两名白衣剑士，一看便知是来自柳溪十二堡，"古今尽知"拉着白衣倜傥公子，身影一闪，就欲逃走，谁知两名白衣剑士如粘着他们不放，"古今尽知"心中惊骇不已，在楼外楼碰上的两名剑士勉强还可以应付，但这两名剑士武功明显高过一筹，"古今尽知"知道今日在劫难逃，猛地推了一下白衣倜傥公子，说道："休得管我，你先走，记住交待之事！"

白衣倜傥公子愤恨道："我不走，为什么要我去做不愿做的事，我偏要与你在一起。"

"古今尽知"暗叹了口气，狂掌向两名柳溪剑士猛攻，两名剑士并未拔剑出手，只是赤手空拳招呼"古今尽知"，"古今尽知"向白衣倜傥公子怒道：

"你还不走，是不是想找死，怎么连我的话也不听！"

白衣倜傥公子怔怔地看着"古今尽知"，黯然神伤，猛地回头，就欲离开，就在这时，又从树林中飞出两名白衣剑士，仔细一看，是一位白衣俊朗轻漫狂傲的公子和一位冷艳冰洁的少女，那白衣公子哈哈狂笑道：

"呵，现在走得了么？有本公子亲自出马，妄想再次逃脱！"

那两名白衣剑士一见白衣公子和白衣少女，立时恭敬而上，道："拜见公子与小姐！"说完退到白衣公子一侧，场中立时静了下来。

白衣公子依旧哈哈两笑，向"古今尽知"道："老前辈，你自吹古今无所不知，你能猜猜我们四人的来历，目的为何？"

"古今尽知"淡淡一笑，走到倜傥公子身边，思索了一下，回道：

"以老夫猜测，公子就是被武林看好的后辈奇才柳溪少堡主靳贝磊，而旁边的姑娘老夫已有一面之缘，当是柳侯千金，公子之妹，靳贝琢，两名剑士，以刚才身手看来，应是柳溪二等剑士，前次追击老夫的当是三等剑士！"

靳贝磊拍衣笑道："好好好，果然名不虚传，句句无误，柳溪人很少踏足江湖，无忧剑十五年后初显，想不到你却了如指掌，晚生钦佩之极！"

死了两名三等剑士，而且与雪龙多杰在大众面前勉强战了一个平手，大扫无忧剑的威名，此时看见这老家伙，斯贝琢当然是越看越不顺眼，但转目一看在"古今尽知"旁如玉树临风的倜傥佳公子，如潘安转世般耐看，心里暗暗倾慕：好个英俊小子，不知是不是个绣花枕头！渐渐心生漪涟，暗叹道："可惜了一个好人才，怎么会就跟着了'古今尽知'，若是在柳溪，那该……"

那静立的倜傥公子发觉有双美眸正静静地凝视着他，转睛一望，两人目光相接，倜傥公子心中一震，脸上觉得发烫，斯贝琢见对方有点腼腆，忙回避开，转向"古今尽知"，而倜傥公子则有些愠怒：临阵对敌，居然耍花枪，没有女孩子家的矜持，哪像千金闺秀，倒像闲田野花，迟早是嫁不出去的母夜叉！

突然想到什么，心里滋味怪怪的，极不舒服，暗道：只知道你高兴，就一点不知别人为你受尽委屈，累得要死，还要四处逃窜，没良心的东西！

不知他在暗骂谁，这时靳贝磊笑容，眼中射出冷光，询道：

"晚辈也有几个猜测，不知前辈可否给予真实的评判?!"

"古今尽知"不知靳贝磊心里想什么，何况一开始就没有问他玉佛之事，心里一直就惴惴不安，现在又听不是问他，而是请他判别，如今这形势，"古今尽知"当然明白，只好委曲求全，释然道：

"靳公子不必如此客气，有什么话只管直说，老夫无不令你满意！"

靳贝磊狡黠地笑了笑，道："惊梦一族，神秘一族，先生可曾听说过？"

"古今尽知"面色一变，既而茫然，微微颔首，叹道：

"老夫仅有耳闻，惊梦一族乃是出自忘谷悔老门下，江湖传说天下有一神秘之处，名曰列兵峰，列兵峰下有二谷，一者忘谷，一者死谷，死谷之主江湖称之为不悔不归老……"

靳贝磊眼界一开，射出精芒，大赞道："说得好，动听之极，先生不妨将闻之全说出，无论是真是假，均让人神往也！"

"传说武林之始祖为鸿蒙天地二老，二老切磋武学，争辉于天地之间，集大成之心得，皆记于列兵峰上，天下各种兵器之招式、破式尽载于列兵峰，但往列兵峰，天下只有两条路，一者忘谷，一者死谷，许多武林痴迷之士纷纷而来，但不是杳无音信，就是上列兵峰后，失去所见所闻的一切记忆，故几乎无人愿意去，去者，无人愿意回来。"

这时，偶傥公子轻哼道："说的比假的还假，编故事，无论如何编，目的总是让人相信，而这些故事却是让人不要相信，想得如此悬奇，说得如此离谱，天下本无之，愚人自扰之！"

靳贝琢虽然听得美眸幻出神光，听了偶傥公子的话，顿如饮了一记清心剂，清醒了过来，居然还附和道："的确越说越离谱！"

而靳贝磊却依旧沉迷，向二人吼道："不要胡言乱语，这一定是真实的，先生不要听他们小女子一派胡言，继续说吧！"

靳贝磊完全进入了神秘的光环之中，虽然遥远，但那是多么诱人。

偶傥公子和靳贝琢听了靳贝磊的话，均现出不满的神色，而"古今尽知"依旧如故，微微一笑，又滔滔不绝道：

"江湖传闻，万事均没有绝对二字，其实能上列兵峰的人，都被称之为天地二老的弟子，竟然有一天，一名弟子安然无恙地从死谷中逃了出来，就是不悔不归老，其渊搏的武功立即使他成了武林第一人，所向无人能敌，当然在武林中也掀起轩然大波，列兵峰上亦知道了此事，当然是天地二老神魂授意，选中一名弟子，就是忘谷悔老，忘谷悔老离峰时得天地二老梦传玉佛，此佛能避死避忘，更有武学之宗源'混沌无极神功'和'鸿蒙一式'，忘谷悔老带着玉佛离开了列兵峰，亦踏入了江湖，但悔老资质不高，难以领悟玉佛之秘，短期无法押回叛逃者——不悔不归老，不过玉佛可显现列兵峰上各种招式与破式，悔老长期参悟，最终击败了不悔不归老。"

"不悔不归老心有不服，说他叛逃下峰无悔，心亦不想回归，但忌惮玉佛之威力，最后不悔不归老委曲求全，说自己愿意永远留在死谷，决不踏出死谷半步，悔老没办法，亦只有留在忘谷，监督着不悔不归老，至此，列兵峰更成了遥不可及的神话地方，但不悔不归老在江湖之影响却没有消失，因为四种绝命兵器的主人传说均是不悔不归老的仅有之弟子！"

"古今尽知"说了良久，终于可以长吁一口气，听者却余味未尽，依旧沉迷，当听到最后，听者三人均惊呼道："四种绝命兵器全是不悔不归老所传？不可思议！"

倜傥公子更是面色一怔，道："难道这一切都是真的？"

靳贝磊此时反而不能相信，神话与现实结合在一起，一半是虚，一半是实，倒难接受，就如同别人说天上神仙如何如何，心里真有点相信，但说到一位仙女还与你的邻居阿牛哥成亲了，而你与阿牛哥的老婆又试熟，你还会相信么？如果真相信，那不是白痴，就是神经病了，靳贝磊为无忧剑少主人，此时就感同身受，因他不是白痴和神经病，故尔怒道：

"你胡说，父亲大人一直没告诉过我这些，他应比你清楚才对！"

"古今尽知"哈哈笑道："柳侯乃江湖超级名人，是实实在在的，又怎会说出这些亦真亦假的话呢？别人认为是假的，在他口中说将出来，别人依旧会认为是假的，除非拿出证据，柳侯当然缄口不说为妙！"

第三章

靳贝磊三人听"古今尽知"说得蛮有道理，以四种绝命兵器主人的身份和地位，何须向天下武林证明什么，又否认什么呢?!

"古今尽知"续道："不悔不归老有四大弟子在江湖扬名立万，悔老当然也不会默默无闻，是人皆不可等同神仙，暗中亦开创了惊梦一族，然而，悔老门规甚严，自视不可与一般凡夫俗子一样，由此，惊梦一族在江湖上罕有足迹，故江湖称之为神秘一族，如今靳公子提到惊梦一族，是不是……"

靳贝磊料不到"古今尽知"会反将一军，皱眉干咳道："本公子亦是听江湖传言，不明虚实，才请教先生，家父有请先生，何故推三阻四。"

"古今尽知"笑道："侯门如海，老夫游戏人生，喜欢无拘无束，故才……"

靳贝磊忽然记起了什么，向"古今尽知"问道："十五年前一战，外人不知其背景，当不能一语道是非，先生如何看此事?"

"古今尽知"暗忖：果然又提到了当年之事，苦笑道：

"老夫亦不敢妄断，只因玉佛是悔老之物，何以在怡心钩主朔玉身上？而且朔玉是不悔不归老的门人，但不悔不归老与悔老终有过结，不悔不归老一直想得到玉佛，超过悔老，中间恐有曲折，但繁星宫、浮烟谷、柳溪居然会联合邪门歪派如地狱使者、北斗七煞等残害同门，江湖人倒颇有议论，老夫亦认为有点过分，不知靳公子可有同感?"

靳贝磊自命不凡，高人一等，以其父为荣，当然不愿在他人面前诋谤父亲，脸上有点勉强，默然不快，转语道：

"本公子不谙当日之事，又为晚辈，不敢妄加评判，倒是那朔家后人和玉佛的下落，江湖中众说纷纭，本公子亦想知道下落！"

"当日听说有惊梦一族，的惊梦炫奇出现过，想是惊梦炫奇与新月怡心钩主熟络，特意搭救朔家后人和玉佛，玉佛当在惊梦一族手中！"

靳贝磊一听玉佛回到惊梦一族，也就是回到悔老手中，这事刚说到江湖真人真事，转身又说到神话人物，似乎绕了一圈，白忙一场，心中不由泛起了无奈与颓丧，想不到自命不凡之人也有无奈之时，靳贝磊叹道：

"但玉佛是人梦寐以求的东西，何况它是去列兵峰的唯一信物！"

靳贝琢见哥哥如此痴迷，忙劝道：

"哥，这是江湖传说，古今尽知亦是道听途说，怎可信以为真！"

靳贝磊陡怒道："这种事，宁可信其有，不可信其无，只看四种绝命兵器，就知非人所思，父亲大人徘徊不定，踌躇满志，个中必有原由！"

"古今尽知"眼睛一亮，会意地向倜傥公子望了望，阻声道：

"有几句话，不知老夫当不当讲？"

靳贝磊不知"古今尽知"欲说什么，但此时他很注意他的话，点头应允。

"古今尽知"道："当日围攻新月怡心钩主朔玉，虽然人亡，但终归失败，据说当日有一神秘人物统领，以柳溪柳侯的个性，当不愿听人摆布，而当日确无柳侯出面，老夫猜想，那神秘人物会不会是……"

靳贝磊立时明白过来，眼中射出森然杀机，转而消失，靳贝琢气道：

"你胡说什么，想不到'古今尽知'也有乱讲话的时候，难怪到处瞎说！"

靳贝磊怒意一过，解释道："家父当日肯定没有参与其事，只因那日就是舍妹生日，母亲由于难产，亦成母亲忌日，这当是一不道之秘！"

"古今尽知"大感意外，眼中露出惊愕之色，恍然"噢"了一声，又道：

"原来是这样，否则情况不会变得如此糟糕，只因……"

靳贝磊诧异道："只因什么？"

"只因新月怡心钩主人朔玉与柳侯友谊甚笃，而且是盟誓兄弟！"

靳家兄妹一听，立时面色一变，靳贝磊恍然大悟道：

"原来如此，家父从不愿别人在他面前提起当年之事，自己亦绝口不提，本公子几次询问，均遭受痛骂，家父面色亦十分无奈与痛苦！"

"柳侯亦身不由己，只因玉佛太重要了，对己对人亦然，何况还有正邪两道，繁星宫、浮烟谷觊觎，各怀异心，相互排斥，也是玉佛失踪的根本原因，对了，听说朔玉被繁星宫带走，那令人向往的怡心钩呢？"

靳贝磊冷哼道："当然被浮烟谷得去，这有何用？四种兵器不是用来做摆设的，会用之人已死，天下间谁人可用？"

"古今尽知"摇头道："非也，浮烟谷主较之繁星宫主更人情冷淡、狡黠，拿走怡心钩乃是上上之策，自古有近水楼台先得月，得到玉佛当把握更大！"

靳贝磊眼中立时神光一闪，年轻人毕竟沉不住气，耐性更差，追问道："先生此话是什么意思？浮烟谷主当日别有用意？"

"不错，玉佛只有一尊为真，而当场发现了五尊，这极可能是五尊膺品，浮烟谷主当防万一，带走怡心钩，她知道，真品极可能在婴儿身上，一旦婴儿长大，必定要千方百计得回其父之遗物，不愁不去浮烟谷！"

靳贝磊恍然大悟，对"古今尽知"之言钦服不已，点头道：

"浮烟谷主若真是如先生所想，当是心机先行十五年，晚辈受教了！"

"古今尽知"见靳贝磊听了他一番话，初始的浓浓敌意削减了大半，乘机道："公子的疑难想必已经解决，不知老夫和徒儿是否可以走了！"

靳贝磊此时心不在焉，似在沉思什么问题，当然毫不介意，挥手道："有烦先生了，你们去吧！"

谁知靳贝琢另有一番想法，立刻反对道："不行，不能放他们，一定要请去柳溪！"

"古今尽知"立时觉得不妙，果然，靳贝磊回过神来，奇问靳贝琢："为何不让他们走？他们与我们并无过节。"

靳贝琢看了看倜傥公子，倜傥公子狠狠回敬了一眼，靳贝琢不依不饶地眨了眨眼睛，暗含调皮，仿佛说"想溜走，没那么容易！"靳贝琢与倜傥公子斗了斗"法"，方转回蛾首道：

"过节倒是没有，但与古今尽知前辈有关的过节倒是有那么一点点！"

靳贝磊皱了皱眉，心里不耐烦，想发作，又是不忍，可见靳贝琢在靳家地位不同一般，而且靳贝磊亦极宠其妹，靳贝琢乘机上前拉住靳贝磊的手臂，边撕娇，边威胁道：

"哥，两名三等剑士因前辈而死，如今那康巴小子不见踪迹，若前辈不在老爷子面前作证，老爷子会消气吗？何况老爷子有请前辈，可见对前辈极为重视，哥第一次办事，就让他失望，你当十分清楚老爷子的脾气的，若哥放他们走了，到时疼你的妹妹也帮不了你的！"

听靳贝琢这一番话，可知靳贝磊十分惧怕靳候，靳贝磊何等自负，何等孤傲不群，见见妹当众说短，顿时脸上胀红，气无处发泄，但一想到靳候的脾气，骄傲立时消失得干干净净，越想越觉得靳贝琢说得对，此时靳贝琢轻轻拉了拉他的衣袖，满是渴求。

靳贝磊这才正眼望向倜傥公子，心中一惊，暗忖：好个英雄小子，不看不知道，一看吓一跳，狂傲、高高在上的心仿佛被噬了一口，暗笑道：这死丫头真是慧眼识俊郎！知道舍妹之心，靳贝磊只有做顺水人情，但他出口的话又如何好意思反悔，转念已有计，嗫嚅道：

"前辈应清楚己身处境，正邪疯狂地寻找怡心钩主后裔及玉佛，前辈来历古怪，对昔日之事了如指掌，更有如此年纪的徒弟，当成众矢之的……"

"古今尽知"和倜傥公子均面色煞白，显然被靳贝磊的暗示骇住了，这不是危机，而是杀身之祸，"古今尽知"出乎意料，狠狠打了自己几个嘴巴，先前那种先知先觉的神态荡然无存，靳贝磊暗暗审视了这一切，心里盘算：以前的猜测怕是错了，以惊梦炫奇的出处，不可能如此，又怎会在江湖中四处游荡，四处说自己"古今尽知"，引得江湖人来注意呢?!

靳贝磊否定了以前的猜想，心里顿时又是轻松，又是失望，向"古今尽知"道：

"不瞒前辈，本公子与舍妹来请先生，只因听得前辈古今之事，无不知晓，江湖中人纷纷猜测先生是涉及之人，极可能就是救走婴儿之人!"

"古今尽知"满脸惶然，低语道："怎会是这样，那应如何是好……"

倜傥公子此时冷笑道："本公子倒不屑是那不中用的婴儿，父母之仇，不共戴天，纵是强敌环伺，那又如何? 岂可贪生怕死!"

说了这些，倜傥公子仿佛出了口恶气，面色难看至极，心中更不知作何想法，靳贝琢听得有趣，不由"咯咯"娇笑道：

"真是有趣，那小子还是婴儿，又怎知道去报仇? 即使知道，亦没能力!"

倜傥公子气无处发，理直气壮地怒吼道："婴儿难道不长大吗!"

靳贝琢何等尊贵的地位，长到现在，还没有人如此怒叱过她，心头怒火立时上扬，靳贝磊见妹妹受气，俊目一张，剑眉一挂，威胁道："这里不是发横的地方!"

靳贝琢再看倜傥公子，心头不快已然烟消云散，脸上依旧挂着甜甜的笑，女儿的妩媚之态毕露无遗，应和倜傥公子道：

"说的倒也是，十五年过去了，那婴儿应长得比我大才对!"

靳贝磊继续道："以本公子推测，'古今尽知'前辈不会是救走婴儿之人，若是他，就不会带着朔家后裔如此冒险地行走江湖，至少如今时机尚未成熟，正邪群雄逐鹿，若没有精湛的一身本领，只怕……"

偶傥公子怒道："靳公子只怕太轻狂了，若以为本公子不学无术，不如就在此时此地切磋一下，相互也称称斤两！"

靳贝磊确实有藐视偶傥公子的意思，料不到他居然有胆现场挑战，心头立时怒气与轻视齐齐上涌，嘿嘿笑道："有胆量，只怕没分量！"

靳贝琢见二人说着就要动手，这样下去只怕坏了她的好事，忙上前道："君子动口不动手，二位乃谦谦君子，只怕斗嘴也有失风度吧！"

靳贝磊乘机下台阶，向靳贝琢道："现在本公子话已说明，而且古今尽知前辈亦知家父江湖为人，古今尽知前辈应是好意难却才是……"顿了顿，靳贝磊又转问其妹道："一出柳溪，你就参言进语，哥这统领被你架空了，现在哥就干脆让给你，听从你的指挥，这下该满意了吧！"

靳贝琢立即娇笑道："哥，这可是你说的呀，小妹没有逼过你……"

"古今尽知"知道今日到了这个份上，逃是没有希望的，何况与柳溪作对是麻烦的事，乘机道："既然这样，老夫恭敬不如从命，到柳溪十二堡去逛逛！"

偶傥公子此时反而道："师父，你要去，你自个儿去吧，徒儿还有事办！"

柳溪请的是"古今尽知"，倒没说请他徒弟，何况"古今尽知"亦不想同徒儿一道，但如今却是不同，靳贝琢之心如司马昭之心，没有了偶傥公子，只怕就没兴趣了，此时当然着急，娇呼道："这不行，要去一起去，一个也不能少，公子怕是初入江湖，没有师父在旁边，若出了差错，谁负得起责任！"

"古今尽知"无可奈何，向偶傥公子道："川儿，盛情难却，就与师父在一起吧！"

听了师父的话，偶傥公子不知是喜是忧，默然应允，双方经过一番交谈，放弃了兵戎相见，"古今尽知"师徒二人在强势的"好意"下，不得不屈服。

但"古今尽知"亦想去见见柳叶无忧剑主人——靳候。

只听到靳候二字，就会感到一种无形的压力，何况他腰间有剑。

江湖多阴险，劫难难测，人常说江湖就如水一样，水常淹死会游泳的，而不常淹死不会游泳的，江湖的脾性亦如水一样。

十五年前，排列首位的新月怡心钩都黯淡无光，何况无忧剑。

柳溪离杭州城并不远，沿东南方向走，就可见到波浪轰隆的钱塘江、江畔的六和塔，再走一段路，就是古代围城的宋城了，这一段是游人如织，清静处琴瑟缭绕，更是幽雅之至，喧哗处车马相连，当是繁华之至，柳溪就在前面的青山秀水间的清谷之中。

当柳溪四人和"古今尽知"一路兴致勃勃地踏入柳溪十二堡的山门后，从密林中悄悄现出了西域灾僧的身影，西域灾僧想是亦有所耳闻"古今尽知"是惊梦炫奇，倜傥公子是朔玉之子，才跟踪到此，但他亦开始怀疑传言的真实性，当初他可是见过惊梦炫奇，如今依旧能记得那匹马，那白衫人，那神奇的武功，昔日能在众高手中消失，"附魂影法"当是妙绝毫端，而眼前的"古今尽知"越看越不是！

西域灾僧沉思良久，终于没有踏入柳溪那山门，也幸好他没有踏入，因为在密林之间，正有一青叶阁楼，阁楼上正有一位柳溪剑士凝视着西域灾僧，在阁楼内，隐约可见一衣着灰蓝、粗麻布的短衫的中年人，他就是柳溪无权无名的柳侯胞兄——靳布衣，靳布衣每日无所作为，但不愁衣食住行，何乐而不为。

西域灾僧离开了山门，靳布衣向那剑士道：

"小哥儿，现在我要出门，不用通报给余弟，反正他也不关心我的一切事情，我不会多久就会回来的。"

靳布衣说完，就闪身下了楼，奇快无比地射出了山门，显然是去跟踪西域灾僧了，那守山门的剑士耸了耸肩，无可奈何的样儿。

靳布衣很快就追上了西域灾僧，大大咧咧地跳到西域灾僧身旁，轻拍了一下西域灾僧的肩，西域灾僧惊悸地转头一望，见是靳布衣，方缓下脸色，不无责怪地道："靳布衣，你他娘的是不是想吓死活人啊！"显然靳布衣的到来西域灾僧本不知道。

靳布衣呵呵笑道："这说明了两件事，布衣侯的轻功更上层楼了，即使灾僧这样的顶级人物，也没察觉，另外就是，大胆的灾僧经过十五年前那次劫难后，胆子是越来越小，与鼠胆无疑！"

西域灾僧脸色又是一变，连呼"罪过！"反唇相讥道："布衣侯，虽然是侯，却只有穿布衣的命，还不随本僧去游四方！"

靳布衣拉着西域灾僧，乐呵呵地道："好啊！"二人吵吵闹闹，消失在青山之尾。

雪龙多杰和杭婉琪主婢三人嬉闹了一会儿，倒忘记了两位叔叔叮嘱他的话，正当一行四人沿着绿柳依依青草茵茵的白堤有说有笑，一只画舫慢慢向岸边靠了过来，从画舫里跳出一位水灵灵的小姑娘，看到雪龙多杰几人，连忙跑了过来，叽叽叽喳喳道：

"公子，要船么？去小瀛洲的！"

西湖上游船悠悠交织，其实湖里与岸上一样繁华，何况日薄西山，湖面上金光万点，当是迷人之极，散发着诱人的慵懒殊色，雪龙多杰一见，高兴地道："要，当然要，本少爷还没有去湖面玩过呢，以船代步，定是舒服！"

杭婉琪端详了几下那两位玲珑女子，与一般的江南女孩没有不同，但心里依旧嘀咕，谁知柳儿与荷儿经两位女孩一说，立时心里活起来，拉着杭婉琪道："小姐，就去玩玩吧！"

就在杭婉琪思忖之时，雪龙多杰已纵上了画舫小船，向她们招手，杭婉琪不忍扫兴，亦上了画舫小船，小船悠悠离岸，融入了游船之中，雪龙多杰一见如此热闹，心里高兴无比，东张西望，仿佛刘姥姥第一次进大观园。

那两位小姑娘，其实比雪龙多杰稍小一点点，从舱内端出了茶水和点心，其中一位见雪龙多杰穿得花花绿绿的，如同一个花姑娘，又见他坐不安静，站又腿懒，眼睛如梭子一般东瞧西看，忍不住"扑哧"笑了起来。

雪龙多杰回眼奇怪问道："喂，你笑什么？"

那小姑娘捂嘴甜言道："公子不是本地人吧？第一次到杭州来？"

雪龙多杰眼睛又向碧绿如画、金光四溢的湖面、远山、近岛望去，脱口道：

"你眼睛还真准，本少爷离这里可说十万八千里，那里四季都是白雪盖山，山高得看不见顶，谷深得没有底，抬头掉帽子，低头也要掉帽子，但天气冷，又不得不戴帽子。"

雪龙多杰如说绕口令般说了出来，舫中杭婉琪主婢三人和两位姑娘听得有趣，均爽笑起来，雪龙多杰看到远处一座圆圆的小岛，岛上绿树蓊蓊郁郁，如浮在水面一般，不由问道：

"喂！姑娘，那个岛叫什么名儿啦？"

那姑娘笑容未褪，顺着雪龙多杰的手指望去，解释道："那就是湖心岛，公子要去么？"

雪龙多杰好奇心奇重，心里痒痒的，于是向杭婉琪道："杭姐姐，你要不要上去瞧瞧？"

杭婉琪望了望天色，说道："时候不早了，我们还不如到小瀛洲上看看，那里还热闹些！"

其实，杭婉琪心里另有盘算，湖心岛树林茂密，但并不喧闹，游人多是静心清欲之雅士，另外是她亦不熟悉湖心岛，更不熟悉这只画舫和两位姑娘，当然心里戒意依旧未除。

雪龙多杰一想也对，倒不失望，向两位姑娘点了点头，说道："杭姐姐说得对，去小瀛洲！"

另一小姑娘望了望杭婉琪，又看了看雪龙多杰，良久道："公子不是本地人，这位小姐看上去倒像本地人，不知小姐是哪家名门望族的千金，我们姐妹在这里土生土长，说出来，我们也许听说过，公子与她怎么会是姐弟呢？"

杭婉琪听得直皱眉头，暗忖，果然是探子，却不知是哪一帮哪一派，旁边那姑娘见杭婉琪神色，连忙向那说话的姑娘叱道："莺儿，就是你总是多嘴，怎么打听起客人的来路了，还想不想做生意呀！"说完转身向杭婉琪道：

"小姐，莺儿不懂事，你千万别挂在心上，其实她一向如此，心直口快！"

杭婉琪心念一转，微微一笑，道："姑娘不必介怀，我亦没有生气呀，你何必说她，她叫莺儿，那你呢？叫什么名字？"

那叫莺儿的姑娘口快如刀，截话道：

"她叫凤儿，比我大一岁，是姐姐！"

凤儿又怒叱道："就你话多，客人没有问你，去去去，叫划船的伙计快点，到小瀛洲！"

莺儿撇了撇嘴，表示了她的不满，跺脚，一步一个实地，"咚咚"地进了后舫，凤儿向杭婉琪笑道："小姐，你千万别生气呀！"

杭婉琪觉得这叫凤儿的小姑娘脸上挂着笑，但那笑里含有一丝狡黠，暗忖：这小姑娘警觉很高，一看就知是训练过的，但看不出来历。

雪龙多杰倒毫不在意，眼睛望着湖面，突然用力拉了拉杭婉琪，杭婉琪心虚，娇躯抖了抖，脸上飞过红霞，嗔道："你不知轻点儿么！"

雪龙多杰嘿嘿，道："这叫得意忘形，杭姐姐，你看水面上有三座小圆塔，西湖上有一景，叫三潭映月，怕是错了，应叫三塔映月才对！"

"什么三塔映月，你看那三塔是空的呢，塔在湖中，潭在塔里，三塔有三潭，塔怎么映得出月亮来，真是个小傻瓜！"

雪龙多杰倒不知杭婉琪说得对不对，但杭姐姐说话，必有一番道理，当然是正确的。

"杭姐姐，那雷峰夕照又在何处？傻弟弟怎么看不见？"

杭婉琪听他叫杭姐姐叫得顺口，甜甜的，如蜜似糖，心里怡然暗忖，与这小子在一起，别想其它的事情，顺口道：

"想不到你到这几里短短几日，倒知道了许多东西，你顺着三塔望去，那翠绿的山上有座塔，当是雷峰塔，现在正是雷峰夕照之时！"

雪龙多杰细想而望，果然看到一座白塔，在夕阳下，金色一片，但想到白娘娘，叹道：

"塔好夕照美，可惜它压得白娘娘不能出来看看许仙大哥和她们的孩子了！"

说者伤心，听者黯然，杭婉琪立时眼睛一亮，乘机问道："雪龙弟，你是否想起了什么？"

"想起了娘亲，她不能看见雪龙长这么大了！"

"噢，你娘亲？你娘亲怎么啦？"

这时，那凤儿姑娘从后舫中姗姗出来，望着雪龙多杰，此时雪龙多杰却没有看她们，愣愣地看着雷峰塔，良久才叹惋道：

"娘亲很早就离开了这个世界，阿爸说她去了雪神峰，其实现在我明白她不会再回来了！"

柳儿听得着急道："你阿爸……他是谁？"

雪龙多杰奇道："你怎么如此健忘？在岸上本少爷不是说过了么？我阿爸是康巴族的战神，神羚转世，康巴族响当当的吉龙多杰老爹！"

杭婉琪本想叱喝柳儿，怪她话太快，但听了雪龙多杰毫不犹豫的话，心里倒有点失望，这时荷儿道："雪龙小头人，你记不记得你娘亲是如何……如何离开这个世界的呢？"

站在一旁的凤儿蚕眉一挑，美眸看着雪龙多杰，杭婉琪怒叱道："小丫头说话没有头脑，怎么老是绕着这个问题，没看出雪龙弟不想回忆那一段往事么？好啦，我们不谈这个问题！"

雪龙多杰回头看了看四位美女，摇头道："没什么，这些想来虽然痛苦，但本少爷的生命是雪神所赐，有着神羚一样的生命，不要忘了，本少爷是神羚谷的小头人，未来的君主！"

说完，雪龙多杰忽地站了起来，杭婉琪觉得雪龙多杰霎时不像一个小弟弟，倒像一位野心勃勃的小霸王，心里想的什么，根本难以揣测，说的话似乎滴水不漏，想到这些，杭婉琪心中不由一凛，暗忖：他难道察觉了什么？以他的年纪，不可能！

这时画舫小船轻轻一颤，滞住，不再前行，雪龙多杰身轻如鸿，拔地而起，飘然跃落岸上，原来画舫已到了小瀛洲，那凤儿见雪龙多杰的身法，眼中露出喜色，却是不言不语。

雪龙多杰向凤儿道："喂，凤儿姑娘，回头再送我们一程如何，到时一次给你们银两！"

凤儿喜道："行，公子如何说，就如何办吧，但你们在这里得呆多久呀？"

杭婉琪对这条船已有了戒心，但又不好说出口，以雪龙多杰的习惯，定要打破砂锅问到底，到时自己怕会左右塞不住漏子的，雪龙多杰上了岸，立时心情又活跃起来，向前蹦跳了几步，听到凤儿的问话，亦不回头，道：

"半个时辰，就半个时辰吧，对，你和莺儿若没事，何不上岸与我们一起玩！"

凤儿眼睛忽亮，转尔道："不行呀，我们得守船，要不，别人划走了船就麻烦了。"

雪龙多杰也只是随口说说，杭婉琪本以为她们会欣然前往，谁知二女却不跟来，大大出乎她的意料。

一行四人上了小瀛洲，才发现小瀛洲非常大，亭台楼阁，花榭苗圃，玲珑布置，更特别的是湖中之岛，岛内居然抱湖，湖面亦是不小，湖面水草荡荡，荷叶漫漫，五彩的鱼上跃不断，石径转廊，游人如织，好个佳景。

顺着人流，雪龙多杰东张西望，不时向杭婉琪请教，杭婉琪见他如此高兴，亦不厌其烦地讲，让他满意。

杭婉琪领着雪龙多杰走过潭中游廊，见到湖中许多晶莹红透的鲤鱼直往上蹦，雪龙多杰不由叫了起来，惊喜道：

"多好玩的鱼，这些玩意儿如能带回神羚谷，那该有多好，养在小溪，就可天天见到！"

杭婉琪道："不行的，它们只适合生活在这里，若你把它们带到雪山，定然因天寒地冻而活不下去，要看就看个够吧！"

雪龙多杰一想，杭姐姐说得很对，谷中就如雪峰一样冷，需要穿裘皮大衣，而这里，只要穿薄纱就可以度日了，想到这里，雪龙多杰气馁地叹了口气，恰在这时，又一群红鱼游了过来。

红鱼来势热闹无比，如一团殷红的霞，杭婉琪立时把许多薄铜钱扔入湖中，湖面临廊之处是荷花，上面有许多薄铜钱，并没沉下去，杭婉琪运气倒不错，但亦只有一半留在荷叶上，雪龙多杰不解道："杭姐姐，这是什么道理？"

杭婉琪解释道："这湖里的鱼习惯游人的银两，不过，往荷叶上扔薄铜钱，是占卜一下自己的运气，沉下去就不吉利了"！

雪龙多杰恍然大悟，欣喜道："那我也来试试，看运气如何！"说完，雪龙多杰在身上摸了半天，只摸了一张薄铜钱，正要往荷叶上扔，杭婉琪阻拦道："别急，你可以先默默许个愿呀！"

雪龙多杰瞪大眼睛，觉得还真玄，他对占卜本就不信，投铜钱也是助助兴，但见杭婉琪美眸流盼，心中温流一窜，扮着十分虔诚的样儿，双手掌合捧铜钱，双眼微合，嘴唇颤动了两下，方才睁眼，然后雪龙多杰把铜钱放在指头上，轻轻一弹，只听"嘣"的一声，铜钱如流星一般飞射向荷叶，其劲千钧，杭婉琪心中一凛，暗忖：好强的指劲，看样子不射穿荷叶才怪，那心里满满的美愿只怕也要泡汤了。

谁知铜钱疾射到荷叶上，居然纹丝不动，如粘贴在荷叶上一般，而荷叶根本没破，而且肉眼难以察觉出微微的颤抖，这一结果大出杭婉琪的料想，过往偶视的人亦啧啧赞叹，杭婉琪面上微笑，娇声道："雪龙弟，你许的是什么愿望？看刚才铜钱落叶不动又无声，一定能实现。"

雪龙多杰嘻嘻笑道："杭姐姐，这个愿望你也有份呢，如果真能实现，我就满足高兴了！"

杭婉琪疑惑地看了看雪龙多杰，见雪龙多杰"不怀好意"地盯着她的脸庞，立时脸上一热，避开了雪龙多杰大胆热烈的眼光，缓了缓心情，才道："别卖关子，你就说出来吧！"

雪龙多杰虔诚地道："我希望上天保佑我能和越长越美丽的杭姐姐在一起，本来我想杭姐姐越长越美，又一想，如能与杭姐姐天天在一起就好了，最后我干脆把两句合成一句，两个愿望变成一个，上天不会怪我吧！"

说者真诚纯洁，听者怦然心动，柳儿和荷儿在旁听得"咯咯"娇笑，荷儿道："这小子真滑头，上天只怕也让你占个便宜！"

柳儿道："嘴巴儿甜甜，只怕心底儿花花，小子，少来打我们小姐的主意，小姐啊……"

杭婉琪料不到雪龙多杰人小志气大,会许如此大胆而宏伟的愿望,一时芳心微启,粉脸羞涩难掩,暗骂雪龙多杰是个不知轻重缓急,更不知场合的糊涂情场高手,听了两个女婢的俏皮话,更是难抬螓首,可雪龙多杰心头生急,没了主意,上前拉着杭婉琪皓玉纤手问道:"杭姐,怎么?我许的愿不好么?"

杭婉琪想甩开手,却被雪龙多杰抓得无力回缩,暗自叫苦,碰上这么个难缠的"花花公子",雪龙多杰装着六神无主,心里暗忖:看你怎么应付我这个一时疯一时癫的混世魔王!

杭婉琪被缠得没有办法,勇敢地抬起头,眼中羞涩妩媚一闪,狠狠瞪向雪龙多杰,嗔道:"好好,杭姐心里武高兴呢!"

说着,又狠狠地看了看两位女婢,两女婢吐了吐舌,雪龙多杰这才放开了杭婉琪的玉手。

杭婉琪心中慌乱一过,立时记起雪龙多杰刚和那一奇特之弹,有心无心问道:"雪龙弟那一手弹指真奇妙,不知叫什么名?"

雪龙多杰朗然微笑道:"无相闲弹,除了神羚十八式,我就会这一招,还是一个闲游的老喇嘛到神羚谷教我的呢,不过这一招还管用,在楼外楼左右一弹,就弹断了两把无忧剑呢!"

杭婉琪见雪龙多杰毫不犹豫,脱口而出,倒相信了,暗赞这一招"无相闲弹"真是厉害。

这时雪龙多杰打断了杭婉琪的心思,问杭婉琪:"杭姐姐,你要不要许个愿望,你美得如天上的星星月亮,老天怎么也会给个面子,让你如愿以偿的!"

初次从西东来到江南之地,根本不知江南多美人,一见杭婉琪,当是美丽之极,当然时时会赞不绝口,杭婉琪知道雪龙多杰心纯口快,以口示心,听他夸她美如星星月亮,心里甜甜的,此时听了雪龙多杰的话,笑道:

"雪龙弟,以后你碰上的女孩子很多很多,就会发现,比杭姐美丽的女孩子多得很呢,刚才我已许愿了,就是希望雪龙弟扬名立万!"

杭婉琪别有深情深意地望向雪龙多杰,雪龙多杰哈哈爽笑道:"扬什么名,立什么万,只要玩得高高兴兴,自由自在,就阿弥陀佛啦!"

这时,柳儿和荷儿正在湖的另一边的古董玩物铺里向二人招手,雪龙多杰立时来了好奇心,拉着杭婉琪就往那边跑,如今杭婉琪的纤纤玉手已被雪龙多杰拉惯了，杭婉琪亦没有了第一次的不自在、心里慌乱的现象。

两人到了古董玩物铺，里面有许多稀奇古怪的东西，最喜欢的是许多大哥手里拿的那种折扇，全是用檀香木拼成，中间用红绸连缀，文雅别致，雪龙多杰拉了一把，"唰"的一下打开，立时香气扑鼻，忍不住深深地吸了两下，然后慢悠悠地摇动着，装腔作势道：

"这位姑娘，小公子初到贵地，有失礼数，还望姑娘多多包涵，本公子……"

柳儿"咯咯"笑道："狂妄之徒，见到我家小姐，贼心强装好人，什么本公子，简直是无赖！"

两人一说一答，十分滑稽，立时四人均笑了起来，杭婉琪更是美眸流彩，如微风拂花扶柳，荷儿道："应是在下才对，雪龙公子！"说着，自个儿笑起来。

杭婉琪突然看见在饰物柜里，有一只玉佛晶莹剔透，心里暗震，向雪龙多杰道：

"雪龙弟，初次相见，杭姐给你买只玉佩佛像作个纪念行吗？"

雪龙多杰抬眼望去，看到那只玉佛和红红的绸线，心里满进喜欢，高兴道："多谢杭姐！"

杭婉琪心里一阵失望，但话已出口，只好向店主买了那只玉佛，雪龙多杰欢天喜地地挂在脖子上，真把它当成了一个宝物。雪龙多杰问杭婉琪看中了什么礼物，杭婉琪宛尔道："雪龙弟就将手中的木扇送给杭姐吧！"

雪龙多杰狡黠地笑道："杭姐真会选，你真的要阿弟送你这把檀香木扇吗？"

杭婉琪不知雪龙多杰玩的什么花样，娇嗔道："杭姐就看中了这把扇，不舍得么？"

雪龙多杰嘻嘻笑道："好，这是杭姐自己说的，以后可不能反悔哟，柳儿和荷儿作证！"

说完，雪龙多杰把折扇庄重地送给了杭婉琪，杭婉琪茫然不解地打开了折扇，立时羞不自胜，两个女婢在旁窥视，立时捂嘴，嘻嘻笑起来。

原来木檀扇上题着一首晏几道的鹧鸪天词：

"彩袖殷勤捧玉钟，当年拼却醉颜红。舞低杨柳楼心月，歌尽桃花扇底风。

从别后，忆相逢，几回魂梦与君同，今宵剩把银钉照，犹恐相逢是梦中。"

这首词描绘了一对男女恋情的初次——久别——重逢的过程，情感上经历了欢乐、愁苦、欢乐的艰难折磨，但却是个喜剧的结果。

而带有这首词的木檀扇作为雪龙多杰送给杭婉琪的礼物，杭婉琪灵巧之心在暗震之余，不知是暗喜，还是羞，而雪龙多杰只是在一旁傻笑，眼睛一刻也不离开杭婉琪，良久才道："杭姐姐，这不知道是巧合什么，还是暗示什么，阿弟不精诗词，你能不能说说它是何意？"

杭婉琪嗔道："没有巧合，噢，不是巧合，也没暗示什么，你油滑得很，阿姐懒得跟你纠缠！"

说完，倒把木扇放入舒袖之中，甚为珍惜，雪龙多杰见之暗喜，暗忖：本公子虽然还小，但男女之情又如何不知，杭姐姐休得骗我，今次怕是赚大了，想到这里，雪龙多杰又想到自己是遥远的神羚谷的小头人，而杭姐姐若离开风景如画的江南，只怕难以忍耐，不由叹道："词虽美，但不知上天会否恩赐所说结局！"

本是由心而发的感叹，听来却无比苍凉，杭婉琪心中一震，亦是彷徨，更觉雪龙多杰的心思难以从年龄来猜度。

柳儿香唇一动，道："事在人为，郎有情，妾有意，即使海枯石烂，马长角，也会成的！"

说着与荷儿两婢相互窃笑，杭婉琪狠狠瞪了两婢一眼，暗忖：今日图劳无获，反而给自己惹了一身麻烦，只怕以后难以自拔！

听了柳儿的暗示鼓励，雪龙多杰立时转忧为喜，向店主道："老板，你这里有笔墨么？"

那老板一见这威而含笑貌比潘安的可爱小哥儿，就甚是喜欢，忙道：

"有的，有的！"

说完，从内屋捧砚，拿笔，砚中余墨未干，雪龙多杰向杭婉琪道："杭姐姐，让小弟在香木扇上题上几字好不好？"

盛意难却，情意难推，杭婉琪只好拿出扇来给雪龙多杰，雪龙多杰展扇提笔，在扇左尾运笔，小楷题道："缘于前世，份在今生，千里相逢，惜爱倾城！"顿笔想了想，又行书道："雪龙多杰与杭婉琪同游西湖小瀛洲款情而赠！"

那老板见雪龙多杰运笔如鸿，不由啧啧赞道：

"老生真是人老眼花，刚才还以为公子只不过纨绮子弟，胸无点墨，却未料到能写出让老生大开眼界的字来，说实话，老生在此经营数年，深研书法，看了公子之字，亦不得不服，谓是天外有天，人外有人！"

雪龙多杰听老板夸奖，厚脸也挂了红彩，不好意思起来，但雪龙多杰露的这一手，亦让杭婉琪三人目瞪口呆，不得不另眼相看雪龙多杰了，杭婉琪心里就愈加沉重，又掺欢喜。

待墨迹干，杭婉琪重新收好木扇，雪龙多杰偶然看了看天色，才想起两位叔叔叮嘱自己的话，惊叫道："唉呀，居然逛了这么长时间，我们得回去了，否则又得被叔叔们责怪！"

杭婉琪听雪龙多杰说到"叔叔"二字，心头一亮，暗有定计，四人匆匆离开了古董玩物店，来到湖岸之边，望着渺渺湖面，游船依旧荡漾如织，此时的湖面，水雾上浮，倒有了淡雅水墨画般的韵味，而那艘画舫，依旧停泊在岸边原处，凤儿、莺儿无聊地轻哼着《采莲曲》。

莺儿心直口快，见到四人，立时嚷道："赚你们的钱真是辛苦，说好了半个时辰，只怕现在已过了一个时辰，下次别来这一套了。"

说完也没待四人回话，见四人跃上画舫小船，匆匆解开绳子，凤儿却依旧脸挂笑容，雪龙多杰心里难为情，主动道：

"第一次来这里，谁想得到这里的风景如人一样美丽多姿，流恋忘返，是本公子的不是，本少爷向二人道歉，并要给予相应的补偿，莺儿姑娘，这样行不行？你可不要生气！"

莺儿用桨在岸上一拄，船悠悠离岸，几个桨手"哗哗"地划开了，船向湖心划去，歇了口气，莺儿依旧生气道："补偿当然少不了的，哪敢与有钱公子斗气，但说话总得算数，一个人失去了信用，到头害的是你自己！"

此时她倒似长者一般教训起雪龙多杰来，雪龙多杰难堪已极，杭婉琪三女面色亦愈来愈难看，柳儿更是双手叉腰，似要发火一般，凤儿见机不对，向莺儿道："臭丫头，不许你再说话！"然后向雪龙多杰四人道："请各位别与她计较，这船上是我作主，凤儿向各位赔罪了！"

说完，转头向莺儿狠狠瞪了几眼，柳儿和荷儿有气，现在倒发不出来了，雪龙多杰道：

"莺儿姑娘说得对，是我不守信用，我以后会记住莺儿姑娘在西湖上给我上的这一课，杭姐姐，你们也别生气，都怪我脚懒走得慢，花了时间陪我受罪受气，有意见我都接受了！"

杭婉琪笑道："我看你根本受不住气，只是息事宁人，想不到一个小头人到杭州还要受欺负！"

凤儿眼睛一亮，嘴唇动了一下，显是对"小头人"这三个字很在意，转脸笑道：

"小头人是不是就是小王爷？公子，还真看不出来，刚才冒犯，岂不有株连之罪！"

莺儿亦惊愕地抬头望向雪龙多杰，雪龙多杰摆手道："什么小王爷，在你们眼中，我这花花绿绿的怪物只要不吓人，让你们嘲笑，就阿弥陀佛了，莺儿姑娘大概就看不惯我这'花花公子'！"

莺儿听得脸上亦浮出了笑容，轻"啐"道："真是花花公子，不只穿得花，说话也花花的，只怕肚子里还装着什么花花肠子！"

这样一说，船舫中气氛一时活跃了起来，突然，凤儿看到雪龙多杰胸前晃来晃去的玉佛，眼睛里射出惊愕的光芒，大概她没在意雪龙多杰上小瀛洲脖子上是否有此物，而凤儿的异常表情全让杭婉琪看在眼中，杭婉琪脸上浮出一丝不可捉摸的微笑，如蒙娜丽莎的笑靥！

凤儿向内舫而去，良久带出茶来，雪龙多杰上了船，方觉得腿足有点累，舒舒服服坐了下来，缓缓地饮了口茶，只觉一股清新扑鼻，大声赞道："好茶，真是顶级的茶，叫什么名儿？"

凤儿甜笑道："天下名茶，杭州龙井茶，这里妇孺皆知，公子爷喝的却是龙井茶中的极品！"

雪龙多杰轻轻饮了一口，又啧啧称赞，杭婉琪奇道："雪龙弟，难道你对茶道也有研究？"

雪龙多杰道："没有那么厉害，我们那边不习惯喝茶，但我知道什么是好茶，凉如清泉，涩如橄榄，但饮后空口留香，如桂花一般，浓浓不散，那感觉简直妙可入仙脱俗！"

雪龙多杰亦不在乎是否说得离谱，初次品茶，就一大堆的话，凤儿拍手赞叹道："公子果然才俊心巧，能把别人说不出的感觉说将出来，听后也如同刚品过那龙井茶一般呢！"

柳儿心里暗骂道：真是个马屁精，口蜜腹剑，不知她又在打什么主意！刚想到这里，凤儿向杭婉琪三女道："公子爷既然如此赞叹龙井茶，三位何不也品尝品尝！"

杭婉琪冷冷一笑，别有深意，道："茶虽好，只怕茶味不好，如同酒一般会醉的呢!"

话音刚落，雪龙多杰捂住额头，叫了起来，上身更是摇摇欲偏，杭婉琪心中暗叫不好，慌忙问道："雪龙弟，你怎么啦?"

雪龙多杰道："这茶果然如酒一般厉害，饮了几口就想睡大觉，真的会醉人呢!"

说完，雪龙多杰"咚"的一声，重重倒在船板上，杭婉琪暗自高兴，又是暗自忧虑不已，脸上杀机陡涨，向凤儿逼视道："贼丫头，你刚才在茶里放了什么东西?还不快说。"

凤儿并不胆怯，"咯咯"笑道："没什么的，只是放了一点点迷药，很快就会醒来，没你们的事，你们最好乖乖地坐在那里别动，否则，再是美人，我也是不会心软的!"

柳儿和荷儿未料到会开船的小丫头也有威风的时候，均怒叱道："好你个贱婢，找死!"

说完二女飞掠而起，向凤儿扑了过来，凤儿眼中闪动惊愕的光芒，她未料到二婢会武功，而且如此高，见二婢来势，立时倒退了几步，二女空中一捞，欲想捉住她，谁知捞了一把空。

那几位划船的汉子见船舫中突然打了起来，立时停止了划船，向杭婉琪扑来，杭婉琪见雪龙多杰沉沉昏睡，一点没有醒来的迹象，又见几个汉子挥刀向她而来，立时眼中杀机毕现。

杭婉琪冷冷一笑，宽袖一挥，立时，一把蓬松淡烟飞攻而来，冲在前面的几位"啊啊"几声，横倒在地上，已然死去，剩余之人立时惊愕叫道："如烟追魂针，大家快闪!"

这时，莺儿惊了，过来娇怒道："胆小鬼，追魂针有什么可怕的，撤到后面去!"那几个汉子立时明白过来，退到后面。

而凤儿力敌柳儿和荷儿，渐有不支，显然久战必败，莺儿冷冷望着静静躺着的雪龙多杰和杭婉琪，心中有了一丝慌乱，但口中依旧不依不饶道："原以为是怡江院的妓女在勾引小白脸富贾公子，想不到是浮烟谷的高手! 本姑娘倒不怕什么追魂针!"

杭婉琪脸上怒容起，骂道："贱婢找死!"说完，离桌拖纱而起，快疾无比地冲向莺儿，莺儿倒是不弱，迎面而上，似乎要与杭婉琪一较高下，但莺儿根本就不是杭婉琪的对手，几个起落，只听"啪啪"两声，二人立时分开。

莺儿那张娇脸上已然印出几条纤纤指印，脸色更是难看，莺儿不相信地看着杭婉琪，料不到对方功夫如此高绝，愣愣地道："你，你……"

杭婉琪道："本姑娘其实早就知你们是何来路，有何企图，若以本姑娘的脾气，早就打死你这不知天高地厚的贱婢，方才手下留情，是不想再添过节！"

莺儿脸上更是惊愕，被杭婉琪几句话唬住了，她知道浮烟谷亦不是好惹的主儿，以这姑娘的口气，更是浮烟谷中有身份有地位的人物，突然，莺儿胆怯地探问道："你……你是浮烟谷公主？"

杭婉琪冷傲地道："亏你这贱婢反应得快，头脑亦机灵，既然知道本姑娘是谁，就应明白本姑娘刚才的小小惩罚一点不为过，是吧？"

莺儿只有暗叹倒霉，又是叫苦，先前以为三女只是一般女子，不会武功，万万没料到竟然撞上了浮烟谷公主，而且对方已猜到她们的来路，现在自己居然有犯上之罪了！

这时，画舫剧烈摇晃起来，凤儿立时撤身后退，上前拉起莺儿道："快走！"说完二女如两条美人鱼般窜入碧清的水中，没了声息，柳儿和荷儿追到船舷边，哪里还看得见人影？柳儿跺足道：

"算你们逃得快，否则斩了你们！"

说归说，二女脸上尽是得意之色，这一仗简直是完胜，这时小船不是晃几晃，而是下沉，二女这才脸色一变，荷儿向湖中骂道：

"真是不要脸，打不过，居然自家凿漏了船！"

杭婉琪向湖面望了望，发现四周没有船，不由皱起了眉头，向二女骂道："两个死妮子，你们是不是不过瘾，追到湖里再打一架！"

柳儿听不懂杭婉琪的话，诧异道："小姐，真的要追到湖里去？湖里打架可不好玩，会弄湿衣服的，还是放她们一马吧！"

荷儿反应快，拉了拉柳儿，嘀咕道："柳儿，你怎么这样笨，小姐说反话，在生气呢！"

柳儿这才反应过来，杭婉琪见二女不知道事情变得麻烦，想笑，又笑不起来，没好气地道：

"你们没发现船在往湖里沉吗？等会儿只怕不弄湿衣服也得弄湿，哼，还有心情胡闹。"

两女婢这才发现湖水快淹到船里来了，顿时乱成了一团，柳儿急道：

"小姐，这如何是好？"

荷儿忙道："小姐，我们游到岸上去吧！"

柳儿辩道："太傻了，这里离岸很远，只怕没到岸，就沉到湖底摸淤泥去了，那——也太狼狈了吧！"

杭婉琪又皱了皱眉，向二女叱道："现在还在胡闹，还不快点想个办法出来！"

船快沉了，附近又没船，办法倒一时想不起来，杭婉琪心里也有点慌乱，只有逼二婢了！

正在三女手足无措时，柳儿突然叫道："哇，快看，救星来了，那边有一艘小船呢！"

杭婉琪与荷儿立时望了过去，果然看到一艘小船向这边疾划而来，荷儿立时打开她清脆的声音叫道："喂，船家，喂，船家……"

柳儿道："真笨，你这样叫船家，等他划过来，只怕这艘船早就没有顶了，人也没气了！"

荷儿不服气地嘟嘴道："不这样叫，应该怎样叫？"

"应该大声喊救命，船一定来得快！"

荷儿一想，柳儿说得也真对，但转念一想，在这风景如画的西湖上，游人心情又好，你在那里叫"救命"，大失雅兴，何况又是个貌美如花的小姑娘，脸儿薄，如何喊得出来，荷儿立时赌气道："要喊救命你喊，我可觉得我们的命还没有到需要别人来救的地步！"

柳儿反驳道："死爱面子，等你的命需要救时再叫人，只怕已经迟了，快喊！"

荷儿不依不饶地道："要喊你喊，我打死也不喊！"

两人都不愿喊，倒不敢去叫小姐喊救命，这时半天没出声的杭婉琪道："不需要喊了，那船是来救刚才跳入湖水中的人的！"

柳儿和荷儿立时眼睛睁得大大的，望向那艘小船，果然有几个人正向小船游去，划出一道道波痕，头如黑乎乎的水鸭一般，那几人上了小船，其中当然有凤儿和莺儿，小船不再向这边靠来，却又不走，远远地看着她们！

柳儿向小船大骂道："你们几个不得好死的，下次别碰上我柳儿，否则，一个也休想活成！"

荷儿泄气道："还是歇歇吧，我的傻姐妹，想想现在我们如何活过去再说别的!"

柳儿一愣，觉得荷儿说得对，但细心一想，办法却没有，柳儿气哼哼地道："不行，没有办法，要想你想，本姑娘还得骂他们几句，出出心里这口闷气，否则今晚只怕睡不着觉!"

荷儿上前狠狠敲了柳儿的脑袋，狠狠地道：

"我的姑奶奶，你的脑袋是怎么长的？是不是有分身术，飞到岸上去，一点没感到自己快踩到水中去了吗!"

杭婉琪突然道："别吵了，本小姐已有办法!"

柳儿和荷儿立时回首齐声问道："什么办法?"

杭婉琪望向舫盖，胸有成竹地道："这舫盖不是现成的船吗？只要取下翻过来放在水上，一时半刻沉不了的，荷儿，你来帮忙，柳儿，你去把公子扶起来，不要让他淹在水里!"

此时，水已淹到了三女的足踝，杭婉琪说完立即动手，荷儿跑过去帮忙，柳儿见雪龙多杰斜躺着，半身浸在水中，忙过去伸手欲扶，却又收了回来，脸上一红，嚷道：

"小姐，我……我从来没碰过臭男人，我不扶他，他是你的，要扶你来扶!"

杭婉琪又气又恨又羞，没有回头，叱道：

"死妮子，你是不是想造反？快去扶起来!"

柳儿嘀咕道："真是霸道，自己想吃，又怕人笑，还要别人来掩嘴，一点道理也不讲!"

杭婉琪边忙着拆舫盖，边怒喝道："柳儿，你说啥，能不能大声点!"

柳儿忙道："没说什么，我这就去扶你的宝贝!"

谁知雪龙多杰"人高马大"，身体结实无比，生活在青藏高原上，经常骑马狩猎，与羚羊赛跑，喝的是奶茶，吃的是牛肉，又怎不结实？柳儿玲珑娇小的江南女子气力小，抱着雪龙多杰粗粗的脖子，咬牙切齿地往高处拉，只要脑袋不在水里就没事了，但这也让柳儿感到后力不继，柳儿一边拖，一边气喘道：

"小姐，这家伙重得要命，只怕我们三人拼起来也没他重，那舫盖薄薄的，如何受得了？他又像死猪一样，一点事也不做，十足是个累赘，干脆把他扔到湖里去喂鱼，好不好?"

杭婉琪心里一惊，真怕柳儿把这宝贝扔到湖里去，好不容易才找到的，如何舍得？脱口骂道："死妮子，你敢，要喂鱼，让你去更合适！"

话刚完，柳儿脚下一滑，一下坐在船板上，屁股生疼，柳儿忍不住叫道："哎哟我的妈，痛死我啦！"

杭婉琪听到"咚"的一声，下沉的船也震了一下，心里亦是一震，忙回头望了过去，见柳儿坐在水中，雪龙多杰全身没一丁点儿在水面上，刚才那声"巨响"定是雪龙多杰脑袋发出来的，立时仿佛觉得自己脑袋一下剧痛，慌骂道：

"该死的死妮子，你是不是想淹死他？快把他的脑袋抱起来，待会儿与你算总账！"

柳儿也慌了，忙去抱雪龙多杰的脑袋，心里又气又怕，叫道："自从有了这家伙，小姐就不疼我了，小婢屁股疼得快碎了，也没个好声音！"

荷儿在旁听得有趣，不由笑了起来，柳儿气没处发，立时炮打偏将道：

"死丫头，别笑得太早，你倒霉还不知道是哪一天，哼……敢笑本姑娘，是不是活得不耐烦了！"

说着说着，柳儿居然学起杭婉琪的声音来，三女均忍不住笑了起来，柳儿乘机道：

"小姐，刚才小婢可不是故意伤害你的小宝贝，说不定在水里一浸，这无赖会醒来的！"

杭婉琪怒气消了不少，向柳儿轻叱道：

"少贫嘴，现在不是与你斗气的时候！"

此时二女已将舫盖揭了下来，轻轻地放在了水上，立时，舫盖成了美丽的红帆船，但中看不中用，薄薄的舫盖能受得住三女一男才怪。

恰在这时，雪龙多杰经水一泡，再被狠狠撞了一下，居然慢悠悠地醒了过来，看到眼前乱糟糟的一切，脱口叫道："哇，怎么搞的？"

三女见雪龙多杰醒来，均无比高兴，杭婉琪更是如释重负，毕竟现在船上多了一个活男人，不用她来主持这糟糕的场面。

雪龙多杰见自己全身湿透，一半在水里，一半在柳儿的怀里，惊叫道："哇，怎么这么多的水，柳儿，你抱着我干什么？想揩油啊？"

柳儿吃力不讨好，又羞又气，一甩手道：

"谁揩你这臭男人丑猪巴戒的油，不是看在小姐的分上，本姑娘才懒得理你，让你活活闷死在水里算了，没良心的家伙！"

柳儿一放，雪龙多杰又倒在水里，喝了两口水，雪龙多杰完全醒来，身子一弹，站了起来，看到眼前一切，惊愕不已，杭婉琪心里高兴，简单快速地告诉了雪龙多杰发生了什么事。

雪龙多杰拍了拍脑袋，方道：

"原来如此，想不到也有人胆敢暗算本少爷，下次碰上非得……"

柳儿嗔骂道："真是笨，现在是什么时候，还有下次，下次可别想本姑娘来救你！"

雪龙多杰嘻嘻笑道："下次，下次你休得来碰我，一切便宜都让你占够了，哼！"

雪龙多杰笑着学柳儿的声音，柳儿又羞又没办法，气也没处发，俏脸都涨红了，杭婉琪见水已漫过了腿，二人还在说笑，嗔道：

"雪龙弟，你还在说笑，不是柳儿，你不知喝了多少水，现在你是这船上唯一的男人，总得拿个办法出来，先脱险才是！"

雪龙多杰敛住了笑容，暗暗估算了一下，又看了看不远处的小船，不慌不忙地道：

"这小小的西湖，本少爷只怕可游两趟，这舫盖只载得下你们三人，这足够了，你们先上吧！"

三女见水势愈涨愈快，也不再多说，跃上了舫盖，舫下沉了许多，亦被湖水压挤得变了形，不断地晃来晃去，险得很，柳儿、荷儿晃来晃去，跌倒在舫内，杭婉琪功力深厚，倒是没倒，雪龙多杰深吸了口气，缓掌平推了出去，舫盖立时箭一般向前飞疾而出。

杭婉琪暗惊雪龙多杰这平凡神奇的一掌，她又怎知这是神羚十八式中的"移冰推雪掌"，冰雪不碎不溅，要移要推，其运功方法自然与中原的掌法不同，杭婉琪见雪龙多杰还在沉船上，芳心暗急，忙道："雪龙弟，你呢？"

雪龙多杰并不答话，举掌拍向下沉之船，只听"隆隆"两声，小船破成几片，漂浮在湖面上，雪龙多杰从水中拔身而起，稳稳地落在了浮板上，然后向后狠狠拍出一掌。

浮板立时破浪向前，雪龙快疾无比地探身捞起一狭长的木板，仿佛在奔驰的神驹上伏身探物一般熟练，此时湖上出现了奇特的场面，舫盖飞驰向前，后面浮木紧随。

柳儿和荷儿缓缓站起来，忍不住欢呼雀跃，舫盖向前劲力衰竭，雪龙多杰又是一式"移冰推雪"，待舫盖进板退时，转身向后一掌，浮板不退反进，接着雪龙多杰用手中的木板狠狠地划动湖水，几个回合，四人已遥遥离开了沉船之地，那小船上的人看得目瞪口呆。

凤儿静静地看着远去的四人，脸上尽是忧郁与失望，而莺儿实在忍受不住，狠狠骂道：

"狗男女，这次算你们走运，下次没有这么走运！"

雪龙多杰和杭婉琪三女在众游客的侧目惊视下平安地抵达了岸边，四人均脸上挂满了微笑，杭婉琪笑道："这次多亏了雪龙弟，否则我们定免不了落入尴尬之中！"

柳儿笑道："别说啦，不是小姐要小婢扶他一把，只怕他现在在湖底摸虾鱼呢，不审小姐功劳大，应是他说谢才对！"

杭婉琪正要与柳儿算账，雪龙多杰笑道：

"柳儿说得对，应是我谢才对，不过我们不是外人，就不用这么客气了吧！"

杭婉琪听他说彼此不是外人，立时颔首娇羞不语，柳儿一见，"咯咯"笑道：

"相对无语，唯有情长，郎有情妾有意，不过，小公子，本姑娘提醒你，我们家小姐可不是好服侍的，也不好追的，你得拼命追！"

雪龙多杰一听这么露骨的话，俊脸亦不免一热，杭婉琪怎遭受得住？挥袖就向柳儿拍去，柳儿早有防备，快疾无比地向后一闪，杭婉琪一掌拍空，倒未再追，横眸向雪龙多杰一望。

这一望简直倾国倾城，更不逊于杨贵妃那"回眸一笑百媚生"，仿佛白花生层雾，淡香余千年，雪龙多杰顿时如饮千年陈酿。

良久，雪龙多杰才惊叫道："哎呀，我得回楼外楼了！"说完转身就跑，刚跑了几步，回头向杭婉琪问道：

"杭姐姐，我以后在什么地方可找到你？"

杭婉琪立时清醒过来，刚欲说"保依路"三字，又闭上了嘴，嫣然笑道：

"你找不到我，但我容易找到你，杭姐有事会去找你的，你还是快去吧！"

雪龙多杰一愣，无可奈何地转头欲走，忽又转头问道："杭姐，刚才害我的是什么人？"

杭婉琪别有深意地道："繁星宫，她们十分厉害，你还是别去惹她们为好！"

雪龙多杰狠狠地道："又是繁星宫……"

说完雪龙多杰转身而去，很快消逝在黯淡的夜色中，杭婉琪心有千千结地看着雪龙多杰消失，深叹了口气，领着二婢背离掠去。

这时，从古榕树后闪出一黑衣人，沿着雪龙多杰的方向追去。

雪龙多杰离开了杭婉琪三女，心里仿佛失去了无数，一股惆怅悠然而生，但脚下却并不怠慢，径直向楼外楼而来，此时华灯高照，西湖天水朦胧，三座小岛似乎退到了很远的地方。

沿湖是密密的树林和各式各样的花草，庭台楼阁，灯迷离，影婆娑，心情更是散乱，恍惚间，从林间扑出两团黑影，雪龙多杰心中巨震，刹住了脚，定睛而看，见是两名黑衣人。

两名黑衣人干瘦无比，尤如薄纸包骨头一般，但二人却散发出一股阴冷之气，更是腐朽如枯木，两人眼睛瞪着雪龙多杰，雪龙多杰不知对方是什么来路，没好气地道：

"你们是什么人？可知挡本少爷的路是死罪！"

两人无动于衷地将手中的磷光棍一扬，齐道：

"地狱有路，引路使者！"

此二人正是地狱使者，雪龙多杰听到地狱二字，本能地打了一个寒战，茫然道：

"本少爷在人间生活得快快乐乐，为何要去地狱？何况本少爷年纪轻轻，也不下地狱，地狱就是有路，本少爷也不去！"

其中一名引路使者道："放肆，怎由得你来作主？只要你受到地狱召唤，就得下地狱！"

雪龙多杰不解道："本少爷听不懂你们的鬼话，也不想浪费时间！"

"嘿嘿，你在许多年前就接受了召唤，现在，我们只管引你去地狱！"

"什么？本少爷见多识广，地狱使者从没召唤本少爷，又怎会让你引路！"

第四章

不错，地狱堡的使者分为召唤使者、引路使者和执法使者，而召唤使者专管进入地狱之人的调查和通知，当然，能直接把对象打入地狱就最好，但毕竟有些人难以对付，雪龙多杰应属于这样的人，而且受到特别"优待"。

"只因你是吉龙多杰的儿子，就应被召唤，何况你身有玉佛，更是我们引路使者不能放过的人！"

雪龙多杰心中一惊，低头向自己胸前的玉佛一看，奇怪道："你们说的可是这玉佛？"

两地狱使者相互一望，均盯住了雪龙多杰胸前摇晃的玉佛，尽显贪婪激动之色，突然，两使者伸出鬼魅般的手，奇快无比地向那座玉佛抓来，那劲道如同要掏雪龙多杰的心一般，雪龙多杰心中一寒，慌乱后退。

谁知二使者依旧向玉佛抓来，雪龙多杰灵机一动，使出了那招"无相闲弹"，就在二使者手影触到玉佛的一刹那，二使者只觉伸出的手被两只尖细的针猛刺了一下，疼痛无比，快进的手立时慢了下来，雪龙多杰乘机又退了几步，吼道：

"你们讲不讲理？这玉佛也是你们能碰得么？老实告诉你，它是杭姐姐在小瀛洲买来送给我的，你们觉得漂亮，何不自己去买！"

两使者先是被他的怪招骇了一下，听到雪龙多杰的话，均"咦"了一声，表示惊异，其中一名地狱使者"嘿嘿"冷笑道：

"小子，你说的话只能骗三岁小孩，若真是从小瀛洲买来的，你把你胸前的给我们，我去买十座送给你如何？"

"放屁，你买一百个，本少爷也不与你换，这一个对本少爷来说价值连城！"

那地狱使者误会了雪龙多杰的意思，当听到"价值连城"，更是眼睛瞪得大大的，大吼一声，重又向雪龙多杰抓来，雪龙多杰暗自叫苦，只有施展开"神羚渡雪"，快疾无比地躲闪。

"神羚渡雪"是神羚十八式之一，神羚的速度惊人无比，在雪上奔跑更是乱人心眼，但地狱使者的鬼影魔爪亦奇快无比，而且两名地狱使者功力奇高，爪影如天罩一般围住了丈多开外，雪龙多杰被困在中间，心急如焚。

突然，脑海里一片殷红光亮急闪，如在做奇梦一般，不知不觉施出了一招，只见在爪影中，雪龙多杰的食指如一道金光，剧晃几下，变成三道金影，势如奔雷，快如闪电，窜过厚厚的爪影，雪龙多杰如流星一般穿透而出，两名地狱使者只觉五指剧痛，手心灼热，闷哼后退。

"小子，你刚才施了什么鬼把戏，居然破了我们联手的'收魂爪'！"

雪龙多杰这才知道刚才二人施的是"收魂爪"，只听名儿，就令人毛骨悚然，雪龙多杰笑道："当然，你们收魂爪能破，只因本少爷施的这招叫着'三黄指'，无所不破！"

地狱二使心中一惊，暗忖：这小子果然有玉佛，否则怎会有如此霸道的指力，更认定雪龙多杰胸前所挂玉佛就是传闻中的玉佛，两使者立时挥动磷光棍，向雪龙多杰横扫而来，一时场中磷光点点，杂着"呜呜"的低啸声，使人如置身于地狱一般，雪龙多杰暗自心惊，不由自主地往身上摸了摸，才发现自己并没有兵器。

雪龙多杰几时见过如此骇人的场景，见棍影滚滚而来，脑海中闪出一个"逃"字，未等棍影滚来，雪龙多杰长啸一声，立时身形暴涨，两腿亦变得很长，大步流星地向前迈去。

二使者几时见过如此怪异的事？均愣住了，在二人一愣之时，雪龙多杰已连跨几步，走进了黑暗中，一使者惊道："这会不会是江湖传闻的缩地成寸？"

没有人能回答，因为没有人见过"缩地成寸"，二使者醒悟过来，连追几步，哪里有雪龙多杰的影子，这时，一片阴影袭向二使者，二使者齐声喝道："追！"

那片阴影停了下来，竟然是个黑衣人，那黑衣人无声无息地来，默默地逼视着二使者，二使者见黑衣人蒙着面容，但胸前挂着金灿灿的"十"字架，二使者立时面色一变，跪拜道：

"地狱堡引路二使者拜见钦使大人！"

那黑衣人冷哼一声，阴沉沉地道：

"本使已暗中跟踪了那小子几天，已知那小子来路不明，行招古怪，却并未与之敌对，你们知道什么原因吗？"

两使者相互看了看，惶然道："二使不才！"

"无论他胸前是否是真玉佛，均不应打草惊蛇，而应顺势导之，知道吗？"

二使者听得半懂不懂，但依旧点了点头，黑衣钦使挥了挥手，二使者默无一言，惶然消失在黑暗中，黑衣钦使冷哼了两声，身体一旋，立时化作一团虚影，滚入了黑暗。

"古今尽知"和倜傥公子在柳溪靳贝磊、靳贝琢的引领与两名二等剑士的"押守"下向柳溪深处而来，"古今尽知"心事重重，向靳贝磊道：

"靳公子，你刚才说江湖上许多人都猜想老夫是惊梦一族的人，靳堡主也这样认为吗？"

靳贝磊笑道："家父很少多言，即使与我们兄妹，也难以畅谈，他如何看，在下实在不知，不过先生放心，家父绝不会为难先生的！"

"古今尽知"堆笑道："那是那是，不怕公子笑，老夫实是孔明世家之后，家里排列第二，故名孔二，稍懂一点占卜八卦，又喜欢收听一些江湖秩事，出外混口饭吃，想不到……"

靳贝磊见"古今尽知"胆小，心里窃笑，这样的人怎会是惊梦一族之人，何况惊梦炫奇？更肯定自己的判断，这时靳贝琢在一旁笑道："先生何必贬低自己？怎么说也是孔明的后代，比我们这靳姓要强一些，如果孔二先生也到了混口饭吃的地步，天下间不知有多少人没有饭吃了！"

"古今尽知"孔二堆笑道："靳小姐太抬举老夫了，老夫怎可与你们相比，那是折煞老夫！"

倜傥公子一直无言无语，板着那张白皙玉脸，这时狠狠看了"古今尽知"孔二两眼，显然看不惯孔二甘落后于人的样子，靳贝琢偏眼娇笑道："孔先生，你也该说说这位公子爷吧，他应是不简单的人物吧！"

靳贝琢说完，妩媚地望向倜傥公子，倜傥公子没好气地看了她一眼，移开目光，再不理这娇小姐，"古今尽知"笑道：

"靳小姐千万别生他的气，他天生脾气就'牛'得很，说起来老夫应是他的阿舅，只不过不是亲的，他家很富殷，他又是独子，家里特为他请了几个武师，学了一些拳脚功夫，不赖的！"

靳贝磊听了不以为然，心里冷冷讥笑道：哼，三脚猫的功夫就以为不赖，那天只怕也只有井口那么大了，刚才还想与我靳家公子无忧剑少主相比高下，不知厚薄！

但靳贝琢却把偁偿公子越看越可爱，越看越有个性，天下间谁敢不给她好眼色？唯有这偁偿公子，越没给她好眼色，她越认为这偁偿公子可爱，大概大富人家的娇女均有这种"变态"的心理毛病，靳贝琢如皮糖一般，誓要粘住这公子，于是娇笑道："孔先生，你还没说他姓甚名谁呢！"

"古今尽知"孔二笑呵呵地道："老夫倒忘了，说话也有个先后，他家复姓北川，他叫北川雨星，天上下雨的雨，天上挂星的星，还有……"

"孔先生别说了，我知道他叫北川雨星，北方山川下雨时，天上却挂着星星，妙极了！"

靳贝琢本以冷艳出名，带刺的玫瑰花，但此时却兴奋得如一只花蝴蝶，女人真是善变。

柳溪中山石零乱，山岙如浪，但青竹如海，密密的，直直的，铺满山野，简直把山谷中蜿蜒，淙淙而下的小溪掩住，无数条小溪低声相互招呼，在竹海中窜走，捉迷藏，最后露出头来，扎入谷中一条青青的小河，溪泉淙淙潺潺，小河哗哗咚咚，在谷中河的两岸宽宽的石砾沙滩上，错落有致地栽种着无数的垂柳，河水铺满石砾，流动的河水，与显露的沙丘怪石相依相偎。

垂柳如烟、如帘，似丝似带，垂入水中，清雅有声，而不喧哗，又不寂静，暗含古幽，柳溪烟雨听说是杭州远近一大特景，确实不虚，住在此地，不是神仙更赛仙，天堂似曾在人间。

柳溪十二堡，其实是柳溪十二涧，每一涧有一堡，故称柳溪十二堡，每一涧的人归分堡管辖，十二堡统归总堡主领导，柳溪无忧剑的主人靳候就是这里的总堡主，尤如这里的君王。

此时靳候却静静地坐在临溪的竹阁里，默默听着哗哗的水声，和"嘎嘎"的鸭叫，细眯着眼，远看山涧，山涧薄，雾轻铺，虚中含实，实中有虚，虚为静，实为动，动为人的轻唱、细语以及高高的吆喝声，虚为山，为林，为天一色。

靳候在江湖中混得得意，在柳溪中活得惬意，似有仇家。又恍若无仇家，只因朔玉要了美人和隐居的生活，更重要的是，朔玉无故得去了血光玉佛，引去了杀身之祸，武林中除了无忧剑主，谁与争锋？十五年来，江湖上风平浪静，只因他不是盟主，更甚盟主，他有剑！

要命的剑，与默默无言的靳候一样！

十五年过去了，斗转星移，群雄众魔纷出，因血光玉佛传闻重显江湖——

剑，不再沉默，人，更是难静，只因他明白，四尊佛像为赝品，他那一尊亦是赝品！

靳候在想起玉佛之时又想起了已不知生死十五年的新月怡心钩主人朔玉，他江湖上唯一的知己，他深深体会到，江湖中，敌人也可以是知己，而不算敌人的不一定是知己，知己难觅，而他偏偏就失去了竞争的对手，失去知己，这又怎不让他伤感，让他厌倦江湖，淡泊人生呢！

靳候突然眼睛一跳，心里一紧，觉得四周有了异常，眼光如利刃一般破窗而出，继而听到清脆的脚步声和低低的交谈声，立时又恢复了原来的样儿，如老禅打坐，圣道悟道。

竹门无门，只有敞着的门口，此时门口已站着犹如小灵雀般欢快的靳贝琢，靳贝琢见到靳候，立时从十八九岁变成了四五岁，窜到靳候面前，轻轻拍道：

"喂，老爷子，乖女儿回来了呢，还装糊涂干什么，是不是不想女儿啦？"

靳候当然早就知道是女儿回来了，缓缓睁开眼睛，静静看了看了女儿上下，微笑道：

"还好，乖女儿一点没受损，对了，你哥哥呢？是不是没办成事没脸回来，你单独回来的？！"

候爷就是候爷，心情就如运剑一般变化无常，脸上的表情更是丰富多彩，靳贝琢立时偎依在靳候的怀中，撒娇道：

"在老爷子的精心栽培下，哥哥已是人中之龙，武林之翘楚，当然不会辜负老爷子啦，但这次你的乖女儿却是给你丢面子了，而且……"

靳候轻轻展笑，摸着女儿头道：

"你哥哥如果这样想就好了，乖女儿就是乖女儿，你是我的宝贝儿，怎会丢面子！"

靳贝琢见时机已经成熟，心有担心，道：

"女儿这次真倒霉了，去请'古今尽知'先生，被一个古怪小子横加阻拦，杀了我们两名三等剑士，差点弹掉女儿手中的剑！"

靳候心中一震，眼中寒芒一闪，但很快就消失了，依旧笑道："天外有天，人外有人，倒是给了你一个教训，那古怪小子是谁？"

"你说的二者之一，就是来自康巴族神羚谷的什么小头人，女儿已打听清楚，他父亲是什么多杰的，那古怪家伙叫雪龙多杰！"

靳候剑眉一扬，眼一睁，自语道："雪龙多杰，你且先把他为何阻拦详细说说！"

靳贝琢见靳候十分在意雪龙多杰，并觉得老爷子今日表情格外丰富，心里不勉也有点惴惴不安，当下把发生的事一五一十地说出来。

当靳贝琢讲到雪龙多杰弹指，差点弹掉靳贝琢的剑时，道："是不是弹指惊雷？"

靳贝琢摇摇头，道："还要厉害，他能把两名三等剑士的剑弹断，而且如剑一般细洞穿他们的印堂！"

靳候听到这里，眼睛闪过一片惊愕，更有一丝惧悸，道："不可能，绝不可能！"

靳贝琢立时不解道："老爷子，什么不可能？"

靳候面色恢复正常，微笑道："我以为他是少林寺或西藏喇嘛的弟子，但一想，又不可能！"

"噢，你怎么会认为他是佛门弟子？"

"他用的手法与佛门不外传之一绝技很相似！"

"那他可能是喇嘛教的弟子，康巴族在近藏一带，怎么说他也是一位小小的头人！"

靳候舒气道："也是我们先不对，杀了他两名近卫，他那样做，完全是合情合理！"

靳贝琢心里虽然不满，但也不敢反对，只是有点暗恨雪龙多杰，靳候这时问起了靳贝磊和要见的人，靳贝琢才想起来，叫道：

"哎呀，他们在客厅里等着呢，那'古今尽知'孔二先生和他徒弟都来了，老爷子快去吧！"

靳候一听，立时站了起来，靳候高高的，瘦削如一支利剑，在靳贝琢的陪同下，径直向大厅而来，进了客厅，相互寒喧了一下，靳候似乎对"古今尽知"仇二十分恭敬，问道："孔先生，朔玉经过十五年前那一劫，就默无声息，不知是生还是死！"

"古今尽知"仇二微眯双目，口中念念有词，手指扣算，良久方才叹道：

"老夫不才，只能说出个大概，那就是生亦如死，死亦如生，生死相伴！"

说完，孔二长叹了一声。靳候细想了一下，剑眉一展，点头道："先生已让本候满足了！另有一问题是，江湖似有不稳之态，玉佛最终会为谁得？"

"候爷体察入微，与老夫似有同感，玉佛出现方引起不稳，故它应回归本位才是！"

靳候眉间方才明朗了起来，微笑道："先生如此说，本候倒放心了，今日先生光临柳溪，本候心情亦畅达了不少，何况又为本候解答了问题，本候不知如何致谢！"

"古今尽知"笑呵呵地道："老夫走江湖，利字当头，候爷还是给老夫几锭银子算啦！"

靳候愣了愣，注意到北川雨星，问道：

"这位公子是先生的……"

他这是明知故问，"古今尽知"只好再次给靳候解释了一遍，靳候大悟，但依旧把北川雨星再看了看，才道：

"先生和北川公子就在这里呆几日，那持真玉佛的人必会出手示物，那时再出去，一定安全了许多，现在不只柳溪十二堡在寻找先生，似乎天下间的人物均在寻找你二人！"

说到这里，靳候突然在胸前一摸，立时摸出一个碧绿色的玉佛，"古今尽知"看后脸色一变，低呼道："这就是候爷收集的玉佛？"

靳候点了点头，说道："那一战即使本候出马，也救不了朔玉弟，身不由己，大势所趋啊！"

靳候将玉佛解下来给"古今尽知"孔二道：

"孔先生，你看不看得出它是真品还是赝品？"

"靳候太抬举老夫了，对玉佛的了解，靳候应比老夫多才是，但天下间，有没有人见过真正的玉佛？"

靳候想了想，摇头道："除了朔玉，江湖中谁也没见过，也就是说……"

"也就是说真玉佛不知是什么样儿，连样儿也不知道，又如何去寻得呢！"

"哦，先生说得是，难怪我见惯不怪，可能把假玉佛捧在手中，还认为是真的呢！"

此时"古今尽知"将玉佛放在眼前用光照，玉佛根本就没有变化，玉佛还是玉佛，"古今尽知"摇头道："老夫难以鉴别，据说在恰当的时候恰当的地点，经过一定角度的光照才能变化！"

几人又闲聊了几句，当夜"古今尽知"和北川雨星就在柳溪歇息，北川雨星今日一到柳溪就觉得这里气势逼人，令人窒息，外面隐隐约约似有光亮，山溪中一到夜间，浓雾紧锁不散。

北川雨星心中总不安稳，猜不透靳候的意思，于是悄悄起来，轻轻推开房门，不由自主向"古今尽知"的房间走去，刚欲敲门，门已被打开，"古今尽知"露出身来，见到北川雨星，一愣，转而呵呵笑道：

"果然是师徒，心灵居然如此相通，川儿，你怎么不去睡觉？是不是心里有事？"

"对，师父，那靳候请你来到底是好还是歹？靳大少爷说他没参加十五年前的事，徒儿不相信，一则当年有无忧剑出现，现在玉佛又在他手中，另则那神秘人极可能是他，只有他才可能把浮烟谷与繁星宫的人联合起来，北斗七煞、西域灾僧等等杀手亦是重利相诱的，何况有玉佛如此大的诱物，天塌下来他也会去的！"

"川儿，说话可要当心，靳候若听见，必定不得了，这件事谁也说不清，自己心里明白，但以当时的情况论，靳候是不得参加的！"

"想不到不悔不归老四大弟子会三诛一，而且外联邪道人物，他不心痛才怪，而且，他一直心仪的玉佛也失去了踪影，怎会有好心情！"

这时"古今尽知""嘘"一下，两人快疾无比地掩入了花丛之中，北川雨星心里不解，正要相问，但被孔二及时用手阻住。

北川雨星顺着师父的眼光望了过去，只见一黑衣人突然出现在花园的旷地上，仿佛从天上掉来的人，又像是隐形人一般，从另一层空间冒出来，黑衣人在空旷地上不断徘徊。

他似乎在等人，没过多久，靳候从房内走了出来，看到黑衣人，立时轻轻道："苍天不悔！"

那黑衣人亦轻轻道："不悔不归！"

黑衣人正要说话，突然"咦"了一声，向北川雨星和"古今尽知"藏身之处一望，靳候立时向藏身处电闪扑来，形如他久未佩带的那柄利剑，"古今尽知"料不到二人功力，北川雨星心中一骇，跟着"古今尽知"一跃而出，虚步躲开凶恶的靳候。

靳候想不到也有人能躲过他刚才的一式，脸色一变，发现是"古今尽知"两师徒，脸上微有愠怒，向二人道：

"二位夜深人静之时，为何不睡觉，跑到这里来？是不是来探听的？"

北川雨星忿然辩道："谁在偷听？我与师父刚刚在这里散步，你们就出现了，怕你们分心，所以才没有现身，哼，本公子倒不想知道你们的伎俩，好心没好报，师父，我们走！"

北川雨星说得气愤，拉着"古今尽知"的手，"古今尽知"知道今夜难以走脱，何况……姜还是老的辣，倒不同意北川雨星一走了之，黑衣人此时冷冷地道："走得了么！"

说完，黑衣人和靳候双双跃起，扑向"古今尽知"孔二和北川雨星，"古今尽知"和北川雨星心中暗惊，哪还敢迟疑，立时展开绝世身法，尤如两道白烟，从黑衣人和靳候巨掌下逃了出来，黑衣人惊叫道："附梦影法！"

靳候一听是附梦影法，立时明白眼前二人是惊梦一族的人，立时向黑衣人道："童左侍，他们可能是惊梦炫奇和那孩子！"

黑衣人显然叫童左侍，听到靳候的话，立时来了精神，冷笑道："原来是你们，今日休得让他们溜走，否则又得等十五年了！"

说完，黑衣人身影再次加快，双手如魔掌一般向北川雨星罩来，北川雨星惊叫道："金磐佛掌！""古今尽知"向北川雨星道：

"川儿，今日之战，千万别输！"

北川雨星本被对方的"金磐佛掌"惊骇住了，又听"古今尽知"的话，本要问什么，但立刻又明白过来，只因他们来自惊梦一族，北川雨星知道这层意思，哪敢怠慢，将附梦影法推到了极限，立时身形化作了淡淡轻烟，北川雨星明显内功较弱，但北川雨星手中突然划过一道阴寒的气劲，气劲中原来是一把匕首，正是一等一的利器，难怪取名"天寒匕"。

童左侍只觉五指同时一麻，惊慌地把手掌后撤，待细看时，手掌中划开了一条不深不浅的伤痕，没伤着骨，只伤着皮肉，血一出，见之骇人，童左侍不敢小觑，毕竟别人手中有利刃。

而"古今尽知"亦与靳候打得难分难解，万幸的是，今日"无忧剑"剑主没有将无忧剑带在身边，否则"古今尽知"怎会是他的对手。

靳候虽然没有带剑，但胸中有剑，人就是剑，双手就是剑，减其锐而未减其形，运掌如运剑，很快，"古今尽知"就处劣势，"附梦影法"虽然高妙，但靳候的身法就如其剑，减繁就简，其快而准，倒隐隐克制了"古今尽知"，毕竟靳候是成名已久的人物，每招每式均是千锤百炼的精妙之着，化腐朽为神奇。

而"古今尽知"似乎缺乏的就是实战，激烈的对抗让他失去锋芒，在靳候的掌影下，身影越来越慢，越来越吃力，而靳候如蜘蛛一般，对捕获的敌人不急不火，一副志在必得的样儿。

"古今尽知"突然冷声道："靳候，老夫踏入江湖就不想与不悔不归老的弟子为敌，毕竟大家同宗！你如今咄咄逼人，是什么意思？"

"哼，什么意思，你们害得朔玉叛师归隐，又害得他含恨而死，还害得师父困于死谷，这是什么意思？这不是咄咄逼人吗？"

说完靳候手上一紧，气势更盛，慢慢向孔二掩来，孔二平时的笑脸没了，突然大喝一声，挥掌一绕，立时四周幻出一道金环，金影突然向外一扬，横割向靳候网织的剑阵，立时剑阵割得七零八落，靳候被金色气刃逼得后跃了几步，冷喝道："你怎么会怡心钩法？"

"古今尽知"一招解围，冷冷道："你大概也知道这是新月怡心钩的最高境界'化气幻钩'吧，哼，以为除了朔玉就唯你独尊！"

靳候望向"古今尽知"，惧道："你是朔玉兄弟？你没有死？"

显然靳候以刚才那一招认为"古今尽知"是十五年前生死未卜的朔玉，而且已练到化气幻钩的境界，但他又想到刚才"古今尽知"施展的是"附梦影法"，那是惊梦一族的标志身法。

现在他倒不敢肯定"古今尽知"是惊梦炫奇还是朔玉，显然，这两人都让他感到沉重的压力，十五年前就压在心头，此时愈加沉重。

而旁边的黑衣人在寒凛的天寒匕的几轮强攻下节节败退，黑衣人的武功似乎稍逊于靳候，与"古今尽知"相当，略高于北川雨星，但天意难测，不悔不归老的弟子再次败在悔老的弟子手下，并不因为技艺，不知是因为什么？

"古今尽知"孔二向北川雨星道："川儿，不用打了，此处不是停足之地，我们走！"

黑衣人还想追去，靳候黯然道："童左侍，不用追了，刚才我们也太性急，使误会更深！"

童左侍听了靳候之言，默默看着"古今尽知"师徒消失在黑暗里，良久道：

"他到底是朔玉还是惊梦炫奇，或其他人？"

"总之他是与朔玉有关的人！"

"那叫北川雨星的孩子呢？"

"不知道！"

"古今尽知"的身份几乎呼之欲出，却因化气幻钩变得朦胧起来，北川雨星更是迷蒙，靳候非常想留下此二人，能留下，却没有留下，心里的懊丧可想而知了，靳候突然问道：

"童弟，是不是又是玉佛的事？"

"不单玉佛，而且还有朔玉的儿子，朔玉是否活着，去繁星宫打探一下便能知晓！"

"还带来什么话？"

"合则生，离则亡，还得三合一！"

靳候摇头深叹道："难，这不是一句话的事！"

童左侍又低声与靳候说了一会儿，方飞逝而去，靳候望着童左侍去的方向无话。

"古今尽知"和北川雨星匆匆离开了柳溪，北川雨星吁了口气，只因摆脱了靳贝琢的纠缠，柳溪的压力，"古今尽知"叹气道：

"川儿，为师真的是害苦了你，早知是这样，为师一人出来就行了，现在想回去，为师不会阻拦的，你可得好好想想！"

北川雨星听后脱口道："师父，你这样说，徒儿也不客气了，天一亮，徒儿就回去，不再踏入江湖半步！"

"古今尽知"一愣，神色更是黯然，深深叹了口气，北川雨星偷偷看了师父一眼，问道：

"师父，你叹什么气，是不是想反悔？"

"哪有，徒儿长大了，想干什么就干什么，师父哪里管得着，何况师父我也答应了。"

北川雨星诡谲地笑了笑，嘀咕道：

"师父，你担心什么，又伤什么心，徒儿怎忍心丢下你不管，独自回去呢，你真把你的徒儿想得那样心狠手辣不成？"

"古今尽知"看了看北川雨星，笑道："原来你个小鬼头戏弄师父，真是没有把你教好！"

"师父，以后徒儿是不是还要那样做？"

"唉，随你的便吧，没有磨炼怎可成就一世枭雄，只看今夜的靳候，就是如此！"

"无忧剑主有什么了不起，还不是输给师父你了，师父的武功才是天下第一！"

"胡说，师父自问比靳候差了一大截，他今夜没带剑不说，师父也是用上朔玉的化气幻钩才逼退他，怎么说他也没有输！"

"师父，以后我们只怕更麻烦了！"

"嗯，大概是这样！"

两人离了柳溪，前面死一般寂静，轻凉的风吹来，北川雨星忍不住打了个寒战，说道：

"师父，这天黑得很可怕，徒儿总觉得不对头！"

"古今尽知"孔二听到北川雨星的话，心里亦一寒，不知是经过刚才一仗后的余悸未了，还是预感，两人刚说完，突然从密林中闪出两僧两道，无声无息，快如箭，轻如鸿毛，当是武林超级高手。

两僧两道一落下，已死守住四只角。

来的正是少林寺与方丈同一辈的弗戒、弗禁两位大师和武当的灵清、幽清道长，少林、武当是泰斗，料不到亦来蹚这趟浑水，"古今尽知"心中一沉，将北川雨星往自己面前一拉，轻声道："徒儿，只怕今夜你要先去，让师父来掩护你了！"

北川雨星心中酸寒，默无声音，他知道说也没用，弗戒大师踏步上前，道：

"阿弥陀佛，惊梦施主，一晃十五载，施主重出江湖，应有所图，但少林、武当却不能坐视你兴风作浪，为祸江湖！"

"古今尽知"哈哈笑道："老和尚，你说的话老夫听不懂，什么惊梦施主，什么兴风作浪，这些与老夫有什么关系呢？"

灵清道长道："施主不用贫嘴，你一入江湖，就在我们的关注之中，你们被请入柳溪十二堡后，在柳溪外，已暗潜了几批人，似乎不弄清施主的真实身份誓不罢休！"

"古今尽知"心里剧震，灵清道长说的话当是真实的，那么他们师徒被"请"入柳溪十二堡的消息又是怎么传出去的呢，只有靳家兄妹和两名二等剑士知道，最后他认为靳贝磊嫌疑最大，这小子自视甚高，心机更高人一筹。

而北川雨星心里暗恨靳家兄妹，又恨靳候，最后恨天下武林，恨自己武功不高，但渐渐热血降温，头脑清醒，定下心来，清声道：

"各位大师、道长，不瞒你们，我们确实是惊梦一族，在下北川雨星，家师惊梦孔二，师父和在下是奉命出谷寻找惊梦炫奇和玉佛！"

"惊梦炫奇十五年前突然失踪，玉佛也消失无影，十五年来我们一直在找寻，算到师父和我，已是第十五批了，在下话也说尽了，你们信不信没有关系！"

经北川雨星这一说，四周无声，仿佛根本一个人也没有，两僧两道不知是信好，还是不信好，只因北川雨星说的似乎是真，又似乎是假，从柳溪出来的人不可能带有玉佛，就在大家僵持之时，突然，一女子清脆的声音道：

"他说的话句句是真，本小姐相信，他二人是柳溪的客人，为难他们也就为难柳溪！"

不用说，来者正是柳溪靳贝琢，北川雨星清眉一皱，暗忖：她如何会知道他们出了柳溪呢？这时靳贝琢走到北川雨星的面前，眼含幽怨，那眼光，似要把北川雨星整个人融化掉。

弗戒道："靳大小姐，你真的敢肯定他们不是持玉佛者和朔玉先生的后裔吗？"

靳贝琢道："少林二方丈，你身为出家人，自称说话不打诳，怎么老是怀疑别人说的话？心存多疑，亦自疑，干脆还俗吧！"

弗戒、弗禁两位大师听靳贝琢说得很不客气，立时愠怒于色，但碍于不是武林盟主，胜似盟主的靳候面子，依旧没有动作，这时从黑暗中掠出几条娇小身影，到了近处，竟是繁星宫宫主苏舒，苏舒冷冷地道：

"哼，柳溪请孔二先生，司马昭之心，路人皆知，还不是为了玉佛之事，柳大小姐这样说，只怕是他家老爷子的意思，还不是想独吞！"

靳贝琢见繁星宫宫主亲自出马，心里不免震惊，听了苏舒的话，立时气呼呼地道：

"苏姨，说话可要有根有据，若是让老爷子知道，只怕没有你的好日子过！"

"哼，这么多年来，他何尝让我们有好日子过，现在我们各走各的路，谁先得到玉佛，谁就是老大，怎么样，你想以小犯上吗？"

两僧两道和暗伏的追击者心里十分高兴，总算有人出头了，繁星宫与柳溪关系之密，可算同门师兄妹，但两家又有很深的矛盾，亦是天下皆知，果然，靳贝琢面现无奈，气哼哼地道：

"苏姨，你这样说，到底想怎样？"

"怎样？苏姨是来看热闹罢了，苏姨也肯定玉佛不在他们身上，这小子也不是朔玉的后裔！"她不愿称朔玉为师兄，只因朔玉和苏星的关系，苏星是朔玉之妻，而又是她的义女，这一直是她羞于启口，怨恨朔玉的原因。

但这一切都怪不悔不归老人老眼花，收徒弟不问年龄，只论先后，谁先谁就是师兄，谁后谁就是师妹，当初他离开江湖时说过繁文缛节，一切全免，这才弄出这些麻烦来。

围堵众人一听苏舒的话，立时大感意外，这神秘的繁星宫宫主做事就是不按常道，弗禁道："苏施主，你如此肯定，有何凭证？"

苏舒冷冷看了一眼少林和尚，不屑道：

"只因今日本宫主属下在西湖上发现了第六尊玉佛，在打斗中，让那小子逃脱，否则，本宫主至少可以说是又得到一件赝品，或是真玉佛！"

此话一出，立时尤如一石激起千层浪，暗伏之人均发出惊愕嘘声，十五年了，终于出现了第六尊玉佛，这是多么振奋人心的消息，但众人贪心更盛时，更是猜测佩玉佛之人的武功之高难以臆断，只因他让繁星宫也奈何不得。

两僧两道眼中亦射出奇特的光亮，这时从柳溪方向显出一清峻的身影，冷冷地道：

"师妹一别多年，居然也学会了骗人，若真是第六尊玉佛重现，本候怎么一无所知，而且普天之下，还有师妹也奈何不了的人！"

众人一见来人，均暗呼"无忧剑主"，繁星宫宫主气哼哼地看着比自己年纪小的师兄，越看越不顺眼，但知道自己又奈何不了他，正欲反击，这时传来清脆的娇笑声：

"师兄啊师兄，朔大师兄一去，你就摆起老大的样儿来教训人，小师妹虽然与师姐有过节，但也看不过你如此欺负人，看到你今日的地位和气势，师妹真后悔当初因玉佛被人利用联手害了大师兄，大师兄啊，你泉下有知，还请你原谅小妹的年幼无知……"

来者正是浮烟谷谷主杭绮，杭绮边说边笑，但到最后，竟然黯然落泪，泪中带笑，凄怨无比，在空荡荡的夜空中，令人毛骨悚然，让人又回到十五年前的那一夜，在场的当事人忍不住左顾右盼，不知是怕新月怡心钩的厉害，还是内心良知的发现。

靳候脸上煞白，如剑的身躯剧颤了几下，更是悲怆，逼视着浮烟谷谷主杭绮，低沉地道：

"你……你……你胡说些什么，难道是……"

一代枭雄，此时竟语无伦次，靳贝琢见父亲难受的样儿，心如刀割，怒叱道：

"你胡说，那夜老爷子根本没去杀大师伯，哼……大师伯其实是你们害死的！"

繁星宫宫主和浮烟谷谷主脸色顿变，疑惑中带有杀意，齐吼道："你再说一次！"

靳贝琢见二女如此样子，仇恨中带有得意，正欲再说，靳候突然挥手道：

"贝琢，你闭嘴，这里哪有你说话的余地！"

靳贝琢还是第一次见父亲这样与她说话，心里顿时慌乱，更是委屈，但再不敢说话，繁星宫宫主苏舒平时冰清婉容，此时亦怒不可遏，隐含浓浓杀意，向靳候道：

"二师兄，这到底是怎么回事，你必须给我们姐妹一个满意的答案，否则……"

"对呀，那夜有柳溪十二堡的一等剑士出现，而且你也……如果没个答复，老爷子那里不好交待，我们也不会放过你的……"

此时二女同心，其力断金，这时武林正邪七门八派三教九流亦听出了大概，那就是靳候不承认与繁星宫、浮烟谷合力追击新月怡心钩主，而一宫一谷又是得柳溪靳候的大力诱唆，这怎能让人相信？十五年前的事又重新拿了出来，而且其中另有原因，是谁敢插手他们之间来瞎搅和，天下间谁人有如此能耐与胆量！

此人是谁？挑战四大绝命兵器的神秘人是谁？

群雄群邪心中又惧又喜，恐惧的是那神秘人物既然敢侵犯四大绝命兵器，当然把他们亦不放在眼中，说不定哪一日自己也会大祸临头，窃喜的是让人嫉恨的这四大神秘力量相互猜忌，因神秘人物的介入而矛盾加深，说不定哪一日他们相互残杀，岂不是可以了却心头之怨！

但此时，就是少林武当的二僧二道亦不敢多言，若迁怒到自己头上，那可是血雨腥风了，而此时的靳候懊悔为何今夜在这里出现，更懊悔十五年前自己的强出头，自古以来就有枪打出头鸟，但无忧剑主就是无忧剑主，靳候不是浪得虚名，只见剑眉一扬，道：

"两位师妹放心，靳某不想就此事与你们辩解，靳某会给你们一个满意的答案，此时此地，亦不适宜追查十五年前的事，现在关切的是玉佛，苏师妹所说的话，不知是真是假?"

靳候经此一仗,口气倒软了许多,由不相信到怀疑,苏舒心里有火,只冷哼了一下,不再言语,杭绮肃容道:

"当然不会有假,小师妹今日也有风闻,二师兄深居简出,消息当然落后多了!"

靳候皱了皱剑眉,以往日脾性,当要教训杭绮一番,但此时他硬生生把恨怒压了回去,杭绮心里暗笑,胆子也大了起来,知道二师兄心里受制,以后别想再盛气凌人了,靳候道:

"苏舒,以你之言,那佩玉佛之人必武功高绝,连繁星宫的人也奈何不了他,不知是谁?"

"那小子武功倒不高,只因有浮烟谷那小妖精与他在一起,否则,哼……"

"哟,苏姐何时嘴巴也变得与小妹一样了,小妖精,那我杭绮不是老妖精了?你的意思是不是奈何不了追魂针?小妹倒是高兴,但你倒小看了那小子,别忘了二师兄的两名三等剑士被他弹指间就杀了,比贝琢还胜几分,你这样说,岂不是暗示二师兄不行了,贝琢啊!"

靳贝琢对两个师叔阿姨都不满意,知道她们又在斗嘴,干脆懒得上杭绮的当,捅这个马蜂窝,冷哼了一下,扭头到另一边。

靳候此时扬头道:"你们别争闹了,各位江湖仁兄,玉佛乃列兵峰之宝,为天下所有,有缘人得之,我们师兄妹并不介意你们加入寻宝之列,但靳某有言在先,得宝不易,护宝更难,玉佛是宝,但射出的是殷血之光,望诸位三思而后行,诸位亦听到了,这位先生和公子并不是怀宝之人,今日之事,就此打住,若有谁评头论足,休怪靳某不讲情面……"

说完,靳候眼光如利剑,向四野扫去,众人触到眼光,立时像被刺小了一半,从苏舒、杭绮的对话,众人已知道佩玉佛的是雪龙多杰,此地当然不便,也不想再留,各自转首悄然而去。

第五章

没多久，满山遍野的人都走光了，只剩下一谷一宫一溪之人和"古今尽知"师徒二人，靳贝琢幽怨地看了一眼北川雨星，北川雨星愤懑地看了她一眼，回首逼视着杭绮和苏舒，靳贝琢转头向"古今尽知"孔二道：

"孔先生，不知我们哪里招待不周，致使你们不告而别，差点惹上杀身之祸？"

靳贝琢一再相询，靳候干咳了两声，肃声道："贝琢，他们愿不愿留下，是他们的事，何必强求，但父亲告诉你，他们来自惊梦一族，不应与他们太过接近，至少是现在，你懂吗？否则，父亲也是爱莫能助！"

靳候在此时心境下，居然还能如此轻言细语，确是难得，但谁又了解其中之谜呢！见女儿心系北川雨星，心头一痛，向树林间一招，立时从树林间跳出两名白衣剑士，只看其敏捷的动作，便知是强一流的一等剑士。

"你们二人呆在小姐旁边，若小姐有个意外，你们也别想好过！"

靳候说完，扫了杭绮和苏舒一眼，默无一言地转身射入柳溪之深涧，靳贝琢见老爷子今夜心灵受挫，此时更是形影相吊，泪花悄然而出，但知道"古今尽知"和北川雨星终归是惊梦一族，心里失望，失魂落魄，瞬间与他们似乎相隔很远，用手都不能拉着，最后狠狠咬了咬牙，洒泪道："想必你们也不愿再回柳溪了，我也不强留，但你们一路上只怕会……"

说到这里，靳贝琢狠狠转身，径直向父亲追去，两名一等剑士紧跟其后，"古今尽知"看着消逝的靳贝琢，又看了看北川雨星，长叹了口气，转头回到杭绮和苏舒的面前，说道：

"两位夫人不知还有什么相询老夫？"

苏舒皱皱眉，方道："老先生果然是来自惊梦一族么？刚才这位公子说的话是真是假？"

北川雨星怨恨地望了繁星宫宫主一眼，正欲反击和讥讽，"古今尽知"孔二赔笑道：

"靳候都那么说了，你们难道还不相信?! 不相信也没办法了，反正也拿不出证据来！"

"无须拿出证据，繁星宫做事，还得要证据么？刚才这位小公子说你们是第十五批出山寻找惊梦炫奇，哼，惊梦炫奇，无论他躲到何处，总会露面的，若你们找到他们，叫他们带上玉佛来繁星宫，朔玉夫妇均在繁星宫，不怕他不来！"

说完，繁星宫宫主苏舒挥袖而去，浮烟谷眼看着最后一个劲敌离开，方道：

"喂，你们爷儿俩，混得也真狼狈，出门就被别人追杀，你们惊梦一族也忒能溜，凭附梦影法就逗得无数人气都难歇一口，厉害！"

北川雨星怒道："婆婆妈妈的，有完没完？既然你们已发现了玉佛和那劣子，怎么还不去追？只怕等会儿，玉佛又会失去踪影的！"

"呀，这位公子看上去像个大姑娘，说话却是一个伟男人，本谷主倒看走眼了，繁星宫有朔玉夫妇那堆烂骨头，但浮烟谷有新月怡心钩，迟早会引他们上钩的，何况那玉佛还没到手，不能死心眼认为那就是真玉佛吧，本谷主从来不愿孤注一掷，不愿赌小放大！"

"古今尽知"迷惑道："你这话是什么意思？"

"到目前为止，怀有玉佛的人极可能有二，一是来自异族的雪龙多杰，一个就是这小公子，谁真谁假难以辨别，故本谷主要双管齐下，这样才能够万无一失，找了玉佛来！"

"你刚才也说玉佛不在我们手上，这岂不是存心与我们惊梦一族作对！"

"哟，惊梦一族，不敢，怎么说我们也是同门后辈，来此地也是求和，哪能求气呢，何况，如今二位身陷困境，何不去浮烟谷坐坐！"

北川雨星讥讽道："不知谷主是好意相请，还是胁逼，以谷主一向作风，从不做无为之事！"

浮烟谷谷主杭绮媚眼一转，微移婀娜风姿，逼近北川雨星，上下看了看，嫣然笑道：

"公子站如玉树临风，说话怎么如此大火药味，想刚才那靳家小妮子为公子黯然落泪，奴家在旁亦看得心里凄凉，唉，公子也真是负心，若是碰上我们家那小妮子，公子还是这般铁石心肠，奴家断不答应的！"

说着，浮烟谷谷主杭绮眼中射出一丝寒芒，但依旧带着迷人的微笑，真如美丽的罗刹！

　　"古今尽知"孔二暗暗警戒着，他了解这带刺的玫瑰说说笑笑间，就会勾去任何人的魂魄。

　　北川雨星皱了皱眉，心生厌恶，将手中的"天寒匕"越抓越紧，一触即发，当浮烟谷谷主杭绮说到杭婉琪时，北川雨星怒道：

　　"夫人身为前辈，说话应注意点分寸，不能自重，但也应教教你们浮烟谷的后辈如何自重，可别如一般的烟花女子，那恐怕有辱不悔不归老的声名！"

　　两人针尖对麦芒，越说越不对劲，北川雨星似乎有意激怒杭绮，杭绮倒是不愠不火，转眸看着北川雨星，咯咯笑道：

　　"公子说得倒是有点道理，似乎你很关心浮烟谷的事，而且特别关心杭婉琪那小妮子的事，哎，那小妮子的确长得美貌如仙，人见人怜，连我做母亲的也黯然失色，她和什么样的人在一起，本谷主倒难以发表意见，否则就有点吃闲醋的嫌疑，犯不着去做这样吃力不讨好的事吧！"

　　北川雨星心里陡怒，瞪着凤目道："你……"只吐了一字，不再说话，转头不再理会杭绮。

　　杭绮诡谲而得意地笑了笑，方转向"古今尽知"，细细地看了看他的面容，而且贴得很近，她身上的紫萝兰香气纷纷飞到"古今尽知"身上，"古今尽知"亦隐隐闻到，心里一慌，不自主地向旁边移了移，谁知杭绮跟上去，眼眸中脉脉含情，脸上浮出圣洁的爱的光环，更增添了浮烟谷谷主的神秘和美丽，紫萝兰罗刹！

　　杭绮细细地看，轻轻地闻，如依靠着自己的情人一样，又如良驹找到自己的主人一般，"古今尽知"孔二脸色又是一变，不断移开，慌乱中，冰冷的声音道：

　　"夫人贵为一谷之主，在晚辈面前若不自重，也应尊重别人忍受程度！"

　　浮烟谷谷主杭绮面颊潮红，似未听到"古今尽知"孔二的话，而且眼睛并未斜视，仿佛旁边的北川雨星和几名属下并不存在，良久，浮烟谷谷主杭绮方如在梦魇中一般吟道：

　　"惊梦一族，夜月兰香，来去如梦似幻，飘忽如烟似雾，唯有香如故，香如故，十多年了，这香味依旧飘曳浓，似邻情郎，邻情郎！"

　　浮烟谷谷主杭绮忘情一片，痴情一处，朱唇轻启，似咏似吟，是痴女，更是怨女，欲立似坐，罗带轻飘，与"古今尽知"孔二的轻衫轻轻缠绵，北川雨星心中轻轻一震，暗忖：这浪荡女人，今日怎会变成这样，她难道发现师父是谁了？她与师父难道……

北川雨星不敢去想，师父的影子与浮烟谷主的影子怎可以邻近在一起，不可思议，但北川雨星还是难忍好奇，忐忑不安地望向师父，只见"古今尽知"孔二夜色中脸孔依旧如故，面对杭绮幽怨痴情的神色，若睹无物，在一而再，再而三地退步后，伸手挡住了杭绮前来的娇躯，使二人始终保持着一段不近不远的距离，近在咫尺，而人在天涯，多么让人痛苦。

"夫人，你失志了，贵为一谷之主，想不到也有十分脆弱的一面，老夫今日不是亲见，简直不相信，何况夫人的无情天下出名！"

浮烟谷谷主杭绮立时娇躯一颤，如被蜂蝎叮了一下，那痴醉的面孔瞬间一变，眉宇间杀机陡涨，更有令人不寒而栗的威严，"古今尽知"孔二心里亦一震，再退一步，暗自警惕，杭绮眼光冷冷地望了望四周的黑夜，转头道：

"'古今尽知'孔二，呵，这骗得了别人，骗不了本谷主，哼，就是你化作灰，本谷主也辨得出来，现在不是你愿不愿意去浮烟谷，而是你不得不去，本谷主现在的心情如何，想必惊梦先生再明白不过，是屈从还是不屈从？！"

浮烟谷谷主杭绮眼眉一竖，眼光冰冷地望向"古今尽知"，似乎令人没有反抗的胆量，"古今尽知"孔二心不在焉地道："夫人既然知道玉佛不在老夫师徒身上，何故依旧不肯放过，而老夫师徒与夫人的浮烟谷似乎并无什么过节！"

浮烟谷谷主杭绮深深地看了看"古今尽知"，眼中不知是什么，气哼哼地道："确实没有什么过节，但你们是惊梦一族，本谷主与惊梦一族所有的人，都是有过节的，怎么样，不服气？！"

北川雨星见杭绮不讲理，对师父更是无理取闹，心中怒火大炽，吼叫道：

"巫婆，看到你就知道浮烟谷不是个干净的地方，我们不愿意去，难道你看不出来！"

浮烟谷谷主杀机立现，望了望北川雨星，紧咬皓齿，挪移了两步，"古今尽知"轻轻地冷哼了两下，浮烟谷谷主杭绮似曾听见，娇躯又是颤，前移的莲步凝滞不动，脸上的杀机被一些惶恐所代替，北川雨星本见浮烟谷谷主来势不善，这亦是他所希望的，他早就看不惯这女魔对师父的态度，亦不想再呆在这里，左想右想，横下心，欲与杭绮一较高下，但他万万没料到，浮烟谷谷主会突然收敛了面上杀机。

浮烟谷谷主缓缓转过头来，神色恬静地道："刚才是你在说话么，你终于肯与我说话了么?"

这句话说得没根没据,四下的浮烟谷弟子和旁边的北川雨星大惑不解,浮烟谷谷主今夜仿佛发了神经病一样,说话前言不搭后语,刚才不是"古今尽知"孔二与他说话么,但她却说他没说话,而"古今尽知"此时没说话,她反而说他现在才肯与她说一句话,真是怪哉!

"古今尽知"孔二显得也不懂杭绮说的话,前后左右看了一看,一脸茫然地看着杭绮,杭绮见"古今尽知"的神色,脸色陡变,如寒霜,道:

"哼,到如今你还在本谷主面前装蒜,你是承认呢,还是否认?承认了,本谷主今夜可能放过你们,若你否认,那就休怪本谷主了!"

北川雨星认为杭绮在无理取闹,叱道:"妖妇,你少在这里逞口舌之能,不如在手上见真章!"

说完,北川雨星手持天寒匕,闪电般向杭绮刺去,"附梦影法"妙绝无比,立时,天寒匕寒气暴涨,直逼而来,孔二惊叫道:"川儿,不可……"

雪龙多杰险险脱离地狱引路二使者联合狙击,脚下发狂地奔,初入江湖的好奇心,此时亦增添了几许惊恐慌乱,耳边风声呼呼,雪龙多杰脑海放出了一天的惊险历程:柳叶无忧剑,薄薄的剑叶,淡青的鞘,凛凛的杀气,诡秘的"古今尽知",神秘的传闻,美丽如仙的杭婉琪,美景如画的西湖,还有神出鬼没的繁星宫……风声不绝,脑中浮现的画面亦是不断,那黑衣人,地狱二使,又是谁?!

对今日不平凡的经历,雪龙多杰知道自己已不知不觉地被卷入了寻找玉佛和朔玉两人的漩涡之中,对雪龙多杰来说,这是多么让人怦然心动的事,而又是凶险无比的事,"古今尽知"是谁?杭姐姐又是谁?雪龙多杰聪颖过人,仔细一琢磨,就发现自己仿佛成了这个可怕漩涡的中心,许多可怕的人均冲他而来了。

越想越心冷、心惊、兴奋,雪龙多杰突然想起黑衣人说的一句话:"你真的是吉龙多杰的儿子吗?"心里一冷,暗忖:这黑衣人是何来历,他为何要问这个问题,难道自己不是老爹的儿子,不,不可能,自己是神羚谷的少头人,不会是假的,想到这里,雪龙多杰真想呐喊起来。

雪龙多杰越想越心烦,胸口真气越聚越多,越来越觉得仿佛外界有许多的压力,双腿不知不觉地加快,而且双臂如在游泳一般前后翻轮,越轮越快,臂影如两只飞速旋转的雪轮,这正是"神羚遁雪",黑夜中的雪龙多杰仿佛一只神羚!

不知行了多少路，远远已可看见高耸的楼外楼了，楼外楼四只檐角坠挂着一串灯笼，灯笼中的殷华远远照来，雪龙多杰仿佛已经感觉到了楼外楼内的喧哗和温热，雪龙多杰奔到楼外楼门口，深深地吸了口气，才大步流星地向三楼而来，到了三楼，四下环视了一番，雪龙多杰发现三楼的客人几乎都换了一回，再没有他认识的人，众人见一花花绿绿的小鬼头四下寻找什么，均默默地注视了过来。

这时，跑堂的小二端着酒菜上来，见到雪龙多杰，立时眼睛一亮，跑上前，欣喜道：

"小公子，你可回来了，小的真的等苦了！"

雪龙多杰听得心里一惊，忐忑不安地问小二：

"小二哥，我的两位叔叔呢？"

"哎呀，公子爷，你也真的玩得没个时间，两位大爷与回春堂、椒五店的两位爷在这里左等右等，不见你回来，急得团团转，这不，两位大爷头送走了两位老板，就外出找你去了！"

雪龙多杰看了看夜色中华灯若繁星的西湖，景虽美，但夜如深渊，不知不觉地打了一个寒战，心中暗忖道：菩萨保佑，两位叔叔武功盖世，千万别碰上四种武器的人、黑衣人……碰上了也打他们个落花流水，他们功夫厉害着呢！

经过了一番挫折，雪龙多杰倒多了一些无故之忧，无缘之愁，不知是潜意识，还是自觉，小二送去了饭菜，回来见雪龙多杰茫然若失地看着窗外，问道："公子爷，你怎么啦？"

"没什么，两位大爷走时没交待什么话？"

小二立时拍了拍后脑勺，欣然道：

"哎呀，不是公子爷说，小人倒一时忘了！"

雪龙多杰见小二那样子，以为是什么重要的事，忙收神洗耳聆听，小二继续道：

"两位大爷一再吩咐小人，说若你回到这里，千万别走开，等到他们二人回到这里为止，公子爷就坐下来等吧，对了，公子爷需要什么？"

雪龙多杰听后，失望中杂着恼火，见小二商人般狡黠的眼神，没好气地道："杜康酒、凤翅、螺蛳，本少爷警告你，不好吃，概不付帐的！"

那小二怎惹得起雪龙多杰，笑着打哈哈，一溜烟跑了出去，雪龙多杰暗忖：现在只有呆在这里等他们了，这顿骂只怕是少不了，又想到今日自己不平凡的遭遇，心里颤了颤，又向外边斜看了看，祈祷道："两位叔叔，平安回来！"

定了心神，雪龙多杰这才环视四周，看是否有空位置，环视了几遍，渐渐头痛起来，四周座无虚席，惊呼道："哇，怎么这么多的人，生意蛮不错嘛，早知道，就把这里租下来，狠狠赚他几笔！"春秋大梦做完，又苦脸暗道：等，等，在哪里等？该不会坐在地板上，真是两个蛮大叔，去找我，就应想到我先回来，把他们用的桌子订在那里，哎，真叫人伤心！

这时，小二端着雪龙多杰的酒菜走了过来，见雪龙多杰依旧站着，惊诧道："公子爷，你怎么不坐下来，酒菜已端来了呢！"

雪龙多杰没好气地道："坐，坐哪里？四周都坐满了，还有本少爷的位置么，难道坐地上！"

小二一愣，这才明白过来，恍然大悟道：

"哎呀，坏了，这可怎么办，怎么办？"

雪龙多杰见小二哥端着酒菜急得团团转，不知其故，见酒壶在晃，菜水在溅，担心自己的"粮食"，没好气地接了过来，问道：

"喂，小二哥，你干急什么，没位置了，本少爷都不急，你就成了这样子，省着点吧！"

"公子爷，你不知道，刚才两位大爷走时就想你可能早点回来，也想到你四处玩，又累又饿，叮咛要将他们坐的位置空下来，而且还预付了钱，两张雅桌本一直空着的！"

雪龙多杰心头一喜，一手托盘，一手紧紧拧了一把小二，痛得小二龇牙咧嘴，讲不下去，雪龙多杰不说则已，一说又累又饿，立时那感觉如迷烟般上升，直缠灵魂，忙脱口道："那雅桌呢，怎不早说，快带本少爷去，腿都快散了！"

那小二嗫嚅半天方道："但……但现在有人了！"

雪龙多杰立时无名火突地上升，吼道："什么，你说什么，谁这么大胆，敢冲本少爷来！"

怒气重，吼声亦大，如炸雷一般在楼宇间回荡，喧哗攀谈之声立时被压了下去，众人惊诧地望了过来，不知发生了什么事，但见雪龙多杰赤目怒颜，凶神恶煞的样儿，就知这小子在发横，均为那颤抖的小二忿忿不平，不过搞不懂二人的关系，因为雪龙多杰正托着菜酒盘。

雪龙多杰发现四下静得如空无一人一般，四下望望，一张张惊诧、愤怒、疑虑的脸呆呆地看着这花花绿绿的怪小子，心里立时慌了起来，脸再厚，此时亦红了起来，露出虎牙皓齿，挤出了几丝友好的笑容，四下鞠躬道：

"不好意思，打扰了，别客气，继续吧，大家不要停，继续吃喝……不好意思……"

说得语无伦次，但大概意思就那么个意思，众人这才渐渐转头，渐渐吃喝说笑起来，雪龙多杰暗叫触霉，狠狠瞪了小二一眼，问道：

"小二哥，你倒说说是怎么回事，若是你因为我们订的位置而吃了亏，我怎过意得去！"

乍一听，雪龙多杰似乎在行侠仗义一般，其实是在暗自施压，而小二则呆头呆脑，苦着脸道："怎么吃亏，是我主动让给他们的！"

"什么?!"

雪龙多杰硬生生压着的怒火又掀开了，而且这次比上次还厉害，声音更大，仿佛要掀开楼外楼的盖子，三楼的人心里一震，脑袋一晃，到唇的菜吃到胡子上，到唇的酒溅到衣服上，显是骇得可以，众怒难平，这次倒知道赔礼道歉没用了，干脆干咳了几声，假装没有发觉，认认真真与小二哥"聊天"。

"小二哥，你说话怎么像没有出过门的妞一样，躲三藏四的，男子汉大丈夫，一说一个亮，就如刚才我说话一样，一声一个响！"

小二见雪龙多杰不像凶恶之人，何况也是自己的不对，涨红脸道："公子爷，真是小的不对，小的该死，现在弄得你没坐的！"

雪龙多杰见小二哥又急又气，拍手跺脚，心里无名怒火消了许多，道："本少爷一向好说话，这件事本少爷也不会放在心上，你且说说到底是怎么回事，那主子是凶神恶霸强占，还是观音菩萨下榻，或是西施贵妃造访！"

"哎，都不是，你说的如编故事，玄着呢！"

"这些人都不是，那你犯了神经病！"

"只因为一句话，小的真像犯了神经病一样，糊里糊涂地让人家坐上那张雅座，过后心里就后悔了！"

雪龙多杰心里又是惊讶又是气愤，火道：

"一句话，你也说说看看，或许本少爷听了也和你一样，没有了怒火，糊里糊涂，心甘情愿地自认倒霉，或者认为你十分英明呢！"

说完这些，雪龙多杰暗骂小二：这小子肯定是油滑得很，没说实话，世上哪有那么笨的人，打死我也不相信。但小二相信，现在也相信了雪龙多杰的话，畅心道：

"公子爷既然这样说，小的也就不客气了，那公子说，如果他没猜错，他与公子是一家人，如果他猜错了，公子与他也会是朋友，小的想，无论错与对，他都与公子是十分亲密的人，何况他还道出了公子大名，小的就让与他了！"

雪龙多杰一愣，脱口道："小姐，不是一家人，就是朋友，哇！有这样的人？倒要见识见识！"

一想到这里，雪龙多杰才感到菜盘托久了，两臂都发酸，忙道："说了半天，你一开始就带本少爷去见她不就行啦，让本少爷苦了一场！"

小二哥领着雪龙多杰七折八转窜过许多宾客，到了临窗的一张朱红桌前，未等小二哥说话，雪龙多杰将桌子一拍，兴奋道：

"哇哈，就是这地方，本少爷记起来了，两位大叔就坐在这里，一边看西湖之景，一边饮琼浆，尝佳肴，你看这记忆，真是糊涂了！"

坐在桌旁边的一位玉面星目蚕眉朱唇的俊雅戴白巾的公子和两名小厮齐齐向雪龙多杰看了过来，雪龙多杰亦正眼注意这三人，但横看竖看，从来没有见过面，又谈什么朋友，更不用说一家人了，但一见那俊雅的公子微微向他注目而笑，雪龙多杰一时窝着的火气发不出来，不由自主地挤出了一丝笑，皮笑肉不笑的，算打了个招呼！

小二哥见二人一见面，并未大眼瞪小眼，也没有大吼起来，还笑，立时也打起了哈哈，乘机把酒菜放在桌上，一溜烟跑开了，雪龙多杰见这四方桌刚好剩下一面，也就不客气，一屁股坐了下来，立时觉得舒服得难以描述。

雪龙多杰正欲倒酒吃菜，才发现三人依旧奇怪地看着他，如看动物园中的猴子一般，不由暗想：看，有什么好看的，不是一家人，更不是朋友，你们骗人，本少爷大人大量，不与你们计较，有座位坐，有菜吃，有酒饮就行！

但雪龙多杰才发现三人饮的是茶，清茶，飘香的上等龙井茶，楼外楼饮酒品茶均可，但同坐一张桌子就有点别扭，简直就没有共同语言嘛，转念一想：算啦，没有共同语言就不用聊啦，本少爷自得其乐，嘿，也可打发时间！

雪龙多杰正欲大吃大喝时，那清朗的小厮中稍稍脸圆的，低声道：

"公子，你看这小子，不像个好人，坐在我们桌上，大大咧咧的，一点礼貌也没有，要不要教训教训这小子？"

未等那公子表态，雪龙多杰心中一震，暗忖：好心没好报，本少爷做菩萨，他们还不知趣，这还得了！如此一想，压在心底的火冒了起来，眼睛如寒星一般射向那说话的小厮！

那公子爷与两位小厮均向雪龙多杰望了过来，两小厮瞪眼而视，一点不忌惮雪龙多杰冒火发横！

雪龙多杰再也忍不住了，曲指在桌上"咚咚"轻击了两下，干咳了几声，慢条斯理地道："喂，本少爷左看右看，今日才初次见面，怎么看也不是朋友，更不用说是一家人，本少爷可不是小二哥，两三句话就骗过了，也不是两脚就可以踢开的哟！"

那俊朗白巾公子听雪龙多杰的话，立时明白过来，俊脸一红，亏心人做了亏心事，当然要脸红，但两小厮却不理这一套，那瓜子脸星目的小厮站了起来，怒视着雪龙多杰，似乎要开始教训教训雪龙多杰了，雪龙多杰怎受得这窝囊气，但见那公子爷没有什么过激行为，自己也不能太过失礼，否则与小厮过不去总是没颜面的。

那小厮不依不饶，当然亦知道这花花绿绿的上子就是订这张桌子的主人，怎肯认错，气哼哼道："这里是酒店茶楼，不是自己家里，座位怎能不变，别以为有点钱就这么霸道！"

听起来道理蛮充分的，酒店茶楼确实不能一层不变，若是有剩余位置，另当别论，但在其余座位均满，而这张雅座因有人订而空着，就大大不合情理了，雪龙多杰冷哼哼道：

"俗话说，有钱能使鬼推磨，本少爷拿钱订这张雅座，本就不违返这里的规矩，何况两位叔叔走之前就在这桌旁，本少爷现在只是来继续他们未做完的事而已，更不用说你们的动机就不纯，是骗来的，懂吗？骗子！"

"你才是骗子，看你那穿着打扮，就知道你说的话不可信，哼，让你坐这里已不错了，还心里不满意，简直一点道德也没有"！

雪龙多杰刚饮了一口酒，听了这话，怒火涌了上来，吼道："反了，这世道反了！"越想越是可恨、可恶，雪龙多杰正欲喊老板，但想，老板喊来也不管事，反而害了小二哥，转念想，一切都是这三人的过错，千不该万不该，就是不该骗小二哥，动机就不良嘛，还狗咬吕洞宾，不识好人心，正欲将三人驱逐出"境"时，那俊朗公子开始发言了，先训叱了那小厮，才向雪龙多杰道："这位公子，真的不好意思，刚才我们上楼来品茶，因为没有座位，故才撒了一个不大不小的谎，骗得了这三个位置，如今公子回来，位置自然归还给你，得罪之处，还请公子海涵！"

俊朗白巾公子一开口，而且如此有礼貌，实话实说，赔了礼，道了歉，雪龙多杰还有何话可说，气虽消了不少，但依旧难以释怀，将盅里的杜康酒一饮而尽，挥袖道：

"算啦，算啦，本少爷并不是斤斤计较的小人，刚才本少爷也并没有说什么，现在这位公子既然如此说，好话反话让你们说尽了，本少爷还有什么可说的，万幸的是这四方桌，现在一人占一方，各不相干，互不侵犯，行了吧！"

那俊朗白巾公子见雪龙多杰无可奈何，挥袖摆手无所谓，又难以忘却不快的样儿，莞尔一笑，抱拳道："那就谢谢公子的宽宏大量！"

雪龙多杰冷冷地道："宽宏大量不敢当，你手下的那位小爷从本少爷这花不溜秋的衣服看本少爷还是个不正派的人，没有礼数的人呢。不是本少爷吹嘘，本少爷虽然养尊处优，但本少爷并没有腐朽，为富不仁！"

那两个小厮见雪龙多杰吹得不分东南西北，还一口一个不是本少爷吹嘘，均气呼呼地瞪着他，而那俊朗公子的涵养很好，轻轻呷了口茶，横眸望向雪龙多杰，微微笑，表示他亦在听！

雪龙多杰见三人两人发怒瞪目，一人含笑不语，让他独自演独角唱双簧，这场面若没有一人说话，冷了场就令人尴尬得很，雪龙多杰向那公子嘿嘿笑道："这位兄台，这楼外楼品茶恐怕不是个地方，你听这喧嚣，你看这繁闹！"

一小厮冷笑道："谁说这里不是品茶的地方，明明暗地里想我们走，哼，少来这一套！"

雪龙多杰暗地里叫苦，这小厮自己不想圆场，亦不想别人圆场，仿佛就是想与雪龙多杰过不去，就是想与雪龙多杰大战三百回合不可，但雪龙多杰退避三舍，嘿嘿笑道："不要以小人之心度君子之腹，本少爷最大的优点就是直爽，最大的缺点就是直谏，听说要品茶到龙井，龙井那个地方四周全是茶园，弥漫着茶的清香，茶味纯香，茶感也十分醇厚，茶道茶道，品茶也要讲道理，如这般蛮横不讲理，品起来只怕是暴殄天物！"

那小厮听雪龙多杰说的茶，耳朵发痒，开始还十分受听，但后面两句，暗有所指，冷哼了一下，恶狠狠地瞪了雪龙多杰几眼，雪龙多杰又怎会胆怯，肆无忌惮地含笑回目反击！

俊朗白巾公子见两人依旧在明争暗斗，觉得好笑，这小少爷果然有点少爷脾性，与什么人也可赌气，看来是个难惹的主儿，于是主动含笑道："这位少爷说得对，品茶要讲茶道，品茶的方法、地方、时间，而且与人的心情大有关联，'龙井品茶'本就是杭州一大奇观，茶者品龙井，龙井开茶道，没有龙井茶，老井无茶道，但此处临湖望波听香曲，品茶自有一番味道，龙井品茶，那是陶冶自清，自得其乐，而在此品茶，那是与众人同乐，品人文，品美景，更是品这种社会之和谐，与那自然之和谐迥然而异，却又相得益彰，这位公子爷，你说是不是……"

说完，那白巾公子眼波歪斜，清丽凉爽，调侃地望向雪龙多杰，隐隐有一副挑战的味道，雪龙多杰心灵一震，暗赞道："这公子好清爽的一双眼珠子，与今日邂逅的杭姐姐的眼神不相伯仲，却又另一种美，撩扰人的心，哎，江南就是好，山水好，人好，那眼珠儿都好，好得媚骨呢！"雪龙多杰嘿嘿一笑，又转念想道：但与本少爷这来自雪原的神羚之眼比较起来，就要略输文采，稍逊风骚啦！

那俊朗白巾公子见雪龙多杰傻愣愣地笑，对他的话充耳不闻，认为雪龙多杰太托大了，轻轻地皱了皱，心不在焉地呷了一口茶，那瓜子脸小厮怒声提醒道："喂，小子，我们公子在问你话呢，你耳朵飞到哪里去啦?！"

雪龙多杰这才醒悟过来，哈哈笑道："公子一番高论，确实让小弟心里折服不已，更是受教不浅，小弟知道了，茶道无定数，各有各的茶道说法！"

雪龙多杰虽然同意那俊朗白巾公子的话，但心底暗想：这小子到这里来品茶，有意思，说的那番话，有道理，但若大家都来楼外楼品茶，那楼外楼干脆就叫茶楼了，还搞这么多新花样干什么，而且偏偏坐到本少爷的座上！雪龙多杰倒不是因为座位而小气，而是他在饮酒，别人在品茶，酒香醇而浓郁，而茶清冽而淡雅，酒要热闹，而茶要清静，怎么也碰不上一起，但今日却碰上了，雪龙多杰怎不气恼。

越想越别扭，雪龙多杰紧饮了两杯酒，又看了看那白巾公子和两个小厮，三人倒沉得住气，仿佛还品得有滋有味，而雪龙多杰却孤家寡人一个，酒是越喝越辣，气鼓鼓的，干脆侧身而起，跃上了板凳，半蹲着狂喝起来。

那白巾公子和两小厮见雪龙多杰那赖皮样儿，相互望了望，那圆脸小厮冷哼了两声，就欲站起来与雪龙多杰火拼，雪龙多杰也斜道：

"哇啥，本少爷喝了两杯，就不知东南西北，自家是谁了，显出了本性，唉，本少爷虽然也是个公子，但没读过诗书，不懂多少礼数，你们看，现在本少爷居然蹲在凳子上了，恐怕三位也看不惯，不过见惯就不怪了，三位放心，本少爷不会得寸进尺，跳到桌子上吃菜饮酒，虽然有此习惯，但会照顾三位雅士！"

雪龙多杰说完，刁顽的眨眼看了看三人，嘿嘿的笑起来，那气哼哼的小厮想不到雪龙多杰会先说话，当然没有道理"修理"这狂妄小子了，另一瓜子脸小厮听了雪龙多杰的话，惊愕道："你还有跳到桌子上吃菜饮酒的习惯？不可思议，那不是小猴子的脾性吗！"

白巾公子暗自叫糟，那小厮将别人说成小猴子，别人不生气才怪，喝叱责怪了那瓜子脸小厮，雪龙多杰却不以为然，终于又可以说话了，于是接口道："你说得对极了，有时本少爷真的顽皮如猴子，老实说，家里人都暗叫本少爷猴子精呢，我们那里与这里不同，是盘膝坐在地毯上，桌子很低，有时本少爷蹲起来吃菜饮酒，那样儿真的如在桌上游来荡去一样，习惯了，到了这里，反而不习惯！"

三人均恍然而知，白巾公子掩嘴而笑，雪龙多杰暗自不解，这白巾公子笑得也如此文雅，不但不露齿，而且要以手掩嘴，厉害！这时那两个小厮把雪龙多杰盯着不放，觉得眼前这人是越来越怪，越看越没开化。

那圆脸小厮居然幼稚地问道：

"想不到你们那里是盘膝在桌边吃喝，大概那里还是原始社会，没有这里讲究吧！看你这人，就知道这一切，要我们去那里生活一段时间，恐怕你们那里人也会笑话的！"

那圆脸小厮真的"嘻嘻"笑了起来，雪龙多杰心里一痛，冷冷地道："不错，我们那里没有这里繁华，没有这里讲究，更没有多少繁文缛节，但有着古朴的人文风俗，有着另一种含义的文明，充满人性，人与自然合谐共处的古朴文明，若三位去我们那里生活，我们是不会讥笑的，而是给予理解，赞同，甚至学习！"

雪龙多杰此时飘飘然，摇头晃脑，又呷了口酒道："但本少爷不同，可以同时生活在多种环境下，高雅的，凡俗的，淡泊的，繁华的，哼，这里是喝酒的地方，品茶只怕难品！"

那两小厮见雪龙多杰眼中冒着神光，在他们三人间飞来飞去，似乎罩定三人了，心里不知不觉有点害怕，那白巾公子知道雪龙多杰终于要发怒了，果然，雪龙多杰大大豪饮了一口，"咣当"一声，将酒壶砸在了朱漆桌上，三盏茶碗跳了老高，重新落下，溅出了许多茶水！

雪龙多杰不怀好意地笑道："酒烈而茶凉，酒趣在闹，茶道在品，酒茶道不同，如今酒和茶同席，嘿嘿，公子爷，你读书读得多，道理也明得远，知书达理嘛，而且懂文明，你……你来说说本少爷如何为好……"

那白巾公子见雪龙多杰恼怒，如一头发怒的猎豹一般紧紧的锁盯着他，心中一凛，暗忖：好鲜明的性格，恩怨分明，只怕难以消怒，白巾公子脸色亦难看，只因茶水刚才溅了他一身，令他感觉一点也不舒服，这时那圆脸小厮冷叱道："蛮横无礼，这人简直不可理喻，居然胆大包天，想为难我们家公子，不想活是不是？"

雪龙多杰冷眼如刀般射向那说话的小厮，不言不语，那小厮见雪龙多杰凶神恶煞的样儿，深深打了几个寒战，白巾公子劝道：

"公子自个饮酒尽兴就是，何必与他们一般见识呢，刚才强占了公子三席，不好意思，现在退还给公子，希望公子不要耿耿于怀！"

说完，那白巾公子站了起来，向雪龙多杰抱拳，冷冷地道："告辞了！"说完，率先大踏步向外而去，两名小厮狠狠地瞪了雪龙多杰一眼，愤愤跟上。

雪龙多杰愣了愣，转头看着气冲冲而去的三人，木呆呆的，良久，嘿嘿大笑道："哟，生气了，原来知书达理的人也会生气，不可理喻，哼！"待三人走后，雪龙多杰才安安静静地坐了下来，美滋滋地呷了一口酒！

"文明人要面子，'不文明'人要里子，现在是本少爷这'不文明'人占了上风，独霸雅桌，看来是'不文明'人厉害、聪明，嘻嘻！他们那样儿，简直是想发火，又怕丢脸面，笨得出奇，刚才本少爷应与他们过几招，看他们挡不挡……"

雪龙多杰坐在凳子上，也摇头晃脑的，而且话特别多，唠叨没完，总是那么几句话，而且眼睛盯着那几盏茶碗，与茶碗聊天呢！

雪龙多杰独自一人霸占了一张桌子，仿佛凯旋的将军一般，沾沾自喜过后，感到有点寂寞孤单，平时自己哪会一人吃饭，总会有叔叔们陪同，或是拉几位神羚谷的属下来喝两盅，但此时，雪龙越想越不是味道，现在好了，自己与自己说话解闷！

不知过了多久，楼外楼的喧哗减少了不少，客人也东一个，西一个，走得稀稀朗朗的，居然出现了几张空桌子，有客人的桌子，也只有两三人，这时小二哥走了过来，见雪龙多杰还在等，惊讶道："哟，公子爷，你怎么还在这里？"

雪龙多杰赌气道："你真是笨，两位叔叔还未回来嘛，你不是说叫我在这里等他们吗！"

小二拍了拍头，想了起来，嘟哝道："但他们也应该回来了啦，你看，现在快过半夜了呢，他们找你也不会找到现在吧，你还不如回客栈休息，说不定他们已经回了客栈，就是没有回客栈，他们到了这里，小的也可以告诉他们呀！"

雪龙多杰恍然而解，欣喜道："哇，好主意，还是小二哥聪明，我怎么就没有想到呢！"

说完，雪龙多杰就站了起来，摇摇晃晃地向楼外楼门外走去，到了门外，没走几步，雪龙多杰突然停了下来，想起了一件事，那就是他根本不知如何到下榻的"黄龙客栈"。

"黄龙客栈"在楼外楼的西北方向的黄龙山里，那里树木参天，清雅古朴，是住宿的好地方，早上出来，雪龙多杰和两位叔叔、两名随从是坐回春堂、椒五药店的两辆马车直达西湖，再则，雪龙多杰初来这里，根本就不知道回家的方向，此时又朦朦胧胧的，又怎会知道。

雪龙多杰在西湖堤岸边走来又走去，走去又走来，浑然不知，突然偏头看着一棵古榕树，惊道："咦，怎么这棵榕树也跟着本少爷走？真是邪门！"

说完抬起带着醉意的双眼四下看了看，又嘀咕道："这天色也真是暗得很，连方向也辨不清，路又高低不平，难！难！难！"

其实，现在他根本不知道方向，双腿是高一下，低一下，轻飘飘的，又怎不高低不平呢！

最后雪龙多杰来到一片黑压压的树林边，前面根本就没有路了，树在微风中，如一个个鬼影摇来晃去，又似向雪龙多杰逼来，雪龙多杰瞪大眼睛望向树林，不由问道：

"你们是谁？为什么挡住本少爷的路？哼，还不让开，否则格杀勿论！"

说完，雪龙多杰才发现手中的杜康酒壶成了空壶，酒气和酒力全部逼了出来，雪龙多杰觉得自己简直飞了起来，自己成了一片云。

雪龙多杰依靠在一棵树上，仔细想：真是怪，怎么回去没有路？明明是在这边，怎么一下子就变了？歇会儿再说，反正有的是时间，两位叔叔说不定还在西湖边玩呢！

雪龙多杰靠在树上，身子渐渐往下坠，直到最后坐在树下草坪上，才觉得好不舒服，雪龙多杰暗忖：这杜康酒真的后劲足，饮后才发疯。

就在上眼皮与下眼皮打架时，一阵破空震袂之声传了过来，树林外走入三人，正是那白巾公子和两名小厮，那白巾公子在树林里寻了一番，发现了地上静坐的雪龙多杰。

雪龙多杰看到无数团白影在眼前一晃，立时警觉，吼道："是谁？嘿嘿，想来偷袭本少爷!"

白巾公子一见雪龙多杰,脸上一喜,脱口道:

"雪龙小头人,我们四处找你,想不到你会在这里,你怎么跑到这歹地方来了?"

雪龙多杰瞪眼道:"什么歹地方,好地方呢,喂,你们是谁,找本少爷干什么,不会是两位叔叔叫你们来的吧?!"

那白巾公子和两名小厮见雪龙多杰已有九分醉意一分清醒,心里更是掠过一阵喜悦,那白巾公子横眸莞尔一笑,诡黠道:

"雪龙小头人,我们正是两位叔叔派来找你的呢,他们现在十分着急,快回去吧!"

说完那白巾公子向两名小厮使了使眼色,两名小厮踌躇了一下,慢慢地向雪龙多杰走来,雪龙多杰见两个白影向自己逼近,立时警觉,道:

"别过来,你们到底是谁?本少爷从不认识你们,哼,你们休想骗过本少爷!"

说完,雪龙多杰想支撑着坐起来,但两腿发软,就是支撑不住,雪龙多杰蠕动了半天,终于靠粗树干站了起来,但依旧斜着眼喝叱道:

"既然是两位叔叔派来的,那见到本少爷为何不行礼,为何不通报名字,真是好胆!"

说完,雪龙多杰浓眉一颤,一副威风凛凛的样儿,酒后原形毕现,雪龙多杰少头人的架子还是大得很,眼神中的诙谐少了,而威严却多了几分,两名小厮见之,心生怯意,对雪龙多杰的问话,一时没有料到,哪回答得出。

俊朗白巾公子见出了纰漏,心中陡怒,暗忖:普天之下,居然还有人在他头上耍威风!这时,两名小厮回头望向俊朗白巾公子,白巾公子向二人挥手示意,恰在这时,雪龙多杰已等得不耐烦了,热腾腾的酒气和着怒气,冲两名小厮道:

"你们的耳朵带上没有,没有听到话吗!"

两小厮被雪龙多杰乘着酒兴喝了一会儿,怒火也愈来愈大,何况在楼外楼里的遭罪,怎也不会善待不知天高地厚的臭小子,两人如飓风一般,向昏沉沉的雪龙多杰急袭而来,雪龙多杰见眼前两白影一花,向自己冲来,心中暗道:我的妈呀,原来是刺客,真恶毒!说着就欲避闪,但身体就是不听话,雪龙多杰索兴双腿一弯,上半身沉甸甸的,坠了下去,一屁股坐在草坪上,两小厮如梦似幻的身影和神出鬼没的手指一时失去了目标,来得快,却扑了一个空。

雪龙多杰未等二厮折身做第二个动作，已就地翻滚，赫然就是"神羚十八式"中的"神羚遁雪"，眨眼功夫，雪龙多杰已滚到另一侧的树下，身上冷汗直冒，酒意也醒了一些，把面前的三人倒看得一清二楚，嘿嘿冷笑道：

"嘀，本少爷以为是谁，原来是三位兄弟，刚才在酒楼里让三位败兴而归，是不是心有不甘，认为本少爷该死，所以乘着本少爷迷醉之时来报复？文明人就是不一样，屁大个事也要讨个说话，得个便宜，更要耍一些手段。"

"文明人就是斤斤计较，不是心毒，就是毒心，刚才不是本少爷运气好，早被插了几个窟窿！"

白巾公子见雪龙终于认出了他们，知道雪龙多杰酒醒了不少，心中暗骂两小厮太过唐突，现在只有撕破脸皮，早些收拾这个混世之孽！

雪龙多杰瞅了瞅白巾公子，讥笑道："你过来呀，看本少爷如何脱下你那身漂漂亮亮的衣服，让你露出虚伪的原形，看本少爷如何制服你，嘿嘿……文明人，你读过多少书？懂多少礼节？本少爷有自己的藏书阁，懂无数种礼仪，在本少爷面前吹，摆高雅，统统去死吧！"

雪龙多杰酒意倒醒了一些，但在这半醉半醒时，见到了这三个人，立时发现自己有许多话要说，开始憋在肚子里还不知晓，如今一发不可收拾，那白巾公子见雪龙多杰说得无礼之极，露骨之极，羞赧地瞪大了眼睛，脸上更布满了杀气，显是怒到了极点，只见他手一扬，大喝道：

"恶徒，闭上你的臭嘴，去死吧！"

雪龙多杰一听，立时话语戛然而止，双眼如羚眼一般直视白巾公子，只见白巾公子挥手之间，衣袖吐出一环环七彩光晕，十分美丽、迷人，雪龙多杰大惊失色道：

"哇，七彩流星镖，夺命仅一招！"

雪龙多杰见到七彩流星镖，酒意更是减了一大半，本能地向古树后直躲，却依旧躲慢了一点，一点流星镖向他胸口扑来，雪龙多杰身子一滑，流星镖射中了左臂，雪龙多杰暗惊这七彩流星镖的速度惊人，居然自己也没有躲过，此时哪有酒意，只有怒气。

"流星镖，你们是繁星宫的人？"

"不错，在楼外楼我们还不认识，但一折回，听到那两个丫头禀报，我们算认识了！"

俊朗白巾公子冷冰冰地回答道，眼睛如杀气腾腾的流星镖一般迷人，眼光无可捉摸，雪龙多杰愤怒地回赠了一眼，才缓缓看向臂上的流星镖，镖上有棱角，五只角，在夜光中闪着恐怖的光芒，此时流星镖嵌入了衣衫之内，咬住了肌肤，一阵阵深痛，雪龙多杰心里剧震，回头向白巾公子莫名其妙地问道：

"这真的是七彩流星镖？"

白巾公子以为雪龙多杰明知故问，又在要什么鬼点子，没有耐性，道："当然是，天下间，七彩流星镖谁敢瞎说，只有人真镖真才施得出真正的流星镖，否则就不是天下绝命兵器！"

雪龙多杰根本就不认识七彩流星镖，只听说过七彩流星镖的样儿和发流星镖的情景，故刚才猜想是流星镖，此时看钉在自己身上的流星镖原来是这样的，顿时失去了一层神秘光环。

雪龙多杰忍不住哈哈笑了起来，那笑声中包涵着无数的悲怆，无数的愤怒，无数的无奈，口中讷讷道："果然是这样的，果然是流星镖，天意，你们真是繁星宫的人？"

俊朗白巾公子见雪龙多杰前后判若两人，而且神志不清，前面不是已告诉过这是流星镖，是繁星宫的人，想不到雪龙多杰片刻又问了起来，心里一阵厌烦，干脆不理不睬，那小厮见雪龙多杰的样儿，气道："当然是，谁敢冒充我们少宫主！"

俊朗公子阻止不及，让那小厮说了出来，只是狠狠瞪了那小厮一眼，雪龙多杰此时完全清醒了过来，听到这白巾公子是繁星宫少宫主，心中一凛，暗忖：能让本少爷中镖的果然不是一般之人！这时中镖处隐隐作痛，雪龙多杰咬了咬牙，将两只手掌叠在一起，很快磨擦了几下，感到手心有点灼热时，立时将左掌抬起，紧紧地贴住流星镖的核心部分，然后凝气贯注左臂，发于掌心，在镖心围绕，渐渐地，流星镖开始旋转，慢慢上升，一股鲜血冒了出来。

雪龙多杰只觉得一阵穿心的痛，那五只角其实是薄薄的利刃，斜斜旋转，钻入肌肉之中，如鱼钩的倒须一般难以拔出，而且拔出这样的暗器，还得独家内功运气之法，否则，不割一块肉，打个血淋淋的洞才怪，流星镖看似可爱好玩，其实一粘上就难缠之极，若再粘上毒粉，便成了真正的摧命符，否则江湖人怕它干什么？

白巾公子见雪龙多杰轻车熟路地将流星镖启了出来，心中大惊，伴随雪龙多杰惨呼一声，一颗流星镖血淋淋地呈现了出来，雪龙多杰嘿嘿冷笑道：

"幸好你们心肠不坏，没有粘上毒，否则，本少爷就要麻烦一阵了，而且这是流星镖中最简单最易操作的一种，怎么说也是不幸中的大幸!"

白巾公子见雪龙多杰十分熟悉流星镖，而且运功练气，使力的窍门也知道，心中惊骇不已，现在又听他说这是最简单最易操作的一种，三人更是脸色大变，因为流星镖，江湖人均以为只有一种，那就是一种薄薄的，五角如利刃的暗器，可以透骨穿皮，割伤经脉，那也是最常用的一种，但不知流星镖种类繁多，使用方法不同，用途不同，繁星宫亦只有宫主才全部知道，但想不到雪龙多杰这外人亦知道繁星宫的绝秘，关系到繁星宫的安危，又如何不惊惶。

白巾公子杀机陡涨，森然问道：

"你是如何知道这些秘密的? 你还知道多少?"

雪龙多杰看了看白巾公子，又环视了一下两小厮，警惕三人的动作，斜倚在树上，问道：

"你先回答我，镖上到底撒没撒毒?"

白巾公子见雪龙多杰一副有恃无恐的样儿，怒道："有又如何，没有又如何，你还是先招为妙!"

雪龙多杰已解流星镖，又觉得伤口没有中毒的痕迹，但不敢肯定，而且伤口血还在往外渗透，白巾公了又一副要吃人的样儿，雪龙多杰顿时气极，向白巾公子咆哮道：

"在本少爷面前还没有猖狂的份，你虽为繁星宫少宫主，但你犯一个很大的错误!"

俊朗白巾公子脸上虽冷，但心里却在打鼓，因为雪龙多杰听到他是少宫主，并没有大吃一惊，如今，听说自己犯了一个很大的错误，更是疑惑，不由自主问道：

"你且说说看，犯了什么错误?"

"你可知道本少爷是什么人? 为什么知道流星镖? 而且知道流星镖的种类，如何使用? 而且，本少爷身上还有一枚神宫母镖!"

"神宫母镖?!"

那繁星宫少宫主和两小厮一听神宫母镖，立时面色煞白，只因繁星宫的流星镖以高低身份配有不同的身份镖，不但可使用，而且体现身份，流星镖有子镖、分支母镖，最高身份就是神宫母镖，象征着最高权威，而且神宫母镖是繁星宫的镖王，江湖中真正的绝命流星镖!

此时雪龙多杰一见三人瞪大眼睛看着他，心里好了许多，仿佛伤口正在缝合，白巾公子少宫主眼中微有惶恐，嗫嚅道：

"你是怎么知道神宫母镖的？你到底是谁？竟然有神宫母镖？那你知道的一切都是从神宫母镖中得到的，是不是？"

繁星宫少宫主见雪龙多杰露了一手，不得不有所相信，他对神宫母镖也只是微有了解，根本没有见过，而且知道繁星宫的许多秘技均是在神宫母镖上。突然，那俊朗白巾公子记起宫主特别提到繁星宫如今只有一枚神宫母镖，那就是她身上藏着的一枚，心思暗转之时，又暗忖这古怪小子怎会有神宫母镖，而且有恃无恐的样儿，在少宫主思索之时，雪龙多杰哈哈道：

"你先说你在镖上涂有何种毒粉？"

其中那圆脸小厮见少宫主为难阴沉的面容，知道少宫主碍于身份，不愿道将出来，气愤道：

"只不过涂了些散气化功霉素而已，对身体没有害处，就是让你不能运功抵抗！"

雪龙多杰大惊，失声道："什么？"

试着运功，只觉全身成了一个无底黑洞，真力一凝，就往黑洞里沉，气难聚在一起，肢体骨髓如飘烟浮云一般，如同废人，雪龙多杰急道：

"怎么会这样？有没有解药？快说！"

繁星宫少宫主冷森森地道："解药嘛，当然有，现在就看你如何表现，你还是先回答刚才的话！"

雪龙多杰何时受过胁迫，处境如此狼狈过，暗忖：此时更加不应该慌，否则讨价还价的余地就没有了，雪龙多杰道：

"本少爷身上确有一只神宫母镖，一切都是从上面学来的，你是繁星宫少宫主，应知道以前繁星宫有两枚神宫母镖，一枚在宫主手中，一枚在少宫主手中，但如今繁星宫只有一枚，在宫主手中，另一枚就是在本少爷手中，而且神宫母镖没有作废的，只有被追回，而且是被宫主亲手追回，现在你可知道本少爷拥有母镖，就拥有无上权力，更应是神宫一员，你居然用最普通的镖来毒暗本少爷，可算以下犯上，残伤同门的罪过，少宫主，本少爷说得对吗？"

繁星宫少宫主在宫中身份是何等高，一人之下，万人之上，想不到在这里盖上了以下犯上的罪状，而且合情合理，顿时脸色彷徨，不知如何是好，两小厮更是噤若寒蝉，哪敢在旁答言，雪龙多杰见三人被骇住，心里窃喜，讥笑道：

"少宫主，河水犯了龙王庙，当然也有商量的余地，只要你拿出解药给本少爷，本少爷决不再追究以前的事，不看僧面，也要看看宫主老夫人那佛面啦，乖乖拿过来吧！"

俊朗白巾公子眼珠子一转，有了一点点怀疑，暗忖：这小子滑头得可以，会不会根本就没有神宫母镖，吓人，他与"古今尽知"有几面之缘，道听途说倒大有可能！心意一定，立时绵里藏针道：

"本公子虽贵为少宫主，但带你回去是宫主的意思，要辩理，你二人去辩好啦，本公子确不怕，另外，本公子要见神宫母镖，是真是假，是虚或是实，本公子鉴完才知道是否给解药！"

"混账，神宫母镖难道是随便拿出来给你鉴别的么？即使有诈，你也不配质问本少爷！"

经雪龙多杰这么一吼，三人更是心里发颤，俊朗白巾公子脸色更是难看，在宫中，宫主对他也是和蔼可亲，慈祥如母一般，轻言细语，现在居然被一个小家伙喝叱，自尊心亦受到伤害。

雪龙多杰得理不饶人，道："其实本少爷亦是为少宫主着想，本少爷拿出神宫母镖又有何难，但一旦拿出，只怕少宫主难以自处，弄不好左右为难，这又何苦呢！"

那俊朗白巾公子眉头动了动，当是心里有了点感觉，但很快又移动了诡谲的目光，向两名小厮道："少听他在这里贫嘴，过去捉住他！"

两名小厮忐忑不安地相互望了望，最后听从了俊朗白巾公子的话，向雪龙多杰逼了过来，雪龙多杰粘上了"散气化功霉素"，眼睁睁地看着二小厮向自己走来，经过这一场耽搁，霉素已很快侵到血液之中，又怎能提气凝力反抗，突然，雪龙多杰森然道："慢，本少爷有一句话要问，你们为何要屡屡为难本少爷？"

俊朗白巾公子听得受用，仿佛自己又站了上风，得意道："现在已不用瞒你，西湖上的莺儿和凤儿是我们的线人，她们亲眼见你胸前挂有玉佛，在没出现玉佛之前，江湖上屡有传闻，朔玉前辈的后裔最大可能在两个人身边，一是惊梦炫奇，另一人就是吉龙多杰，康巴族一部落头人，而你不但是吉龙多杰的儿子，而且今年刚满十五周岁，巧合得令人难以置信，只可能你就是那失踪的小孩，玉佛在你身上出现并不出大家意料之外，如今让我们亲见，你还留得住吗？"

雪龙多杰听后，倒抽了一口凉气，自己受到莫名其妙的追杀和为难，原来他们是怀疑他是那小孩，如今若再传玉佛在他脖子上重现，自己岂不成了众目睽睽下的一只肥羊？现在他有点怀疑杭婉琪给他的玉佛情物是不是真心真意的，他不敢想，杭婉琪与他无怨无仇，又怎会害他呢？越想，雪龙多杰越是难受，疯狂道：

"不，本少爷不是你们要找的人，这玉佛也不是你们要找的玉佛，我不相信你的话！"

俊朗白巾公子诡笑道："既然你那玉佛不是众人要找的玉佛，岂不是不值钱？你为了免除误会，何不把玉佛交给我，这样，不但现在就给你解药，而且消除你的杀身之祸，怎么样？"

雪龙多杰低头看了看挂在胸前的玉佛，似乎又看到了杭婉琪媚笑，娇羞，万种风情的样儿，仿佛杭婉琪正款款深情，又带幽怨地看着他，责怪他不相信她的感情，不相信他会把玉佛交给别人，雪龙多杰决断地摇头道：

"不行，这玉佛对我太重要，我给其他东西都行，就是不能给玉佛，但我可以说，这玉佛绝不是江湖中传闻的血光玉佛！"

这样说，越说越黑，越说，别人越相信了他身上的玉佛就是真正的血光玉佛，俊朗白巾公子亦不例外，更加相信那玉佛是无价之宝，听了雪龙多杰的话，冷冷道：

"本宫好话已然说尽，怪不得本宫了！"

说完，向两小厮挥了挥手，两小厮不再疑虑，闪电般向雪龙多杰扑了过来，雪龙多杰将牙狠狠一咬，就地死命一滚，如脱兔一般敏捷，两小厮料不到雪龙多杰中了散功化气霉素，身体还如此快，一时急狠，挥袖而起，立时，一股劲风向雪龙多杰卷了过来，雪龙多杰暗自叫糟，干脆闭目等那强凛的掌劲横扫而来。

第六章

然而两小厮强凌的掌劲根本就没有击中雪龙多杰，只听"砰砰"两声，雪龙多杰只听地上的细草沙沙作响，如一阵飓风吹了过来，雪龙多杰睁眼一看，才发现在树林间有一凉亭，凉亭的石廊上正坐着一衣衫褴褛的乞丐，正嘻嘻地向雪龙多杰友好地笑，显然刚才是他解了围，而雪龙多杰几乎快滚到老乞丐倚身的栏下，那老乞丐长长的伸了伸懒腰，瓮声瓮气道：

"唉，想不到当乞丐也这样倒霉，睡觉也要被人暗算，幸好老乞丐反应快，不然糊里糊涂地死了，一觉醒了还不知进了鬼门关呢！"

雪龙多杰用力爬了爬，上了栏杆，与老乞丐坐在一起，才发现乞丐头上光光的，十分滑稽，在夜色中也有点发亮，忍不住伸手想去摸一摸，谁知他一直看着繁星宫三人，突然，奇快地拍了拍雪龙多杰的手，骂道：

"小鬼头没大没小的，本座的头也是随便能摸的么，现在你正倒霉，若你一摸，本座只怕霉运上身，甩都甩不脱的！"

俊朗公子美容一凝，怒道："叫化子，你知不知道你现在在干什么，是不是真要蹚这趟浑水？若不知难而退，只怕霉运甩也甩不落！"

老光头乞丐黯然道："本座的确够倒霉的了，想当年本座是一富家子弟，游荡成性，邂逅一穷家姑娘，美丽淑慧，一见钟情，于是向那姑娘表白心迹，谁知那姑娘对富有人深有芥蒂，更痛恨本座不学无术，竟然一口回绝，本座一怒之下，想只要生米做成熟饭，不怕她不依，谁知那灰姑娘生性要强，竟然投井自尽。"

众人料不到和尚乞丐会讲故事，均停下来听他讲故事，那俊朗白巾公子怒颜插语道：

"做出那样的缺德事，你为何不也投井自尽？死了干净，哼，现在还好意思说！"

雪龙多杰有和尚乞丐保护，知道暂时没危险了，反唇相讥道：

"你小娃娃懂什么，那姑娘恨透了这位老先生才投井自尽，与他生死永别，若这位老先生也投井自尽，两人岂不是在阴间又要相遇？那姑娘定然生气，会求阎王把她打入十八层地狱，这不是又害了那姑娘，故老先生选择不投井自尽，乃是明智之举，现在讲出来，乃是告诉我们以他为鉴，别做坏事，从而减轻自己罪孽！"

和尚乞丐赞道："你说得很对，当时我太笨，没有想到你那一层，竟然要下井救她，谁知本座水性不好，差点淹死，万幸被一天台山云游老僧救起，本座万念俱灰，干脆出家到天台山当和尚，谁知本座到天台山不久，寺庙无缘无故被一帮人烧得一干二净，寺内所有和尚只留下本座一人，本座万幸，逃生出来，沦为乞丐，成了现在这样儿，江湖上唯一的和尚乞丐！"

雪龙多杰听之叹道："的确够倒霉，但你仔细想想，这些霉运就是让你洗脱罪孽，到你沦为乞丐时，定会否极泰来，大难不死有后福嘛！"

和尚乞丐喜道："小兄弟果然聪慧得很，更是料事如神，老夫沦为乞丐后，确实好运当头，成了洪七公隔世代传之弟子，在乞丐中身份极高，而且乞丐帮主封本座为'逍遥丐老'，可以不受丐帮的约束，但'逍遥丐老'，在丐帮内辈份高于帮主，本座用'逍遥丐老'的身份为江湖做好事，行侠义，故现在请求繁星宫小兄弟放过这位仁兄，老丐心里好受些。"

俊朗白巾公子怒道："哼，自己做的孽，还不明白，还想在这里多管闲事，真不想活了！"

"逍遥丐老"和尚乞丐转头问雪龙多杰："小鬼头，你是怎样得罪他们的？看他们来路，也不像坏人的样子，如当年的我一样，你说说看！"

雪龙多杰立即将经过告诉了和尚乞丐，和尚乞丐眼中射出惊诧的光芒，他也未料到对方是繁星宫的人，而眼前的人带有玉佛，怎不令人吃惊？和尚乞丐叹气道："唉，老丐真的不能管了，小鬼头，你好自为之吧！"

雪龙多杰暗叫不妙，忙拉住和尚乞丐的手道："你千万别扔下我不管，只要你逼他们拿出'散气化功霉素'解药就行了。"

"就这么一点点小小的要求，没有别的？"

雪龙多杰摇了摇头，暗忖：只要消除了散气化功霉素，以自己一人，就可应付他们了，和尚乞丐呵呵笑道："真幼稚，你以为我是谁，他们有流星镖，流星镖你知道吗？要命呢！"

料不到和尚乞丐怕流星镖到这种地步，雪龙多杰自认倒霉，赌气道："好啦好啦，要走走吧，本少爷吉人自有天相！"

和尚乞丐向三人道："你们过来抓人吧，老丐睁一只眼，闭一只眼就算过去了！"

俊朗白巾公子和两小厮不知和尚乞丐到底葫芦里卖的是什么药，不敢轻易行动，盯着雪龙多杰胸前的玉佛，心里踏实多了，这时，和尚乞丐又说道："那只玉佛真的是宝贝么？竟然要害得繁星宫先要用流星镖对付你！"

雪龙多杰见话有转机，忙道："实话告诉你老人家，这只玉佛是在白天游西湖时，一位知己在小瀛洲上买来送给我的，本少爷以前从未知道什么玉佛，想不到这东西会如此烦人！"

"既然这样，你何不把这玩意儿给他们！"

雪龙多杰果断道："不行，这样岂不失信于那位朋友？老前辈，若你处在这种情况，你会把朋友送的东西给别人么？"

和尚乞丐定了定神道："有可能，先给他们，不但自己解了生命之危，而且让他们知道这是假的玉佛，又解了自己的后顾之忧！"

雪龙多杰听之心头一喜，这时，那俊朗白巾公子亦冷冷开口道："若真如你所说，玉佛是假的，那贱婢岂不是想嫁祸于你？何来有情有意？你何等聪明，难道这一点也没有想到？哼，初次相逢，就以为情深意重，真是幼稚，你知道她的来历么？"

雪龙多杰尴尬地道："不知道！"

"那你知道她姓甚名谁？"

"杭婉琪，两个女婢，一个荷儿，一个柳儿！"

"哼！姓杭，姓名倒是真的，但天下间只有你一人知道，其余人都不知道，真假有何区别！"

"只要她告诉真名实姓就说明一切了！"

"那她说她住在何处？"

"不知道，但她说她会来找本少爷的！"

那俊朗白巾公子一听，忍不住尖声笑道：

"真是可笑，你这些去骗傻瓜还行，现在纵是本宫相信，也要你把玉佛交出来。"

雪龙多杰经他这一问，心里又不踏实了，觉得自己与杭姐姐在一起如在梦中一般，再一想和尚乞丐的话，十分在理，摸着玉佩道：

"好，现在你把解药拿过来，我就给你玉佛，但本少爷事先声明，若这玉佛确是饰物，而非宝物，你得将它完好无缺地还给本少爷！"

俊朗白巾公子见雪龙多杰终于肯松口让步，暗忖：再拖下去，恐怕还会有什么人出现，说道：

"好，本宫就相信你，若是假玉佛，本宫当然不稀罕这玩意儿，自然会还给你！"

说着，俊朗白巾公子向雪龙多杰走了过来，手中拿着一粒晶莹暗红，如玉珠的药丸，雪龙多杰依依不舍地解下玉佩，叹了口气，道："唉，小宝贝，委屈你了，过不了多久又会重见！"

话刚说完，俊朗白巾公子已走到面前，在伸手交换的一刹那，俊朗白巾公子突然葱指如飞，点了雪龙多杰的几处重穴，闪电般抓过那块玉佛，而两名小厮亦快疾跟上，抓住了雪龙多杰，眼前情景陡变。

和尚乞丐正待扑上前来解救雪龙多杰，俊朗白巾公子踏前一步，手一挥，叱道："这里轮不到你和尚乞丐出头！"

话音刚落，一道七彩光环浮现，渐渐漫射而出，一枚流星镖直向和尚乞丐逼来……

和尚乞丐脸色一变，惊啸一声，立时身影如大鸟一般拔地而起，同时，和尚乞丐拍出刚猛的一掌，三人料不到和尚乞丐会贸然出掌，被强凛之气逼得倒退了几步，雪龙多杰此时难以凝气抵抗，被吹得东倒西歪，如飓风中的枯草一般，晃晃欲飞，幸好被两小厮死命拉住，和尚乞丐去势虽快，掌劲虽浑厚，但那枚七彩流星镖如花蝴蝶一般，窜来窜去，快速飞旋，只听"滋"的一声，那枚流星镖折身而回，俊朗白巾公子手一拉，流星镖失去了踪影，显然被收了回去！

雪龙多杰暗惊，惊呼道："回旋流星镖！"

俊朗白巾公子讶然回首，冷冷地道："你见识果然广，刚才的话只怕有点真实性，现在本宫不但要这玉佛，而且要那枚你说的神宫母镖！"

这时，和尚乞丐已纹丝不动地站在那里，衣衫上已破了一个洞，但未伤皮肤，和尚乞丐余魂未定，道："流星镖果然厉害，小施主，本僧救不了你，你自己保重吧！"

说完又折向俊朗白巾公子，道："阿弥陀佛，这位施主，希望你遵守自己的诺言，消除这位公子的散气化功霉素，现在他在你手中，希望你们善待他，毕竟他无罪，只是怀璧其罪也！"

客套话说完，和尚乞丐念一句佛号，飞掠而去，如大鹏展翅一般，俊朗白巾公子问雪龙多杰道："喂，你与这怪分的和尚乞丐很熟吗？"

雪龙多杰正在憎恨他说话不算数，没好气地道："废话，不认识，刚才他为何要救本少爷？喂，男子汉大丈夫，你说话为什么不算话？"

"男子汉大丈夫?！嗬，我不是，当然说话可以不算话，你如何与那和尚乞丐认识的？"

雪龙多杰料不到这文雅公子也会赖皮，说自己不是男子汉大丈夫，而且赖得媚味十足，娇憨刁钻又不失诙谐雅趣，雪龙多杰暗忖：倒足了大霉，道："你真是笨蛋，不是看到刚才我们相识的经过。而且我们两人都倒霉，他先倒霉，现在不倒霉，而本少爷是这时倒霉，等到他那岁数，可能比他还风光，两人是物以类聚，心灵相通，当然就如认识了很久，这还用问！"

俊朗白巾公子被骂了一声笨蛋，脸上杀机一浮，很快又烟消云散，笑咪咪地道："他刚才说的故事你也相信喽？"

"当然，他说的是活生生的事！"

"嗬，那你是不是也会对那姓杭的丫头片子做……做非礼的事？哼，她却脸厚，怕不会投井自尽，而是赖住你，让你娶……娶她是吧？"

雪龙多杰见这俊朗白巾公子简直是在寻开心，恨不得揣他几拳，但此时他如文弱书生，手无缚鸡之力，又如何相斗，只好嘴斗道：

"你大概是嫉妒吧，是不是没人送你什么东西？现在本少爷告诉你，你的想法是不可能的，本少爷与杭姐姐的感情产生于自然，发之于心灵，没有瑕疵，没有非礼，也没有厚脸，本少爷娶她乃是天经地义之事！"

俊朗白巾公子嘿嘿冷笑道："痴人说梦，繁星宫两名手下莺儿凤儿在游船上被杭丫头打落水中，才迫于无耐凿漏游船，江湖上能打败莺儿凤儿的女子当是大有来头的，如今又送你一块玉佛，你脑袋是不是猪脑？连这么简单的陷害你也不知！"

雪龙多杰心中一寒，念头一转再转，想起那日杭姐姐对繁星宫的人镇定自若，而且她们也没喝那杯有迷粉的龙井茶，完全是个老江湖，不可能不知道玉佛之事，那她为何要买一只玉佛送给他呢？没来由陷害他呀？想到这些，雪龙多杰心里立时有点慌乱，苍白无力地道："不，不可能，杭姐姐不会陷害我的！"

俊朗白巾公子嘿嘿冷笑道："现在你还不相信，你想想，自从你脖子有了这玉佛，再加上以前的空穴来风，你不是被认为是玉佛之主、朔家后裔吗？只怕你的杀身之祸会接踵而来！"

雪龙多杰脸色更加苍白，他心里有数，游船被漏沉，地狱使者的追截，到如今繁星宫的捉拿，均与玉佛有关，只怕自己死定了，但他心里依旧不信，依旧空怀着微小的希望。

俊朗白巾公子此时微笑道："繁星宫不会为难你，只要知道这玉佛并非那玉佛，本宫立即完璧归赵，决不强留，问题是关于神宫母镖的事，现在我敢肯定你是与繁星宫关系甚秘的人，非友即敌，故我要带你回宫见见宫主，你也有必要去一趟，解除其中的误会，对不对？"

不知为何，俊朗白巾公子突然对雪龙多杰温和起来，说话仿佛带着商量的语气，雪龙多杰对杭婉琪的事正在苦恼，难识真假，听俊朗白巾公子的话，显然十分受用，默然收受，但心里依旧耿耿于怀，气道：

"你们繁星宫也不是什么好组织，只看你们合力暗害朔玉夫妇强夺宝物，白日又掳走古今尽知前辈就可知道，本少爷本来也打算去繁星宫会会流星镖，看如何猖狂，料不到你们会在流星镖的尖刃上下毒素，邪门得很！"

俊朗白巾公子一愣，道："十五年前的事，我没有参与，也不想提，对于'古今尽知'前辈被掳之事，只怕是子虚乌有，没有的事！"

"没有?！是杭姐姐告诉本少爷的，会假?！"

俊朗白巾公子更是一惊，忙问详情，雪龙多杰气呼呼地说了一下，当然没说与黑衣人相斗的事，俊朗白巾公子肃容道：

"这事确实古怪，本公子今日整整一天均在西湖附近，居然毫不知此事，那杭丫头话难以相信，只怕是她们干的，诬陷我们繁星宫！"

这件事雪龙多杰也不敢肯定，因为天下人均在捉"古今尽知"，当然不排除杭婉琪的可能，当时杭婉琪说她不会武功，才让繁星宫掳去了"古今尽知"，但现在肯定，杭婉琪说的话是假的，那"古今尽知"被繁星宫掳走的可能性很低，雪龙多杰倒不怪杭婉琪，只因谁不想得到血光玉佛？就是他雪龙多杰也不例外，当然也就不应去说别人的是是非非了。

这时俊朗白巾公子将消除药丸弹入雪龙多杰口中，愉快地道："现在是本公子得到了血光玉佛，你又得了解药，互不失诺，你就情愿跟我们去一趟繁星宫，不会不高兴和满意吧！"

雪龙多杰暗忖自己现在反正祸事太多，还不如与他们一道，见见世面，而且有人做他的免费保镖，何乐而不为？而且自己也想去见见繁星宫，亲见一下那当年因玉佛而死的朔玉之妻的香冢，以及查查朔玉是不是真的还活在人世间！

心里想通，雪龙多杰不再有先前那般难受，几处穴道受制，雪龙多杰不知道这俊朗白巾公子给他的药是否生效，于是向俊朗白巾公子道："喂！你解开本少爷的穴道，让本少爷活动活动不行吗？"

"不行，现在谁敢相信你不耍滑头溜掉！"

"你不是把玉佛拿去了么？还要抓我去干什么？本少爷愿不愿意去繁星宫是我的自由！"

俊朗白巾公子乌溜溜的眼睛一转，微笑道：

"现在本公子不要你的玉佛，只想请你去宫里一趟，以玉佛作交换，该行了吧！"

说完，俊朗白巾公子靠上前来，将玉佛重新挂在雪龙多杰的脖子上，雪龙多杰嗅到一阵奇特的清香，暗忖：这小子真像女人一样，身上香喷喷的，优雅到了这种程度，真虚伪！

俊朗白巾公子望了望玉佛，笑着退了两步，说道："那狠毒的女人将灾祸永远挂在你脖子上，直到你的脖子与你身体分家为止，本公子又何必做吃力不讨好的好事呢！"

雪龙多杰本想反驳，但想了想，干脆保持沉默，这个问题无须再来辩论，俊朗白巾公子见雪龙多杰沉默不语，知道他心里开始难受，微笑道：

"你愿不愿意跟我们去一趟繁星宫？"

雪龙多杰人在屋檐下，不得不低头，道："行啦，愿不愿不是一回事？都是逼小尼姑上花桥——不去（娶）也得去（娶）！"

后面两小厮捂嘴一笑，俊朗白巾公子皱了皱眉，喝道："不许笑，有什么好笑的！"说完，转身向雪龙多杰道："现在你想要解开穴道吗？"

"当然想要，你说的这不是废话！"

"但解开穴道你又不规矩，你说怎么办？"

"只要能动嘴动眼动手动脚，你说怎么办？"

"本公子这里有一种毒粉，叫五日绝命丹，就是过了五日后会命归西天，若在五日内吃了解药，就没事，另一种就是重新吃散气化功霉素药丸，那就是先消除你的内功真气，你要自由，就得吃药，吃药有这两种选择，你选什么？"

雪龙多杰听之骇然，说得简直让人提心吊胆，何况在这被人追杀的非常时期，想来想去，暗忖，有他们三人保护，自己不要内功真气也行，总比另外两种来得划算些，于是咬牙道：

"还是吃一粒散气化功霉素药丸吧，但你们得记住，化去了内功，本少爷使用的全是花拳绣腿，不会对你们构成威胁，关键时刻还得保护，你们能不能做到？若不能做到，事先说明，否则本少爷因此而丢了性命，变鬼也要找你们！"

俊朗白巾公子和两小厮均不由自主一颤，谁也不想别人变成厉鬼来找自己，俊朗白巾公子肃颜厉声道："只管放心，我们不会让你伤着一丝一毫的，现在我们就上路！"

说完，俊朗白巾公子迫雪龙多杰吞下散气化功霉素丸，又解开了穴道，雪龙多杰穴道一解，立时站了起来，伸了伸懒腰，笑道：

"还是这样舒服些，说老实话，你们赖皮得很，开始说好的给了解药换玉佛，谁知变成了现在的既没得到解药，我这个人也得跟你们走，既然人都跟你们走了，我身上的什么玉佛、神宫母镖等等都成了你们的囊中之物，真是赔了夫人又折兵，倒霉得连腰带也输了！"

俊朗白巾公子听之，脸色刷地一红，叱道：

"你最好把你那张乌鸦嘴闭上，否则只怕还没到繁星宫，你那张嘴倒成了猪嘴一般！"

雪龙多杰听了，呵呵笑道："你少来吓唬本少爷，刚才说好的不得欺负本少爷，而且还要保护我完好无损，吐出的口水还没冷，就想舔回去，还讲不讲信用！"

俊朗白巾公子一人当先，向前走去，两小厮押后，雪龙多杰紧紧跟上两步，拉了拉俊朗白巾公子手臂，道："喂，你说话也俗趣雅致相融共存，水平简直与堪与本少爷相比，真是冤家绝配！"

俊朗白巾公子身体一颤，没有回头，甩开雪龙多杰的手，冷冷地道："少来套近乎，谁与你同流合污，绝配，绝配你个大头鬼，以后再动手动脚的，休怪本公子辣手无情，斩你的脚，剁你的手！"

雪龙多杰听这俊朗白巾公子说得一本正经，还带有隐隐杀气，暗忖：这小子怎么开不起玩笑？稍稍说两句就翻脸，看来还没到繁星宫，即使有一百条腿和胳膊，也会没有的，但硬充哑巴又太难忍了，苗头不对，还是想想"逃"的路子。

雪龙多杰这年纪最喜欢热闹和好玩，好奇心又重，有人陪着去一趟繁星宫，倒也不错，因为他可以肯定玉佛是假的，身上也没有神宫母镖，没有人平白无故与他过不去的，正是这种肆无忌惮的心情，使他一时忘了还有两位叔叔在为他着急，这时一想到逃字，就想起了两位叔叔，又想起饮酒醉，进树林被捉的经过，惊愕间抬头一望，此时已是第二天的拂晓了。

"古今尽知"惊梦孔二发出惊呼和北川雨星天寒匕闪电般刺出几乎在同一刹那，浮烟谷谷主杭绮如烟般斜掠而起，同时宽袖一拂，立时，北川雨星觉得手臂一麻，再也把持不住天寒匕，天寒匕"当当"两声坠落在地上。

看到北川雨星低垂着手臂，"古今尽知"惊梦孔二怒喝道："你……你……竟然用追魂针对付一个年轻后辈，简直越来越不可理喻！"

浮烟谷谷主杭绮因刚才的紧张，面色潮红，浮着寒霜，回头向"古今尽知"惊梦孔二抗议道："你居然也会这样想，过去自己瞧瞧，看本谷主用没用追魂针，现在本谷主终于明白了……"

说到这里，浮烟谷谷主竟然黯然低头，拂袖而拭，倒似乎年轻了许多岁，如一位被冤屈了的怨女在低声哭泣一般，众人立时茫然，浮烟谷谷主再抬头时，美丽的眼睑处居然挂了滴泪珠，这简直是个奇迹。

"古今尽知"惊梦孔二心神一震，不由自主地走向徒儿北川雨星，翻转了一下垂下的手臂，才发现刚才是被点了穴位，这才想起不悔不归老的弟子均有"隔空拂穴"的深厚内力，心中惭愧油然而生，随手解了北川雨星的穴道，轻责道："你与她相差很远，怎可如此鲁莽行事！"

说完，"古今尽知"惊梦孔二迅速瞥了一眼浮烟谷谷主，和缓道："刚才老夫错怪了谷主，还请谷主宽恕，就当老夫是以小人之心度君子之腹！"

北川雨星经这碰面瞬间交手，方觉得四大绝命兵器的主人并不如自己想象的那样平庸，他们武学境界已达到收放自如，发自于心，凝之于形，随心所欲，信手拈来，一想到这里，北川雨星心里一阵迷茫，觉得自己不是想象中的永不沉没的冰山，而是飘曳不定的浮云，不再强大，前路无尽头，更是坎坷难行！

浮烟谷谷主向后挥了挥手，低吟道："算啦，本谷主被别人误会多次，已见惯不怪了！"

"古今尽知"惊梦孔二尴尬地干咳了两声，说道："夫人还请高抬贵手，暂且放过老夫师徒二人，他日有闲，定当登门造访！"

北川雨星不知道为何师父今日变得如此胆小怕事，心里忍不住又升起了一阵烦躁，跺脚道："师父，何必向她求情，何况我们也没有什么求她的，大不了与她们比试一下！"

"古今尽知"惊梦孔二脸色一变，黯然道："川儿，你不明白，师父……唉，算啦！"说完，拉着北川雨星突然电闪而起，就欲夺路而走！

"附梦影法"何等快疾，待围着的众女反应过来，北川雨星师徒二人已在几丈开外，浮烟谷谷主勃然大怒，怎么也不会甘心，娇叱道：

"愣着干什么，跟我追！"

说完，浮烟谷谷主杭绮如白练一般滑过了前追的众女，几纵几逝，紧紧咬住了"古今尽知"。

"古今尽知"虽然内力深厚，轻功比北川雨星快了许多，但如今又带上北川雨星，"附梦影法"虽然精妙，可以晃过一般武林高手，但在杭绮这通玄境界的超级高手面前，就无论如何也难以轻轻松松摆脱，浮烟谷谷主杭绮在后怒叱道："若再不停下来，本谷主可不客气了！"

"古今尽知"惊梦孔二和北川雨星当然知道杭绮话的含义，那就是她会用如烟追魂针了，北川雨星道："师父，你一人走吧，想必她们不会为难徒儿的！"

"古今尽知"惊梦孔二没有停下的意思，眼睛炯炯有神地凝望着前方，沉声道：

"别理她，她说话一向如此！"

北川雨星一愣，不由嘀咕起来：一向如此，那就是师父对这娇美的女魔甚为了解，他们旧识？立时对刚才的一切明白过来，忿忿然暗道：师父怎么与这女魔头有勾搭呢?！

后面的杭绮越追越近，已剩几步之遥，果然如"古今尽知"所料，杭绮并没有对他用追魂针，但想逃出她的追击，除非有人阻拦。前面逃得快，后面追得急，不知不觉走了很多路，已到了浩浩荡荡的钱江旁边，浮烟谷谷主杭绮已失去了耐性，娇叱道：

"惊梦炫奇，你别以为本谷主不敢对你狠下毒手，可别忘了，你旁边还有个徒弟，你也知道追魂针一向很准，要打你那徒儿，只怕你想挡也挡不住，事先说明，到时别怨人不留情！"

这句话果然具有一定的杀伤力，惊梦孔二陡地停了下来，很快转身，刚停稳，杭绮就飞落而来，停在不远处，北川雨星见浮烟谷那些弟子已被抛得很远很远，对师父道：

"师父，先收拾这女魔头！"

说完抢先挥动"天寒匕"向杭绮攻去，杭绮见天寒匕闪着寒光，来路又快又狠，追了一程，刚松了口气，心中暗惊，怒叱道：

"小妮子，不要得寸进尺，本谷主忍耐程度总是十分有限！"

说着欲又用隔空拂穴放倒北川雨星，谁知北川雨星上了一回当，学了一点东西，早早就用护体神功逼出一层罡气，掩护着全身穴位，隔空拂穴来势毕竟弱于劲指点穴，劲力一触护体罡气，立时被瓦解，北川雨星冷哼一声，天寒匕已径直向浮烟谷谷主挥出的手袖割去。

杭绮委实惊愕了一番，见天寒匕凶狠的来势，娇喝道："来得好！"说完宽袖轻微一颤，立时倒卷而起，不退反进，向天寒匕倒卷而来，北川雨星冷哼，暗道：不知天高地厚，衣袖怎能与天寒匕相碰，只怕碰上那道寒光就会碎裂！

但事与愿违，衣袖被杭绮贯注上阴柔之气，奇韧无比，如传说的天蚕丝纺织而成一般，硬生生卷向天寒匕，北川雨星心中大急，立即翻腕，天寒匕翻身变割为刺，杭绮藏于宽袖中的手立时运掌推了出去，北川雨星立时觉得如有一堵厚墙向他倒塌而来，大惊而慌，急急忙忙错步纵出。

"古今尽知"惊梦孔二胆战心惊地看了后，大声道："住手，不能再打！"说完，一个跨步，纵到二人之间，说道："好，老夫就去一趟浮烟谷，反正如今天下各路牛鬼蛇神都找上门来了！"

此话一出，立时一惊一喜，最先表态的是浮烟谷谷主杭绮，她那张媚艳粉脸立时由怒到喜，眼睛如宝石一亮，脱口道："真的?!"

而北川雨星当然是惊愕，叫道："师父！"只说了两个字，就再说不下去了，不知是气结，还是觉得别无他途，只因在这片刻过招之间，那几名浮烟谷弟子已追了过来，机会不会再有，北川雨星暗怪师父刚才不与他联手，合力对抗杭绮，两人合力，定可制住浮烟谷谷主的。

"古今尽知"看向北川雨星，说道：

"川儿，你随师父学艺十多年，已经尽得惊梦一族的绝技，是你独立行走江湖的时候了，如今江湖多事，如能处变不惊，你一身之武学当可大成，现在你去吧！"

浮烟谷谷主杭绮知道"古今尽知"愿意去浮烟谷，心里高兴，插嘴道："为什么不带他一道去浮烟谷，本谷主决不为难后辈的！"

"古今尽知"冷哼了一声，没有理浮烟谷谷主，杭绮心中暗惊，不敢再次插言，嗫嚅道："本谷主是为你师徒好，不听就算了呗！"

"古今尽知"冷冷地道："我徒儿初次行走江湖，江湖经验不足，老夫希望谷主网开一面，不要与之为敌，有什么过节，冲老夫来好啦！"

北川雨星鼻子一酸，深深地看了看"古今尽知"惊梦孔二，下跪道："师父，你放心，徒儿千方百计也会去浮烟谷救你老人家出来的！"说完又转头向杭绮狠狠地道："总有一日，让你输得心服口服，若为难了家师，本公子与你们誓不两立！"说完北川雨星撒泪毅然而去！

"古今尽知"惊梦孔二望着北川雨星消逝的方向，深叹了口气，内含无比的忧虑，浮烟谷谷主忙道："只要你在浮烟谷，本谷主会叮嘱在江湖中的属下暗中保护这犟小子，这行了吧？"

"夫人若不制住老夫的穴道，能放心老夫乖乖跟你去浮烟谷么！老夫功夫并不亚于你！"

浮烟谷谷主嫣然而笑，婀娜飘到惊梦孔二面前，柔声道："惊梦君，你说出的话，妾身几时没相信过？你的功夫，本来就不亚于妾身，你说的话，一句一个实，不会有错的！"

"古今尽知"惊梦孔二眼睛闪着复杂的光芒，良久，深深叹了口气，摆手道："走吧！"

浮烟谷谷主杭绮与惊梦孔二联袂沿江上行，几名护卫跟上，消失在群山之间，就在几人离开时，树林后无声无息地跃出两个人来，二人正是西域灾僧和柳溪靳布衣，西域灾僧望着几人消失的方向，正欲追上前去，靳布衣拉了拉道："先别急，浮烟谷谷主生性狡猾无比！"

西域灾僧停下脚步，问道：

"这浮烟谷谷主明知玉佛在那古怪小子手中，为什么不抢过来，反而告诉大家，而且她不急不忙，最后留下来困住了惊梦孔二，仿佛他对惊梦孔二十分在乎一般，两人有何关系？"

靳布衣想了片刻，缓语道：

"听说当年繁星宫少宫主苏星儿与浮烟谷谷主杭绮均心慕朔玉，但后来朔玉与苏星儿结为夫妇，杭绮生性见异思迁，感情很不稳定，又说朔玉与梅老有来往，而且与惊梦一族来往甚密，还交了一个生死朋友，那就是惊梦炫奇，杭绮对惊梦炫奇亦有好感，似乎有朔玉从中撮合，但这事不知为何，不了了之，弄得浮烟谷谷主十分憎恨朔玉，才出现三打一的局面！"

　　西域灾僧仿佛很了解男女之情一般，恍然大悟道："那定是杭绮念念不忘朔玉，而朔玉又如礼物一般把杭绮让给惊梦炫奇，杭绮当然痛恨朔玉，更是嫉恨苏星儿，否则她不会痛下杀手，去杀苏星儿，伤朔玉的心！"

　　靳布衣阴沉地道："凭刚才二人的关系，惊梦孔二正是惊梦炫奇，普天下之的人都可认错惊梦炫奇，但杭绮绝不会错的，她只凭感觉就能判定真伪，惊梦炫奇不会错，那北川雨星定是朔玉之子，只从他名字就可以看出，雨与玉同音，北川雨星的名刚好是朔玉夫妇字的合成，只不过他为何姓北川倒难以猜度！"

　　西域灾僧面露喜色，赞道："靳兄果然厉害，你这一说，本僧也有九成相信了，那古怪小子胸前的玉佛必定是假，浮烟谷谷主早就知道'古今尽知'是惊梦炫奇，故出面证实玉佛之事，迷惑众人，转移视线，而自己则暗中稳住'古今尽知'惊梦炫奇，但不知为何放走北川雨星！"

　　"玉佛如此贵重，北川雨星岂可放在身上，定然放在一个秘密的地方，浮烟谷谷主稳住了惊梦炫奇，也就稳住了玉佛，何乐而不为呢！"

　　"难怪浮烟谷谷主会如此好相与，主动提出暗中派浮烟谷弟子保护北川雨星，实际上是跟踪监视北川雨星。靳兄，我们现在应该如何办才行？本僧现在唯你马首是瞻！"

　　靳布衣道："这一切只有告诉靳候，让他做主？本人哪敢做主，本人只想去散散心，访访天下各大门派，相互切磋武技罢了！"

　　西域灾僧奇怪地问道："靳兄，何必为难本僧，本僧答应你就是，唉……"

　　靳布衣暗喜道："这可是你说的，好，现在你就去追踪北川雨星那小子，惊梦炫奇留在浮烟谷，对我们倒少了一些不必要的麻烦！"

　　"那你呢？"

　　"我……我当然去瞧瞧那古怪小子到底有何来路，探探各门各派去寻求玉佛的情况，以免节外生枝，到时还没有一点底就难办了！"

　　说完两人分头行事，两人刚走，从远处草丛中露出白衫倜傥公子，正是北川雨星，北川雨星此时冷静了许多，看西域灾僧和靳布衣走远，凝望着空寂无人的沙滩，死一般静！

原来北川雨星撒泪而去，狂奔了一段路，方才平心静气细想，才想起师父去浮烟谷定有他的用意，而且在那等情况下，他只能委曲求全，否则师徒二人均会落入浮烟谷谷主的手中，那会把事弄糟，而且在这玉佛再显的节骨眼下，北川雨星经此一想，又不放心师父，不知师父是否真的答应了浮烟谷主，于是又飞快地折身回掠，躲在杂草丛中，当时就发现了藏在另一边的西域灾僧和靳布衣，以前只听师父说过，故能隐隐猜测，待师父走后，北川雨星已能想到师父与浮烟谷谷主杭绮关系非同一般，倒不担心师父的安危了。

听了西域灾僧和靳布衣的一席话，北川雨星明白了不少，心里反复道："师父果然就是救走朔玉后人的惊梦炫奇，想不到找他十多年，最后他就在自己身边！"待两人走后，北川雨星阴阴冷笑道："聪明反被聪明误，你们猜对了一半，但也错了一半，结果还是徒劳无功！"

"大家均这样瞎搅和，本公子就来搅和搅和一下，让这场剧变热闹一点儿！"

说完，北川雨星隐入了树林背后，被夜吞没了，此时，惴惴不安的夜已在包含着黎明。

北川雨星知道靳布衣要西域灾僧去跟他，而浮烟谷谷主和"古今尽知"惊梦孔二亦以为他将与他们背道而驰，至少"古今尽知"会如此认为，而北川雨星有自己的想法。

北川雨星在树林杂草茂盛的山涧的掩护下，施展开附梦影法，顿如一条灰白匹练在山间萦绕，而在灌木树林的外面，就是一条坎坷的山路，浮烟谷谷主杭绮、惊梦孔二和几名浮烟谷弟子沿着山路向前步行，寂静无声。

"惊梦君，去浮烟谷的路依旧未变，还是这样的一条小路，你大概没有忘记吧，今昔之隔，已有十多年了，人世沧桑，妾身虽然苍老了许多，但这颗心依旧未变，惊梦君此时，是否与十多年前同妾身一道行走这条小路去浮烟谷救朔君心情一样呢？"

北川雨星在他们身后丈多开外的树林间，身形一顿，暗忖：果然，他们两人有不可告人的秘密，难怪师父对这妖精有种怪怪的念头，居然连称呼也近了不少，若没有几名女属下在后，只怕这女煞星还会作出什么样的媚态！

"古今尽知"惊梦孔二冷冷地道："夫人千万别因情乱了方寸，更不辨真伪，老夫是惊梦孔二，而不是你的惊梦君！"

　　浮烟谷谷主杭绮眉一皱，微愠怒道：

　　"到现在你还不承认么，哼，不承认没关系，到了浮烟谷，本谷主自有办法让你自动说出来，亦要让你恢复原形，你可别忘了，朔君的新月怡心钩还在浮烟谷等你呢，唉，十几年前，是人和人的相逢，而如今，只能人和遗物的相见，唏嘘慨叹，人生变幻无穷，更是福祸相生，扑朔迷离，此时你心情不好，妾身不会怪你！"

　　北川雨星听她提到怡心钩，立时来了精神，因为怡心钩对他来说，是神圣的标志，更是跨入超一流高手的捷径，惊梦孔二达到"化气幻钩"的境界，有钩无钩无所谓，但他内力不济，只有拥有新月怡心钩，才是如虎添翼！

　　"古今尽知"惊梦孔二冷哼道："最毒妇人心，不是老夫说，江湖人都评价夫人，人虽长得妖娆如花，但心肠却毒如蛇蝎，骗了惊梦炫奇，害了朔玉，而且还因嫉生恨，杀了苏星儿，最后居然还要夺回怡心钩，对钩侮其主人！"

　　惊梦孔二说得冰冷入骨，匿身的北川雨星忍不住打了一个寒颤，暗忖：这妇人若真这么毒，只怕师父到浮烟谷如狼入虎口，大大不妙！

　　而此时的杭绮，脸色阴沉，低叱道：

　　"不错，本谷主就是这样狠毒，你又如何？害死朔君，并非本谷主一人，就是苏星儿，也是她该死，致命之伤还是因为流星镖呢！不是因为朔君和苏星儿，本谷主怎会骗惊梦君？惊梦君又怎会十多年不来看妾身？一想到这些，本谷主不骂那怡心钩，又如何解心头之怨！"

　　"自己心术不正，还一味怪别人，十多年过去了，居然仍旧执迷不悟，与你交往，更让人胆寒，若要有别人原谅你的机会，除非你自己去创造，否则死也没人为你挖坟墓！"

　　北川雨星不在身边，惊梦孔二没有了顾忌，浮烟谷谷主杭绮说什么，他就针尖对麦芒地说什么，相互讥讽，火药味特别浓，后面的侍女和北川雨星均能嗅到，从惊梦孔二的语气来看，惊梦孔二"古今尽知"是惊梦炫奇。

　　几名侍女渐渐清楚谷主与这"老头"的关系，远远地落后，不闻也不问，这事她们哪敢插手，惊梦炫奇此时虎胆龙威，口枪舌剑，与浮烟谷谷主动嘴大战，倒颇有一番成绩，浮烟谷谷主似乎在节节败退，毕竟她心术不正嘛，谁知气得半天没说话的杭绮突然哈哈大笑道：

"你似乎在生妾身的气，在怒叱妾身，呵呵，那你默认你就是惊梦君啦，只有他才会这样生怒气、怨气，只有他看到妾身才会有怒气怨气生！"

"是又怎么样？不是又怎么样？本人只是就事论事，你少在本人面前耍花枪！"

杭绮更是笑得灿烂，边走边笑，醉语道：

"'本人'，好你个'本人'，十多年没听这句了，惊梦君，你也别想激怒妾身，让妾身主动与你过招，好让你有借口不守诺言，摆脱妾身的束缚！你那些鬼点子早在十五年前就没用了，现在用起来，妾身又岂会被蒙住呢！"

惊梦炫奇脸上立时尴尬，怒道：

"你……你少要自作聪明，本人光明正大，从不失信，更不会用什么鬼点子来做借口，你狡诈多疑，盖因武学不精，本人武学高于你，若不守信用，想走就走，难道你拦得住么？"

浮烟谷谷主一人当先，连跃几下，已到了一座巨蟒山下，峭壁如刀劈过一般直齐，一股溪水哗哗地流了出来，缓缓铺在碎石沙砾之间，然后斜向山坡下泻去，轻梳着绿油油的野草，清澈无比，前面已没有高的树木和灌木遮挡，只有如小平原般的绿草皮和微凸的土丘，几人停在草坪处，北川雨星不敢上前，只能远远地借树林掩身，草坪不大不小，北川雨星听得清晰，看得清晰，却有点茫然！

只因那股溪水有去处，无来处，峭壁下并没有路向上，也没有向左向右，仿佛走到了绝处，北川雨星暗忖，浮烟谷谷主怎么到了这个无谷无路的地方？

这时听惊梦炫奇叹道："无缘水呀无缘水，十五年前无缘水，流了十五年，如今还是无缘，只怕今生今世都将是无缘了！"

北川雨星本在观看拂晓的山野，静谧的树林里弥漫着一层薄薄的轻雾，而轻雾似是而非地向上浮动，却老半天也没离开树林，山谷中有条不宽不窄的小河，河水泛着银白色的光，在这里打了一个圈，两头藏进绵绵青山之间，一座古老而实用的木架小桥如拄着拐杖弓着背跨过河的老太婆一般，听到的是哗哗的水声，单调而不枯燥，偶尔传来一阵鸡鸣犬吠之声，让哗哗流水声突出的山野之寂静带着莫名的空，无比的大、阔，黎明，已绽开，漫延到整个苍穹。

看着眼前之景，望着越来越高的天空，北川雨星觉得自己渺小得如一粒尘埃，从黑夜飘向白昼，又从白昼进入黑夜，而这样的历程何尝不与眼前的江湖之途相似？不知什么时候自己会永远留在黑夜之中，再也无法走入白昼，想到这里，一阵晨风吹来，北川雨星不由打了一个寒颤，觉得一阵冰寒从外直窜入心底！

当听到师父的慨叹，北川雨星立即收神聚气，定睛向前方几人窥视，暗忖：难道这溪水名叫无缘水？的确像，根本不知道它从何处来的，仿佛那庞大的峭壁如一把铡刀无情地截断了有缘之水，硬生生地将之变成了无缘！

语音甫落，浮烟谷谷主杭绮娇笑道："惊梦君，水永远不会无缘的，人也是有缘之人，看似无缘，胜似有缘，妾身倒认为十五年前有缘，十五年后亦有缘，一生一世都是有缘，走吧！"

北川雨星一听"走吧"，暗忖：往哪里走？正在疑惑，杭绮突然消失在峭壁下的乱石间，而且惊梦炫奇和几名浮烟谷弟子亦走入了峭壁之中，眨眼间，峭壁下空无一人，只剩下无缘水哗哗而流，北川雨星辛辛苦苦跟到这里，当然不会让他们失踪了，想了想，从身上摸出一张面具，往脸上一挂，立时变成了多须多髯的峻脸瘦汉，一切准备好后，北川雨星飞掠而出，窜步到了刚才几人立足之处。

原来无缘水是从峭壁脚下一长长的窄窄的罅隙流出来的，而这罅隙上方横亘着巨大的岩石，向两边延展，甚为险要，罅隙约莫一人高，有乱石挡住，又有巨岩相衬，当真难以看出这"渺小"的罅隙来，罅隙此时如黑乎乎的怪物大嘴，正对着北川雨星，北川雨星打了一个寒战，咬着薄薄朱唇，探身一跃，身体掠过水面，飘落在一块露出的圆砾上，圆砾微微一动，北川雨星业已换气，跟着再跃，又站在了另一块岩石上，此时已进入了峭壁内。

峭壁内光线顿时暗了下来，而且十分寒冷，隐隐刺骨，而且罅隙一到山里，空间突然变大，里面不但怪石林立，而且岩壁上下左右均挂满了石钟乳，潺潺的流水在乱石丛中九曲九转，流了出去，洞里还有幽潭，潭上挂着一长串的石钟乳，山泉渗水，从乳尖上滴了下来，"叮咚"，如弹古筝一般，清脆悦耳。

前面没有路，但又有千百条路，均匿于石钟乳和乱石林之间，北川雨星倒一时难住了，侧耳聆听，已失去了杭绮等人的说话声和脚步声，他们溜得还真快，北川雨星忽然脑子里一亮，这条小溪定是穿山而来，沿着溪水走，定可走出去，主意一定，北川雨星立时顺水而奔。

沿着溪水一路前行，渐渐光亮转弱，已看不清楚溪水两旁的怪石和石钟乳了，也听不到水声，北川雨星不得不停了下来，暗忖：什么也看不清，如何前行？但杭绮等人又是如何走的呢？正想着，突然传来一阵零碎的脚步声，北川雨星又喜又惊，不知来的是什么人，立时闪身藏在一怪石背后。

北川雨星刚藏好，就有隐隐的灯光从几座石钟乳间照了过来，灯光时隐时现，使这石钟乳洞更加神秘莫测，很快，从石钟乳间转出几人，正是杭绮等人，不同的是，两名弟子手中各持一盏小小的红红的桔灯，桔瓣舒展而开，如花儿开放一般，桔灯前行，微风送来，灯光闪烁不定，灯光里的几人也时隐时现，女的婀娜如仙，男的倒如鬼神，几人并没注意藏在石钟乳后的北川雨星，飘然前行，几起几落，已掠到北川雨星前面，北川雨星从后向前一望，心里一沉。

灯光下，杭绮几人已停了下来，而停身处的前面，是黑沉沉的水潭，潭水淹住了乱石，仿佛无底一般，怪不得刚才听不到水声。

北川雨星暗自庆幸刚才没有鲁莽行事，若自恃轻功高绝，武艺高强，纵身前跃，只怕此时还在潭中凫水，没有上岸就被人发现了！

潭水一直往里延伸，前面是黑洞洞的，没有尽头，下面是黑沉沉的水，上面是光滑的峭壁，除了水路，根本就无法往前行走，而杭绮人在潭边，似乎等候着什么，北川雨星觉得难以继续前行，正在思索良策之时，听到哗哗的水声由远到近，北川雨星望向黑暗中的潭水。

潭水不再黑暗，黑暗深处有一丝微弱的灯火远远地漫游过来，潭水金光闪烁，那哗哗声破开了一阵阵的漪涟，在此，每人心里都想：有船来了。果然，灯火转过燧道壁弯，散作了一片，光亮更强，但中心只有一点，红彤彤的，亦是一盏小桔灯，想不到微弱的灯光，在这漆黑之中，会有无比强大的力量，撑起一片光明！

第七章

小船如月牙，更是如梭向前而来，劈开了潭水，小桔灯如在领航一般，光环中，是一位白发苍苍的干瘦老太婆，一袭黑衣，和一位捧灯的清秀艳丽的美貌如仙的少女，一身白纱，那老太婆在灯光下仿佛看不清岸上的人，冰冷喝道：

"什么人，报上名来！"

杭绮旁边捧灯的一女叫道："船婆婆，是谷主和我们，你难道看不清吗？"

"小丫头贫嘴，我老婆子在这里几十年，怎会眼花？但我老婆子觉得还有一个陌生人！"

北川雨星心中一惊，暗叫这老婆子好利的眼，三盏灯的距离还有一段，而且这边两盏灯并没将惊梦炫奇明显地照出来，她却能断定是外人，这时杭绮发话道：

"船妈妈，是惊梦炫奇，你老认识的！"

杭绮对那老太婆似乎十分尊重，语气十分柔和，可见那老太婆在浮烟谷中的地位何等之高，威信不亚于谷主，那老太婆听到惊梦炫奇，"咦"了一声，这时船已近在一丈开外，速度慢了下来，那船婆婆依旧冰冷地道：

"谷主确信他就是惊梦炫奇那小子么？我老太婆怎么看他不像，年纪也大得离谱！"

这时惊梦炫奇在脸边沿一摸，拉下面具来，立时显出清俊英武的中年人面容来，船婆婆立时怪笑道："果然是你，欢迎十五年后重临浮烟谷！"

惊梦炫奇朗笑道："船妈妈，你仿佛没变，还是那么年轻，对人还是那么好，晚辈不敢忘记，现在来看你呢！"

杭绮在旁见到意中人的真面容，仿佛初次见到一般，美眸圆瞪，纤手捂嘴，一副惊诧莫名的样儿，心中在慨叹，十五年过去了，惊梦炫奇依旧那么英俊潇洒，让许多女人着迷，此时听到他的话，仿佛又回到了十五年前，顿时，美眸浮动着薄薄的流彩，晶莹剔透，更显出杭绮的妖艳迷人，杭绮心中暗喜，娇声啐道：

"船妈妈，他又在拍你的马屁，不知又要打什么坏主意，这么多年，劣根依旧不改！"

说完，杭绮如少女怀春一般横眸妩媚地扫了惊梦炫奇一眼，这时船妈妈又是一阵怪笑，如枯藤上的老鸦的欢叫声，继而顿住道：

"谷主，把令帕扔过来吧，公事要公办！否则，这小子在谷内捣乱，我老婆子担不起！"

杭绮挥袖而出，一张白底刺绣的手绢，卷过一道匹练，射向那船婆婆，船婆婆挥手一扫，立时抓住了那张手绢，船婆婆扫了两眼，方才摇船过来，轻轻地停在岸边，将手绢还给了杭绮！

杭绮带着惊梦炫奇和几名属下跃上了小船，船婆婆眼睛向岸上怪石钟乳间快速扫了扫，问道："谷主，少谷主呢？没一路回来吗？"

"别管她，让她在外面玩个够，外面有那么多人保护她，她自己也不差，不会有事的！"

船婆婆眼睛又向岸上的黑暗扫了扫，扫得北川雨星心里发毛，船婆婆自语道：

"那就奇怪了，我老婆子总觉得这附近还有人，而且就在那片石林中，难道我老婆子错了！"

杭绮和几女一听，立时脸色一变，均转身向石林间扫视，北川雨星心里发寒，他料不到这老太婆内功如此深厚，竟然能感知到他在这里，船婆婆在谷中威信之高，使杭绮不得不回头，心里惊愕不已，因为她也没觉察到，可见来人武功必定不弱，跟踪浮烟谷的人当然不弱！

北川雨星大气也不敢出，而杭绮大概业已感知到北川雨星的存在，向两属下道：

"你们两人到石林间查查，本谷主也感觉到有人在那里！"

北川雨星听之，立时骇然，哪敢再留，未等两女听令上岸来查，就已飞掠而起，如惊弓之鸟一般向来路而去，那黑衣老太婆见果然有人胆敢藏身于此，已然长啸一声，电闪一般从船上掠起，如一只大黑鸟般，几起几落，超过了两名谷中弟子，但北川雨星衣钵承于惊梦一脉，附梦影法当然亦不同凡响，如迷蝴穿峡一般敏捷，这时杭绮突然道：

"船妈妈，不要追了，让他去吧，如果追远，恐怕要中了他们的伏击，到了这里，他依旧不能入谷！"

谷主发言，谁敢不听，船婆婆无可奈何地退了回来，与追去的两女上了小船，口中叫道："这家伙果然厉害，尤其轻功，居然不输于我老婆子，那人年纪，四十开外，从没见过！"

说完用力在岸上轻轻一拍，小船缓缓离开岸，滑入潭中，向漆黑深处划去，仿佛窜入了无底洞一般，而北川雨星使出全身之劲，全力以赴地逃，转眼间逃到了洞口，觉得几人已经走远，方坐在一块石砾上想进谷的办法，但左想右想，就是无计可施，没有船，就无法行走，纵然有了船，划过潭水，也会被浮烟谷人困住，不允上岸，在潭上坐以待毙，一点点希望也没有了。

北川雨星冥思苦想，最后想到了杭婉琪，这丫头果然是浮烟谷的公主，现在她还在杭州，只要认识了她，就有机会进浮烟谷，但一想到杭婉琪，北川雨星心里就怪怪的。

料不到辛辛苦苦跟踪媚女子杭绮到了这里，来时踌躇满志，现在一筹莫展，最后落荒而逃，侧耳聆听，洞内几无声息，显然小船已然走远，北川雨星垂头丧气地绕过石钟乳，跃出了山洞，站在峭壁外，看着无可攀登的峭岩。

如果在上面峭脊，大概就可见到神秘的浮烟谷了，而浮烟谷这座寨墙简直比长城还宏伟，还牢固，北川雨星只有望岩兴叹。

雪龙多杰吞下散气化功霉素丸后，又变成了平平凡凡，不能打的小子，只有老老实实地跟着那俊朗白巾公子，不知往哪里走。发现已是第二日黎明时，雪龙多杰才想起两位叔叔，忙加快两步，谁知前脚踏在一圆石上，后脚正要跟踉，圆石居然一翻，雪龙多杰前脚一滑，两脚全虚，来了一个花狗扑地，雪龙多杰忍不住的叫了起来。

后面跟的两小厮直笑，俊朗白巾公子闻声回首，见雪龙多杰那副滑稽样儿，亦忘情地捂嘴灿笑，最后居然还说道："想不到一个少头人也有落难的一天，摔跤也如饿狗一样！"

两小厮听之，更是肆无忌惮地笑起来，雪龙多杰趴在地上，只觉身子一酸，额头剧痛，总之，全身受损，连动都不敢动了，本以为他们会助人为乐，上前又是安慰，又是扶他，谁知却出现了令人心寒愤怒的场面。

雪龙多杰心里本就有气，再加焦急，此时怒火引烧，立时如火山爆发一般，滚了一下，坐了起来，破口大骂道："你们的心是不是让猪狗吃了？本少爷被你们弄成这样，还笑得出来，看你们表面是男人，一举一动又像女人，一定是三个人妖，或是阴阳人、变态人，迟早本少爷逃出你们的手掌，届时把你们卖到妓院去，让你们去为变态人服务，以报今日之恨！"

雪龙多杰心中气苦，立时展开了他骂人的天才绝技，歹毒之极，俊朗白巾公子和两小厮听之，立时笑声戛然而止，均怒气满面，那俊朗白巾公子更是陡然生出杀机，跃身上前，口中怒叱道："今日定要将你这恶贼淫贼劈成两断！"

那俊朗白巾公子说着就举掌欲劈，雪龙多杰怒意冲昏头脑，骂得过瘾，倒消了一些怒气，现在心里虽然一寒，但对死倒一点不怯，立时闭眼道："今日被你捉住，反正与你繁星宫生死过节结定了，要杀，现在就杀，否则留下祸根，本少爷向来恩怨分明，有恩报恩，有仇报仇，他日本少爷定会单刀赴会，挑了你繁星宫！"

俊朗白巾公子见雪龙多杰鼻孔内鲜血汩汩而下，想起刚才是自己太过分，不帮助，反而恶言相讥，惹火了这太岁小皇帝，他发脾气也不怪，虽然骂人忒毒了，而且是有针对的什么"变态、阴阳人、人妖、妓院"不堪入耳之词，但因为让他服了散气化功霉素丸，才摔成这样，小白脸变成了大红脸，立时气消了一些。

听了雪龙多杰快死的鸭子还嘴硬，狂得有盐有味的，心底一寒，怒气混着杀机再次升起，暗忖：这玉佛已经到手，杀了他也没什么！说着挥起滞留空中的玉手，闪电般下劈，就在这生死之时，从旁边草堆里射出一团黑乎乎的东西，袭向俊朗白巾公子，俊朗白巾公子心头一凛，随手一带，将雪龙多杰带到一旁，下劈之掌一滑一翻，已向黑影击去。

两小厮配合得天衣无缝，立时飞身上前，挟起雪龙多杰的左右手，如提鸡一般提了起来，雪龙多杰见掌没有劈下，立时睁开眼睛，刚一睁开，只听"砰"的一声，黑影和俊朗白巾公子均后退了几步，这一过程根本就难以看清，而且几乎在同一时间，刹那就停了下来。

黑影一停，大家这才看清，来人正是和尚乞丐，丐帮的"逍遥丐老"，俊朗白巾公子怒道："和尚乞丐，你真的要来瞎搅和么？"

和尚乞丐呵呵笑道："善哉善哉，施主可得弄清楚，这不是瞎搅和，这是救人一命，胜造七级浮屠，刚才若不是老僧出手，这位小施主已变成了掌下冤魂，施主年纪轻轻，杀戮之心竟如此之重，老僧劝施主苦海无边，回头是岸！"

和尚乞丐一半像和尚，一半像乞丐，长得又十分有趣，说话一时如僧人，一时如游戏风尘的乞丐，一看就是一个难缠之人，俊朗白巾公子愠怒，狡辩道："你怎知本公子要杀他？本公子是吓吓他，教训一下这狂妄小子，其实是想帮他擦去流了满脸的血，止住血再流，你是以恶人之心度善良人的心，本公子再让你一次！"

雪龙多杰料不到这家伙如此厚脸心黑，居然说帮他止血擦脸，脸不红，心不跳的，冷冷地道："如果本少爷得你这般恩宠，只怕不肉麻，也要恶心，刚才你明明是要削本少爷的脖子！"

和尚乞丐呵呵笑道："你听，不是老夫一人说的吧，事情过去就算了，老夫以后大概不会再管这件事，让你们两个冤家对头瞎胡闹！"

说完，和尚乞丐一颤一颤地向前走去，雪龙多杰好不容易抓到一根救命草，怎会让他轻易走脱，若让和尚乞丐一走，待会儿又要劈他的头，谁来帮忙，于是用手将嘴角的血一抹，大叫道：

"喂，老和尚前辈，你千万别走呀，路见不平，拔刀相助，小哥儿被他们迫害成这样，快成将死之人，又是刀俎鱼肉，你就不能一并救出苦海么，若你帮小哥儿一次，小哥儿会一辈子不忘，更会帮你千次万次也不会厌倦！"

和尚乞丐回头呵呵笑道："你别说得那么凄惨和肉麻，本僧一辈子吃苦受屈比你多了几大山，你小小年纪，多吃几回苦有利无害！"

"这些小哥儿知道，但如今是关系着要不要命的问题，小哥儿虽然不怕死，但更是想活命，老兄弟，你就伸出你那援助之手吧！"

雪龙多杰口舌绽花，如果不是两小厮挟着他的双手，只怕他会绕着和尚乞丐说，不让他走路，旁边俊朗白巾公子冷眼而观，冷言问道：

"本公子还以为真是有种的小头人，不怕死，原来还是怕死，还是一个无赖，看着就恶心！"

雪龙多杰斜瞪怒眼，立时又想发作，狠狠再骂这娘娘腔的变态可恶的公子，刚要脱口而出，和尚乞丐说话了，道：

"哎呀，你们真是一对绝配，一个吵吵闹闹，一个要砍要杀，而且巅倒黑白，有趣，小哥儿，你的命相不是短命的，而且这位歹徒不但不忍杀你，还不敢杀你呢，你只管放心！"

"你不是用好话来救人吧?!"

"呵呵，出家人从不打诳语，你生得白白净净，虎背熊腰，一表人才，人见人爱，谁见了都舍不得剁了你呢，何况你有繁星宫的绝命信符，有无上的威信，你的身份特殊无比，这小公子虽贵为少宫主，也不敢轻易剁了你的！"

俊朗白巾公子一直无言，面色古怪之极，说到最后，身体一颤，又向雪龙多杰望了一眼，似要找出新的发现，就是两小厮，亦惶然释放下雪龙多杰，雪龙多杰没有发觉，依旧木瓜般站在那里，眼睛一亮，欢喜道：

"和尚乞丐老前辈，你说的话是不是真的？若是假的，你就救我，若是真的，你就走吧！"

和尚乞丐听了，真的很听话，转身就走，雪龙多杰一愣，叫道："喂，你真的要走啊！"

"老夫说的是真话，当然是走啦，还有事？"

雪龙多杰无可奈何，看来这次又脱不了苦海，只有等下次了，苦笑道："没有事了，哦，等等，你如果碰上俺两个叔叔，跟他们说一声，就说我平安无事，和繁星宫少宫主变成了朋友，到繁星宫玩去了，过不了多久就会回来！"

和尚乞丐回头笑道："你小子撒谎眼睛也不眨一下，可见也不是个好东西，想不到你交的这个朋友对你这么好，弄得你伤痕累累，你人不像人，鬼不像鬼的，老夫本有恻隐之心，现在也没有了，看来你倒有点变态，老夫一定将你的话转达给你两个叔叔，免得他们苦找！"

说完，和尚撒袖而去，雪龙多杰望着和尚乞丐去的方向，大骂道："没女人肯嫁你的丑和尚，没钱用饿死你这穷乞丐，你不救本少爷，少爷以后找你算总账，你总有需要本少爷的时候！"

骂得不过瘾，雪龙多杰用脚一踢，将刚才的那块可恶该死的圆石头踢向和尚乞丐的方向。

俊朗白巾公子冷冷地在旁看着，嘲讽道：

"幸好刚才和尚乞丐没救你这种人，不然别人不骂他是傻瓜笨蛋，自己也会后悔得一头撞死算了，看来不会有人来救你了！"

雪龙多杰怒目而视，倒不敢再骂刚才那般缺德的话，不但自己觉得难以入耳，别人听了，一掌劈了他合情合理，自己岂不死得不值，但依旧仇怒难平，哼道：

"刚才和尚乞丐也告诉过你，量你也不敢对本少爷怎么样，本少爷如不死，总有机会报仇，那时将你制得服服帖帖的，想对你怎么样，就怎么样，哈，那是多痛快的事情！"

雪龙多杰说得活灵活现，仿佛他已从奴隶变成了将军，俊朗白巾公子脸上一赧，杀机又起，骂道："恶徒，你太猖狂了，本公子今日就杀了你，看你能奈何得了本公子不！"

说着，俊朗白巾公子又有所行动，这时，那圆脸小厮怯生生地道："少宫主，杀不得，那和尚乞丐说得对，若他身上真有神宫母镖而你杀了他，可是犯了本宫最重之罪——弑主叛宫，是会处死的，他身份一日未明，少宫主还是多忍耐一下为好。"

俊朗白巾公子恼羞成怒，转身向那小厮喝道："你胆子不小，居然管起本公子的事来了，你这又不是以下犯上吗！"

那小厮吓得低头，不敢再多嘴，另一小厮嘀咕道："少宫主，我们是为你好，你犯不着为他白白赔上一命，你也知道宫主的脾气！"

俊朗白巾公子料不到两小厮都来阻拦他，顿时气结，圆瞪怒目，但举起的玉手始终没有劈下，最后放下了手，转身不言不语，显然在生闷气，雪龙多杰紧张的心脏仿佛滞停了片刻才又开始跳动，暗忖：又从鬼门关来回了一遭！

雪龙多杰消除了生命之危，暗忖：自己犯不着与他们闹僵，这一路上，还得他们照顾呢，又一深想，双方根本就没有什么生死大仇，真合了和尚乞丐的话"两人在瞎胡闹！"，雪龙多杰不介意小过节，主动向两小厮笑道："刚才本少爷确实嘴巴变贱了一点，现在你们又大人不计我这小人过，放了本少爷，本少爷心里感谢你们，以后有什么需要本少爷的……"

两小厮见雪龙多杰脸厚得如四川戏剧中的变脸，一转一个样，均嗔怒地瞪了雪龙多杰几眼，圆脸小厮扭头一边，不再理他，而那瓜子脸小厮伸手向生闷气的俊朗白巾公子指了指，轻薄小唇动了动，似说非说地提醒雪龙多杰，雪龙多杰机灵如人精，立时明白过来，暗忖：这少宫主一点委屈也受不了，不像大男人，倒是死心眼的小女人，老子受伤流血差点被他劈，全由他而起，还没生闷气，骂了他几句，就要死不活的样儿，碰到这样的人，我雪龙多杰心胸坦荡荡，倒不能与他斤斤计较，吃亏倒霉就闭眼算啦！

雪龙多杰抽了抽鼻子，鼻血不再流，但擦破的伤口依旧火辣辣的，而且粘在脸上的血见风而干，绷得紧紧的，怪不舒服，想了一下，雪龙多杰终于想通了，踱步到俊朗白巾公子旁边，拍了拍俊朗白巾公子的肩，俊朗白巾公子肩一耸，全身如触电一般，快疾往前跳了一步，转头一看是雪龙多杰，立时脸生红霞，横眼竖眉伸手指着雪龙多杰，想要大骂一通的架式，雪龙多杰双手抱头，暗忖：这小子胆子小得如八哥一般，刚才拍了他一下，就如踩着蛇一般，真是可笑得很！但此时雪龙多杰大举和平共处旗帜，怎也不会说他如娘们一样胆小，还想杀人，只怕不敢下手！

未等雪龙多杰脱口发音，俊朗白巾公子已尖声说话，道："本公子已饶过你了，你又要来招惹，让本公子发怒，是不是已活得不耐烦了，你信不信本公子剁了你那只不规矩的手！"

雪龙多杰本是友好地向俊朗白巾公子抱头露齿微笑，但此时在俊朗白巾公子看来，却是捉弄他的嘲笑或是讥笑，雪龙多杰立时僵住了笑容，将那刚才拍俊朗白巾公子的手迅速地藏到了背后，显然雪龙多杰十分忌惮俊朗白巾公子的狠劲，留着他的命，却把他弄成甲级残废，俊朗白巾公子完全可以办到而不赔上命的。

那瓜子脸小厮忙打圆场道："少宫主，雪龙少爷没有恶意，他是想向你道歉，主动和好呢！"

俊朗白巾公子脾气特别古怪，与其说狠，倒不如说小家子气太浓，斗鸡眼里揉不得一点沙子，转脸向瓜子脸小厮叱道："我与他说话，你插什么言，嘿，你的胆子越来越大嘛，是不是怪我不明事理，他来道歉和好，我却怒目恶言相向，是不是提醒我要轻言细语?！"

那瓜子脸不知这少宫主吃错了什么药，今日的脾气如此臭，如此变化无常，简直令人窒息，令人提心吊胆，连忙低头辩道：

"属下不敢，请少宫主明鉴！"

"本公子三令五申，出门在外，要你们称公子，不要少宫主少宫主地叫，你们耳朵长到哪里去啦，总是记不住该记的！"

两名小厮见少宫主把全部火力集中向他们，立时觉得招架不住，急需要别人的援助，但他们明白唯一的援助就是雪龙多杰，但泥菩萨过河自身难保的雪龙多杰却会越帮越忙，越帮越糟，只看他那样儿，就是添油加火，天生如此，两小厮索兴垂头默不言语，似在聆听，似在忏悔，或是在无声地反抗，总之这样最好。

雪龙多杰根本不能息事宁人，又无自知之明，果然不知深浅地强出头，打抱不平了，道：

"喂，你讲不讲道理，这次明明是你的不对，你不自我批评，还要恶人先告状，把这里除你之外的每个人数落一番，如果这样可让你心里舒服，你不用充好汉，全部冲着本少爷来好啦，本少爷全部接着，决不皱眉！"

俊朗白巾公子果然转向雪龙多杰，愣愣地盯着雪龙多杰，良久，居然古怪地竖起大拇指，说道："好汉，果然是好汉，现在本公子气消了不少，不想再为难你了，时间长得很，慢慢地整治你，看你还充得了多久的好汉！"

说完，转向两小厮道："你们还站在那里干什么，还不把这无赖拉去把脸上的血迹洗掉，免得让别人见了，还说是本公子欺负他呢！"

语气虽然没有改变多少，但内容却友善了许多，两小厮立即上前，左右挟着雪龙多杰，到了旁边一山岩下，一股山泉正潺潺而下，清凉甘甜，直沁心脾，使人心情顿时好了许多，俊朗白巾公子紧紧跟在后面，眼睛不离雪龙多杰左右，不知又在打什么主意，雪龙多杰心里反正不敢平静，命可是吊着摇来晃去，时刻会掉下来，摔个稀烂。

两小厮挟着雪龙多杰的时候，雪龙多杰只觉得他们的手十分柔软，如滑玉洁绸一般，十分舒服，而一人身上亦散出微微的香气，怡人心脾，忍不住问道："喂，繁星宫的人是不是身上都香喷喷的，男人也不例外！"

两小厮脸上一红，相互望了望，那瓜子脸小厮嗫嚅道："大概是吧！"

雪龙多杰觉得他们动作表情忸怩得过分，让人有点肉麻，又听瓜子脸小厮说得含糊，而且眼睛不时向后瞄，显然怕那脾气古怪的少宫主责怪，雪龙多杰只好不再为难他了，这时那圆脸小厮拿出一方洁白的手绢沾了沾清亮的水，柔声细语道：

"雪龙少爷，让我为你擦去脸上的血迹吧！"

雪龙多杰听得心里一颤，望向圆脸小厮，圆脸小厮嫣然抿唇轻笑，雪龙多杰立时仿若看到了一位仙子，暗忖：哇，这是什么魔术心法，居然让本少爷产生了变态心里，若这样下去，迟早死定了！

未等圆脸小厮走过来，雪龙多杰把脑袋摇得像个拨浪鼓般道："不，谢谢啦，还是我自己来！"说完，立即蹲了下来，捧起凹坑积水来洗脸，不再去理那令他心惊肉跳的三个怪人。

待洗好了脸，圆脸小厮愣愣地把手绢给了他，雪龙多杰立即客气了一番，才接过手绢去拭脸上的水滴，手绢柔滑无比，更有淡淡清香如深谷幽兰，雪龙多杰暗忖：这真是邪门，却又不好把自己的这种奇怪感觉告诉同路三人。

这时那俊朗白巾公子盯了盯雪龙多杰的脸，额头、鼻子均有些红肿，煞是难看，皱了皱眉头，嘴角动了动，似笑非笑的样儿，最后吐了一句嗔怒的话：

"自己走路不看路，摔成这样真是活该，以后看你还敢不敢把脑袋仰天上去！"

听了白巾公子的话，雪龙多杰又想插话，但一想到以和为贵，连忙不动声色，俊朗白巾公子那神情似雪龙多杰借了他的米，还了他糠一般，定是看不顺眼，但见雪龙多杰如今狼狈的样儿，而且变得有点乖巧了，脸色也并不难看，不由自主走了过来，向那圆脸小厮道：

"喂，身上的灵创粉呢，还不拿出来！"

那圆脸小厮见少宫主脸色和缓了许多，也定下心来，连忙从身边摸出一碧绿色的小瓶递给了俊朗白巾公子，俊朗白巾公子狠狠瞪了两小厮儿眼，才走到雪龙多杰旁边，宛转道：

"你长得五大三粗的，不蹲下来，本公子如何给你撒灵创粉，平时鬼机灵得很，现在一下子变成了木瓜人一般，是不是气难消？"

雪龙多杰怎听不出俊朗白巾公子的话外之意，对一个少宫主来说，对他说这样的话，隐隐已有和解的味道，而且颇关心雪龙多杰呢，雪龙多杰打蛇随榻上，打了个小哈哈道：

"哦，哪敢生少宫主的气呢，不过刚才那一跤，确实差点把本少爷摔成了一个木瓜人，居然与哥们生气吵架，现在颇有后悔，你也知道本少爷性子直来直去，现在没事啦，以后还请哥们关照关照！"

"又来了，疯言疯语，几时学成了这满口的江湖话，变成了四不像，谁是你的哥们，我们才不与你狼狈为奸，一丘之貉，还不下蹲一点点，伤口不撒点药，会化脓生痂的！"

雪龙多杰又嗅到了那浓浓的香气，这时头脑果然清醒了许多，立时嗅到是一股股带着胭脂味的桂花香，难怪香气传得如此远，暗忖：江南一带的人也真是讲究，男人也弄得香喷喷的，正有点迷醉时，听到俊朗白巾公子的话，忙道："不用劳驾公子哥们，还是小弟自己来！"

俊朗白巾公子听雪龙多杰叫他公子哥们，倒没有反对，又自称小弟，嘴变得乖了，立时脸色也转好了不少，嗔道：

"你的眼睛又看不见你的脸，如何知道伤在何处，这药贵得很，浪费不得，不要说了！"

雪龙多杰暗忖：这小公子不生气时倒满是个好人，不但人长得好看，而且待人也不错，就是脾性怪了点，让人感到难以跟上，想得出了神，对俊朗白巾公子呆呆地看着。

俊朗白巾公子见雪龙多杰那副魂不附体的样儿，脸上羞赧，转眸刁钻地瞪了瞪雪龙多杰，道："喂，你没听到本公子的话么？又在想什么鬼点子，在本公子面前，少来些小聪明！"

雪龙多杰回心转意，只好半蹲下来，赔笑道："本少爷刚才在想你看上去凶巴巴的，像要吃人的样儿，其实你这人蛮不错的，不但人长得玉树临风貌比潘安，而且心肠也不坏，尤如观音大菩萨呢！"

此话一出，两小厮均"扑哧"笑了起来，圆脸小厮脆声道："本来就是嘛，我们家公子平时待人客客气气，知书达理，今日是你惹着他了，他才变成这么凶，其实不凶啦！"

那圆脸小厮话一出，立时没完没了，俊朗白巾公子肃容嗔道："就你多嘴，不说没人当你是哑巴，本公子的好处还要你去宣传吗！"

说完又转头向雪龙多杰，边往伤处涂药边道：

"不要说话，如果撒到嘴里可就成了剧毒，本公子可没带解药，那时可别又要破口大骂！"

雪龙多杰听之，心里一惧，倒真的不敢说话，脸庞仰天，俊朗白巾公子探头在上，一手轻轻颤动着小瓶，小瓶里细细的药粉扬扬而下，俊朗白巾公子的手白皙如凝脂玉膏，纤细如葱，煞是漂亮，呵气如兰，轻轻喷在雪龙多杰脸上，两人这样靠近，面对面地看着，均有点束手束脚不自在，俊朗白巾公子更是脸越来越红，粉中带霞。

雪龙多杰暗忖：这公子脸皮看上去很薄，最大缺点就是易脸红，自己的脸倒不轻易红，是否标志着脸厚呢，自己有这方面的"优势"，应该退避三舍才是，想到这里，雪龙多杰忙闭上眼睛，收神聚意，却感到伤处有着轻微的疼痛。

那疼痛如蚂蟥蠕动吮血一样，雪龙多杰脸皮不由抽了抽，俊朗白巾公子柔声道：

"是不是觉得有点痛，坚持一下就过去了！"

雪龙多杰倒是不关心疼痛，嗫嚅道：

"喂，你这药这么厉害，也许好得快，但是，以后会不会留下伤痕，我可还没成家娶老婆呢，如留了疤痕，那可损失大了！"

三人立时欣然而笑，雪龙多杰也忐忑不安地笑起来，待药粉撒毕，雪龙多杰睁开眼，俊朗白巾公子嗔道："就是应在你这小白脸上留下一些痕迹，否则不知要迷倒多少女人，害苦多少人，本公子可是在做菩萨事啦！"

雪龙多杰想起这俊朗白巾公子性格过激，变化无常，而且自己还没有摸清他的底细，就轻易地相信了他，若他公报私仇，真的存心陷害他，那可是亏得大了，心有所思，面有所现，雪龙多杰见三人向着他笑，只觉得这笑里阴森森，直冒寒气，自己赔笑也是皮笑肉不笑，神经紧得拉都拉不动，忐忑问道：

"哥们，你是在开玩笑吧？"

俊朗白巾公子狡黠道："本公子从不开玩笑，你以为本公子真的心好得很，纡尊降贵为你服务，别把你美得慌，也不打听打听本公子的江湖名号！"

"什么名号？"

"江湖上因本公子心狠手辣，给了一个很美好的名号'七彩星罗刹'！"

"七彩星罗刹，你怎么不早说，让本少爷也有个思想准备，现在本少爷的心里慌乱得很！"

那瓜子脸小厮插言道："雪龙少爷，你别担心，我们公子怎会伤了你的脸，那药就是消痂结疤的呢，刚才我们都是想吓吓你！"

俊朗白巾公子立时大怒，向瓜子脸小厮尖叫道："你是不是想死啊，什么话都想说，信不信把你那张嘴撕烂！"

"公子，属下只是实话实说，若把雪龙少爷迫急了，刚和好，只怕又会……"

"又会怎么啦！是不是会把你吃了！"

雪龙多杰本对瓜子脸小厮就有好感，只因这公子不可信，那圆脸小厮活泼言语多，可信程度也低，倒是这十分安静的，小羊般乖顺，又不爱说话的瓜子脸小厮让人有可信的感觉，瓜子脸小厮"冒死告秘"，雪龙多杰定下心来，立时脸上自然多了，见那俊朗白巾公子气骂，忙道：

"好啦，好啦，现在我们前嫌尽释，不是朋友，亦不是知己，但也算是同路人，同路人也应该互相通报通报，也好有个照应，是不是？"

俊朗白巾公子横眸一斜道："谁说是同路，我们是回家，而你呢，是进牢房，这一路上，我们是自由人，而你是犯人，怎可相提并论！"

"不是这个意思，日子还长，本少爷只想知道你们各人的芳名香姓，以后好称呼！"

俊朗白巾公子道："这圆脸的家伙语多些，就叫小黄鹂，那瓜子脸的家伙乖乖巧巧的，叫小画眉！"

雪龙多杰听这古怪的名字，顿时记得在西湖画舫上遇到的繁星宫两女凤儿和莺儿，暗忖：难道繁星宫的人都是以鸟来命名的！笑道：

"有趣，有趣，那这位少宫主，以你的凶狠，大概就叫小秃鹰吧！"

俊朗白巾公子怒目圆睁，似乎又想对雪龙多杰发怒，但最后硬生生地压下了怒火，不愠不火道："不用打听本公子的姓名，江湖上的人除了繁星宫的人，都不知道本公子的真实姓名，若以往常的脾气，本公子要割你舌头了！"

雪龙多杰心里又是一寒，忙道："那以后见面，或本少爷找你有事，该不会喂喂地叫吧！"

"就叫喂吧，这样方便得多，以后如果你叫喂，就表示是叫本公子，若是本公子叫喂，就表示叫你，听到了吗？以后可别装聋作哑喽！"

雪龙多杰童心未泯，玩心大起，高兴道："这样倒好，反而更亲热些，喂，我们交个朋友吧，以往的过节我们一笑泯之，怎么样？"

俊朗白巾公子微笑嗔道："喂，那不行，谁和你交朋友，我那样对待你，你会一笑泯之才怪！"

雪龙多杰果断地点了点头，说道："虽然我与你们繁星宫有过节，但现在是论人不论事，江湖上难道没有生死之敌成为知己朋友吗？"

俊朗白巾公子立时眼中闪着光亮，不相信道："你说的可是真的？不会睁眼说瞎话骗人？"

雪龙多杰果断道："当然是真的，本少爷在江湖上虽不是个人物，但在神羚谷，也算个人物，说话不响当当怎么行！现在你可给解药了吧！"

"什么解药？"

"喂，你不是给我服了什么散气化功霉素丸吗？现在大敌当前，我年轻的生命已挂在刀刃上，一不小心就会一刀两断，我们既然已经说好，而且本人说陪你们去繁星宫，决不反悔的，所以我必须恢复功力，共抵来袭之敌！"

"哦，说了一大堆好话，绕了一大圈，说白了，果然是有目的，就是想脱身溜走，没门，就是成了朋友，成了生死之交，本公子也要把你锁住，控制住，哈哈，让你知道厉害！"

雪龙多杰知道确实不能恢复功力，尴尬地笑了笑，道："会错了意，会错了意，如果这一路三位能够保证我没有劫难，本少爷倒懒得恢复功力，少一些烦恼，多一份闲心呢！"

说完，雪龙多杰跨步向前走，边走边道："喂，这样与你称呼是称呼，但不能称一辈子吧，一来二往，我们成了难兄难弟，说不定要长相厮守呢，现在多多相互了解了解，不好吗?"

后面半天没有言语，雪龙多杰以为那"喂"人又在生气，于是道："你又在生闷气呀?"

"谁说本公子生气，才没那份闲心，多一些烦恼呢，谁与你是难兄难弟，别来套近乎，我们不是有过节吗!"

"过节归过节，迟早可以解决的嘛!"

"喂，你身上的神宫母镖能不能给我看看?"

小黄鹂与小画眉在前面走，这吵吵闹闹，停停走走，不知走了多少路，雪龙多杰初到杭州，对杭州都不熟悉，当然一出杭州，现在就分不出东南西北，树林越走越茂密，山是越走越高，路是越来越偏僻，雪龙多杰心里立时不踏实起来，暗忖：这繁星宫不知离杭州有多远，如果这样走一年半载，那就不是一回事了。

俊朗白巾公子见雪龙多杰没有回话，在后面两步急走上前，气呼呼道：

"喂，怎么与你说话，老是心不在焉，是不是在想其他的人，哼，本公子的话，若再这样似听不听的样儿，我割掉你这双耳朵!"

雪龙多杰一听要割耳朵，立时用手捂住了两个宝贝，息事宁人道："刚才你说什么?"

"算啦算啦，说了也是白说，反正你身上没有那玩意儿，明明是你吹牛搪塞的!"

"你没说出来，我也没听见，怎知道本少爷是吹牛搪塞，年纪轻轻的，脑袋就这样老化!"

"哼，懒得跟你吵，吵也是白吵!"

这时在前面的小黄鹂回头笑道："雪龙少爷，公子刚才问你能不能把神宫母镖拿出来看看，你怎么老是思想抛锚，不听他的话!"

说着小黄鹂向俊朗白巾公子笑了笑，这时小画眉亦回头恬静地看了雪龙多杰两人各两眼，道："真是趣成一对!"两人见俊朗白巾公子怒目望来，惶然折回头去，嘻嘻窃笑着向前走，而雪龙多杰思想又抛锚了。

雪龙多杰听到神宫母镖，心里"咯噔"一下，暗忖：果然又终点回到起点，眼珠子一转道：

"神宫母镖是何等东西，岂可随便给人看，你们虽是神宫之人，但也不能随便看，现在更不能看，喂，你想想，若把神宫母镖拿出来，你岂不是犯上之罪，而且你们也要下跪拜本少爷，本少爷怎担得起，还是现在这样好些，到了繁星宫，再给你看行不行？"

俊朗白巾公子嘟了嘟嘴，气馁道："没有就没有，不看就不看，编那么多骗人的话干吗！"

"真是有，你仔细想想，本少爷怎会对繁星宫的流星镖如此了解，不但可用，而且可自解，那可是繁星宫顶级之秘，何况那神宫母镖……"

俊朗白巾公子脸色阴晴不定，看着雪龙多杰说话的脸，想从此来看他是不是撒谎，但看来看去，雪龙多杰面不改色，如老僧入定一般，顿时心里一阵失望，无心道：

"神宫母镖又怎么啦？"

"只有宫主才有的秘技——神宫母镖的用法！"

"什么，你不是睁眼说瞎话吧，若你能用神宫母镖，又怎会着了我们的道，若你能使用神宫母镖，为何不在我们对你用时也用呢，习得神宫秘技之人，定能躲过流星镖！"

雪龙多杰此时脸色十分难看，饱含着一层浓浓的痛苦，默然道："天下间，谁也无法躲过流星镖，如果是高手运镖的话，你们宫主亦不能躲过流星镖与追魂针，只能发出流星镖相抵，你发的那一镖如不是本少爷心里有底，只怕流星镖早中了命门，还能在这里说话！"

俊朗白巾公子受雪龙多杰沉重的气氛感染，亦不敢过于耍性子，怕雪龙多杰一气之下懒得说了，那才可惜，听到雪龙多杰给他讲出连他亦不知道的秘密，心里暗震不小，因为她一直以为神宫母镖不能用，是身份的象征，另外，就是流星镖不能躲，根本躲不开，只有针锋相抵，但流星镖那般快，怕只有依赖一种感觉，对流星镖的感应，那需要何等的功力和了解！

俊朗白巾公子没有，而雪龙多杰有，这令他不能不忐忑，当时自己不分轻重的一镖，若雪龙多杰不知道或功力浅，怕真如他所说的，现在没话说了，满脸的尴尬不好意思！

雪龙多杰继续道："本少爷虽然了解流星镖，但没有镖，纵使有镖，也不能对繁星宫的人使用，那神宫母镖是一位前辈送给我的，我曾在她面前发过誓，不在生命危难时决不用镖，永远不向繁星宫的人用镖，本少爷虽然年少，但身为神羚谷的小头人，说话岂可失信于人，此时成了阶下之囚，生活也不错啊！"

说完这些，雪龙多杰调侃地看着俊朗白巾公子，笑着问道："喂，本少爷的回答满意吗？"

俊朗白巾公子脸色一寒，转开相触的眼光，道："满意不满意，我怎么管得了，你总不肯拿出神宫母镖，不过现在我相信了，纵然是假的，也算你撒谎能以假乱真了，喂，你说的那位前辈可是繁星宫的一位前辈？而且是位女的，身份非同一般！"

雪龙多杰脸上肌肉一阵抽动，说道："不错，你猜对了，你们宫主难道已告诉你这少宫主，她这一生做了一件她终生遗憾的事？这件事永远不可挽回！"

俊朗白巾公子脸色一变，愣愣地看着面色大不同以前的雪龙多杰，心里不可名状地升起了一股不安的恐怖，嗫嚅道：

"少宫主又怎样，宫主还不是一样冷冰冰地相待，她从不与我谈她心里的秘密，不过她对我们是外冷内热，私下我们说她是菩萨心肠！"

雪龙多杰突然哈哈大笑起来，三女均停下来惊愕地看着他，觉得他有点不对劲，神经仿佛出了差错，雪龙多杰大笑声震动林间，如悲怆的狼嗥一般令人不寒而栗，笑止后雪龙多杰眼光凛凉地望了望远方，又扫了扫三人道：

"菩萨心肠，哈哈……菩萨心肠，你们的耳朵难道没听过，她亲手杀了自己的女儿，为了一尊没有生命的玉佛，为了一颗罪恶贪婪的心，她杀了爱女，毁了幸福的一家人，菩萨心肠，天下间只怕只有你们繁星宫的人才这样认为……"

繁星宫宫主苏舒在繁星宫上下人心中，不是神，胜似神，听到雪龙多杰如此说话，脸色顿时大变，又是惊惧，又是愤怒，俊朗白巾公子更是怒不可遏，挥掌向雪龙多杰胸前狠稳拍去，雪龙多杰恍然中了邪，浑然不知被掌劲冲到空中，两脚悬地，如断线的风筝抛了出去，谁知倒霉时，连树也要来欺负，一棵树见雪龙多杰飞来，不客气地挥棍而起，"砰"的一声，把雪龙多杰反击了回来。

雪龙多杰经这一去一回的攻击，早已昏死了过去，重重摔在地上，"咚咚"滚了几下，停在俊朗白巾公子面前不动了，俊朗白巾公子和两小厮经这剧变，亦如大梦初醒，小黄鹂和小画眉慌忙跑了过去，把雪龙多杰翻了过来，更是心惊肉跳，这次不但是鼻子出血，口中亦在汩汩地流，眼睛紧紧闭着，离死不远了。

俊朗白巾公子亦如中了邪，愣愣地翻了翻自己的纤纤玉手，横看竖看也不像"屠龙手"，但地上的"雪龙"就是差点被屠，已进气没有出气多了，俊朗白巾公子忙蹲了下来，口中责怪道："谁叫你口不择言，冒犯宫主，罪该当死，本公子算是手下留情了！"

但此时雪龙多杰又怎听得见俊朗白巾公子的话，小黄鹂和小画眉奇怪地看着黯伤欲泪的少宫主之意，觉得这少宫主也有点毛病，人都昏死了，他还在开脱罪名，小画眉幽幽道：

"如果他能聚气运功，还不会伤得如此重，吃了散气化功霉素丸后，他已同常人，那么重的一掌，已伤到了内脏，再经树杆一弹，直如雪上加霜，公子，你说这该怎么办？"

小画眉这番话暗有责怪少宫主，他本就反对"虐待"雪龙多杰，但少宫主就是少宫主，一意孤行，果然酿成了如今这样的下场，若是在平时，这话又要被俊朗白巾公子骂一顿，但现在俊朗白巾公子一门心思放在雪龙多杰身上，一时倒没有注意，道："事情已到了这种地步，说后悔话有什么用，还是先救醒他再说！"

说着，俊朗白巾公子摸出一瓷瓶，向小黄鹂道："小黄鹂，你先给他服解药，让他恢复功力，看能不能够自己运气疗伤，再服本宫的固本神丹！"

两小厮均一愕，小黄鹂惊道："少宫主，可得想清楚，给他解药，只怕他恢复功力，我们可拦不住他，回去如何向宫主交差！"

俊朗白巾公子怒道："你真笨得很，他这个样子，走路都无法走，你还怕打不过他，让他逃走，亏你想得出来，你是不是想违抗本宫的命令！"

小黄鹂脸色一变，忙道："属下不敢！"

说完，小黄鹂掏出解药给雪龙多杰服下，雪龙多杰"哇"的一下又吐出了一大口瘀血，俊朗白巾公子见之，哪敢再耽搁，忙将"固本神丹"放入雪龙多杰口中，为雪龙多杰推宫过穴了一会儿，见雪龙多杰脸色有了一点血气，多了一些生机，但依旧昏迷不醒，俊朗白巾公子对小画眉道："小画眉，你去前面小镇上找一副轿子，看来他无法再走路了，想不到麻烦变成了累赘！"

小画眉哪敢急慢，沿着山道急掠而去，很快消失在茫茫的青山秀水之间，山野又静寂了几分，俊朗白巾公子看着雪龙多杰，深深地叹了口气，良久问道：

"小黄鹂，你说说，他为什么那么恨宫主，而且一说到神宫母镖，就想到了星儿阿姨，他到底是什么身份？"

小黄鹂摇头道："少宫主，属下也不知道，他大概与星儿少宫主有某种关系，但他是远藏康巴族人，怎么说也连不到一块儿，但属下担心，以刚才雪龙公子的神情，回到了宫内，只怕他会触怒宫主，那时，只怕……"

俊朗白巾公子立时脸色大变，嗫嚅道："大有可能，大有可能，那时只怕谁也劝不住宫主，但他有神宫母镖，我们必须带他回神宫！"

话音刚落，树林里传来一阴沉沉的声音道：

"呵，只怕你带不了他，还怎么回繁星宫！"

俊朗白巾公子和小黄鹂均是一惊，同声问道："是谁？"林中没有人影，从林间忽地飞出一团白影，俊朗白巾公子正想躲开，那白影已坠落在绿草地上，二人定睛一看，地上已多了一面旗帜，旗帜上画着一个令人不寒而栗的骷髅，俊朗白巾公子忐忑不安地问道：

"你们到底是什么人？本公子不认识你们！"

"哈哈……你不认识，只怪你见识浅，念你年纪轻轻不知无罪，老夫就是九州一枭，万恶门里的小小走卒！"

"九州一枭！"俊朗白巾公子失声叫道："你不是在一百年前就被各大门派围攻，囚于天山冰窟之中吗？你如何活下来的，又是如何脱离冰窟的呢？"

"哈哈，冰窟算什么？对我们主人来说那只是小儿科，不错，老夫在冰窟里呆了将近一百年，恰好碰上主人东来，在冰窟外炼'天冻魔冰'掌，发现了老夫，才助老夫脱困，哈哈，大难不死必有后福，果然应验，老夫刚踏足中原，就听说玉佛复现，机缘巧合，找东宫世家报仇的路上遇上玉佛，哈哈……天意，真是天意……"

俊朗白巾公子和小黄鹂均面色大变，但此时雪龙多杰依旧昏迷，怎也不能逃走，何况还有玉佛，俊朗白巾公子嘿嘿冷笑道：

"九州一枭，你虽在百年前横霸江湖，胡作非为，但也忌惮不悔不归老，想必你还记得他老人家吧！"

"不错，天下间，除了来自列兵峰的不悔不归老，老夫谁也不怕，但……哈哈……天意，不悔不归老不明不白地退隐了，不然，老夫今日就会找他斗上一斗，喂，你说到那老家伙，难不成你是他……"

俊朗白巾公子心思一转，已有定计，不慌不忙道："你果然厉害，一猜八九不离十，你脱困冰窟之后，听没听说过四种绝命兵器？"

"唔，略有耳闻，想不到不悔不归那家伙四个蠢徒徒小有成就，名师就是名师，可惜，最有资质的徒弟被三个蠢徒弟合力害死了，哈哈……这样最好……"

俊朗白巾公子听这老家伙说宫主是蠢徒弟，心中冒火，但知道此人端的厉害，不敢轻举妄动，冷冷道："嘿，只怕你自我感觉良好，你自信可对付得了繁星宫宫主么，她就是本公子的师父！"

"九州一枭"沉思良久，哈哈冷笑道："你师父虽然驽钝，但仗有七彩流星镖，可与老夫一拼，不过那只是以前的老夫，老夫得主人之助，'天冻魔冰'掌已经初成，哈哈，只怕你师父不行啦！"

俊朗白巾公子一惊，暗忖：这老魔头若说的实话，只怕今日凶多吉少，再转头看雪龙多杰，雪龙多杰没有七窍流血，面色如初，但依旧如睡一般，气息浑浊灼热，大概是吞下固本神丹的结果，这时俊朗白巾公子倒希望那神出鬼没的和尚乞丐能出来抗击"九州一枭"，这时林间又传来"九州一枭"那冰冷的声音：

"喂，臭小子，快把那玉佛给老夫扔过来，老夫今日心情好，或许不会为难你们的！"

俊朗白巾公子心里一喜，暗忖：这凶残魔头在冰窟里呆了一个世纪，天性难不成也改了不少，又看了看雪龙多杰胸前的玉佛，细心想道：这玉佛如是真的，断不能给他，如是假的，定是杭婉琪那小贱人的东西，给他更好，免得见物如睹人，一见就有火，倒是……

"这玉佛是假的，你要它有何用，若是真的，还用得着挂在他脖子上么！"

"别与老夫捉迷藏，无论真与假，老夫都要定了，你听不听话?!"

俊朗白巾公子向小黄鹂使了使眼色，小黄鹂自然明白，抱起了雪龙多杰跨步而起，匆匆欲走，"九州一枭"在林间自然看得一清二楚，大喝道："小子找死，居然敢不听老夫的话！"

话音甫落，一团白晃晃的影子从林间疾射而来，小黄鹂充耳不闻，踉踉跄跄急走而去，而俊朗白巾公子亦面色凝重，如临大敌，早已玉手藏袖，袖中自有奥秘，见一团白影劲射而来，立时挥袖而起，袖边顿时闪出一道道浓浓的七彩光环，在蓝天白云的衬托下，煞是美丽，这正是繁星宫绝技"飞虹流星"。

只看这气势，定知非一支镖，而是无数镖，无数镖影去势亦快如流星，白影反应奇快，身影下沉，只听一声暴喝，那白影亦射出一团砾石，砾石在脱手之时，已变成无数粉末，夹着啸声，向流星镖抵来，只听"叮叮当当"的声音，流星镖前行的速度变缓，已能辨出镖影，但去势依旧强，白影拍出一掌，流星镖去势立解，如断线之鸢，坠入草丛中。

俊朗白巾公子见之，脸色顿时难看之极，这一阵输得一点面子都没有，只因没有一只镖透过白影的最后一道防线——护身罡气，那"九州一枭"自然毫发无损，

"九州一枭"忙乱了一阵，方才站在那里，全身皑如白雪，冰寒似冰，而且头发晶莹，白白发亮，而脸瘦得活脱脱一个骷髅，幸好还有两颗如嵌上去的黑溜溜的眼睛在转动，才让人明白这是个活着的人，而不是冰冻死人！

俊朗白巾公子和小黄鹂看得心里发毛，小黄鹂恐怕已极，两腿支持不住，立时抱不起重重的雪龙多杰，两人均重重摔在了地上，再也无法前行，俊朗白巾公子知道摆脱"九州一枭"的方法就是打胜他，让他放弃追赶的方法，就是乖乖交出玉佛，但这两样俊朗白巾公子一样也无法实现，现在无奈的他真想大哭一场！

"九州一枭"死鱼般的眼睛紧紧盯在那块玉佛上，道："从现在起，无论真假，每一尊出现的玉佛都不应流入江湖，只能流入万恶门中，哈哈……这样别人没机会得真玉佛了！"

"万恶门"，俊朗白巾公子听之名，就感不是个好门派，问道："喂，你说的万恶门，本公子怎么没听说过，以老魔头你的威望，能枉身其中甘作走卒，那门派大概有别其它！"

"不错，万恶门刚刚踏入江湖，以前是不屑于踏入，因为无人与之争锋，这次主要也是冲着玉佛来的，哈哈……只要得到玉佛……"说到这里，"九州一枭"瞪眼道："小子，把玉佛扔过来！"

俊朗白巾公子冷冷道："你说的万恶门如此在乎玉佛，本公子偏不给你，量你刚才已尝到了七彩流星镖的厉害，若你真的逼迫本公子，本公子当不会客气，用出本宫威力最大的神宫母镖，让你知道真正流星镖的厉害！"

"九州一枭"面色不改，他那副面容无法变了，只是眼睛闪了两闪，显是有点惊愕，问道："神宫母镖，哈哈……老夫对流星镖有所了解，从来就没听说过……噢，记起来了，神宫母镖不能使用，只是一种威望权势的象征而已！"

俊朗白巾公子心里虽然七上八下，但依旧面色稳沉得出奇，冷冷道："老魔头，不相信，你只管过来试试，到时把你那颗一百多年的古董脑袋割了下来，千万别怪本公子哟！"

"九州一枭"本已走出了两步，此时亦不由停了下来，眼睛盯着俊朗白巾公子，问道："你在繁星宫是什么身份，为何有神宫母镖？"

"少宫主，有足够资格用神宫母镖了吧！"

"九州一枭"眼光闪烁不定，显是有点忌惮神宫母镖，但看到那尊玉佛，眼中又射出神奇的眼光，最后眼中射出一片凶狠的光芒，踏步向前，两只手本就亮如玉，白如雪，此时更是"吱吱"地响，冒出一股股的白气，周围的空气均变成了白白的霜雾缭绕，正是"天冻魔冰"掌！

料不到"九州一枭"会如此狠，好不容易脱离冰窟，拾回一条命，常人会十分珍惜这来之不易的生命，但"九州一枭"依旧如故，明知神宫母镖的厉害，也要挺身一试，厉害！

俊朗白巾公子心中一凛，退了两步，喝道：

"老魔头，你真的想拼个鱼死网破？本公子说过，这尊玉佛是假的！"

"九州一枭"何等骄狂的性格，如何会轻易改变主意，此时见俊朗白巾公子慌乱样儿，更是冷笑道："嘿嘿，现在老夫不但要得到玉佛，更要以身试试神宫母镖，看到底谁厉害！"

这一仗已成骑虎之势，不得不发，俊朗白巾公子心里虽然惴惴不安，但亦凝神聚气，双手藏袖，不知会有如何惊天动地的招式。

就在这一触即发的时候，突从林外传来惨烈的啸声，"九州一枭"顿时停步，眼睛惊愕地望了望啸声传来之处，亦长啸了一声，拔地而起，向啸声闪电般急掠而去！

第八章

　　易了容的北川雨星在无缘水旁站了良久，终于下定决心离去，满以为尾随进浮烟谷易如反掌，谁知道浮烟谷的路如此奇特，西域灾僧当然料不到北川雨星会反其道而行，随杭绮儿人上浮烟谷，和靳布衣分手后，匆匆向杭州走去，因为玉佛就在杭州城出现，此消息如一股飓风，瞬间吹遍江湖大小角落，各路英豪直冲杭城而来，但谁也未料到雪龙多杰在杭城却神秘失踪了，当然玉佛亦逝！

　　北川雨星此时是位清瘦的中年人，徜徉在西湖边，当然也听到了雪龙多杰失踪的消息，而桑龙多杰和佐龙多杰亦慌作了一团，少头人失踪了，这可是神羚谷的第一大新闻，出山这一次生意当是做亏了，而神羚谷多杰家族在杭城黄龙洞风景区的"多吉神羚府"更是热闹得很，府内的人员都纷纷猜测武功不弱的雪龙多杰会有什么麻烦事，派出去寻找的人纷纷回到神羚府，带回令人心急如焚的失望消息。

　　正在桑龙多杰与佐龙多杰急得团团转时，门外忽有人来报，椒五药店和回春堂的两位老板钱长寿钱老板与妙得生妙老板同时求见。

　　桑龙多杰和佐龙多杰相互望了望，只好先放下雪龙多杰失踪一事，先来欢迎两位杭城豪富，两人刚走到大堂门口，钱长寿与妙得生两人已匆匆走了过来，显是有点焦急。

　　双方见面寒暄了一阵，方才面对面坐在大厅里，刚一坐稳，钱长寿就急急忙忙问道：

　　"听说贵少头人一夜未归，神秘失踪，杭城闹得沸沸扬扬，我们兄弟刚知就过来探听个究竟，到底是不是失踪？"

　　桑龙多杰垂头丧气地道："多谢两位仁兄的关心，外界传言属实，少头人从楼外楼出来，回府途中，神秘失踪，至今没任何消息！"

　　妙得生干咳道："那玉佛之事，难道也会是真的么？"

佐龙多杰茫然道："这纯粹子虚乌有，前几日来杭城是我亲自买的换季衣服，他脖子上面本就没有什么'玉佛'，那玉佛是他从何处得来的呢！"

"听说他在西湖边与三女一道玩，而且同乘船荡西湖，到过小瀛洲，看来那三女大有来历！"

桑龙多杰和佐龙多杰听到如此重要的消息，均为之一怔，那妙得生继续道："他果如佐龙兄说，并非朔玉后裔和脖缠玉佛，定有人与他过不去！"

这时多杰两兄弟突然想到柳溪靳家，因为雪龙多杰杀了两名柳溪十二堡三等剑士，而且还与靳大千金过不去，难不成是他们诬陷，但一想又不可能，因为以雪龙多杰的个性，是不会与靳大千金同游西湖，这事真是一筹莫展。

两大老板打探得清楚，才心安理得告辞，两人刚走，一位清瘦的中年人踏步走入了大厅，几名侍卫上前阻拦，对方左躲右闪，全都扑了个空，而对方径直往里走，多杰两兄弟脸色一变，向众侍卫挥手道："都退下！"

来人正是北川雨星，他匆匆赶回杭城，就觉得杭城高手如云，而且滚烫得如一锅粥，很快明白了是怎么一回事，径直来到了神羚府。

多杰两兄弟见来人从未见过，心里十分诧异，桑龙多杰恼怒喝道："来者何人！"

北川雨星冷冷道："叫吉龙多杰出来！"

多杰两兄弟听此人来意不明，而且开口就要见头人大哥，心里更是剧震，佐龙多杰肚里窝着火，此时见居然有人撒野到神羚府来了，而且要见部落的头人大哥，立时气不打一处来，暴吼一声，跨出大步，就向北川雨星抓来，北川雨星见佐龙多杰如铁塔一般魁梧，一双大手更如磐石一般向他压来，心里一惊，忙展开附梦影法，欲躲开巨爪，但神羚十八式不但勇猛，而且轻灵，不是一般的浑厚灵巧。

佐龙多杰轻易就堵住了附梦影法的演化之路，幸亏附梦影法千变万化，层出不穷，才避开那神出鬼没的神爪，北川雨星料不到多杰家族个个都是武学大家，更得神羚十八式精髓，他岂知多杰家族出自神秘的玄学派，"冰雪神佑圣山派"，以冰为其骨，雪为其魂的"冰雪神佑圣山派"，远在川藏青海交接处的冰天雪地，传说中的圣山就在那一带，中原武林中人只隐隐听说过这神话般的门派，但真正见识过其门人武功的人过去几乎没有，别人难以相信他们就是来自"冰雪神佑圣山派"。

神秘的惊梦一族碰上神秘的"冰雪神佑圣山派"，都不神秘了，一个以飘渺轻盈柔和见长，一个以圣洁磅礴的劲猛为优，倒隐隐相生相克，佐龙多杰越打越心惊，料不到来人武功如此神妙无比，看似弱不禁风，但常常又如暴风中的雪花一般，漫卷不止，这时桑龙多杰终于看出了北川雨星步法中似曾相似的东西，试着叫道："阁下是否来自惊梦一族？"

听到惊梦一族，佐龙多杰立时停了下来，道："应是惊梦一族的人，否则本座早轰倒他了！"说着退到了一边去。

北川雨星朗朗笑道："阁下眼光不错，十五年依旧没有忘记这种步法，今日倒没走错地方，十五年了，不见故人来，恍见故人影！"

多杰两兄弟立时脸色一变，佐龙多杰立时喝退了左右，严禁任何人入厅内，这时桑龙多杰笑呵呵地道："阁下是否戴着面具，不妨揭下！"

北川雨星立时摘下面具，露出清丽的面容，桑龙多杰和佐龙多杰面上一愕，相互看了看，桑龙多杰问道："你是……"

北川雨星忙解释道："在下北川雨星，来自惊梦一族，惊梦炫奇'古今尽知'之徒！两位前辈在上，晚辈刚才之鲁莽，还请宽恕！"

佐龙多杰听之，立时哈哈笑道："原来是……"

桑龙多杰谨慎得多，横眼轻轻一咳，佐龙多杰立时刹住了话，桑龙多杰问道：

"不知公子到神羚府有何贵干，若是惊梦炫奇的徒弟，大家也不算敌人，惊梦炫奇大概于公子也有些交待，十五年弹指一挥间，一切都未改变，如十五年前一样，你这样转告惊梦炫奇好了！"

北川雨星当然有点明白桑龙多杰的话，呵呵笑了笑，道："有多杰兄弟的帮助，十五年的希望不会是一个遗憾，也更不会是个错误，今日来此，唯是与雪龙少头人的失踪有关！"

多杰兄弟面露喜色，均侧耳欲闻其详实，北川雨星道："据在下的打探，掳走雪龙公子的人嫌疑最大的是浮烟谷的少谷主，因为在下发现他们一起在西湖边游玩，同舟共游的三女极可能就是她们，另外在下去楼外楼查了查，那小二哥说雪龙公子在楼外楼等二位前辈到深夜，饮酒有半分醉意，独自离楼回府，这段时间他遇上了什么人，在下倒猜不出来！"

多杰兄弟一听，眼睛一亮，立时问道："你知否浮烟谷少谷主杭婉琪落脚处在哪里？"

北川雨星笑道："难道你们要去冒犯浮烟谷？"

"哼，不要说浮烟谷，就是柳溪十二堡，少头人没有安全回来，他们都值得怀疑，冒犯也是于情于理的，难不成我们还忌惮他们！"

北川雨星心里莫名其妙地升起一团喜悦，立时告诉了他们浮烟谷在保椒路的闲宅。

且说在闲宅的杭婉琪和雪龙多杰携手共游西湖归来一直闷闷不乐，总觉得有什么不对，自从湖上画舫事件，那玉佛没有给雪龙多杰带来好运，倒是带来了霉运，杭婉琪本想以此玉佛试探雪龙多杰，而且想以假乱真，引出真玉佛，亦引开江湖人的注意力，但这亦完全有可能伤了雪龙多杰。

杭婉琪与雪龙多杰惜别，领着柳儿、荷儿回到闲宅，闲宅里花婆婆见到杭婉琪，立时迎上前道："少谷主，谷主刚得到消息，'古今尽知'和他的徒弟被靳家兄妹带回了柳溪，而'古今尽知'极可能就是惊梦炫奇，那徒弟也可能是朔玉的后裔，谷主带着几名侍女赶往柳溪去了，叫你好生呆在这里！"

杭婉琪和雪龙多杰分手时还没有离情别绪，但回到闲宅，没有了雪龙多杰那狡黠滑稽、可爱活泼的音容笑貌在面前，总觉得失去了很多，四周亦变得寂寥了，此时又听谷主不在闲宅，闲宅只有她主婢三人和几名侍女、花婆婆，还有几盏红彤彤的竹笼挂灯，高台烛灯，其余就是黯昏的夜了，这更让她心里无聊与烦闷，她真想立刻去找雪龙多杰，和他在一起，那是多么开心，多么惬意啊！

花婆婆禀告谷主之后，等待杭婉琪的回应，但老半天不见杭婉琪出声，转头而望，见杭婉琪一副相思美女画的样儿，惊道：

"喂，婉琪，你今天是不是中了邪，回来老半天还没有把魂儿收回来！"

柳儿嘴快如刀，立即猜中，戏道：

"那不是中邪，是相思成灾，问卿在何处？咱们少谷主，今日在西湖边碰上了心中的花马王子了，现在呀，只怕正在甜蜜地想他呢！"

花婆婆恍然大悟，唠叨道："什么花马王子，应是白马王子才对，难道那人骑着一匹花马不成，这就新鲜了！"

柳儿"咯咯"笑道："哎呀，花婆婆，你真是老古董，新思维，居然想到那人是骑花马的，那人没有骑马，只是穿着化衣服，若是骑花马，那可真是酷呆了，不把小姐迷死才怪呢！"

花婆婆一听是个穿花衣服的，立时脸色显出惊愕之色，呆呆望着失神沉醉白日情景的杭婉琪一会儿含笑，一会幽怨的痴迷样，嘀咕道：

"穿花衣服的，定是个不守规矩，好吃懒做的浪荡公子，有什么好的，唉，现在这些小姑娘，真是越来越没眼光，相人越来越差！"

荷儿在旁放冷箭道："花婆婆，这叫新思想，新感觉，你怎么能体会到其中的好味道，其实雪龙小头人的才貌人品武功哪一样均是人中之翘楚，难怪小姐会因他而迷醉呢！"

柳儿挤上前来，呵呵笑道："哟，我们的荷儿小姑娘不说不开口，跟着感觉走，对雪龙小头人感觉如此良好，不知道会不会单相思啊！"

荷儿立时脸上红霞飞扬，甩手就来打柳儿，柳儿一让，荷儿扑了个空，两人就在房里打打闹闹，又窜到花园中，一时寂静的闲宅有了点热闹的气氛，但闲宅更显得清雅脱俗！

花婆婆见二女活泼得如两只蝴蝶，在夜幕下灯光处飞，也咧开嘴嘿嘿笑起来，这时杭婉琪才相思完毕，见宅中场面已发生了根本性的改变，大惑不解，见花婆婆在笑，问道：

"花婆婆，你们在高兴什么？对了，刚才听说谷主去柳溪十二堡，难不成想与靳候再比试一番，看是无忧剑与追魂针孰优孰劣？"

花婆婆见杭婉琪终于醒悟过来，无比慈爱地道："你猜到哪里去了，谷主是听说那'古今尽知'可能就是惊梦炫奇，而且有许多人赶去柳溪，因为玉佛极可能就在古今尽知的身上！"

杭婉琪心中一喜，欢欣道："真的，那就好啦！"说着盈盈而起，十足的小姑娘般的兴奋。

"唉，若真是惊梦炫奇，只怕他与靳候会翻脸的，那么谷主亦要与靳候相对抗了，大家都怀疑玉佛在惊梦炫奇身上，那十五年前的朔玉惨死场景只怕今日也会重现了！"

杭婉琪大惊，暗忖：难不成谷主与惊梦炫奇有一种特殊的关系，不过只要能将注意力从雪龙多杰身上引开，她就放心，也欣慰多了！

想到雪龙多杰，杭婉琪又仔仔细细琢磨雪龙多杰与她在一起的话语与神态，看是否有撒谎的纰漏，但找到最后，依旧找不到破绽，心里暗暗失望，因为雪龙多杰根本就不是朔玉那个失落的婴儿，否则早就讲出来了！

杭婉琪脸上浮起一片喜悦，又一阵怅然，道："他为何不是雪龙多杰，雪龙多杰又该是谁呢，真是康巴族少头人吗？！"

花婆婆看着杭婉琪忽喜忽忧，自言自语，拉了拉杭婉琪，柔和地道："婉琪，你没事吧?"

杭婉琪心里飘忽不定,被花婆婆一拉醒,嫣然笑道:"没什么,花婆婆,谷主说什么时候回来?"

"谷主没有说,但要少谷主回来后不要乱走动,就呆在闲宅,这段时间杭州什么人物都有,唉,少谷主,老身也有点担心呢!"

杭婉琪苦恼道:"不会吧,呆在闲宅不闷死才怪,有柳儿荷儿伴着,怎么会出事,明天本小姐还是要出去玩,看你管得了不!"

说完,甩头出了厢房,外面花园里隐隐约约,花香忽浓忽淡,更是愁煞观花人,杭婉琪暗暗祈祷雪龙多杰别出事,但她哪会料到,雪龙多杰在她祈祷当口,就开始碰上繁星宫三人。

杭婉琪因头日玩得高兴,第二日又没事,睡了个懒觉,到日上三竿,方才慵懒而起,正在闺房收拾,外面传来柳儿的声音:

"小姐,快开门,大事不妙了!"

杭婉琪连忙开了房门,柳儿和荷儿已冲了进来,荷儿嗔道:"哇,杭州恐怕也只有小姐这么有闲心躺在这里睡懒觉,其余人都嚷翻天了呢,但偏偏这事与小姐关系最近,怪的出奇!"

杭婉琪心里咯噔一下,立时慌乱了起来,头脑"嗡"的一声,自觉判定雪龙多杰出了,忙问道:"是不是雪龙弟出事了?"

荷儿忙道:"是两件事,也可说是一件事,不知从哪里传出消息,重现玉佛挂在雪龙头人的脖子上,一时纷纷扬扬的怀疑成了真实,因为雪龙头人开始就是嫌疑重犯嘛,另一件事就是雪龙头人一夜未归,神秘失踪,神羚府派出数批人在杭城搜索,还有回春堂和椒五药店支援,更有无数高手暗中寻找,但……此人销声匿迹,仿佛根本就无此人,或是乘黄鹤一去不返!"

杭婉琪脸色苍白,慵散的娇躯更是无力支持,剧晃两下,就摇摇欲坠,荷儿和柳儿见小姐如此样儿,也慌乱一团,连忙扶住了杭婉琪,杭婉琪幽幽道:"是我害了雪龙弟,我真该死,为什么当初送他玉佛时就没有安好心,不但想试他是不是传闻中的朔玉后裔,而且想引出真玉佛,但我……我并不想害他,真的不想……"

说完,杭婉琪抱头啜泣不止,显然此时她已乱了方寸,雪龙多杰八九不离十是因玉佛被觊觎者俘获,杀人灭口,也大有可能,杭婉琪真的不敢想,她不但害了自己喜欢的人,而且暴殄天物,使一个部落失去了未来的舵手,当然,杭婉琪没想到如此之远，她只知道她自己是如此愚蠢，而这利令智昏全是因玉佛而起。

柳儿见小姐如此自毁自怜自悔，心里酸楚，也陪着哭了起来，而荷儿早就开始"下雨"了，三女仿佛在为不知去向的雪龙多杰哭丧一般。

女人就是如此，做了错事，没地方推，就只有哭，这样一哭，岂不是要雪龙多杰死定了，不知死定，至少也要有一点点的损失才行，大概雪龙多杰被石头绊了一跤就是三女哭的伟大力量，试想自古孟姜女为丈夫哭，能哭倒长城八百里，如今三女这样合力哭，让雪龙多杰只摔了一跤，破脸流血，还算交了八辈子的好运呢！

正在三女哭泣的时候，这时花婆婆走了进来，没看见哭成了泪人的三人，只是嚷道："好你个荷儿柳儿，如此偷懒，我老婆子叫你们帮忙给花浇一些水，你看，这花……花呀，孩子们定是渴得有气无力了！"

花婆婆对花如自己的孩子一样，当然是个花痴，如今只把花放在心上，又怎注意那三女，在花圃里走来走去，口中不断地骂，不断地为蔫了的花浇水，当遇到花径上碰头痛苦的三女，不觉"咦"了一声，表示她有点意外。

当花婆婆听到哭音，仿佛耳朵有点背，不由惊叫道："哎呀，我的花儿们都嘴渴得在哭了哟……这两个死妮子，真想剥她们的皮！"

但很快就听出不是花儿在哭，而是人在哭，这才放下工具，疑惑地走到三女面前，问道："喂，大清早的在哭什么丧！"

杭婉琪见花婆婆回来，立时扑向了花婆婆，她觉得全屋只有花婆婆没有哭，无论如何也要把花婆婆这哭的老手拉进来壮大阵容，看是否可以把雪龙多杰哭回来。

花婆婆见少谷主如泪花儿一般，惊道："哎呀，我的姑奶奶，大清早的，头发没梳，脸也没洗，像个丑花儿，怎么就哭起来了呢?!"

"花婆婆，不好了，他……他……没啦！"

花婆婆心里一沉，"没啦！"脱口惊问道："哎呀，你先别哭，什么东西没了?"

"不是东西，是……是个大活人！"

"哟，大白天的，哪有大活人没有了，真是傻丫头说傻话，定又是谁在骗我们的乖丫头！"

柳儿和荷儿是通风报信的，听花婆婆不信，伤心地齐声儿道："真的没了呢！"

花婆婆一愣，才开始咧开大嘴哭道：

"我老婆子总算明白了，怎么不说明白点，其实我老婆子也早就知道这事了呢！"

杭婉琪立时止住了哭，泪涟涟问道：

"真的?!"

"真的没了，全城人都说没了呢！"

现在居然是花婆婆肯定这是千真万确的事，而在哭的杭婉琪将信将疑，这到底是咋回儿事，花婆婆的肯定彻底毁掉了杭婉琪心底迷蒙的一点幻想，杭婉琪一咬牙，决定大哭一场，于是小雨绵绵后，竟是电闪雷鸣，暴风雨铺天盖地而下，眼睑处如黄河决堤一般，泪花儿往下流，花婆婆扶也扶不住，挡也挡不回，立时泪水染湿了她半边衣襟。

花婆婆叹了口气，等待这女孩儿的心呀，六月的天气来个日破重云，雨过天晴，果然，杭婉琪哭累了，早上也没吃早点，哭得小肚儿痉挛，欲哭无力无声也无泪，才"雨过天晴"，抬头揉了揉发了一番脾气的美眸，向花婆婆道：

"花婆婆，这可如何办才好！"

花婆婆见这让人又疼又怜的丫头哭成了豆腐西施，水灵灵的脸上泪痕与遗余胭脂相印成趣，点了点她的小豆嘴尖，安慰道：

"没有办法，吉人自有天相，就看那小子是不是好人了，不过，有我们家丫头担心，老天不看僧面也得看佛面，留他一条小命的！"

杭婉琪心中抽了一口冷气，觉得花婆婆说得一点把握也没有，那雪龙多杰的命真的……她不敢想，神伤道："但愿劫他的人大发慈悲，放了他，就是不放他，也不为难他就好啦！"

话刚落口，小木门"哐当"破成了两片，同时从院墙上已跃入了数条人影。

正在安慰杭婉琪的花婆婆以及悲伤的三女听到破门声和强凌的衣袂声，均环视心震，看到花园里的场景，浮烟谷的众女弟子亦现出来，汇集到花婆婆和杭婉琪的身边！

杭婉琪料不到居然有人发现了隐蔽的闲宅，而且毫不忌惮地大举侵犯，立时化悲痛为力量，眼中闪出一丛浓浓的杀机，但看到对方衣着全是一色雪服，而且个个武功高强，动作快疾无比，训练极为有素，从墙上射入的雪衣人瞬间星罗棋布扇形隐入花丛中，而从门口冲入的人更是整齐地排成两列，一列下蹲，一列挺立如石膏像一般，唯一不同的是个个身上散发出浓浓的杀气，每个雪衣人腰间斜挂着宽叶厚背大刀，令人不寒而栗的是背上冷冰冰亮闪闪的劲箭，弓是亮白的，箭是亮白的，令人直冷到心底，人均在片刻拈弓搭箭，锋锐的锐头直指浮烟谷所有人，只要人一动，劲箭定会闪电般射来，格杀勿论。

闲宅在片刻的声响后，立时变得死一般寂静，柳儿荷儿圆睁着眼，哪敢再哭，而面浮杀机的花婆婆亦不由皱了皱眉头，显然在这刹那，她们已被强大的对手迫于劣境之中。

花婆婆环视了一下，低声道："少谷主，这些人不像一般的江湖人，训练有素，来得如此名目张胆，倒像杭州王府的人或是一批军士！"

杭婉琪心里亦隐隐有所诧异，她早就看出这些人不是走江湖的，即使柳溪剑士，脸上也不像这些人面无表情，冷酷之中杂着盛气凌人，令人窒息，而且大白天，哪门哪派会如此大批人马翻墙破门，来者不是江湖人，正因为不是江湖人，杭婉琪觉得十分棘手，江湖人有江湖人的纠纷解决方式，但江湖人与军人（王府）的纠纷，解决方式就有天壤之别了！

心里飞快转动，眼睛亦凝视着那些直指而来的劲箭，她知道真是军队开来，不会如江湖人一般讲一番是非道理曲直，先糊里糊涂，不分青红皂白杀它个片甲不留，再抓住活口拉回去严加拷问，以律问罪，这些也是江湖人与军队或朝廷对抗最感头疼的，因为跑了和尚跑不了庙！

但想来想去，杭婉琪也想不出得罪了哪家王爷或朝廷命官，看这架势，仿佛浮烟谷犯的罪还不小呢，浮烟谷众人正在猜想之时，两队弓箭手忽然向两侧移动，但箭头依旧罩着势单力薄的浮烟谷众人，那破成两半的木门又是"哐当"一声向两边倒去，洞开的门口出现了两位身材魁伟的雪衣人，不用说，此二人正是多杰兄弟，多杰兄弟身后紧跟着一清瘦的中年人，三人踏门而入，眼光如冷刃扫视着闲宅内的浮烟谷众人，杭婉琪立刻认出此二人正是雪龙多杰的两位叔叔，隐隐猜出这些人的来历！

弄清楚这场冲突的原因，杭婉琪放下了一半的心，但依旧忐忑不安，因为雪龙多杰失踪的多半原因由她而起，她无话可说，也不愿推去自己的责任，于是踏前一小步，迎着这些不友好的来客。

桑龙多杰和佐龙多杰立时猜出杭婉琪就是与雪龙多杰少头人同舟共泛西湖的神秘女人，杭婉琪依旧留在闲宅亦使他们觉得意外，倒也有点意外的惊喜，他们以为留住了杭婉琪，不愁浮烟谷不放出雪龙多杰，桑龙多杰龙行虎步，冷冷扫了一眼杭婉琪，问道："你是浮烟谷的什么人？"

花婆婆见来人盛气凌人的样儿，早就忿怒欲发，此时又见来人开口就质问她们的少谷主，怒喝道："这是浮烟谷的地盘，你们不请而来，已是大大的不敬，居然用这种口气与我们少谷主说话，想在这里撒野，也不掂量掂量！"

说着花婆婆踏前一步，摆出攻击的姿态，在同一时间，几支利箭尖啸声闪电般飞向花婆婆，花婆婆大惊，急旋身形，将几支利箭接在手中，另外几支在她强悍的护身罡气阻挡下，去势减弱，斜射入脚下的地上。

但经此一挡，花婆婆倒不敢贸然行事，她感到这些劲箭不同凡响，防不胜防，并不亚于浮烟谷的如烟追魂针，而在花婆婆挡箭抓箭之时，弓箭手们移步换位，未放箭的弓箭手重新瞄准她，而另一些则快疾地抽箭、搭箭，同一动作，同一清脆的声音，显示了强大的战斗力。

杭婉琪脸色一变，狠狠地瞪了花婆婆一眼，低声道："退下去，是不是想将性命当儿戏！"说完，杭婉琪转头向脸色凝重的多杰兄弟和颜道：

"小女子就是浮烟谷的少谷主，两位想必是康巴族神羚谷多杰家族的两位英雄，在与雪龙多杰同游西湖时，听他说起过二位，今日二位领着如此多的武士前来，不知有何指教？"

杭婉琪此言一出，并不掩其与雪龙多杰一面之缘和不同一般的情意，并对多杰兄弟暗加赞扬，可谓一言多意，绵里藏针，立时把双方的关系拉近了许多，因为雪龙多杰是康巴族神羚谷部落的少头人，他的朋友，多杰兄弟和众武士岂敢随意冒犯呢，若兵刃相见，岂不是不把雪龙多杰少头人放在眼中。

桑龙多杰毕竟是老江湖，深韵江湖规矩，听之冷冷笑道："我们来此不为别的，只想求证一下与少头人泛舟西湖的是不是你们，而且少头人失踪之事，你们的嫌疑最大，还请姑娘给我们一个满意的答复，否则姑娘当知后果如何！"

杭婉琪对雪龙多杰失踪之事本就耿耿于怀，此时听桑龙多杰重提，脸上再一次黯然神伤，并不隐瞒地将与雪龙多杰邂逅同游同乐的经过转述给桑龙多杰听，当然隐去了二人之间的依依深情，以及赠送玉佛的多重意思，桑龙多杰察颜观色，心里亦在想此女说话是否杂有谎言，不过敌意倒是减少了一些，紧逼道：

"从姑娘的话中可知，少头人的失踪与姑娘有着直接的关系，姑娘可知，我们的冒犯亦是因为本分，不得不为，还请姑娘见谅，姑娘可否提示一下，少头人失踪最可能的动机是什么？而且少头人的安危如何？姑娘如何做？"

花婆婆见对方咄咄逼人的样儿，对她们的少谷主如同审犯人一样对待，道：

"你们的少头人失踪与我们浮烟谷有何干系，为何要回答你们那些不着实际的话？失踪是你们的失职，当然应去全力查访，竟来此地寻找，雪龙头人的失踪并非少谷主所为，我老婆子敢以在江湖一世的名声来保证！"

佐龙多杰喝道："即使不是你们少谷主所为，也是因你们少谷主用心不良，而出现如此局面，你怎可说她毫无一点责任！"

杭婉琪不想就此话题与神羚谷部落闹翻，致使浮烟谷与他们为敌，一则神羚谷的力量太过强大，另外就是她与雪龙多杰的美妙关系，若真是闹翻了，她会无比伤心绝望，亦会将浮烟谷和神羚谷卷入一场恶梦般灾难之中！

"贵部落少头人失踪全由玉佛而起，本人承认有不可推卸的责任，以贵少头人的身手与聪明才智，本人相信会吉人天相，化险为夷，何况对方只想得到玉佛，而不想制造不必要的麻烦，不但浮烟谷，就是普天之下的各门各派均不想与贵部落为敌，本人在此保证，将全力以赴，寻找和搭救贵少头人，本人也不希望贵少头人出事，两位英雄想必能体会其中原因，很快本人就会查出蛛丝马迹，不会令二位英雄失望的！"

杭婉琪说得和婉动情，再一次消除了多杰兄弟和众武士的敌意，而旁边的中年人却冷冷地道："姑娘如此说，倒不好再怀疑少头人失踪为浮烟谷所为，但在柳溪十二堡外，各门各派群围'古今尽知'时，繁星宫宫主断定少头人身藏玉佛时，浮烟谷谷主亦加以肯定，这样方才让众人相信繁星宫宫主所说是实，这些又如何解释？"

中年人这一番话，立时引起了桑龙多杰与佐龙多杰的再次重视，眼光又冰冷地向着杭婉琪，杭婉琪觉得压力沉重，这让她又如何说呢，能说自己给雪龙多杰假玉佛，心怀不善，而且谷主又推波助澜，才出现今日之事？

桑龙多杰冷哼道："看来这件事本就是个阴谋，由姑娘出面结识我们少头人，献出假玉佛，再由你们谷主散布消息，来个借刀杀人，姑娘若能给予一个合理的解释，我们决不为难！"

桑龙多杰话外之意，就是若没有个合理的解释，那将不得不为难了，杭婉琪知道问题一下变得严重起来，再无心思猜测那中年人是谁，觉得很难说，因为事情由有意而为，而无意发生了，过了良久，才嗫嚅道：

"你们猜想得不错，全因为江湖传言雪龙公子极可能是当年下落不明的朔玉后裔，而真玉佛必定在他的身上，故我就……就在西湖边结识了贵少头人，但经过一番谈话，我知道他没有真玉佛，不是朔玉后裔，在小瀛洲，恰好有护身玉佛，就送给了雪龙公子，这些我都说过了，我……我不想再说，现在最主要的就是找回雪龙公子，得罪之处以后再说好不好？"

多杰兄弟和浮烟谷众人听之均愕然，浮烟谷少谷主在江湖上也是有身份有地位的，现在居然如一个犯人般情绪低落，有问必答，而且哽咽欲泣的样儿，最后两句的语气，简直就是一种沮丧的哀求，再浓的战意碰上这样的敌人，你根本就难以动手，何况她并非元凶。最后两句打动了多杰兄弟，两兄弟相互望了望，桑龙多杰方才道：

"姑娘说得有道理，现在首要是找回少头人，若有什么消息，尽快通知神羚府，另外公子吉人天相，安然回来，姑娘必须将先前之事如实告诉公子，不能骗他，若公子有个三长两短，神羚谷将会全力以赴与贵谷为敌！"

说完，桑龙多杰向花丛中分散武士挥了挥手，众武士依旧保持一触而发的姿态，半蹲着从花丛中快速地移到两队箭手前面，新排成了三队，桑龙多杰冷眼扫了扫闲宅，喝道："我们走！"

多杰兄弟和中年人率先踏出破门，后面武士鱼贯而出，有条不紊地退出了闲宅，来得无声，去得无声，来去均是有条不紊，不给敌人机会，神羚府众人去尽，闲宅一片寂静，花婆婆跺脚道：

"真气死我老婆子了，别人欺上门来，却还要好言相待，这样浮烟谷还有何颜面！"

此语一出，后面义愤填膺的众女亦叽叽喳喳地议论了起来，大概对刚才少谷主的举动均有不满，杭婉琪在神羚府的人一走后，立时觉得压力减轻了一些，但心里依旧沉甸甸的，心里忐忑不安中有一丝委屈，是来自浮烟谷谷主呢，还是来自神羚府的呢，说不清，对雪龙多杰，她确实是在骗他，但真的自始至终均是在骗吗？她刚才真想向桑龙多杰嚷道："我没有骗他，为什么要对他说我在骗他！"

心里依旧在无力地挣扎，但刚才她就是无那种勇气，此时听到众女的议论和花婆婆的埋怨，心里确有股背叛的愧疚，因为她隐隐为了自己的将来不愿与神羚府为敌，低声下气，有损了浮烟谷的形象，但她觉得没有完全错，木可以和平解决的，为什么要激化，一定要分个高下、强弱，一定要流血、丧命呢，但这就是江湖。

柳儿和荷儿毕竟了解一切，是杭婉琪的左右侍女，对她心里琢磨得较为透彻，见小姐刚才委曲求全，现在又受到内部的遣责，她神色中浓浓的无可奈何的悲怆使她们站到了小姐一边，柳儿更是开始充作杭婉琪的发言人，反驳众女道：

"你们只知我们的面子损失了，可知对方损失更大，少头人没有了，若我们的少谷主失踪了，而且是因神羚府精心策划而一手造成的，我们会怎么做?! 大家心里清楚，小姐如今是吃力不讨好，事情一开始就由她出面去做，你们却闲着，刚才那种形势，难道还有什么好说的，未等身子移动，早就万箭穿心，更不用说对方不但是武士，更是冰雪神佑圣山派的弟子中的精英，近身相搏，鹿死谁手不难测度，刚才不是小姐一再忍让，再加对方忌惮小姐与他们少头人一面之缘，早就兵戎相见，若真是那样，现在闲宅怕真安静得没人能说话了!"

众女听了柳儿的话，立时面面相觑，哑口无言了!

闲宅又恢复了平静，众女开始平心静气地想柳儿说的话，越想越觉得有理，更令她们难以想象的是，神羚府的武士均是来自冰雪神佑圣山派，以前她们只是隐隐听说过远离中土有一神秘的门派，实力并不亚于昆仑派，最让人不敢轻视的是他的门人如惊梦一族一般，很少在江湖上走动，即使走动，也是极其隐密的，此时居然有如此多的冰雪神佑圣山派弟子重现在她们面前，简直不敢相信，但从柳儿的口中传出，自然不假。

花婆婆亦觉得自己错怪了杭婉琪，正欲上前安慰她，换一种方式向少谷主道歉，但此时的杭婉琪，心中一片迷蒙，刚才她说雪龙多杰聪明，才智过人，吉人自有天相，会化险为夷，均是安慰多杰兄弟，暂时化解矛盾，可她心里哪有多深有谱，静心暗想，才发现自己骗自己有多深，她知道雪龙多杰不谙世事，凡事不知轻重，定是凶多吉少。

若雪龙多杰真是出了事，浮烟谷将面临神羚谷部落的血腥报复（康巴族恩怨分明，族风淳朴，但豪爽的同时，对待自己的敌人，将会不惜一切代价与之周旋，不是敌人死，就是自己死），与康巴族人为敌，就是与死神为敌，他们的强悍，即使是中原人，亦要退避三舍，宁愿自己吃点亏，也不要与康巴族过不去，如今却是浮烟谷无意惹着了他们，不是一群人，而是整个神羚谷部落，可想而知那将意味着什么，苦难，死亡，血腥?!

而且杭婉琪的心灵又如何能自慰，又何处可以依托，那将是黑暗的一切，浮烟谷其余人可以躲开，但杭婉琪不能躲，躲得过有形的敌人，却躲不过无形的敌人——自己对自己的谴责!

花婆婆还未走到杭婉琪的身边，杭婉琪却不声不响地后退，向自己的房屋里蹒跚而去。

神羚府，多杰兄弟静坐大堂，犹坐针毡，派出去的人陆续回转，带回的均是失望的消息，中年人亦坐一旁，但此时的他已脱下了面具，露出了北川雨星玉面朱唇的小白脸的面容，他亦在想到底会是谁，有如此大的能耐抓去雪龙多杰，因为雪龙多杰胸怀绝技，已算得一流强者，何况他还有一些古怪的天下没有的花招！

北川雨星看了看多杰兄弟，心中有气道：

"两位前辈，刚才我们优势全占，为何不以其人之道还治其人之身，将浮烟谷少谷主挟持，这样浮烟谷不得不全力以赴寻找雪龙多杰，而且也让她们投鼠忌器，不敢胆大妄为！"

佐龙多杰没有做声，只是看了看桑龙多杰，叹了口气道："公子说得有理，但杭姑娘说的也是实话，如今与浮烟谷不过闹僵，她亦不像说假话，纵是事由她起，但少头人之事确不像浮烟谷所为，以她和少头人的关系，她必会全力以赴寻找少头人，又何必挟持她呢，另外少头人若知道我们囚禁了他的红粉知己，心中不快，老夫三思过，觉得强来终是不好，唉！就看少头人自己的造化了！"

北川雨星脸上闪过难以明状的神情，不知是无可奈何，还是有点仇懑，低头不再言语，大厅内又恢复了平静，良久，北川雨星突然站起来道："两位前辈，在下还有要事在身，就此告辞！"

多杰兄弟面面相觑，以为怠慢了这位惊梦一族的人，桑龙多杰叹道："也好，还请小哥转告炫奇故友，十五年一别，可否见上一面！"

北川雨星黯然道："在下一定转告，但恐怕也在你们少头人安然归来时才能相聚，他老人家若听到这消息，定会全力寻找的！"

多杰兄弟正要道谢，这时门外守卫进来禀道："禀告两位爷，外面有一僧人……哦，是一位如僧人的乞丐老人有要事求见！"

屋内三人均是茫然，相互望了望，似不认识这样的江湖人物，北川雨星当然也没有听说过，桑龙多杰谨慎地道："他只有一人前来？"

"不……他说带有一人，这人与我们关系很近！"

三人一震，多杰兄弟亦站了起来，就向厅外而来，北川雨星满腹疑惑，跟在二人后面，三人出了大厅，见外院里的和尚乞丐正在无事地来回走动，但仅他一人，并非两人。

和尚乞丐一见多杰兄弟和北川雨星，立时摸了一把光光的头，呵呵笑道："你们是不是这里的主儿？"

桑龙多杰道："正是！"

和尚乞丐望了望北川雨星，呵呵道："但这位倒不像，有一位朋友要老僧给你们转告几句话，但只说要告诉这里的两位正主儿！"

北川雨星立时心中不快，暗忖：有什么大不了的话，还不让我知道！心有所想，正欲退下，多杰兄弟忙道："这位小哥不是外人，大师有何话捎带，先进厅歇歇再说吧！"

和尚乞丐抹了抹脸上的汗道："不用了，这天气真他妈的邪门，要热就像要蒸馒头一般，活人也要变成熟人了，那人要老僧转告你们，他平安无事，要你们不必担心，过一段时间他会自己回来的！"

多杰兄弟和北川雨星均是喜出望外，一齐问道："他……他在哪里？"

显然他们口中的他正是雪龙多杰，只有雪龙多杰才会这样说，和尚乞丐又摸了摸头，向这北川雨星笑呵呵道："你……呵……小哥儿……有趣，又不是你什么人，也这样关心，老僧可只告诉与他特亲特亲的人！"

北川雨星脸上一热，见和尚乞丐意味深长地笑，暗骇这和尚乞丐好利的一双眼睛，似对他了解很透，但自己对他却一点印象也没有，恼怒道："我是他……什么人，关你何事，本公子偏要听，你要如何？"

多杰兄弟皱了皱眉，但又不好说，两方都不好沉脸相向，和尚乞丐拍手道："对……对，老僧乃世外之人，问这些干什么，真是罪过，那小子也真是野，现在正与三个如花似玉的美人在一起呢，亏你们还在这里瞎操心！"

多杰兄弟听了，均皱了皱眉头，道："三个女人？！"北川雨星反应倒更加激烈，忿怒道："快说，他们在哪里？！定是浮烟谷那三个贱婢！"

北川雨星比多杰兄弟反应过激了许多，多杰兄弟只是尴尬，因为少头人成了花花公子，前日与三个女人混了一天，今日又和三个女人在一起，这还得了，但他们想雪龙多杰也只是好玩而已，并不是贪恋美色之人，但北川雨星却不这样想，雪龙多杰换女人如走马灯一般，而且还是三个一轮换，这还得了，心里由忿转怒，打定心思要"修理修理"这个淫徒！

和尚乞丐见三人的反应，更是高兴，辩解道："什么浮烟谷贱婢，老夫可不知道，今日一早，老夫就碰上他们了，也说不清他们在哪里，因为他们在路上走，对了！老夫记起来她们说去繁星宫，那什么少宫主明明是小姑娘，偏偏要装成倜傥公子，真怪哉！"

说完，和尚乞丐又向北川雨星望了望，北川雨星此时哪有心情理会和尚乞丐，只在想这繁星宫的少宫主带雪龙多杰去繁星宫干什么。

而此时的多杰兄弟却脸色大变，桑龙多杰问道："大师真肯定三女是繁星宫的人？而且他们是去繁星宫？"

和尚乞丐疑惑道："不会错的，有什么不对？"

"哦……没什么，大师，谢谢你了！"

和尚乞丐嘴里嗫嚅道："真是怪人，繁星宫就繁星宫嘛，难道是龙潭虎穴不成！"说着一拍屁股道："话已带到，老僧要走了！"

说完，和尚乞丐转身一溜烟向外走去，去得快疾无比，多杰兄弟叹为观止，暗叹中原多怪杰异人，果然不错，北川雨星见和尚乞丐说完就走，急忙道："晚辈也要走了！"

说完，全力以赴，尽展"附梦影法"，真怕丢了和尚乞丐这个老滑头，北川雨星出了神羚府，沿着大街向前急追，但前面已不见和尚乞丐的影子，暗自着急，惊叹这老东西好快的身法。

窜过了大街，前面出现了十字路口，北川雨星四下望了望，哪里还有和尚乞丐的半个影子，开始怀疑普天之下，怎会有如此快的身影，正垂头丧气，抬脚欲走，忽听得身后笑声道：

"喂，想跟踪老僧，别白日做梦啦，小娃儿，这么急，是不是怕自己的东西被别人抢了？"

北川雨星一震，惊回首，见和尚乞丐正在身后不远站着，一副嘲笑的架势，脸上一报，跺脚怒道："你个臭和尚，穷乞丐，刚才躲在哪里？"

"呵呵，老夫走过的桥比你走的路多，什么人没见过，见你那副要打架的样儿，知道你定会跟出来，于是就藏在……"

"藏在哪里?!"

"藏在那大街的矮墙上，老僧本要藏在大门口石狮背后，但想这难度太大，你却会发现，于是站在矮墙上，任何人稍稍一抬头就可发现，但偏偏还是骗过了你，哭，情乱心智，乱了心智就成了世界上最笨的人，当年老和尚告诉小和尚，小和尚不信，小和尚变成了老和尚，现在也就相信了，但告诉的人却不再是小和尚！"

和尚乞丐如说绕口令般，谐趣之极，北川雨星恼怒难仰，挥掌就欲教训和尚乞丐，正走近的和尚乞丐肆无忌惮道："老僧一点功夫都不会，你想打就打吧，但可别后悔，死人不会告诉你那些你想知道的事！"

北川雨星被和尚乞丐弄得哭笑不得，又听他仿佛还有下文，硬生生地收回了怒气冲冲的纤纤玉手，嗔道："你这副模样，当和尚没有哪座庙敢收留，当乞丐没有哪户人家愿施舍！"

和尚乞丐依旧不以为忤，笑道："没错，但却有一个如花似玉的富家公子偏偏不得不讨好老僧，此生何憾，此生何求！"

两人一来一往，一个怒，一个存心要捉弄，怒者无可奈何，捉弄的人反而随心所欲，几个回合下来，北川雨星反而怒气全消，讨好起和尚乞丐来，和尚乞丐则飘飘然乐融融，当然，很快，和尚乞丐就知道北川雨星是来自惊梦一族，亦知道他是惊梦炫奇的徒儿，北川雨星亦知道和尚乞丐是乞丐法老，号"逍遥丐老"。

"逍遥爷爷，现在我们就去追他们好不好，据你说的，那小无赖定被她们挟持，不会有好日子过的，而且一到繁星宫，必凶多吉少！"

"不会不会，只看那繁星宫少宫主对你那小无赖情意绵绵的样儿，只是帮你教训教训他而已，又怎舍得要了他的命！"

"哼，量那小贱人也没那个胆，下次碰上她，定要给她点颜色看看，唉，我们还是追上去，万一出了事，可害苦了许多人！"

北川雨星被和尚乞丐看穿，也就不再掩饰，居然在和尚乞丐面前撒起了娇，和尚乞丐倒被她缠得乐呵呵，离不开身，现在又见小姑娘吃起醋来，一会儿小无赖地骂雪龙多杰，一会儿又骂"假公子"，赖脾气还不小呢，但和尚乞丐又岂会随着她的小性子感情用事，呵呵笑道："老爷爷又岂看不出你这小姑娘的心事，为那小无赖担心是个幌子，而担心那'假公子'先拔了头才是真的，不过有你师父和本僧作主，你怎么也得作大才行！"

北川雨星幸好是公子爷打扮，若是个姑娘听了这话，不羞得找个地缝躲起来才怪，但和尚乞丐这直露露的话还是让她羞红了脸，嗔道：

"你为老不尊，不知和尚庙如何收了你，现在说得好听，到时若躲到一边，哼……看本公子会不会给你好脸色看！"

和尚乞丐游戏风尘，独来独往，如今有个"假公子"和乖趣"小孙女"在身边，倒快活了许多，压抑了许久的本性也就不再压抑了。

"一定一定，若那小无赖不公平地评出你小她大，你偏她正，老爷爷就打扁他的无赖昏头，让他知道你也不是好欺负的！"

北川雨星"咯咯"地笑出了本来声音，妩媚道："什么打扁，打扁了倒要你赔！"

"好好好，不打扁，至少让他尝尝苦头！"

两人有说有笑，在杭州城喧闹的大街上闲逛，突然，北川雨星看到前面不远处的西域灾僧，心中一震，拉着和尚乞丐拐入了一偏僻的小巷，和尚乞丐疑惑道："你干什么？"

北川雨星悄声道："西域灾僧，他以为玉佛在我身上，正在四处找我呢！"

和尚乞丐一听西域灾僧，面色亦是一变，在巷口探头看了看，深深吸了口冷气道："果然是那老鬼，这老鬼邪门得很，还是不见才好。"说完转身问道："什么玉佛，世上真的有那尊玉佛吗？老夫从来就不信，定是空穴来风！"

"我也没见过，只怕现在谁也没见过，但师父说有，那当然是真的，当师父的徒弟还真要提心吊胆，明明没玉佛，但是没人信！"

和尚乞丐良久道："若真有那尊玉佛，天地间还真玄得邪门，老爷爷倒相信不在你身上，你师父可能知道，他毕竟是十五年前的当事人，你随他多年，难道就没有给你说过吗？"

话刚问完，和尚乞丐摆手道："不要说，我还是不听的好，以免引火烧身，毁了我下半生！"

北川雨星此时倒不怀疑和尚乞丐，幽幽道：

"师父虽把我当女儿看待，其余的事他都告诉我，但一提到玉佛，就守口如瓶，而且也是在最近我才知道他就是当年救走朔玉的孩子的白衣神秘人，他把那孩子救到何处，玉佛又在何处，他一直不说，他不会将我当外人吧？"

和尚乞丐呵呵笑道："你怎么这样怀疑你师父，他不让你知道是为你好，玉佛是宝，也是劫，若一个人不贪宝，劫数也会少的，你想想世上贪财贪宝之人，又几个有好下场的！"

北川雨星经和尚乞丐这样一解说，倒心安了许多，但依旧幽幽道："不贪宝少劫，但我又不得不为这玉佛四处冒险，这是师父的交待，说来说去还是劫数难逃，就如现在这样！"

"傻丫头，你在胡想什么，有爷爷为你撑着怕什么，你师父也没错，朔玉也是不贪恋宝物之人，但也因玉佛家破人亡，这叫维护正义，维护天理，若宝物让那邪恶之人得到，会怎样？"

北川雨星心里立时豁然开朗，心里的委屈也少了许多，自语道："但愿他能平平安安！"

和尚乞丐愣了愣道："谁?!"但很快明白了过来，微眯双眼，良久道："劫数，十五年前的劫数，平静了十五年，只怕以后有更大的劫数！"

北川雨星见和尚乞丐肃峻的容颜，心里一惊，诧然道："真的?!"

"真的，老夫在和尚庙里无事无聊，曾研读过易经，参悟了一点点东西，这一点点也够老夫前瞻一段，平增了一些杞人忧天的烦恼！"

听和尚乞丐说得十分认真庄重，北川雨星心里立时忐忑不安，问道："小无赖难道有事?!"

"没事，对了，你知不知道浮烟谷的人在杭州落脚的地方，老爷爷去那里溜达溜达！"

说到浮烟谷，北川雨星立刻想到受挫于无缘水前的无缘洞，返回杭州的意图，马上道：

"一心惦记着那小无赖的安危，倒忘了我自己的事，恰好我也想单独去闯闯闲宅，见见杭婉琪那小贱人，逍遥爷爷要去，我们正好同路！"

两人四处看了看，西域灾僧已不见了影儿，两人这才回转大街上，窜入了对面一条小巷，北川雨星在前面轻车熟路地走，和尚乞丐紧随其后，很快两人就到了闲宅，闲宅被神羚谷踢破的门已修补好，此时紧闭着，北川雨星正欲上前敲门，和尚乞丐拉了拉她，道：

"敲没用，我们还是越墙而入！"

两人翻越围墙，落在花丛中，侧耳细听，闲宅悄无声息，北川雨星心里暗道：明明有人，一早杭婉琪那小贱人还在这里，怎么就没人了！想归想，两人从花丛中窜了出来，奔到厢房边，但里面亦没有了人，均惊愕起来，北川雨星悄声道：

"不会吧，今早这里都有许多浮烟谷的人，怎么现在一人也没有，难道返回浮烟谷了？但总得留下人看这么大的宅子啊！"

和尚乞丐隐隐觉得不对劲，悄声道："我们再找找，看还有没有人！"

两人分头从侧面窜入后花园，花园里亦是一片寂静，突听得从一角落里传来女子的声音道：

"秦婆婆，这下行了吧，唉，让我留在这里多寂寞，没人说话没人玩，幸好有秦婆婆陪着我！"

两人暗喜，总算找到了活人，北川雨星猫腰悄悄窜到假山背后，隐住身子，再探头望向假山背后，见一白衣少女正在跟一鹤颜老人学插花，桌上盆中已密密匝匝地插满了枝叶鲜花，十分好看，而那叫秦婆婆的依旧有条不紊，不慌不忙地往枝叶丛中插着鲜花，十分专注。

这时和尚乞丐亦跟了过来，看到那秦婆婆的动作，脸色一变，向北川雨星低语道："插花追魂针！"

北川雨星听与追魂针有关，但横看纵看，也难以将插花艺术与如烟追魂针联系在一起，插花是一门高雅艺术，而追魂针是致命的艺术，天壤之别，岂可有相同之道，这时和尚乞丐解释道："你看她面前的花盆，别人根本就无法再插入枝叶和花枝，即使插入，也将破坏美感，但她却可不假思索地插将上去，更显得完美，可见她的插艺已达很高的境界！"

这时那秦婆婆道："小丫头不要不耐烦，浮烟谷的追魂针与这插花紧紧相关，插花高人也是用针高手，只要用心学，你用针会更进一步！"

北川雨星不敢相信，那少女亦不相信，秦婆婆又道："习武之人的身体犹如这盆土壤，即使有护身罡气，总会有间隙，常人看来，无穴可击，但对一个插艺高手，永远有隙可乘，现在你定觉这盆花无处可插，但……你看！"

说着，秦婆婆飞快地将一朵红牡丹插在中间，立时整盆花由清雅转变成富丽堂皇，如众花捧妃一般，暗中的二人面色一变，那白衣少女亦拍手叫好，这时秦婆婆又拈了一枝花，突然插了出去，但这次不是插在盆中，而是飞向暗中的二人，北川雨星只觉眼前一花，心中暗震，待要避让，那花已破头巾，稳稳嵌在了上面，和尚乞丐知对方已然发现他们，拉起北川雨星飞掠而出，站在了秦婆婆不远处。

第九章

那少女这才发现了有人闯入闲宅，立时起身叱道："你们是什么人？胆大包天，亦闯闲宅！"

"有逍遥丐老同行，到此也不算胆大！"

秦婆婆未起身，手中又拈了一枝花，眼睛依旧望着花盆，但却能察觉来人是谁，端的厉害，和尚乞丐呵呵笑道："秦老婆子果然厉害！"

"逍遥丐老无事不登三宝殿，有什么话快说，别打扰我老婆子的雅兴！"

"好好……我们要见见贵少谷主，告诉她有关神羚谷少头人的事，望老婆婆成全！"

那少女和北川雨星听和尚乞丐也称秦婆婆为老婆婆，均欲笑却未笑，一下缓和了气氛，秦婆婆果然停下了手中的活儿，良久，道：

"少谷主有事外出，不在这里，告诉我好了！"

和尚乞丐脸色一变，立时问道："是不是去了吴山分宫？这下可糟透了！"

众人一听，均是愕然，秦婆婆亦转头冷冷望着和尚乞丐，缓缓道："追魂针与流星镖迟早都会有个了断，这不是我老婆子可挡得住的！"

和尚乞丐拍了拍面颊道："真是糊涂，这事不是那事，这次是因神羚谷少头人而起，你谷主一怒之下，岂不是怨恨积深了！"

说完不待秦婆婆说话，拉起北川雨星就走，北川雨星对秦婆婆的无礼十分恼火，转身之际，从头上摘下花枝，凝劲一送，花枝飞射而出，刚好插在两片绿叶之间，衬得那朵红牡丹更加富丽高贵，秦婆婆刚好转过头看到此景，脱口赞道："好眼力，不愧出自惊梦一族，习过附梦影法！"

北川雨星又是一惊，不得不重新估量浮烟谷的实力，至少不是名不符实，两人出了闲宅，北川雨星方才问道："你怎么知道她们去了吴山？"

"不要问，迟了就不灵了！"

说完，和尚乞丐甩开北川雨星的手，竭尽全力向前飞奔，如兔起鹘落，眨眼间已在十丈开外，北川雨星这才真正见到和尚乞丐的轻功，心中暗惊，亦提足十二分真力，闪电般跟上。

此时已是落霞辉映，杭城更是古朴，增添悠悠韵味，西湖恰如西子，正飘渺飞纱，美绝人寰，香风习习，吴山清铃阵阵与远寺撞钟之音相应送晚，正是吴山听风的良时！

但吴山在浮烟轻雾之中，却隐着不同往日的气氛，北川雨星和和尚乞丐追星逐月般掠到吴山上，密林浓叶掩住了一切，亦遮住了落霞，更显得死寂，而在死寂中，突然传来一声长啸，啸声顿起顿逝，近在咫尺，恍若远在天际。

啸声令傍晚的天空更加高远，更加迷人，愈加诡谲，而渐渐地，吴山古木错综盘根，亦使人头绪零乱，不知如何理顺，飞奔的北川雨星和和尚乞丐更是心急如焚，愈往山顶逼近，愈感到一股浓浓的危机罩了过来，令人窒息！

很快，两人就看到白森森的石阶尽头屹立着白森森的山门，那山门，仿佛白森森的巨人的肋骨一般，闪着一阵杀气，两人不由自主地放慢了飞奔的速度。

山门里亦是墨浓的苍林和杂树，时而死一般的寂静，突然，一群黑鸦在"哇哇！"声中扑腾而起，掠过树林，盘桓在天上，惊叫不停，两只灰色的野兔窜出了树林，仓惶地四下望了望，看到了近来的两位陌生"动物"，圆瞪着红眼不友好地对视了一会儿，又快疾无比地扎进了灌林之中。

北川雨星看到这一切，忍不住浑身打了一个寒战，暗忖怎的这里一点人声也没有，按说浮烟谷到这里，这里一定会十分热闹，但这里……她不敢想，仿佛那如肋骨的宽弧山门就如鬼门关一般，和尚乞丐悄声道："今日有点邪门，不论是天堂还是地狱，我们也得冲进去，你敢不敢?!"

北川雨星立时豪气干霄，不服气道："有何不敢的，就是鬼门关，本公子也可闯它一闯！"

两人这一说，已到了山门下，一阵凉凉的风从山门里冲了出来，扑在两人面上，两人立时嗅到一股腥腥的气味，那是血的味道。

恰在此时，两条黑影从山门后的树林里闪了出来，两人皆是蒙面，往中间一靠，挡住了两人的去路，从蒙巾的黑洞里射出四道如刀的冷光，似乎要把两位不速来客尽收冷光之下，北川雨星和和尚乞丐不由自主地刹住身子，和尚乞丐惊呼道：

"黑衣人，这下麻烦了！"

北川雨星不解地道："黑衣人，他们是谁？"

"不知道，若知道，老僧还用麻烦！"

两名黑衣人冷哼了两声，闪电般向和尚乞丐欺了上来，四只干枯如骨的手如鹰爪袭向和尚乞丐的头顶，和尚乞丐何等身手的人物，见来者又凶又恶，而且极其硬朗，立时向侧身一滑，躲过了一名黑衣人的攻击，就在另一名黑衣人的爪子抓到之时，北川雨星娇叱道："找死！"立见一道冷森森的亮光突闪而起，横向那黑衣人齐腕割去，显然北川雨星一出手就用上了"天寒匕"，那黑衣人见来势不躲不行，立时收腕，钢爪向"天寒匕"抓了过来，北川雨星心中大骇，急忙回收，但天寒匕如沉重了许多，又如粘上磁石一般，和尚乞丐见势不妙，双掌一推，正向那黑衣人的胸部！

黑衣人立时平身上翻，依旧抓向"天寒匕"，另一黑衣人在这眨眼之间已补位上来，横掌而挡，只听"砰"的一声，对掌的两人均身一颤，疾退了几步，硬拼了个半斤八两，和尚乞丐知道今日遇上了一等一的高手，哪敢再大意调笑，在二人拼掌之际，悬空的北川雨星和那抓向"天寒匕"的黑衣人均被气浪逼开了几尺，北川雨星只觉手中收势不住，那"天寒匕"恍若逃逸，暗惊之后，娇叱道："哼，你要匕不要命，本公子就送你一程！"

说完北川雨星暗自摧力，逼贯天寒匕，天寒匕立时寒气更盛，华光再涨，杀气愈浓，只听北川雨星道："刺！"说着玉腕急旋，立时，天寒匕闪电般向那黑衣人心窝飞掠而去。

此着出乎那黑衣人的意料之外，边回收手势，边向后急退，但"天寒匕"得势不回头，如附梦之影，直指其心窝，势力不减，只听一声闷哼，"天寒匕"在刺破护身罡气之后，余势未了，已刺入了黑衣人心窝，那黑衣人立时凶性大发，挥手就向"天寒匕"抓去，誓要把这可恶的"怪胎"收掉。

但"天寒匕"如有灵气一般，舐血则止，在北川雨星猛地一回手时，已飞快地退了回去，回速竟比去势还快，那受伤的黑衣人一爪抓空，气得暴跳如雷，而在同时，"天寒匕"已回到了北川雨星的纤纤玉手之中。

另一黑衣人闷声问道："喂，老大，不要紧吧？"

受伤的黑衣人气哼哼地道："死不了！他妈的，这贼丫头片子居然使用鬼伎俩来骗本使，本使定要斩了她，看那玩意儿是什么魔刃，居然敢伤本使！"

说者狂妄之极，听者当然更不服气，北川雨星见那黑衣人胸前血湿了一片，但没有要了他的命，后悔之时，咯咯笑道：

"大鬼头，你还不死心，还想来抓天寒匕，下次可没有这么幸运了，这匕虽小，却专破护身罡气，刚才它第一次舔血，第二次凶性可就不用了，你从来没听说这种匕首吗?!"

两蒙面黑衣人眼中立时射出异光，杂着浓浓的贪婪，那受伤的黑衣人嘿嘿冷笑道：

"嘿嘿！原来是天寒匕，本使更是要收，看是她的伏魔灵气重，还是本使的魔气重。"

"小丫头，你是出自惊梦一族?!"

"怎么样，不服气吗?"

两黑衣人立时眼中闪过一丝喜色，更多了一层冰冷，齐声道："很好很好，两位今日已招魂入地狱，就等着上路吧！"

说完两黑衣人转身一闪，消逝在幽深的树林里。和尚乞丐和北川雨星暗自心悚，两人的武功端的邪门之极，一层浓浓的阴影投入二人心上，北川雨星松了松神经，向和尚乞丐道：

"和尚爷爷，他们说的招魂入地狱，啥意思?"

和尚乞丐皱了皱眉头，脸色忽然一变，应已知道了一些，果然，和尚乞丐忧虑道：

"他们就是地狱使者中的招魂使者，这下可麻烦了，只要他们把魂收走，我们是不得不走！"

北川雨星对地狱使者这几个字，似曾相识，最后终于记得在踏入江湖之前，师父曾讲过地狱使者这一篇，知道地狱门弟子神秘之于惊梦一族并不逊色，而且使者分为招魂、引路、执法三种，一旦被地狱门招魂，将无时无刻不享受地狱门的惠顾，但惊梦一族却自有一套对付地狱门人的办法，那就是其影容术和附梦影法！

想到这些，北川雨星嫣然而笑道："和尚爷爷，本公子来自惊梦一族，倒不怕地狱门，你武学已达三甲子之列，难道也怕地狱门么?"

"嘿嘿，那倒不是，老僧何时怕过他们，但一日被鬼缠身，这鬼是有点儿不舒服嘛！"

北川雨星一想到也是，立时从身边摸出面具来，笑呵呵道："那你只有戴面具啦！"

和尚乞丐立时摆手拒绝道："不戴不戴，老僧顶天立地，又活了这一大把年纪，还戴这面具，心里总是疙疙瘩瘩，劳什么神！"

北川雨星笑了笑，也不再坚持，将面具戴在自己脸上，立时变成一位清峻的中年人，和尚乞丐愣了愣，两人这才又小心戒备地往山顶上扑去。

这时山顶上依旧寂无声息，而夜却在续续下沉，如坠入无涯黑渊之中一般，北川雨星虽然戴着面具，但脸面的惊悸之色依旧传了出来！

两人掠过山呑，前面出现了一道山梁，山梁上却没有先前的寂静，因为那里横躺着两具血淋淋的尸体，正是吴山分宫的青衣女弟子！

和尚乞丐加快速度，几纵几落到了山梁，走到两具尸体旁边，细细地看了看，只见两女脖子上各有一个小小的血洞，黑洞正流着鲜血，北川雨星一见，立时怒叫道：

"如烟追魂针！"

"不像！"

和尚乞丐不假思索地否定了北川雨星的肯定，良久，和尚乞丐望了望方才道："奇怪！"

北川雨星正欲再问，和尚乞丐已向前急掠，北川雨星不得不跟上，眼睛不断地四处搜寻，杀手可能随时从树林里冲出，何况还有那神秘可怕的暗器，两人只掠过了几十里，就看到了另一个小山呑，山呑很平缓，十分幽静。

山呑里青瓦红檐，鳞次栉比数十间，想必就是吴山分宫了，果然不错，两人飞踏而过，前面出现了青碧的宫门，上书：吴山分宫。

没有人出来迎接，亦没有人出来阻拦，只有点点血迹标志着吴山分宫的败亡，已说明此时的江湖非彼时的江湖，神秘的面纱，也有显山露水的时刻，但这也来得太快了！

旁人觉得措手不及，更何况繁星宫的人，神圣的分宫门口亦横七竖八地躺着几条尸体，而死者均是被神秘的暗器所害，而且场中见不到一粒暗器，每一位死者眼睛均现出悲愤而惊讶的神光，还有什么让繁星宫的人惊讶和恐愤？！

两人小心翼翼地前行，前面不时出现尸体，仿佛没有一人活着，和尚乞丐眼睛不断地翻视地上的尸体，口中道："怎会这样？！"

突然，和尚乞丐踏前几步，北川雨星觉得意外，紧跟了过去，原来在一圆弧门前横躺着两名青衣女子，而这两名青衣女子并没有流血，北川雨星不由"咦"了一声，这时，和尚乞丐对她道："雨星，你去检查，看她们身上是否中了追魂针！"

北川雨星瞬时明白过来，其余的人不是追魂针所杀，那此地定有被追魂针所杀或伤的人，因为杭婉琪来过此地，那杭婉琪她们又去了何处呢？北川雨星带着思考走上前去，细细检看了一下，没有查出痕迹，又探了探脉博，不由狂喜道：

"和尚爷爷，她们……她们没有死呢！"

和尚乞丐一怔，上前一探，果然如此，接着在几大命门穴位探了探，突然在两女后背轻轻按了按，只听"哧哧"两声，从二人身上先后掠起两枚细细的银针，和尚乞丐早眼利手快地夹住了细针，道："果然是追魂针！"

两女悠悠醒了过来，第一眼就看到了和尚乞丐和北川雨星，惊讶道："你们……你们是谁，怎么……怎么敢……擅闯吴山……分……宫！"

刚醒来，发话也说不连贯，两女亦分不清东南西北，北川雨星觉得好气又好笑，责道：

"还这么狂，你们抬头看看这些是什么？"

两女顺着二人的眼光望了过去，立时又是惊愕，又是悲愤，不知是何处得来的力量，一弹而起，齐声道："天，怎么会这样，这……这些是谁干的?！"

两女齐齐把眼光又回射向北川雨星二人，北川雨星怎不知她们的意思，忿忿地冷哼了一下，毫不忌惮地迎了过去，两女很快明白了过来，苍白的脸上立时显出恶毒的神色，其中一女娇骂道："一定是她们，那些小贱人，天杀的，这笔血债，定要血还！"

说完不再理二人，闪电般向分宫深处掠去，北川雨星无可奈何地望了望和尚乞丐，道：

"这下可糟透了，恩怨加血债，看来浮烟谷和繁星宫很快就要有事发生了！"

和尚乞丐没有反应，满脸均是凝重之色，看着手中的银针，银针细如毫发，轻轻抬了抬，道："我们救她们，只怕救糟了！"

说完向二青衣女子追了过去，前面的路难走之极，穿堂转廊，但偌大的一个分宫，除了二女传来悲怆的尖叫声，再没有其它的声音了，地上的尸体越来越多，越深入，越是惨不忍睹，看到面貌美丽的仙子静静地躺在地上，简直要慨叹这是暴殄天物。

奇怪的是，前面并没有出现打斗的痕迹，似乎吴山分宫根本就没有抵抗，或是没来得及抵抗，难道繁星宫分宫中众人与浮烟谷没有发生冲突？但这不可能，这两女就被追魂针所伤。

很快二人就窜尽各个角落，两女亦检查了所有的尸体，再无一个活口，顿时绝望，一女尖叫道：

"我……我要去报仇，杀光她们的人！"

另一女似乎很冷静，拉着那疯狂的女子道：

"莺儿，别……别这样，你去只是多添一具尸体，现在最重要的是回宫告诉宫主，这可是天大的事，宫主责怪下来，我们死十次也难以抵罪的，走，先回宫……"

北川雨星一听莺儿，立时明白二女定是西湖上为难杭婉琪的二女，难怪杭婉琪要为难她们，却人算不如天算，凤儿拉着渐渐平静下来的莺儿，惶惶飞起，和尚乞丐知道二女回宫定然坏事，立刻上前道：

"两位姑娘不可鲁莽行事，这事蹊跷得很！"

两女本在气头上，听和尚乞丐的话，如何听得进去，只狠狠瞪了瞪凤眼，一句话也没说，甩头就走，北川雨星怒火上涌，正想教训两句，但待她刚吐了个"你们……"两女身影已消逝在树林间。

和尚乞丐劝道："不要怪她们，如果换了我们，也难听入耳的，这件事本就难以想象！"

北川雨星忙道："说到底，还是怪浮烟谷那贱丫头，先到此来瞎捣乱，让背后之人有乘之机，要报仇，确实想把她们放在其中！"

和尚乞丐叹道："话虽不错，但也不至于要把双方的矛盾弄到如此地步呀，我们四处再看看，看是否有什么线索留下来没有！"

显然，和尚乞丐和北川雨星隐隐已猜到其中缘由，那就是浮烟谷来此索要雪龙多杰，但雪龙多杰和苏忆星主婢三人不在，杭婉琪立时生怒，将怒火转到与她公然为难的二女身上，但在浮烟谷分宫的后面，又紧跟着另一股力量！

和尚乞丐与北川雨星细细地查看了一下，没有发现什么可疑之处，可见来人不但武功高，而且有备而来，算计得十分周详，北川雨星突然记得山梁上的两名女子，叫道：

"和尚爷爷，那死在山梁上的二女旁边定有可取之疑！"

和尚乞丐听之，眼睛一亮，两人立时退出了吴山分宫，重回到山梁，两具尸体依旧没人动过，北川雨星舒了口气，问和尚乞丐：

"和尚爷爷，其余之人死在分宫之中，是毫不戒备的，而此二人，独独死在这里，也许是她们斗了斗，或是欲逃离分宫，回繁星宫报告消息是吧！"

和尚乞丐此时出奇地沉默寡言，已开始在两女的身边寻找可疑之处，北川雨星见问话得不到回音，亦不再多言，在山梁上仔细检查，但过了良久，也未得到一丝一毫的蛛丝马迹，心里暗觉奇怪，暗忖道：这两女若是想逃离现场，那定是有人追去，若留有暗器，也应该在二女之前！

想到这里，北川雨星沿着石阶出路行了十几步，前面有几棵巨树，北川雨星望了望巨树，不由慨叹道："唉，这里你是见证人，如今你倒是开口说说话呀，不用怕，有本公子在呢！"

边说，北川雨星边将眼光往下移，当移到树脚下，树脚下有一丛茂盛的草，似有斑斑异色，北川雨星连忙走了过去，扒开茂草，立时发现了一只蝴蝶！

五彩的蝴蝶静静地停在草丛树干上，不是停，而是钉在树上，蝴蝶的下面，是一支锋利的菱角钉，蝴蝶当然亦是假的，但是可以以假乱真，北川雨星正欲去拔，突然想到那些尸体似乎不但中了暗器，而且有中了剧毒的迹象，美丽的蝴蝶飞翅上本就有毒，何况冰冷的菱钉上，北川雨星倒不敢亲自动手，想了想，从地上摘了一片宽叶，轻轻地握住蝴蝶，慢慢地拔了出来，那小心翼翼的样儿，似乎生怕把那薄薄的翅膀弄坏。

和尚乞丐亦发现了一枚蝴蝶，两人不约而同走到了一起，相互望了望，北川雨星见和尚乞丐默默地看着手中的蝴蝶，不解道：

"喂，你到底认不认识它们，这样呆望着！"

和尚乞丐这次倒没有保持沉默，辩道：

"当然认识，但这种蝴蝶怎会在这里出现？"

"怎么说？"

"这种蝴蝶叫迷蝶，其主人叫迷蝶浪女，住在澜沧江畔，应属邪派暗器，迷蝶浪女已经很多年不踏足中原一带了，今日怎会在这里出现？"

"蝴蝶有翅，当然能飞，而浪女有脚，亦是能行，山无论多高，路无论多远，也会在这里出现的，浪女，是不是她们很不规矩！"

"当然，当年迷蝶浪女在中原臭名远扬，而且诡秘凶残，被四大绝命兵器围攻，死伤无数，最后留了几根种逃回云南，再未出现在中原过，想不到沉寂了多年的她们，如今又卷土重来，一来就毁了繁星宫在吴山的分宫，只怕这次她们不只是复仇，还有更大的目的！"

"何以见得？"

"当年的迷蝶浪女，对自己做的事从不否认，也不隐藏，而这次，明显欲嫁祸于浮烟谷！"

北川雨星不由倒吸了一口凉气，只觉得如今这江湖中牛鬼蛇神全部跑了出来，很快江湖就全乱成一锅粥，若她们的目的也是血光玉佛，那真是不妙中的大不妙了！

两人正在想，突闻到一阵淡淡的香风吹了过来，北川雨星心中一震，立时紧闭着呼吸，眼光四下望了望，只觉得有几条罗裙轻纱的妖冶女子飞掠而来，和尚乞丐拉着北川雨星道：

"快走，来的就是迷蝶浪女，她们居然会杀回马枪，大概是不放心这里的尸体！"

两人正欲走，却已是来不及了，三条人影冉冉而下，香气四溢，胴体在轻纱罗裙间若有若现，嘴里更是连串恍惚的银铃笑声，不绝于耳，迷蝶浪女果然有迷人之处，有浪的资本，有浪的一套方法，即使死鬼也会跟着她们走，甘成裙下之臣，即使仙女也得逊其妖娆几分，性感几层呢！

但这次她们碰上的是北川雨星和和尚乞丐，一个是赛金花似的人间殊色美女，一个是和尚，不但是和尚，更是乞丐，江湖上的和尚与乞丐最不近女色，像逍遥丐老这样的双保险混合人物，只怕更难以女色来打动他了，何况他又是老人。

两人见来者不善，立时提高警惕，脚下更是不怠慢，一个在江湖上泡了几十年，另一个来自惊梦一族，行动之快，倒出乎三位迷蝶浪女的意料，待她们醒悟过来，两人已冲出了三人品字形的包围，箭一般向远处疾射，三女如何肯放过，折身就追，如三片浮云一般，又如九天飞仙，但这仙子却太开放了，内衣都不穿呢，飞起来，那风光，当是无限迷人色眼！

在紧追间，双方的距离渐渐拉远，三位迷蝶浪女心里着急，立时纷纷放出了五彩蝴蝶，迷人的蝴蝶上下翻飞，向前飞掠，杂着性感的杀机，亦如三女，令人神魂颠倒，欲仙欲死一样，迷蝶菱锥，去势快疾无比，朝二人的后背弥漫"咬"来，北川雨星立时叫道：

"和尚爷爷，快挡一挡，不然跟上来了！"

和尚乞丐没有言语，但已经有了行动，只见他脚下一滑，身体急旋，已然折身，在这闪电间，双掌急拍而出，漫天的蝴蝶立时一挫，如飞花碎玉般下坠，蝴蝶美翅瞬间裂成了粉沫，散作了一团彩色的云雾，和尚乞丐大吃一惊，脱口叫道："毒瘴，这些妞太狠心了，居然连我这不杀生的出家人没饭吃的老乞丐也这样对付！"

说话间，身影已倒射了几十丈远，北川雨星将附梦影法施展得淋漓尽致，本想试试是附梦影法神妙，还是迷菱锥奇谲，上去捉几只玩玩，但看到这般情景，立时骇得心惊肉跳，哪敢嚣张，转身就飞遁。

后面的三名迷蝶浪女见撒出的菱锥全数毁掉，气得媚眼横瞪，大骂道：

"死和尚，没人要的和尚，胆大包天，居然敢毁我们的花蝴蝶，下次定让你们陪葬！"

北川雨星两人急行了不知多少路，总之三名迷蝶浪女未再追来，两人才放慢脚步，北川雨星舒了口气，放慢了脚步，埋怨道：

"我们为什么要跑，难道不能与她们斗一斗，我才不怕那三个妖女，就你胆小！"

和尚乞丐此时亦心情好了起来，呵呵笑道：

"小丫头，居然脸厚得很，不愧是戴了面具的，刚才是谁跑在前面，还要老爷爷挡一挡，说老实话，十个迷蝶浪女老僧也不怕，一不贪色，二不贪财，怕什么，但你没见她们那锥却是难缠，又是咬人，又是毒人，倒像马蜂！"

北川雨星听得有趣，不由"扑哧"笑了笑，说道："刚才本公子叫你挡一挡，不是叫你挡那些锥，而是挡那三个女妖，锥嘛，自有本公子来应付就绰绰有余了。"

"真的，你怎么不早说！"

"那些迷蝶能用那么强的掌力对付么，要用柔和的功夫，你看，本公子自有妙法！"

说完，北川雨星伸出纤纤细手，在空中慢慢画了一个圆弧，慢虽慢，但可感到有一股柔风倒卷而起，北川雨星跟着重复了几遍，竟成了一道柔和的涡流，然后北川雨星变指为掌，向前推去，那道涡流飞卷向远方，奇妙无比，和尚乞丐见之，亦瞪大了眼睛，拍手赞"妙"，后问道："这是什么把戏，特好玩的呢！"

北川雨星得意道："雕虫小技，这是惊梦一族的拿手好戏'化梦若幻指法'，又名'导虚指'！"

和尚乞丐重复了几遍，摇头道："没见过，没见过，这招式有用的，能把别人掌力、东西全部卷入那道如梦似幻的涡流中，化为虚无，刚才那些蝴蝶，确实可用这一招化去，喂，能不能教教老僧？"

北川雨星见和尚乞丐如小孩一般起了贪念，立时娇笑道："不行，你道行差得太远了！"

"道行，老夫还差什么道行？"

"这要惊梦一族特有的'梦幻神功'和'如梦心法'相配合方能施将出来，若一般人也能模仿，轻易学去，惊梦一族还神秘什么！"

和尚乞丐颓丧之极，"噢"了几声，表示理解，最后释然道："看来天下间的武学技艺还真是如万花筒，想有多少，就有多少，学也学不完，看也看不远，别说看透，但有一种功夫却可以学，学了就可以看透一切，那就是血光玉佛上的秘密，也就是所有武林中人欲求之的东西，血光玉佛如今依旧'犹抱琵琶半遮面'。"

两人放慢行程，此时天色转暗，四周的翠林变成了一排排黑乎乎的巨人，更显得幽寂吓人，吴山倒退到身后，渐渐隐入黑暗之中。

而离吴山不远的太子湾，却是非常繁闹，无数的彩灯散放出美丽的光芒，一簇簇，一串串，照得整个太子湾如白昼一般，比白昼更加迷人，更加富有诗情画意，游人如织，歌舞升平，好一个天堂乐园！

北川雨星随着和尚乞丐不由自主地走出了幽静的黑暗，踏入了这夜的乐园之中，游玩观赏，好不惬意，倒暂时放下了吴山的不愉快。

但天堂已不是真的天堂，而是鱼目混珠，龙争虎斗，侠魔共舞的天堂，犹如天堂乐园的太子湾亦在极乐中隐藏着不愉快。

两人正在为这人间殊景惊叹不已时，却看到了两名身着黑衣的奇异老者，两位老者冷眼如刃，四下漫射，似有心观景，无意游玩，在二人身边不远，如鬼魂般不去不舍。

北川雨星戴了面具，两名黑衣老者一时倒不以为意，而和尚乞丐却不放过，北川雨星拉了拉和尚乞丐，和尚乞丐低声道：

"老夫早就注意到他们了，他们是地狱门的引路使者，看来真个被盯上了，现在他们不会动手，我们还是认真地观看这些花灯吧！"

和尚乞丐不以为意，北川雨星倒心里放不下，总是不能专注于观景赏灯，最后北川雨星要求找家旅馆歇息，两人沿着西湖往城里去，两位黑衣老者紧跟了过来，在一人烟稀少的地方，两黑衣老者闪电般扑了过来，不说一句话，就使出了地狱门的收魂爪，向二人罩来。

北川雨星和和尚乞丐当然也不马虎，立时还以颜色，一个借助高妙的轻功和精妙的指掌，一个则是与引路使者真功夫比拼。

场面倒是北川雨星这一场来得精彩，惊心动魄，在收搜爪罩向北川雨星的一刹那，北川雨星立时手出匕现，寒光一起，向上刺去，那引路使者倒不敢用强，把巨大的收魂手向旁移了移，顿时，北川雨星看出了爪影的虚实，身影跟着天寒匕，一路上冲，轻易地摆脱了收魂爪。

那黑衣老人见这家伙不但灵敏，而且花样多，倒不敢大意，立时从腰间解下了地狱门特有的武器——磷光棍，猛地向空中扫了过来，空中立时"哗哩啪啦"地冒出了许多磷火！

和尚乞丐一见，大急道："快闪，那些火星碰不得！"

北川雨星听之，心中一震，立时用天寒匕横向一扫，天寒匕划过一道森森的玉华圆弧，那些火星似乎忌惮冰冷的天寒匕，触其光华，立时逝去，北川雨星在这短暂工夫，身子已斜掠向几尺远的草地，引路使者当然不愿让北川雨星站地换气增加战斗力，几个箭步上前，磷光棍被舞出一道缠绕在一起的光弧，阴冷如鬼火，令人毛骨悚然，北川雨星心中一凛，暗忖这些地狱门的鬼武功也忒阴森可怕！

惊梦一族的附梦影法，何等精妙，进路被截断，北川雨星不慌不忙地伸出玉手，隔空一拍，借着拍空若有若无的力道反弹而起，立时到了引路使者的背后上空，亦是对方保护的死角，北川雨星哪会客气，立时摧力一送，故伎重演，天寒匕立时闪电般射过去，黑衣老者倒不是等闲之辈，立时感到后脑射来一股冰凉之气，哪敢怠慢，立时向前扑地。

天寒匕刺了个空，但余势未了，依旧向前飞驶，谁知在此时，那黑衣老者像阴魂一般，身躯倒卷，如一条黑乎乎的匹练，浮了起来，向天寒匕卷了过来，而抓向天寒匕的，正是老者的双足，北川雨星暗惊，手里一收一紧，天寒匕立时不进反退，以相同的快疾回射而去。

引路使者扑了个空，倒并不惊讶，显然他们已得招魂使者详细的汇报，不但人的相貌、年龄，而且使用的武器，擅长的武功均一一地介绍了，引路使者已隐隐地猜到天寒匕的末梢定然系有非常细的丝，另一端被北川雨星执着，当然天寒匕可以收放自如了！

见天寒匕回掠，引路使者不退反进，扬棍而起，随着身影的拔高，磷光棍虚空向天寒匕回路扫去，北川雨星大惊，知道这家伙看穿了秘密，但他恐怕并没有料到那丝线是由天蚕丝凝成，自是坚韧无比，又岂是磷光棍可以劈断的，北川雨星乘机将天寒匕一抖一旋，立时天寒匕一颤，急转起来，磷光棍显然击中了细小的天蚕丝，天寒匕剧烈地颤晃起来，而且变竖立为横掠，北川雨星下坠之势加快，天寒匕立时凶性大发，不退猛进，去势咄咄逼人。

引路使者见之大惊，立时身体一坠一滑，头一缩，在这同时，天寒匕已快疾无比地割过了引路使者的发际，而且削了无数的发丝，但只有那么一点点，离伤着头皮还差得远。

虽然没有受伤，引路使者也全身罩起了一股冷汗，倒半点轻敌的念头也没有，心中毒念立时隐隐而生，在思索之际，北川雨星已将天寒匕持在手中，轻轻落在不远处，长舒了口气，经过这两个照面，北川雨星的信心倒不断加强，忍不住飞快地向另一场瞥了一眼。

另一场的和尚乞丐与引路使者似乎来得十分稳重，引路使者功力稍逊一筹，只有拿出磷光棍对敌，而和尚乞丐以掌为刀，横削纵劈，推拿硬移，倒也相安无事，磷光棍的火花不断冒出来，遇上和尚乞丐的硬厚功力，倒在他附近几尺远就纷纷坠入地上，消逝殆尽。

突然，引路使者在用老磷光棍后，将棍一按，棍头一昂，向上反弹，直向和尚乞丐挑去，和尚乞丐并不慌乱，脚下漫射几步，横向磷光棍拍了过去，磷光棍剧震了几下，引路使者本以为这一着去势快疾无比，能成功地突袭和尚乞丐，谁知被和尚乞丐将了一军，心中气恼之时，引路使者见二人距离拉近了许多，立时左手凝气，向和尚乞丐拍推而去。

和尚乞丐料想他一手持棍，一手回掌，掌力一定较弱，只是随手而挡，谁知这掌力被消去之后，却嗅到一股腐朽的棺木腐尸般的气味，心里一震，暗叫不好，原来地狱使者有其厉害的地狱阴气，一旦施将出来，没能即时挡住，吸收入体内，体内之真力定会被阴气所浸蚀，和尚乞丐只觉心里一寒，打了两个冷颤，地狱阴气已浸入其体内了，和尚乞丐立即运十二分真气逼住阴气，但那引路使者又如何肯让他有暇逼住地狱阴气，早已挥起磷火棍，向和尚乞丐当头劈了过来，来势并不亚于刚才。

和尚乞丐心里苦极，但依旧不慌不乱，脸上依旧那般沉着，见磷火棍来势猛烈，怎也不愿硬挡，在磷光棍压向秃头的一瞬，突然身体急缩，下身一滑，双腿如锤，向引路使者袭去。

引路使者料不到和尚乞丐掌法精湛的同时，亦会用上双腿，方才想起此老是成名多年的江湖人物，怎会说倒就倒。和尚乞丐虽然只有双足，但双足已足够他受得了，引路使者本是全力而为，身体前倾，此时和尚乞丐来势如暴风骤雨一般，退也难，挡也难，只听"砰"的一声，引路使者胸前已结结实实中了头彩。

引路使者不由闷哼了一声，嘴里立时"哇"地吐出了一口鲜血，如炮弹一般向几丈远外抛去，可恶的磷光棍当然也被抛向远处了。

与北川雨星对阵的引路使者万万没有想到这次面对的敌人如此之强，自己还未摆平对手，而哥们已然中彩，而且来得如此之快，心里焦急，于是紧攻几棍，将北川雨星逼向远处，甩手就走，几纵几落，到了那受伤的引路使者旁边，关心问道："喂，怎么样?!"

受伤的引路使者从地上爬了起来，一摇一晃，道："没事，想不到这老秃驴如此厉害，一不注意就着了他的道，嘿嘿，他也着了老子的道!"

北川雨星一听，心里一震，连忙跑到和尚乞丐面前，见和尚乞丐面色阴冷之极，和尚乞丐一边逼住地狱阴气，一边向北川雨星道：

"看来今日不能再纠缠下去了，我们走!"

北川雨星怒狠狠地望了望两名引路使者，心有不甘，但看到和尚乞丐如此样儿，没有伤，又不见血，比那喷血的引路使者似乎还不妙，只好作罢，这时和尚乞丐已自顾拔腿就走!

那未伤的引路使者见此，反不甘心，咆哮一声，持棍冲了过来，北川雨星如何放他来追，娇叱一声，天寒匕突然闪电般朝其面门射去。

那引路使者心中一惊，脚下一慢，慌忙闪身用磷光棍挡去，但天寒匕如长了眼睛一般，在磷光棍扫来之前，又闪电般飞了回去，北川雨星知道这夜深之时，与他们相斗，天时已占劣势，还是走为上策，于是收住天寒匕，猛凝真力，尽展附梦影法，立时如一团若有若无的雾，连晃几下，已去了远处。

引路使者醒悟过来，气得大骂，但人已去远，如在自骂一般，他见同伴如此模样，亦不敢紧追上去，退回去，和受伤的同伴向相反的方向掠去。

若是雪龙多杰此时清醒，眼观繁星宫少宫主与九州一枭提心吊胆的对峙，服了散气化功霉素丸，已变成了普通的小生，看着一定会干着急，谁知情景急转，九州一枭听到远处的啸声，匆匆而去，小黄鹂心中一股茫然，暗忖这啸声来得好巧，好不奇怪，到底是何人啸声，居然有如此大的魔力，能让"九州一枭"乖乖而走呢？

苏忆星少宫主正在无力应战，正欲拼命阻敌，谁知出现如此结果，紧提的神气一散，才发现自己已香汗尽下，只觉得有气无力。

但很快，苏忆星就醒悟过来，此时不逃，更待何时，转身道：

"小黄鹂，快扶起这无用的家伙走，否则待'九州一枭'回来，我们就走不成了！"

小黄鹂看了看雪龙多杰，脸上一红，支吾道："公子，我……我扶不动，还是你扶吧！"

苏忆星立时气得大瞪美眸，向小黄鹂开火道：'好大胆，居然敢支使本小姐……本公子来！"

说着自己的脸也红了起来，刚才说漏了嘴，若是那昏迷未醒的大活宝听见，不在旁笑死她才怪！

身受内伤，遍体鳞伤的雪龙多杰躺在小道上，真如一头病牛一般，若要两位娇"假小子"抬，只怕也会抬得香喘微微，金莲发颤呢！

小黄鹂见大小姐发怒，哪敢不从，委屈地拍了拍被摔痛的屁股，又用力去抱雪龙多杰，抱着头，"尾巴"不起来，去抱双腿，头不起来，再去抱腰，刚颤颤地抱起来，屁股又坐在了地上。

苏忆星看得又气又疼又好笑，嗔骂道：

"怎么就那么笨，算啦算啦，怕刚才把你吓得一点力气也没有了，若再让你摔两下，死人也会被你摔成半残废的，到了宫里，不成了半条命，就是死人了，唉……无用！"

说着也不管男女授受不亲，怕也是想，反正这无用的家伙现在昏迷不醒，没有看见，就花一点力气，谁叫她一掌把他打成这样，踏步上前，伸出玉臂纤手，就欲去挟雪龙多杰。

小黄鹂看得目瞪口呆，这少宫主今日是不是发了善心，平日可是十指不沾阳春水的，要去沾臭男子，打死也不会的，何况刚才还凶狠得如母夜叉一般，心中嘀咕，不信道：

"小姐……哦，公子，你真的亲自动手？"

苏忆星见她圆张樱桃小口，圆瞪凤目，不相信太阳会从西边升起一般看着她，脸上立时羞赧挂霞，嗔骂道：

"你们都没用，小画眉，一去就看不见影子，本……公子不出手，难不成等'九州一枭'返回来，将我们一一制住，捡了这个活宝去不成！"

小黄鹂依旧不信，堂堂的繁星宫少宫主何等地位，如对方是女的，倒也无可厚非，但对方是个臭男子，无论如何也难以接受，劝道："小姐，婢子劝你还是别找麻烦了，将他身上的玉佛取下来，我们不是可以轻轻松松地回宫交差了吗？何苦要……"

"闭嘴，我已说过，一定要将他带回宫，若他真有神宫母镖，只怕他的命比我们还值钱，你难道敢违抗宫规，舍主自保吗？"

小黄鹂立时脸色煞白，急忙辩道：

"小姐，婢子只是说说而已，请小姐开恩！"

说着主动上前去抱昏睡的雪龙多杰，但人小劲弱，依旧难以奈何雪龙多杰，苏忆星气哼哼地推开小黄鹂，挟起雪龙多杰就走，本来以二人的功力，可以轻轻松松飞掠的，但如今只有蹒跚而走，行动极为缓慢，若是"九州一枭"追来，不用多少力气，就可以追上的，万幸的是九州一枭听到啸声，一去就再没有现身了。

两女慢慢地沿着崎岖小路走了并没有多远，就看到小画眉匆匆而回，后面紧跟着四抬大轿，还未等小画眉近身，气喘吁吁的苏忆星一肚子火就炸开了，道："还以为你这家伙死了呢，半天都不见一个人影，叫个轿子也这般难，真是没用。

亦是气喘吁吁，香汗淋漓的小画眉兴冲冲的，本以为少宫主会夸她几句，谁知脚还未停下来，就没头没脑地被责骂了，她见少宫主一个小女人挟着一个大男人，亦是苦不堪言，十分有趣，正欲说两句戏谑之言，逗逗少宫主，此时硬生生地咽了回去，疑惑地看了看小黄鹂。

小黄鹂满身灰尘，衣衫不整，此时蟆首微垂，静静地看着小画眉，向小画眉挤挤了眼睛，小画眉立时明白过来，小姐在冒肝火，前面已有人倒霉了，自己被训两句，已是十分幸运呢！

小画眉哪敢怠慢，对那四个抬轿的大汉轻语道："你们要抬的人就在这里，我说没多重吧，只要你们按吩咐做，银两是少不了的！"

其中一名大汉看了看苏忆星，低声向小画眉道："哦，这位就是你们家公子，脾气还真不小呢，看来，我们为他做事，也会讨苦吃的！"

小画眉生怕小姐听见，将怒火转向四名大汉，那就糟了，她可是好不容易才找到这样的主儿，说了一箩筐好话，他们才到这里来的，于是向那说话的大汉摆了摆手，暗示他不要多言。

谁知苏忆星听到此言，立时将眼睛狠狠瞪向那发言鸣不平的大汉，冷冷地道：

"怎么样，本公子就是脾气不好，说不定连银两也不会给的，难道你们心里不满意！"

听到此言，四名大汉讶然相视，眼中露出了怒意，均向小画眉望去，小画眉心里暗自叫苦，只有装聋作哑，等四名大汉与主人交涉了。

果然，那领班大汉怒声吼道：

"你也太横蛮不讲理了，这么一个大热天，我们好心好意到这里来，而且要抬一个半死不活的人，已做得仁至义尽了，你这位公子爷却这般说话，而且不想给银两，我们还抬个屁！"

说完向另外三名大汉招了招手，四人就欲抬着轿回镇了，小画眉急得叫道："喂喂……"

苏忆星听了那领班大汉的话，将雪龙多杰说成半死不活的人，而且说话不入耳，怒火更盛，脸上杀机一显，恶狠狠道：

"既然答应了，岂可反悔，看他们有几颗脑袋，敢忤本公子的意，若是再走三步，看他们还能走否！"

四名大汉听得倒抽了一口凉气，如炎热天喝了一大口冰水一般，冰到了心窝里，果然没有再向前走，停了下来，那领班大汉放下轿杠，转头怒不可遏地看着苏忆星，低喝道：

"嘿，口气还不小嘛，好像吃定了我们兄弟四人，看来我们被骗了，今日怎么也这样了结不得，大爷不但要银两，而且要教训你小子一顿，更不会帮你小子的忙，看你如何奈何咱们！"

说完，另外三名大汉亦放下轿杠，跟着领班向这边缓步踱来，苏忆星脸上杀机更盛，怒火更是不灭反增，冷冷地看着四人，小画眉着急，拦道："喂，四位大哥，使不得，使不得……"

那领班大汉会错了意，把小画眉推向一边，道："小兄弟，不关你的事，我们今日只找这位公子爷，看他是不是有三头六臂，吃了豹子胆，敢故意来找我们四兄弟的麻烦！"

小画眉立时面色苍白，双方似乎是针尖对麦芒，一个比一个牛，看来这四兄弟也是会几招的硬汉，小画眉不担心苏忆星，倒担心起四兄弟来，毕竟是她请来的，何况四兄弟又不是恶人，于是可怜巴巴地向苏忆星道：

"公子，你……你就忍一忍吧，雪龙公子还要他们抬到小镇上去呢！"

她其实在暗示本家小姐这四人可是杀不得的，苏忆星立时会意过来，向小画眉冷冷看了两眼，小画眉不敢再言，苏忆星见四位兄弟蹚到了她面前几步远，向她虎视眈眈，忍不住道：

"你们四个一起上，还是一个个来，保证让你们每一人在一招之内趴在地上！"

四人一愣，倒有点怀疑这位公子爷的来历了，那领班大汉岂容得下眼前这位狂徒如此不把他们放在眼里，一再受气，怒叫道：

"何用四人，本大爷一人就会打倒你！"

说完，抢起碗口大的拳头，冲上前来，就欲一个黑虎掏心击倒苏忆星，但这般速度在苏忆星眼里，是何等慢，这些动作，何等简单，嘴角一翘，面上微微泛起不屑之色，站在那里，纹丝不动，待拳头击到，身体快疾无比地一晃，躲了过去，起掌闪电般向大汉的粗臂切去。

只听一记脆响和闷哼声，领班大汉向前跟跟跄跄行了几步，那只手臂已然低垂不起了，另三名大汉见状，脸色一变，叫着冲了上来，小画眉瞪着眼，看着三人徒劳无益地逞强。苏忆星轻喝道："好胆！"

说完身影飞旋而起，玉掌如飞，如三片琼叶射向品字形攻来的三名大汉，只听"砰砰砰"三声，三名大汉向三个方向飞射而退，重重地摔在了地上，每人脸色苍白地捂着胸口，不相信地傻愣愣地望着苏忆星，仿佛刚才只是做了一场噩梦。

苏忆星踏步上前，对领班大汉冷笑道：

"现在你是相信自己的话，还是相信本公子的话，本公子今日算是网开一面，没要你们的命，现在该乖乖地听话了吧！"

领班大汉对苏忆星来历不凡，身手神奇确实不再怀疑，但并不畏惧，依旧怒不可遏，忿然道：

"好，你有种，我们四兄弟技不如人，但技高一筹又如何，大丈夫宁死也不受辱，是你先不对，如果你不赔礼道歉，我们四兄弟死也不听你的话，为你抬轿，你看着办吧！"

苏忆星一愣，天下间还有这等笨蛋，宁不受辱，而不要命，碰上这样的人，倒真有点麻烦，苏忆星眼睛向另三人望去，问道：

"你们三位呢，是不是与他一样的话？"

三位大汉齐声道："大哥如此说，我们就如此办，你只管出手吧，算我们短命！"

这下真个没策了，苏忆星气倒没处发了，正欲将四人就地正法，但又看了看躺在不远处沉甸甸的雪龙多杰，面色依旧不容乐观，举起的手又缓缓地垂了下来，向小黄鹂道：

"喂，你给那无赖家伙喂了解药没有？"

小黄鹂此时心里依旧惴惴不安，忙道：

"喂……喂了，但他一时三刻不会醒来，就……就无法自己疗伤！"

"再给他服一粒固本神丹，若他有个三长两短，唯你是问，知道吗？"

小黄鹂立时掏出"固本神丹"，又给昏迷的雪龙多杰服了一粒，将雪龙多杰狠狠摇了摇，雪龙多杰依旧不见起色，依旧紧闭双眼。

苏忆星向小画眉使了使眼神，故意道："你还站着干什么，还不去另请几位轿夫来！"

说完自己转向雪龙多杰走了过去，小画眉心里舒了口气，四位大汉的命是保住了，似乎本家少宫主怒气也消了不少，还有求于她呢，自己可怜，只有硬着头皮向四位大哥说好话了，于是向正忿忿不平的四位大汉走了过来。

小画眉对四名大汉说了许多好话，晓之以大义，明之以事理，劝他们不要意气用事，做无谓的牺牲，又暗示了这位不讲理的公子的特殊身份，永远不可能向他们道歉，能这样，也算她大发慈悲了。

四名大汉虽是不服，现在倒也不服也得服，何况别人已向他们说了无数好话，对小画眉极有好感，不忍心让她左右为难，领班大汉最后做了英明的决策，那就是一笔盖过，不计较刚才的不快，好死不如赖活着，做做善事，他们还以为雪龙多杰身染重病，不快点就会死呢！

第十章

风波总算过去了，雪龙多杰如出嫁的姑娘一般被塞入了宽敞的大轿，四人抬起轿，不言不语，飞快向前行去，三女紧跟在后，现在轻松倒轻松了，就是双方不言不语，尴尬之极。

少了雪龙多杰这个累赘，多几名帮手，就大不同了，很快，一行人就抵达前面的官道古镇，此镇不是别镇，正是十五年前朔玉大战奇宝众人，闻名天下的——衔江镇！

美丽的富春江在如画的吴越大地盘龙一般静流东去，注入钱塘江中，而富春江在这山青水秀花红柳绿的地方峰回路转了几十度，不知流了多少年，在内弯冲了一大片冲积扇区，如今这片冲积地带已变成了良田数万倾，而衔江镇就在这片冲积区上。

不知从何时开始，衔江镇就在这里繁衍，到今日，她已是一把年纪，本来她会依旧默默无名，就如江边每日来回的渡江客船，和船上更替的摆舵划船人，但十五年前，因朔玉逃到此地，被江湖各路人马围追堵截，妻亡之后，自己也黯然销魂，而神秘的白衣人（惊梦炫奇）却带走了婴儿和玉佛，再没有了消息，而这消息却传遍了天下江湖人踏足的每个角落。

于是，动心的江湖人都会来此游览一番，凭吊当年之事，或是问苍天玉佛何在，婴儿何在！于是衔江镇因此声名鹊起，也因此繁荣起来，带动了镇上的商贸，也带来了滚滚的财源，渐渐成了浙西的一大商业中心，江上不再是单调的渡船，而是各种各样各式各色的船在那里游曳停泊，有画舫，画舫里常住一些美丽的娟女，或是几条大船排了起来，组成很大道场，居然可以在道场上摆台戏了。

富春江水质极好，而且那一带的岸上风景千姿百态，如仙似画，水静如镜，清如琉，凉如玉，荡舟或是促筏沿江而下，那当是不是仙来胜似仙的美妙感受。

在衔江镇放筏的人络泽不绝，因为这里是上游沿江美好风景的起点，沿溪风景的终点，而且这里即使是炎炎夏日，也是清凉如故，故有消夏之城的说法。

苏忆星主婢三人跟在四抬大轿后面进驻衔江镇，正是傍晚时分，红霞铺满了江水，散满了古老的镇，古老的街，街上游人如织，热闹程度并不亚于西湖，仿佛左脚才离杭城，前脚就踏入了这如小杭城般亮丽的小镇，苏忆星对这一镇当是相当熟悉的，因为去繁星宫，衔江镇是必经之地，也是从西向东，或出东海上普陀等地的咽喉要道。

一到衔江镇，小画眉向四名抬轿大汉吩咐道："去西头客栈！"

西头客栈，当是衔江镇最老最有名的客栈，也是最大最高的客栈，每次神羚谷的人运货去杭城均会在此客栈停脚，更为重要的是，当年那一战时，神羚谷的人包了西头客栈，当然那时客栈还小，更是令人遐想的是，神秘白衣人曾进过西头客栈，躲了一段时间，这是当年事件中最秘密的一个盲点，也是让人难以推测，江湖人因此均会到此一住，不枉此行，或是听听别人如何猜测打赌，或是自己静静地联想一番，或是也加入讨论的行列，在这里不但有宾至如归，四海皆兄弟的感觉，亦因神秘的玉佛之秘而暂时忘记出门漂泊在外的羁旅之苦。

四抬大轿经过大街，径直向西而去，很快就到了西头客栈，踏步抬了进去，客栈老板虽为一方富贾，但见来住店的人是四抬大轿，而前有一人引路，后有两人护轿，更重要的是，这三人似乎是本客栈的回头贵客，立时笑脸相迎，亲切招待，给小画眉几人最豪华的天井小院的幽静住处。

不同寻常的是轿中的主人一声不吭，也不下轿，连轿帘也不开启一下，仿佛在里面睡觉一般，一切事都要小画眉一人承担，而外面的三人又奇怪，因为苏忆星是主人，小黄鹂、小画眉二人是女婢，一看也就看出来了，客栈老板当然清楚，而且这三人出手极为大方，谁知轿内人更加厉害，居然要以轿当车，而且要自己坐轿，应比公子身份高贵。

突然明白过来，轿内或许是千金小姐，大家闺秀一类的人物，苏忆星吩咐轿子抬到天井小院去，客栈里倒有不少的人注意到这特别的轿子和特别的人，以及轿内是否有人，轿子停在厢房门口，小画眉塞给了领班大汉几锭银子，领班大汉一愣，忙道：

"小兄弟，你怎么开如此高的酬劳，我们开始不是说好了价的吗！"

小画眉向苏忆星努了努嘴，表示是公子爷的意思，苏忆星此时假装没注意他们，只吩咐小黄鹂掀开轿帘，雪龙多杰如一团烂泥倒在轿内，依旧未醒过来，苏忆星见此，芳心暗急，觉得有点不对劲，怎会昏迷如此长的时间。

当下不再细想，上前就抱雪龙多杰，小黄鹂忙道："公子，还是……还是下人来做吧！"

苏忆星狠狠瞪了她两眼，嗔叱道：

"就你那点力气，不又摔两个跤才怪，你身子娇贵得很，哪敢劳驾你！"

说完，不再理小黄鹂，上前横心咬牙用力抱起了雪龙多杰，雪龙多杰虽然昏迷，但此时身体倒听话，一抱，就顺了过来，脑袋也压坠着，紧紧压在苏忆星的肩上，一时男人和女人紧贴在一起，两种气息合在一起，成了妙妙香气，幸好雪龙多杰昏迷着，若是雪龙多杰清醒，给苏忆星一千个勇气，虽然易钗而弁，也是不敢做这动作，此时做来，苏忆星依旧心里如鹿撞，忍不住在心里骂雪龙多杰是麻烦虫，无赖家伙，又骂两名女婢，骂后又骂四名大汉。

小黄鹂见小姐如此泼辣，前所未见，背着小姐向小画眉吐了吐舌头，小画眉亦向她眨了怪眼，表示心有同感，四名大汉在与小画眉推辞一番后，亦只好收下几锭银子，抬着空轿出了西头客栈。

小黄鹂怕小姐再生气，忙一路小跑前去为小姐开门，进门后立即收拾房间，苏忆星扛着雪龙多杰喘着香气走了进来，将他一下子扔在榻上，不由骂道：

"这家伙现在倒成了死累赘麻烦，重得如死猪一般，那一掌真是打得不划算！"

小黄鹂讨好道："小姐，他吃了两粒固本心丹和化功霉素丸，理应好多了，但现在一点动静也没有，只怕他……他在装昏，要无赖！"

苏忆星立时心里一动，更是吃惊，理应早想到这一点，不由自主向雪龙多杰望去，见雪龙多杰气色好多了，此时果真如在睡大觉一般，口中却依旧骂道："你胡乱猜，难道本小姐看不出来，还要你这贱婢来提醒，你几时见本小姐受过骗，哼，叫你在外面称本小姐为公子，就是不注意，若是让这无赖知道，定会取笑，而且不会安什么好心的！"

小黄鹂见小姐掩耳盗铃，本想笑，却不敢笑，乖顺地满口答应了下来，然后试探问道："公子，现在到了客栈，要不要帮助他疗疗内伤，以免延误了时间？"

这时小画眉走进来嚷道："公子，这小院只剩下这两间房子，怎么办？"

"怎么办?！两间就两间，这无赖一间，我们三人一间，轮流来看着，这客栈鱼龙混杂，什么江湖人都有，倒不可大意，现在我要为这无赖疗伤，小黄鹂在屋里护法，小画眉出去吩咐客栈老板准备一些沐浴的热水和饭菜来，随便打探一下客栈里住了一些什么人，心里有个底！"

苏忆星知道小黄鹂做事毛手毛脚，忘东漏西的，只有小画眉做事心细如麻，面面俱到的，小画眉任劳任怨，不吭一声就又出去了，苏忆星瞪向小黄鹂道："你坐到门口附近去，不许打扰我运功，其他人也不许进来！"

小黄鹂倒好性子，吆来喝去，也不会生气，嘻嘻哈哈，根本不放在心上，乐意地走到了门口，掩上了房门，静静地看小姐为公子怎么个疗伤法！

苏忆星也不急慢，上榻盘腿坐着，然后扶起雪龙多杰，半坐着，帮助他摆正好坐姿，但此时的雪龙多杰如面团一般软弱无力，扶东边，向西边倒，扶西边，向东边倒，脑袋更如死鸟一般耷拉着，那种打坐的样儿，苏忆星欲用手撑住背，不注意就会向前倒，只好将他身子半顷着，于是脑袋后仰了过来，欲与苏忆星交劲一般，小黄鹂看得真想舒舒服服笑一场。

总算把雪龙多杰拖摆妥当，苏忆星开始凝功聚气，抵住雪龙多杰的后背，为他疗伤，过了片刻，两人头顶上均升起了白雾，头额上沁出细细的汗珠，小黄鹂见此，亦开始有点紧张了，因为这正是关键时刻，恰在这时，隔壁房门"砰砰"直响，而且似乎很不礼貌，接着只听"支呀"一声，房门被打开，一男子声音道："是谁，大白天的，把门拍的这么响，噢，是小四，你怎么到这里来了？怎么知道我在这里？！"

"少爷，不好了，老爷带人来抓你来了，刚才小的在家里偷听到老爷听打探的人回报，说你住在这里，老爷大怒，小的冒死前来通报，你快些走吧！"

"唔，本少爷偏不娶西宫家的野丫头，看他们能耐何我不，就让他们来吧！"

"你知道老爷脾气的，而且老爷不知从何处得来消息，你与峨嵋派小半月师父关系不同一般，而且常来往，准备派人通知峨嵋派掌门，只怕峨嵋派清月师太明日赶到这里，小半月师太很难与你相见了！"

显然，邻房的人大吃一惊，大声道：

"真有此事？是谁告的密，是不是你？！"

"少爷，你想，小的会那样么？若小的背叛少爷，就不会来通报少爷了！"

"哼，量你也不敢，你快些回去，若让老家伙知道，不打死你才怪，此地不宜久留，我必须沿路前去会小半月，知会她一声，否则让她师父清月师太知道，定会为难她的！"

说完，很快"砰"的一声，对面已没有了半个声音。

小黄鹂听得有趣，世上竟有这样的事，不爱千金小姐，要去爱尼姑，西宫世家在武林上盛有名望，与东宫世家、南宫世家合称三宫，显然这一件事传出去必然引起江湖轰动，因为东宫与西宫两宫间向来关系甚笃，而且东宫大千金东宫吟与西宫世家大公子西宫锵几年前喜结连理，在二人婚宴上，东宫、西宫两位武林泰斗东宫傲与西宫雄联合宣布将亲上加亲，西宫娇千金西宫紫灵与东宫腾亦订婚，这件事在江湖上人人皆知，而且一时传为美谈，为东宫、西宫世家增色添辉不少，如今若发生婚变，东宫腾与峨嵋小师太有染，那不让两世家老人吐血才怪。

思索了半天，了解个大概，小黄鹂这才记得榻上的苏忆星与雪龙多杰，心里一惊，连忙望了过来，见两人此时被一团白雾罩住，方才舒了一口气，向两人望去，脸色似乎正常，并未走火入魔，正在高兴时，突然两人一颤，一个后仰，一个前顷，倒在了一起。

小黄鹂大惊，以为走火入魔了，哪敢再观望，三步并成两步跑了过去，只见雪龙多杰面色红润，似乎随时都会醒来，奇怪的是，他脸上挂着古怪的笑容，他沉重的上半身结结实实压在了前倾趴着的苏忆星上，很是舒服的样儿，小黄鹂一边扶，一边骂道：

"无赖，无心肝，小姐好心好意为你治疗，你就只知道舒服，处处占小姐便宜，居然还笑得出来，本姑娘可没小姐那般愚笨了！"

说着狠狠一扶，乘机在雪龙多杰胳膊上狠狠拧了一把，立听到轻微的"哎哟"声，小黄鹂一愣，暗忖，昏迷的人也知道痛？也知道叫？忍不住又看了看雪龙多杰，见依旧如故，自语道："难道听错了？或是这无赖邪门的很！"

待雪龙多杰趴向前面，小黄鹂才扶起苏忆星，见小姐面色苍白，娇容如蔫花一般，汗珠滴滴而下，立时大惊，忙为小姐推宫过穴，良久，苏忆星才醒了过来，道："我怎么感到特别疲劳，居然想睡！"

小黄鹂鼻子一酸，安慰道："小姐，你对那小无赖太好了，怎可拿自己的身体作赌注！"

"噢，那小无赖醒了没有？！"

"不知道，虽然没醒，但刚才吭了一声，而且，奇怪的是他，脸上居然还带着微笑！"

小黄鹂不敢说自己欺负了雪龙多杰，苏忆星听了小黄鹂的话，立时坐了起来，失声道：

"什么，他吭了一声，脸上还带着笑！"

"哼，是呀，小婢没有看花眼，亦没听错！"

苏忆星立时脸上含满了寒霜，鼻子里冷哼了一声，静趴着的雪龙多杰突然快疾无比地滚到了榻的另一边，离苏忆星远远的，吓得小黄鹂睁着大眼睛道："呀，你醒了呢！"

"醒了?! 早就醒了，他是在耍弄我们，说不定这一路他都在装蒜，这次怎么也不能放过他！"

这时雪龙多杰猛地睁开了眼睛，滑稽地打了一个呵欠，笑嘻嘻地道：

"哇，这一觉睡得好香，本少爷从来没享受过这般艳福，有人抱，还要坐轿，而且还有个小美人为本少爷按摩，好舒服！"

此话一出，两女立时心中雪亮，又羞又气，小黄鹂立时明白过来，这家伙定是刚才听到邻房可笑之事，未等两女说话，雪龙多杰又道："少宫主果然聪明，一下就识破了本少爷的把戏，那小丫头忒笨，本少爷叫了一声，她还不明白，不过，她拧我一下，我可真是痛呢！"

说完，雪龙多杰也斜笑眼得意洋洋地看着二女，苏忆星羞得红脸，气得白脸，一会儿红，一会儿白，怒目而视，半晌说不出话，当发现自己和他如今还共处一榻，更是心跳加快，为刚才给他疗伤感到伤心气苦，于是跃身而起，落在地上，向小黄鹂娇喝道：

"还愣着干什么，去堵住门口，本公子要好好教训教训这流氓，这不知在高地厚的无赖！"

说着竟不依不饶地向雪龙多杰扑了过去，手下更不留情，小黄鹂同仇敌忾，闪电般射向门口，虎视眈眈，而雪龙多杰如老僧入定一般，没有溜的迹象，嘴边的笑容也依旧如故，见苏忆星那母虎般的来势，见招就拆，一点也不含糊，苏忆星这才记起雪龙多杰已恢复了功力，不但如是，刚才为他疗伤，自己耗了不少体力，而雪龙多杰则是精力充沛，此消彼长，当然占了劣势，两手快疾无比，向雪龙多杰全身穴道袭出，全是毕生所学。

雪龙多杰得神羚十八式，习得精湛，出手有着大家风范，而且他是神羚谷少头人，更应是冰雪神佑圣山派的代表人物，出掌如雪片一般，掌掌相抵，应得轻松自如，而且坐在那里，无论苏忆星从何种角度进攻，他身体一旋，均可消解，此时苏忆星根本就不是他的对手。

苏忆星被欺骗，十分恼火，此时又斗不过，更是怒不可遏，立时挥袖而出，袖中飞出一道七彩光环，向雪龙多杰急射而来。

雪龙多杰大惊，惊叫道："流星袖镖，不得了，要本少爷的命啦！"

说着，流星镖已到了他面前，在这刹那之间，雪龙多杰突然运掌一晃，立时整个手掌幻化作一团飞烟，快疾若虚幻，那枚流星袖镖刚一碰上那道白烟，立时销声匿迹。

苏忆星暗震，不由自主停了下来，呆呆望着雪龙多杰，雪龙多杰亦不再有动作，但他手指之间，赫然就有那枚流星袖镖，他居然徒手接住了流星镖，这可是不可思议的事，但这不可思议的事就在他们之间发生了，苏忆星失声问道："你……你这是什么招式!?"

"'女娲摘星手'，我佛保佑，总算接住了！"

"女娲摘星手"在江湖上根本就闻所未闻，苏忆星更是茫然不知，说了也是白说，但心里震惊不小，不知是什么味道，此时她什么技艺都没有了，但见雪龙多杰得意的样儿，直恨得咬牙切齿，雪龙多杰此时倒有一股扬眉吐气，报仇雪恨的快感，笑呵呵道：

"虽然你是易钗而弁，但女儿身总改变不得，把一个臭男人又搂又抱，后又同榻为他疗伤，没有功劳也有苦功，男女授受不亲，这一辈子，只怕你再也不能嫁给别人了，本少爷受之恩惠，也只有以身相许，逃也逃不过，你居然敢狠心用镖杀……谋杀亲……嘿嘿，亲人，是不是有点意气用事，不顾前途了！"

听了雪龙多杰调侃的话，虽是公子打扮，苏忆星也难以忍受，脸上立时羞得通红，更是恨得无可奈何，直想咬雪龙多杰几口，刚才雪龙多杰说谋杀亲人，其实是临时改口，他想的可是谋杀亲夫呢，对一个繁星宫的少宫主来说，身份何等高贵，冰清玉洁，苏忆星平时又高傲，如今被盖上莫虚有的谋杀亲夫，如何得了，横想竖想，这小无赖也不能做繁星宫的乘龙快婿！

越想越是无奈，越想越是生气，本就气力不继的苏忆星，经雪龙多杰这一折腾，立时觉得脑袋"嗡"的一响，眼前一片朦胧，倒在地上，再次昏了过去，小黄鹂本见二人斗嘴，犯不得去插嘴，免得两头不讨好，默默静观其变，此时见少宫主再次昏倒，立时慌作了一团，抢步上前，扶起少宫主，又推又叫道：

"少宫主，少宫主，你别吓小婢呀！"

说着居然哭了起来，但苏忆星依旧没有醒，这时门"呀"的一声被推开，小画眉走了进来，见醒后坐在榻上此时没了笑容傻愣愣的雪龙多杰，又见昏迷的小姐和哭泣的小黄鹂，立时走过去问道："小黄鹂，出了什么事？"

小黄鹂一把泪一把清涕道："他……他把小姐打……打成……这样，你说这怎么办才好？"

小画眉一愣，回头恨恨地瞪着雪龙多杰，雪龙多杰料不到这妮子会突然昏过去，他本以为她也是如他一般在装昏耍无赖，越来越觉得不象，此时听小黄鹂乱栽赃，心中一急，辩道：

"你胡说，我碰都没碰她，是她自己昏的，她把我打成这样，本少爷说两句也不成吗！"

此时雪龙多杰心中倒有了慌乱，说话底气也不足，软了许多，小画眉这才细细看了看苏忆星，长舒了口气道：

"不要哭了，不打紧的，只是太累了，刚才又运功过度，又经生气，一时昏了，歇息一会儿就会醒来的！"

小黄鹂这才停止了哭泣，对雪龙多杰道：

"喂，你还不滚下来，好了还赖在榻上，现在是小姐要用，哼，若小姐有个三长两短，我们决不饶恕你，真是个没良心的人！"

雪龙多杰此时倒不好与二女婢再耍嘴皮子，在榻上一翻，已到了地上，故作关心道：

"大概是天气太热，有点中暑，小画眉，你去弄点解暑的冷饮来，大概好些！"

小黄鹂怒道："你懂什么，别现在装殷勤，小姐这样，全是你害的，你还故意气她，滚远点！"

小画眉倒点了点头，赞道："我现在就去！"

说着踏步出门，乖顺地去办事了，雪龙多杰暗忖，此时逃走，却是最好时机，但转念一想，自己不是想去繁星宫吗？难道怕这小妮子醒后，骂人不成，心中抗议道："哼，本少爷才不怕呢！"于是上前向小黄鹂示好道："还是让我来吧！"

"少来这一套，从现在起，不许碰小姐！"

"不碰就不碰，哼，有什么了不起的，不就是一个小小的繁星宫少宫主，本少爷还是少头人呢，生命都比她贵多了！"

这话说得好笑，但此时却没有人笑，雪龙多杰眼看着小黄鹂吃力地把苏忆星抱上床去安顿好，坐在那里生闷气，避避风头再回来，一想到刚才听到的热闹事，心里就痒痒的，于是两条腿不由自主地往门外走，生闷气的小黄鹂当然没有放过雪龙多杰的一举一动，立时站起来大叫道："你想干什么？没小姐的吩咐，你不能走出这房间半步，若她醒了，没了你，是不是想我们麻烦！"

小黄鹂前半截话本理直气壮，但很快明白此时的雪龙多杰，就是小姐也拦不住，何况她一个小丫头，于是软了口气，转而晓之以理，动之以情，这一着果然令雪龙多杰反抗的话也没有，此时不得不暗叫倒霉，小姐套不住他，丫头反可套住他，他一点办法也没有。

"我不会走的，只是想出去看看热闹，你知道我是少头人，说话总得算数，也知道这样让我呆在这里，会把我闷死的！"

小黄鹂见雪龙多杰确实不是心坏，而是如小孩般淘气，又拿他没办法，苏忆星碰上这样的人，只有自讨苦吃，暗地里细想，小姐心里肯定有那么一点意思，只是自视很高，难以露出来，以后吃苦受委屈的日子将很长很长，于是心里一转，望了望昏迷的小姐，和气道："你这一路真的是假装的？为什么不不溜走，要一路装到这里，来气小姐？"

"当然是装的，以你们小姐那一掌，如何伤得了本少爷，不过那该死的树倒让我吃了苦头，你给我服了解药和两粒固本神丹，作用不小，至于不溜走，是想到繁星宫瞧瞧，看到底是个什么样儿！"

"你身上真的有神宫母镖？没骗人吗？"

雪龙多杰诡谲一笑，暗忖：这丫头倒会问话，本少爷倒不畏惧什么，道：

"难道你现在还会怀疑？给你看看也无妨！"说着将左臂花衣袖拉了起来，在上臂处，显眼烙着一个流星镖印，旁边，用橡皮带束着一颗货真价实的流星镖，这粒流星镖与一般流星镖不一样，七彩光芒更盛，一见光线，立时射出耀眼的光芒，更显高贵威严，气势不同凡响！

小黄鹂一见，立时"啊"地轻呼了起来，脸色更是一变，轻语道："我也有流星镖印，但我们的在右臂，你的怎么在左臂呢，奇怪！"

小黄鹂未见过神宫母镖，当然不知真假，倒不太注意那镖，也就相信无疑，但那印却让她受惊莫名，因为繁星宫弟子，右臂上均烙有一个小小的镖印，标志属于繁星宫，忠于神宫母镖，雪龙多杰见小黄鹂的样儿，又奇怪地笑了笑，脸上杂着复杂的神色，叹道：

"只因我的右臂烙有另一个印，这个印不能给你看，这是个秘密，只能本少爷一人知道！"

小黄鹂又是一惊，原来雪龙多杰的右臂也有一印，但不知是何印，雪龙多杰如此说，她倒不好再问，道："无论左还是右，有流星镖印，你至少是与本宫有十分不同寻常的联系！"

"不错，不同寻常，确实如此！"

说这话时，雪龙多杰眼中射出不同寻常的光芒，一闪即过，小黄鹂根本就未捕捉到！

很快，雪龙多杰又恢复了平常的神态，这时小黄鹂也言归正传，探试着问道：

"雪龙少头人，你看……我们家小姐这人如何，就是这般时间，你有个什么印象！"

小黄鹂小小年纪，居然鬼机灵得很，开始做起月老来了，雪龙多杰不疑有他，脱口道：

"脾气怪，犟如一头牛，而且一生起气来，让人受不了，大概你也尝过滋味，但心底倒不坏，这种人就叫外冷内热，嘿嘿，并不是因为她对本少爷那样，本少爷才那样说，本少爷看人观相很厉害呢，人嘛，漂亮清雅，如冷美人一般，嘿，与杭姐姐倒相映成趣，各有特色！"

这小子，一说就说到了杭婉琪，而且在这种情况下，而且思想立时抛锚，开始想起和杭婉琪共渡西湖的时光，还不由自主去摸胸口的玉佛，脸上尽写满了甜蜜的相思，幸福的梦！

小黄鹂立时来了怨气，不客气道：

"以后你可得注意，在我们小姐面前不得提到杭婉琪三个字，更不要'杭姐姐'那样称呼，否则，有你好受的！"

雪龙多杰立时回过神来，脱口问道："为什么？"立时又道："倒也是，繁星宫与浮烟谷积怨很久，一个少谷主，一个少宫主，当然也合不来了，但她们若是两姊妹就好了！"

小黄鹂知他会错了意，不过不是全错，那只是次要原因，主要原因倒不好开口说将出来，但若不说出来，小姐的处境将不妙，于是脱口道："喂，你说说，是杭婉琪好，还是我们小姐好！"

雪龙多杰一愣，不知小黄鹂问这句话是何意思，细细想了想，但不好说谁好谁坏，送他玉佛，杭婉琪对他好，也是有目的，送他玉佛，也利用了他，自然有点欺骗性质，反过来，苏忆星也有如此之心，于是赌气道："她们两个都好，又都不好，都想将本少爷当喜好美色的傻瓜来骗，哼，都不好！"

说着，雪龙多杰脸上显出了忿忿之色，显是感到感情受到了伤害，小黄鹂暗忖：这小子果然不是笨蛋，倒是精灵得很，平时装着嘻嘻哈哈，如不谙世事，心里阴沉得很，以后倒要提醒小姐不得不防，暗想，如果以为一个少头人智商低，是傻瓜，那人才是真正智商低呢，往往这种人是大智若愚，只是不与你斤斤计较罢了，于是笑道：

"其实小姐没有骗你，只是心直口快，爱憎分明而已，她心地善良，一路上，因为为你担心，不是将我们骂个不停，骂我们，我们也无所谓，因为过后我们如姐妹一般亲呢！"

雪龙多杰当然知道，细细想，点头表示同意，经小黄鹂这有意无意开导点拨，果然，杭婉琪与苏忆星在他心里发生了变化，开始，杭婉琪先入为主，在雪龙多杰感情里，杭婉琪比苏忆星好多了，距他近多了，但现在理性分析后，两女都不好，又都好，距他几乎一样近，使他糊涂了起来，想不到游说会如此厉害。

小黄鹂见自己有收获，以雪龙多杰不稳定的性格和迷蒙的年纪，假以时日，小姐在他心目中的地位大有超过杭婉琪的可能，为小姐做了如此大的好事，小黄鹂简直飘飘然，更是乐融融，根本就未感觉到苏忆星微微动了动身子，而且轻轻地皱了皱眉头，她似乎在听。

这时，小画眉端着一碗冷饮，领着两名伙计走了进来，一名伙计捧着一套薄薄的雪绸衣，另一名伙计端着一盆清凉水，将两名伙计退了出去，小画眉将冷饮给了小黄鹂，自己去拧湿绣帕，为小姐敷上，真如照顾病人一般，苏忆星依旧由两女婢听雪龙多杰瞎指挥瞎服侍，不过倒是舒服，雪龙多杰闲在一旁，倒是无事，小画眉体贴入微，善解人意，见雪龙多杰在房里尴尬地踱来踱去，于是轻言道：

"雪龙公子，小婢知你们神羚谷的人均着雪衣，不知你少头人穿什么，刚才在客栈外附近随便选了一套，还望你不要介意，你住的房间在隔壁，你过去自有人效劳的！"

这话自然也在暗示他到隔壁房间休息，这里毕竟是三个女子，也算小姐的临时闺房，留个大男人自是不太方便，雪龙多杰聪明之极，又岂听不出来，何况早就想摆脱这尴尬处境，于是上前拿起那套绸衣，笑呵呵道：

"小画眉做事就是周到，知道我是穿雪服的，本少爷哪敢介意，道谢也来不及呢，现在我就过去啦，你们在这里忙吧！"

说完，三步并作两步向门外走去，小黄鹂依旧不放心道："不许逃啊，你可记得你自己的保证，否则你就自己打落门牙！"

雪龙多杰哪去理她，只想逃出这间房间，待雪龙多杰走后，小画眉才柔声道："小姐，你感觉好点没有？"

小黄鹂一愣，正欲骂小画眉是傻瓜，怎么想起与昏迷的人说话，但话未出口，苏忆星一下坐了起来，把她吓了一大跳，待苏忆星恨恨地看着她，她立刻明白过来，脸色一变，语无伦次道："小……小姐，你……你早醒……啦！"

苏忆星柳眉一竖，朱唇微张，冷哼道："你说呢！"

小画眉也被吓住了，如坠云里雾里，傻兮兮道："小姐，这到底是怎么回事？"

聪慧乖巧的小画眉，苏忆星倒没有重言相责，柔声道："这里没你的事了，你去准备晚膳！"

小画眉看了看浑身打颤可怜兮兮的小黄鹂，满怀疑虑地走出了房间，不忘记关上了房门。

"死丫头，你可知罪？！"

小黄鹂立时心里叫苦，她与雪龙多杰说的话，不知这恶小姐听到了多少，但很快就定下心来，茫然问道："小姐，小婢为你喂冷饮，没有功劳，也有苦劳，一直小心翼翼，不知犯了何罪！"

苏忆星见小黄鹂真会装蒜，气得洁牙直咬，但自己又不好将小黄鹂的原话复述出来，冷哼道："嘿，你还真会装糊涂，是不是与小姐叫劲，本小姐老实告诉你，你与那无赖打一开始说话时我就醒了过来，什么都听见了，这下明白了吧！"

"哦，小姐原来昏了没多久，装了这么久，害得小婢担心了很久，小婢只与雪龙公子随意聊了几句，但不知是哪几句说错了，小婢真的不知！"

苏忆星差点要气结，但本意是不想问罪，无可奈何道：

"算了，也没什么大罪，念你一片好心，侍候本小姐，就盖过了，但你且说说，那无赖真给你看了神宫母镖？你惊叫什么？老实招来！"

小黄鹂这才转忧为喜，知道这一"劫"又逃过了，当然献殷勤，把看到的绘形绘色地说了出来，苏忆星听得面色不断变化，仔细听后，又皱眉沉思，一句话也没有说，良久方才道："他右臂可能就是新月怡心钩印，极可能是星儿阿姨的儿子，也是玉佛的主人，看来我们这趟算真的押对了！"

小黄鹂面色一变，更是惊喜不已，不相信，问道；"小姐，你说他就是宫主的外孙，星儿阿姨的儿子，那他胸前那玉佛是真的?!"

"我只说极有可能，不能肯定，但那玉佛本小姐可肯定是假的，确是杭婉琪那贱人送于他的，真的玉佛，他一定藏在另一个只有他知道的地方，而且玉佛上的武功他已习会了不少，凭他一指弹死柳溪三等剑士，弹飞柳候千金手中的柳叶无忧剑，以及刚才的女娲摘星手，就足可以证明本小姐的猜想！"

小黄鹂这才相信无疑，支支吾吾道：

"那还要他去繁星宫吗？宫主会不会因心结杀了他，那可就不值得了，也对不起星儿阿姨！"

苏忆星不无忧虑，不敢肯定地道："宫主倒不会杀自己的外孙，虽然她一直恨星儿阿姨，但对星儿阿姨的死是很内疚和惭愧，不然她不会专在一座小岛为星儿阿姨弄了冢，倒是雪龙多杰，他定知道自己的娘亲是被宫主误杀了的，而且害得他家破人亡，以他昨日的神情，想一直是耿耿于怀，这次去繁星宫，多半会与宫主相抵触，找宫主报仇，那就麻烦了。"

"那小姐你不能劝劝雪龙公子吗？"

苏忆星狠狠瞪了小黄鹂几眼才道："我是他什么人，他为什么要听我的话，你这个脑袋，一天都只知道胡乱设想，哼，再这样，看本小姐不收拾你那张嘴才怪！"

说着，苏忆星顿了顿，方才叹道："宫主心里也很苦，若我能为他化解仇怨，那该多好，这次雪龙公子去繁星宫，宫主也会说到玉佛之事，不知雪龙公子会用什么方法搪塞，但愿不要出事，我们把事弄到这个份上，让他去也不是，不去也不是，一切只有听天由命了！"

小黄鹂倒默然，不再插言，苏忆星突然又厉声道："今日关于雪龙公子身世的谈话，以及雪龙公子给你看神宫母镖和流星镖印的事千万别再告诉第三人，就是小画眉，也不要说，假装不知道，否则传出去，不但给繁星宫带来麻烦，也会给雪龙公子带去杀身之祸，你明白吗？"

小黄鹂惶然地点头答允，两人这才无话，过了一会儿，客栈伙计送来了热水，两女痛痛快快地沐浴了一番，方觉得减少了许多疲劳，苏忆星刚换上干净的衣服，就听得邻房传来"砰砰"的敲门声，以及雪龙多杰的声音：

"喂，里面有人吗？喂，哥们，开门呀！"

苏忆星不知雪龙多杰又在捣什么鬼，和小黄鹂相视了一下，小黄鹂方才把东宫腾因与峨嵋小半月师太有关系而和西宫紫灵发生婚变的最新报道向苏忆星快速简洁地说了一番，苏忆星皱眉道："天下之大，无奇不有，这事确要引起轰动，东宫、西宫二世家的两位老人家会大失脸面，不发威才怪，那与雪龙多杰有什么相干，他要去敲东宫腾的客房！"

小黄鹂戏谑道："他那孩子调门，好奇心特别重，不去瞎掺和才怪，看他能敲多久！"

刚说完，就听一伙计道："客官，这是东宫公子的房间，他现在出去了，一时不会回来，你是他……"

"噢，本少爷是他江湖上的酒肉朋友，他请人传言，叫本少爷来这里与他相见，本少爷风尘仆仆赶来，这不，刚在这里订了房间，就在那边，打算过来见他，谁知这小子跑出去了！"

"原来是东宫公子的朋友，那你等他一会儿，说不定他很快就会回来的！"

接着就听到远去的脚步声，那伙计显然是离开了，雪龙多杰叹了口气，走到了苏忆星的闺房门口，又"咚咚"地敲起来，苏忆星见这小无赖一刻也不愿闲着，真个是闷得慌，向小黄鹂使了使眼色，小黄鹂走过去开了房门，看到雪龙多杰的打扮，瞪大美目，只觉得芳心直颤，更感到头晕目眩。

原来雪龙多杰的长发不再如乱鸡窝一般，湿漉漉发亮，齐齐梳往脑后，全身一袭整齐的雪绸服，加上他英气逼人，而嘴角又含迷人的笑意，简直酷呆了，雪龙多杰见二人脱了公子服，换上了青色裙服，简直是仙女下凡，芙蓉出水一般美艳清丽，亦是呆了。

顿了顿，雪龙多杰才笑道："两位姑娘这一换装，立时从翩翩公子变成了绝代佳丽，人间殊色，给在下一种高不可攀的感觉，在下唐突敲门，扰了两位佳丽清闲，真是罪不可恕！"

小黄鹂这才缓过神来，嫣然一笑，道：

"公子亦是改头换面，标致极了，小婢真不敢认了呢，至于罪不可恕，倒不敢说！"

说完挡在门口，也斜妙目向着换回青裙，正若有所想的苏忆星，苏忆星此时倒没先前那般"野蛮"了，文静中不失大方，脸上一报，轻哼道："换衣不换人，有什么大惊小怪的，敲门自然有事，有事就进来说吧，何罪之有！"

说完自个儿向里走，轻轻坐在榻前小椅上，小黄鹂这才让开了道，雪龙多杰阔步走了进来，轻声问小黄鹂道：

"喂，能不能告诉我邻房东宫公子叫什么名字？"

小黄鹂咯咯笑道："公子不是与他是朋友么，怎么连他名儿也不知道，他复姓东宫，单名腾，西宫那千金叫西宫紫灵，公子打听这些干什么？"

话刚说完，苏忆星就在一旁冷哼道：

"还不是没事找事干，想去瞎掺和，自己已是危机四伏，还有心去无理取闹！"

雪龙多杰看了看似羞还怒，清美绝伦的苏忆星，不由怦然心动，顺了顺气，方道：

"苏小姐教训得是，这一路对小姐多有冒犯，实是在下之错，不知苏小姐如何才肯原谅在下？"

"你哪会有错，应是本小姐冒犯了小头人才是，本小姐还要求你原谅呢！"

雪龙多杰立时觉得这死妮子难以侍候，自己低声下气，她似乎依旧耿耿于怀，不肯放过，这时小黄鹂见二人样儿，暗想，大概是自己留在这里有点别扭，于是道：

"小姐，雪龙公子，小婢去找小画眉，看她晚膳准备得如何，你们……聊吧！"

说完，不待二人表态，就一溜烟地出了房门，留下了两个针尖对麦芒似的冤家对头，雪龙多杰怕场子冷了，那才叫尴尬，轻咳了一声，道：

"喂，忆星呀，生气没关系，生我的气更是应该，但如因生我的气而伤了身体，我就是不吃不喝，掉几两肉也是赔不起的呀！"

苏忆星料不到这家伙这时没外人居然叫她"忆星"，近得有点肉麻，心里不由一颤，但怒气早就没有了，道：

"改头换面，人倒像个好人了，但你那张嘴，还是花花的，如天花乱坠，刚才还懂礼数，一会儿就变回了原形了，知不知道，直呼别人名儿是失礼的，至于谁对不起谁，过去的就让它过去吧，赔来赔去干什么！"

雪龙多杰见苏忆星果然没有生气的意思了，心里也轻松了许多，嘿嘿笑道：

"我们是不打不相识，越打越相识，与你斗嘴满有味道的，我知道你不是真的生我这无赖的气，我这坏家伙其实嘴无赖，但心地很好呢！"

苏忆星暗忖他果然什么都听到了，骂他小无赖也记在心里，又想起了扶他搂他抱他的情景，脸上不由自主地浮起了朵朵红霞，横眸狠狠瞪了雪龙多杰一眼，满含着娇嗔，雪龙多杰心里"咯噔"一下，暗忖，这美人坯子真个令人心旌荡漾。

苏忆星突然道："你想怎么叫本小姐就怎么叫嘛，我现在管不住你，嘴没有你厉害，武功也没有你好，而且你是……算了，其他的不说！"

苏忆星本来想说"何况你是宫主的外孙，星儿阿姨的儿子"，但她想还是不说好，谁知雪龙多杰立时明白过来，脸上立时严肃，道：

"你还想说什么，我已明白的，繁星宫宫主苏舒为你取名忆星，什么意思，谁个不知道，哼，早知如此，何必当初，全是一时贪念作怪！"

说完，面上满是忿恨，这小子脸色说变就变，一点也不含糊，苏忆星立时面色一变，莫名其妙道："宫主设了一禁区小岛，岛上有星冢，每日必去星冢呆一会儿，星冢是星儿阿姨的墓！"

"不用说这些，这次去繁星宫，你也不必担心吊胆，本公子已是神羚谷少头人，当不会乱来的，但若她想找我的麻烦，我也不怕她！"

苏忆星满以为雪龙多杰知道得很少，此时一听，方知道他知道得很多很多，而且可以更加肯定，他就是江湖上所有人要找的人"朔玉后裔，玉佛之主！"

苏忆星正欲再劝几句，这时门外传来杂乱的脚步声和低低的吆喝声，接着听到"砰砰"的擂门声，以及一老人洪亮的怒喝声：

"开门，快开门！"

雪龙多杰和苏忆星立时站了起来，匆匆走向门外，见许多人挺枪拿棍，围住了邻家东宫腾的房间，一位白须老者正用力擂门，苏忆星低声道："那就是东宫世家的当家的东宫傲，看来他对东宫腾来真格的了！"

雪龙多杰冷冷地道：

"不用费力了，东宫腾早就走了，你们来得也太晚了吧，只怕小半月师太已见着了他！"

众人立时转头望向这不平凡的一男一女，女着青衣长裙，男着雪绸服，真如神仙眷侣，东宫傲也停止了敲门，转头冷冷地望向雪龙多杰，又看了看身着青衣的苏忆星，脸色微微一变，方向雪龙多杰喝道：

"阁下何人，怎知老夫小儿行踪？"

"哈哈，在下在此几日，与贵公子有几面之缘，成为无话不说的朋友，今日他突然得到消息，东宫前辈会有大行动，对他和清月师太师徒不利，故匆匆与在下作别，还嘱在下转告贵上，他的事你最好别要再逼，否则……"

东宫傲面色一变，忙道："否则怎样？"

"否则他只有隐居深山，永世不回东宫世家，东宫前辈应细想想，东宫腾武林翘楚，前途无量，若真到了那种地步，东宫世家只怕后继乏人，在下与贵公子相交一场，也不愿看到那样的结果，倒有个办法，东宫世家丝毫不会形象有损！"

东宫傲冷面含霜，居然毫不领情，东宫世家何等身份地位，还要别人插手解难，岂不大失颜面，向雪龙多杰喝道：

"阁下年纪轻轻，少不更事，哼，还会有什么好主意，东宫世家不需要阁下解难，亦自有办法，望你好自为之，别惹火烧身，我们走！"

说完，领着一大群人浩浩荡荡离开了，雪龙多杰好心被当成了驴肝肺，大失颜面，尴尬之极，干笑道："这老家伙不但狂妄自大，目中无人，而且死爱面子，老古董，定有他苦吃的！"

谁知，不爱笑的苏忆星此时却"咯咯"娇笑道："这下碰了钉子了吧，别以为你嘴巴儿滑，脑袋儿聪明，想当活菩萨为人解难消灾，碰上了不知好歹，油盐不进的老古董，还是没辙！"

雪龙多杰傻愣愣地看着苏忆星笑，仿佛看见了白天的星星，道：

"原来你笑起来也这么美，简直迷死我了！"

苏忆星立时脸上一红，绷紧了脸，刹住了笑，啐道："谁在笑，别卖乖！"

雪龙多杰向苏忆星面前贴了贴，嗅到了一缕缕淡淡的桂花轻香，心旷神怡，立时睁着色眼赞道："空谷幽兰，怎奈孤芳自赏，桂花香飘，柳下惠在，亦会倾心动容，香香香！"

说着"啧啧"的，似乎嗅得有滋有味，苏忆星何尝未嗅到浓浓的男人气息，亦是芳心荡漾，听了雪龙多杰的话，羞不自胜，脸通红，身子向旁一弹，离远了一些方道：

"你少跟本小姐来这一套，哼，只会嘴甜！"

"不只嘴甜，人也不错啊，要文才有文才，要武才有武才，才子佳人，正如红花之于绿叶，白云之于蓝天，星星之于月亮，相得益彰，天上少有，人间仅见之绝配也！"

"哇哇，雪龙公子果然嘴巴利害，连小婢也听得耳朵儿发软直动呢，小画眉，是不是！"

雪龙多杰这才注意到小画眉和小黄鹏走到了跟前，两人均含着笑，眼神在两人之间流转，另有一番深意，小画眉真如画眉，更如乖巧羔羊，碰了碰小黄鹂，轻语道：

"我说再等会儿过来，你偏要来，看看，来得多不是时候，扰了公子和小姐的雅趣！"

苏忆星狠狠瞪了一唱一和的两个鬼丫头，嗔道："什么雅趣，本小姐才没雅趣听他疯言疯语呢，小画眉，还不去收拾一下自己，准备吃饭！"

小画眉拉着小黄鹂嘻嘻哈哈进厢房去沐浴更衣，场中又留下了苏忆星和雪龙多杰，苏忆星亦狠狠瞪了雪龙多杰一眼，似怒还羞含喜，更是魅力无穷，迷人心窍，动人心魂。

这时突从厢房上跃下一个人来，身着黄衫，玉面朱唇，比雪龙多杰稍大一些，只是脸色微有苍白，紧锁眉头，似有无穷无尽的烦恼一般。

那人见雪龙多杰二人惊讶地看着他，向他们淡淡一笑，道："不好意思，在下无路可走，只好翻墙越壁了。"

说完径直向东宫傲摆过的门走去，正往怀里掏钥匙，雪龙多杰二人立时明白过来，此人就是东宫腾，顿生好感，雪龙多杰忙道："阁下便是东宫腾么?!"

那人果然是东宫腾，他匆匆而去，又匆匆而回，见雪龙多杰与他素不相识，居然一口叫出他的名字，停下手中的活儿，回头讶然道："阁下是……我们见过面么？"

东宫腾身为世家之子，果然温文尔雅，有礼有节，说话更是得体，雪龙多杰暗暗决定要为他排忧解难，笑了笑道："在下住在阁下邻房，已然知晓阁下的烦恼，当然亦知阁下之事，你父亲领着一批人来过，你为何还敢回到此地，不怕被他碰见?!"

东宫腾尴尬地笑了笑，方才道：

"最危险的地方也是最安全的地方，以他老人家的脾气，不会再来，不知兄台尊姓大名?"

"小弟雪龙多杰，这位是在下朋友苏忆星！"

苏忆星脸上一红，向东宫腾点头道了个万福，东宫腾"噢"了一声，亦知道"朋友"的含义，笑道："你们真是神仙之侣，唉……"

显然东宫腾会错了意，苏忆星脸红更盛，正欲反对，谁知雪龙多杰上前一步，紧紧握住她的纤纤玉手，打哈哈道：

"若兄台了解我们的经历，就不会如是说了！"

苏忆星料不到这小无赖脸皮厚得居然赶鸭子上架，硬把她说成是他的未婚老婆，脸涨得通红，却不好此时揭开底来，只好忍气吞声，东宫腾立时大感意外，饶有兴趣道：

"听你口气，似乎也经历了不少波折？难怪贵朋友会如此羞涩难为情，能不能告诉为兄？"

两人有了共同语言，又"臭"气相投，－－拍即合，三说两说就称起兄道起弟来，雪龙多杰怕苏忆星忍不住气穿了帮，那就不好玩了，也坏了自己的打算，假装情意绵绵道：

"忆星，你先回房休息吧，我与东宫兄聊一会儿就会回去陪你的，别生气哟！"

苏忆星听他那肉麻如对老婆一般的话，而且是对着外人，脸上更是发红，又气又羞，但怒又发不出来，怕东宫腾误会她是恼羞成怒，没有教养，形象受了损也不一定说得清，反正雪龙多杰把她套得牢牢的，于是狠狠瞪了雪龙多杰几眼，转身就向自己的闺房走去。

东宫腾见苏忆星进了他隔壁的房间，又听刚才雪龙多杰说"住在邻房"，暗忖：

"哇，这小子比我还开放，人前说是朋友，人后就二人同居，厉害，看来自己追尼姑也不是什么大不了丢面子的事！"

这么一想，留着的心结全部解开了，更是充满勇气和信心，要与那老古董的父亲斗到底，斗到自己胜利为止，心情一舒畅，说话也带劲了，向雪龙多杰道：

"雪龙弟，你那位夫人还真腼腆得很，你又不去陪她，刚才她似乎生气了，全因为兄引起，真不好意思！"

"哈哈，内子虽然脾气坏了点，但我们真心相爱，又经历了那么多苦难，不碍事，不碍事的！"

还未走进屋的苏忆星听到二人的对话和笑语，羞气得银牙咬直响，若再听下去，不发疯才怪，于是不听为净，快步进了房间，紧闭了房门，雪龙多杰心里落下石头，暗自得意，东宫腾被骗得深信无疑，向雪龙多杰道：

"雪龙弟，我们真是一见如故，为兄太高兴了，但心里也恼得很，为兄房里有酒，不妨进房坐下边饮边聊，如何？"

雪龙多杰自从楼外楼饮了酒，就再没沾过，此时一听，心里大喜，立时举双手赞同。

苏忆星进了房，见两婢正在梳妆，亦无心情去理她们，坐在椅上生闷气，两婢见小姐独自回来，面色难看，亦不敢去招惹她。

但二女很快就听到邻房挪椅摆酒的笑声，均是一愣，相互看了看，因为那笑声最响的正是雪龙多杰，这时只听东宫腾道：

"雪龙兄，你且说说你与你夫人的不凡经历，让为兄听听，看与为兄此时处境是否相似！"

两女更是惊讶，邻房二人居然称兄道弟，而且雪龙多杰还有夫人，难怪小姐会生闷气。

这时只听雪龙多杰娓娓道来："忆星和我均是咸阳人，当年我是咸阳城首富雪龙绸庄的少爷，而忆星是咸阳郊外苏家村的农家姑娘！"

雪龙多杰开始讲起故事来，而且有板有眼，什么雪龙绸庄、苏家村的，增加了真实感，小黄鹂和小画眉此时才明白他们口中的夫人原来是小姐，而且两人双双被"发配"到北方咸阳去了，齐眼向小姐看去，见小姐阴沉着脸，正在聆听，均暗忖这小无赖又闯祸了，但故事纯属虚构，也引人入胜，继续往下听！

"本来我们两人一点关联也没有，但冥冥之中上天早有安排，一日，我独自骑马到郊外游玩，看到一农户门口栽着几棵李树，上面挂满了黄澄澄的大李，立时望李而渴，起了贼心，悄悄走了过去，往一棵李树上爬，刚爬了一点点，就见一大黄犬狂吠着扑了过来，黄犬后面跟着一黄毛丫头，她就是小时候的忆星！"

小黄鹂瞥了一眼苏忆星，真想打趣说"小姐，你原来是咸阳城外的一个黄毛丫头！"但见苏忆星面色，又不敢以身犯险，只有憋住笑。

"那黄毛丫头手中拿着一根竹竿，正怒冲冲过来，嘴里还骂我是馋嘴小毛贼，我当时心里又慌又怕，见大黄犬龇牙咧嘴，立即往上爬，以为爬高点就可躲过黄犬和黄毛丫头，黄犬倒奈何我不得，我嘻皮笑脸地坐在树丫上摘李子大吃特吃，黄毛丫头气恼已极，用竹竿来击我，我在树上左闪右躲，这下可出事了！"

雪龙多杰说的话活灵活现，小黄鹂听得有趣，亦合两人性格，不由"扑哧"一笑，此时小画眉亦抿嘴暗笑，苏忆星也被逼得面露微笑，但听小黄鹂笑出了声，抬头绷脸狠狠瞪了她一眼，两女又不敢笑了，侧头似听非听。

"我脚下一滑，重重地摔了下来，顿时将一个足踝关节摔脱了臼，更是祸不单行，福无双至，那黄犬扑上来，在我腿上狠狠咬了一口，鲜血直流，黄毛丫头一时吓呆了，喝退了黄犬，却不敢走近我，无助地傻看着，就在这时，忆星的父亲从房里出来，看到此情此景，忙上前抱起我就往屋里跑。"

"最后我在他们家里养了两天伤，腿好了，最好的李子也吃饱了，而且最大的收获就是让小忆星服侍了我两天，那丫头与我一熟，脾气就来了，逗我笑时也要骂我是小毛贼，是无赖，明明我告诉了她我的名儿，她偏叫我小家伙，当时我就暗暗想，一等腿好，就打扁她，让她也知道我的厉害，谁知腿一好，她一笑，我就心软了，英雄难过美人关嘛，比那大黄犬还讨好她！"

邻房内三女均未出声，专心听雪龙多杰讲故事，这哪是故事，明明是刚发生的事，他却嫁接到故事中去了，苏忆星此时才明白雪龙多杰一路上的心思，心中一暖，暗忖：亏你还记得本小姐服侍你，那一句"比大黄犬还讨好她！"虽是经典，但却没有实行，现在没把羞够气死就阿弥陀佛了！

"这样一回生，两回熟，我就常常去她家玩，当然，那大黄犬也把我当自家人对待一般，温驯得很，怕是它认为迟早会是它家的好女婿呢，不乘早讨好，就来不及了！"

此话一出，两人都哈哈大笑起来，显是又停下来喝酒了，这边的小黄鹂终是忍不住，又嘻嘻笑了起来，这下又惹火了苏忆星，苏忆星立时向小黄鹂道："你去吩咐伙计把晚膳端到这里来，哼，他在对面饮酒，我们可不能在这边饿肚子！"

小黄鹂知道是小姐在惩罚她，苦着脸就往外去，苏忆星忽然又道："再吩咐伙计给那无赖弄几道菜去，若让他空腹饮酒，醉了还不是麻烦我们，知道吗?！"

小黄鹂心里在笑，脸上绷着，老老实实答应着出去了，苏忆星又狠狠警告了小画眉几眼，意思就是只许听，不许笑，这时雪龙多杰又开始讲故事：

"后来我与忆星就私订终生，明天地誓，当然，忆星父母和我母亲均不知晓，几年后，我俩大了，情意更是根深蒂固，即使海枯石烂也不会改变的，谁知天有不测风云，家里父亲早就暗地里为我订了一门亲事，就是咸阳城城守的千金小姐，那小姐刁蛮任性，脾气暴躁，若娶了她，简直是自己跳入了火坑，我向父母晓之以理，动之以情，谁知二老古板之极，一定要我娶那千金小姐，还说若不娶，城守一怒，绸庄不但没了，只怕家也会没有。"

这时东宫腾叹道："听到这些，你当时遇到的阻力怕确实比我还大，至少我一意孤行还不会家破人亡，那后来呢，又如何?！"

到了这步田地，这边的苏忆星也想听下去，一时倒忘了心中的怒火，觉得这小无赖说书还蛮有一套的，至少是边编边说，还活灵活现！

第十一章

"东宫兄大概也看出小弟也是个牛脾气，誓不低头，我已发誓终生非忆星不娶！"

苏忆星在这边听到雪龙多杰在那边发重誓，虽是假的，但亦听得心里直颤，感动得想哭！

"何况父母开绸庄，为富不仁，家破人亡，与我又何干，父母因此真差点气死，坏就坏在我忍不住相思之苦，又偷偷去看忆星，这下可坏事了，父母暗地里派人跟踪，终于发现了我与忆星的关系，我当时浑然不知，父母居然心狠之极，在城守的支持下，诬陷忆星一家是朝廷通缉的叛贼，将忆星一家送入了死牢，斩首示众，后来我才知道，忆星虽然逃脱，但却杳无音信，我愤然离家，发誓要穷毕生精力，找到忆星，即使不能成同命鸳鸯，也要以心昭天地，不负重誓。"

"这样又过了两年，还是没有忆星的消息，正在我欲自毁的日子，突听到咸阳城里雪龙绸庄一夜成为火海，绸庄老板夫妇双双葬身火海，而且咸阳城守同一夜成了无头之尸，此事轰动了咸阳城，我当时一下傻了，脑海里除了"苏忆星"三字，再没有其他东西了，于是匆匆赶回了咸阳城，看到昔日富甲一方的绸庄成了一堆瓦砾，当时我居然向天狂笑了起来。"

"当时我暗忖，这下好了，我与忆星因为爱而害得双方家破人亡，这下平等了，忆星总该平息心中之怒，来找我了，以后几天，我均呆在那几棵李树下，我坚信她会出现。"

"果然皇天不负有心人，在一个血红的黄昏，终于出现了一位道姑，但不是忆星，当时我很失望，那道姑只跟我说了一句"跟我来"，我便随那道姑到了郦山道观，她说忆星已在郦山做了道姑，她愿不愿见我，就看天意了！"

说到这里，突然听到敲门声，东宫腾立时从故事中惊醒过来，惶然问道：

"是谁?"

门外传来伙计的声音:"送酒菜的!"

东宫腾这才去开了门,见伙计端着几盘精致的酒菜站在门外,再没有其他人,而小黄鹂领着两个端着饭菜的伙计,向邻屋而去,还向东宫腾友好地笑了笑,东宫腾立时明白过来,将伙计让入房内,雪龙多杰奇怪道:

"谁叫你送酒菜来的,我们都没吩咐呀!"

"是贵公子的夫人,她还说你很长时间没吃饭,若让你空腹饮酒,对你身体不好,公子有这样关心的夫人,真是好福气!"

说完,伙计摆好酒菜,退出去,东宫腾笑呵呵道:"雪龙弟苦尽甘来,弟媳想得也真周到,爱到深处就会心有灵犀一点通,知道我们缺菜少酒,为兄今日沾了光!"

这时邻居的饭菜也已摆好,苏忆星知道定是小黄鹂要那伙计那般说,更是添油加醋,狠狠地瞪了小黄鹂几眼,又在小黄鹂的胳膊上狠狠拧了一下,悄声道:"死丫头,不要吭声,否则饶你不得!"

这简直是一种诱惑,亦是一种威胁,果然,小黄鹂痛得龇牙,她果断地选择了不吭声,苏忆星这才放过了这调皮的死丫头,小黄鹂痛后悄声向小画眉道:

"喂,画眉姐,故事讲到哪儿啦?!"

苏忆星碰上这样的女婢,还真没办法,小画眉不疑有他,脱口道:"精彩的完了,更精彩的马上开始!"

小黄鹂失望地轻叹了两声,三女这才围坐下来,边吃饭边听邻房里的故事。

"我在郦山道观呆了两天,忆星半个影子也没出现,暗想不能这样傻兮兮地等下去,于是我带了一根粗绳,挂在道观门口,大吼大叫,要上吊自杀,道观乃慈善之地,观主立时出来相劝,但我死也不肯,说除非忆星出来见我。"

"忆星被缠得没有办法,终于出来了,她改变了许多,脸冰冷的,吓人,更瘦得惊人,我知道她吃了不少苦,心灵的创伤更重,当时,我这堂堂男儿亦流出了清泪,她居然没有流泪!"

这时邻房内的小画眉却开始眼中满含泪花,小黄鹂惊道:"画眉姐,你怎么哭了?!"

这时苏忆星眼睛亦有点红,但坚持不流泪,皱眉训道:"又不是说你,你这么伤心干什么?!"

"是啊，小姐都没哭，你哭什么？"

小黄鹏说了这话，才知说快了，误会很多，怕面前的小姐生气，忙批注道："是故事中的小姐！"

苏忆星怒道："放肆，怎可把故事内外的人相提并论，是不是刚才还嫌不痛！"

这时，那边的雪龙多杰又开始讲道："我知道她心已死，泪已干，于是道：'忆星，现在我们都没家了，父母都因我们而死，若我们还没有好结果，就更不划算了，爱，需要代价，上天业已考验了我们，让我们负出了代价，今日相逢，是上天的安排，你就跟我走吧！'"

"谁知忆星冷冷地道：'不可能，我父母因你父母而死，我害了你父母，我们永远不可能再有缘分，你走吧，我不想再见到你！'"

"说完她就向观内走，我知她这一去，将是永别，无论如何也要管住她，于是向她吼道：

'不行，这不公平，因为我们相爱，各自家破人亡，但你有道观栖身，而我如今却无处可留，你难道忍心在这里平静地生活，而时时想着我在外如疯子一般四处流浪，饱受世间一切折磨，心灵煎熬，最后人不像人，鬼不像鬼地死去？！'"

"这句话果然起了作用，她心灵深处毕竟依旧爱我，而且是刻骨铭心，她身子猛地一颤，回头见我跪在地上号哭，冷声道：'你难道不可以重新再来，以你的聪明才智，你完全可以有一番作为，为何因这过眼云烟的爱，化归尘土的仇恨而自暴自弃，我相信你一定会再站起来！'"

"这些话只表明她依旧爱着我，我当时立即道：'若这些是真的，若你依旧还有爱我之心，现在就与我一同离开道观，我们重新开始，否则当你再踏进去时，也是我下地狱的时刻，纵然你在这里修道终生，最后升入天堂，我们来生也不能再次相见相爱了！'"

"忆星看着我以死相求的样儿，居然流下了两行清泪，轻轻问道：'你真的这样决定了？'"

"我说：'真的！'"

"她踏前一步，停下来道：'你不恨我？永不反悔？'"

"我说：'不恨你，永不反悔！'"

"这时她才猛地扑过来，紧紧抓住我的双肩，拼命地哭，如山洪一般，似乎想流尽心里一切恩怨情仇之苦，那时我开始明白一切都过去了，一切又重新开始，我终于苦尽甘来，得到了我的所爱。"

雪龙多杰见东宫腾木呆呆地看着他，笑了笑道："东宫兄，你怎么啦，以后的故事就没讲的了，到此结束，来，喝酒！"

东宫腾这才醒了过来，慌忙举杯相撞，然后猛地喝了下去，说道："听了你们夫妇的爱情经历，为兄那小小困难，简直微不足道，现在为兄已有足够的信心，去面对一切障碍，最后消除障碍，一定要有个美好的结果！"

说完，又倒了一杯酒，道："来，先喝个痛快！"

雪龙多杰亦一干而尽，方问道："东宫兄如今的困难，不知能否告知小弟！"

"如今想来，我们困难太小太小了，但依旧烦人，你知道我与西宫紫灵订过婚，但那是几年前的事，我们之间根本没有爱，只有兄妹之情，只因家姐嫁与西宫大公子，两家老人想亲上加亲，才这般乱点鸳鸯，半月儿是清月师太的弟子，但还未正式点化，根本不算正式的尼姑，今日我已在江对岸的护水寺见过半月儿师徒，清月师太很疼爱半月儿，而且十分开明，说只要我们真心相爱，半月儿愿意还俗，她决不阻拦，如果峨嵋掌门阻止，她说会据理以争，为半月儿开脱，还说佛不留无心人！"

雪龙多杰因"佛不留无心人"一句大赞道：

"清月师太太开明了，这么好的师太，怎么就没有选她当掌门，真是活见鬼！"

东宫腾又道："但清月师太有个条件，就是半月儿跟上我绝不能受委屈，说如果我依恋世家子弟的虚荣，就必须家里老人同意，否则，就得我离家出走，与半月儿隐居，否则她不会同意半月儿还俗，但家里那老古董逼得我隐居也不能，今日不是就找到这里来了，他非抓住我不放！"

雪龙多杰笑道："谁让你是东宫家的希望，对了，西宫紫灵难道就没有意中人吗？"

"有，她一直爱的是南宫世家的独子南宫一望，南宫一望与为兄相交又甚笃，你看这是什么世道，简直乱了套嘛！"

"南宫世家与东宫、西宫二世家关系如何？"

东宫腾摇头苦笑道："东宫、西宫二世家有联合排挤南宫世家的意图，毕竟南宫世家历史悠久得多，江湖名望高些，西宫雄又如何肯把自己最疼的女儿嫁入南宫世家呢！"

雪龙多杰想来想去，也觉得这事麻烦，千巧万巧，全部合在一起了，东宫、西宫二世家与南宫有隙，南宫公子与西宫小姐相爱，但西宫与东宫又有姻亲订婚，东宫公子偏偏又爱上了小尼姑，这事表面上十分好解决，人为阻拦，一下变得不好解决了，看来关键还在四位当事年青人身上，就看他们能不能联成一体。

于是，正欲向东宫腾说，谁知东宫腾突然惊叫道："哎呀，天色不早了，为兄与半月儿约好见面时间，不行，为兄只有对不住贤弟了，不知贤弟在此还可留几日？"

雪龙多杰见东宫腾急忙忙的样儿，也不再说其他的话，微笑道："小弟仅路过这里，不过还能等到东宫兄回来相见，小弟也得过去了！"

说完，雪龙多杰站了起来，与东宫腾简单道别，东宫腾锁上房门，很快隐入了苍茫夜色，雪龙多杰正欲回自己房间，谁知小黄鹂从他房里出来，笑道："姑爷，现在才聊完，小姐听得心烦，给你换了一个房间，不知你同意不同意？"

雪龙多杰道："小黄鹂，你可别乱称呼，你家小姐脾气不好，当心她听到，不教训你才怪，至于换房间，本公子哪会不同意，只要她高兴，本公子都会依的！"

小黄鹂上前悄声道："现在小姐气得想撕破你的嘴，揭你两层脸皮，若你要让她高兴，会依么？不过从你讲的故事看来，你也是会依的！"

雪龙多杰倒抽了一口凉气，方才想起自己讲故事，隔壁也是会听见的，看来现在不见为妙，立即道："看来本公子还是躲躲，待她心平气和后，再与她相见，这样安全得多！"

但此时哪里走得脱，苏忆星和小画眉已从房里走了出来，苏忆星在夜色里的眼光如两颗寒星一般融入了雪龙多杰的眼神之中，雪龙多杰不由自主地打了一个寒战，暗忖这死妮子肯定生气了，现在风平浪静，但总有一日会暴风骤雨的，只怕以后要十二分小心才是！

苏忆星只愣愣地看了雪龙多杰几眼，方道：

"东宫公子呢，怎么不见？"

"去会清月师徒二人了，怎么，找他有事？！"

"当然想找他，挖他的眼睛，割他的耳朵，塞他的嘴，怪天下有这样的傻瓜，居然看不出你这样的无赖大骗子，居然相信你那些花言巧语，更可怕的是，他冒犯了本小姐，这笔账迟早要算！"

雪龙多杰如经暴风雨一般听完苏忆星的表态吹风话，立时忐忑不安，如果因为自己果真害了东宫腾，那可是心有不安了，苏忆星任性，而且功夫比东宫腾只怕高了许多，说杀就杀，难不成东宫世家还能为之向繁星宫报仇不成！

"你的意思，听者有如此重的罪，那我这说的人罪又当如何呢？该不会被你生吞活剥吧！"

苏忆星见雪龙多杰有恃无恐，心里火气直窜，冷冷道："本小姐奈何不了你，问罪何用?!"

"呵呵，忆星你太抬举我了，只要你一问罪，我岂敢反抗，一人做事一人当，你若生气，就冲我来吧，何必去找东宫腾，他现在已经够烦了，何况他还对你人品大赞特赞呢！"

苏忆星一愣，气得脸上又羞又白，怒道：

"你……你有恃无恐，欺负本小姐，连一句赔礼的话也没有，不就是有个宫主外婆吗！"

说着，苏忆星立时知道自己说漏了嘴，此事非同小可，刚才太气了，几乎气昏了头脑，谁知事情未解决，又使自己犯了严重的错误，苏忆星立时觉得有些委屈，双眼中出现了一层琉璃，闪闪发光，而且愈来愈明显，最后如两粒珠光宝石挂在眼睑边，苏忆星撇头一边，悄悄地擦拭，她——居然也会流泪，无助的泪。

听了苏忆星的话，雪龙多杰脸色立变，变得阴沉可怕，最后一句话也没说，看着几欲哭泣的苏忆星，硬生生将到嘴边的咆哮收了回去，最后才低沉地道："不知道最好不要乱说，否则……"

顿了顿，雪龙多杰才道："否则引来杀身之祸，那就不值得了，在下冒犯苏姑娘并非有恃什么，乃本性也！"

这时小画眉道："我们想出外走走，雪龙公子去么?"

雪龙多杰不理苏忆星，再加上心情不好，叹道："还是不去为好，说了一傍晚的话，本公子也想歇息一下，你们自个去吧！"

苏忆星忽然道："你不是喜欢看热闹吗？当年怡心钩主朔玉大战群雄的地方你不想去看?!"

雪龙多杰心里一震，很快又平静了下来，道："事情已过去十五年了，人世沧桑，当事人已不再现，现场只怕也面目全非，又有什么好看的呢，我还是不去为是！"

苏忆星眼光扫了扫雪龙多杰，失望之极，想是雪龙多杰对刚才的话还耿耿于怀，没有了好兴趣，去了平添一些烦恼，不去倒好，而且经这一瞎胡闹，两人间重新有了隔阂。

想到这些，苏忆星真有些后悔了，向两女摆手道："那就只好我们三人去了，'人约黄昏后，月上柳梢头'，茫茫十五载了，该来的只怕都会来！"

雪龙多杰心中一怔，但脸上依旧不动声色，径直朝自己的房间而去，苏忆星心里更是一股浓浓的愁恨，暗暗地叹了口气，亦不再多说，领着小黄鹂和小画眉出院门去了。

三女一去，雪龙多杰只觉得小院里静得如死一般，夜如一张黑色大网，铺罩而下，雪龙多杰此时又怎在院里呆得下来，正欲往外走，突见一张熟悉的面孔和许多熟悉的人涌入了小院，这些人全着纯洁的雪衣，而率先而入的正是佐龙多杰，雪龙多杰暗自吃惊，暗忖：他们怎会在这里，难不成他们听到消息雪龙多杰在这里出现？一旦被佐龙多杰发现，只怕就难以去繁星宫了，但此时雪龙多杰无法闪避，只好硬着头皮迎了上去，佐龙多杰和众雪衣人发现了雪龙多杰，立时喜形于色，众雪衣人纷纷拜礼，最后雪龙多杰才向佐龙多杰道：

"小叔，你们怎么会来了这里？！"

佐龙多杰见雪龙多杰安然无恙，而且气色不错，此时才完全相信了和尚乞丐的话，亦放下心中的一块石头，当着众人又不好训叱雪龙多杰，慈爱地道：

"少头人，见到你无恙，我们均安心了，我们到这里来，并非是发现了你的行踪，而是准备回神羚谷，再办一些山货，杭州神羚府如今是二哥桑龙多杰料理，二哥先后派了几批人去寻找少头人，均没有消息，后来，由于有和尚乞丐的知会，搜寻倒是少多了，这里本来是我们神羚谷的一处秘密驿站，已许多年了，客栈老板难道不知道你的身份？！"

雪龙多杰这才明白过来，向佐龙多杰摇了摇头道："我是与繁星宫少宫主一道来此的，准备去繁星宫，客栈老板并未知道我在这里！"

说到这里，雪龙多杰想起什么，问道：

"小叔，你们来这里太巧了，是不是赴什么约会？！"

佐龙多杰脸色一变，望了望雪龙多杰，反问道：

"你怎么知道这些？"

雪龙多杰未置一词，佐龙多杰只好解释道：

"大概是繁星宫的人说出'人约黄昏后，月上柳梢头'了！"

雪龙多杰又是一震，已是第二次听到这句"诗句"了，果然，十五年前还有这么个约会，刚才自己还有点不相信，现在神羚谷的人在此出现，雪龙多杰不得不相信了，佐龙多杰道：

"十五年前的今夜，我们也是在这家客栈落脚，亦遇到了那场夺宝血案，也就是从那时起，神羚谷也无意卷了进来，十五年过去了，这里除了新旧更替，什么都没有改变，属下和神羚谷真应感谢上苍，保佑少头人平安无事！"

雪龙多杰已隐隐猜得了十五年前的秘密，这个秘密就是十五年前悬而未解的结果，只怕今夜就会一晓天下，雪龙多杰心里忍不住一阵激动，心也渐渐有些颤抖。

这时，两名雪衣人急匆匆地走了进来，一见雪经.多杰，立时拜见，佐龙多杰见两人，立时面色一变，喝问道："我要你们去办的事呢?!"

"属下无能，沿途十里均未发现本谷之人！"

佐龙多杰听之，立时脸色变得煞白，大喝道："不可能，完全不可能，定是你们出了差错！"

雪龙多杰见小叔面色极为难看，茫然道：

"小叔，出了什么事?"

佐龙多杰望了望雪龙多杰，才道："我们进屋再说！"

说完，领雪龙多杰横穿过小院的弄堂，弄堂的另一边又出现了一个别致的小院，小院四方挂着几盏灯笼，在昏暗的灯光下，小院神秘无比，雪龙多杰知道这里就是神羚谷的秘密驿站，进了中间一间屋子，其余的雪衣人立时分布各处，立时，小院戒备森严，雪龙多杰人还未坐下，佐龙多杰又道：

"不可能，这完全不可能，定出了事！"

雪龙多杰见小叔脸上写满了彷徨，语无伦次，心里一紧，正欲问，佐龙多杰又道：

"阿叔匆匆赶到这里，回神羚谷采办山货只是一个幌子，其实是赴十五年前的约会，而且，头人说过，他将特派两名高手赶来衔江镇与我们会合，带来我们要约见的人的名字和相谈的秘密，这个秘密，只有头人和那要约见的人才知道，两名特使在今夜约会之前一定会赶到，但如今这十里之外均没有见到特使，一定出了意外，若真是那样，只怕今夜……"

佐龙多杰说到这里，刹住了话，突然想起了什么，说道："雪龙，我们还是沿途找找为好！"

雪龙多杰觉得此事不大对头，若那特使带着有关他的秘密和玉佛之秘，一旦被人截住，那将大大不妙，那样对他，对神羚谷，也是灭顶大祸，立时站了起来，道：

"小叔，你留在这里，让我带领一部分人沿途搜寻一下，看有什么线索！"

"要去一起去，这一路一定十分危险！"

"不，万一特使到了这里，没有人在，岂不误了大事，若我料得不错，两名特使出了事，最危险的还是这处秘密驿战，这里肯定被人发现了，他们捉住了特使，一定会到这里来！"

雪龙多杰如此说，佐龙多杰暗想也是，也不好反驳，何况雪龙多杰是神羚谷年轻一代中的第一勇士，即使他，也未必胜得了他。

想了想，佐龙多杰点了点头，两人立时调兵遣将，雪龙多杰点了十数名雪衣人，又与佐龙多杰商量了一下，匆匆走出小院。

这时，从另一小院的屋脊上掠下一个人影，见到雪龙多杰，脸上显出惊讶之色，正欲上前，雪龙多杰已领着人闪出了房门，于是亦不再多言，紧随其后，倒要探索个究竟。

而当雪龙多杰走出客栈，回报的两名雪衣人给雪龙多杰让出了一条汗血马，雪龙多杰一跃而上，向纷纷跃上各自马背的雪衣人道：

"各自警戒，全速前进！"

说完，率先一紧马缰，汗血马长嘶一声，箭一般向官道掠去，后面十数匹马奋蹄跟上，留下一片尘烟和急骤的马蹄声！

苏忆星带着两名女婢出了客栈，未走多远，就看到几名黑道高手，其中就有"九州一枭"，"九州一枭"一见苏忆星，立时冷笑着走向前来，大吼道：

"黄毛丫头，你把那小子带到哪里去了？！"

苏忆星此时倒不怕"九州一枭"动凶，假装道：

"逃走了！"

"九州一枭"一愣，又斜怪眼看了看苏忆星的神色，倒是难有结论，复道："逃走了？很好，那小子本就机灵得很，那玉佛定不会一起逃走吧！"

旁边北斗七煞几人听之，不由脸色一变，均细耳聆听起来，苏忆星不慌不忙地道：

"老魔头，当时你不是见到玉佛还挂在那小无赖的脖子上吗？就怪你这魔头在中间瞎掺和，让他乘机逃走了，不过，逃走就让他逃走呗，那只玉佛是假的，只怕人也是假的！"

苏忆星本想捉弄一下对方，但"九州一枭"和"北斗七煞"似乎并不吃惊，好像早就知道那只玉佛是假的一样，"九州一枭"道：

"无论真假，一定要揪出那小子来，他是嫌疑犯之一！"

说完，又乱翻白眼，向苏忆星道：

"今日老夫不会与你计较的，下次就没有这般好运气了，小小丫头，就想与老夫比划比划，也不回去打听打听，就是苏舒那丫头也不敢在老夫面前指手划脚的！"

说完，"九州一枭"和几名凶煞大摇大摆地离开了，苏忆星本来肚子里就窝着火，此时又被"九州一枭"一激，更是怒不可遏，心里升起一股无可奈何，心有余而力不足的感觉，又深深叹了口气，道："总算把他们骗过去了！"

小画眉轻言道："小姐，这些人应说很难相信你的话，但为何今日就相信了，而且也不挂在心上，难道他们已知道玉佛是假？可能亦认为雪龙公子也非要找的人呢！"

"不错，说不定江湖上又出现了一位脖子上挂着玉佛的年轻人呢，那真是有趣得很！"

小黄鹂不失时机地插言，苏忆星冷哼道：

"有这个可能吗，谁不想活了，去冒充朔玉的后代，不是傻瓜就是笨蛋！"

小黄鹂脱口道："那雪龙公子只有两条路可走了，不是货真价实，就是傻瓜笨蛋喽！"

"哼，现在不知他在干什么！"

小画眉道："今夜他可能也是很忙的！"

这时，有几名黑衣人正过来，从三女面前匆匆而过，苏忆星一见，立时脸色大变，轻语道："日月双坛的人居然也来看热闹了！"

小黄鹂回头看了看扬尘而去的黑衣人，不解道："日月双坛是什么意思？"

"日月双坛就是日蚀坛和黑月坛，二坛一般在关外活动，黑月坛在关东，日蚀坛在关西，组织复杂而严密，想不到居然把触角也伸到中原和江南一带来了，只怕这也是冲着血光玉佛来的！"

二婢这才明白过来，小画眉道：

"但今夜是十五年之约，也就是朔玉后代和血光玉佛真正重现之夜，他们又怎么与我们背道而驰，难不成会去客栈！"

苏忆星脸色又是一变，脱口道：

"应是不错，那小无赖被怀疑成是玉佛之主，朔玉之后，只因为据说当年围追朔玉一家三口之夜，神羚谷的人在西头客栈留宿，而惊梦炫奇抱去孩子后，在客栈逗留了一会儿。"

"而这逗留的一段时间，成为当时最大的盲点，也是如今最大的秘密！"

小黄鹂心直口快，道："难不成雪龙公子就是当时留……"

话刚说到此处，苏忆星狠狠瞪了她一眼，小黄鹂这才醒了过来，立时刹住了话头，苏忆星才道："不错，惊梦炫奇逗留了片刻，又抱着孩子从西头客栈出来，被柳溪剑士和黑道之人围追，谁知天意难测，让惊梦炫奇溜走了！"

二女婢听得两眼发愣，均道："惊梦炫奇出来时还抱着孩子，这就奇怪了！"

"也因这样，古今尽知师徒二人才成了另一怀疑对象，那徒弟也极可能是朔玉之后！"

说到这里，三女已走过了大街，前面是一片红枫树，也就是当年朔玉激战繁星宫、浮烟谷以及黑道十数名高手之地，千古之战的地方！

三女凭借夜色，望着阴风煞煞的红枫林和死寂的沙滩，仿佛沙滩此时也变成了一片血红，夜，如一双黑洞洞的魔眼，亦如凶猛的巨口，正等待着什么，天空阴沉高远，而且月儿泛着血红，刚刚显出来，还未挂到枝头。

又一阵阴风吹了过来，沙滩上的尘烟突然打起卷，窜了起来，在沙滩上窜来窜去，始终不肯离开，最后突然卷到三女面前，吓得三女青衣素裙飘飘欲飞，三女看着一切，空无一切，忍不住打了一个寒战，小黄鹂道："小姐，我……我们是不是来得太早了，这里……好骇人！"

小黄鹂说着话，眼睛看着树影婆娑的枫林，突见白影一晃，似有一座黑乎乎的圆冢在冉冉升起，缓缓移动，立时心提到嗓门上，拉了拉小画眉，道："你看，那边有人，还有坟茔呢！"

小画眉和苏忆星打了个寒战，顺着小黄鹂的玉手望了过去，枫林里空无一物，苏忆星心神未定，破口骂道："死妮子，你犯神经病啦！"

小黄鹂揉了揉眼睛，仔细看了看，哪里有人和坟茔，亦才舒了口气，道："怎会没有人？"

语音甫落，从树林里射出了数条人影，果然有人，苏忆星定眼一看，来的正是浮烟谷谷主杭绮和几名弟子，以及一潇洒的中年男子，这人不用说，正是惊梦炫奇，杭绮见到苏忆星，冷冷地道：

"来得很早嘛，今日怎会是你？你师父呢？她不会让你越姐代庖吧，今夜可是十五年后重聚。"杭绮话音刚落，又从另一面急掠几条人影，人影一住，众人立时认出是柳溪靳候，还有几名一等剑士，声势之浩大，令人瞠目，杭绮一见靳候，立时踏步上前，娇笑道："二师兄，你也来得这么早啊，上次你答应的事，不知如何告诉小妹！"

靳候冷哼道："杭师妹不用逼本侯，本侯自然会说，等你师姐来了再说！"

"师姐？师姐成了胆小妇人，已派了小丫头来了，恐怕今夜不来！"

苏忆星正欲反驳，这时又从林间射出几青影，青影一定，来者正是繁星宫宫主苏舒，苏舒一到场，眼里狠毒无比，向杭绮道：

"小师妹也太小看我这师姐了，天下师姐还有什么可怕的，哼，吴山分宫之事，师妹难辞其责，今日一会，恐怕同门之情还得先放在一边！"

苏忆星一愣，在场的靳候与杭绮亦是一愣，均不知什么吴山分宫之事，杭绮不解道：

"师姐说话总是没头没尾，什么吴山分宫之事，师妹根本就听不懂，这几日，我均在浮烟谷，不相信，你问问惊梦炫奇！"

说着指向与自己同来的惊梦炫奇，但是却愣住了，身旁哪里有惊梦炫奇的鬼影子，他早就溜走了，心中一惊，暗忖这家伙还真溜得快，这是一场难得的约会，少了他，这事岂不是没门了，靳候和苏舒亦是一愣，他们明明看到和小师妹同在一起的有一位中年英俊男子，此时确实藏头露尾了，他二人亦知道小师妹与这惊梦炫奇有一腿，但惊梦炫奇的真面目，怕只有小师妹一人知之，苏舒冷笑道：

"问谁？人呢，哼，我们之间的事还需去问别人，吴山分宫上下几十口人，全被惨杀，虽不是你出手，却是因杭婉琪那小丫头而起，若非她上吴山瞎闹，吴山分宫岂会被灭，说不定她与人勾结，联合灭了我吴山分宫，师妹，若你不给我一个交代，同门之情到此为止！"

苏忆星一听吴山分宫被毁，立时头脑一嗡，不相信道："宫主，吴山分宫怎么会毁呢？"

苏舒冷森森向她道："大人在此说话，岂有你小孩子插言之处，若不是你擅离职守，吴山分宫又岂会变成今日之样，你先在一旁呆着！"

苏忆星心里立时如刀割一般，惶恐之极，更是悲伤之极，对杭婉琪更是一阵憎恨，这时靳候忙道："你们吵了这么多年，还要吵下去，也是因为你们之间的间隙，才让人有可乘之机，造成今日的局面，杭师妹，你那性子也要收敛收敛，否则迟早会自掘坟墓。"

杭绮不服道："二师兄，你也别说别人，大师兄之死，你也难辞其咎，何况这件事我本就不知，不是说过一直在谷中么，也是今日才知此事，你总是看不惯我，处处与师姐联合对付我，在天的大师兄若有灵，绝不会许你们这样，我这人也真是苦命，内外都不讨好！"

靳候又气又悲伤，跺足道："不要说了，现在不是论长短之时，应该想想是谁在暗中打我们的主意，十五年前的事和现在你们之间的事，定有关联，哼，身为不悔不归老的弟子，决不应这样被人欺侮，苏师妹，你可查出血洗吴山分宫的人是谁？"

二师兄发话，苏舒不得不发，摇头道："据吴山分宫两名活着的弟子报，当时是杭婉琪带着十数名浮烟谷弟子硬闯分宫，逼忆星出来，忆星恰好不在，婉琪小丫头断定是忆星挟持了雪龙多杰，打伤了几名弟子，还用追魂针伤了两名幸存的弟子，以后的事她们就不得而知！"

"又是神羚谷少头人，二师姐，你也真把我浮烟谷的弟子看得太厉害了吧，十几名就可灭了吴山分宫？繁星宫的弟子也太'豆腐'了吧！"

苏舒不理杭婉琪的话，又道："救醒两名弟子的是逍遥丐老和一名中年儒士，我赶到吴山分宫，发现每具尸体均是被细锐利器击中颈上动脉，剧毒入血脉而死，那些致命伤痕与追魂针伤痕极为相似，但我认为不可能是追魂针所为！"

这次杭绮倒没有与师姐斗嘴，只不服气地看了她一眼，靳候忙问道："可曾发现逍遥丐老？"

苏舒刚摇了摇头，这时从树林里闪出了逍遥丐老和那名中年儒士，不用说，那名中年儒士就是北川雨星，苏舒一见逍遥丐老，立时喜出望外，正欲上前招呼，谁知逍遥丐老笑呵呵道：

"哟，这里好热闹，哎，热闹归热闹，却没有一个外人，看来我们这两个外人来得不是时候，还是走吧，走吧！"

说着就欲拉上北川雨星离开，北川雨星已发现了在场人的身份，亦发现了苏忆星，心中一愣，暗忖她在这里，那雪龙多杰呢，不由有些担心，脚下哪里走得动，这时苏舒已含笑道："丐老，你专程到这里来看热闹的，也应等会儿，说到外人，你也不算外人啦！"

这时杭绮上前娇笑道："逍遥叔叔，你看到小侄女儿也想溜么，她们冤枉小侄女，你也不来帮帮忙，以后碰上准要钉上你几针！"

"哟，小丫头，你别过来，老头子怕了你了，你们如此嘴甜，不就是要问问我在吴山发现了什么，是吧?!"

说着，逍遥丐老眼睛四下看了看，向三大绝命兵器的主人说出那天的所见所闻，三大绝命兵器的主人均心中大骇，就连靳候也叫道："迷蝶浪女，迷蝶菱锥！"

杭绮一听到迷蝶浪女，立时脸上含满杀机，冷哼道："这些贱人居然敢诬陷本谷，太不自量力了，这次本谷定要将她们斩草除根！"

苏舒倒是沉默稳重之极，叹道："迷蝶浪女倒不敢这样做，怕是幕后还有主使人，丐老不是说遇上了地狱使者吗？还有那啸声，这不得不让人想起十五年前幕后驱使人们的神秘人！"

靳候听到神秘人，立时神色一凛，自己找了十五年，也没有一点头绪，料不到今日又出现，而且又染指四大绝命器之间的事，可见此人有意与四大绝命兵器为敌！

杭绮立时回头向二师兄道："二师兄，你查出当年冒充你的人了么？哼，若二师兄真的没有参加当年的行动，那人定与你关系甚密，你不是说你的大弟子代你率领无忧剑士么，你那大弟子柳越飞呢，怎么没听到他的消息?!"

靳候脸显悲恸之色，道："柳越飞早在十五年前就死了，到如今本候也不知他是如何死的！"

此言一出，所有人均是变色，天下间的倒霉事似乎都让四大绝命兵器有关的人碰上了，先是朔玉阵亡，后是柳越飞死去，如今又是繁星宫吴山分宫倒霉，想到这里，杭绮心里"咯噔"一下，暗道："只怕倒霉的事很快就轮到浮烟谷了，不知杭州的闲宅如何?!"

众人正在各怀心思，北川雨星冷冷地向苏忆星道："你将雪龙多杰置于何处？"

众人听之，立时将注意力转向了苏忆星，苏舒亦觉得意外，向苏忆星道："你离开吴山分宫难不成真的挟持了雪龙多杰？"

苏忆星此时此刻不得不点头承认，后又补充道："属下本欲带他回繁星宫，谁知吴山分宫会发生意外！"

说到这里，苏忆星显是悔恨之极，北川雨星又催问苏忆星，苏忆星不识此人，但此人与逍遥丐老同来，她又不好不理，恼道：

"现在他并没有被挟持，自愿与我们一道去繁星宫，现在他在西头客栈，要找到西头客栈去吧，现在他与我们一点关系也没有！"

靳候脸色一变，道："只怕现在他不在西头客栈，只因西头客栈一向为神羚谷秘密驿站，今日佐龙多杰带着数十名雪衣人悄悄住进了西头客栈，不发现失踪的雪龙多杰才怪，他们在此时住进西头客栈，显然与今夜之约有关，若我猜得不错，惊梦炫奇让我们在此等候，自己却去秘密会晤神羚谷的人了！"

苏舒皱了皱眉头，道："那我们不是受了他的欺骗？今夜的玉佛重现与朔玉后代重现只怕是个骗局！"

杭绮不服道："谁说是骗局，惊梦炫奇言出如山，十五年前他与神羚谷人有一见，今日他去见神羚谷的人，也没什么大不了的！"

北川雨星知道师父去了西头客栈，暗自琢磨是什么事，恰在此时，惊梦炫奇从树林间闪了出来，向众人黯然道："不好意思，出了一点小小的意外，神羚谷头人派来的特使失踪了！"

这时从黑暗中走出了"九州一枭"和"北斗七煞"，还有两名地狱使者，两名地狱使者狠狠地瞪了两眼道遥丐老与北川雨星，北川雨星圆睁怒目，就欲上前搏斗，逍遥丐老紧紧拉着北川雨星的手，北川雨星正欲相问，逍遥丐老笑呵呵道：

"小不忍乱大谋，此时还是忍忍为好！"

"九州一枭"哈哈狂笑道："十五年前没有赶上，十五年后赶上这场盛会，也算可喜可贺的。"

说完，"九州一枭"向惊梦炫奇道："喂，小子，十五年前之约，今日人差不多到齐了，应该把朔玉之后和玉佛显出来了吧！"

惊梦炫奇见到"九州一枭"，立时震惊不已，不只是他，就是对三大绝命兵器的主人亦是忌惮有加，正不知如何回答才好，这时林间一阴沉声道："惊梦炫奇，你来了，你那徒弟呢，你不是化名'古今尽知'惊梦孔二吗，你那徒儿想来也是别名吧，今日之会，你不介绍介绍一下，老夫倒不介意，只因那徒儿就是朔玉之后吧！"

来者正是西域灾僧，此语一出，众人立时哗然，均惊愕地望向惊梦炫奇，惊梦炫奇只是含笑不语，不无讥讽地道："九州一枭在冰窟里困了一百年，脑袋果然聪明，但聪明得过了头，若那孩子是老夫的徒弟，那么玉佛也就不用找了，因为它应回到师父的身边！"

此话一出，大家又是一愣，暗推想这确实不错，玉佛回到了悔老身边，量是谁也不敢去抢，"九州一枭"诡谲地一笑，道：

"若玉佛在悔老的身边，只怕玉佛丢失得更快，而且悔老那条老命也别想要了！"

听到此言，三大绝命兵器的主人和惊梦炫奇均是愕然，惊梦炫奇更是踏前一步，怒道：

"九州一枭，别以为你的年龄最大，哼，只怕未必能逞强，想赢我，也是未必，说出刚才的话，只怕会扇了舌头！"

"九州一枭"有恃无恐道："不错，三大绝命兵器和惊梦一族算是同属列兵峰之传人，要击败老夫也不无可能，但有何用，老夫只是一名小卒而已，哈哈，这一切均在主人的掌握之中！"

话音刚落，一名黑衣人满身是血迹地驰马而至，到了九州一枭旁边，一下滚了下来，九州一枭立时惊愕止声，上前急忙问道：

"快说，怎么会这样，其余的人呢？"

那名黑衣人口吐血沫，道："我们中计了，玉……玉佛，血……光……"

说着，那名黑衣人一偏头，倒在了沙滩上，沙滩立时染成了一片鲜红，"九州一枭"和几名黑道人物立时又是惶恐又是愤怒，显然，他们赴今日之约并不单纯，只怕有更大的动作，但凭那死去的黑衣人说出的最后一句话，血光玉佛似乎已经重新出现，否则不会败得如此惨。

"九州一枭"凶狠狠地向惊梦炫奇道："你说，你到底与神羚谷有何秘密勾当，神羚谷居然与我们为敌，简直是在自取灭亡！"

惊梦炫奇道："老前辈不用惊慌，我怎么会与神羚谷有勾结，倒是你们太过自负，忘了柳溪十二堡中的无忧剑士，今日靳候能到此处，就定会在方圆十里布置得十分妥当，不会有任何意外发生，这应是靳候的脾性，你们去攻击神羚谷的人，只怕失败之处就在于此！"

"九州一枭"立时转头逼视靳候，靳候并不心怯，淡淡一笑，道：

"老前辈见谅，这确是本侯的怪脾性，只因刀剑无情，本侯一向养尊处优，总想造就一个平和的环境，谁知这些黑衣人是前辈的人，若早知，本侯或可网开一面。"

"九州一枭"眼中凶光一闪，立时大喝一声，道："你好大的口气，先吃老夫两掌！"

说完突然一个箭步上前，挥掌而起，向靳候推去，靳候不敢造次，立时飞旋而起，人影如箭，突然急射而上，在与"九州一枭"相碰之时，突然青芒一闪，血光立时飞溅，同时"砰"的一声，靳候亦闷哼了一下，后射了几步。

此时正是月上树梢头，血红的月儿已变成了皎洁，静静地铺散下一片片冷冷的光芒，血光飞溅上空，染红了月亮，染红了天空。

"九州一枭"后退立足，双掌掌心已然出现两个血窟窿，很小很小的窟窿，却是钻心地痛，而靳候在立稳之后，突然"哇"地吐出一口鲜血，两名剑士立时上前扶住，其余剑士封住了前路，靳候淡淡地道：

"想不到老魔的功力又增了一层，还加了一层冰寒之气，将死之人，居然功力不退反进！"

苏舒和杭绮此时亦不知不觉移到了靳候一边，毕竟靳候是二师兄，唇亡齿寒，她们倒是明白的，"九州一枭"看着双掌，简直不敢相信，道："柳叶无忧剑，果然是武林绝响，居然敢伤了老夫的双掌！今日一定要分个高下！"

说完"嘶"的一声，撕下两块布巾，缠住了两掌，正欲与靳候再斗，突然一阵啸声传来，一个黑色人影如泻地黑水一般，到了"九州一枭"的面前，此黑衣人面蒙黑布巾，全身通黑，只有胸前有个亮闪闪的"十"字，九州一枭和北斗七煞一见来人，立时恭恭敬敬。

靳候等一干人均是一凛，料想这蒙巾黑衣人大有来历，连"九州一枭"这桀骜不驯的人也这般恭敬，蒙巾黑衣人冷眼射向"九州一枭"，微哼了一下，阴森地道："你居然违抗主人的命令，可知身犯何罪？"

"九州一枭"打了一个寒战，低声下气地道：

"属下甘受其罪！"

黑衣人这才冷眼望向靳候，慢慢地道："本使还劝阁下三思谋动，若阁下强自出头，只怕柳溪剑士很快都会成为亡魂！"

靳候此时倒没有动气，静静地看着面前的蒙巾人，心思急转，良久问道："阁下就是十五年前幕后的主使者么？"

那蒙巾黑衣人阴笑道："那不是本使掌管的范围，阁下不用猜了，迟早你会知道的，嘿嘿，总有那么一天，你放心！"

说完，转身向九州一枭和北斗七煞道："不用在此等了，今夜之约已告失败！"

说完，自个儿拔身而起，如一只黑色巨鸟一般，掠过枫林，"九州一枭"恶狠狠地看了看靳候，方才和"北斗七煞"拔身而起，紧跟在黑衣人之后。

神秘的人走了，却散发出一片神秘的阴影，让在场的所有人沉思不止，靳候转向惊梦炫奇道："你不是说过今夜之约吗？怎么会出了意外？"

惊梦炫奇倒没有想血光玉佛，而是在想刚才来的神秘黑衣人，此时听靳候相问，立时道："我亦不明白，神羚谷头人特使失踪了，这场约会只怕要泡汤！"

苏忆星立即问道："这场约会怎么与神羚谷有关？"

惊梦炫奇道："当然有关系，朔玉与神羚谷的头人吉龙多杰是亡命之交，当初我也知道部分内容，但玉佛在何处，却不得而知！"

北川雨星幽幽地道："那你不能把你知道的说出来吗？也许大家能从你所知道的猜出端倪！"

惊梦炫奇看了看北川雨星，道："川儿，师父很为难，这件事牵连很多人，不敢擅作主张！"

众人立时把眼光转向北川雨星，北川雨星尴尬地笑了笑，摘下了面具，北川雨星立时露出英俊孤傲的面孔，但见众人的目光，亦有点俊脸发热，不知所从，逍遥丐老笑呵呵道：

"呵，年纪小小的，就有了好几张脸，让我这老乞丐都糊涂了，这里一点热闹都没有，老乞丐还不如在镇上溜上几圈再来这里！"

说完，老乞丐一展身影，立时消失在月影之下，而此时月华不待人，已高高挂在枫林上空，众人均有些气馁，这时从远道上飞驰来数十匹骏马，骏马上正坐着清一色的雪衣人。

雪龙多杰亦在其中，雪衣人到了场中，几层圆弧形布开，中间挺马而立的是雪龙多杰、佐龙多杰和桑龙多杰，桑龙多杰原来并没有留在神羚府，而是在暗中，一明一暗，怪不得那些去突袭神羚谷的人失败了，但百密一疏，两名特使却在半途被人击杀！

雪龙多杰向后挥了挥手，后面四名血衣人各抬出一具尸体，雪龙多杰冷森森地向着靳候道："你就是柳溪十二堡的靳候吧？"

众人见一个毛头小子敢如此对靳候说话，苏忆星和北川雨星均担起心来，但现在他是神羚谷少头人，身份自然不同，靳候看了看地上两具尸体，已然明白过来，踏前两步，看到两名尸体额头均是一点红，正是柳叶无忧剑中最后的杀招——无忧一点红！

只凭死者的武功和无忧一点红的用剑伤痕，此人必是无忧剑一等一的高手，并不逊于无忧剑主，靳候心中惊诧不已，连连道：

"不可能，完全不可能！"

雪龙多杰哈哈笑道："不可能?! 你只要说是无忧剑所为，或不是无忧剑所为！"

"确是无忧剑所为！"

此语一出，众皆哗然，齐看着场中的情景发展，雪龙多杰冷森森地道："能击杀两名特使，柳溪只怕仅有几人可以办到，若不是靳候本人，就是靳家兄妹，这笔血债，迟早有个了断！"

这时从雪衣人群中出现了靳家兄妹和几名无忧剑士，全被点了穴道，靳候见之，立时脸色剧变，今夜之事太出乎他之意料，在场之人均明白过来，繁星宫宫主和浮烟谷谷主开始怀疑靳候在暗处有动作，无外乎那血光玉佛！

靳候奇冷的脸此时更是奇冷无比，向雪龙多杰道："你把他们怎么了?"

雪龙多杰狂妄地道："你难道看不出来么，不过并没有伤害他们，只是略加教训了一下，说实话，柳溪剑士太猖狂了，不但目中无人，而且妄自吹嘘，靳候作为头儿，心里亦明白要杀两名特使的动机吧，还以为两名特使会带来什么惊人的消息，却令大家失望了！"

雪龙多杰向后挥了挥手，众人推着靳家兄妹和几名剑士到了靳候面前，靳候见众人身上并没有伤痕，更是惊异，点指如飞，很快就解了众人穴道，靳贝琢一见雪龙多杰，立时又有了行动，大喝道："你这狂徒，本姑娘今日要杀了你！"

说完拔身而起，身影快疾无比，在疾飞之时，靳贝琢已拉出了无忧剑，立时青芒暴起，在场众人均是骇异，靳贝磊却是未动，眼睛冷冷地看着这一切，北川雨星和苏忆星不由自主为雪龙多杰捏了一把汗。

第十二章

雪龙多杰见靳贝琢快疾而来，这大大出乎他的意料，靳贝琢快疾无比，后面几名雪衣人正欲闪身上前，挡住来势，雪龙多杰豪言道："退下，让本少爷先杀杀她的骄狂！"

说完，雪龙多杰急身迎上，在相碰的一刹那，突然翻掌如飞，如层层雪浪向青寒光芒推去，立时，雪花掌影锁住了青芒，靳候见之低吟道：

"冰雪玄幻掌！"

众人立时明白雪龙多杰是用神羚十八式，亦是用冰雪神佑圣山派的神秘武学来应付柳叶无忧剑，青芒锐利，强凛之气隐隐有突破雪龙多杰的掌影之势，显然，无忧剑占据了优势。

苏忆星和北川雨星渐渐为雪龙多杰担起心来，但亦为刚才靳家兄妹以及几名剑士如何被捉感到茫然，因为靳贝磊的武功显然高过其妹，就在众人为雪龙多杰担心时，雪龙多杰呵呵朗笑道："无忧剑，夺命剑，也不过如此！"

突然，雪龙多杰眼光奇特，如空洁无物的月华般，专注于剑芒，虚空之手突然闪电般曲指一弹，立时"波"的一响，只听"当"的一声，青芒剑锋剧颤，雪龙多杰乘机如鬼附身，大跨两步，叫道："阿弥陀佛，善哉善哉！"

说得滑稽之极，突然那"无相闲弹"的曲指一晃，闪出三道金芒，突然向靳贝琢手腕射去，靳候见之大惊，正欲出手相救，靳贝琢娇哼一声，虚踩莲步，倒退了几丈，持剑之手低垂不起，眼中依旧充满忿忿不平。

众人料不到这场打斗会如此峰回路转，而且如此快就分出了胜负，均讶然失色，雪龙多杰冷冷地道："败于本少爷之手，靳姑娘一点也不冤枉，武学之道，异曲同工，无忧剑本少爷早就见识过，靳前辈，你说呢？！"

靳候疑惑地望着雪龙多杰，深深沉迷于刚才雪龙多杰精妙如破空流星一般来去无迹可寻的两招，只用了两招，就击败了无忧剑，如何能让他相信？见雪龙多杰发问，反问道：

"刚才必胜两式绝不是出自冰雪神佑圣山派！"

雪龙多杰呵呵笑道："不错，绝对不是出自冰雪神佑圣山派，而是出自佛门空手道！"

靳候和在场诸人一听佛门空手道，觉得这词语好不新鲜，只听说过扶桑空手道，到现在才知有个佛门空手道，靳贝琢脸上发白，更是岔然，自己出自无忧剑道，在江湖上声名显赫，无论如何说也比这佛门空手道——旁门左道厉害，正欲上前再战，靳候阻道：

"贝琢，不要上去，你不是他的对手！"

这一句话更是激怒了靳贝琢，就是旁边的靳贝磊亦有不服气，他想起刚才的受制于人就心有杀机，于是踏步上前，沉声道：

"刚才本公子被你们利箭相逼，又以家妹为质，方才受制于你们，阁下亦是出自有名之派，何况又是一族之少头领，以多制少，算什么好汉，有胆识的就出来单挑，如何?！"

雪龙多杰见到恃才狂妄的靳贝磊就有火，就觉得不顺眼，此时见他为其妹也想强出头，冷冷地道："本少爷以多胜少，利箭相逼又如何，那是因为你们先行不义，以两名特使的武功，量你靳家兄妹是奈何不了的，不是暗中偷袭，就是群起攻之，本少爷还没有说呢，刚才若本少爷睚眦必报，只怕你兄妹早成亡魂了，怎奈本少爷不想与靳前辈为敌，只凭这种以大局为重的胸怀，就是你靳公子难以相比的，本少爷不想与你一较高下，只想靳前辈有个解释就成！"

雪龙少爷坐于马上，如一方霸主一般，有风度，嘴上更不饶人，听得杭绮和苏舒直皱眉头，苏忆星和北川雨星暗骂他铁嘴如花花豆腐，又如森森铁翎，却是恨不起来。

而靳贝琢却恨得切齿咬牙，旁边的靳候和逍遥丐老却漠然而视，似笑非笑，想不到靳候此时还有笑意，而惊梦炫奇只静静地察颜观色，一点表情也没有，靳贝磊被雪龙多杰损得体无完肤，俊颜无光，杀机立现，冷喝道：

"阁下如此说，是不是忌惮本公子手中之剑，欲见好就收？说实在的，你那几手只不过是用巧，而武学讲的是真才实学，你没胆量！"

雪龙多杰扶鞍而下，笑呵呵道："后起一辈中，确是人才济济，但总有一个强者，就如四种绝命兵器一般，怡心钩过后就是无忧剑，本少爷就以一把弯刀来会会你！"

说完，一位雪衣武士捧着一把冷森森的弯刀上前，这种弯刀在边藏一带十分盛行，几乎每一位藏民都有一把，十分普通，雪衣武士道：

"少头人，属下这把弯刀不知是否称心！"

雪龙多杰不言不语，随手带了过来，方才说道：

"足够了，在本少爷眼中，一切武器均是自身的虚幻衍生，虚幻毕竟虚幻，不是绝对！"

说完上前一步，向靳贝磊道："阁下今日战意之浓，罕见之极，若阁下今日败了，可知那意味着什么？阁下可得三思而后动！"

靳贝磊俊面更是难看，低垂的无忧剑尖突然一抬，剧颤了几下，立时幻作无数的剑尖之影，破空"滋滋"直响，果然名家一出手，就看有没有，见到靳贝磊隐有大家风范，无忧剑法已有小成，更有心得，靳候才缓下一口气，雪龙多杰暗忖：贝磊剑上造诣较之其妹果然高出不少！

但雪龙多杰似乎有恃无恐，一副若无其事的样儿，这样的态度倒让苏忆星倒抽冷气，忍不住道："雪龙多杰，若你这般迎敌，只怕连命也会没有的！"

雪龙多杰见苏忆星关心溢于言表，却如此生硬，笑呵呵道："你本来十分关心我的生死，说出来也这般不依不饶的样儿，本少爷怎不知晓你一片浓情厚意，你只管放心，待会儿还你一个完整无缺的雪龙少爷就是！"

众人见他如此调侃，均看向二人，若有所悟，繁星宫宫主苏舒更是皱了皱眉头，双眼恨恨地瞪向苏忆星。苏忆星又羞又恼，真后悔刚才多嘴，狠狠跺了跺脚，方发现宫主的眼神，立时惴惴不安地对苏舒道：

"宫主，我……我……他在胡说八道！"

苏舒见到此情景，又见杭绮若有讥笑之意，更加恨苏忆星不洁身自好，冷冷哼了一下，表示她的不满，北川雨星见到二人如此微妙的关系，脸上立时如有一层寒霜，心里更是浓浓的酸楚与委屈，眼睛向师父惊梦炫奇望去，惊梦炫奇一点表示也没有。这时桑龙多杰发言了，道：

"雪龙，你还是小心一些！"

雪龙多杰神色一肃，向靳贝磊道："阁下意欲与本少爷一较高下，本少爷就让你先手，阁下此时不动手，更待何时，剑不得不发啊！"

此话刚落，靳贝磊乍喝一声，身影如一团白云，向雪龙多杰罩来，而且那团青芒如烟似雾，难辨真假，雪龙多杰此时已无机会凝神聚气使用天元法眼，本能地用弯刀向空虚割，如一道金虹，硬生生将无忧剑的来路割断。

在众人大惊失色之际，只听"叮叮当当"的交碰声，显然两人兵器硬生生地碰在了一起，就在这刹那，突然，雪龙多杰暴退数丈，如风卷残雪一般，更如神羚遁雪，雪龙多杰手中的弯刀已在交碰之时被震断成无数碎块，如飞星火花一般，散射开去，神羚谷众人和苏忆星及北川雨星均大惊失色，显然靳贝磊占了兵器之利。

靳贝磊在大好形势下突然裹步不前，两人之间立时距离两丈多远，靳贝磊赞道：

"阁下果然厉害，在兵器被毁时居然可以全身而退，而且还能以退为进！"

雪龙多杰呵呵笑道："阁下年纪轻轻，身剑合一，进如闪电霹雳，退如音消影匿，虽然占有兵器之利，但行家就是行家！"

在场的一谷一宫一溪三位主人以及逍遥丐老、惊梦炫奇均为两人的这快疾无比的交手欣慰，觉得二人确是势均力敌，但似乎雪龙多杰退身更胜，眼力过人，反应更是敏捷无比，靳候脸上没有任何变化，但心中却在想：这小子出手神秘无比，而且怪招博杂，根本就看不出一丝端倪，若只用冰雪神佑圣山派的武功，他靳候岂有不知之理。

雪龙多杰刚才在兵器一触而断时，心里委实大吃一惊，但在此时脑海里火花一闪，本能地手指一圈虚画，立时消去了凌厉的剑气，并且快疾无比地变指为弹，阻住了无忧剑的前进，方才借力使出神羚十八式中的神羚遁雪。

惊梦炫奇见到雪龙多杰消解剑气的招式与惊梦一族的化梦若幻指法中的导虚指相似，面色一变，暗忖：这小子如何会惊梦一族之绝技，而且刚才出手时那弯刀圆弧与怡心钩法亦有相似，暗忖这小子如何知道得如此之多，难道真的天下武学同源，相似之处会有如此之多！

靳贝磊见雪龙多杰对他亦大赞了一番，倒是觉得有点意外，以雪龙多杰在他眼中的形象，是狂妄自大的人，怎会去夸别人，两人倒有些"臭味"相投，只是靳贝磊有点面冰，而雪龙多杰有点面"热"，靳贝磊不再说其他的，向雪龙多杰道："阁下还是另外换一件兵器，本公子不想乘人之危，以免阁下输了不服气！"

雪龙多杰嘿嘿冷笑道："换一件兵器也不如你那件宝贝，不一会儿又会被你毁掉的！"

北川雨星本在吃苏忆星的醋，此时鬼使神差地向雪龙多杰走了过去，把天寒匕递给了雪龙多杰，道："雪龙公子不妨用这把利器，或许会给你带来好运！"

雪龙多杰看着北川雨星，见此公子玉面朱唇，肤如凝脂，暗忖：这小子是不是喝牛奶长大的，或是在牛奶中泡大的，皮肤像小娘们，北川雨星见雪龙多杰一双贼眼在她脸上飞来飞去，立时觉得脸有蚂蚁在爬动，更是滚烫起来。二人萍水相逢，如何可用他的武器，何况这么短的兵器，如何使用，待雪龙多杰细看匕尾才发现匕尾的天蚕丝，立时一愣，嗫嚅道：

"惊梦一族的天寒匕！"

逍遥丐老在旁乐呵呵道："小伙子满有眼光的嘛，一下就看出这是天寒匕，当然也知道她是何方神圣了，别人的东西你可以不用，她给的东西你却不得不用哟！"

说者满有他意，苏忆星一听此公子是惊梦一族，立时明白他是惊梦炫奇的徒弟，不知为何，心里对这公子总有一种莫名其妙的敌意，仿佛他"偷"了她心爱的宝贝了，靳贝琢幽恨地瞪了瞪北川雨星两眼，暗忖：枉我对你那样一往情深，此时居然给这死人送兵刃，哼，这明显是落我靳贝琢的脸！

但想归想，靳贝琢沉湎爱情很深，又如何恨得起来呢，心里只有怨了别人又怨自己！

雪龙多杰一下明白，他就是惊梦炫奇的徒儿，立时道："呵，你就是与我同被天下人诬陷为朔先生后裔的北川雨星，惊梦炫奇的徒弟！"

惊梦炫奇在一旁突然道："他正是老夫之爱徒，怎么，是不是一朝见面就惺惺相惜！"

雪龙多杰立时脸色不自然，嗫嚅道："不敢，真的不敢，老爷子似乎说起过惊梦大叔有位徒弟，怎么会是……"

北川雨星女儿心思，立时明白过来雪龙多杰将要说什么，脸色一报，尴尬笑道：

"我这样是不是难看，不像惊梦炫奇之徒？"

雪龙多杰呵呵笑道："不是，不是，老爷子说若是女儿身，就是本少爷飞也飞不掉的老婆，若是男儿身，就是本少爷的亲哥们，唉，见面之后，倒有些失望，亲哥们哪有老婆好呢！"

此话一出，众人均含笑不语，觉得这活宝开玩笑也不论场合，仿佛他一人在场一般，只凭这份洒脱就如一方霸主了，北川雨星脸色更红，笑着掩饰道："想做本公子的兄弟，只怕你还得改改德性，否则，本公子才不管你是不是神羚谷的少头人呢！"

逍遥丐老见场中气氛好了许多，心宽体畅道："好啦好啦，你们两个就别在这里打哈哈了，老婆也好，兄弟也好，是你们俩的事，先把这里的事了结了，还是找间屋子关着去说吧！"

两人立时脸色更不自然，北川雨星立时忐忑不安，想：难道他早就知我不是公子而是千金，那……那……想到这里，她真的没胆子再呆在显眼的地方。靳贝琢突然道：

"北川雨星，你……你是不是朔师伯的儿子？"

北川雨星和在场的人均是一愣，立时竖耳静听，北川雨星见靳贝琢面色苍白的可怜样儿，深深地叹了口气，道："靳姑娘如此相问，本公子又如何说呢！"

此话不假，北川雨星承认，大家也不会完全相信，否认，也不完全相信，还不如不说，让大家去猜，但靳贝琢却不这么想，只凭他深深叹惜与左右为难的样儿，她情泯心智，倒是相信了，脸色更苍白，眼中亦有了泪花，突向北川雨星道："我知道你的难处，不承认也是一样，害你们一家，老爷子并没有参加，你踏足江湖，肯定是想报仇，你不要与老柳为难，好么？"

女孩的心就是复杂，现在靳贝琢似乎一下就想通了，北川雨星对她冷冰冰的，一定是因为她是靳候之女，现在又当她的面送天寒匕给雪龙多杰与其兄比斗，更有报仇之嫌，北川雨星不是朔玉之后还会是谁，自古以来就有无风不起浪的说法，江湖上传闻惊梦炫奇的徒弟就是朔玉之后，北川雨星暗叫倒霉，被这刁女贴上了，在场的靳候、苏舒和杭绮却是脸色一变，均望向北川雨星冰冷冷的眼神。杭绮听了靳贝琢的话，尖声道：

"靳丫头，你别将你老爹的责任推得一干二净，他应是主谋才对，现在朔师兄的儿子在这里，我们倒应先把话说个明明白白，他要怎样报仇，也要公平些，我可是个跑腿的！"

靳贝琢见杭绮怕成了这样，又知道她与惊梦炫奇的关系不同一般，当然消息来得真些，如今她也称北川雨星是朔师伯的儿子，那还有何话可说，靳候和苏舒此时亦如是想，面色亦是立变，靳贝琢和靳贝磊均忿忿不平，靳贝琢泪花直滚，道："陷害同门师兄，其罪难赦，我也知道，但苏阿姨是他外婆，你又与惊梦炫奇有关系……谁个不知道，他能将你们二人怎样？老爷子没有参加，反而成了主谋，这难

· 225 ·

道就公平吗？"

苏舒与杭绮被人揭了短，老脸一板，齐声道："靳丫头，你别在此胡说八道！"

这时靳贝磊冷冷地道："阿妹怎么胡说？这些事谁不知道？北川雨星要报仇，天经地义，我靳贝磊决不说三道四，也不会插手，但若是再掺和其他原因，我靳贝磊亦决不同意！"

说完冷眼如刃地望向两位阿姨、北川雨星师徒，雪龙多杰哈哈笑道：

"靳公子说得光明磊落，本少爷也赞同，北川老弟，不是我多嘴，这件事你确实应秉公而办，但以你现在的功力，要报仇只怕为时尚早，千万别步你老爹之后尘呀！"

北川雨星冷眼看向雪龙多杰，良久才道：

"本公子如何报仇，无需别人的议论，本公子亦没有亲口承认是朔玉先生的后裔，你们想如何说就如何说吧，倒是不悔不归老的四名弟子相互猜忌，十五年前的事已是一个教训，如今若还不醒悟过来，四大绝命兵器在江湖上消亡是迟早的事！"

靳候听之，若有所思，杭绮则狠狠地望向靳候，而苏舒则不言不语，而场中最糊涂的当是苏忆星、小黄鹂和小画眉，明明她们已将雪龙多杰定位成星儿阿姨与朔玉的儿子，此时却是如此结果，真使她们将信将疑，苏忆星一会儿看雪龙多杰，一会儿看北川雨星，越来越觉得不对劲，而且北川雨星的名字中有"雨"和"星"二字，当是可能性较大，苏忆星开始考虑雪龙多杰是不是赝品了！

靳贝磊向雪龙多杰道："阁下与本公子的一决高下还没有结果，阁下果真要用这把短匕么？"

雪龙多杰看了看北川雨星，意味深长地道：

"她给我的兵器，应不会差吧，阁下应明白，本少爷的武学造诣，无论手中拿着什么武器，均会是一招致命的，但愿阁下不是楼外楼那两名窝囊剑士，让人扫兴！"

靳贝琢听到这里，眼中杀机森森，向其兄靳贝磊道："哥，你把他杀了，为他们报仇！"

"嘿嘿，让你哥为他们报仇，那本少爷也要杀了你这小丫头为本少爷两名手下报仇！"

靳贝琢见雪龙多杰居然敢调侃她，一点也不把她当柳溪千金，小丫头小丫头地乱称呼，直恨得粉脸冒冰气，但又无可奈何，技不如人，就是如此，靳贝磊大喝一声："阁下小心了！"

说完，靳贝磊剑芒再起，出招之间，已是无忧剑之绝技，看得周围之人直冒冷汗，而靳候看得亦皱眉头，暗觉靳贝磊太过狠辣。只见柳叶无忧剑如无数束细丝柳在飓风中乱披风般直向前暴射而来，根本无法躲闪，谁知雪龙多杰在天寒匕快疾无比地割出一道圆弧后，突然一伸手，天寒匕立时窜了出去，直取靳贝磊的心窝，同时，在第二波无忧剑势来临之前拔身而起，撒下零星雪花，立时，无数的青芒穿过冰寒圆弧，透射而来，但只能穿透雪龙多杰留下的如雪花般的残余留影。

靳贝磊对天寒匕似熟悉无比，并不忌惮它，在天寒匕穿透青芒之时，突然足下一滑，身影一飘，似躲在砾石上一般，手中的剑却狠狠地拉出一道亮痕，只听"当"的一声，天寒匕剧颤了一下，直往下坠，靳贝磊在这般优势下岂会放过，将手中无忧剑一旋，立时划出一个冷森森的亮锥面。

在旁观战的北川雨星芳心暗惊，直呼道："快收！"显然她是担心无忧剑缠住了天蚕丝，但雪龙多杰充耳不闻，呵呵笑道：

"你只担心天寒匕，却不担心我的生命之危，本少爷还要这天寒匕有何用，不如就让他卷去，以免睹物思人，空留悲伤！"

说完在空中曲指一弹，立听破空"吱"声传来，众人见这小子故伎重演，暗惊这古怪的一招还真有用，却不知这"无相闲弹"大有来历，无忧剑明显被这一招"无相闲弹"弹中，剑身轻颤了一下，而且那划出的冷森剑影亦受到了冲击，从中间破裂开去，靳贝磊料不到这"无相闲弹"劲力犀利无比，穿透剑影后，更扑面而来，并不亚于如烟追魂针，心中剧震，本能地拖剑后退，优势在闪电之际转向了雪龙多杰，雪龙多杰只觉手中天蚕丝在一紧之后，又是一松，立时明白天蚕丝韧性十足，滑溜无比，在剑势一弱之际，已然滑脱了无忧剑！

雪龙多杰岂会放过这般优势，立时双指一旋，上下急抖，气劲由细细的天蚕丝窜向天寒匕，天寒匕如灵蛇出洞，划破长空，如影附身，由剑阵的裂隙中钻了过去，乘胜进击，靳贝磊料不到天寒匕短时犀利，飞出后亦如此灵敏、活跃，更没想到雪龙多杰用天寒匕如此得心应手，见到天寒匕袭来，慌乱中故技重施，把剑一横，天寒匕准确无误地钉在无忧剑上，又是"当"的一声响。

夜空如死一般寂静，更如空谷幽潭，众人只默默地看这场龙虎相斗，匕剑相击的声音破了夜空，亦碎了众人快要停下来的心，乱了绷紧的神经，靳贝磊一再受制，傲气立生，闷哼一声，拔地而起，挺剑而上，急锁雪龙多杰的来路，雪龙多杰在靳贝磊上跃之时，将飞出的天寒匕收入手中，以匕当指，虚空而划，果断地冲入剑阵，立听"当当"声不绝于耳。

两人受兵刃的冲击，均向后飞退而去，这一个照面，两人互有攻守，各有得失，靳候在两人落地之时，突然乍喝道：

"住手！"

两人均向靳候望去，靳候冷颜威严无比，俨然一派宗主的气派，挥手道："你二人初次相见，竟凭年轻气盛，真想比个生死高下么？"

靳贝磊见老头子生怒，心中一寒，雪龙多杰立时补言道："靳前辈所言极是，在下与贵公子确无生死之仇，不必拼个你死我活，但我们胜负未分，又怎可停手呢？！"

靳候道："本侯观看多时，其实胜负已分，不用再斗下去，否则必有流血人亡之憾！"

众人听之一怔，不知其故，靳候续道："贝磊全力而为，功力稍逊一筹，又心浮气躁，而公子却心静如水，行招如行云流水，而且以本侯直觉，公子并未全力而为，胸中武学虽然博杂，但却博而精，而且各派之学相印生辉，互补无痕，可见公子实力稳在贝磊之上！"

雪龙多杰听得暗暗心惊，暗忖：这侯爷果然眼利得很，在二人快疾无比的行招之际看得一清二楚，但依旧呵呵笑道："侯爷这番话实在是抬举在下了，贵公子与在下实是伯仲之间，侯爷分析得虽然在理，但却没说出柳叶无忧剑的优点——那就是无忧剑招，神出鬼没，也会异军突起，在一招之内置人于死地，固以常理来论四大绝命兵器，那就是致命的错误！"

雪龙多杰解说得合情合理，即使是靳候，亦是眼睛一亮，颔首赞同，靳贝磊则是面色冰冷如昔，冷冷地道："阁下只凭刚才的见地，就比本公子强多了，本公子今日认输，但下次见面，本公子未必会输与你！"

说完再也不答言，退到了靳候旁边，雪龙多杰方才向靳候道："至于今夜本少爷两名属下死于无忧剑下，侯爷定要给在下一个答复，同时在下亦会感谢侯爷，在那群来路不明的黑衣人袭击在下族人时，伸出援手，合力击杀了他们，侯爷应注意他们的动向，他们绝不会就此罢休的，说不定哪日会突袭柳溪十二堡！"

靳候这才明白自己的手下何以有能力击杀那些黑衣人，只留下一人逃出，而且也阵亡了，这件事显然并不简单，是谁在暗中捣鬼呢？雪龙多杰这时又冷哼道：

"神羚谷决不是道家佛门之人，谁惹着了，都会让他没好日子过！"

说完方才转头向北川雨星道："还得多谢北川公子借匕一用，现在物归原主，这玩意儿确实是个宝物！"

接着将天寒匕递于北川雨星，逍遥丐老笑呵呵道："你还她做甚，这是她小小心意，就当你们的见面礼吧，现在你们可是兄弟了呢！"

北川雨星脸上一报，不理逍遥丐老的话，慌忙接过了天寒匕，嗫嚅道："这天寒匕不能作礼物送给别人，以后……再说吧！"

说完北川雨星心思慌乱地走到惊梦炫奇身旁，雪龙多杰放眼黑夜，叹道：

"今夜本是十五年前的续约，依旧粘了血腥，看来这场血腥还会继续，本族今夜亦有损失，无故卷入了这场争斗之中，唉，两名特使居然会中道而死，爽了这次约会！"

靳候立时冷冷地道："你不必耿耿于怀，本侯定当全力而为，查出事实，还你个公道！"

"其实两名特使带来的消息也会让诸位失望，仅带来一句话，就是时机未到，玉佛不现，宝物有主，妄自觊觎！"

众人听之，立时眼睛大瞪，料不到约会是个骗局，玉佛既然有主人，又不出现，觊觎又有何用，害得大家在此傻乎乎地等，杭绮立时不服道："玉佛乃列兵峰镇峰之宝，玉佛未上峰，我们均有责任追寻，又何来玉佛之主，明明是吉龙多杰想一人独吞，才用这话掩饰！"

雪龙多杰知道杭婉琪是她女儿，但依旧恼怒，大喝道："你别在这里煽风点火，谁有资格成为玉佛之主，大家心里明白，老子不属列兵峰的人，但受故人所托，不得不为！"

"好小子，居然在我面前卖狂，本谷主就让你尝尝追魂针的厉害！"

杭绮倚老卖老，玉佛没有见着，在此傻等了一夜，繁星宫吴山分宫出事又把她牵了进去，心里早有火气，此时如何耐得住，雪龙多杰冷冷地道："在下尊你是前辈，又是杭姐姐的母亲，不想与你为敌，但若前辈倚老卖老，那就选错了地方，追魂针又有什么了不起，不信你试试看，看本少爷如何破了它们！"

雪龙多杰此时不知为何亦怒火上窜，而且愈窜愈猛，一想起十五年前的事他就有火，以他性格，如何肯给杭绮面子，众人见二人一言不和，就要相斗一番的架势，但又不好插手，倒想看看雪龙多杰口气如此大，如何破追魂针。

杭绮闪身上前，粉面寒霜，气急败坏，觉得应教训教训这小子，雪龙多杰弯身抓了一把沙砾，呵道："看见了么，本少爷就用这些挡你的绝命兵器，你信不信？"

此话狂妄之极，雪龙多杰更满脸不屑之态，杭绮如何忍得住，立时挥袖而去，射出追魂针！

众人见之，立时哗然，均为雪龙多杰担心吊胆，苏忆星和北川雨星简直不敢看那惨不忍睹的样儿，试想，若雪龙多杰不能躲过如烟追魂针，岂不是好端端的一个小伙儿立刻就会变成一只带血的死刺猬，让人多心痛惋惜！

但雪龙多杰果然没有变成带血的刺猬，他吹牛从来也是有根有据，合情合理的，在杭绮疾射出一团如烟追魂针时，雪龙多杰运劲于掌中，将功力贯注于每一粒沙砾上，飞抛而去，立时，无数的沙砾一层层地弥漫开，顿时，场中"沙沙"声与"叮叮"声此起彼落。

得如烟追魂针势缓了下来时，雪龙多杰立时施出了夸父追日步和女娲摘星手，顿时，他那伟岸的身子化为虚幻，而手掌快疾无比地向脱漏而来的追魂针如扫浮云，摘流星一般抹去。

如烟追魂针碰到雪龙多杰猛烈的内劲，立时劲竭，针尖虽然锐利，但失去了方向，均飘进尘沙之中，这一幕看得杭绮心痛之极，更是愤怒和忿忿不平，她不相信这小子年纪轻轻，居然可以在谈笑之间破了她的如烟追魂针！

靳候这时突然脸色一变，待二人停了下来，肃然问道："雪龙公子刚才使用的招式是否来自血光玉佛？"

雪龙多杰心里一震，但脸上依旧如故，道：

"靳前辈何以有此想法，是不是因为在下能够轻而易举破了如烟追魂针？"

众人这时也有些怀疑，因为古怪招式全是他们这些老江湖见所未见的，靳候如此说，定是有根有据，靳候见雪龙多杰不惊反问，暗忖：难道自己猜错了？不由自己点头承认！

雪龙多杰呵呵笑道："能破如烟追魂针全赖天元法眼，这是在下多年炼习佛界心法略有小成，才看清快疾无比的追魂针，不要忘记，在下是出自冰雪神佑圣山派，得圣山冰雪洗礼，冰雪神的感应，能挡住如烟追魂针不足为怪！"

众人听雪龙多杰说得振振有词，但依旧不信，倒开始相信靳候说的话，这些东西均出自血光玉佛，只有血光玉佛上的武学，他们才可能没有见过，众人对雪龙多杰的来历更感到可疑，只因他今夜的表现太出人意料，太锋芒毕露了！

雪龙多杰那样说，靳候倒无话可说，率先向众人告辞，很快，场中就只留下惊梦炫奇师徒，当然还有繁星宫和浮烟谷的人，杭绮当然是在等惊梦炫奇，而繁星宫少宫主自然有话要说。

北川雨星与其师父分别重逢，当然不想再与他分开，现在众人均以为他就是朔玉的儿子，当然，他的生命安危也十分重要，惊梦炫奇待柳溪人走后，踏前一步，向雪龙多杰道：

"少头人今夜一展身手，不愧为神羚谷少头人，冰雪神佑圣山派后辈中的佼佼者，老夫真为吉龙头人有你这样的一个儿子而高兴！"

雪龙多杰倒明显谦虚起来，向惊梦炫奇道：

"惊梦叔叔正当中年，怎自称老夫，小侄那三脚猫的功夫怎当得了阿叔的夸奖，老爷子在小侄面前时常提到阿叔，亦提到过北川世兄，故见面虽然面生，但亦算相识很久了！"

北川雨星一旁听雪龙多杰称她世兄，脸上一赧，同时心里一紧，忍不住问道：

"世伯说到为兄时，是否提到其他事情？"

雪龙多杰调笑道："当然将世兄说得很详细，老爷子说时，世兄的音容笑貌似乎就是在小弟的眼前，今日一见，果然貌比潘安，小弟真是钦慕自己这样一位世兄，也很高兴！"

北川雨星一愣，脸一红，暗忖：这小子平时少头人当惯了，此时见人说话都是那肆无忌惮的口气，忙转口道："世伯真只说了这些吗？"

雪龙多杰茫然道："难道应该还有话告诉我？"

北川雨星一愣，失望道："应该只有这些！"

说完，北川雨星脸色不好，道："师父，你是去浮烟谷，还是与徒儿一道去丐帮？徒儿已打算跟逍遥丐老爷爷去丐帮！"

惊梦炫奇望了望在一旁怒气未消的杭绮道："师父有师父的事，你去丐帮就去吧，但可要小心，现在你可变成了怡心钩主的儿子了！"

杭绮听到此言，面色缓了不少，惊梦炫奇又与佐龙多杰和桑龙多杰说了一番话，才与杭绮联袂而去。

北川雨星看着师父消失在黑夜之中，茫然若失，幽幽叹了口气，复转头对雪龙多杰道：

"世弟今夜之后，有何打算？"

雪龙多杰道："不知道，过一天算一天吧，但有一件事却是要做的，那就是，本少爷很快就会去找你，与你单独述述兄弟之情嘛！"

北川雨星心中暗喜，往日的幽怨这时经此语一酝酿，立时化作了满脸柔情，更是羞涩幸福，向雪龙多杰怯生生地道："为兄就翘首以盼，如今江湖侠魔并起，隐有乱象，世弟应小心！"

雪龙多杰忍不住握住北川雨星的手道：

"为兄心里明白，现在该小心的应是你，有些事本来不应让你承担的……"

说完北川雨星心里释然，深深地看了看雪龙多杰，拉着逍遥丐老的手道："我们走吧！"

雪龙多杰望着瘦小的两条身影很快消失，直觉得是被黑夜吞没的，心里升起了一丝恐慌，不由自主道："但愿他们一路平安，逢凶化吉！"

在雪龙多杰与众人话别之时，苏忆星已将与雪龙多杰在一起所知道的情况告诉了苏舒，苏舒耐着性子皱着眉头听完了，若有所思。

最后，繁星宫宫主终于决定离开，留下了苏忆星一行主婢三人，雪龙多杰看着北川雨星消失后，方才回首，见场中只留下神羚谷的人和苏忆星三女，不由一愣，呵呵笑道：

"十五年之约，想不到会有如此个散场！"

这时突然从林间传出一阴森森的声音道：

"十五年的约会，不会那么简单，这只是约会的开始，又岂可说是结束呢！"

雪龙多杰心里一惊，暗忖怎么会走了一批，人又来了一批呢，这些江湖渣子真是难以打发，正想之时，从黑暗中走出了西域灾僧，旁边又是几位如仙女般的女子，但这些女子似乎均有暴露癖，轻纱罗裙，玉臂乳胸似隐似现，娇躯若扶风弱柳，娇容散发出妖冶之气，一笑一颦均使人有些心旌荡漾，难以自持，即使雪龙多杰这样的"处男"，也有点心思"抛锚"，脸上很快热得发烫，雪龙多杰暗暗心惊，慌忙凝神聚气，胸中默念孔孟之道。

桑龙多杰和佐龙多杰见多识广，很快知道这些浪女就是迷蝶浪女，桑龙多杰轻语告诉了雪龙多杰，雪龙多杰暗暗皱了皱眉头，向苏忆星三女望去，担心她们不知好歹，要上前去和她们一了分宫之劫。

苏忆星三女一见迷蝶浪女，脸上立时闪出杀机，已有些跃跃欲试，这时，从迷蝶浪女中莲步而出一位绝色女子，此女正是"迷蝶格格"，一看便知她的媚术技高一筹。

迷蝶格格轻挪腰肢，一笑，顿时群蝶失色，吸引了在场所有人的眼光，雪龙多杰很快嗅到一阵迷醉的香气，只觉脑子一阵晕，心里暗骇，哪敢造次，暗暗告诉自己：

"此女虽美，但是心毒如蝎！"

如此一想，心念很快清晰了许多，雪龙多杰向"迷蝶格格"怒喝道："无论你是谁，在本少爷面前最好放老实点，否则迷蝶也会断魂！"

迷蝶格格咯咯笑道："公子貌比潘安，才过周瑜，想必风流也会不逊于秦少游吧，何以一见妾身，就要断魂，难不成妾身前世欠公子欠得太多，或是辜负了公子的绵绵浓情！"

雪龙多杰见此女不但媚术一流，而且话语扣人心肺，立时如触电一般，脸上更是一热。苏忆星看在眼里，怒在心头，忍不住吃起酸醋，冷冷哼了一声，雪龙多杰听到冷哼，心头一震，暗怪自己孟浪色心难抑，脑中一下清醒过来，向苏忆星望去，见苏忆星正恶狠狠地瞪着他，俨然老婆管老公一般。

雪龙多杰忍不住向苏忆星笑了笑，苏忆星不明这浑小子何以向她发笑，此时此刻倒不想细想，复转首望向迷蝶格格。迷蝶格格立时看出雪龙多杰和苏忆星之间的微妙关系，咯咯娇笑道："公子原来名士有主了，但天下间香花何其多，公子何必独恋一枝，有花堪折直需折，莫待花落空对枝哟！"

说完，迷蝶格格又向雪龙多杰近了几步，苏忆星此时气怒外加杀机，再也耐不住，飞身而起，玉手向迷蝶格格扇来，迷蝶格格似有意激怒苏忆星，当然心有戒备，见苏忆星袭来，娇笑着拂袖而起，抵挡着苏忆星，借此退了几步，方才娇笑道：

"姐姐为何初见妹妹，就生这么大的火，纵然姐姐亦看中了公子，就做大好啦，何必动手"

此话一出，众皆愕然，迷蝶格格也太过分了，雪龙多杰虽然四书五经样样精通，但不为之束缚，暗忖，就让她二人在此磨嘴皮子，他才懒得管，回头向桑龙多杰道：

"大叔小叔，这里全是些无聊之人，我们还是回客栈吧！"

西域灾僧冷哼道："本僧在此，话未说明，你得留下来，其余之人，来去自便！"

雪龙多杰俊眉一扬，道："可是阁下在嘀咕？"

说完两眼如刃，向西域灾僧望去，西域灾僧何等狂妄的人物，见到比他还狂的人，心里一愣，不由呵呵笑道："嘿嘿，合本僧脾气，本僧就喜欢这种性格的小子！"

雪龙多杰亦笑道："嘿嘿，本少爷却不喜欢你这种人，脸如血浸过一般，似乎刚从死人堆里爬出来的，那一身黑衣，似乎你家里天天都在死人一般，你还是远远地站着！"

"什么？好小子，你敢消遣本僧！"

雪龙多杰一副有恃无恐的样儿，根本就未把西域灾僧这江湖成名的人物放在眼中，西域灾僧本没有怒火，此时倒有了怒火，向雪龙多杰吼道："小子，你简直是吃了豹子胆，敢顶撞本僧，来来来，有种的与本僧过上几招！"

"谁与你过招，本少爷已走过一阵子，想与本少爷过招，明日再来吧！"

西域灾僧见雪龙多杰如此嚣张，大吼一声，挥起蒲扇大手就冲了过来，雪龙多杰往旁边一闪，喝道："放箭，让这老匹夫变成死猪！"

话音刚落，后面的几名雪衣人闪电般一字上前，快疾无比地弯弓搭箭，立听"嘣"的一声，数支利箭如飞蝗一般向冲来的西域灾僧射去，西域灾僧一见利箭，身影一缓，挥掌而扫，立时，几枝利箭坠入尘中，但依旧有几枝窜入掌影，西域灾僧顺手就擒。

"碰不得，箭上有毒！"

西域灾僧一怔，慌忙后退急闪，但依旧未躲过利箭，利箭来劲强悍，立时穿透西域灾僧的宽袖和下摆，西域灾僧惊出了一身冷汗，恶狠狠地望向几名射箭手，雪龙多杰笑呵呵地道："老和尚不要生气，本少爷只想看看你的身手如何，不会让手下再放箭的，唉，太令本少爷失望了，你看你，躲得多狼狈，好好的衣服也跟着你倒霉，实话跟你说吧，刚才那些箭是没有毒的，让本少爷告诉你，箭头银光发亮的没毒，但闪蓝光的却是有毒，千怪万怪跟只怪你的眼睛不锐利！"

西域灾僧被雪龙多杰耍了一通，杀机陡现，但见在场的雪衣人有数十人，还有两个超一流高手，更不用说这高深莫测的小子，有杀机有何用，这时，在另一边的苏忆星与迷蝶格格又对了几掌，均停下来看这边的好戏，西域灾僧怒吼道：

"小子，你也是条汉子，江湖上想成名，就莫要这般赖皮，以多欺少，有种的就站出来与本僧单挑！"

"你看你，出家之人，嘴臭得厉害，阿弥陀佛，善哉善哉，你不下地狱谁下地狱，本少爷是不是条汉子，在江湖成名，难道要你来评价，只怕过几日还要本少爷来数落你的罪行呢！"

西域灾僧料不到自己堂堂黑道煞星，白道佛星，今夜遇上了一名无赖星，一点办法也没有，气得暴跳如雷，却无济于事，迷蝶格格娇笑道："公子真酷，兵不血刃，居然未动身子，就让堂堂的西域灾僧气成了如此模样，妾身真是爱煞公子了，公子爷是否愿意去妾身香闺小住几日？妾身包你如仙似醉，乐不思蜀！"

雪龙多杰听她嗲声嗲气，刺得耳朵痒痒的，撩得心飘飘的，真有点想入非非，又见那贱人媚眼流窜，手袖晃来晃去，薄纱中的玉脂胴体更如蛇舞一般，恰似罗敷，更塞西施，却是人间尤物，不由自主深深吸了口气，叹道：

"贱婢，少在本少爷面前卖弄这些小伎俩，你这种美色，本少爷见得多了，若是规规矩矩地给本少爷站着，也许还当你是个美人，但这般如浪蝶般晃来摇去，本少爷看你就像肉铺里刚去毛的肥猪，令人恶心吐血！"

此话一出，小黄鹂忍不住"咯咯"笑了起来，抬手道："公子嘴巴就是厉害，再骂那浪女几句，替小姐出出那口恶气、闷气……"

苏忆星怒道："谁要他出恶气，死妮子，你不说话没人当你是哑巴！"

迷蝶格格娇笑道："哟，公子爷原来与她已经有了一腿，奴家真是不识趣，要讨好公子爷，还得先讨好姐姐才是，难怪公子爷会责怪奴家，奴家这就给姐姐道歉！"

说完肆无忌惮地对苏忆星道："姐姐在上，刚才小妹多有得罪，还望姐姐原谅！"

苏忆星洁身自好，怎会与雪龙多杰有一腿，羞得脸红，更是怒得含霜，叱道："淫荡，今日本小姐定要结果了你！"

说完，双袖一挥，立时，一道七彩光环随风而舞，照亮月空，迷蝶格格当然知道厉害，亦不示弱，散出无数的迷蝶菱锥，立时流星闪闪，彩蝶飘飘，流星镖碰上飞舞的迷蝶，劲力衰竭，纷纷而下，倒是几只彩蝶依旧在飞，而且，更要命的是，彩蝶丛中，是一团淡淡的轻雾，流星镖亦有几只向迷蝶格格飞去。

两女一怒一娇，均未料到对方如此棘手，在暴退之际，苏忆星粘上了那团淡烟，迷蝶乘虚而来，叮在苏忆星的衣裙上，而流星镖亦有几枚刺进了迷蝶格格的肌肤，两女在一愣之后，均知业已中毒，迷蝶格格只觉心脉一麻，直透全身，而苏忆星亦觉得全身一酥，暖洋洋的，如沐煦日，苏忆星叱道："贱人，你这是什么毒？"

说着，苏忆星娇躯摇晃了几下，小画眉见状，立时上前扶住小姐，迷蝶格格亦如霜打的茄子，暗忖：好厉害的毒，方知繁星宫虽然正派，但也会这些歹毒之策，在几位浪女的簇拥下，咯咯惨笑道："原来名震江湖的繁星宫也会用毒！"

小黄鹂狠狠地道："这叫以其人之道，还治其人之身，妖女，快把解药送过来，否则你很快就会全身无力，功力全失，变成废人！"

迷蝶格格一愣，脸色立变，忽而娇笑道："哟，你凶，本三奶奶变成废人没关系，但你那自视清高，冰清玉洁的小姐很快就地变成浪女，比我们还放荡，你们等看着她的丑态吧！"

雪龙多杰暗惊，跨步上前，见苏忆星两目忽闪忽亮，欲念正在上冲，双颊更是潮红，更加妩媚动人，如熟透的鲜桃，待人吞咽，苏忆星一见雪龙多杰，淫念更加浓，慌忙对雪龙多杰道："你……你别过来，快向那贱人要解药！"

迷蝶格格歹毒地娇笑道："公子爷，妾身正成全你的好事呢，你快过去呀，等会儿她定淫荡得很，自会让你欲仙欲死，你不解她的渴，她自己也会爬来求你呢，否则定会欲火焚身而死！"

苏忆星听着不堪入耳，心中绮念陡涨，慌忙紧咬朱唇，闷得双眼发红，如一头发情的母虎一般，雪龙多杰慌忙对迷蝶格格道：

"快把解药拿出来，你中了散气化功霉素，不解也会变成无用之人的！"

迷蝶格格狠狠地道："公子爷只关心她，却来要挟妾身，妾身偏不给解药，成了废人又如何，大不了不踏入江湖，妾身偏要看看她这烈女贞女，如何变得淫贱，哼，敢来侮辱本姑奶奶！"

这浪女耍起无赖一点不输于雪龙多杰，雪龙多杰也只有干着急，这时苏忆星娇躯剧烈颤抖，微微扭动起来，小黄鹂见此，束手无策，道：

"雪龙公子，你……你快想些办法呀！"

突然，雪龙多杰呵呵笑道："想什么办法，本公子就是解药，本少爷与你家小姐心心相印，暗暗相爱，迟早你家小姐都会偎身于本少爷，这荡女人成人之美，本少爷何不做顺水人情，就遂了她心愿！"

说完，真的大踏步上前，抱起了苏忆星的娇躯，苏忆星此时已魂不守舍，迷坠欲渊，见雪龙多杰抱着她，微存的心智溃散，哪还记得自己是贞女，双臂如藕，紧紧扣住了雪龙多杰的虎腰。

在场的雪衣人和二婢见雪龙多杰趁火打劫，抱紧苏忆星，均是愕然，二婢暗自叫苦，以为雪龙多杰此时这般下流无耻，虽然她们很希望小姐与雪龙多杰配成一对神仙眷侣，但在这种情况下，实令人难以接受他们的苟合。

就是佐龙多杰和桑龙多杰也暗皱眉头，反应最大的当是迷蝶格格，她料不到雪龙多杰不拘小节到了如此程度，何况这对狗男女还心心相印，岂不是真的成就了他们的好事，生米一成熟饭，机会就茫茫了，酸醋一生，忙叫道：

"我给你们解药，但你们也得答应把解药给本姑娘，那两个贱人本姑娘不信，要雪龙公子亲自开口许诺，否则……"

雪龙多杰被苏忆星贴得紧紧的，业已感受到了苏忆星酥软的大腿、鼓鼓的胸脯、和急喘的香吸，再加上蠕动的玉手，正在暗自叫苦，若再等下去，真不知如何是好了，他堂堂的少头人，难不成为了解一位姑娘之毒，牺牲宝贵的处男之身，毁灭高贵伟岸的形象？太不划算了！

在这关口上，听到迷蝶格格终于中计，忙道："多谢姑娘回心转意，只要你给解药，本少爷定会为你求得解药，决不失信！"

迷蝶格格果真相信雪龙多杰，向后面一位使女使了使眼神，那名使女立时明白过来，急步走向雪龙多杰，交出了一只乳白色的瓷瓶，吩咐了几句，方才退下。

雪龙多杰被紧紧缠住，尴尬之极，暗悔自己怎么这么笨，以身相赌，只怕以后说也说不清了，怎对得起杭姐姐和另外的人，如此一想，再不敢耽搁，倒出了几粒解药，给苏忆星服了下去，很快，苏忆星放松了双臂双腿，不再诱人蠕动，沉沉睡了过去，雪龙多杰长舒了一口气，立时将这个麻烦交给了两女婢，对小黄鹂道："现在你家小姐没事了，把散气化功霉素的解药给我！"

小黄鹂见红潮褪尽苍白无力的小姐，撇嘴狠狠地道：

"不给，就是不给，废了那妖女！"

雪龙多杰被几个女人浪费了如此多时间，又在众手下面前损失了形象，如果又失了信，那还了得，心中怒火陡升，大叫道：

"少把好心当驴肝肺，你给不给？"

说着双眼冒火，脸色更是难看，如凶神恶煞一般，小黄鹂抬头一看，娇躯一颤，显然有些害怕了，但犟脾气立刻冒了出来，亦大叫道：

"不给，你吼什么，一掌掴过来呀！"

小黄鹂仰头视死如归的样儿，模样又可爱又可气，但女儿毕竟如水一般，眼眶里泡满了泪花，渐渐抽泣起来，还不断地唠叨道：

"现在就粗声粗气发横，耍大男人脾气，当初走不动是谁照顾你，小姐成了这样，你还为那妖女说话，简直没心肝！"

雪龙多杰简直想发疯了，紧紧地去抓头发，直想掴自己几耳光，出出这口闷气，暗忖：这恶丫头真不可理喻，合了古人教诲"这世上，唯女人与小人难缠"，但这些现在有何用，小黄鹂就是不吃这一套，仿佛她为鱼肉，你为刀俎，实质上她是面杖，你为面团，想把你逼成什么样就什么样！

万幸小画眉懂大理，识大体，见雪龙多杰那可怜的样儿，对小黄鹂道："小黄鹂，你看雪龙公子左右为难，你就发发慈悲，给了他嘛！"

此话真让雪龙多杰啼笑皆非，自己如此强悍，一方霸主，居然在两个小女人眼里显得十分可怜，还要她们发发慈悲，真是倒了八辈子霉也没如此窝囊，但又有苦只有自己知道，小黄鹂狠狠瞥了瞥雪龙多杰，才嘀咕道：

"其实他不那么凶，谁会为难他！"

说着从怀中掏出了解药，雪龙多杰看解药不假，方才安了心，一指弹向迷蝶格格，道：

"本少爷真服了你们，若服了解药，又在本少爷面前啰哩啰嗦的，本少爷决不惜香怜玉，若有那贼胆来试本少爷的耐性，只管来试！"

迷蝶格格见雪龙多杰"龙颜"大怒，倒真心有余悸，何况自己这身武功还是他收了回来，就是有那贼心，也不敢去冒犯，小画眉和小黄鹂知道雪龙多杰平时谈吐文雅，此时居然怒得难奈，脏活也脱口而出，显然他怒不可耐，已全部爆发了出来，惶然地看着怀中的小姐，不敢再言，在场的雪衣人和多杰兄弟亦没了言语，谁也犯不着去惹翻此时的雪龙多杰，倒大霉。

但西域灾僧却不管这一套，大概是不识相，对雪龙多杰道："小子，女人争风吃醋不足为怪，何必大动肝火，老僧也是十五年前的当事人，今夜之约来迟，还要你说说先前说过的话！"

雪龙多杰乱翻怒目，哪还管他是何方神圣，脱口道："你自己也知道来迟了，不早早滚开，还赖在这里等什么，告诉你，本少爷说过的话，就如流水，怎可收回再说，你以为你是谁，值得本少爷开这个先例？本少爷告诉你，你只不过是个江湖小丑，想知道，另找门路，哼，十五年前的当事人，别以为因此有理有据，本少爷告诉你，当事人个个都会没好日子过！"

西域灾僧被几句"本少爷告诉你"教训得昏头转向，眼睛瞪得比铜铃大，更是喘气如牛，此时迷蝶格格亦恢复了功力，见二人对上了火，倒不敢再造次，西域灾僧气极败坏后，却哈哈大笑起来，对雪龙多杰道：

"小子，有种，本僧服了你，普天之下怕也只有你敢如此痛训老僧，即使当年的少林方丈弗悲那老秃驴也不敢如此嚣张，痛快，痛快！"

雪龙多杰也是气极败坏，而且是被几名女人惹得气急败坏，骂了一通后，气倒消了不少，平心静气后，方觉得自己太过张狂，还以为西域灾僧会活活气死，怎么说西域灾僧也是老前辈，怎可对老前辈那般无礼，雪龙多杰万万没料到西域灾僧会狂笑起来，而且还大加赞赏，不光他，旁边数十人均是愕然无语，仿佛看着一只大猩猩一般，雪龙多杰嗫嚅道：

"喂，老伙计，你不是脑袋有毛病吧？本少爷如此对你不恭，你怎么一点也不生气？"

"呵，他奶奶个熊，本僧怎么不生气，简直气炸了肺，但突然灵光一现，佛祖告诫了本僧，要不怒不嗔，杀人可以，但要心安理得！"

雪龙多杰愣了愣，暗骂这杀人和尚有神经病，说道："本少爷既然说得好，入你的耳，那你还站在这里干什么，明知道今夜对你大大不利，还厚着脸皮待在这里！"

西域灾僧不断地哈哈大笑，笑声刺破夜空，令人毛骨悚然，最后突然止住笑，对雪龙多杰道：

"本僧十五年前就认为玉佛乃有缘人得之，看来果真是本僧杀戮太重，已经无缘了，看到小哥儿，自愧难当，小哥儿自己保重！"

说完，西域灾僧突然掠身而起，如黑鸟一般融入了黑夜之中，空洞的黑夜，回荡着笑声，西域灾僧笑声去远，突然，从林间飞掠出数道飞蝗利箭，来箭突然，在场的雪衣人慌忙拔刀挥舞，去格挡利箭，谁知利箭一碰，立即"轰轰"爆开，原来箭杆是空的，里面装满了火药，如火箭一般，多杰兄弟和雪龙多杰慌忙令人后退，而自己飞身把持三面成品字，挡住来袭的利箭。

利箭爆开，散发出淡黄的烟雾，而且有细小的磷火，几名雪衣人很快粘上磷火，燃了起来，嗅到毒烟的人，亦很快倒地不起。

苏忆星二婢见到如此突然变故，亦慌作了一团，万幸的是，那些利箭不是冲着她们而来，另一边的迷蝶浪女本想冲上前来，但迷蝶格格此时出奇地冷静，轻叱道："不许乱动！"

树林里的人开始占据了偷袭，而且在暗中的优势，但雪衣人经过严格的训练，在边退边救人时，一点不慌，借着三名高手的掩护，纷纷跃开，三个一堆，五个一群，各据一点，分散开去，组成奇阵，护着伤员，并且快疾无比地拉弓搭箭，向四周树林里疾射而去，立时听到树林里此起彼落的惨叫声。

渐渐地，树林里射来的磷火箭稀疏了起来，最后，终于在惨叫声中停了下来，但众雪衣人依旧三个一群，五个一伙，各据一地，向阴暗处虎视眈眈，雪龙多杰在阵中飞掠了一圈，查看了一下死伤情况，向一旁挥了挥手，立时有几名雪衣人窜了过来，从怀中掏出细小的瓷瓶，瓷瓶里当是冰雪神佑圣山派独特的解毒之宝——冰雪圣水，给中毒伤者服下，很快中毒的就弹射而起，灼伤者亦能走动自如，当然，死者不能复活，不过损失倒微乎其微，但雪龙多杰此时却窝了一肚子的火，脸上更是杀机浓烈，居然有人敢在此暗算神羚谷的人。

雪龙多杰转头看了看苏忆星主婢三人，见她们无恙，这才放下心来，又见众迷蝶浪女静观其变，一副隔岸观火的样儿，立时怒道：

"树林里的人可是与你们一伙的？"

迷蝶格格对雪龙多杰似有忌惮，刚才又见神羚谷众雪衣人的架势，很快就明白这是块难啃的骨头，讪然娇笑道："公子发火居然发到妾身身上来了，妾身不是一直按兵不动么，树林里的人连脸面也未露一下，妾身怎可说是一路，还是不是一路呢！"

"够了，你只说，与你们同来的除了西域灾僧，还有没有别人？"

"公子爷这是在探询妾身，还是向妾身逼供？妾身可不愿受这些冤枉气呢！"

雪龙多杰此时不想再与她聊下去了，沉声向树林里叫道："不知暗处偷袭者是谁，有胆的报上名来，若真想与神羚谷作对，神羚谷绝对可以奉陪到底，躲在暗处放冷箭，算哪根葱！"

这时，从林中传来一阴森森的声音，道："阁下应心知肚明，哼，与柳溪剑士联合诛杀本门之人，本门又岂是弱小好欺，这个梁子算结定了！"

桑龙多杰朗声道："阁下先派人暗袭神羚谷众人，已是不对，何况本谷根本就未与柳溪剑士联手，只是巧合而已，料不到你们得寸进尺！"

树林里又恢复了平静，雪龙多杰觉得这样下去不是办法，敌人在暗处，自己人在明处，敌人可以以逸待劳，而自己人却要时时提高戒备，相持了良久，雪龙多杰没有办法，突然跃身而起，向黑黑的树林里射去，这一着出乎双方人的意料，就是渐渐醒来的苏忆星和二婢及迷蝶浪女亦大感意外，江湖上有"逢林莫入"的告诫，但雪龙多杰自恃武功怪异高绝，而且不想造成更多的伤亡，才以身而试。

林中的伏敌显然亦没有注意到这一点，而且雪龙多杰轻功高绝，如神羚遁雪，更似夸父追日，一眨眼已没入了树林，立听得树林里"啊啊"两声惨叫，而雪龙多杰亦在一片飞枝碎叶中急退而出，多杰兄弟心中一惊，立时上前扶住了雪龙多杰，只见雪龙多杰衣服有几处破碎灼伤的痕迹，而且脸色如掩了一层淡紫色的冷霜，雪龙多杰似乎很冷，咬得牙齿格格地响，口中支吾道：

"里面是地狱门的人，好厉害的地狱阴气！"

显然刚才雪龙多杰在全神警戒，全身罡气严罩的情况下冲入树林里也吃了大亏，不但被暗中的伏敌用磷光棍偷袭，而且用上了地狱阴气，但两声惨叫显然是地狱门的人发出的，以雪龙多杰的脾性，那惨叫的人定是没有命了。

雪龙多杰急跃入阵中，众雪衣人立时严阵以待，雪龙多杰立时坐了下来，凝神聚气于丹田，如老僧入定，显是在用上乘内功逼出地狱阴气，不一会儿，雪龙多杰全身冒出一股股紫色雾气，而在紫色雾气过后，是一团团乳白色的晶莹雨雾，这正是冰雪神佑圣山派的独特内功心法。

但雪龙多杰依旧入定，很快，雨雾在全身几寸处出现了一道道皎洁白色光环，在月光的照射下，晶莹如水银，这正是冰雪护身心法中的冰雪护心环，在运功之后，全身周围温度陡然下降，凝固成冰雪，当然，这需要内功练到很高层次才能出现，更奇怪的是，雪龙多杰的真身渐渐虚幻，变成雪色一团，神奇得让人惊叹不已。

众雪衣人和多杰兄弟见惯不惊，而树林里的地狱门人显然看得明明白白，又一声阴森声音传了过来，道："哼，要逼出地狱阴气，简直是痴人说梦，就等着变成僵尸吧，小小年纪，居然狂得有盐有味，独自冲入树林中来，现在知道滋味了吧，若不是你小子出手狠辣，杀了两名招魂使者，老夫倒可网开一面，替你逼出阴气！"

在场中人听到此言，方才明白刚才雪龙多杰在一进一退之际，已杀了地狱门两名招魂使者，难怪树林中的人会如此愤怒，苏忆星虽然想起刚才自己中了毒后的形态就羞愤不已，但见雪龙多杰此时情况，一时忘了愤怒和羞恼，为雪龙多杰担心起来，多杰兄弟亦面有忧虑之色。

第十三章

树林里的人怎能让雪龙多杰安心逼地狱阴气，乘神羚谷少了一名主持，少了头人，又在暗处重新布置，立听得树林里响，众雪衣人个个均是一流高手，耳聪目明，立时劲箭射出，只听得劲箭"沙沙"没入树林，立时又有数名地狱门弟子中彩，惨叫撕破了夜空，显然此一阵神羚谷下手得了优势，使林中的飞火箭难以飞出来，双方又陷入僵持之中。

而此时雪龙多杰又发生了变化，只因那一环环的冰雪护心环越来越厚，越来越坚硬，成了一环环的冰，中杂雪花，雪龙多杰已完全被包裹在冰块之中，成了一座冰雪神像一般，哪里还看得见雪龙多杰的真身，但晶莹的冰雪泛出淡淡的紫色，冰层的外环散发出淡淡的紫气，显然，地狱阴气依旧没有尽数被逼出。

多杰兄弟看得眉头越皱越紧，地狱阴气能不能逼出来还是未知数，眼前的情况更是未知数，树林里，地狱门的高手肯定不只一两个。

就在树林里守株待兔，树林外心急如焚时，雪龙多杰发生了巨大的变化，只见化为一团晶莹虚幻的雪龙多杰渐渐地变成了一团淡红的核心，依旧晶莹剔透，而且琉璃般的淡红在雪龙多杰外面不断流动，照得雪龙多杰如同佛祖东来，飞虹绕日一般。

多杰兄弟看得发愣，佐龙多杰悄语道："怎么会这样，是不是出了差错?!"

迷蝶浪女、苏忆星三女亦不明白这是怎么一回事，但那些地狱阴气从冰层外围散出的越来越多，越来越浓，突然，内层的淡红色变浓，如火一般向外层突围，很快就浸透了厚厚的冰层，冰层渐渐开始升华，变成淡红色的雾气，十分好看，冰层越来越薄，冰雕越来越小，就在众人不知所以然的时候，突然"轰"的一声，最后的冰层瞬间溃散成无数细粒，向四周夜空飞射，渐渐融化，雪龙多杰重新出现在大家面前，面色通红，如喝醉了酒一般，与他所着的雪衣形成鲜明的对比。

多杰兄弟正要上前去询问，雪龙多杰面色很快变成了原来的样儿，更加俊美，英气逼人，雪龙多杰向林中喝道：

"地狱阴气也不过如此，如今本少爷不但逼出了阴气中的腐质，去芜取菁，使本身的功力又登了层楼，真得多谢几位成全！"

多杰兄弟当然明白，均显出了喜色，苏忆星三女也很快醒悟出来，因为冰雪神佑圣山派的内功真气以阴柔冰寒为主，而地狱阴气来自地下，与雪龙多杰的内功真气多少有些相符，雪龙多杰居然可以去芜存菁，将有利于自己的真气吸收入体内，化为自己的真气，这怕是地狱门人始料未及的事情。

恰在这时，从朦朦胧胧的夜色中疾飞而来一个白色的影子，雪龙多杰暗忖，这么晚了，居然还有人向这边赶来，不知是友还是敌，待那人掠到近处，雪龙多杰不由叫道："东宫兄！"

来者正是东宫腾，苏忆星三女立时为神羚谷的人感到欣慰，此时多一人，就多一份力量，她们三女之所以未动，是防备在一旁静观其变的迷蝶浪女使用伎俩，暗害雪衣人，东宫腾跃入阵中，看到雪龙多杰安然无恙，才长吁了口气道：

"真把为兄吓了一跳，不过这样更好！"

雪龙多杰对东宫腾的突然出现疑惑不已，现在又听到这样没头没尾的一句话，更是不知其所以然了，东宫腾见雪龙多杰茫然的样儿，方才明白自己太过高兴，太过突兀了，忙道：

"贤弟定是不明白为兄何以来此，其实你从西头客栈出来，就被为兄发现，为兄见你和一群雪衣人在一起，对你的身份好奇，出了西头客栈，为兄一直在暗处窥视，才明白你是神羚谷的少头人，也是最近江湖风头最盛的人物。"

"贤弟来此地，为兄更为好奇，也就跟了过来，定要看个清楚，谁知赴约的人来了一批又一批，真把为兄看得眼花了，为兄偷窥你的行踪，贤弟不会怪罪过来吧？"

雪龙多杰此时才明白东宫腾一直跟踪他，不过这一路上倒是正大光明，没有什么秘密可言，于是呵呵笑道："东宫兄简直折煞小弟了，小弟怎会计较，何况这一路小弟均正大光明，没有任何秘密，对了，你不是去会……"

东宫腾见雪龙多杰果然并不计较，又听他半途刹住话，立时会意，随口接了过来，叹道：

"见是见着人了，但只说了几字半语，似乎峨嵋派出了什么事，清月师太不得不半途折回峨嵋，她匆匆而来，与为兄一见，已是情深意切，若没有中间变故，为兄也不能窥探到这特殊的一夜，神羚谷和三大绝命兵器的主人居然同聚一处，而且还有如此多的黑道人物，但为兄在暗处依旧不能看出那些黑衣人的来历，不过倒是忙了一阵，对四周的敌人了然于胸了！"

雪龙多杰听之大喜，敌人在暗处，如今他不敢入林就是不知虚实，这时东宫腾悄声道：

"敌人其实并不多，只有二三十个人，刚才又被乱箭射杀了数人，不过东西两边各有两名使者，应是很厉害的人物，兵力平分在东西的丛林间，如果兵分两路，或可一拼！"

雪龙多杰听之，不由大喜，但又担忧，因为其中有四名使者，他曾碰到这两名引路使者，当然知其厉害，刚才一眨眼杀了两名招魂使者，主要是他们未料到雪龙多杰会冲入林间，而且那般快疾，恰好一入林，就面对面相逢，反倒打了二使者一个措手不及，当然，无相闲弹——中的，又岂有活命的机会呢！

想了一下，雪龙多杰决定集中优势兵力，攻其一处，于是向属下雪衣人下令先放乱箭，立时分向东西树林飞射而去，压住了敌人的势头，接着，雪衣人跟着雪龙多杰射入东边的树林，阵脚依旧未乱，三个一群，五个一伙，这样不但每一群之间可以相互接应，而且每一群中几人又可相互照顾。

东边树林里掩伏的敌人本被一阵突然的利箭射得抬不起头来，纷纷躲入树干和灌丛树叶之下，万万没料到敌人会冲了进来，待他们有所警觉，雪衣人已到了面前。

雪衣人本来数量上优于黑衣人，而且单兵素质亦高于黑衣人，只不过黑衣人隐在暗处，若兵分两路，全面迎敌，这样增加了压力，如今雪龙多杰兵力集中压向东面，东面的敌人根本就没有反抗的余地，一被雪衣人发现，就纷纷殒命，很快就听到林间的搏击和惨叫声，这样只持续了片刻，林间又渐渐恢复了平静，显然，隐在林间的黑衣人全被歼灭。

雪龙多杰和两位叔叔一进入树林，立时瞄准两名使者，只因若是雪衣人遇上两名使者，定是白白送命，雪衣人冲入林中，一站稳脚跟，也就意味着与黑衣人一样处于暗处，处于同一有利的境地，反而说明雪衣人占据了优势，而且雪龙多杰本意就是利用敌人片刻的士气低落和神经处于彷徨，杀他们个措手不及，雪龙多杰一入树林，大有见魔治魔，见鬼杀鬼的气魄，多杰兄弟则跟随两侧。

很快，三人就发现了隐藏的两名使者，雪龙多杰正跃身前行，突然从前面冒出两个黑衣人，提起磷光棍就向雪龙多杰砸来，雪龙多杰立时知道正是要寻找的两名使者，突然拔身而起，躲开了两根磷光棍，而后面跟上的两名多杰兄弟立时舞动蒲团大掌向磷光棍扫去，两对人立时接上了火，此时的雪龙多杰头脑十分冷静，在黑暗中四下看了看。

两对强敌对阵，显在伯仲之间，一时分不出高下来，雪龙多杰暗忖，要如秋风扫落叶般速战速决，否则待西边敌人冲了过来，定会腹背受敌，到那时胜算大大降低，如果那些迷蝶浪女又骤然出手的话，就更加不妙了。

经此一想，雪龙多杰哪还讲什么江湖道义，何况在这黑乎乎的树林里，一和些蒙面黑衣人讲道义，本就是一个错误，雪龙多杰立时冲上与佐龙多杰相斗的使者附近，趁那名使者正急着与佐龙多杰相斗，无法分心时，突然欺身而上，大叫道："恶鬼使，今日小爷就送你入地狱！"

说完，突然白影一闪，幻作一团雪影，而探出的手指，幻作了三道金芒，十分明显，而且来势惊人，正是雪龙多杰的怪招"三黄指"。

"三黄指"很快窜入了地狱使者的护身罡气内，破了罡气，而且勇往直前，只听"噗"的一声，三黄指结结实实插入地狱使者肋下穴道，而雪龙多杰亦感到了一股强悍的阴冷罡气向自己压来，待那名使者一声惨叫，雪龙多杰立时抽出手指，乘着罡气弹力，向后飞闪而出。

恰在这时，那磷光棍以力劈华山般气势向雪龙多杰身影劈了过来，但只劈中了影子。

佐龙多杰得势不饶人，乘着那使者回棍去挡，立时快疾无比地推出一掌，正是神羚十八式中的"乱雪碎冰掌"，势如卷雪，力如碎冰，立时听到"轰"的一声，那名使者真是雪上加霜，肋上受伤，又被结结实实压了一掌，顿时口吐鲜血，惨叫一声，飞射而退，重重地落在树林间的地上，仆地不动，显然已经阵亡了。

这只不过是在一转眼的时间内，而另一边的使者见同伴受到了不公平的待遇，心里气愤，口中叫道："雪龙多杰，枉你是神羚保佑的少头人，却用这样丢人现眼的动作，下三流的策略，算什么英雄，老夫与你拼了！"

说完，向雪龙多杰冲来，但被桑龙多杰挡住，雪龙多杰笑道："在这黑暗中搏斗，光明正大从何而来？是你们先不仁，当然我也不义，要说卑鄙，你地狱门人才算卑鄙，这叫以其人之道还治其人之身，你去死吧！"

那名地狱使者心中气怒，又是恐惧，只因同伴的死如一张大网死死罩住了他那颗彷徨的心，更加彷徨与慌乱，立刻就被桑龙多杰沉稳的攻势逼得节节后退，明显处于劣势，欲奋力抗争，但又怕重蹈刚阵亡的同伙之复辙，被雪龙多杰偷袭，但越这么想，越是心乱，越是不堪相斗，很快就险象环生，被掌风逼得棍法大乱，破绽随处可见，桑龙多杰抓住一个破绽，突然变掌为指，身形一晃，到了那名地狱使者的面前，未等那名地狱使者反应过来，已经戳中了他的要穴，那名使者立时如同电击一般，全身剧颤了几下，摇摇晃晃，倒了下去。

雪龙多杰上前点了几处穴道，方才对多杰兄弟道："大叔，我们必须立刻结束战斗，因为此时西面的敌人已经冲了过来。"

多杰兄弟不待说话，冲入阵中，将几名残余伤敌斩首，给刚才的战斗画一个完美的句号，这时，西面的敌人已窜入林间，而且还有叫骂的声音，显然对神羚谷的行为表示不满，神羚谷众雪衣人不待雪龙多杰发令，就已就地伏好，等待敌人的来临。

西边的敌人此时处于明处，劣势更加显而易见，而且气势亦明显逊于雪衣人，此时一进入树林，见自己的同伴没一个是站着的，而且亦没有一人发出呼救，树林里除了他们的声音，就再没声音了，这更增加恐怖，更加快了他们的心跳，双眼不停地转动，双腿更是战战兢兢地小心翼翼地探踩，生怕踩死一只蚂蚁一般。

雪龙多杰突然站了起来，大叫道："哈哈……你们这些送上门来的活鬼，马上就会变成死鬼！"

众黑衣人立刻望向雪龙多杰，心如沉入冰窖之中一般，如同雪龙多杰是他们面对的敌人，他们却哪里知道，真正的敌人，真正灭他们的危险就在他们身边的树丛之中，他们居然舍近望远，死定了。果然，雪龙多杰在这一瞬间迷乱了敌人的心智，也是一种发号施令，立时，众雪衣人忽地从树丛中站了起来，挥舞着长长的锋利弯刀，立时冷光闪闪，杀气腾腾，惨号声立时在树林里重新回荡，血腥再次涂抹树林里的杂草、枯叶，这简直是屠杀。

两名心收得紧紧的，感到死亡紧紧罩来的使者一见这等场面，知道自己有三头六臂，也是无力回天，转头正欲逃走，但脚下还未开溜，从树丛中踱出两名块头很大的雪衣人，二人正是多杰兄弟，两名地狱使者当然明白此二人武功之高，已达何种地步，何况此时雪龙多杰业已从后面追了过来。

两名地狱使者立时脸色一变，其中之一对雪龙多杰道："有种的，何不来个单挑，以三个打两个，算哪一路的江湖好汉！"

雪龙多杰冷森森地道："谁与你单挑？你自己一厢情愿罢了，放着此时以多欺寡的大好形势不用，与你们单挑，也只有你们这样的笨蛋才可如此异想天开，如果你是我，也是不同意的！"

两名地狱使者见雪龙多杰没有一点回旋的余地，知道此时只有依靠自己了，两人不再答言，舞起磷光棍，分向四周砸来，多杰兄弟和雪龙多杰见磷光棍阴风煞煞，磷光闪闪，均有些忌惮，忙运起功，展开身形，乘虚而入，直把地狱二使者围在中间，任他们如何也逃不出三星之阵了，雪龙多杰稳操胜券，更是将二地狱使者像老鼠一样逗个没完没了，直至精疲力竭。

同一时刻，在林外的浪女亦展开了进攻，她们见东头的地狱门众被雪衣人在片刻工夫就吃掉了，如今西头的门众再冲上去，简直如肉包子打狗，有去无回，迷蝶格格当然别无选择，向几名迷蝶浪女挥了挥手，那几名迷蝶浪女开始向树林里冲，欲为地狱门众加一点菲薄之力，但这犹如杯水车薪的支援也没有抵达前线战场，正要扑入林中，这时，苏忆星三女和东宫腾对她们早有防备，当然飞掠而起，挡住了她们前进的娇影。

苏忆星三女武功上略优于迷蝶浪女，苏忆星比她们更高几个档次，很快就有两名浪女被苏忆星硬生生地打昏仆地，小黄鹂、小画眉奋力迎去，将敌人屡屡控制在原地，听到树林中的惨叫声，自己也忍不住开始蠢蠢欲动。

迷蝶格格见苏忆星推开了几名阻拦她的卫士，只觉得这样干斗下去，迟早迷蝶浪女会被她们歼灭的，于是再也不顾自己的身份，亦加入了战圈，专与苏忆星为敌，而且一旦为敌，仇视得简直要把你当靶子一样，当肥肉一般，其实并不是苏忆星长得美如天仙，而且武功高绝，而是她与雪龙多杰关系太过微妙了，微妙得简直大大地不妙，雪龙多杰是眼下风头正劲的武林后起之秀，而且身份奇特神秘，与她迷蝶格格同属西南边陲，怎么说应是她俩关系好才对，怎么会轮到这苏忆星呢，何况她也并没有比自己漂亮多少，雪龙多杰何以要抱她，要为她着急，关心她，一想到这些，迷蝶格格虽然初见雪龙多杰，怎么说也不会有太多的感情，更不会有沉湎之事，但她就是心里不舒服，就是酸溜溜的，难以自持，这大概就是自己吃不到葡萄，看别人吃，自己也有点酸酸的。

再想到刚才差点被她毁了武功，当然不会放过苏忆星，立时如迷蝶窜花一般来来往往，上下翻飞，袖中纤纤玉手更如拂花探蕊一般，快疾滑溜，这正是迷蝶浪女的"迷恋花掌","迷恋花掌"快如片片落花随风而舞，更似迷蝶踩蕊一般，苏忆星直觉得眼花缭乱，更嗅到阵阵处子香气扑鼻，美妙的胴体更如醉酒迷糕一般。

幸好苏忆星是女人，看到这些，只是又羞又惊又恐，身体并没有什么感觉，如果是个男人，只怕早就如醉倒柳巷、脂粉堆一样了，哪里还会有战斗力，不冲过去欲吻欲抱才怪，苏忆星一想到刚才这贱女人差点让她破了处子元阴之身，而且还出了一点点洋相，想到被雪龙多杰抱着时自己那股强烈的冲动感，此时亦羞不自胜，更是怒不可遏，手下更是毫不留情。

繁星宫的武学出自列兵峰，当是优良武学，虽然经由不悔不归老下传几代，那种纯良已有点走形，但却增强了攻击性和杀戮性，从另一种角度来说，这些武学更实用，而经由少宫主苏忆星施出，更是风光再现，苏忆星纤纤玉掌，如飞天神女一般轻盈，如散花仙女一般敏捷，片片玉掌将全身封得如坐花丛。

如此一来，小小的迷蝶派的武学简直是小巫见大巫，相形见绌，不过迷蝶浪女借着身体灵活、脱得"干净"，敏捷了许多，独开"淫"字一路，武学也有可取之处，只是逢上繁星宫武学罢了，更是因为大家都是女人，女人与女人打，不是打死，就是打出"火花儿"来呢！

东宫腾算是在场唯一的男人，简直打得不好意思，俗语有好男不和女斗，现在他堂堂的东宫公子居然与三名女子并肩作战，而且作战对象是这些不穿裤子，只着裙纱，袒胸露乳的女子，一看到就脸红，一想到就惭愧，当然不能全心思地对付如蝶一般美丽，如鱼一般的溜滑的女子，暗暗叫苦，骂雪龙多杰这样的小无赖怎么不早点滚出树林来。

而此时树林里的场面倒不激烈，只因扑入树林的黑衣人几乎十之八九已经被雪衣人杀，而几名垂死挣扎的也是鲜血淋淋，死是迟早的事，地狱使者见成了"光杆司令"，可气又可悲，更是恐惧，那是被逼上绝路后的绝望，而且三名神羚谷的高手成品字形，虎视眈眈，如同小羊被三巨头围着一样，抗挣也只是白白活动活动身子骨而已。

雪龙多杰此时呵呵笑道："你们有不死的理由和不死的机会，如果你们肯合作的话！"

地狱使者贵为地狱门的使者，平时何等恃才狂妄，在江湖上更是"眼睛上了额头"，此时居然成了这副样儿，唉，英雄末路，没有办法。但使者碍于脸面，不吭声，表示听君发落的态度，雪龙多杰十分体贴地道：

"活下去的理由就是你们只是成了别人的杀人工具，成了替死鬼，你们根本就不想与武林为敌，与神羚谷为敌，活下去的机会就是说出谁在后面指手画脚，谁挟迫了地狱门，也就是你们真正的主人是谁，自由就在这几个字！"

地狱使者顿时脸色犹如死灰，齐声慌道："你胡说，地狱门怎会受人挟迫！"

雪龙多杰依旧笑呵呵道："不相信，就是不相信，地狱门算什么，歪门邪派，居然狗胆包天，与神羚谷为敌，而且不遗余力，更让人怀疑是在今夜出现在这里，太反常了，使者当然明白，就那么几个字呢！"

地狱使者突然发了狂一般，或是想起什么，增加了勇气，向雪龙多杰扑来，多杰兄弟当然不会二人打一人喽，齐齐跃上，先给了两名使者每人一掌，但二使者亦使出了地狱阴气，立时"轰轰"两声，四人均后退了几步，雪龙多杰不待其中之一后退站稳，业已向他弹了过去，待那名地狱使者听到"嘣"的一声，立感到一道劲气破空而来，本能地一闪，但无相闲弹乘虚而来，如何能躲？那地狱使者顿时觉得"章门穴"一麻，立时身子一歪，倒了下去，口中忍不住破口大骂道：

"小子，枉你是神羚谷少头人，有头有面，居然用这些下三滥的阴招来偷袭，你们以多欺少，本就不合江湖道义，想不到你这小子还狠！"

"狠？什么下三滥的阴招？你简直是武学浅薄，江湖传闻的'无相闲弹'也成了下三滥的阴招，好家伙，你是不是睁瞎眼，有眼无珠，居然说出没牙齿的话，本少爷才懒得偷袭，只是你反应太慢了而已！"

两名地狱使者一听到"无相闲弹"，立时脸色一变，显然他们确有耳闻，但百闻不如一见，如今亲见，反倒不认识了，这更增加他们的恐慌，但恐慌有何用，另一名见同伴倒地不起，欲上前搭救，雪龙多杰又是一记"无相闲弹"，那地狱使者慌忙一闪，倒是闪到了一边，只听"砰"的一声，旁边一棵树的树干立时被弹出一个细细的窟窿，那名地狱使者见之，面色再呈土灰色，多杰兄弟见机乘势双双向剩下来的地狱使者扑了过来，那名地狱使者边退边大吼，奋力抵抗，雪龙多杰则向那名被点"章门穴"的使者走了过去，那名地狱使者如同肉板上的鱼肉，待雪龙多杰走到跟前，发现不对。

只因那名使者仆地不声也不响了，雪龙多杰上前一探，才发现此使者业已魂归地狱，暗忖自己即使弹他的"章门穴"，也不会死呀，再看他的脸，才发现他的脸一片青紫色，见之令人不寒而栗，只因脸上长了一层青苔，恐怖极了，而且嘴边流出了一股紫黑的血。

他是中毒而死，雪龙多杰立时明白他定是口中含有剧毒之丸，在被点破章门穴后，感到无力回击，只有自毒而死，待雪龙多杰抬头看剩下来的地狱使者，发现那名地狱使者业已棍法紊乱，脚下踉跄，如同酒鬼一般，脸色苍白，结结实实，被多杰兄弟罩在了掌影之中，雪龙多杰正欲提醒他们，他一想，若他把毒先含在口中，此时提醒也是白白劳累了，果然那名使者张口惨然叫道："本使就是变成鬼也不会放过你们！"

说完，嘴角突然流出一股黑血，脸色由青绿色渐渐变成了青紫色，倒在了地上，从而结束了树林里的战斗，战斗一结束，树林里如死一般静寂，何况还有如此多的尸体和碎树断枝，一片狼籍，若一片荒废的坟茔一般。

而树林外面的战斗正进行，雪龙多杰一跃而起，射向树林外，见迷蝶格格与苏忆星三女斗个不停，而东宫腾则呆呆地站在一旁观战，原来东宫腾与两名浪女激斗了一番，毕竟他技高一筹，很快点中了二女的穴道，但二女昏倒在地时，东宫腾感觉指尖触电一般，更如摸到了凝脂滑玉吹弹即破的薄膜，心头大震，脸上大红，脑袋"嗡"的一响，立时觉得惭愧，自己太过卑鄙，觉得自己太过孟浪，怎对得起苦苦恋着他的小半月师太呢，顿时忘了再战！

东宫腾有了惶然的感受，又见三女足可抵抗迷蝶格格，而且相继已有雪衣人扑出树林，说明树林里战斗已近尾声，迷蝶派的浪女冲进去也无大碍，何况此时的迷蝶浪女也没有奋力进入树林的动机，似乎存心想与繁星宫一决高下，树林里出来的雪衣人不明白她们何以大打出手，也在一旁围观，很是有趣。

苏忆星三女看得有气，想不到神羚谷的人均如雪龙多杰一般不可理喻，她们本是助拳帮忙，而被帮的人如今倒成了观众，她们如同台上的小丑一般，但她们三女又确是与迷蝶浪女有仇有恨，吴山分宫的仇，刚才的恨，使这一怪象出现得合情合理。

雪龙多杰冲出树林，多杰兄弟亦跟了出来，树林里的地狱门众人无一活口，这一战当是地狱门的耻辱，恐怕也是出道以来受到的最大的打击，恐怕也只有神羚谷这样的才能做得出来，人不犯我，我不犯人，若是有人来犯，一定不让他有活口回去，因为若留有一活口让他逃走，就是他们的屈辱，要赢就赢得光明磊落，决不含糊，但雪龙多杰惋惜的是没有发现背后的指使人，他确信背后有人指使——会是那神秘人吗?！

雪龙多杰突然想起"九州一枭"亦忌惮的黑衣蒙面人，似乎他口中亦有主人之说，他口中的主人是谁，是十五年前发出啸声，骗了天下武林，冒充靳候指挥各派夺宝的神秘人?!

一想到那神秘人，雪龙多杰就想起自己在西湖孤山碰上的黑衣蒙面人，想着想着，不由自主地不寒而栗，那神秘人笼络的这些人武功均如此之高，那他的武功又如何呢，定然高绝一世，这人的意图明显是冲着玉佛而来，而又似乎不只是冲着玉佛而来，因为若全力为玉佛而来，雪龙多杰与北川雨星早成阶下之囚，又怎会如今还活得快快乐乐的，一想到血光玉佛，雪龙多杰就头痛，因为不但自己卷入这个大漩涡之中，而且神羚谷也卷入其中，而且越卷越急，这个漩涡会淹灭一切，而且头人派来的特使不明不白地被杀，虽是死于柳叶无忧剑，但疑点很多，雪龙多杰不敢怀疑，又不得不怀疑。

因为神秘人可能是任何人，超一流高手中的任何人，而江湖中这样的人屈指可数，而且无忧剑的可疑最大，十五年前就是，如今又是，雪龙多杰不得不担心，一旦柳溪十二堡要对付神羚谷，以柳溪靳候在江湖上的威望和剑术上的造诣，黑白两道谁敢不给面子。

又想到今夜杀了几名柳溪剑士，以及在楼外楼与他女儿的对阵，杀死三等剑士，靳候完全有理由对付他雪龙多杰，完全可能与神羚谷为敌，头人派特使之事是何等机密，特使行踪更是隐蔽，何以无故被杀，一想到这里，雪龙多杰顿时如坠五里烟云。陷入冰窖！

东宫腾见雪龙多杰纵出树林，一副茫然的神色，对场中的争斗更是漠然置之，讶然问道："雪龙弟，你是不是地狱阴气未逼尽?!"

雪龙多杰这才醒悟过来，笑道："地狱阴气何足挂齿，只是想这些黑衣人何以来对付我神羚谷，而且我们与他们从不相识，更无恩怨之说，小弟一时难以想通，对了，你说峨嵋派出了事，到底出了什么事，你知道吗?"

"小半月只说峨嵋派掌门圣月师太派人来，说不明来路的人时常侵入峨嵋山，掌门师太为防万一，要清月师太师徒二人取消去杭州打算，尽快回山，小半月说其师本想去杭州会少林两名高僧和武当两名道长，现在不得不打道回府，她也是抽空跑出护水寺与为兄一见，唉，这一分离，不知何时再见！"

雪龙多杰多疑道："会不会是你家老爷子从中做了手脚，传了假令，或是峨嵋圣月师太已知此事，欲让小半月回山，再定她之罪！"

东宫腾被此话一激，立时全身一颤，惊愕道："不会吧，清月师太在峨嵋派中身份极高，当初本是她的掌门，但她主动让给了圣月，以这层关系，峨嵋掌门不看僧面也得看佛面的，何况老爷子在江湖上有头有脸，他不会做那种事吧，雪龙弟怎可这样猜测！"

雪龙多杰笑呵呵道："老子为儿子前途，经常会做些糊涂事，而且听说峨嵋掌门与清月师太关系并不亲密，说她治理峨嵋派怎也不及清月师太，江湖上早有传闻，你说圣月师太听到后心里会舒服吗？人心难测呀！"

经雪龙多杰这一剖析，东宫腾脸色大变，嗫嚅道："不可能，怎么说也不可能！"但此时语气已不太坚决了，突然对雪龙多杰道：

"不怕一万，只怕万一，你说的话也不无可能，我还是一路去看看，雪龙贤弟，咱们就此告辞，不知何时何地又能再见！"

雪龙多杰只是说说而已，料不到东宫腾居然已有所行动，暗感东宫腾对小半月师太的情义已很深很深了，叹道："世上没有不散的宴席，何况我们各有各的事要办，东宫兄，若要你家老爷子答允你与小半月师太的关系，小半月师太只有还俗了，而这条路又得看峨嵋派的态度，另外，要与南宫一望和西宫紫灵碰面商议一下，只要西宫紫灵亦有你这般勇气，解除婚约，你家老爷子当是无话可说，而双双隐居度日那是下下之策，也是不堪回首的不归之路！"

东宫腾心里一震，他心里就打算舍去家里的富贵堂皇，与小半月师太私奔，这样就万事不求人，过逍遥自在世外桃源的生活，经雪龙多杰这一说，他才明白事情并不单纯！愈往深处想，心里愈是乱如一团麻，最后还是咬了咬牙道："眼下为兄还是沿途跟踪清月师太和小半月，到峨嵋山去看个究竟，心里也踏实得多，只要小半月平安无事，为兄就会去排除一切困难，雪龙弟，你要多多保重，虽然为兄不知你是否玉佛之主，但友情却永久固存！"

雪龙多杰见东宫腾充满激情的神色，心里一热，暗忖：萍水相逢，而成知己兄弟，人生如此，夫复何求？对东宫腾道："东宫兄，你也要一路保重，今夜一别，我们很快就会再见！"

二人又寒暄了一气，东宫腾无心久留，匆匆而去，消逝在黑夜月纱之中，雪龙多杰望夜兴叹，唏嘘不已，仿佛失去了很多很多东西，正在他心思旁转时，突闻一声娇哼，立时回到了现场，见小黄鹂跟跄了几步，原来她力敌两名迷蝶浪女，终是体力不支，露出破绽，被二女的迷蝶花掌击中，心中一惊，小黄鹂虽与他常常意见不合，但相处久了，觉得小黄鹂刁蛮但不失心肠好，总是个可爱的小丫头。

又见小画眉被三名迷蝶浪女围攻，已是香汗淋漓，而苏忆星与迷蝶格格的单挑已变成了以她为主，几名迷蝶浪女相辅的阵势，雪龙多杰又见众雪衣人和多杰兄弟严阵以待，没有雪龙多杰的意见，他们是不会轻易出手。

眼见两名迷蝶浪女乘胜而入，而小黄鹂已然受伤，当然步法紊乱，只有苦苦相撑，雪龙多杰顿时心里有火，他的好恶一下鲜明了许多，立时箭步上前，双掌如飞，立时破冰卷雪，正是"冰雪玄幻掌"，雪龙多杰功力显然浑厚了许多，使将出来酣畅稳重，大显冰雪神佑圣山派风格，而繁星宫武学与迷蝶派相似，均以飘虚幻奇为精神，在冰雪神佑圣山派这种实力派面前，倒难以发挥出来，两名迷蝶浪女被强凌的掌劲隔到了几丈之外，雪龙多杰暗想，与她们无怨无仇，何况又是女流之辈，不结梁子最好！

小黄鹂顿感负担尽减，但心头火气却突地窜了出来，向雪龙多杰娇喝道："现在这里与你毫不相干，你插手干什么，是不是想显显本事！想显本事到别处去，否则你也是敌人！"

说完又冲上前来，欲与两名迷蝶浪女再战，雪龙多杰一愣，暗觉好笑，这真是吃力不讨好的事，但很快就想到了她们说的吴山分宫出了事，而且是迷蝶浪女一手造就，顿时明白过来，谁知聪明反被聪明误，他只知其一，而不知其二，此时苏忆星三女作战动机确实单纯，但一开始却不单纯，此时火气反而更大。

雪龙多杰笑呵呵道："好，你还想打，就遂了你的心愿，让你们拼个结果出来也好！"

说完，就让多杰兄弟吩咐率队离开，去西头客栈，多杰兄弟见这场打斗十分激烈，又考虑到苏忆星三女与雪龙多杰相处一场，暗劝他留在此地，多杰兄弟与雪龙多杰又商量了一番，雪龙多杰才愿意单独留下来，看着多杰兄弟领队而去，心里高兴不已，又长长舒了口气，仿佛一只出笼的鸟儿一般，似乎小了几岁。

雪龙多杰天性好动活泼，一踏入江湖就想单独行事，但总是被多杰兄弟跟得死死的，一则保护他，二则让他统一行动，行使少头人无上职权，害得雪龙多杰强装自古英雄出少年，威信无上，今夜累倒不累，却闷得快出毛病了，但人在江湖，身不由己，出了神羚谷，他又不得不因为少头人而有所作为。

神羚谷人一走，场中只留下了苏忆星主婢三女和迷蝶浪女几人，唯一的观望者成了雪龙多杰，经雪龙多杰的刺激，小黄鹂果然勇往直前，又与两名迷蝶浪女斗在了一起，刚才两名迷蝶浪女经雪龙多杰重创，亦有些力不从心，心浮气躁了，斗得似乎较以前更加壮观。

而苏忆星和迷蝶格格之间的较量却有些不同了，迷蝶浪女围着苏忆星，而迷蝶格格则在空隙中缓气，或是借机偷袭，一拳难敌二虎，何况苏忆星只是两只纤纤玉手，苏忆星已有体力不支，而旁边的小画眉与三名迷蝶浪女倒斗得不相伯仲，一时三刻是分不出胜负的，雪龙多杰见月儿已向西斜去，天色更高更远，浓邃如眼，而大地，亦沉沉如死睡。

影婆娑，心零乱，雪龙多杰此时发现天高地广，人在这天地之间，是多么渺小，是多么脆弱，即使他一般强悍的人，亦会有如此想法，就不知比他更弱小一等的人有何想法，雪龙多杰向场中相斗的几女望去，心里不由升起了一阵浓浓的烦躁，似乎如唱大戏的人刚出来，声音特别宛转悦耳，畅心亮目，听了一会儿，那人居然站在那里唱着，一点也不动，心里就不以为然了，但最后那人居然坐下来唱，似乎他很专注入迷，非唱个三天三夜不可，这样悦耳的声音简直是噪音，烦躁过后，就是一团团的怒火升了起来，再也忍受不住，于是鬼使神差般大叫道：

"住手，统统给本少爷住手！"

雪龙多杰说这一句话把噪门提到了极限，如同炸雷，直冲霄汉，惊诧了场上红粉佳丽冶女，在一掌过后，拉开距离，不约而同地向雪龙多杰望了过来，雪龙多杰干咳了两声，皱着眉心自个儿问夜空：

"你们这样个斗法，到底要斗到何时？！"

迷蝶格格柳絮纱衣裙一摆，细腰一扭，美眸含春向雪龙多杰嘤嘤咛咛娇笑道：

"哟，似乎公子很关心我们的比斗，这样斗下去，妾身也不知道要到什么时候呢！"

雪龙多杰此时哪有心情听她在这里卖骚，俊眉颤了颤，复皱在了一起，不客气道：

"少在本少爷面前吃软豆腐，识趣的就站着别动，若是进入本少爷方圆丈多开外，本少爷就再难怜香惜玉！"

果然，迷蝶格格轻挪的莲足和细腰不敢再往前飘，但依旧娇容春光荡漾，眼内更如水雾潮湿，冶艳无比，仿佛红红的蟠桃在一场春雨后，幻化成一朵水灵灵的桃花，桃花是迷人，雪龙多杰看得不由自主又心生旖旎，见惯无数美女的好男人也难以自持，被她的糖衣炮弹击中不知会在哪一天，雪龙多杰心有这种感觉，这种感觉便越来越强。

迷蝶格格见雪龙多杰眼光迷离，暗喜，如花间莺语的声音又弥漫而起：

"哟，公子爷，你不要如此凶嘛，妾身听你的话，不动就是，公子爷居然会对妾身说惜香怜玉，妾身高兴着呢，公子爷真好，妾身喜欢，若公子爷有情，不妨你走过来说！"

雪龙多杰听得紧绷的心弦似乎很快就会拉断，仿佛看到他与迷蝶浪女之间有根细细的红线在不断地颤抖收缩，渐渐拉紧，雪龙多杰果然有点听话地向前跨了一步。

站在一旁的苏忆星本就窝着一肚子委屈和怒火，委屈当然是来自雪龙多杰，而怒火亦是冲向雪龙多杰，但雪龙多杰居然一眼都没看她一下，更不用说帮助，现在又见他眼光中的热度越来越强，而且还很听话地向那妖女移了过去，心头的酸楚和愤怒立时，上窜到心窝，浮现在脸上，立时脸上浸满了杀意，真想冲过去一掌将这花花公子负心郎，不知恩图报的无赖淫棍劈个稀烂。

小黄鹂和小画眉此时复回到小姐的身边，小黄鹂亦是气愤，暗骂雪龙多杰，但小画眉却心细，轻蹙卧蚕眉低语道：

"小姐，雪龙公子只怕着了那妖女的道，这样下去只怕不是办法，他一直盯着那妖女的眼睛，小婢总觉得她眼睛有问题，而且话也有问题，听起来软绵绵的，如同没骨头一般！"

苏忆星冷哼道："这有什么奇怪的，迷蝶派的'迷情乱欲术'只不过是旁门左道的东西，心术不正的人才会上当受骗，被她们迷惑！"

话语不满之情外溢而出，而且苏忆星言外之意是雪龙多杰心有淫念，心术不正，方才受她驱使，可见雪龙多杰品格之低劣，和那些拜倒在女人石榴裙下而如痴如醉的江湖人没有一点区别，两婢一听"迷情乱欲术"，顿时脸色一变，小黄鹂心直口快，知道了原因，立时有恨铁不成钢的唏嘘，而又十分焦急起来，看了看迷乱涨欲的雪龙多杰，望着小姐急道：

"小姐，你总得想想办法才行呀！"

苏忆星陡怒，对小黄鹂不客气道："死妮子，想什么办法，我们与他本就毫无干系的，现在是他自己看着泥潭要往里跳，谁救这无赖！"

小黄鹂见主人发怒，立时噤若寒蝉，不敢再言，而苏忆星此时除了愤怒之外，脸上亦升起了一层浓浓的忐忑不安，心依旧紧紧地连着这狠心无赖大淫贼身上，无可奈何，这时小画眉突然大叫道："雪龙公子，别再看她的眼睛！"

小画眉声音平时轻轻的，细细的，如小情人的呢喃呓语，而此时如同空谷轻雷，散入夜空，亦窜入了每个人的心灵深处，雪龙多杰心神一跳，大脑里立时梦破影杳，清醒了过来，顿感全身躁热无比，软弱无力，两腿更似支持不住自己的身子，大惊失色，立时一阵阵冷汗从无数的毛孔中沁了出来，如针刺一般，暗忖这妖女的"迷情乱欲术"果然厉害，不是小画眉提醒，只怕自己此时已是恶心的丑态，跟斗可是栽大了。

迷蝶格格见自己的好事居然被这贱婢破坏了，她已感觉到雪龙多杰心神已在左右摇摆，佛心正在一层层地被吞噬，很快就会败下阵来的，心里顿时怒极，粉面苍白，苍白中是浓浓的恨与怒，娇叱道：

"贱人，本姑奶奶与雪龙少爷说话，你插什么嘴，蘸什么干盐，是不是主子没教你！"

小画眉正要反驳，雪龙多杰已然大怒，森然道："妖女，你居然敢向本少爷施鬼伎俩，本少爷不是看你无什么大恶，现在就毁了你！"

迷蝶格格见雪龙多杰确实已完全清醒，暗叹前功尽弃，恨意又加重了一层，但见雪龙多杰的样儿，知道雪龙多杰恼羞成怒了，一言不对，就会倒霉，引出一位强敌，她将雪龙多杰看成了一名强敌，而且心里复杂，不知是骗雪龙多杰呢，还是坦情倾意更好些，雪龙毕竟是难以寻找的猎物呀！

"公子爷，妾身哪里得罪了你，你竟然骂妾身妖女，如此待妾身，你只要看看妾身的眼睛，就知道妾身是一片深情，并无恶意！"

迷蝶格格此时只有装假，不想承认，但这也无意中盖过了刚才雪龙多杰见不得人的想法和冲动，雪龙多杰无意中也压了些怒火，但再不敢看这妖女的眼睛，美丽如珠，毒如蛇蝎的眼睛，如同玉佛一般，迷蝶格格的眼睛是迷人的，玉佛也是迷人的，但是许多人成天为之胡思乱想，血光玉佛根植心里，是福亦是祸，迷蝶格格的眼睛也是亦福亦祸。

谁若得真情飘送，迷蝶格格将会顷囊假身，耍尽温柔，露尽媚骨，与之调情，将是人生乐事。千古绝唱，又岂不是一种福缘呢?! 不知雪龙多杰这活宝能不能收伏这只美丽的迷蝶，若真是这样，雪龙多杰的生活将如梦似幻般诱人，雪龙多杰见这妖女对自己确实无夺命之危，心中愠怒又降了几分，只是皱了皱眉头道：

"你们到这里来，又是为何，难不成也有夺玉佛之念，听本少爷透透口风不成?!"

苏忆星三女见雪龙多杰刚才差点着了对方的邪道，现在他只是说了两句大话，就口气又软了下来，心中的怒火又升了起来，小画眉做好人做到底，耐心提醒雪龙多杰：

"公子爷，她刚才想害你，难不成你真的走火入魔了，你当知道，就是她将繁星宫的分宫毁掉的，与我们势不两立，千不该万不该，你不该在小姐面前，对这妖女如此态度！"

苏忆星本想怒叱小画眉几句，说她多嘴，又或说她说的这些对这小无赖又有何用，但想了想，还是干脆冷眼旁观，看这妖女和无赖会演出什么戏来。

雪龙多杰听了小画眉的话，心头一颤，但很快就过去了，向小画眉道："繁星宫分宫被灭，与我何干，难不成为了你家小姐，我雪龙多杰两肋插刀，为繁星宫报仇?! 小画眉，在我的眼里，你们是你们，繁星宫是繁星宫，犯不着自寻烦恼，将二者联系在一起，难道我这也不对吗?!"

迷蝶格格听了雪龙多杰的话，很是受用，至少他没有一味偏向那女人，要将她往死里打，自作多情地满眼含春瞄向雪龙多杰，又看向苏忆星，才发现雪龙多杰正望着苏忆星，满眼均是期盼，是柔情，是关怀，而看她时却没有，迷蝶格格立时心里酸意直泛，将要出口的话改了改道："吴山分宫被灭，全是因你们学艺不精又自我吹嘘什么四大绝命兵器之一，哼，本姑娘才不信这个邪，就要试一试，谁知一试就是那样，这也令本姑娘太失望了！"

此话一出，不但苏忆星三女满眼怒火，雪龙多杰也陡然生怒，只因迷蝶格格千不该万不该，说四大绝命兵器浪得虚名，至少雪龙多杰就与流星镖有着千丝万缕的联系，雪龙多杰不客气道："小妖女，本少爷已原谅你了，若你不思悔改，助纣为虐，总有一天本少爷会与你们为敌，那时就休怪我不怜香惜玉了，哼，若你认为四大绝命兵器浪得虚名，那就犯了致命的错误，若你们没有什么话问，就该早早离开！"

迷蝶格格立时明白自己的话又犯着了小甜心，但此时由嫉妒生恨，明眼里揉不得一粒沙子，心里委屈极了，脸上依旧挂着笑，但声音语气已不同了，对雪龙多杰道："好，你做初一，姑奶奶做十五，今日你狠，你凶，到时落入本姑奶奶手中，可别后悔，你与那姓苏的眉来眼去，逆来顺受，却向妾身吆三喝四！"

说完，迷蝶格格身形一颤，双袖如羽，婀娜多姿地一跃而起，不再哼一声，窜入夜空月光之中，真如一只美丽不驯的蝴蝶，其余的迷蝶浪女见格格走了，亦狠狠瞪了在场的贼男贼女儿眼，尾随而去，没留下一丝痕迹。

嗅着和风送来的温馨香气，望着淡光月夜，只觉得刚才数女如同嫦娥一般，眨眼之间就上了广寒宫了，雪龙多杰心里感叹，心里恨惘不已，但刚才迷蝶格格狠狠的样儿和诅咒般的话令他不由自主打了几个寒战。

小黄鹂见雪龙多杰的样儿，气嘟嘟道：

"喂，你傻愣愣的干什么，是不是想追上去？"

雪龙多杰回过头来对苏忆星道："凭你们三人，怎也不是她们数人的敌手，我又不便出手，师出无名嘛，故我才将她们赶走，而不是放了她们，你不会怪我吧?!"

苏忆星脸扭向一边，不看也不言，显然在生闷气，小黄鹂突然道："这是你的借口，明是吃在碗里，望在锅里，花花心肠，你不知道刚才你们在林中激斗，迷蝶派那些妖女想冲进去为地狱门助拳，被我们拦住，当然还有东宫腾，哼，若不是我们，你们雪衣人早死伤惨重了，什么师出无名，这些只有去骗傻瓜！"

苏忆星这时冷哼道："小黄鹂，以后若是再胡说八道，把本小姐与他联系在一起，或是与那妖女相提并论，本小姐就以宫规论处，你明白吗？雪龙公子，以后你走你的阳关道，我们过我们的独木桥，繁星宫与我们之间，有着不可分割的联系，雪龙公子的说法明明是违心之说，他日相逢，已成陌路，雪龙公子自己保重！"

说完向两婢挥了挥手，两婢立时一愣，料不到少宫主婢气如此之大，但见少宫主那张冷脸，哪敢不从，紧紧跟在她的身后跃飘而去。

第十四章

雪龙多杰显然也未料到这样的结局，苏忆星这次生气和前几次明显不同，这次如同诀别，更如陌路，心肯定伤透了，破碎了。雪龙多杰觉得自己并没有错，于是对着三女背影急道："喂！喂！你们难不成扔下我不管！"

但没有回音，三只青鸟般的身影已渐渐变小，直至消逝，雪龙多杰忍不住叹道：

"唉，如今是青鸟一去不复返，不复返喽！"

说完，摇了摇头，无可奈何地四下看了看，四下无人，只留下他一人在这广阔的夜色之中。

雪龙多杰带着沮丧的神色如同一只斗败的公鸡回到西头客栈，到了住处，才发现苏忆星三女并没有回来，心头失望，暗想她们定是负气而去，不想再看见他了！

而邻壁的房间亦空无一人，东宫腾大概真的夜以继日地向前赶，去追小半月，雪龙多杰真羡慕他，至少他眼前还有个心心相印的人，让他奋力向前，而他呢，美女如同走马灯似的一个换一个，如同皂泡一般又一个接一个地消逝，仿佛天下间，唯有他独行，满以为离开神羚谷，他可以自由，和雪衣人分道，他可以无忧无虑，但现在，他才觉得好寂寞！

雪龙多杰又怎奈得住寂寞呢，偌大的一间空屋，他怎么也睡不着，辗转反侧，最后他走出了房门，踱入另一个院子，这里便是神羚谷的秘密驿战，院内空无一人，雪龙多杰吃了一惊，正欲前行，从黑暗处闪出两名雪衣人，雪衣人一见是少头人，方才拜首，雪龙多杰挥了挥手，两名雪衣人又隐入了暗处，雪龙多杰这才放心下来，又见众人已安然就寝，立时打消了前进的念头，又悄悄退了出来，重回小院，刚入小院，就见一黑衣人鬼鬼祟祟地在自己房门和苏忆星三女原居屋处来来去去地转动，似有所行动，雪龙多杰心中一愣，忙隐身一处，看其究竟。

那黑衣人转来转去，终于停了下来，突然伸出手指，向着薄薄的木板墙伸去，很快，手指就钻进木板里，而且毫无声息，雪龙多杰心里暗震，暗忖：这神秘的黑衣蒙面人功力很深，黑衣人钻开了一个小孔，小心翼翼地取出一个小筒，向屋里渡入什么，雪龙多杰立时明白此人定是在想用此法施用迷魂香，但他看不出这人有何熟悉之处，这人何以要加害于他？雪龙多杰暗自庆幸刚才鬼使神差般出来，否则不被迷个半死才怪！

雪龙多杰知道蒙巾人下一步就是进屋寻找什么，心里顿时有了火气，而这时黑衣人突然向他看了过来，仿佛发现了什么，雪龙多杰又低了低头，完全隐入黑色之中，谁知那黑衣人突然停住了手中的活儿，不可思议地掠上院墙，而且又四下看了看，翻墙而出，雪龙多杰一怔，怎肯让他溜走，于是不假思索地跃身追了过去，在夜色中，那黑衣人掠得很快，如弹丸一般，更似飞隼，雪龙多杰轻功何等高绝，立展神羚遁雪，脚下如夸父逐日，很快就拉近了两人之间的距离，这时，那黑衣人似乎发现有人跟踪，突然向旁一转，向大山转去，而此时，本已可听到潺潺的水流声。

雪龙多杰暗忖：看你这家伙有什么花招可耍，紧紧地跟在了后面。突然，那黑衣人速度加快，如流星一般窜入了山间的一片树林里，雪龙多杰追到树林边，有了上次的经验，雪龙多杰不敢贸然行事，站在树林外看有何动静。

正在等待之时，突见两个身影向旁边的一丛乱石岗掠去，雪龙多杰心里又是一愣，悄悄地跟了过去，两个身影停在了乱石岗处，并向四周转望，雪龙多杰反应快疾，在二人停下来之前已隐身在一块巨石后面，两人的面貌和衣着隐隐可见，正是少林寺高僧弗禁大师和武当的高辈人物灵清道长，雪龙多杰暗忖：这二人到此地干什么，难不成亦发现了那黑衣人！

突见黑夜中闪出十数名黑衣人，黑衣人手中的剑在淡淡余辉下闪闪发亮，而每人均蒙上了黑纱巾，弗禁大师和灵清道长见如此多的黑衣人，立时紧张起来，严阵以待，弗禁大师狮吼道："阿弥陀佛，难道各位欲对我俩群起而攻么？你们的主使人呢？"

这时从林间掠出两个黑衣人，一模一样，其中之一大概就是到西头客栈的人，冷声道：

"弗禁大师，只要你俩归顺万恶金盟，本使决不会失信，不为难少林、武当，也会将弗戒大师和幽清道长放出来，怎么样？"

灵清道长冷冷道："阁下这是痴人说梦，你说你们是万恶金盟部下，万恶金盟在江湖上从未听过，而少林、武当响彻武林，若想与二派为敌，以卵击石，若你们识相，就快些将两人放出来，否则今夜决不客气！"

另一黑衣人哈哈大笑道："少林寺、武当算什么，一切均在主人的掌握之中，本使让你见一个人，就会明白万恶金盟的厉害！"

说完，从林中射出一个人来，这人让一僧一道以及远处的雪龙多杰大吃一惊，因为从林中射出的人正是柳溪十二堡靳候，柳叶无忧剑的主人，这确实让人难以相信，难理解。

众黑衣人和两名使者均颔首称道："天君座！"

靳候冷眼如箭，环顾了一下四周，方才微微颔首应答，弗禁大师和灵清道长面面相觑，弗禁大师激动道："靳施主，你为何要如此，你不是以侠义为己任么，为何陷身魔道，难不成……"

靳候冷刃双眼向着弗禁道："侠义有何用，侠义只是本座统一江湖的手段，现在看来，用这种软办法不行，还得软硬兼施才行！"说完，靳候向左边黑衣人冷冷道："你去西头客栈，抓住了繁星宫三女和雪龙多杰么？"

那黑衣使者忙道："属下去了西头客栈，但两间屋子全空着，不知她们去了何处，而且东宫腾那小子也不知道去向，故无功而返！"

看二人对答，知二使者身份甚高，似乎仅在天君座之下，靳候听之，没有惊讶，静静道：

"东宫腾这小子，为了一个尼姑神魂巅倒，看来武林三宫迟早会落入本盟的帐下，哼，神羚谷，现在最好还是不要正面交锋，只看地狱门今夜突袭者全军覆灭就可想而知了，但只要抓住雪龙多杰，让他们投鼠忌器，神羚谷纵然不与我们合作，也不敢逆了本盟的意。"

"而繁星宫和浮烟谷，很快就会被本座控制，哈哈哈……江湖上的各门各派，更如树倒猢狲散，什么少林、武当，全属本盟了！"

说者狂妄无比，听者动容，雪龙多杰听得又怕又怒，但知道自己是什么角色，出去与他们拼，只有被他们捉的份儿，还是静观其变的好，这时弗禁大师劝道：

"靳施主，你向来江湖声誉极佳，而且你亦是群雄领袖，何苦要这样强人所难，沉湎魔道，老衲再次提醒施主，苦海无边，回头是岸！"

靳候冷冷道："大师不用为本盟担心，还是担心少林，担心一下在本座手中的弗戒大师吧！"

弗禁大师立时脸色一变，知道再说无用，沉思了起来，灵清道长怒道：

"靳施主，贫道算是看错你多年，就是整个武当山落入你手，贫道及几千弟子亦要与你什么万恶金盟拼个胜负，为天下除恶消魔！"

靳候不再多言，向左右两位黑衣使者看了两眼，两使者立时明白了过来，右边使者向环围的黑衣人下令道："将这与本盟为敌的臭道士拿下，定他以下犯上之罪！"

说完，众黑衣人并肩而上，手中的锋刃一晃而起，立时出现了一个亮闪闪的光环，不同的是，这个光环是由锋利的刀刃构成，正是万恶金盟的"万劫不复刀阵"众黑衣人不停转动，不停晃着刀，光环在转，刀在移动，而且那亮闪闪的光芒，很快就让人眼花缭乱。

雪龙多杰亦看得眼花，不由自主狠狠揉了一下眼睛，再看时，那"万劫不复刀阵"更加晃眼，已难看清了，而在中间的弗禁大师和灵清道长却依旧静止不动，脸上似乎更加宁静，雪龙多杰此时倒佩服起两人来，这时右边使者又冷声道："弗禁大师，你难道与灵清道长选择一样么？可知道，他的选择的结果就是万劫不复的死，就是坠入地狱！"

"阿弥陀佛，为了警醒诸位，老衲不入地狱，谁入地狱，老衲今夜不得不开杀戒了！"

右边那黑衣使者嘿嘿冷笑道："好，好，你想入地狱，本使就由你的意思，两人一起，倒也不寂寞！"

说完，右边黑衣人手猛地一挥，立时，众黑衣人闪电般跃上前来，一波接一波的刃锋席卷而来，雪龙多杰看着如此骇人的场面，哪敢出声，更不敢显身一试，他知道这两黑衣人与他在孤山遇上的是同一身份，也就是武功造诣差不多在同一水平，何况旁边还有一个声名显赫的靳候。

且说弗禁大师见黑衣人怪刃席卷而来，一声狮吼，蒲团大掌向两侧拍扇而出，立时四周如飓风一般横扫千钧，而灵清道长亦还以颜色，早已将腰间的佩剑拔了出来，他平时很少拔剑，但今日不同，他碰上的是强大的对手，不是一个，而是数个，也就不用客气，武当"两仪剑术"名动天下，使将出来更是大家风范，立时将围上来的魔刃之阵逼退了几尺，守住了方寸之地。

弗禁大师功力深厚，在少林寺已是数一数二的高手，尽得少林七十二种绝技，在江湖上他的高风亮洁与他的武学同样是有口皆碑，两只厚圆的大掌挥将出来，大有开碑裂石的威力，更有挡我者死的气概，以区区肉掌，与锋利刃阵为敌，而略占上风，可见一斑。

一僧一道，分开已是超一流高手，合作起来，更是威力惊人，而且长剑拓远，阔掌阻近，掌影与剑影相配合，掌风与剑势同存在，时而掌影缩，剑影涨，剑影涨，掌影出，掌影出时，暗有剑光，剑风过处，又杂有掌劲，想不到二人分属少林武当，武学各有千秋，也会配合得如此完美，似乎剑与掌相依相伴。雪龙多杰见此，暗忖：天下武学，本是同源，万流归宗，可从两大派少林武当两大高手看出来，雪龙多杰又想起血光玉佛。

令天下人怦然心动的血光玉佛，就传说上面有万流归宗的一式名曰"天地鸿蒙一式"和"混沌无极神功"，先前雪龙多杰亦不相信，此时看到两大高手联手抗敌，心里似有所悟，而场内的一僧一道内功深厚，自是那些黑衣人无法比的，何况二人在联手片刻，相互接应融合，越来越完美，威力一波紧接一波的向外面扩散，将四周密密的刀劲和锋势渐渐逼开。

两名黑衣使者见到此情景，相互看了看，若不是蒙着面巾，显然可以看到二人的惊愕表情，就在此时，弗禁大师突然大吼一声，掌劲更凌厉，灵清道长亦受到感染，剑光更盛，立时，四周的"万劫不复刀阵"发生了微微的紊乱，武当剑剑光急点，顿时溅起一片血雨，传出几声惨叫，几名黑衣人立时倒了下去。

但这并没有使黑衣人怯缩，反而更加疯狂，踏着同伴的尸体和鲜血，刀刃更加锋利，灵清道长没有料到这些人如此的无人性，如冷血杀手一般，剑光受挫，心里暗惊，正欲鼓劲再拼，谁知弗禁大师腹语道："此时不走，更待何时！"

此时确是二人脱出重围的最佳时机，灵清道长心领神会，剑光一绕，划出一道寒森的白光，两人清啸一声，拔地而起，事出突然，四周的黑衣人没有想到两人身份极高，也会有逃的把戏，待他们清醒过来，二人已然高高在上，斜向阵外掠去，再围上去已是于事无补。

但两黑衣使者却反应奇快，在一僧一道飞跃而起时，亦快疾无比地向这边射来，断了一僧一道的去路，一僧一道没有办法，只有留下来，四周黑衣人欲重围上去，在一旁冷眼而观的靳候突然道："不用围上去，在四周警戒就是，今日定要让这两个老顽固有来无回！"

一僧一道凝立不动，两名黑衣使者亦凝立如冰，双眼冷冷地罩住一僧一道，场中静得令人窒息，弗禁大师和灵清道长此时已长舒了口气，迅速地调整了一下状态，他们已能感到从两名黑衣使者身上散发出来的战意，这种只有超一流高手才有的浓浓战意，令一僧一道深深感到刚才在"万劫不复刀阵"中只是一场苦难的前奏，一场恶战的热身活动。

此时一阵冷风吹来，夜空已开始淡淡退去，月儿西去，但此时的黑夜不但静，而且有种惴惴不安的紊乱，黑夜与白昼的边界竟如此令人难受，雪龙多杰以前从未有如此的感觉，料不到会在这种场合清楚地感觉到，也许令他一生刻骨铭心，也许死与生的边际亦是如此感受，但他没有经历过。

秋风吹过两个黑衣使者和一僧一道之间的空隙，使场中更有萧瑟的意蕴，在场者均有出征"风萧萧易水寒，壮士一去不复返"的感觉，两名黑衣人突然从腰间拔出了佩剑，雪龙多杰从未料到武功高绝的黑衣人也有剑在身，而且是一种中原武林少有的剑。

剑外形如鱼脊骨一般，只不过两侧的齿形是一把把短短的锋刃，逆剑尖而向下，整把剑均闪耀着金色光芒，更加神秘，更加令人忐忑惧怕，单看那些锋刃，就让人胆寒，何况这种武器一旦插入身体内，若再拔出来，就如鱼钩进了鱼嘴，再拔出来一样，多可怕的武器。

少林寺弗禁大师见之面色立变，问道：

"阁下二位想必来自西土，这种兵刃老衲曾见过一次，那是随师父去西土圣域，在沙漠中遇到几位西土高手，他们手中亦拿着这种武器，名叫'金魔刃'，当时他们听说老衲师徒来自东土的少林寺，意欲与我们切磋切磋！"

沉默静听的两位蒙面黑衣人此时突然问道：

"那后来如何呢？"

"后来家师不得不为，与其中的一位切磋了两三个时辰，家师在拳掌内功上占优，但那位西土高手在兵刃上占扰优势，应是胜负未分，从而一见如故，几位西土高手自愿领我们进城，今日在此相逢的均是后辈，料不到的是敌我，二位想来必与昔日老衲所见的西土高手的弟子同出一门，不知今日之战……"

"今日之战非昔日之战，一定要分出胜负！"

两名黑衣人态度坚决，弗禁大师知道今日遇到了真正的强敌，而且来自西土，心中不但感慨，而且顿生肃然，旁边的灵清道长也知道了这二人的来历，亦知道了这种可怕的武器叫"金魔刃"，倒豪气干霄，跃跃欲试。

雪龙多杰今夜增长的见识真是不少，认识的人也不少了，亦见到了数名超一流的高手，深感武学深不可测！

黑衣蒙巾人似乎等待得没有了耐性，在两声清啸过后，立时"金魔刃"弥天漫卷，身影更是杂于其间，神出鬼没，来势快疾无比，高手角斗，往往输胜在一招半式，一僧一道哪敢怠慢，立时各展神功神技，分别碰撞上去。

高手一出手，就看有没有，两对相斗的人来去的速度惊人，比刚才二人在"万劫不复刀阵"中的快了许多，灵清道长的单剑在金光闪闪的金魔刃丛林间，游而不滞，如逆水行舟一般，时而听到"当"的声音，"金魔刃"在一浪又一浪地卷漫而来，犬牙交错，险恶无比，往往对方的剑风剑影将贴衣衫袖口掠过，弗禁大师以两只肉掌对敌，一点不输于手持"金魔刃"的黑衣人。

斗得正酣时，冷眼旁观的靳候又皱了皱眉头，突然拔身而起，去势如一把利剑，横过长空，在逼近灵清道长时，突见青芒一闪而过，青芒中带着一点殷红，雪龙多杰差点叫出来，亦看得目瞪口呆，这正是无忧剑之绝招"无忧一点红，隐隐青芒间"！

而灵清道长还没反应过来，那名黑衣蒙巾者亦没有注意，武当宝剑已被"金魔刃""叮叮"两声怒卷而起，远远射向场外，而灵清道长亦在"金魔刃"来临之际，剧晃两下，倒了下去，而靳候此时已折身飞快地向弗禁大师袭来，弗禁大师本见到了靳候那快疾的身影，但高手相搏，竭尽了全力，施出了浑身解数，哪有精力来应付一个武功更高的强敌。

弗禁大师意念一闪而过，只觉额头一冷，剧痛，而同时青芒一闪即逝，靳候业已跃起，轻轻落到几丈开外，弗禁大师立时觉得天旋地转，仿佛脑髓在很快地向外流，大脑在渐渐地变小，而自己越来越轻，奋力拼出两掌之后，再也支持不住，倒地而死。

看着在一转身工夫，两名绝世高僧、道人就变成了两具尸体，仆地不动，两名黑衣蒙巾人均呆立不动，最后才醒悟过来，向靳候奉承道："柳叶无忧剑，果然天下无敌，天君座两招就除去了两个劲敌，属下感激不尽！"

"无忧剑虽然厉害，但怎也不及盟主！这两个老顽固，终未被录用，天下间，不能录用者，无论他是何方神圣，以盟主之意，赶尽杀绝，以除后患，更有震慑之效！"

两名黑衣使者静立受教，靳候又环视了一番，又道："这两个臭皮囊，就让他们暴尸荒野，以裹飞禽走兽之腹，走得也安心！"

说完，率先跃身而起，向拂晓的天际掠去，两名黑衣使者显是被无忧剑震住，对凶狠毒辣的靳候更是忌惮加深，哪敢不从，相互看了看，又看了看地上的尸体，似乎战意未绝，但有何办法呢，只有领着众黑衣人尾随而去。

雪龙多杰待众人走远，才从乱石后蹑手蹑脚地走了出来，胆小如鼠一般，他清楚以现在的武学，和两名西土高手过招，都难以活命，与靳候论剑，更是输定了，靳候的剑术造诣，几乎已达到了人剑合一，剑即是人，人即是剑，雪龙多杰不想杀身求仁，亦不想以命换个好声名，只要有命在，就有反败为胜的机会。

这难道是胆小？不，是识实务，是俊杰，糊里糊涂死是傻瓜，明知斗不过，亦要一试是白痴，雪龙多杰走到弗禁大师和灵清道长的尸体旁，看到二人印堂穴变成血红的小洞，心里顿时抽紧，这已是他第三次看见了，第一次是在楼外楼，而第二次是在两名特使的尸体上，现在是亲眼所见，不同的是，死者的武学造诣一次比一次高，但他们均逃不过靳候无忧剑的这一绝技——无忧一点红，现在雪在．多杰开始有些胆寒，但更加痛恨靳候，更加肯定十五年前的始作俑者就是他——万恶金盟的天君座。

他是第一次见到金魔刃，第一次听到靳候是万恶金盟的天君座，更使他震惊的是，无忧剑主靳候还只是万恶金盟的天君座，那万恶金盟盟主的武学造诣，恐怕有齐天之势。

想到这里，雪龙多杰又想起了玉佛，天下间，恐怕只有玉佛才能压住这齐天之势的幕后人，压住万恶金盟的强大力量，雪龙多杰此时才感到昔日在自己眼中强大无比的神羚谷力量太薄了，虽然神羚谷一向不涉足江湖，但成为万恶金盟盟主的目标是迟早的事，雪龙多杰作为神羚谷的少头人，亦初窥端倪，他有必要未雨绸缪，有必要想方法方去挽回不可回避的噩运。

看着两具尸体，活着时是天下间赫赫有名的人物，侠义道上的卫道士，公正的追随者，想不到死后与万恶之人的尸体又有什么区别，或许万恶之人还有一具齐尸，还有一堆黄土，若没有雪龙多杰，此二人真的要尸骨无存，雪龙多杰深深叹了口气，向尸体责道：

"唉，你们两个笨蛋糊涂虫，明明同门已落入他们之手，他们又这样看得起你们，你们为何不虚与委蛇，假装投入万恶金盟旗下，留下一条命，总有翻身的机会，好啦，现在死了，一了百了，清誉何用，侠名何用，还得依靠本少爷来掩盖你们，你们可知道，本少爷是眼睁睁地看着你们去死，若以你们的观点，定会挺身而起，振臂而呼，为你们呐喊，帮你们，本少爷为了侠义，只怕是和你们一样的结果，那就更惨了，我们三人都没得埋了。"

"你们迟暮之年，本就活不了多久，这样死也合算，可本少爷才十五岁，还有很长远的奔头，还有很多事要做，婚还没结，后代还没有，不能与你们相比，你们不会怪我吧?!"

可两个死人是不会说话的，实质上是雪龙多杰自己与自己说话，但亦说得津津有味，雪龙多杰此时心情复杂极了，不停地说，为自己开脱责任，双手不停地活动，真如一个大傻瓜一般，木呆呆的。

良久，雪龙多杰终于在乱石岗上造了一个墓穴，实质上是把乱石搬开，雪龙将二人并齐放在穴中，然后抓了几把衰草，掩住二人，又抓了几把黄土，撒在上面，方才用几块大石块拱扣其上，用碎石塞住罅隙，做了一个大大的乱石坟，倒像样，雪龙多杰又找了一条形板状石，竖栽在坟前，恭敬有加地在上面写道："少林高僧弗禁大师、武当前辈灵清道长献身求道，天地昭昭，日月朗朗，普天之人同拜!"

想了想，雪龙多杰觉得还是应表明自己的功劳，又续写道："雪龙多杰少侠亲建此墓以奠亡灵，毁之者，人神共诛!"

雪龙多杰掩埋了两具尸体，长长地舒了口气，又道："人死后一了百了，倒是把活着的人累了个半死，两位前辈，晚辈雪龙多杰也只能做到这样的地步了，至于你们的同门，晚辈是无能为力去救，不过向少林武当通风报信，晚辈倒是可以办到，但他们或许要把你们的残骸运回少林武当，岂不是要毁掉晚辈的杰作!"

在这样的时刻，雪龙多杰居然还在自我陶醉，巍巍大山，淡淡轻雾，山野一片静寂，而拂晓前的寂静渐渐过去，新的一即将开始，雪龙多杰已能看见山，以及明朗的天与地，正在此时，突见几个彩翼如蝶的身影飘然而来，雪龙多杰耳聪目明，转身而视，立时知道是迷蝶派的迷蝶浪女，心里纳闷，她们怎么会到这里来，突然，他想到迷蝶浪女极可能是万恶金盟的分支，亦是被收降的。

这次来的不是迷蝶浪女，而是一位四五十开外的挽发高贵妇人，心里不由一震，暗忖：难道这女人是迷蝶派的当家人蝶妃? 蝶妃在江湖上的名气并不亚于浮烟谷谷主杭绮和繁星宫少宫主苏舒，武功之高，更比浮烟谷谷主厉害，更可怕的是她的蛊毒，以及稀其古怪的毒药，谁也难以看清她是如何将毒施将出来的，待你知道毒在身边，已是迟了一脚，恐怕已身中剧毒，雪龙多杰想到剧毒，立时脸色一变，他知道再厉害的高手，中了剧毒，也就是英雄无用武之地，乖乖受人之制。

蝶妃一到现场，立时看到了雪龙多杰，眼中一亮，雪龙多杰躲也是无用，蝶妃水汪汪的眼睛似永远含情，永远含着幽怨，一看就知道是个感情丰富的女人，而且是个受伤的女人，如此艳丽如画的女人，也许当初和迷蝶格格一般是妖冶无比，更是想"情"似火，但如今却如一泓秋水，那股热"情"深深地压抑在潭底，不知是哪位男人有如此本领让此美妇如此情伤，如此幽怨，雪龙多杰一见蝶妃，立时记着不能看她的眼睛，但记着虽然记着，就是难以自抑，不由自主地望了过去，是一种茫然的呆木，如见到天外来物一般。

蝶妃甜甜一笑道："你就是雪龙多杰?!"

雪龙多杰从没有见过如此温柔的笑容，顿时如沐春风，心里暖洋洋的，暗忖：这样的一个大美人，是哪个傻瓜伤了她的心，真是该死，于是亦不由自主地向蝶妃笑了笑，这一笑是发自内心的顶礼膜拜，雪龙多杰不知所措地明知故问道："你，你就是迷蝶派的大名鼎鼎的蝶妃?"

蝶妃看见雪龙多杰的笑，眼睛内突然一黯，神伤地点了点头，遂低头沉想，"最是那一顶头的温柔，恰似一条水莲花不胜凉风的娇羞"，此句正映了这一幕，忽然，蝶妃抬起头来复问道："你真是雪龙多杰？不可能，定另有原因!"

雪龙多杰立时如坠五里烟云，犹豫道：

"夫人说此话，晚辈不知如何理解!"

"江湖传闻，你极可能是血光玉佛之主，也就是朔君的儿子，公子难道一点也不知道?!"

雪龙多杰听到"朔君"，半天未反应过来，但很快就明白"朔君"就是朔玉，新月怡心钩的主人，雪龙多杰心里慌乱，更是茫然，忐忑道：

"江湖传闻，并非事实，在下确为神羚谷少头人，何况惊梦炫奇的徒弟北川雨星已自称是朔先生的后裔，迷蝶格格当时也在场，想必蝶妃已有耳闻了，为何还有如此想法？难不成在下有什么地方与这大人物相似?!"

雪龙多杰本是说的一句玩笑，谁知蝶妃黯然地点了点头道："不错，相似的地方太多了，当年妾身遇上朔君时，朔君年纪只稍长你几岁，那是在一片蒙蒙的细雨中，一层春风一层绿，万山皆绿，水亦变暖，妾身在澜沧江边的山岩上静观江水，忽然看到一白衣倜傥公子头顶秀士白冠，轻悠悠地撑着一只竹筏，在急流凶浪巨涡间悠闲而下，似乎正在享受春风渡江的闲趣，他那份悠闲与潇洒，妾身是一辈子也难以忘记，当时妾身为之羞迷，妾身从未为一个男人如此着迷过！"

想不到蝶妃一个中年少妇，身份又是迷蝶派主人，居然在一个后辈面前述说自己的隐私，雪龙多杰不好意思听，但又不好意思不听，何况是蝶妃那着迷惘的样儿，忧郁的眼睛浸满春光，脸上散满红晕，似乎年轻了许多，更美艳了许多，还带着一种从未有过的幸福，他又怎好令她失望呢！

雪龙多杰倒也乐意听，于是做个顺水人情，假装听得入迷，为之动情，果然蝶妃见雪龙多杰听得认真，更来劲了，继续道：

"当时朔君亦望见了妾身，妾身自认仪态还不错，那时妾身的年纪与现在的迷蝶格格一般，正是情窦初开，待朔君见妾身对他微笑，亦有些着迷，居然停竿望着妾身，痴呆地笑，那笑妾身一辈子也难以忘却，刚才公子的笑，与他的笑几乎一模一样，妾身还以为朔君重新回到了人间，来见妾身，但妾身知道这是不可能的，他再不能回来了！"

听着蝶妃语无伦次，但意思和思路清晰的话，雪龙多杰心里不但受宠若惊，更是惊诧莫名，暗忖：自己真的与朔玉长得相似，连笑也笑得相似，但仔细想，不可能，朔玉是中原人，而自己是藏边康巴人，两人几乎连面都难以碰上，怎么可能有血缘关系，而且老爷子吉龙多杰从未说过自己不是他的儿子，只说过娘亲在自己幼小的时候就去逝了，老爷子很疼他，横看竖看也像他的父亲，因为自己也那般魁梧英武。

蝶妃没有理会雪龙多杰变化无常的神色，继续如一个老太婆般唠叨道：

"谁知竹筏被卷入了一个巨大的漩涡，而且巨浪向朔君和竹筏压了过去，而朔君若不知，当时妾身吓得忍不住惊叫了起来，以为他必定会被江涛卷去，谁知朔君突然从竹筏上一跃而起，踏浪掠波，几起几落，就平平安安地到了岸上，当时他的动作真是潇洒极了，妾身方知他武功高绝，对他更是倾心，暗想若得之为夫君，妾身也不枉度此生了！"

雪龙多杰听蝶妃说得太露骨了，何况他还是个后辈，岂有不害羞的，脸上立时有些发烫，但蝶妃此时如痴似醉，不吐不快一样，可见她怀情多浓，埋情太久，受到的伤害亦太大，雪龙多杰又怎可再伤一位多情女人的心呢，只好自认倒霉，装着听得津津有味，如坠烟云一般，料不到这更增加了抒情的气氛。

"但天意弄人，朔君一知道妾身是迷蝶派的格格，本对妾身的情意亦烟消云散，妾身不甘心，用毒把他治住，软禁了起来，以为他会回心转意，但事实却是相反，朔君更加憎恶妾身，一见到妾身就大骂，妾身伤透了心，也就是在那时，繁星宫和浮烟谷、无忧剑主知道其师兄被囚，联合上门要求妾身放出新月怡心钩主，那时妾身才知朔君就是四大绝命兵器排列第一的怡心钩的主人，迫于压力，妾身只好放了朔君，知道这一放，朔君永远也不会再对妾身笑，妾身的美梦永远难圆了，但心里依旧存有一丝侥幸。"

"在送走朔君时，妾身曾对他说妾身永远不会忘记他，妾身再坏，也不会伤害他的，谁知朔君却反口说道：'别用这些话来诱惑我，若你继续为祸江湖，我决不会手下留情。'听到朔君的话，妾身心痛欲绝，更是变本加厉地跟随当时的蝶妃远赴中原，为非作歹，兴风作浪，想用此来试试朔君会不会履行他的诺言，而且当时，妾身发现他与繁星宫的少宫主苏星儿暗通款曲，两人已达到心心相印的地步了，妾身更是化痴情、失望为憎恨，为愤懑，变本加厉地作恶，变成了一个十足的坏女人，也就永远失去了朔君，后来果然应验了朔君的话，四大绝命兵器同现江湖围剿迷蝶派弟子，将留在中原的迷蝶浪女尽数歼灭，那个时代的蝶妃也被杀死，妾身心已碎，更身负重伤，带着几名迷蝶浪女潜回澜沧江。"

"谁知回到老家，澜沧江的总部业已尽毁，妾身知道毁掉迷蝶浪女的是朔君，只恨其余围歼迷蝶派的繁星宫人、浮烟谷人和无忧剑人，妾身满以为隐居十几年，重振迷蝶派后，就可报仇，但料不到朔玉英年早逝，更没料到害死他的元凶竟是他的三个师弟妹，妾身再次踏足中土，不只是卷土重来，更重要的是为朔君报仇，以安他在天之灵！"

说到这里，幽怨的蝶妃满脸杀气，眼中尽是恨意，语气更是峰回路转，冷如冰气一般，令人闻之不寒而栗，雪龙多杰心里暗自剧震，这才明白为何吴山分宫会被毁，为何她要嫁祸于浮烟谷，全是因为昔日的恩怨情仇的延续，可见江湖中的恩恩怨怨，报仇雪恨是多么可怕。

不知不觉，雪龙多杰想到了苏忆星和杭婉琪，他不希望迷蝶派的报仇牵涉到二女，迷蝶派对吴山分宫的大举进犯不但害了杭婉琪，亦害了苏忆星，但这又有何办法呢，杭婉琪是浮烟谷少谷主，而苏忆星因为繁星宫亦与他几次发生口角，雪龙多杰对一宫一谷没有多少好感，对迷蝶派的做法也无可厚非。

但是雪龙多杰鬼使神差地向蝶妃道：

"夫人这样做，不是重蹈当年的覆辙吗，有可能这样会惹起三大绝命兵器重新联合起来对付迷蝶派，何况迷蝶派这样一来不知会害死多少无辜的人，夫人有没有想过!"

蝶妃冷艳的脸上寒霜羞涨,对雪龙多杰道:

"妾身做事,一向无需太多的顾虑,何况这次,即使三派联合起来,恐怕也难以应付,哈哈,他们恐怕永远没有联手的机会!"

说到这里,蝶妃复仇的心理已近疯狂,脸上的表情更是歹毒,雪龙多杰看得生寒,立时明白迷蝶派极可能因为此事而依靠了万恶金盟,只有万恶金盟,这江湖中潜在的势力可压住三大绝命兵器主人的联合,现在雪龙多杰不得不承认他们联合的机会很小很小,而且靳候居然是万恶金盟的天君座,这简直不可思议,以他与繁星宫和浮烟谷的过节,又怎会联合,突然,雪龙多杰想到,若繁星宫与浮烟谷亦被万恶金盟收服,天下武林只怕尽在万恶金盟的掌握之中,如此一想,雪龙多杰立时知道自己应怎么办了,他只有奋力在暗中支持一谷一宫,才可能对抗万恶金盟!

想到这里,雪龙多杰存有侥幸心理,道:

"夫人可知,助纣为虐,终不得善终,为了复仇,委曲求全,依靠于万恶金盟,不但害了自己,亦害了天下武林,在下十分同情和理解夫人的心理,但不敢苟同夫人所作所为!"

蝶妃媚眼立时如寒星,瞪向雪龙多杰,怒道:

"你是朔君的儿子,你难道不想为死去的父母报仇?是不是顾忌到繁星宫和浮烟谷的两个丫头,若是朔君天上有知,定会被你气死!"

雪龙多杰简直有点啼笑皆非,蝶妃生拉硬拽地说他是朔玉后裔,人本来已经死了,又怎会被气死,雪龙多杰觉得这女人有点神经病,于是顶撞道:"朔前辈也痛恨你这样做,其实这是你的私心作怪,一则安慰自己的心理,二则是想争权夺势,也是有所针对,你想想,为报仇,将吴山分宫里所有人都歼灭,有必要吗?就算在下是朔玉之子,也不赞成夫人的做法,夫人到此,难道是想劝在下同流合污,与你一道为祸江湖,或是委身万恶金盟?!"

蝶妃听了雪龙多杰不客气的话,心里显然受到刺激,面色苍白,双眼更是可怕,瞪向雪龙多杰,良久,森森道:"你居然连脾气也与朔君一样,妾身来此,并不是想听你后辈的说教,当年朔君没有说动,何况你个乳臭未干的毛小子,妾身只是警告你,别与万恶金盟为敌,你不是对手,另外,别插手妾身的复仇计划,你袖手旁观就没事,你对格格冷嘲热讽,伤了她的心,妾身不希望你重复当年你父亲的轨迹,更不希望你与一谷一宫两个黄毛丫头亲近,这是妾身永远不想看到的,想你也明白妾身的心理。"

雪龙多杰立时有了一股强烈的逆反心理，在神羚谷，除了老爷子，何人胆敢用这样的语气和他说话，于是，先前对蝶妃的好感立时少了，对蝶妃冷冷道："做不到，一件也做不到，本少爷不但要与万恶金盟斗，而且也要阻止你在泥谭里愈陷愈深，更重要的，本少爷不能与那两个丫头割断情丝，本少爷还想把她们娶回家做老婆呢！"

这些话立时刺痛了蝶妃，这是她平生第二次受到伤害，昔日被朔玉所伤，料不到今日，又被她所看作的朔玉之子伤害，难道这就是她的命运，她立时杀机陡起，但看到雪龙多杰生气的子，立时眼前浮现出当年的朔玉，心里猛地一收，长叹了口气，道：

"孽缘，真是孽缘，你难道就不能用假话骗骗妾身，你真的如你父亲一样残忍，你说，是不是你父亲要你这样做，要你来气妾身！"

雪龙多杰一愣，觉得蝶妃确实为情所困，伤得太深，自己为何要去伤她，但她所要求的，自己确实却一样也做不到，他无可奈何，亦叹道：

"夫人就不能在澜沧江边筑庐怡养天年，平平淡淡地过一生么，为何要自寻烦恼，为何要这样做，晚辈刚出江湖，是退亦不能退！"

蝶妃冷冷道："你说，你到底听不听妾身的话，难道就因为你是怡心钩主的儿子，就因为你有玉佛作依靠，就敢与妾身作对吗？"

"夫人说错了，在下并非怡心钩主的儿子，更非玉佛之主，在下靠的是自己，是天理昭昭，一片良心，今日夫人到此，一片苦心，在下心领了，夫人不肯回心转意，就请回吧！"

雪龙多杰说得干脆，蝶妃立时脸上有了些绝望，娇叱道："好，妾身就成全你，让你去见你那狠心的父亲，别在这世上瞎捣乱！"

说完，蝶妃轻飘而起，袖中纤纤玉手闪电般幻作无数指影，向雪龙多杰全身穴道袭来，雪龙多杰料知蝶妃武功高绝，但料不到会高到如此地步，比浮烟谷谷主强多了，但他岂会知道，当时浮烟谷谷主武功有所保留，只因知道雪龙多杰与杭婉琪的关系，她不想伤那丫头的心。

雪龙多杰在心惊肉跳的同时，本能地缩身凝气闭穴，全身的经络立时固若金汤，脚下浮跨几步，正是夸父逐日，在几月的江湖煅炼中，雪龙多杰碰上的每一个高手均是江湖超一流的，立时潜能尽数迸发，而且屡屡施用夸父逐日步，几次就熟络起来，现在当然是得心应手了。

雪龙多杰立时身子一晃，就从彼地到了此地，似乎他的身影瞬间消失，又瞬间出现，而出现时，已在不同的方向，真如鬼魅一般，雪龙多杰不想硬拼，他知道硬拼是自己吃亏，功力不继，如何应敌。蝶妃见雪龙多杰会突然消失，又突然出现，脸色一变，叱道："快说，你这些招式是从何处学到的？"

"出自冰雪神佑圣山派，冰雪神所教，怎么样，现在知道本少爷能与万恶金盟相抗衡吧！"

"哼，别做白日梦，盟主的武学，已达天境，天人合一，你能过得了妾身这一关，也是你鸿福齐天了！"

说完，玉手翻飞，再次向雪龙多杰拍来，雪龙多杰正欲躲开，谁知从纤纤细手中飞出一道红光，直向雪龙多杰疾射而来，快得惊人，雪龙多杰大吃一惊，以为是什么暗器，立时曲指一弹，正是"无相闲弹"，雪龙多杰已能将无数零碎的怪招式杂在神羚十八式中随意使将出来，往往可以得到反败为胜，出奇制胜的效果，而且令即便熟悉冰雪神佑圣山派武学的人防不胜防，难怪他们会怀疑雪龙多杰另有高人指点，现在他随口说出冰雪神所传，傻瓜笨蛋也是不会相信。

但这次"无相闲弹"施将出来，却得到意想不到的后果，那飞来的红点一遇上强劲的指风，立时"砰"的一声爆开，成了一团红粉，红粉飞快扑向雪龙多杰，雪龙多杰何时见过这种怪物，情急乱用掌，竟毫不犹豫地向那团红粉拍去，谁知那团红粉如有黏性，拍开后随着掌收，亦飞快地跟了过来，似乎非要与他亲近不可。

雪龙多杰自知惹它不起，更是沾它不得，闪身后退，那团红粉居然重新凝成一小团，最后又恢复成一小红点，而蝶妃娇叱一声，身影暴转，身影化为玉树千影，将雪龙多杰围在中间，令雪龙多杰躲也躲不开，逃也逃不走，雪龙多杰眼睛盯着红点，耳朵听着衣衫之声，急得心如火焚，蝶妃岂会宽恕这旧情人的孽子，而且他还公然与她作对，袖中立时飞出几枚菱锥，菱锥很美，还有迷人的蝶翼轻颤着转来转去，雪龙多杰几时见过如此迷人漂亮的东西，眼睛立时盯向了迷蝶菱锥，双掌拍了过去，跟着施展开神羚渡雪，夸父逐日步，大概他是出山后头一遭如此狼狈，也是同时将手脚身影同时用上，其中的窘迫不言而喻。

迷蝶菱锥受到强劲的掌风冲击，打着转飞散而开，雪龙多杰立时从菱锥间的空隙间向外窜，身影之快，无与伦比，连蝶妃亦脸色大变，暗忖：这小子真邪门得厉害，小小年纪，居然有如此多的怪招式，仿佛他那个脑袋如一个大口袋一般，装着连她也不知道的东西。

雪龙多杰窜得虽然快，但迷蝶菱锥似有灵性，散开之后，又重新聚在一起，欢快地向雪龙多杰妖娆而来，如一个个浪女见到英俊公子哥儿一般着迷痴情，雪龙多杰不得不认真辨认方向，全神贯注，蝶妃诡谲地笑了笑，袖口一挥，一股柔风扑面而来，无色，雪龙多杰以为蝶妃只是吓吓他而已，牛脾气一犯，铤而走险，就向那股柔风窜去，其实也只有那股柔风过处才有空隙，其余方向被迷蝶菱锥和迷蝶浪女缠住，虽然可以回掌拍开，但没有这省力省时。

待雪龙多杰冲入柔风中才知道这柔风如媚腻的胭脂一般，令他全身为之一松，全身穴道立时张开，而且那股无色柔风中有着淡淡的香气，甜甜的，软软的，闻之就想睡上一大觉，雪龙多杰才知中计，暗叫这下完蛋了，果然祸不单行，那飞跃的红点似亦十分喜欢那股柔风，而且受到刺激一般，闪电般射了过来。

雪龙多杰身影一缓，脸上露出惊愕之色，呆了呆，就在这片刻，红点似情人一般粘了过来，化作一缕粉红色的烟雾，似一张笑着的媚脸，瞬间无踪无影，雪龙多杰只觉得鼻子痒痒的，似有一个小虫子慢慢地向里爬，令他情难自禁，雪龙多杰立时想起了蝶妃是使蛊的高手，这个怪物会不会就是一只蛊，若真是那样，自己可倒了大霉，生不如死没关系，成了一个傀偏，变成没有主见的行尸走肉，那可就遭透了，雪龙多杰想着想着，居然就上眼皮与下眼皮打架，撑也撑不住，最后双脚一软，心里立时崩溃了，甘脆不再有逃走的念头，一屁股坐了下来，谁知一坐下来，就又想躺下去睡一大觉，最后雪龙多杰终于支持不住，闷头就睡。

不知睡了多长时间，雪龙多杰方才动了动眼睛，却是睁不开，倒是可以听见声音：

"娘，我不去，这样他会更恨我的，更认为我淫荡，虽然女儿很喜欢他！"

"你懂什么，当初若娘放下你这种想法，给他施用'迷情乱欲术'，给他服'合欢药'，生米做成熟饭，他就不得不接纳娘的，娘何用弄到今天这种地步，何用空怀一生怨恨，就是他不接纳，再给他种下情蛊，他就不再想别的女人了，也不会与繁星宫的贱丫头私逃，就不会惨然而死，现在你是不是想从新走娘这条老路，娘决不同意！"

"娘，他真是怡心钩主的儿子？你怕是弄错了！"

"放屁，这个世界上，除了死去的贱人，再没有人会如娘亲这样了解他，他的儿子，岂会弄错，何况他左臂有繁星宫的神宫母镖和镖印，右手臂有怡心钩印，绝不会错，你别说其他的，到底听没听到娘对你说的话！"

"没听到，就是听到，女儿也不会那样做，否则女儿的清白如何才能说清，明明不是我毁掉吴山分宫的，那日一时生气，才这样说，以后解释清楚，女儿不是没有希望！"

"你别做白日梦了，你是迷蝶格格，迷蝶浪女，是天下最淫荡的女人，哈哈！你想向他表明你清白，让他主动爱你，你是不是犯了神经病，快去，这是命令！"

雪龙多杰昏昏沉沉地听着外面的话，话语如同从很远很远的地方飘来，但他慢慢明白了过来，吴山分宫并非迷蝶格格所毁，而是蝶妃，她们都属迷蝶派，但人不同，事情也不同了，其实想起来，以迷蝶格格的武功，确实很难毁掉吴山分宫的，否则也不叫繁星宫分宫了，迷蝶格格爱他，吃苏忆星的醋，恨雪龙多杰对她的态度，认为她淫荡，其实她并不淫荡，她娘亲蝶妃亦不淫荡，只是受了刺激才变坏的，弄清了这两个问题，迷蝶格格在雪龙多杰心里立时圣洁了许多，简直就是出瘀泥而不染的白荷，更是痴情迷人的仙女一般。

雪龙多杰不由默默道："小傻反，你为何要骗我，说吴山分宫被毁与你有关，明明爱我，就直说，何必吃醋，吃醋就能把我这俊面小子弄到手？真是个可爱可怜的痴傻瓜！"

蝶妃的笑出奇地苍凉，出奇地愤懑，对一个女人来说，天下所有男人均认为她淫荡、下贱，而且自己深爱的男人亦这样认为，是多么可悲的一件事，而且蝶妃因为这样才真的变得淫荡、下贱，毁了自己一生，这又是多么多大的悲剧，她有变态的想法，现在她再坏，也是值得原谅的，雪龙多杰自感是个不折不扣的男子汉，光明磊落的人，也有些悔意了，一个受制成为阶下囚的人有如此想法，这世界还真是怪，怪得如同腾云驾雾，而且在云雾上做春秋大梦，越梦越糊涂，糊涂得不知是真是假。

但雪龙多杰还是怕蝶妃的想法和惊人的做法，真担心迷蝶格格迫于淫威，将他"强奸"了，破了他"处男"之身，以后自己就再难抬头做人了，虽然那感觉上可能如洞房花烛夜一般欲仙欲死，但过后的感觉却不可同日而语。

如此想，雪龙多杰又担心迷蝶格格违抗命令，会被这心理有些变态的女人一掌劈了，虽然是她女儿，但这不无可能，一旦劈了女儿，他雪龙多杰插翅也难飞出死亡之井，因为变态，人会将死人说活，也可能将两个死人说成是一对恩恩爱爱的好夫妻，到了那种地步，他可真倒足了大霉，想不到他会落到与迷蝶格格同系一根生命线的窘境，真是不可思议。

雪龙多杰左想也不是，右想也不是，往中间想更是不是，就如同一个女人，"强奸"了她，她就爱你，不"强奸"她，她就不爱你，而你偏偏喜欢她，又不想"强奸"她，而这时迷蝶格格那令人心醉心碎，更令人担心的声音又传了过来，道："不，女儿死也不听你的话！"

雪龙多杰长吁了一口气，但又暗叫道：

"我的姑奶奶，你千万别死，死了一了百了，你不划算，本少爷就更死得冤枉了！"

谁知蝶妃不但不怒，反而笑了起来，但那笑声令人不寒而栗，如无数的虫蚁正在叮着毛孔，狠狠地往里爬，蝶妃笑完，得意道：

"小丫头，有个性，就如你娘当初一样，但娘经历了那么多风风浪浪，难道会奈何不了你？好，你不就范没关系，但你可知道，那小子中迷香的同时，亦中了'合欢烟雾'，连那'情蛊'也植入他心肝内去了，你可知道迷香失效后，人醒了时，也是'合欢药'生效，情蛊咬心肝的时候，现在他大概已经醒了！"

蝶妃此言一出，外面迷蝶格格"啊！"的一声惊叫，而房内的雪龙多杰亦是头脑"嗡"的一下，顿时如坠冰窟，冷汗直冒，他细心一想，那红点定是情蛊，而那红烟雾定是合欢烟雾，而那股淡香就是迷香了，蝶妃并没有说谎。

谁知外面的迷蝶格格竟莫名其妙地"咯咯"笑了起来，娇声道："娘，他如果真如你所说，是怡心钩主的儿子，你绝不会那样害他的，你肯定是在骗女儿，咯咯，女儿聪明得很，就如娘一样，怎么会轻易上你的当呢，你省省力气吧！"

雪龙多杰暗自叫苦，原来这贱丫头聪明反被聪明误，不相信她娘亲会如此来害他，她又怎知自己的娘亲早已有些变态，变态人做事，哪里还有规律可言，雪龙多杰真想破口大骂迷蝶格格"笨蛋""傻瓜"，想着想着又想骂她娘为"变态""神经病"，但这些却无济于事。

紧张了半天，雪龙多杰头脑开始清醒，眼睛能完全睁开，心中大喜，暗想难道自己真没中合欢药和情蛊？于是用力想弹起来，才发现全身无力，而房间四周挂着红绸，房里飘荡着淡淡的檀香之气，一看就知道这是一间女人的屋子，而且是个很讲究的人，雪龙多杰暗忖：自己怎么会在这里睡着了，立刻就猜到自己着了蝶妃的道，被迷香所迷，这里大概是她们栖身的地方。

这样一想，心里立时紧张起来，背下的床铺虽然柔和如绸丝，仿佛睡在一望无

· 276 ·

际的大海上一般，但背上如贴针毡，浑身不自在，眼睛呆看着旁边的两根红烛"哒哒"地燃，柔和粉红的蜡烛之光，令这间屋子如同洞房一般，但这洞房也太诡谲，也太咄咄逼人了！

雪龙茫然地转动着眼睛，麻木地自问道："现在怎么还是晚上？难道我已睡了一天？我怎么没力气，连坐起来的力气也没有，难道这是迷香的余效，还是这疯婆子废了他的武功，抽了他的力气？我难道会死在这里？因'合欢药'而欲火焚身，因情蛊而肝肠尽断，迷蝶格格迫于压力，会进来将我……"

生命诚可贵，美人诚可爱，为了生命，牺牲一下"贞节"，对男人来说，又何尝不可，而且现在雪龙多杰并不讨厌迷蝶格格，或是有点喜欢这样率直的美人，就算洞房花烛夜提前了，而这时外屋二女的谈话又传了进来，道：

"你真的不相信？肯定你嘴上不相信，心里却不敢肯定，因为这关系着那小子的生死，是不是？现在进去，你就会明白他开始发作了！"

雪龙多杰一愣，暗想自己并没出现异常呀，细心感觉了一下，立时脸色煞白，原来隐隐感到一个小虫子在肚中慢慢蠕动，心肝正有一丝丝的疼痛，而且还有些痒痒的，这种感觉如电流一般一波波传向上肢、下肢，难受极了，更令他苦不堪言的是那小虫子正在兴风作浪，使雪龙多杰有股舒服的欲念，让他头脑里不停地闪动着迷蝶格格的娇容，以及薄纱下的双乳、美腿、蜂腰，他知道情蛊正在活动，而且引发了合欢药的效果，令他身不由己，脑袋不由己。

第十五章

  渐渐雪龙多杰感到体温升高，全身发烫，眼睛也变得梦幻迷离，全是迷蝶格格的像，如闪电般流转，腹下明显有了反应，感到自己膨胀了起来，而且胀得发痛，腹中的情蛊更是无情地啃动着他的心肝，雪龙多杰再也忍不住了，"啊！啊！"地大叫了起来。

  迷蝶格格听到雪龙多杰的大叫声，立时明白娘亲说的话是真的，娇容立变，惊叫道：

  "娘，你这样会害死他的，快给她解药，解他身上的情蛊！"

  "哼，现在知道是真的了，但你应知道情蛊根本就不能除去，只能由母蛊相引合体，但那只本命蛊，已种在你的体内了，现在你感觉一下，是不是体内也有所反应！"

  迷蝶格格此时已捂住了自己的腹部，面色惨淡，香汗直冒，显是痛得厉害，她十分明白情蛊的作用，亦知道娘亲没有说错，情蛊是一对，同生共死，即使在千里之外，也会心心相印，它本是用来对付拈花惹草，不忠于夫妻感情的，想不到此时用在了他们二人身上。

  "怎么样？只要你与他能合欢，他会永远想着你的，又解了他的合欢毒，同时免了两人的痛苦，而且情蛊合体之后，才会与你们的血液合为一体，安心在你们体内！"

  "不，女儿决不那样做！"

  "好，就看着他欲火焚身而死，你的性命也不能保，哈哈，朔君，你不与妾身相爱，可阻止不了妾身的女儿与你儿子的相爱，哈哈，你很快就能看到他们了，朔君，你一定喜欢的！"

  蝶妃笑得凄烈疯狂，令人毛骨悚然，而迷蝶格格腹痛得已难以自恃，倒在地上，不停地乱滚，口中不断地呻吟着，同一时间，房内的雪龙多杰更是糟糕，两眼赤红，喷着欲火，四肢更是乱踢乱抓，疯狂得如一头狮子，此时他的力量恢复过来，而且十分惊人。

迷蝶格格终于顾全大局，断断续续道：

"娘，女儿答应你，快，女儿快死了！"

"好女儿，你早点答应，两人不就少受折磨吗？娘是为你好，你又偏偏不听娘的话，但亏你识趣，终于答应了，算你还聪明！"

说着抱起女儿，走到雪龙多杰房内，将她轻轻放在红地毯上，咯咯笑道：

"真是两个有趣的孩子，洞房花烛夜也这样别出心裁，唉，朔君为何就不答应呢！"

说完，黯然转身出屋，将房门轻轻闭上，屋内的空气立时炙热和不安起来，雪龙多杰见到迷蝶格格，立时如饥饿的狮子见到嫩嫩的小羊羔，跃下了床榻，踉踉跄跄地奔出了几步，摔倒，肚中的情蛊也许已感到本命蛊离自己近了许多，就在不远处，拼命地撕咬着，令雪龙多杰更加疯狂，微弱的理智如被盖天巨浪，"轰"的一声，掩盖得一点踪影也没有，于是就地一滚，立时滚到了迷蝶格格的面前，迷蝶格格此时腹痛得厉害，全身无力，知道今日在劫难逃，定会被这头狮子撕得粉碎。

"嘶！"的一声，迷蝶格格薄薄的裙纱被疯狂的狮子三下五去二拉得片片如羽，腾向空中，迷蝶格格美妙的曲线，凝脂般的胴体，毫无保留地暴露了出来，雪龙多杰药性发挥到极点，哪里还知道怜香惜玉，立时扑了过去，疯狂地摆弄着这只弱小的羔羊。

天地悠悠，日月如梭，不知过了多长时间，雪龙多杰慢悠悠地醒来，觉得全身软软的，却舒畅无比，懒懒地伸了伸手臂，触到一团酥软的东西，心里一惊，转身一看，不由大惊。

一具美丽绝伦的白玉胴体毫无掩饰地展示在雪龙多杰的面前，而自己的巨手正放那胴体的胸上的双乳间，雪龙多杰仔细一看，大脑"嗡"的一下，躺在那里蜷成一圈的美人正是迷蝶格格，而自己亦躺在地毯上，雪龙多杰觉得脑袋昏昏的，沉沉的，认真地想了想，才想起朦胧中的前因后果，很快猜到自己做了什么。

心中慌乱，雪龙多杰见迷蝶格格双眼紧闭，而美眸中静静地流着泪花，地毯上，零星散着破碎的裙纱，而裙纱已被染得落红斑斑，雪龙多杰轻轻地抬了抬头，看到自己亦是赤裸无物，丑陋无比，立时窘迫极了，暗忖：这事麻烦已极，如何向迷蝶格格交待。

雪龙多杰慌里慌张地找到在丈多开外的衣服，万幸的是，自己的衣服一点也没有破损，立时三下两下穿上衣服，又看了看横躺在地上的迷蝶格格，轻轻问道："你……你醒着么？"

这话问得简直太愚蠢了，眼泪在流，当然是醒着，只是不敢睁开眼睛面对眼前之境，面对生米做成熟饭的事实，迷蝶格格居然听到雪龙多杰的话，轻轻"嗯"了一声，身体轻颤了一下，将泪涟涟的残花败柳苍白娇容露了出来，但依旧闭着眼睛，对雪龙多杰道：

"你……你去给妾身找件掩体的衣服！"

雪龙多杰暗骂自己笨蛋，只顾自己穿上了衣服，却不管地上的人，迷蝶格格可是为了救他才变成残花败柳，否则自己早就命丧黄泉，雪龙多杰慌忙四周找衣服，但这房子里明明是女人住的地方，却连半块绸缎破布也没有，急对地上的迷蝶格格道：

"这屋子里怎么没……没有衣服呢？"

迷蝶格格还没有说话，门外就响起了一娇滴滴的声音："公子，格格，你们的衣服早准备好了，放在门口，你们自己出来拿行不行？"

雪龙多杰大喜，立时大叫道："行，行……你千万别进来，走得远远的，本少爷自然会开门拿！"

随着一串轻脆的脚步声，门口又恢复了平静，雪龙多杰等了片刻，方才鬼鬼祟祟地走到门口，将门开了一道缝，如小偷一般四下看了看，发现石阶上平放着两套衣服，立时伸出手拿将进来，复关上了门，轻轻走到迷蝶格格旁边，一屁股坐了下来，柔声道：

"是……我给你穿，还是你……你自己穿好些？"

此时的雪龙多杰对迷蝶格格再无恶念，那么纯洁美丽的女人，居然被他糟蹋成这样，他还有何话可说，心里暗暗告诫自己，要一辈子爱护她，不再伤害她，迷蝶格格嘤咛了一下，亦发现雪龙多杰赖坐在她身边，哪敢睁开眼睛，看白花花的场景，轻声道："你背过身去，你这样看着，我……不敢睁开眼睛，如何穿衣服！"

雪龙多杰想不到迷蝶浪女中还有如此腼腆的女子，真是少有，她们平时穿得那么露，就难以理解了，雪龙多杰劫难一过，又把这事想得十分简单，认为自己这样做了，就得负责，谁都没有错，强迫姻缘，到了这种地步，干脆认了，何况初次见迷蝶格格时就有些心动，蝶妃一生太苦了，虽然她做得过分，亦不能全怨她，就了却她一番心愿了，让她后半生过得心安理得，这样何尝不好，宽恕一个人比憎恶一个人更困难，也更令人快乐些，此时的雪龙多杰亦是如此。

"你害羞什么，我已与你洞房花烛夜，有了合体之欢，应是夫妻了，为夫早看你身体看遍了，现在不看白不看，你还是睁开眼睛吧！"

此话一出，立时有了效应，迷蝶格格脸上浮出了惊喜的红晕，亦有些幸福，睫毛一颤，微微地睁开了眼睛，看到旁边的雪龙多杰果然穿着衣服，正俏皮地向她笑着，迷蝶格格心里虽然舒服了许多，亦有了几许欣喜，但还多疑，以为雪龙多杰的笑容里别有意味，正想嗔骂两句，忽然发现自己是赤裸着，这无赖色鬼果然没怀好意，脸上立时通红，嗔骂道：

"你……你不要脸，还不背过身去！"

雪龙多杰看着恢复生机的迷蝶格格，此时娇羞无比，更是妩媚极了，如迎风飘动的莲花，心里一漾，嘿嘿怪笑道："老婆真是人间尤物，天上仙姑，为夫见之，真想把你吞到口里，永远含在嘴里面，这样就不用担心别人来争抢了，喂，先前的合欢不算数，现在……再来一次，好不好？"

迷蝶格格又羞又怕，连忙用力摇头道：

"不……不行，你真是个大色狼，妾身已被你糟蹋成这样，你还要来吓唬妾身，妾身怎经受得住，你再不转身，妾身可真要生气了！"

雪龙多杰见迷蝶格格真的脸色惶恐，含有焦虑，不敢造次，无可奈何地转过身去，迷蝶格格见雪龙多杰如此听话，芳心暗喜，手下更不停，将送来的衣服三两下套在了身上，正想站起来，才发现自己软弱无力，而且下体一阵阵隐痛，忍不住"哎哟"叫了起来，雪龙多杰一惊，急忙转身，见她西施颦眉的样儿，关怀道："格格老婆，你没事吧？！"

迷蝶格格听到"格格老婆"这么怪的称呼，真想笑，最后真的笑了出来，如一朵盛开的鲜花，横眸瞪了瞪雪龙多杰，说道：

"你不是骂妾身是荡妇，很憎恨妾身吗，今日怎变得如此乖，是不是心里有点惭愧？你放心，妾身正是你眼中的淫荡女人，不会赖着你的，想骂就骂，想走就走，不然繁星宫那漂亮妞又会生气的，到时你可就惨喽！"

雪龙多杰嘿嘿怪笑道："有如此妩媚的老婆在身边，本少爷才不会想其它的事，只想和你再舒舒服服睡上一觉！"

说着把身子挪了挪，贴在了迷蝶格格身上，就欲去吻，迷蝶格格被摧残得全身疼痛无力，见雪龙多杰色迷迷的样儿，真有些惊怕，"咯咯"笑道："大色鬼，你别这样，求求你！"

　　"嘿嘿，大色鬼和淫妇在一起，会有什么好事，呵，天下有这么怪的事情，大色鬼居然和淫妇心心相印，恩恩爱爱，成了夫妻！"

　　迷蝶格格听得受用，边整理衣服边嗔道：

　　"你别哄妾身开心了，什么夫妻，什么恩恩爱爱，公子爷，你可是一方头人，说话可得注意点，若以后让别人知道你与迷蝶派的女人有瓜葛，那对你的名誉和形象可有损啊，这样的罪，妾身可受不起，今日之后，妾身就回澜沧江，再不踏足江湖，公子爷放心了吧！"

　　雪龙多杰心中一愣，脱口道："什么?!"

　　"公子爷心知肚明，是不是担心妾身在江湖上四处宣扬你对妾身做的事，才口是心非得说些甜言蜜语，哄妾身开心，妾身如今心灰意冷，得你恩宠后，心有所愿，以后在澜沧江边平平淡淡地过一生，又何尝不是一种福气！"

　　雪龙多杰知道迷蝶格格依旧有所误会，忿然道："本少爷平时虽然嘻嘻笑笑的，不正经，但今日已为人夫，说一句，犹如九鼎，你已是本少爷的老婆，怎么可以不相信丈夫的话！"

　　迷蝶格格见雪龙多杰忿怒的神色，眼睛狠狠瞪着她，心里一惧，忙避开了他的眼睛，低下了头，但心里又是无比的喜悦与幸福，雪龙多杰以为迷蝶格格依旧耿耿于怀，道：

　　"干脆说清楚些，以免再出现你娘亲那样的悲剧，你与你娘亲说的话本少爷全听见了，本少爷初次见你时，当被你迷住了，也算一见倾心，否则在枫林边本少爷不抓住你才怪，为这事，本少爷还与苏忆星闹翻了天呢，这下你明白了吧，碰上你这样的人间尤物，本少爷的脾气还真发不出来，是不是还要向老婆大人道歉，格格老婆才肯下嫁，才肯消除心头冤气！"

　　迷蝶格格立时抬起了头，惊喜问道：

　　"你……你说的这些是真的? 没骗妾身?!"

　　"看看……又来了，说了半天，还以为是在背台词，为夫才没空与你瞎闹胡乱生气！"

　　迷蝶格格见雪龙多杰不像说假，立时高兴了起来，主动上前吻了吻雪龙多杰，雪龙多杰愣了愣，感觉美极了，眯着眼看着诱人的娇躯，心有所感，身体又有了反应，迫不及待，肆无忌惮，紧紧搂住了迷蝶格格的柳腰，自语道：

"喂，格格老婆，能不能再来一次？"

迷蝶格格身体一颤，吓得"啊"的一声，胆怯地看着情欲复现的眼睛、面容，立时心有余悸，真合了那一句"一朝被强暴，十年怕同房"，但迷蝶格格知道这种心理障碍迟早都得消除，一想到以后可以与雪龙多杰长相厮守，共赴巫山云雨的事如家常便饭一般，立时坚强了起来，有些羞涩地轻轻莺语道：

"妾身有些害怕，怕你如昨夜那样，现在妾身答应你，你能不能温柔些？"

雪龙多杰听到此语，立时喜不自胜，更是将压抑的欲火尽数燃烧了起来，但想到迷蝶格格的顾忌，雪龙多杰只好来得文明些，两人刚穿好衣服，又要脱下来，真是自找麻烦。

两人在没有合欢药和情蛊作怪的时候，均极尽柔情，专心致志地干着同一件事，自然配合得十分完美，才发现这不是卖苦力，而是天上人间少有的一种享受，而迷蝶格格此时觉得痛苦几乎没有了，虽然下体依旧有些隐隐作痛，但在雪龙多杰温柔的拂弄下，迷蝶格格立时大胆起来，主动迎合着雪龙多杰的亢奋，以及自己慢慢高涨的情欲，她才发现自己原来也有这种令人着迷的需求，而且这种需求越来越强烈，挤压着她，强迫着她想一些"不该想"的场面，做一些她认为"无耻""淫荡"的动作，更是不由自主地发出诱发情欲的呻吟声，心里立时惶恐，咬着雪龙多杰的耳朵轻轻道："公子爷，妾身感到自己真的变得十分淫荡了，怎么办？"

雪龙多杰此时正酣畅淋漓，听到这样的话，如斗士听到喝彩声，更是有恃无恐地横冲直撞，如发情的大海，一会儿将翩翩小舟送上浪尖，一会儿又送入漩涡，似要将她埋葬在情欲之中，迷蝶格格受到猛烈的撞击，立时觉得一座巨浪翻卷而来，"轰"的一声，将自己卷入了汹涌的大海中，而自己不甘被浪涛毁灭，奋力搏击起来，不断划水，一会儿上浮，一会儿下沉，与发情的海水似乎融成了流动的一体。

两人情逝意尽，方才停了下来，觉得双方的距离又近了许多，先前大概是手拉手，而现在是心贴心，手挽手了，雪龙多杰主动为迷蝶格格穿衣服，迷蝶格格此时羞涩消除了许多，也就顺其自然，但心里依旧耿耿于怀，支支吾吾道：

"公子爷，刚才妾身为什么有那种感觉，是不是妾身真的是个淫荡的女人？"

"什么感觉？"

"说不出来，总之是希望你那样做，自己也想主动去做，而且最后还控制不住自己。"

雪龙多杰摸了摸脑袋，自作聪明道；"这不淫荡，而是忠情，比如一匹烈马，见到主人时，就乖乖的，主动把脖子伸到主人面前，磨擦主人的衣服，表示亲昵，而在外人面前，就又踢又咬，横眉相向，不让别人去近它，你能说这匹马好对付，容易骑?!"

迷蝶格格羞红了脸，嗔骂道："好呀，你居然将妾身比作了一匹烈马，这不是变相地骂妾身吗！"

说着，狠狠地擂雪龙多杰背和腰，雪龙多杰知道这个比方打得虽然恰当，但不能用在这里，连忙道歉，迷蝶格格方才停了下来，叹道：

"若真的变成一匹美丽的马，永远留在公子爷的身边，妾身也就心满意足了！"

雪龙多杰惊道："难道你真的想回澜沧江去，不再在江湖上走动?!"

"嗯，妾身已决定了，只有这样，妾身才不会被卷入与公子相对立的漩涡中，而且于公子爷的声誉、形象有益了许多。"

"什么狗屁形象、声誉，本少爷不在乎，你以后和我在一起，也就不会卷入不必要的争斗中去了，若你回到澜沧江边，本少爷岂不是要相思成灾，夜夜都会孤单寂寞！"

迷蝶格格双眼情意绵绵，看着雪龙多杰，正言道："公子爷，不是妾身不想与你在一起，而是妾身不能留在江湖，迷蝶格格在江湖上声誉不好，这是事实，而且娘亲踏足中原，必有所图，而且受制于万恶金盟，身不由己，你认真想想，妾身现在不抽身回澜沧江，妾身永远不能回那里了，若公子爷真有情意，偶尔记得妾身，去澜沧江边看看妾身，妾身就心满意足了！"

听了迷蝶格格的话，雪龙多杰呆了，他以前根本就不能考虑身外之事，如今有了这样一个露水老婆，而且是他倾心的美人，本想长相厮守，却要天各一方，心虽不愿，经迷蝶格格一分析，方才发现身不由己是什么意思，而自己现在就身不由己，因为自己是一方少头人，对江湖事亦不能不理不问，想归想，口中依旧无力地道："不行，以后看不见你，我会心里发慌的，你可知道，我的心最花，长久见不到你，会移情别恋的，你难道舍得吗？"

迷蝶格格立时嫣然笑了，见雪龙多杰心急起来，这如一个孩童般口不择言，而且无赖之极，拧了拧忧郁的脸，劝道：

"妾身精于观相，知道你命犯桃花，有很多女人喜欢你，但你真正喜欢的女人，只有几个，而心心相印，郎有情，妾有意的就更少，不知妾身是不是有幸能入围那些之一！"

"你又胡说什么，现在本少爷只想你，纵然以后本少爷有几个老婆，你当之无愧是大老婆，也是本少爷最疼的老婆，本少爷想了想，觉得你回澜沧江也好，我一心情不好，就去找你聊天，但你一走，我身上蛊虫会不会做怪！"

迷蝶格格媚笑道："当然会做怪，而且做怪时，远在苗疆的我也能感受得出来，就知道你又对哪位美人动心了，若你一直想着我，蛊虫就不会做怪！"

听了迷蝶格格的话，雪龙多杰暗自叫苦，觉得这下可苦了，若见着了苏忆星和杭婉琪，那自己的心和肝不被蛊早啃成稀烂才怪，但依旧装着笑脸道："夫君从一而终，又怎么去想别人，蛊虫不会做怪，就留它在身上吧，不过身上多了一样东西，心里总是疙疙瘩瘩的！"

迷蝶格格怎不知道雪龙多杰的花花肠子，但一想到自己能得所爱的人恩宠，而且亦深爱着她，已十分满足了，何必再去吃无谓的干醋，如此一想，心中的怨气倒少了许多，更加坚定隐居在澜沧江边，永远不踏入江湖。

"有一个办法可以把你身上的蛊虫消灭掉！"

雪龙多杰眼睛一亮，但不敢说，怕迷蝶格格起疑心，再伤心，另添麻烦，谁知迷蝶格格咯咯娇笑道："你不用怕妾身介意，妾身已是你的人了，吆叹三喝四都不敢反抗，你为何反倒怕起妾身来，连心理话也不敢说！"

"没……没有，喂，到底有什么办法！"

"到情蛊作怪时，你可借助功力深厚的人，合二人之力，将情蛊化掉，不就没事了！"

"不行，这样你体内的本命蛊也会死，而且你也会死掉，为夫决不会这样做！"

"你对情蛊居然有所了解，当然也知道，要解一人的情蛊，另一人必死无疑，待你碰上苏忆星或杭婉琪，动了情，生不如死的时候，你自然知道应怎么办，妾身也不会怪你的，就如娘亲永远不怪怡心钩主一样！"

"不，就是蛊虫透心穿肝，为夫决不会把情蛊化掉，天地为证，日月为盟，现在我们不说这些，还是出来找你那可恶的娘亲！"

迷蝶格格脸色一变，慌忙道：

"你要找娘亲算账！"

"当然要算账，她花了多少年，用了多少精力和财力才养出这样一个仙子般的女人，却让本少爷狠狠抢了过来，变成了本少爷的人，而且，纯洁贵重的女儿，一夜之间就变成了非卖品的少妇，这笔账不算，怎么也说不过去！"

迷蝶格格娇羞无比，更是满怀幸福与欣喜，狠狠啐了雪龙多杰一下，骂了几句，才道：

"你真的不愿舍去妾身化掉情蛊?!"

雪龙多杰站了起来，毫不犹豫地点了点头，迷蝶格格心中一暖，没有再说，这时忽听到房外有脚步声传来，二人将房门打开，双双走出，看到正是疯婆子蝶妃，此时蝶妃又恢复了原状，冷艳中带着杀机，而怨郁中暗含款款深情，当她看到二人的样儿，似乎是一对恩爱夫妻，十分意外，眼睛仔细地看了看自己的女儿，自己的女儿果然已在一夜之间变成妇人，虽然更加妖冶艳丽，但少女的气息与活泼却荡然不存，眼中亦有一层怨郁，直看得她这做娘亲的好不心痛，不知自己到底做得是对还是错，看着眼前的一对，心有所感，蝶妃不由自主又想起了朔玉，简直有些嫉妒女儿了。

雪龙多杰对蝶妃本就没有憎恶之意，直到她说出她的故事，雪龙多杰隐隐还很关切她，怕她身陷魔境，不被正派所杀，定被邪派所杀，此时他更不敢怠慢，忙拜首道：

"小婿在此多谢岳母大人成全我俩结成夫妇，并安排洞房花烛，以前的什么错事，小婿一并盖过，岳母大人，你对小婿有何要求?!"

此时雪龙多杰如同意外拾到一颗价值连城的宝珠一般，欢天喜地，说起话来，更是朗朗而出，听得迷蝶格格在旁更加羞涩，更加艳丽，蝶妃见女儿幸福的样子，也安慰了许多，口中道：

"终于了却了妾身的心愿，朔君若还在人世，定会十分高兴地看到眼前这一切，妾身虽不能与他结成夫妇，但我们的后代却结成了夫妇，哈哈，妾身好高兴，真的好高兴！"

迷蝶格格见娘亲又在胡思乱想，忙上前摇晃道："娘，你就别胡思乱想了行不行?!"

蝶妃回过神来，眼睛望着雪龙多杰，厉声道："你必须对我女儿好些，一旦发现你移情别恋，看我如何整治你，另外，你要改名换姓，表明你是朔君的儿子！"

雪龙多杰听之，简直惊呆了，哪有这种事，自己的父亲还活着，居然要他认一个死去的人做父亲，还要改名换姓，这如何了得，但此时又不能与刚刚成为岳母的蝶妃较劲，何况自己的身世确有些可疑之处，于是搪塞道：

"岳母大人说得也是，但改名换姓也得回神羚谷请头人答应后才行，小婿现在毕竟是他儿子，不知岳母大人同不同意！"

蝶妃见这毛头小子，几日前还是刺手刺脚的猖狂小子，居然一下变得如此彬彬有礼，大是受用，而且叫她岳母叫得满顺口的，心里一高兴，不再胡乱想，表示赞同，忽然问道：

"你是朔君的儿子，就应知道血光玉佛，你说，血光玉佛现在哪里？"

此话一出，迷蝶格格脸色大变，心感不大妥，以为雪龙多杰一定要生怒，谁料雪龙多杰茫然道："岳母大人，血光玉佛这玩意儿也是小婿到杭州后才听说的，以前小婿见过的珍宝多不胜数，又怎知哪一样是血光玉佛，而且天下间，几乎没有人见过血光玉佛是什么样儿！"

蝶妃一想：不错，血光玉佛若不在他身边，应大合情理，因为当初他还是个婴儿，血光玉佛在他身上，不是引来杀身之祸，就是被别人抢走，朔玉绝对不会如此笨，复看雪龙多杰的样儿，确没有撒谎的样儿。

恰在这时，迷蝶格格说要回澜沧江边，蝶妃听到这惊人的话，立时转开了注意力，迷蝶格格说明了原因，蝶妃静静地想了想，认为女儿想得不错，自己不应把女儿拉进去，她自己也明白这是一条不归路，但对女儿怕自己有损雪龙多杰声誉，自愿远离的想法不满意，心里有了怒火，立时骂女儿是傻瓜，又转头骂雪龙多杰是个负心汉子狠心郎，居然要发配未婚妻子到蛮荒一带。

雪龙多杰知道辩也没用，居然忍气吞声，最后蝶妃终于停了下来，叹了口气道：

"这样做谁也不伤害谁，不失为上策，但我担心这小子花心，长久没见你，又去碰别的女人，渐渐把你给忘了，这可就亏大了！"

"你简直把小婿看扁了，小婿岂会忘了格格老婆，我们俩在房里已说好，不用你操心，何况我身上还有情蛊，怎么敢动歪心！"

"哪还有情蛊，你们一出来，我看见你们眉来眼去，欢天喜地的样儿，只怕情蛊早被你们给化了，变成各自的本原之血！"

雪龙多杰二人又是惊，又是喜，不相信，齐声道："什么，情蛊被化掉了？有这等事！"

"情蛊是防止人移情别恋，他们的克星就是二人同心，'因情而生，因情而死'，你二人刚才在房里定是做了第二次房事，在第一次后，情蛊已是虚弱无比，又怎受得住你二人第二次更猛烈的爱火合二为一，这难道是天意?!"

雪龙多杰忙问道："你是说焚化掉情蛊的是我们的第二次……"

"不错，但在第二次合欢时任何一人心存杂念，其体内的情蛊均会活着，另一人体内情蛊得其援助，纵是化作血水，也会复活！"

两人心惊，相互看了看，雪龙多杰高兴不已，仿佛去了心头大病一般，上前搂着迷蝶格格又吻又摸，戏笑道："哈哈……这应是为夫的功劳，不是为夫一再厚脸求你开恩，你怎会同意，但原来你也是有心有意，只是不好说出口，对不对！"

迷蝶格格见雪龙多杰如释重负的样儿，立时感到一阵失望和忧愁，黯然道："没有情蛊束住你，是不是很高兴！"

雪龙多杰立时发现不对劲，暗自后悔刚才表现太过突出，不但老婆脸色不对，岳母脸色也十分难看，蝶妃冷冷地道：

"使者得知你被我抓住，令我立即将你释放，说本盟不想与神羚谷为敌，现在我恢复你的自由，你可以离开这里了！"

雪龙多杰当然知道万恶金盟的用意，神羚谷不但神秘强大，而且远在边陲，万恶金盟在逐鹿中原时，确不应惹上这样厉害的敌手，但神羚谷歼灭了许多地狱门手下，两强必定会有翻脸的时候，未雨绸缪，神羚谷不得不做。

但蝶妃的言语令雪龙多杰忐忑不安，当然不会笨得听她的话立刻就走，于是主动示好道：

"格格老婆不想呆在中原，想回澜沧江边，我现在也没有什么紧要的事，就亲自跑一趟，把老婆大人送回去，这样保险得多，好不好?"

迷蝶格格果然中计，雪龙多杰能做出这样大的让步，她还有什么话说，立时如一个小姑娘般蹦跳起来，欢喜道："真的?!"

雪龙多杰见自己一句话，就会产生这样巨大的后果，心里快慰了许多，更感到自己伟大了许多，信誓旦旦地拍了拍胸脯，坚定地道："为夫岂敢说谎！"

就凭这句话，雪龙多杰就知道自己中了美人计，不得不辛苦一趟，什么去向苏忆星道歉，进入繁星宫，看看朔玉夫妇的玉星冢，全化作了泡影，而且他隐隐感到三大绝命兵器间的矛盾开始激化，有被万恶金盟收入其帐下的趋势，万恶金盟已开始向各大门派动手，而各门各派还蒙在鼓里，雪龙多杰想自己风华正茂，应有所作为，身逢乱世，更有成名的机会。

但这潜在的英雄，未来的武林明星早早就在过美人关，而且初次检验就亮了红灯，看来美人关确实难过，雪龙多杰又一想，这样也对，亲自送小娘子回澜沧江，自己放心些，也遂了小娘子的心愿，以后也可转身到峨嵋山去瞧瞧，看看小半月师太和东宫腾的事。

北川雨星和逍遥丐老回到杭州，刚踏进丐帮分舵，就见一小乞丐急匆匆地走了出来，见到逍遥丐老，立时喜出望外，道："师父，你终于回来了，再不回来，可把我小丐急疯了！"

逍遥丐老见小徒儿如热锅上的蚂蚁，忙问道："什么事把老僧的徒儿急成如此模样？"

"还有什么事，丐帮的帮主突然身患重病，卧床不起，本说到杭州来巡查，也就此取消了，临时派了一个讨厌的长老来此，就是与我小丐有过节的左一长老，你说徒儿不急么！"

北川雨星暗暗皱了皱眉，奇问道："丐帮帮主洪厚待武功甚高，年事不高，身体又极好，怎么可能身患重病，卧床不起，会不会总坛出了什么事，谎报说他重病在身吧?!"

小丐不服气地看了看北川雨星，见这潇洒公子年纪并不大，与自己相仿，责道：

"你是什么人？难道认为本分舵主不分真伪，在这里胡说八道吗？没你的事，你且出去！"

逍遥丐老忙向小丐介绍，小丐方知此人就是鼎鼎大名的北川雨星，惊梦炫奇的高徒，是朔玉之子，简直不敢相信，惊笑道：

"稀客，真是稀客，小丐真的有眼无珠，不识北川公子，还以为是一名不知天高地厚的无名小卒呢，师父，你怎么不早点给徒儿介绍！"

逍遥丐老好像极疼爱这个徒儿，北川雨星料不到他如此小小年纪，已是一方分舵主，亦惊愕不已，但也十分反感这小舵主的见风使舵，变脸如此之快，暗骂这家伙不是个好东西，而逍遥丐老沉默了一会儿，方才问道：

"徒儿，你还有没有听到其它的消息，帮主为何会患重病，到底犯了什么毛病？"

小丐摇了摇头，道："徒儿正因这件事而烦恼，四处找你老人家，你老人家可听到什么风声了？唉，风雨飘摇，丐帮也不能独善其身！"

北川雨星立时想到繁星宫吴山分宫被毁的事，可见真要出事了，而师父惊梦炫奇却躲到浮烟谷不出来，到底他在玩什么把戏，又想到自己现在是朔玉之子，江湖上很快就会传遍，到时别人均会向他要血光玉佛了，自己又如何应付呢？正在遥想之时，一群衣衫不齐的乞丐陪着一名净衣丐走了进来，这名净衣丐浓眉铃眼，但脸却是三角形，趾高气扬地四处乱瞪，他的神态可以用四个字来概括"狂妄之极！"

来者正是左一长老，左一长老并未因帮主洪厚待重病在床而有悲伤的神色，倒是帮主不能来杭城，让他得以有机会以"钦差大使"的机会来这里要弄一下权术，北川雨星一眼见到这糟老头，印象就极坏，逍遥丐老在丐帮身份特殊，站在一旁爱理不理的样儿，亦对左长老没有好眼色，倒是心里有股忿忿不平的小丐见到左一长老，立时迎上前去，笑呵呵道：

"杭州分舵主小丐恭迎钦使大人，左一长老此次来杭，不知帮主有何吩咐？"

左一长老斜眼看了看小丐，一副严肃的样儿，干咳了两声才道："你猴急什么，帮主吩咐本使的事，本使自会一一照办，难道要你这嘴上没胡子的小毛头来提醒不成！"

此话一出，盛气凌人，场中立时气氛不甚融洽，小丐当着众部属，被长老刷了脸，但官大一级压死人，他亦只好尴尬地笑了笑，道：

"长老说得是，怎么说，你比属下老得多，经验也丰富得多，这里的大小事务，由长老全权过问，属下当遵守帮规，给以全力的支持！"

左一长老想不到这个平时与他抬杆，非争个长短，目无尊长的毛小子，今日倒听话得多，心里舒服了许多，方才把视线转向和尚乞丐，故作惊讶道：

"哟，本使因不知丐老在此，有失礼数，丐老逍遥自在，不屑于繁文缛节，不会怪罪本使吧？丐老在此，是否有事支使属下？！"

逍遥丐老见这家伙阳奉阴违，暗叹丐帮内部已无昔日的团结，更是庸人当道，看来已是外强中干，衰败已是迟早的事了，心情更是不佳，冷冷道："你到这里，身份代表着帮主，老夫虽然飘泊不定，终与丐帮有千丝万缕的联系，长老钦使不用客气，本僧到这里，也并不是想支使你，而是来此避难，你做你的事，我避我的难，谁也不相干！"

左一长老见这钦使的身份果然非同一般，居然将逍遥丐老这连帮主也要礼让三分的人物压得一点脾气也没有，很快就轻飘飘的，更是得意忘形，于是亦惊讶道：

"丐老在江湖上名望之高，尤如泰山北斗，是何方人物，居然敢与丐老为难，让丐老避到分舵来了，丐老的事就是丐帮的事，丐老不妨说说，让本使带着众位弟子，教训教训他！"

此话狂妄之极，丐老惹不起的人物，左一长老小小人物，也想为之强出头，真是当了钦使大人，就不知东南西北了，北川雨星心中有气，立时在旁插言道："地狱使你惹得起么，还有迷蝶浪女，日月双坛等等黑道帮派，恐怕贵帮帮主亦不敢出此狂言，你算什么?!"

左一长老听了北川雨星的奚落，立时脸色一变，怒道：

"你是谁，居然如此胆大，敢责难本使！"

小丐忙上前解释道："钦使长老，他就是最近江湖出了名的北川雨星，也就是新月怡心钩钩主朔玉先生的遗子！"

"本使不管他是谁，没有查清来历，就让他到了分舵，这是你的严重失职，本使要将你……"

左一长老咆哮起来，显是气极，但突然刹住了话，眼睛一眨不眨地盯着北川雨星，非常惊愕，又不信地张大了嘴，忘记了说话，半晌才向小丐道："你说他就是新月怡心钩钩主朔玉的儿子？亦是玉佛之主的北川雨星？"

"正是他，不过是师父他老人家说的！"

小丐奸猾无比，没有十分把握，干脆把事推到了逍遥丐老的身上，左一长老不看僧面也得看佛面，当然无法对逍遥丐老的话表示半点怀疑，左一长老立时笑呵呵道：

"朔玉先生当年对丐帮有很多帮助，可算丐帮的大恩人，北川雨星到此，当然不是外人，小丐，你可得好好款待少侠！"

小丐当然满口答应了下来，左一长老又对逍遥丐老虚情假意道："丐老是丐帮的股肱人物，当然不能有丝毫闪失，如今敌人太过强大，丐老就在此安心住下来，我们定当竭尽所能，加强防范，不让敌人偷袭分舵！"

丐老冷冷道："不用左一长老分心，若分舵再出事，老僧倒是担当不起，我们还是去临街的客栈歇息为好！"说完，向北川雨星使了使眼色，北川雨星立时会意过来，向众人施礼告辞，左一长老心知肚明，多一事不如少一事，推让了一番，将逍遥丐老和北川雨星送出了分舵，小丐在出门之时，悄声道：

"师父，徒儿知道你老人家不肯住进分舵，早在对面客栈为你定了一套舒适的房间，徒儿还算孝敬你老人家吧，不过这糟老头来分舵，你可得为徒儿罩住些，否则徒儿可就惨啦！"

逍遥丐老微微笑了笑，安慰了一番，方才和北川雨星走到对面的客栈，这家客栈的生意特别好，也十分保险，定是与丐帮分舵有紧密的联系，客栈老板一见二人，立时猜出了身份，笑呵呵地迎来，将二人带到了一套有天井小院的房间，倒真是非常舒适。

二人为赴十五年之约，白白跑了许多路，更是为躲开地狱使者的追踪和迷蝶浪女的灭口，煞费了心思，一走入客栈，就觉得好累好累，逍遥丐老又创伤未愈，北川雨星觉得这里离丐帮分舵很近，倒是安心养神，让丐老养伤的好地方，于是打算住下来，以观杭城风云。

繁星宫吴山分宫被毁，在杭城已传得沸沸扬扬，这真是三十年河东，三十年河西，当年七彩流星镖在江湖上犹如圣物，见亦是难以见到，更不用说去试他一试，谁知现在居然有人敢在太岁爷头上动土，将吴山分宫一夜端得干干净净，当然，江湖人还不知吴山分宫是被迷蝶派所端，若是知道，心里当会平衡许多，因为当年四大绝命兵器合围迷蝶派，将迷蝶派消灭殆尽，在江湖上亦传得神乎其神，二十年风水一过，迷蝶派莅临中原，做出这样的事，当是合情又合理。

住在闲宅的杭婉琪很快也听到了这惊人的消息，心里震惊不已，她当然知道吴山分宫之事绝非她所为，但亦料到事由她而起，敌人必定是乘她去吴山分宫捣乱，才轻轻松松端掉分宫，心里亦有些懊悔，更为雪龙多杰音信全杳而焦急不安，倒是闲宅的两名养花人花婆婆和秦婆婆十分担心因这件事而使繁星宫与浮烟谷不太友好的关系更加恶化，在杭婉琪六神无主的情况下，悄悄将闲宅布置好！

"小姐，雪龙公子吉人天相，必定会逢凶化吉，你就别为这事先碎了心！"杭婉琪呆呆地坐在花丛间，享受着早晨众花含露散发出的淡淡清香，新的一天开始了，无数的花凋谢了，又有无数的花迎着朝阳而开，而凋谢的花落入泥中，化成沃土更护花，这是多么有趣的生命循环，也许这就是花为何总是美丽，总是幽香，总是被人观赏、赞颂的原因。

而芸芸众生，却相互扼杀，尔虞我诈，乐此不疲，却不感到劳累，即使心地如花的杭婉琪亦不能逃脱，只有无可奈何地坐在花丛中，得到暂时的解脱，但花依旧是花，人依旧是人，美丽如花的人永远也不可能变成真正的花儿。

柳儿端着早茶站在一旁，荷儿则心事重重地在旁安慰杭婉琪，亦是提醒杭婉琪，杭婉琪无话可说，似乎在等待着蓝天上悠悠白云飘过来，告诉她雪龙多杰到底在何处。

功夫不负有心人，痴情人儿终得冥冥天意的同情，就在杭婉琪忧忧地等待时，两名浮烟谷弟子直如两片带露的白云，在晨晖的掩映下匆匆赶到闲宅，将前夜的十五年之约发生的事如数家珍一般告诉了少谷主杭婉琪，杭婉琪立时又惊又喜，惊的是吴山惨案竟然是迷蝶派所为，迷蝶派重新出现，她岂有不惊之理，同时亦有一种心理解脱的感觉，因为迷蝶派要灭吴山分宫，早有动机，为报二十年之仇，如此凶残，一点不为过，只不过嫁祸于浮烟谷，杭婉琪心有恼怒。

喜的是雪龙多杰果然平安无事，而且摆脱了苏忆星的桎梏，重新以神羚谷少头人的身份出现，出尽了风头，更使她不敢想象的是，雪龙多杰居然敢与谷主相斗，而且破了谷主的如烟追魂针，心里又是喜又是忧，怕谷主因为此事会加害雪龙多杰，至少会阻止她与雪龙多杰的来往，但她依旧怀疑雪龙多杰就是朔玉的儿子，又隐隐希望他不是，心中的矛盾，恐怕也只有杭婉琪自己才能领会。

而两名浮烟谷弟子讲完了这些事后，却传出了谷主的口谕，"少谷主，谷主先回谷了，叮嘱我们告诉小姐立刻起身回谷，繁星宫定会因分宫被毁之事而加害少谷主，或睚眦必报，将我们的闲宅毁掉，谷主不想因为这件事而与繁星宫正面为敌，故将众人收回谷中，闲宅留于花婆婆和秦婆婆照看，继续探查杭州的变化，如今江湖，已然大乱，唯有置身事外，不引火烧身，才能在江湖中扩大我们的势力！"

杭婉琪不服，吴山分宫之事明明是事出有因，迷蝶派因报仇而为，繁星宫岂有不知之理，更是不会在江湖大乱时来闲宅同门相残，折了自己的实力，使同门之间矛盾加剧，于是固执道："苏阿姨绝不会来袭击闲宅的，我不想回浮烟谷，你们回去告诉谷主，我要留在这里，亲自探查杭州情势！"

探查杭州情势是假，等雪龙多杰是真，杭婉琪料想雪龙多杰摆脱了苏忆星，定不会再去繁星宫，定会随神羚谷众人返回杭州神羚府，只要他回到杭州，定会与她相见的，一想到二人很快就能相见，共同游山玩水，那日子多逍遥，岂是枯躁的浮烟谷生活可以比拟的。

如意算盘打的叮当响，岂知世事却是难料，雪龙多杰一夜之间，连遇奇事，已非"处男"，与迷蝶派的迷蝶格格一番云雨，鬼混在一起，更成了迷蝶派的乘龙快婿，此时只怕已起身去澜沧江了，若杭婉琪知道此事，芳心要如何破碎，不得而知，不用别人相劝，定会黯然神伤地回浮烟谷，永远不想再出谷半步了，两女传达杭绮的最高指示，杭婉琪亦是不听，两女无奈，但事关重大，于是去请两位元老人物——花婆婆和秦婆婆，花婆婆十分疼爱杭婉琪，只是一个劲地骂苏舒不明是非，更有与之一决高下的气势，武人相轻，原本如此，但秦婆婆却要求杭婉琪回浮烟谷。

杭婉琪没有办法，只好答应回浮烟谷，但却采取了"拖"字决，认为争取一点点时间，雪龙多杰就会很快到杭州来与她相会，情窦初开的少女就是如此，只要和心上人见上一面，让她上刀山下火海入地狱，她也是心甘情愿的。

可怜的杭婉琪浪费时间等来的不是雪龙多杰，而是汹涌而至的繁星宫数名高手，就在杭婉琪等得心急如焚，不得不跟随整装待发的浮烟谷众弟子离开闲宅时，闲宅突然撞入了许多青衣女子，而领头的正是繁星宫宫主苏舒。

苏舒的脸是一片冰冷，罩着寒霜，站在苏舒左右的是两位青衣老太婆，眼光冷如冰刃，头发洁白如雪，正是繁星宫的元老人物"白发双姑"，可见苏舒是有备而来，将闲宅内的实力摸得一清二楚，花婆婆看到眼前情形，亦心中大震，口中却依旧毫不示弱，怒叱道：

"喂，你们繁星宫到底讲不讲理，冤有头，债有主，灭分宫的明明是迷蝶派，你们不去找迷蝶派，倒找到了闲宅，闲宅难道好欺负吗！"

这时站在一旁的雪二姑亦冷冷道："花老太婆，许多年不见，脾气依旧不改，不知身手还是不是老样子，找迷蝶派不用你来操心，但找到闲宅亦是一点不错，想不到你一把年纪，也跟着晚辈上吴山瞎胡闹，你看怎么办？"

站在一旁的秦婆婆冷冷道："你说怎么办？"

另一边的雪大姑接了过来，道："交出首犯，否则闲宅亦会是吴山分宫一般的结局！"

众浮烟谷女弟子当然知道首犯是谁，齐齐望向杭婉琪，首犯当然是她，而且弄到这种地步的亦是她，但心里有气，口中难以说出，杭婉琪六神无主地看着这一切，苏舒却缓缓道：

"婉琪，你是浮烟谷少谷主，自然敢作敢为，吴山分宫之事与你有着直接的关系，今日苏阿姨到此，并不想毁掉闲宅，只要你跟我们去就行，你……有这个胆量吗？"

说完，苏舒双眼如寒星，四下扫了扫，四下立时无声，方才把双眼重新回到杭婉琪身上，杭婉琪不知所措，只等她一句话，最后权衡了一下利弊，咬牙道：

"苏阿姨想法很公平，我跟你们去！"

花婆婆对她疼爱有加，岂愿将这如花似玉的少谷主送入繁星宫？一旦入了繁星宫，救将如登天之难了，难不成就任繁星宫如何"招待"她们的少谷主？这样浮烟谷岂不是脸面丢尽？江湖上定认为她们忌怕繁星宫。

其实苏舒如此做，本意就如花婆婆所想。

花婆婆心急得很，立时上前劝阻杭婉琪，而一旁的秦婆婆却冷冷道："少谷主果然圣明！"然后转头对苏舒道："不知苏宫主欲如何对待少谷主才能平息这一场过节！"

"本宫想如何就如何，秦老前辈关心得怕是过分了，其实本宫如何处置她，亦没有想到个最好的办法，没有想出个两全其美的办法，你们少谷主受点苦，那自然免不了的！"

花婆婆怒道："什么？要让少谷主吃苦？怎么说她也是浮烟谷少谷主，你做得太过分了！"

"没有要你一同去繁星宫就是阿弥陀佛，你在这里瞎掺和什么，你别自恃身份很高！"

苏舒此话一出，极为不恭，花婆婆脸面被扫，暴躁的脾气一下出来，怒叱道："丫头！你也太狂了，我老婆子偏不信邪！"

说完，花拳出，直直向苏舒而来，苏舒淡淡地冷笑了一下，闪身疾退，刹那脱开了花婆婆的花拳，雪二姑从斜边插了上来，双掌如雪花般使将出来，立时"砰砰"几声，两人拳掌相抵，各退了一步，武功不相伯仲。

两人正欲再次相斗，苏舒娇叱道："不用打了，其实在闲宅的浮烟谷弟子心里和我们一样清楚，本宫主从不做没有把握的事，若真是斗起来，闲宅内的人很快就会落败！"

花婆婆傲气十足，道："那不见得吧！"

"确实如此，白发双姑与我们两人的武功不相伯仲，相互十分了解，繁星宫在数量上占优，以少谷主和苏宫主相比，就差远了！"

秦婆婆不偏不依，很理智地讲出了实情，花婆婆立时哑口无言，承认了是那样，苏舒冷笑道："秦前辈果然眼光独到，对本宫主的想法了如指掌，现在没话可说了吧！"最后转向杭婉琪，低沉道："婉琪，你拿定主意了吗？"

这是长辈对晚辈的口语，杭婉琪当然听到了秦婆婆的话，认真估量了一番，硬生生点了一下头，然后转身吩咐几句，黯然失神地回头向苏舒走了过来，苏舒将手袖一挥，立时上来两名弟子，指如一阵风，很快封住了杭婉琪的几处重穴，花婆婆向秦婆婆扫了一眼，秦婆婆努了努嘴，花婆婆立时明白过来，踏足上前，视死如归，道："好，既然你认为我老婆子也应负罪，我老婆子就跟你们去繁星宫，与少谷主一道！"

苏舒眼中闪过轻微的诡笑，点头道："好，你想去陪伴婉琪，本宫主就遂了你的心愿，但到了繁星宫，你的脾气得改一改，否则本宫主可有的是苦让你吃，有的气让你忍受！"

说完，花婆婆已走了过来，又是两名青衣女子上前如法炮制将花婆婆制住，苏舒这才罢休，领着众人飘然而去，秦婆婆此时十分冷静，对众女冷冷地道："走，先回浮烟谷！"

话音刚落，一个冷如霜冰的阴声飘了过来，道：

"哈哈，秦老婆子，此时想回浮烟谷，只怕是来不及了吧，应是赴鬼门关才对！"

秦婆婆听到飘曳的声音，立时脸色大变，向激荡的空中叱道："来者何人，有胆的就露身出来，如此鬼鬼祟祟的，算什么东西！"

空中话音萦绕，功力并不逊于刚才那人，但此时闲宅的高高墙头，已然站着数十名黑衣蒙巾人，而显眼的却是高大、全身玉白如冰的"九州一枭"，以及旁边的七名执杖人物，此七名执杖人物，秦婆婆当是再熟悉不过了，这些人正是在江湖魔道成名很久的"北斗七煞"，当年"北斗七煞"被朔玉杀掉一个，元气大伤，于是销声匿迹，今日居然在此以七人再次重现，可见没有什么好事，秦婆婆全身不由自主升起了一股股寒气。

柳儿和荷儿当然知道留在闲宅的人均不得好死，明白是敌人在用反间计，但闲宅此时人员不足，幻想若少谷主和花婆婆在此，敌人不一定能吃得住，柳儿向秦婆婆点了点头，这时"九州一枭"阴森道：

"秦老婆子，你是让你的手下自己动手呢，还是要老夫代劳，送你们上西天？"

秦婆婆向柳儿和荷儿使了使眼神，然后飞快地如散花一般，将袖中的如烟追魂针尽数射出，所有的青衣女子亦如法炮制，"九州一枭"见到如烟追魂针，立时挥动罡气，使出了"天冻魔冰掌"，立时，前面如有无数的碎冰在飞快地旋转，尽将射来的追魂针挡住，而北斗七煞亦挥动锁天黑杖，将劲力不太强劲的追魂针尽数扫入地上，其余的黑衣人似乎早就有准备，闪电般从身边拔出一条薄薄的窄窄的黑尺，向空中慢慢一扫，立时听到"叮叮当当"的声音，无数的追魂针均被那把黑尺粘吸。

这把简单的黑尺，正是用强磁铁矿煅炼而成，专用来吸收微小的暗器，小小的追魂针亦在没收之列，但众浮烟谷的女弟子不知其中缘由，以为是魔力所致，均把这把简简单单的黑尺当作了"魔尺"。

在用出追魂针的同时，柳和和荷儿遵从秦婆婆的吩咐，飞身跃起，就欲逃走，但刚窜到后院，就听到两声惨烈的娇呼声，秦婆婆脸色一惨，领着众女向后院飞奔而去，到了后院，硬生生地刹住了脚，而心却如坠冰窖。

地上已躺着两个人，正是香消玉殒的柳儿和荷儿，而在两女的面前则站着数名黑衣人，在黑衣人中间的金衣人最是显眼，金衣人的相貌，更是令秦婆婆目瞪口呆，只因此人的面目与死去（下落不明，生死不明）的朔玉一模一样，秦婆婆再看地上二女，致命的竟然是七彩流星镖，她简直不敢相信那流星镖是真是假，但如果面前站着的是十五年前未死的新月怡心钩钩主朔玉，这些流星镖就完全是真的。

秦婆婆忘记了愤怒，向金衣人问道：

"阁下可是新月怡心钩之主朔玉先生？"

那金衣人眼光如箭，面冷如冰，眼神更含着一股仇恨，不答反问道："你说呢？"

"今日就权当为十五年前的事作一个了断，老前辈不会怪朔某无情无义吧！"

此话一出，秦婆婆心里剧震，不由自主地倒退了几步，更是肯定眼前人物就是四大绝命兵器之首的主人朔玉，只有朔玉不但会怡心钩钩招，而且会用七彩流星镖，而且他向浮烟谷索仇也说得过去，秦婆婆如是想，觉得自己高绝的武功再也挡不住如此多强大的对手了。

秦婆婆再向那些黑衣人望去，发现左首的黑衣人胸前有个镶金的太阳，而右首则是如钩银月，心里立时明白这些人正是日月双坛的，日蚀坛与月蚀坛在江湖上从未发现过行踪，只是最近传闻有如此双坛，想不到为了一个小小的闲宅，居然出动了日月双坛、北斗七煞，而且还有"九州一枭"、怡心钩钩主，可见敌人此来，铁了心要灭浮烟谷的闲宅。

秦婆婆存有侥幸之心，道："不知有何方法可免受杀戮，纵要我老婆子死千次死万次，我老婆子也心甘情愿！"

金衣人"朔玉"突然哈哈笑道："死千次，死万次，你能么？能让我的妻子复活么？"

说完，金衣人突然五指一动，直直向秦婆婆抓了过来，秦婆婆恐惧无比，常言道："人的名，树的影！"自从知道对方是怡心钩钩主朔玉，秦婆婆一点斗志也没有，现在匆匆上阵，如何能挡，就在秦婆婆手拈追魂针，如插花一般向朔玉全身穴位插去时，谁知只觉得对方全身如罩着金刚罩，无论如何也是刺不进去，而金衣人"朔玉"则来爪快疾无比，直向秦婆婆的脑袋锁来，秦婆婆大惊，慌乱后退，但来爪太快，只听"嘶"的一声，秦婆婆肩胛上已留下破衫之痕，而鲜血已然浸了出来，秦婆婆忍着剧痛，向朔玉望了过去，骇异道：

"你……你不是朔玉，而是鬼……"

"哈哈，你说得不错，朔某确不是朔玉，而是鬼，今日定要浮烟谷付出沉重的代价！"

说着，疯狂地将手伸入口中，将鲜血吸尽，而双目更如一头野兽般残毒地看着秦婆婆，秦婆婆一招失手，尚存的锐气荡然无存，这时"九州一枭"上前恭敬地道："地君座，怎么办？"

原来此人是万恶金盟主的地君座，靳候是天君座，朔玉是地君座，若天下人知道这些真像，不知要如何震惊，更是不敢与万恶金盟相斗，不纷纷依附万恶金盟才怪，地君座朔玉冷冷道："杀无赦，本君要他们血债血还！"

说完巨手一挥，在场的黑衣人立时向如花似玉的浮烟谷弟子扑了过去，如狼似虎，立时，场中混乱不堪，浮烟谷众弟子寡不敌众，很快就有数名弟子被捉，被活捉的弟子立时被黑衣人拉入房中轮奸，整个闲宅惨叫声、呻吟声、哭骂声、狂笑声响着一团，构成了一场人间悲剧。

未被活捉的女弟子见之胆寒，更加疯狂抵抗，誓死不从，纵是不敌，也会嚼舌自尽，以保自己的清白，而"九州一枭"联合着"北斗七煞"，围着秦婆婆，秦婆婆毕竟是女流之辈，见到自己的同门居然遭受这样的人间"残刑"，对平时自以为是的浮烟谷弟子来说，这不但是肉体上的打击，更是一种灵魂深处的打击，那种绝命兵器的优越心理此时荡然无存，而极尽悲怆。

但江湖上技不如人，就得受制于人，是铁的规律，最后，秦婆婆居然连"九州一枭"都没有敌过，苍白的脸显出无限的绝望，心里暗想：幸好杭婉琪和花婆婆二人逃脱，否则不知要遭受何等的折磨与羞侮，就在秦婆婆节节败退的时候，突然，一阵七彩光环飞跃而起，一枚流星镖直飞而来，秦婆婆正斗着"九州一枭"，根本就无法挡住流星镖，瞬间，流星镖就打在秦婆婆的脖子上，秦婆婆只觉得一阵尖锐之痛刺破了全身神经，觉得一股鲜血从脖侧直往外喷，脑袋渐渐昏沉，最后再也支撑不住，倒在了地上，而手指不停地颤动，无力地拔弄着地上的泥土，最后就再也不动了。

除了邪恶的活人，就是善良的死人，这江湖中不公正的一幕在闲宅血肉模糊地突显了出来，而罪恶的灵魂永远不会为之所动，地君座"朔玉"阴冷地笑了笑，检查着每一具尸体，再射出流星镖打在每具尸体的颈侧的致命动脉上，锁住了死者的灵魂，万恶金盟的众人疯狂地看着他们的上司做着这无聊而罪恶的事。

最后，"朔玉"哈哈大笑起来，仿佛大舒一口气，突然，凝住笑容，恶狠狠道：

"过去的仇恨要用十倍的价来奉还，哈哈，四大绝命兵器，很快就会影消云散，土崩瓦解了，本座万事皆备，只欠这熊熊而起的战火！"

说完，"朔玉"领着一批人消失在萧瑟的晨曦之中，闲宅的惨案为美丽的古城杭州增了一道灰暗的风景——血腥的江湖本色！

第十六章

　　丐帮分舵在寂静中过了数日，而在杭城的各大门派似乎亦退避三舍，但闲宅的惨案很快在杭城被传开，立时，杭城又如开了锅的沸水，众人纷纷猜测这是浮烟谷与繁星宫的一次最大火拼，繁星宫先是分宫被毁，而闲宅立时众人被杀，而且闲宅里的死尸均是中了致命的七彩流星镖，就是呆在客栈中的逍遥丐老和北川雨星亦去了现场，除了流星镖，根本就未发现其它迹象，北川雨星不由担心起来。

　　而左一长老到了丐帮分舵，亦没有多少行动，此时内忧外患，多一事不如少一事，但分舵也静得太不平常，江湖亦是如此。

　　逍遥丐老和北川雨星呆在客栈里隐隐觉得不妥当，这一夜，北川雨星正在灯下沉思，好久未露面的小丐突然来到客栈，小丐眼光闪烁地看着北川雨星，又看了看眯着眼的逍遥丐老，突然对北川雨星道：

　　“你真的是朔玉先生的儿子吗?”

　　北川雨星咬了咬牙，点头承认。

　　小丐忽然神秘地对二人道：“本帮在昨夜突然被挑了两处分坛，而来人是清一色的黑衣蒙巾人，领头的却是一位让天下惊讶的人物!”

　　逍遥丐老和北川雨星疑惑地望向小丐，小丐见二人的表情，立时满意地笑了笑，道：

　　“此人不是别人，正是十五年前生死不明的怡心钩钩主朔玉先生，这事悬不悬?!”

　　逍遥丐老和北川雨星立时神色大变，北川雨星更是大惊，道：“不可能，这简直不可思议!”

　　“千真万确，不过朔玉先生脾性大变，变得凶杀成性，听说眼睛里满是仇恨，说要报仇，这下可就惨了，江湖中哪门哪派没有参与过那次追杀，但朔玉先生居然成了日月双坛的地君座，这玩意儿还真的有点悬，唉，如今帮主生死不明，江湖上又风雨飘摇，我杭州的分舵主当得简直一点儿威风也没有了！"

逍遥丐老厉言道："丐帮帮主洪福齐天，你小子少要在这里胡说八道，扰乱军心！"

"什么扰乱军心，丐帮上下，人心惶惶，还用得着小的来扰乱？平时诚心相待的那一帮兄弟，全是些势利眼，如今这些家伙全都围着左一长老那老头子转圈圈，老家伙就是老家伙，老而不死，又没有多大用处，居然还要坐上长老的位置，丐帮没望头了！"

北川雨星见这小子油嘴滑舌，满是可爱，看了看逍遥丐老，逍遥丐老立时明白过来，一掌拍向小丐，嗔骂道：

"小子，你是不是翅膀长硬了，含沙射影地说起师父来，真是忘恩负义！"

小丐笑嘻嘻地疾躲，调皮道："师父，徒儿怎敢说你，你平时不是说你老当益壮么？现在居然心里也承认起自己老了，没用了！"

北川雨星突然道："无论这朔玉是真是假，很快就会有结论的，因为当初朔玉是被繁星宫带去的，说与苏星儿一道葬于星冢之宫，只要打开星冢，一切都会明白的！"

"啊，你是朔玉的儿子，怎么能说这样的话，简直是大逆不道，连自己娘亲的坟也敢开，小伙子，本舵主还是劝你先去问问地君座朔玉，凭你与他的关系，定能感觉得出他是真是假！"

"不可能，十五年了，一切人都可能改变！"

正在这时，客栈外闹闹嚣嚣，一会儿，院内涌入了一群乞丐，个个义愤填膺，望着北川雨星，左一长老更是怒眼相向，冷冷道：

"北川雨星，你是朔玉之子，父仇子报，老夫决不相信朔玉先生还活着，那假朔玉定是你假冒，想用这种方法报仇，报仇归报仇，却想不到你居然是万恶金盟的地君座，今日老夫定要将你绳之以法，为帮中死亡的兄弟报仇！"

北川雨星一愣，还未等他反应过来，众丐帮弟子围了上来，左一长老更是一马当先，如稳吃北川雨星的样儿，北川雨星向逍遥丐老望去，小丐在旁大声道：

"左一长老，你也太过分了，师父一直与北川雨星在一起，若他去掀两个分坛，师父岂有不知之理，哼，别猖狂得太久，怎么说这里是我小丐的地盘，怎可肆无忌惮！"

"哼，只怕这件事逍遥丐老也脱不了干系！"

言下之意，逍遥丐老亦有通敌之嫌，逍遥丐老皱了皱眉头，正欲说话，左一长老又冷冷道：

"丐帮中隐有乱象，传闻内有万恶金盟的卧底，老夫到此，就是为了此事，哼，如今东窗事发，逍遥丐老，你还有何话可说？"

此话一出，在场的人均是一惊，逍遥丐老料不到自己这泰山北斗般人物，也会成了万恶金盟在丐帮的卧底，立时大动肝火，怒道：

"左一长老，本僧尊你是帮主派来的钦使，不想与你计较，岂知你欺人太甚，居然说本僧通敌，就是洪厚待在本僧旁边，也不敢如此说话，你的胆子也忒大了吧！"

谁知左长老此时如吃了豹子胆，不依不饶道："凡是帮中之人，均值得怀疑，丐老是想倚老卖老，吓住老夫，老夫就明白告诉你，老夫此次来杭，就是捉拿北川雨星，也是向丐老提出警告，不要对丐帮之事指指点点，去过你以前的逍遥日子，丐老想必心里明白！"

"洪厚待帮主真是如此说吗？"

左一长老见逍遥丐老气势降了不少，面露惊愕之色，不相信地看着他，心里更是得意，冷傲地道："老夫怎么说也是丐帮中四长老之一，说话当然是千真万确，不信，丐老自去总舵！"

小丐眼睛睁得大大的，一下看师父，一下看钦使，不知如何是好，因为这二人他均惹不起，只有静观其变，逍遥丐老最后长叹了口气，道："好，以后丐帮出现什么事，均与本僧无关，但本僧要告诉你左一长老，若帮中真有卧底，绝不是本僧，因为本僧若有什么野心，早在洪厚待上一代就做了丐帮一帮之主，今日本僧就饶过你，若是以后再乱说，就是洪厚待，本僧也要狠狠揍他一顿！"

说完，就气乎乎地向客栈外走，北川雨星见这势头不对，亦想跟上，却被左一长老和众帮中弟子围住，左一长老冷森道：

"北川公子，你不能走，朔玉先生挑了我们两处分坛，老夫身为杭州监察，不得不委屈北川公子在丐帮呆上一段时日，当弄清确非公子所为，老夫定当向公子陪礼道歉！"

"哦，你的意思是怀疑本公子突袭了你们的两处分坛，而且是万恶金盟的地君座，要强性收监本公子喽？！"

"老夫别无他意，北川公子别为难老夫！"

"好，既然如此，本公子就留在丐帮，倒不知贵帮如何收留本公子，若是用残酷之刑，本公子决不会客气，到时由你们全部负责！"

小丐眼睛一转，对左一长老道：

"长老，北川雨星是师父的朋友，怎么说也是丐帮贵宾，在没弄清情况时，可否只将他软禁起来，仅限制他的一部分活动！"

这次左一长老倒没有与小丐抬杠，点头赞同，而走到门口的逍遥丐老突然回头道：

"不行，本僧将他带来，就一定要带去，否则江湖中本僧如何立足，要软禁，就将本僧一道软禁好啦！"

小丐和左一长老面面相觑，不知如何是好，这时，一名帮中弟子突然匆匆跑了过来，气喘吁吁道："完了，一切都完了！"

左一长老上前抓住那乞丐，厉声道："你说清楚些，什么完了？若是扰乱军心，饶你不得！"

"总舵传来消息，帮主突然重病不愈，已然去逝，现在帮内一片混乱，总舵三位长老更是不知如何是好，要左一长老、分舵主和逍遥丐老一道同去丐帮总舵！"

在场的帮中众人立时乱作了一锅粥，面色大变，逍遥丐老几人更是不相信地看着那名通报的小乞丐，最后，小丐平静地问道：

"这事千真万确么？若是谎言，你可知身犯何罪？"

"弟子岂敢撒谎，这位大使在分舵正等待几位爷呢！"

北川雨星看这名小弟子不像说假，想必洪厚待真的不在了，这事也真是邪门，洪厚待突然重病在榻，如今又突然死去，而且是朔玉突袭丐帮两处分坛的时候，看来天下第一大帮真的出了事，如此一想，北川雨星开始忧虑起来，三大绝命兵器相互诋谤，由小磨擦发展成了大磨擦，自顾不暇，而丐帮又出了这门子事，当真是乱上加乱，万恶金盟这不知何方神圣的玩意儿，只怕要占下江湖地盘，排挤各正派，很快就会在群雄中崛起的！

这时，北川雨星突然想到神羚谷和伟大的少头人雪龙多杰，这小子怎么没有音信了呢？正在出神地想时，逍遥丐老叫了他几声，把北川雨星拉到暗处低声道："丐帮这事邪门得很，本僧想留在帮中很长一段时间，一直到帮中选出新的帮主为止，并且还要查帮主死的真正原因，唉，每一次回总舵，本僧均会有一次劫难，这一次不知能否躲过，趁现在大家都在注意此事，你正好离开，去找你师父惊梦炫奇，要很快查出万恶金盟到底是个什么组织，那地君座是不是真正的朔玉，这些事关系武林之兴衰，要慎之又慎，明白吗？"

这时，小丐突然走了过来，不解地问道：

"师父，你和北川公子在说什么？"

逍遥丐老抢在北川雨星前面道："没说什么，只是告诉他如今丐帮大乱，他不宜留在丐帮之中，本僧劝他最好离开这里！"

小丐急忙道："这怎么可以，左一长老不是要求他留下来等事情查清再离开么，师父如此做，不但加深了矛盾，而且徒儿也不好做！"

逍遥丐老突然道："嗬，当了分舵主，果然口气不同了，是师父的话算数，还是左一长老的话算数？师父偏要他现在就离开！"

北川雨星脸上显出惊讶之色，逍遥丐老为何突然与其最疼爱的徒儿翻脸呢，但很快明白了丐老的一片苦心，果然，小丐平时的笑脸立时消逝了，代之的是一片阴沉，最后叹了口气道："徒儿当然听师父的话，你想怎么办，就怎么办吧！"说完，大踏步走出了客栈。

逍遥丐老满脸愁戚地看着小丐离开，方才对北川雨星厉言道："你还不快走？再不走，等左一长老知道，就来不及了！"

北川雨星心中一惊，又是不服，但看逍遥丐老的样儿，不忍让他失望，只好说了声"丐老小心！"撒腿就向外奔出，北川雨星只觉得杭城这阴郁气闷的天气，很快就会雷雨交加，虽然炎炎夏日，来一场雷雨没有什么不寻常，但不寻常的是格外的闷热，简直令人窒息，而且空中的云朵越集越厚，越变越大，似乎随时都可能压下来，将整个杭城压碎，再淹入水中，不知是淹没邪恶，还是正义！

掠出客栈，没走多远，北川雨星放慢脚步，四下看了看，并没有发现丐帮弟子的身影，才长舒了口气，不急不缓地向前去，只觉得天地之大，似乎其余的突然消逝了，只留着她一人在路上奔走，好不孤寂！

没多久，北川雨星就到了天下四大名刹之一的灵隐寺，灵隐寺坐落在北高峰和飞来峰之间的峡谷间，谷狭长，而且茂树盘绕，荟荟郁郁，一层淡烟浮在谷中，静静地飘，若即若离，灵隐寺群庙以大雄宝殿为中心，环建而成，沿谷深入，偎着北高峰的山势鳞次栉比而上，在茂树之间若隐若现，露翘檐，顶庙尖，宏伟无比，更是体现出名刹的威严与古朴。

谷中宁静一片，长长的钟声、清幽的木鱼声和佛号声，亦不扰其中的宁静和平和之气，北川雨星沿着寺庙高大而浑厚的高墙，沿着石木铺成的上山石阶而上，头脑里依旧想着逍遥丐老分别时的古怪表情和谆谆导语！

当北川雨星绕过一道山岙，突然林间射出几道劲箭，北川雨星大惊，立时展开附梦影法，将几只劲箭躲过，顺手一捞，捞住了几支劲箭，狠狠地向林间射去，林中传出几声惨烈的叫声，在此时此地，北川雨星不敢停留，发足狂奔，林间亦传来衣袂声，显是有人在追赶，没过多久，北川雨星掠到北高峰顶。

北高峰顶一片旷地，在旷地的西面，临崖建有一座白石塔，巨塔静静地耸立在那里，北川雨星刚歇了口气，就见从塔内走出一群乞丐，领头的正是左一长老，左一长老一见北川雨星，阴沉的脸上显出得意的神色，怡然自得道："北川公子，老夫已与你达成共识，在杭州分舵逗留几日，等证明你的清白后，北川公子想去何处就去何处，但北川公子却不守诺言，悄悄离开，这恐怕不妥当吧！"

"洪厚待死了，不是要你们立刻回总舵吗？你怎么会到了这里，而且知道本公子必在此出现呢？本公子料想你也没有这么快的！"

"哈哈，北川公子的行径，早就在老夫的算计之内，而且丐帮弟子，无处不在，帮主虽然去世，但生前交待的事，老夫一定要办好，迟一点回总舵，也是情有可原的，北川公子，你不用去浮烟谷了，浮烟谷如今只怕已成危险之地，你这一去，当是麻烦缠身！"

北川雨星一惊，这老家伙还真精明得很，浮烟谷怎么可能成了危险之地呢？心中傲气一升，冷森森道："本公子想去哪里就去哪里，难不成要受你丐帮的约束不成！"

"堂堂朔玉先生的儿子也如此不讲信用，这也难怪，朔玉先生前半生侠名远播，后半生却是凶残之极，与万恶金盟为伍，何况他的儿子，你们均是沽名钓誉之徒！"

"你不可信口雌黄，朔玉先生已死十五年，怎会死而复生，以他的侠名，又岂是你等凡俗之辈可以评头论足，本公子现在就要去浮烟谷，看你有何能耐挡得住本公子！"

说完，北川雨星拔身而起，就欲向侧面奔去，但左一长老眼明手快，厉喝一声，亦纵身而起，挥出强劲的袖风，阻住了北川雨星的去路，北川雨星身影受挫，慢了下来，丐帮弟子立时围了过来，手执打狗杖，漫如黄云般向北川雨星袭来，北川雨星双脚刚着地，立时轻轻一弹，又掠了起来，将附梦影法又提升了几层，更是飘渺之极，而且在飞掠同时，右手已执天寒匕，天寒匕一道寒光过后，只听"咔嚓咔嚓"脆响，数枝打狗杖从中而断。

众丐帮弟子勇悍之极，将断后变得尖锐的竹杖直向前捅来，似要将北川雨星插出无数血窟窿，北川雨星娇叱一声，身影立时快如闪电般拔高一丈，在众竹杖逼来之前脱出了杖网，而且不忘将天蚕丝抛开，立时，天寒匕如一道寒光，向众丐帮弟子疾点而去，惨叫声声，血腥四起，在瞬间，就有数名丐帮弟子被天寒匕割破咽喉。

剩余的丐帮弟子已害怕，看着亮晃晃的天寒匕如一只有灵性的飞镖，运转自如，慌忙后退，北川雨星这才落在地上，冷笑道：

"左一老家伙，你看到了吧，挡本公子者一死，你还是不要想入非非了，徒害了丐帮弟子，这可不是本公子的过错哟！"

左一长老脸色更是阴沉，沉喝了一声，大叫道："你果然露出乃父般的凶残面目，本帮两坛被毁，不是乃父，就必定是你这小魔头！"

说完，左一长老闪电般攻上，一双手掌如鬼似魔，向北川雨星抓了过来，北川雨星被狂飙的气劲吹得脚不粘地，心中剧震，立时凝气聚神，凝重地将手指伸向空中，慢慢地画出一道道圆弧，这正是惊梦一族的化梦若幻指法（亦是化空导虚式的变式），奇迹很快出现，那团气劲粘着圆弧的边沿急转几下，向侧面泄去。

而狂飙过后，左一长老的双掌如蒲团一般向北川雨星胸前拍来，北川雨星羞怒无比，立时将手中天寒匕向左一长老手腕划去，左一长老心中暗惊，若这一掌拍实，北川雨星定然受伤不轻，但自己的手腕，恐怕也要报废了，左一长老岂会做这亏本生意，在天寒匕划来之际，疾然收掌，身子更是暴退数寸。

北川雨星见左一长老拿捏时间之准，距离之精，反应之快，武林中只怕没有几人能及，暗忖天下第一帮，果然好手不少，一个长老，就如此厉害，若是两个长老，只怕自己早已落败，北川雨星在左一长老后退时，迅速环顾了一下四周，四周的帮中弟子对神出鬼没的天寒匕十分忌惮，只是在丈多开外严阵以待，不敢靠近，何况他们相信左一长老能有足够的实力将北川雨星摆平，何用自己去送死呢！

在退后一步时，左一长老收起了狂傲之心，不得不正视眼前这年轻后生，方才想起他是朔玉的儿子，是优良品种，得惊梦一族的训练，而且又得玉佛之助，再差也应算江湖之翘楚的，令左一长老更惊惧的就是北川雨星的天寒匕，他刚才观察过天寒匕的灵活程度，以及感觉到了它的锋锐，左一长老冷哼一声，撺动真力，改近攻为远袭，双掌翻飞如轮，气劲更是源源不断地逼将出来，将周遭的土石卷了起来，这情形，真是飞沙走石，而此时的沙土石，全飞向了一个目标，那就是北川雨星。

北川雨星还是第一次见识到这么猛烈的功夫，对丐帮祖师洪七公的降龙十八掌十分推崇的地方她不敢有丝毫之大意，全神贯注，定身静气，默诵惊梦一族的内功心法，但北川雨星毕竟功力不及，很快就危颤颤欲飘飞。

最后，北川雨星真的飘飞了起来，如一片白色的雪花，或是轻如鸿毛，在狂飙中荡来荡去，左一长老看得心情大畅，猛地一回掌，狠狠将飘动的北川雨星向白石塔送了过去，北川雨星如断了线的风筝，更如一块石玉，向巨塔撞了过去，生命危在旦夕，帮中弟子看得心爽神怡，忍不住大声为左一长老喝起彩来。

谁知大千世界，总没有绝对的事，北川雨星在撞向巨塔之时，突然身影一滑，快疾无比地拉出一道梦幻匹练，本已撞向巨塔的真身在刹那之间，插过巨塔的棱角，飞了出去。

左一长老看得目瞪口呆，很快明白是北川雨星使了诈，将他在众目睽睽下耍了，简直气得七窍生烟，飞身向塔后掠去，待他到了塔后崖边，看到北川雨星如流星，直向翁翁郁郁的林海坠去，崖不高，林很密，二流高手也是难以摔伤，何况北川雨星轻功如此高绝的人，这对她简直就是小儿科。

北川雨星快疾无比的身影很快就坠入密林茂叶间，一眨眼就失去了踪影，仿佛是左一长老人老眼花，那里根本就没有人，但北川雨星轻轻松松从他老人家的眼前逃走，这却是千真万确的实事，左一长老气得炸了肺，猛地一跺脚，向后面还未明白过来的弟子骂道：

"你们统统是一群废物，如此多人居然看着一个大活人逃走，还呆在这里干什么！"

丐帮众弟子噤若寒蝉，哪敢反唇相讥，未等左一长老发出第二声咆哮，已纷纷飞跃而起，沿着北川雨星去的方向追去。

而北川雨星安然无恙地逃离左一长老的手掌心，心有余悸，更不敢停足，只想早早离开杭城，但掠到杭城西郊，却看到几个白影在晃来晃去，而且还有女子的娇叱声，稍一留心，立时忘了逃命的事，不由自主转个方向，向那几个打斗的白影飞射而去。

到了近处，北川雨星才看到打斗场中的全是白影，全是年轻女子，难以分辨，女人看女人打架，本就没有味道，北川雨星分不出这群白衣女子各有多少人，谁占据着上风，看得糊涂，根本就不知道如何插手干预这斗。

事也如此之巧，每一对都不相伯仲，只怕再斗个两天两夜也分不出胜负来，但天下轻功首推惊梦一族，北川雨星眼睛何等锐利，很快就发现了这些上跃下跳的白衣女子有些区别。

打斗中的白衣女子有一部分是身着白衣长裙，而另一部分却是薄薄的白纱裙，身着白衣长裙的端庄清丽，如同九天下凡的仙女，而身着白衫裙的却柔肢媚骨，胴体隐隐若现，眉眼间散发出妖冶淫荡之气，如同深山女妖一般迷人，幸好北川雨星是女儿之身，否则必有异常反应。

看得心惊，北川雨星一想，立时心中一震，已猜出这些女子中一部分是浮烟谷弟子，另一部分必定是传闻中的迷蝶浪女，迷蝶浪女一出现在江湖，就毁了吴山分宫，而且诬陷浮烟谷，双方成仇，激斗起来当是合情合理。

双方如痴如醉地斗个不休，倒把北川雨星这翩翩假公子放在一边，假装没有看见，北川雨星看得不耐烦，娇叱一声：

"住手，不要再丢人现眼了！"

这句话说得狂傲之极，倒有几分男儿本色。

激斗的双方听到这不男不女的人发出尖脆的喝声，均后退开来，立时分成了两派，端庄清丽的站在一边，妖媚迷人的站到了另一边，均惊异地看着这位不速之客，翩翩白净少年。

未等北川雨星说话，一名迷蝶浪女大胆示爱，娉婷而上，轻挪莲足，嘴里飘出酥香的话道：

"哟，这位公子爷好俊呀，真如西天取经的唐僧阿哥，阿哥白净净的，只怕那肉也比唐僧阿哥的肉有味道得多，公子爷若是帮我们几位姐妹，斩了这几个浮烟谷的贱婢，我们几位定包公子爷萍水相逢就享艳福！"

北川雨星皱了皱眉头，听了这不堪入耳的话，脸上微赧，烧得发烫，更是怒火中烧，厌恶这些迷蝶浪女如拉皮条一般骚劲十足，叱道：

"少用这些来引诱本公子，若你再上前一步，本公子定斩不赦，别人怕迷蝶浪女，本公子倒是不怕，老实说，本公子就是北川雨星！"

北川雨星的话一出口，场中众女眼中均射出异样的神色，显是均知道最近江湖风头很盛的北川雨星，以及他的不俗身世——怡心钩主之子！

浮烟谷众女弟子眼中是一片惊喜，或杂有一层忐忑不安，但均是温柔中带着纯洁的钦慕，众迷蝶浪女却是天壤之别，个个春情浪浪，热情如火似荼，玻璃般的水雾眼在北川雨星身上上下扫视，如看情郎一般专注，更倾注了饱满的妩媚，樱桃小嘴微微张开，似欲献上香吻，亦有些惊愕之色，简直令人怦然心动。

　　万幸的是，北川雨星亦是女儿之身，若是雪龙多杰这登徒子，只怕早就看得目瞪口呆，如猪八戒进了女儿国，小和尚进了怡香院一般，不心猿意马才怪呢，但众目睽睽，北川雨星也觉得全身不自在，干咳了两声，对浮烟谷的几位女子道："不知几位姑娘何以在此与迷蝶浪女邂逅，而且激斗不止！"

　　其中一位年长的姑娘大概是领队，莲步而上，道："北川公子，不知你从杭城来，可听到什么消息，谷主派了两人去杭城闲宅，要少谷主回谷，谁知没有见到一人，谷主觉得奇怪，才派出我们几位去杭城探个究竟！"

　　北川雨星一愕，闲宅如此惨烈的事浮烟谷居然现在才知道，看来浮烟谷果然将江湖的势力均收回浮烟谷了，但闲宅里的人却遭了殃。

　　北川雨星在此时此地，不想说什么，于是冷冷道："你们不用去杭城了，因为杭城没有一个浮烟谷弟子存在，倒是本公子知道许多，现在本公子正想去贵谷见家师，不知家师是否依旧在浮烟谷？"

　　浮烟谷众女弟子听北川雨星话不对劲，又看北川雨星的脸，只是一层阴郁，什么也看不出来，隐隐觉得不对劲，那领队的脸色一变，穷追不舍，愤然道："你说闲宅出事了?!"

　　"不错，不是出事，而是宅毁人亡了！"

　　众女弟子脸色大变，悲愤中满是惊愕，更有几位不相信，那领队艰难问道：

　　"是不是又是迷蝶浪女所为?"

　　北川雨星摇了摇头，艰难地道："流星镖！逍遥丐老和本公子亲眼见到了尸体，逍遥丐老的判断当是不会错的，如今，所有尸体均在闲宅被埋了，好心的邻居为她们筑了坟冢，你们纵然前去，难不成要挖开坟冢看个究竟?!"

　　此语一出，浮烟谷众女弟子立时完全绝望了，北川雨星亲眼所见，逍遥丐老亲自验尸，又从北川雨星口中说出，这，当是没有掺假。

　　而在旁边冷眼而观的迷蝶浪女，开始了她们的冷嘲热讽，道："哟，想不到浮烟谷也有这一天，风水轮流转，当年毁别人，多么风光，如今遭别人毁，多么晦气，看来就是浮烟谷四大绝兵器之一的如烟追魂针也难以将地盘保住喽！"

浮烟谷众女弟子听之，更是怒火中烧，扑上前去，又与迷蝶浪女斗了起来，将北川雨星晾在了一边，北川雨星心念一转，立时掠身而起，加入了战斗之中，很快，迷蝶浪女就处于下风，北川雨星武功明显高出一截，手中的天寒匕更是如梦似幻，几名迷蝶浪女已见血斑。

迷蝶浪女料不到北川雨星会加入浮烟谷帮忙，而且出手十分凶狠，招招致命，对北川雨星直恨到骨子里，而浮烟谷的女弟子们与北川雨星倒是亲近了许多，何况她又是惊梦炫奇的徒弟，惊梦炫奇在浮烟谷与谷主的关系谁人不知，谁人不晓，浮烟谷弟子义愤填膺，又想到闲宅被毁，更是心填杀机，对处于劣势的迷蝶浪女更是不客气，亦不管同为江湖女流之辈，乘胜追击，很快，迷蝶浪女就惨叫连连，受伤的受伤，丧命的丧命，一败如堤毁，迷蝶浪女均渐渐后退，奋力向树林里逃窜。

浮烟谷的女弟子欲追上前去，将一干迷蝶浪女斩尽杀绝，北川雨星看得不忍，忙劝道：

"她们进了树林，又诡计多端，还是不要追为妙，江湖中做事，更不要做得太绝！"

"什么太绝，这些妖女在江湖上兴风作浪，竟然敢诬陷我们浮烟谷，害得闲宅被毁，无人回谷，如此深仇大恨，灭掉迷蝶派也不算过分！"

"繁星宫做得也太过分了，居然如此心狠手辣，若让谷主知道，定要与繁星宫宫主拼命！"

"哎呀，北川公子既然见了现场，而且认识少宫主，不知看到少宫主没有？"

此言一出，众女立时，直直盯向北川雨星，北川雨星微微一笑道：

"现场本公子仔细看了，并没有发现贵谷少谷主和花婆婆，可见她们依旧活着！"

众女在忐忑不安中长舒了口气，立时纷纷猜测少宫主的下落，最后达成一致：少宫主和花婆婆被繁星宫掳去了，以她们简单的逻辑，如果少宫主和花婆婆在苏舒手中，闲宅惨案也就是繁星宫宫主所为无疑了！

但北川雨星却认为这里面有许多可疑之处，若繁星宫要报毁分宫之怨，应去找迷蝶派，绝不会如此心狠手辣，如果真是繁星宫所为，也没有捉去少谷主和花婆婆的必要，北川雨星不敢肯定，又找不到合理的证据，亦不好说将出来，最后见众女怨恨之话已然说尽，方道：

"浮烟谷现在情形不知如何，刚才碰上丐帮中人，说浮烟谷现在是危险之地，此话不知是真是假！"

"确实如此，江湖中人找不到真正的血光玉佛，而朔玉先生已故十五年了，于是有人猜测玉佛之秘藏在新月怡心钩内，四大绝命兵器均可藏物，而且每种兵器的使用秘法亦藏在兵器之内，此言在江湖上越传越广，越传越成了真实，于是许多帮派时不时来骚扰浮烟谷，听说柳溪十二堡的靳候和江湖中的神秘组织万恶金盟亦对新月怡心钩有了觊觎之念。"

北川雨星心中一凛，万恶金盟若对新月怡心钩有非分之想，难不成那地君座"朔玉"是真的不成，到底血光玉佛在哪里呢，天下间谁能知道？最后，他想起一个人来，但很快又否定了，就是惊梦炫奇亦不知血光玉佛在何处，否则早带着血光玉佛去见师祖悔老了，哪用得着躲躲藏藏地生活十五年！

看来当年朔玉先生并没有将列兵峰的镇峰之宝血光玉佛留在身上，而是藏在一个无人知道的地方，恐怕神羚谷头人吉龙多杰亦不知晓，他不敢丢失血光玉佛，遗落江湖，否则他就是列兵峰的千古罪人！

以此而想，朔玉在身边只留下了线索，但这寻宝的线索又落入谁人之手呢，简简单单的寻宝之事变成了寻找宝物线索，而朔玉之子——北川雨星却亦茫然不知，还没有脱离被追杀的命运，江湖中又出现了死而复活的"朔玉"。

看来这事越变越是复杂，北川雨星这朔玉之子的处境倒在短时内稍有改观了，这时，浮烟谷那名领队女弟子看到北川雨星神色恍惚不定，关心道："北川公子，你贵为大师伯的遗子，新月怡心钩归你所得，理所当然！"

北川雨星无奈地笑了笑道："新月怡心钩为四大绝命兵器之首，也是凶器，会给主人带来血光之灾，就让它留在浮烟谷吧，我是想几位仙子领路，前往贵谷，与师父相见，有事相商！"

与北川雨星这样的英俊小生同行，几位飘飘仙子亦满怀高兴，当然答允，折回浮烟谷！

北川雨星跟着众妇蹚过无缘水，进入无缘洞，轻车熟路地到了洞中小溪边，众女在溪边一字排开，撑着小桔灯，很快就从黑乎乎的水道传来哗哗的划水声，在船婆婆的领导下，几只小船鱼贯出现，当小船到了面前，船婆婆验了信物，惊奇问道："少谷主呢？你们不是去杭城接少谷主吗？花、秦两位老婆子呢？"

几名女子不敢说出真相，心里难受，亦说不出口，向北川雨星望了过去，希望北川雨星解围，北川雨星对船婆婆道："船婆婆，还是等到了谷中再说吧，如今风声紧，在此说话不安全，就是怕敌人有可乘之机！"

话刚说完，船婆婆望向北川雨星，不大欢迎道："你是谁，好大贼胆，居然敢跑到这里来，还插言老婆子的话，想找死！"

说完，就向北川雨星掠了过来，北川雨星当然知道船婆婆的厉害，不待她枯爪抓来，已疾射向众女后边，口中叫道："船婆婆，不要鲁莽，否则你得罪了本公子，如何向谷主交待！"

此话还真有效，船婆婆袭来的劲爪凝在了空中，身子如钉在地上一般，惊奇道："你是谁?"

"在下北川雨星，朔玉之子，惊梦炫奇的徒儿，怎么样，这身份不可以过婆婆这一关吗？"

船婆婆果然神色一变，变得缓和了许多，疑虑地看了看北川雨星，又看了看众女，问道：

"是真的吗?"

那领队的女子忙解释道："他确是惊梦炫奇的徒弟，刚才在山外，与迷蝶派的浪女遭遇，还是得北川雨星的帮助，我们才全部安然回来呢！"

船婆婆这才相信了，复望向北川雨星，说道："你的小名，老婆子也听说过，有点印象，就算你是真的北川雨星，但你是朔玉之子，老生更要警惕，只因朔玉与浮烟谷的过节！"

北川雨星忙解释了一遍，正说着，忽然听到洞口传来低低的声音道："这就是入口，还真绝，不是跟在她们的后面，还真找不到这里，嘿，只要找到入口，也就等于侵入浮烟谷了，到时直捣浮烟谷，哈哈，浮烟谷美女如云，兄弟们，有享不完的福喽！"

在场众人凝神静气地聆听，脚步声已传来，快到小溪边了，而且看到明暗不断变化的火把和飘渺不定的黑色人影。

几名浮烟谷弟子听到这些露骨的骂人话，气得粉面羞怒无比，未等到指挥时，已同时跃了起来，向那些黑衣人突袭而去。

但很快就听到几名女子的低呼惨叫声，还有凶残男人的声音，继而听到嘿嘿的冷笑声：

"嘿嘿，浮烟谷有什么了不起，杭绮一天只知与惊梦炫奇泡在一起，还不知大势，闲宅被毁，下一步就是浮烟谷中的一群人了。"

船婆婆和留在岸边的众女脸色大变，此时的船婆婆较冷静，向众女叱道："快上船！"

众女这才如梦初醒，纷纷跃上船去，北川雨星此时也只有跟着她们去，猜想来者定是江湖中的邪门歪派，或是万恶金盟的属下，在她的印象中，万恶金盟如一只巨大的黑影，在江湖的各个角落里飘动，更如巨手伸向各门各派，如此发展，武林只怕危在旦夕。

但此时的正派却依旧自我陶醉，各占山林，而且相互发生磨擦，就如现在的三大绝命兵器一样，想到这里，北川雨星不由深深吸了口气。

就在几只小船驶离岸边没有多远，无数的火把从石钟乳群掠了出来，无数的黑衣蒙面人看着远去的几只小船，哈哈大笑的，大声吆骂的，更有无数挽弓搭箭，向小船疾射而来，船上众女纷纷挥袖而起，挡落劲箭，劲箭坠入水中，一些弟子愤怒之极，撒出如烟追魂针，但均被黑衣蒙巾者手中的"魔尺"——粘吸，追魂针竟然奈何他们不得，北川雨星初次见到如此稀奇古怪的神秘武器，心里震惊不已，暗想自己娇小的天寒匕如果放出去，恐怕也会被那"魔尺"粘吸住，任她想破了脑袋，也想不到这些"魔尺"是由磁矿石冶炼成磁铁，再加工成"戒尺"形的。

众黑衣蒙巾人没有船，只有望溪而叹，纵是有船，在这黑沉沉的溪水燧道里，也不敢贸然挺进，这里毕竟是浮烟谷的地盘。

就在众黑衣人变小，火光变微的时候，一阵低啸声传了过来，那群黑衣蒙巾者听到啸声，立时如鬼魅一般飞奔而去，岸上又恢复了平静，但却令浮烟谷众弟子心有余悸，一旦如烟追魂针失去效用，对她们来说，简直是致命的打击，而且这些人的凶残，这些人的神秘，犹如来自地狱的鬼魅一般，萦绕在每个人的心头！

几只小船穿过重重黑暗，在微弱的小桔灯的照耀下，四周尽是湿漉漉的岩壁以及船下黑黝黝的溪水，这里是名副其实的一夫当关，万夫莫开的好通道，小船不知行了多少路，拐过一个弯，前面的水面豁然荡开，而且岩壁变成了层层叠障，无数的光线从外面射了进来，使久未见阳光的眼睛一下失去了作用，只觉面前一片白茫茫的，若船是袭来之敌，在这黑暗与光明的交界之处，定会受到致命的打击。

而在层层叠嶂间，筑有数间亭子阁楼，十分精致，与怪石危岩连在一起，浑然一体，显是阁楼里守卫此处的弟子听到哗哗的水声，几人掠了出来，看到船，方才向众人打招呼，好像久别重逢一般，欢呼雀跃，她们哪里知道谷外的事，若是说将出来，才没有如此欢乐呢，这时，旁边那名领队女子深叹道：

"她们深居谷中，很少外出，对外面的事了解很少，平时我们以为能经常出谷见识见识许多东西，并引以为自豪，但现在看来，还是留在这里好得多，至少不会常常担惊受怕，不易被无名的敌人害了性命，更无不必要的烦恼，看到她们现在这样儿，我好羡慕她们！"

北川雨星听到这些伤感的话，感同身受，但是依旧苦笑着安慰道："如今不是叹息的时候，万恶金盟、柳溪十二堡以及许多门派也许正绞尽脑汁，欲潜入谷中，盗窃新月怡心钩，随时都会有意外发生，外面的烦恼恐怕已传入谷中来了，你们既然知道这许多，何不留在心底，奋力使浮烟谷平安，这样，留守在谷中的姐妹如这般欢乐，你们心里也有了欢乐，更是安慰了亡魂，姑娘认为如何？"

那领队女子见北川雨星笑成了一朵花，圣洁无比，看得呆了，很快醒悟了过来，脸上立时绯红，嗫嚅道："公子爷若是个女子，定是美丽无比，魅力无穷，可惜却是位公子！"

北川雨星心里好笑，暗道：本来公子爷就是女儿之身嘛，本姑娘乃北川雨星，当然不同凡响，美丽无比，否则怎能与他……

想到这里，北川雨星脸亦泛红，那领队女子见北川雨星红了脸，暗怪自己多嘴，以为北川雨星定是心里不满意她的话，忙掩饰道：

"公子爷刚才一席话，妾身深有同感，但悲从心起，难以自拔，经公子爷点拨，此时好了许多，唉，谷主当年对乃母之事，属下不敢评说，但公子身为亡人之子，定是耿耿于怀，公子爷此次来浮烟谷，真的是只见惊梦先生，而无他意吗？还望公子爷见了谷主三思谋动！"

北川雨星觉得这姑娘真是慧质兰心，想事从无遗漏，更是坦诚之极，如同皎洁秋月一般，于是笑道："姑娘问得好，本公子来此，对贵谷主确耿耿于怀，但想到师父与谷主的关系、贵谷如今的危机，本公子也读过几天书，也知道轻重，姑娘不用担心！"

领队姑娘这才落下心头之石，友好地向北川雨星笑了笑，北川雨星有意开这位清丽纯洁姑娘的玩笑，别有深意地向那姑娘笑问道：

"请恕在下冒昧，打听一下姑娘的芳名！"

这时在旁边的一位较小的女弟子听二人谈话已有许久，看了看北川雨星，又看了看领队姑娘，此时突然快语道：

"公子爷，她叫紫莺，浮烟谷中有许多紫莺兰，一年四季都飘着紫莺兰的香气，所以我们身上都飘着紫莺兰的香气，谷主很疼爱她，说她就如浮烟谷最香的紫莺兰，给她取名紫莺！"

紫莺此时脸更是羞红，向那多嘴的姑娘愠怒道："小妹，就你那张嘴守不住话，谁叫你在这里来插言的，待会儿有你好受的！"

那小妹吐了吐香舌，做了一个鬼脸，北川雨星暂时放下沉甸甸的心情，此时亦想放松一下众女悲苦的心，故笑了笑，不解道：

"哦，紫莺姑娘，你与这位小妹是姐妹?!"

在旁另一女解释道："不是姐妹，胜似姐妹，谷中除了谷主之外，都以姐妹相称呢，就是少谷主，没谷主在场时，也与我们称姐道妹呢，唉，少谷主在这里就好了！"

此话一出，众女眼中又蒙上了一层水雾，神色又恢复了悲愤，北川雨星知道这悲愤是世界上最利害的"传染病"，若不早预防，浮烟谷中的众女很快就会没了笑容，就是紫莺兰，也会很快凋谢枯焉的，于是暗示大家道：

"不要这样，贵少谷主定是无恙，她若是在此，也不希望你们把这苦瓜脸和泪花眼传给其他的姐妹吧，有一些要留在心里，只有自己知道就行，特别是眼前之情形下！"

众女立时明白了北川雨星的意思，强行将悲愤压在心底，但刚才的轻松活跃再也没有出现了，北川雨星暗暗叹惜，暗想身在众花之间，一点听不到花儿笑，更听不到花儿语，若自己是个男儿身，不知又有何想法，想到这里，不由自主又想到了雪龙多杰，不知如今雪龙多杰又在何处，若他知道浮烟谷闲宅被毁，丐帮帮主莫名其妙死去，江湖上出现了一个叫"朔玉"的人，如今浮烟谷又因新月怡心钩而闹得沸沸扬扬，以他的个性，只怕不跑断腿也要看这些轰动性的热闹才怪。

想起雪龙多杰，心里就有一阵不踏实的感觉，她虽然与雪龙多杰只有几面之缘，而且很少说话，更不用说交往，但二人一见面，就如前世有缘，今生更有情，眼前不由自主又浮现出那夜（十五年之约之夜），雪龙多杰威风八面，技骇群雄群邪的潇洒样儿，以及见了她后诙谐的笑貌，耳边又萦绕着雪龙多杰调侃的话："若是女儿身就好，那就是本少爷的老婆了，可惜也是个公子，只好做兄弟喽！"

雪龙多杰说这话时，眼睛"不怀好意"地看着北川雨星，那双"贼眼"更是在她身上寻找什么，立时弄得北川雨星羞怒不已，差点暴露真身，此时北川雨星想来，暗忖：这贼无赖难道看出了什么不成，以他的鬼机灵，看出自己是女儿身也不足为怪，想到这里，脑海里满是雪龙多杰的形象。

正在她魂不守舍时，旁边的紫莺姑娘娇声道："北川公子，船已靠岸了，我们上去吧！"

北川雨星这才收回狂飞的神思，看清果然船已停了下来，而此时浮烟谷在湖面上，湖岸四周是翁翁郁郁的树林，亦被轻雾紧锁，宁静之极！

众女纷纷跃上了岸，沿着一条蜿蜒的铺石小路向前而去，如一只只白灵雀飘入林中，北川雨星想到立刻就可见到师父了，心里激动不已，亦迫不及待地上了岸，待众女均去尽，小船又悠悠荡开，很快隐入了轻烟之中。

北川雨星在紫莺的陪伴下，不疾不缓地跟在众女之后，穿过了一片片树林，北川雨星很快看出了这茫茫无限的树林隐有规律，仿佛陷入了林阵中，惊叹道："这些树难道是根据五行八卦裁种而成的？恐怕这是天下最大的阵了！"

旁边的紫莺嫣然一笑，赞道："公子果然见识广博，这些树本是天然而成，传说谷主到了此地，也见这些树生长暗含阵式，只要微加人工处理，就可利用，阻敌深入！"

北川雨星这才相信，因为这满谷的树木不胜计数，若每棵均是人工而植，简直就如筑长城，建京杭运河一般艰难，北川雨星望着静谧的树树，林中有纵横交错的铺石小路，均是一模一样，没有人带路，北川雨星也不敢肯定自己能不能走出这片林海。

足足半个时辰，北川雨星才跟着众女走出林海，眼前豁然开朗，可看到四周高耸的苍茫青山，听到潺潺、哗哗的大小流水声，隐隐看到几条匹练直挂而下，青山峻而危，难以攀登，北川雨星这见惯山水的人面对眼前的景物，亦忍不住长叹一声"天之造化，人间殊景"，更深深地吸了口气，似要吸尽谷中的全部新鲜空气。

空气中含着幽幽的、润润的紫莺香气，满眼全是紫莺兰，东挂一串，西挂一串，腾上叶片漫漫，花儿颤颤，零零星星，但在四处的叶片之中，花儿愈加显眼，花儿有紫色的，有白色的，亦有粉色的，每一朵花儿就犹如美女的笑靥，迷人之极，醉人不休。

北川雨星跟着众女穿过一紫莺兰爬满的圆形拱门，门内更是精舍游廊转折如画，勾角画檐犬牙交错，有露有掩，如浸在紫莺兰的海洋之中，白衣少女三五成群，来来回回，从绿叶中走出来，又消失在绿叶之间，如花儿一般。

外面风声鹤唳，而谷中却如此平静，平静得如一泓清水，远远的湖泊里浮萍荡荡，无数的水鸟在湖泊中嬉戏欢叫，这里是自然与人、人与鸟、鸟与自然的和谐之地，犹如世外桃源，更胜世外桃源。

紫莺带着北川雨星和众女从一回廊鱼贯而行，阵阵清风送爽，更送来淡淡的幽香，不知道幽香是从谷中的女子身上散发而出，还是从花儿蕊中散出，北川雨星正在东观西望，暗叹，突闻前后女子齐声道："属下拜见谷主！"

北川雨星看到浮烟谷谷主杭绮正对面而来，怔怔地看着众女和北川雨星，画眉美眸间，暗含着严厉和忧郁之气，杭绮眼光停在北川雨星身上，微微皱了皱了眉头，冷声道：

"是谁如此大胆，将他带入浮烟谷，你们难道不知谷里的规矩么，何况现在的情形！"

众人噤若寒蝉，不敢立即回话，紫莺求救的眼光望向北川雨星，北川雨星倒不以为然，暗忖：这女煞星不看我面也得看师父的面子，怎么当着我北川雨星的面发火。立即挺身而上道：

"谷主休要责怪她们，是本公子强行要入浮烟谷，在谷外，本公子帮她们对付迷蝶浪女，又要挟她们，她们不得不为，也别无选择，谷主不许本公子进谷，难不成怕本公子不成！"

众女听北川雨星如此对谷主说话，均愕然变色，紫莺更是惴惴不安，香肩剧颤，杭绮更是面含寒霜，眼中杀机一闪，娇叱道：

"放肆，浮烟谷是何等地方，你纵是朔大师兄的遗子，在本谷主面前，也轮不到你来猖狂，你是不是想试试如烟追魂针?!"

北川雨星心里顿时生怒，亦冷冷嘲弄道：

"试一试如烟追魂针？本公子现在怕造行还不够，想十五年前，如烟追魂针袭害了谷主大师兄夫妇，江湖上人人为之胆寒，要袭害遗留下来的孩子，想必也不成问题！"

浮烟谷谷主见北川雨星出口就揭十五年前的伤疤，又愧又气，但无可奈何，面色立时苍白，厉声道："你果然是怀恨而来，既然知道如今不是本谷主的对手，本谷主今日就放你一马，让你立刻出谷，有了把握再来！"

北川雨星知道浮烟谷为当年之事和繁星宫宫主一样懊丧不已，看到大师兄的儿子就有负罪之感，又如何忍得下心"斩草除根"呢，她们毕竟不是恶人，即使恶人，也会念着同门之情，北川雨星想到这些，心中的恼怒倒减了不少，此时此刻的心态，仿佛她不是一谷之主，连杭绮对她也无可奈何，北川雨星更得寸进尺道：

"杭阿姨如此说，用心良苦，小侄岂有不知，如今浮烟谷已非平安之地，危如累卵，杭绮阿姨是怕小侄在此出现三长两短，于心不忍，更不想在江湖中背上恶名吧！"

"你胡说什么，浮烟谷谷主从不怀妇人之仁，对不利于本谷主的人更是从不手软，更不在乎江湖中人对本谷主有何看法！"

但说这话时，杭绮态度明显和缓了许多，怎么说都是她先不仁，害了朔玉夫妇，如今北川雨星称她一声"阿姨"，又再称几声"小侄"，给了他一个明显的信息，就是怀恨不深，她岂不知道个中之味呢，北川雨星身处事外，脑子清醒得很，朗朗道："但杭阿姨应知道现在逐小侄离谷，就无疑是假他人之手陷小侄于危险之中，如今外面可是正邪环伺，以小侄的身份，他们会让小侄离开？简直是白日做梦！"

杭绮听北川雨星说得在理，皱了皱眉头，打不定主意，良久才道："留在谷中也行，何况你师父也在谷中，你也是来看你师父的吧？！"

众女料不到浮烟谷谷主对北川雨星的态度回转如此之快，均长吁了一口气，但依旧心事重重，北川雨星亦松了口气，直截了当道：

"小侄这次进谷，确实单单想见师父他老人家，这浮烟谷的确是个好地方，难怪师父他老人家狠心甩开我到这里来享清福！"

北川雨星别有深意地看着浮烟谷谷主，杭绮怎知北川雨星的意思，她与惊梦炫奇的关系在谷中谁人不知，当着众弟子的面，这假小子居然调侃她，但她又不能无端生气，雍容华贵的脸上亦浮出一片红晕，北川雨星暗暗得意，暗道：别以为是堂堂谷主，与本姑娘斗，没门！

恰在这时，惊梦炫奇亦从游廊处走了过来，身着金衣，脱下面具的他更加英俊潇洒，居然人到了中年，男人魅力丝毫不减，北川雨星一见师父，再也掩不住激动的心情，如乳燕投怀一般，口中娇声叫道："师父，你好狠心！"

"小丫头，你怎么也溜到这里来啦？！"

惊梦炫奇见到爱徒，喜不自胜，忘了口风，一下漏了嘴，叫出了"小丫头"，众女无不愕然，就是杭绮脸上亦露出不可思议的神色，在她眼皮下面，一个英俊男生变成了娇小丫头，说将出去，谁都会笑话她眼睛老了呢！

那群女弟子惊愕之后，明白过来，但心里升起了一股浓浓的惆怅，那与北川雨星最亲近的紫莺更是强烈的失望溢于言表。

北川雨星当众被说出真身，更是娇羞无比，拉着师父的手腕，摇来摇去，妩媚嗔怪道：

"师父，你违背了协议，该当何罪？"

惊梦炫奇对这小丫头当是疼爱有加，更是暗怪自己多嘴，只怕会给自己添一些口舌麻烦，于是哈哈笑道："怪师父，全怪师父，你以后不用再易钗而弁，恢复本来面目，可以了吧！"

北川雨星高兴之极，更如一个小姑娘一般，与她的公子爷打扮一点也不相称，浮烟谷谷主看着惊梦炫奇，心中有气，但不敢得罪，天下间恐怕她不敢开罪，还要处处小心的就是这惊梦炫奇了，她不知说了多少好话，流了多少情痴心泪，才求得惊梦炫奇脱了面具，由"古今尽知"变成惊梦孔二，又由惊梦孔二恢复原形，与她相见，更给她颜面，来此浮烟谷。

但如此"重大"的事情惊梦炫奇还瞒着她，她这伤心的女人更是委屈，心想，自己对他那样痴情又迷心，这负心的男人还是对她怀有戒心，还不知瞒了她多少事呢，女人都是多疑的"动物"，情深意重的女人更是多疑，妩媚含情的双眼如琉璃般流转，此时却满含着幽怨。惊梦炫奇在此谷与她同处，昔日伤痕悄悄愈合了，更对此女的深情深深喟叹，此时见杭绮的样儿，忙上前，干咳了两声，装笑道：

"杭绮，你……你是不是心里在怪我？！"

杭绮心里一震，觉得惊梦炫奇对她的确改变了许多，若是以前，理都不想理她呢，哪里会有如此柔和含蓄的道歉，立时如夏日喝了冰水一般爽心，忙含笑道：

"妾身怎敢怪你，但朔师兄之子变成了女儿身，这事可不是闹着玩的，北川雨星如今不是了，那……谁才是朔师兄之子呢？这件事，妾身有责任知道，若他有个意外，于心何安！"

此时见北川雨星是假的，杭绮确是六神无主，对朔玉之子的关切之心昭然若揭，惊梦炫奇认真地看了看杭绮的神色，方才道：

"其实你早就猜出了谁才是真正的朔玉之子！"

杭绮脸色一变，惊喝道："是他？！"

"不错，正是他，川儿只是一个替身！"

众女不知他们在说谁，但身处事中的三人当是一清二楚，惊梦炫奇又呵呵笑道：

"川儿可算是朔先生的儿媳妇，我怎么说也没有完全骗你，这种结果也不是你想见的吗！"

此话一出，北川雨星立时羞红了脸，擂了师父一下，低下螓首，不敢正视在场之人，浮烟谷谷主杭绮恍然若失地点了点头，满怀释然地长吁了口气，复担心问道：

"人事难料，那小子不知会不会对本谷主怀恨在心，欲报当年之仇，不放过本谷主！"

众女又是愕然，谷主武功何等厉害，怎么说也是四大绝命兵器之一的主人，此人到底如何个厉害法，竟让她们谷主如此没有信心，其实，这个中原因只有几人知道，真正的朔玉之子，又岂是等闲之辈，何况又有血光玉佛！

就在大家沉思时，杭绮突然想起了杭婉琪，立时转身询问紫莺，紫莺知道这件事躲也躲不过，只好将北川雨星说的话转述了一番，在一片悲恸之中，杭绮依旧不信，惊梦炫奇更是惊愕，连连说不可能，北川雨星又将知道的听到的说了出来，众人听之更是惊诧莫名，北川雨星特别道："那朔玉先生听说也用流星镖！"

此时的杭绮面呈杀机，娇喝道："不可能，朔师兄绝不会如此狠毒，而且朔师兄故去多年，岂有复活之说，定是师姐，只有她才如此心狠！"

惊梦炫奇忙劝道："杭绮，这事不能草率，得先打探少谷主和花婆婆的下落，若她二人在繁星宫中，你师姐当然嫌疑最大，但也不是绝对的，救出二人，问个清楚再说不迟！"

"无论如何与她繁星宫都有关系，这笔账，也无论如何要与她算个清楚，让她也知道我杭绮也不是好欺负的"！

惊梦炫奇知道杭绮的怪脾气又上来了，正欲再说，忽然，一名白衣女弟子匆匆行来，面色苍白，身上还有血污，向杭绮禀道：

"谷主，有许多柳溪剑士从悬崖上下来，潜入了浮烟谷，我们抵挡不住，几人被杀！"

话音未落，谷中警钟长鸣，顿时打破了浮烟谷的静寂，似乎那一团团浮烟在警钟的震动下，亦在急躁地流动突旋，四处的紫莺兰藤在无声地颤动，更有无数的花儿纷纷下坠！

立时，四周的白衣女子纷纷从暗处显了出来，四下掠走，奔向四方，慌忙，却一点也不紊乱，浮烟谷看来早有部署，但柳溪十二堡潜入浮烟谷却使杭绮难以置信，怎么说靳候也不会在此时雪上加霜的，但如今却是柳溪剑士首先突破了浮烟谷的防线，给敌人以可乘之机。

还未等杭绮有所行动，又有一名白衣少女冲了过来，仓惶地道："谷主，有大批黑衣蒙巾人从无缘洞乘船冲了进来！"

这无疑是最大的打击，无缘洞是秘密的通道，也是浮烟谷退出的唯一生路，但此时亦被潜入之敌破了，杭绮娇叱道："你们不是在那里严加守卫吗？以那里的地势，敌人无论如何也进不来的！"

"不是属下众人疏忽，而是追魂针对他们一点用也没有，他们每人手中执有一把'魔尺'，追魂针一去，立刻就被挡住了，而且领头两船上的尽是黑道高手，九州一枭、西域灾僧等等，弟子们和船婆婆拼死抵抗，也不能阻止他们上岸，船婆婆与北斗七煞相斗，已经战死，现在我们已退到了树林里！"

惊梦炫奇听得面色大变，急声向杭绮道："叫属下全部退出树林，否则他们会跟过来的！"

杭绮立时照着吩咐，那名女弟子又匆匆而去，此时杭绮面色苍白，毫无血色，对惊梦炫奇道："惊梦君，是妾身害了你，也害了你的徒儿，你们现在走吧，兴许还来得及！"

惊梦炫奇苍凉道："现在什么也不用说了，与你在这里一同战死，也是冥冥天意的安排，但我怎么也不相信，浮烟谷会因此而亡！"

"事实就是事实，柳溪十二堡冲进来了，万恶金盟也冲进来了，不知还有哪些门派和道上的人潜了进来，小小浮烟谷，怎么也抵挡不住，妾身寝室内有一条秘道，直通山外，你们走吧！"

惊梦炫奇立时面露喜色，叫道："有希望了，有希望了，想不到这逃生的秘道会成为救命之道，川儿，你快通过秘道出去搬救兵！"

杭绮茫然不知，忙问道："哪里有救兵？"

惊梦炫奇道："现在来不及说了，你快说如何才能让川儿畅通无阻地出去！"

"入了遂道，一直向前走，在出洞之时，有一石屋，石屋里住着一位老婆婆，名叫岩婆婆，只要给她我的令帕，她自然会让你出洞的！"

"川儿，一切全靠你了，你出了洞，到了山谷小河边，小河边有一条小船，你过河，在对面沙洲平原的树林里，你会看到一座别致的茅屋，只要向着茅屋说'故人有难，速救！'就会有人跟着你前来浮烟谷，对了，此时无缘洞已破，就叫他们从无缘洞进入，快些！"

"不行，万恶金盟处事极端谨慎，定在无缘洞内外留有高手把守，就由秘道进入隐蔽些，持着谷主令帕，岩婆婆定会答应！"

惊梦炫奇和杭绮七嘴八舌，你来我去，讲了半天，北川雨星知道这关系着师父和浮烟谷无数人的性命，句句牢记在心，最后杭绮给了她一张令帕，叫过一名贴身女侍，要她为北川雨星领路，北川雨星是强按住不安的心情，又难舍地对惊梦炫奇道："师父，你要保重！"

说完，北川雨星咬着嘴唇，忍住泪花，猛地回头，跟着那名娇小侍女向前匆匆而去。

第十七章

惊梦炫奇和浮烟谷谷主刚掠过一片花园，就看到一批白衣剑士闪身从树林间跃了出来，但其间有半数人均带着血迹伤痕，可见这一路他们遇到了浮烟谷弟子怎样顽强的抵抗，而率先一人，正是柳溪贵公子靳贝磊，靳贝磊见杭绮和惊梦炫奇领着数名白衣女子走过来，脸上的狂傲之色依旧未减，亦大踏步地走上前来，对杭绮冷冷道："杭阿姨，小侄这次前来，乃是奉家父之命，取得新月怡心钩！"

杭绮气怒之极，娇叱道："新月怡心钩，难道就为了那东西，值得你们大动干戈大举进犯浮烟谷，值得杀本谷无数弟子吗？"

靳贝磊冷冷道："为了列兵峰的血光玉佛不落入他人之手，亦为天下苍生，小侄认为这些均在所不惜，也无愧无悔！"

靳贝磊振振有词，似乎师出有名，杭绮更是气怒，吼道："好个为了天下苍生，无悔无愧，如今你柳溪冲入了浮烟谷，索要怡心钩，还有哪门哪派有如此胆量入浮烟谷？！"

"不用说这些，近日江湖盛传血光玉佛的重要线索在怡心钩内，而且怡心钩内的用钩之法也是无价之宝，各路江湖人士均暗窥多日，更有万恶金盟在旁，为了防止出现意外，家父认为他有责任保住怡心钩的秘密和血光玉佛！"

"本谷主自从得到新月怡心钩，就没有发现什么秘密，这些均是空穴来风，想不到自以为天下聪明第一的靳候父子也会相信，如今这样，本谷主决不会交出新月怡心钩！"

靳贝磊冷嘿嘿阴笑道："现在由不得你了，你若不交，今日本公子就杀尽谷中所有人，踏平浮烟谷，再逼你，你自然会说的！"

说完，靳贝磊向手下众剑士挥手，众剑士立时闪身而上，一看就知此次犯谷的均是一二等剑士，在柳叶无忧剑上的造诣已是很深。

在靳贝磊旁边站着一位不起眼，却格外引人注目的人物——靳布衣，靳布衣默默无闻地跟在靳贝磊旁边，身着白色麻衣，但眼光如冰，一看就知道他在武功造诣上很深，是个可怕的敌人，但为何他在江湖上一直默默无闻？据说是因为靳候太过耀眼，将他掩住了。

在白衣剑士发动攻势时，靳布衣也在场，冷冷地看着浮烟谷谷主，最后看着惊梦炫奇，缓缓道："你就是惊梦炫奇？我专程前来杀你，你受死吧！"

此时惊梦炫奇不得不重视眼前所有对手，靳贝磊和几名贴身武士亦踏步向前，浮烟谷谷主杭绮娇叱一声，袖子一转，立时射出一蓬如烟追魂针，追魂针在此时，劲力十足，但靳贝磊似早有准备，在追魂针袭来之时，第一名侍卫飞身而上，挥出一道道青芒，快如闪电，立时听到"叮叮当当"的声音，响声未绝，第二名侍卫又护在靳贝磊前面，又是几道青芒，又挡住数团追魂针，最后靳贝磊快疾无比地掠上前，身子与青锋幻作一团，青芒护体，金属的撞击声更是大作，而剩余的只是一团黑影扫过，立听细微的声音，然后什么也听不见了，杭绮这才看清靳贝磊手中亦握着一把黑乎乎的"魔尺"，而靳贝磊的无忧剑似乎依旧留在鞘中，从未拔出来过，杭绮见之，更是大惊，喝道："原来你与万恶金盟暗自勾结，靳候呢？快叫靳候出来见本谷主！"

"别妄想了，家父绝不会见你，你还是交出新月怡心钩吧，让本公子也好交差！"

说完挺身而上，舞动魔尺，将浮烟谷主全身各处要穴死死罩住，杭绮又岂是等闲之辈，袖飞纤手转，指风凌厉，与靳贝磊战在了一起，而惊梦炫奇此时亦与靳布衣战作了一团，惊梦炫奇凭借绝世轻功如梦似影，躲让奇快无匹的青芒和森森剑气，但无忧剑快无痕迹，更是精妙无比，惊梦炫奇几个回合下来，已是险象环生，长长的衣袂被纷纷割下来。

就在杭绮吃力地对付靳贝磊时，暗暗心惊，这小子年纪轻轻，何以武功精进，一日千里，内功更是一日不见，已大增，再看他眉宇间凝着一块紫色，心里明白，他用了邪道的摧功术。

正想着，忽昕到惊梦炫奇闷哼声，杭绮心惊，不由自主地望了过去，见惊梦炫奇腰间已有了血痕，在时这，靳贝磊剑风一紧，牢牢将杭绮罩在中间，杭绮芳心暗急，但无力去助，只有抵抗着这靳贝磊！

靳贝磊在几名一等剑士的辅助下，更是有进有退，但浮烟谷谷主将袖中的如烟追魂针用得出神入化，一会儿拈在指尖，一会儿突然飞出，在剑士们刚刚适应下来，追魂针又如烟似缕般暴射而出，很快就有两名一等剑士重伤而退，立时又有几名一等剑士挺身而上，将联合无忧剑用到极致，靳贝磊看得暗暗皱眉，本以为杭绮排名第四，没有什么了不起，几名一等剑士足可以击败她，现在他不得不正视杭绮，她是他出道来碰上的最强劲的对手，在片刻的停息之后，靳贝磊又狠狠攻上，以他的狂傲的个性，任何强大的对手均不应在他面前猖狂，因为他是靳候之子，未来柳叶无忧剑的主人！

而另一边的惊梦炫奇居然不是靳布衣的对手，在此刻，惊梦炫奇心中受到的震慑可想而知，他此时方才明白，无忧剑并不是一枝独秀。

而且靳布衣偶尔会使出一些连惊梦炫奇也未见过的阴招，毒辣之极，这一点就与靳候有着天壤之别，靳候用剑不但实用，而且观赏性很强，总令人叹为观止，剑招来得光明正大，清纯无比，因为他代表着正宗无忧剑派。

恐怕正因为这一点，靳布衣永远不能在名气上超过靳候，但他的剑更令人心怀惧意，招招夺命，剑剑封喉，惊梦炫奇在受伤之后，很快就行动受阻，轻功大不如以前，柳叶无忧剑更是如阴魂一般在他四处游走，紧锁他的灵魂！

突然，惊梦炫奇看到一个千载难逢的破绽，而且这破绽正在敌人的胸部，惊梦炫奇身处劣势，如何肯放过，立时欺身而上，闪电般伸臂探指，向那破绽处疾射而去，但就在惊梦炫奇闯入青芒之中，发现那破绽并非破绽，而是一个陷阱，无忧剑已在侧面向他伸出的长臂猛然划来，惊梦炫奇收手已来不及了，干脆狠心向靳布衣的胸前贯注而去。

靳布衣料不到惊梦炫奇会不要肩臂，只要他的命，立时阴森乍喝道："不知好歹！"

在退后的一刹那，靳布衣只觉胸前一痛，仿佛心脏被洞穿了一个大洞，而同一时刻，惊梦炫奇只觉右臂一凉，变得空荡荡的，心中剧震，闪退了几步，两人均停了下来，良久，惊梦炫奇觉得血正在急速地向外喷射，而且右臂处剧痛，定睛一看，心中立时酸楚不已，右臂早已离体而去，留下的是空空荡荡！

靳布衣亦难受之极，心脏似乎停了下来，只觉一阵阵闷痛传了出来，靳布衣阴沉的脸色更加阴森可怖，静静地看着惊梦炫奇，自己却在默默地运气疗着内伤，暗自庆幸刚才后退得早，否则残废换了他的一条命，他是无论如何也不心甘情愿的。

靳贝磊见二人斗得如此惨烈，突然舍开杭绮，向惊梦炫奇掠来，一剑划向惊梦炫奇，惊梦炫奇此时剧痛难当，胸前立被划出血口，靳贝磊点着他的胸部，向杭绮吼道：

"杭阿姨，你若是再不停手，小侄就要杀了你的心上人，看这世上还有什么值得你留恋的！"

这句话果然有效，杭绮见心上人右臂不在，又受制于人，立时停了下来，几名一等剑士正欲上前制住她的穴道，靳贝磊喝道：

"不得对杭阿姨无礼，她自己不会反抗的！"

众剑士这才退后一边，而这时，数十名浮烟谷弟子已所剩无几，虽是拼死抵抗，但对整个局势一点帮助也没有，在靳贝磊大喝声后，在场众人均停了下来，此地立时寂静无比，而远处的打斗声和吆喝声，却一阵阵传了过来。

"你放了他，本谷主自然会把新月怡心钩交给你，否则，你什么也得不到！"

"好，小侄相信杭阿姨的话！"

说完，收回了无忧剑，此时，无忧剑才显出它王者的风范，长长的，薄薄的，古朴青色，却注着阴森森的杀气，这是把好剑，杭绮三步并作两步走了过来，扶住呆立的惊梦炫奇，关切道："惊梦君，你……你，是妾身害了你！"

惊梦炫奇惨然笑道："现在是什么时候，还说这些，你看我这样儿，多丑陋，多无用，是不是有点后悔，当初对这样的人痴情！"

杭绮再也掩不住内心的伤感，女人的弱点全暴露了出来，眼中尽是泪花，向着惊梦炫奇狠狠地摇头，此时的她哪像一谷之主，更如一个情窦初开，爱到深处的纯情姑娘一般。

靳贝磊心中有点不耐烦，对杭绮道：

"杭阿姨，现在我们就去取新月怡心钩吧！"

杭绮无可奈何，扶着惊梦炫奇，心灰意冷地向深谷而去，众人默默跟在后面！

却说北川雨星匆匆跟着小侍女进了杭绮的寝宫，左右环视，室内简朴，但透着高雅，小侍女走到一张精致榻前，在右边扶栏上轻轻一按，只听"轰"的一声，墙上的九天飞仙图立时向一侧滑了许尺，露出一个洞来，小侍女对北川雨星道："北川公子，你就由此去，浮烟谷今日就全靠你了！"

说完匆匆而去，北川雨星此时无暇多想，一头扎入了洞中，洞中很黑，北川雨星凝神聚气，方才定眼而视，渐渐能看清四壁，她发足狂奔，跑过一片又一片黑暗，似乎黑暗永远没有尽头，不知跑了多久，才感到凉风迎面而来，有了微弱的光线，北川雨星欣喜无比，更是加快了脚步，很快就见到了洞口，洞口果然有一白石屋，北川雨星长舒了口气。

北川雨星听到"咚咚"的槌声，不由自主地大声叫道："岩婆婆，岩婆婆在吗？"

槌声停了下来，木门"吱呀"开了一道缝，露出一张苍老的脸，看到北川雨星的样儿，立时怒道："你是谁，我老婆子不认识你！"

"没关系，有令帕就行，谷中潜入了很多外敌，浮烟谷中所有人都抵不住了，我得马上去搬救兵！"

说完北川雨星将令帕递了过去，岩婆婆了看了看，方才点了点头道："里面的事与老身没有关系，老身只看守这个通道！"

顿了顿，方才对北川雨星道："你跟我来！"说完，北川雨星跟着岩婆婆进了石屋，石屋里岩壁上挂着一盏小小的油灯，油灯之火微弱之极，照得四周神秘兮兮的，风顺着门口吹了进来，灯火更是一闪一闪的，似乎在苦苦挣扎，永远不想熄灭一般，岩婆婆呆看着油灯道：

"这盏灯由谷主创谷之时就燃着，从没有熄过，唉，今日不知道会不会熄掉！"

说完在油盏边沿不快不慢地摸着，似乎在擦着上面的污垢，北川雨星看得心中更急，俗话说"救人如救火"，这老婆婆却要闲下心来擦拭油盏，真是不可思议，就在北川雨星想说话提醒岩婆婆时，岩婆婆突然道：

"大概就是这里了，老身也不知管不管用，这条秘道很少用了，也许长了锈！"

话音刚落，只听"咔咔"之声，一大块地板居然移动开，露出一个洞来，风立时从洞中灌了上来，灯火更是颤栗不已，北川雨星上前一看，洞下是一路石阶梯子，还清晰地听到哗哗的水声，心中大喜，慌忙跳下洞，突然道：

"把令帕给我，待会儿我会带人从这里上来，这是贵谷主的吩咐！"

"你下去后老身必须盖上石板，否则有人从此处上来，老身如何能够抵挡得住！"

北川雨星一愣道："那在下回来你如何知晓？"

"下面有个神龛，你在神龛的像头上猛敲一重一轻，老身自然会知道，你快去吧！"

北川雨星这才放下心来，沿着石阶而下，头顶上又是"隆"的一响，门又封闭住了，下到石阶尽头，居然就是小河的岸边，河水轻轻地舔着石阶尽头的岩石，出口在山坳之中，十分隐蔽，而在石阶的尽头，有一只小船正摇来摇去地飘荡，定是因为绳索的牵连逃离不去，北川雨星解开绳索，上了小船，向河对岸疾划而去。

河水清澈见底，平缓如镜，但在远处可见一条条白晃晃的线，仿佛一条条巨大的鱼在来回游戏，对面的树林亦是如烟似雾，而许多农房一排排交错在一起，组成一幅淡雅的乡村之图，那里是多么和谐，多么宁静。

浮烟谷本来亦是这样，但自从住下了江湖人，就注定有着血腥与杀戮，北川雨星划过了不窄不宽的河水，在河的这边，停泊着十数只小船，似乎是一群组织起来的渔队。

北川雨星快疾无比地掠过沙滩，窜过树林，潜入了村子，村子里的人根本就未发现有外人来到村里，即使有外人，他们也不会介意，因为他们认为来者都是客，来者都是善良人。

北川雨星沿着寂静的小径往村落里走，但看到的村庄房舍全是一模一样，心里更是慌乱，暗忖：那与众不同的房舍到底有什么不同呢？北川雨星走过了串村小径，亦没有发现特别的房舍，正在北川雨星束手无策之时，看到一群小儿童迎面而来，走在前面稍大的孩子手里正提着一条拼命挣扎的鲢鱼，北川雨星心里顿喜，忙上前向那大孩子问道：

"小少爷，你能不能告诉我这里打架最厉害的人是谁？"

北川雨星本要说武功最厉害的人，但一想到有可能这小少爷不知道，那小少爷和众儿童见到陌生人，一点也不吃惊，那小少爷咄咄逼人道："喂，什么打架，我们这里不讲打架，而且是论武功高低，高的厉害，低的不厉害，最厉害的当是东边村的鱼大叔了，他还常教我们呢！"

北川雨星一听鱼大叔，一点没有印象，但心里十分高兴，立即撒谎道："我是你鱼大叔的朋友，你能不能带我去见他？"

那提鱼的小孩十分乐意，立时和众儿童在前面走，走出村庄，上了一座小小的山梁，就看到了在山坳中的另一片村庄，北川雨星暗自庆幸找对了人，否则找破脑袋也是找不到鱼大叔，但北川雨星不敢肯定鱼大叔就是她要找的人，那儿童对这个村子里亦是十分熟悉，很快就走向一座用白色苇草编成的茅屋，白色的苇草白晃晃的，在村子里特别引人注目。

北川雨星立时欣喜若狂，这大概就是救兵了，北川雨星三步并作两步走了过去，那小孩已在向茅屋叫道："鱼大叔，鱼大叔，有人找你呢，他说是你的朋友！"

简陋的门轻轻打开，一位魁梧的大汉走了出来，瞪着眼睛向北川雨星道："什么朋友，我怎么一点也不认识，你是谁？"

北川雨星不敢造次，连道："在下北川雨星，故人有难，还望你速去救他，鱼大叔心里应该比在下还明白！"

鱼大叔听之果然脸色一变，立时道："是惊梦炫奇吗？"

"正是家师，如今浮烟谷强敌入侵，灭亡已在倾刻之际，还望鱼大叔助一臂之力。"

鱼大叔立时从门后捞过鱼叉，向空中打了一声尖啸，尖啸声掠过东头渔村，没几下，就有数十名粗壮渔民提着鱼叉，挽着鱼网，飞奔了过来，那样儿，仿佛是出海打鱼一般。

北川雨星见之，大失所望，心里暗忖：这些人也是救兵？只怕是怀水车薪，一点用处也没有，这次对手可是柳溪剑士和万恶金盟的十恶不赦之徒，这些渔民此去不是开玩笑么！

那鱼大叔似是看出了北川雨星的心态，也不解释，只向北川雨星道："咱们快去吧，否则惊梦炫奇可就没命了，他可是第一次来求助我姓鱼的，怎么说也得办好这件事！"

这鱼大叔的口气很大，北川雨星直想问他的来历，但他不主动说，的确是不好问，师父生命危急，也不再多想，立时带着数十人掠向小河边，这一阵疾走，北川雨星心里震惊不已，因为不论她如何发足狂奔，后面的数十人均会轻轻松松地跟上来，何况他们还拿着鱼叉和沉甸甸的鱼网，暗道这些人的功力还真是厉害，但江湖上又怎么没有他们的一举一动呢，更是没有听说过。

众人到了岸边，那数只小船大概就是他们准备好的，他们无言无语跃上了小船，解开绳索，向对岸划去，立时数船竞发，将如镜的浅水湾搅乱了，很快众人就到了对面，北川雨星一马当先，爬上了石阶，看到神龛，立时在佛像头上一重一轻地弹了弹，立时，佛像颤动了起来，"轰轰"几声，上面的石板移开了。

岩婆婆露出头来，问道："又是你，令帕呢？！"

北川雨星递过令帕，岩婆婆又死板地看了看，方才冷冷地道："将他们带上来吧！"

众人上到石屋，岩婆婆冷冷地看了看这支奇怪的队伍，眼内闪着奇异的光芒，良久才道：

"你们是'神鱼迦川'的徒弟！"

众人立时肃然起敬道："老前辈果然见识广博，连家师的名讳亦能一口叫出来！"

北川雨星立时记得师父曾经给他讲过海岛故事，说是在东海上，有一位十分厉害的老人，能够徒步越海如履平地，更是所向无敌，当时北川雨星真以为是讲神话，后来师父说他救过那位老人，那位老人从此在江湖上也无迹可循，因为救过那位老人，惊梦炫奇知道他就是"神鱼迦川"，现在经岩婆婆说起，立时想了起来，先前对他们轻视，立时心有愧色。

这时，那鱼大叔对北川雨星道："现在你大概明白了，我们为何要冒死前来救你师父！"

北川雨星肃然起敬道："晚辈有不当之处，还请各位前辈谅解！"

说完，率先向前走去，北川雨星领着众渔民刚走出杭绮的寝宫，就看到了满谷狼籍的尸体，以及冲上前来的黑衣蒙面人，黑衣蒙面人虽然遭到白衣女子的拼死抵抗，但仗着人多势众，就只以两个拼一个，他们也还有剩余呢，何况"九州一枭""西域灾僧""北斗七煞"，几名地狱使者，均是超一流好手，船婆婆死后，他们就一路杀了过来，踏出了一条血光之路，虽然那片树林暗含着五行八卦，但只能暂时挡住他们，最后，他们依旧冲了过来，浮烟谷本就势弱，如今又兵分两路，迎战两大强敌，岂有不输之理。

几十名渔民一出现，简直就如同异象，万恶金盟的人立时惊愕当场，但看十数名渔民出网收网，快疾无比，而且鱼叉更是快疾非凡，惊天地，泣鬼神，未碰几招，已有无数黑衣蒙巾人被网住，被鱼叉活活插死！

"九州一枭"惊愕片刻，立时清醒了过来，恼怒地率先向渔民冲了过来，北斗七煞、地狱使者和西域灾僧，以及日月双坛的众黑衣人重新攻上，将众渔民裹在了中间，众渔民立时紧裹成一团，如一条庞大的鲨鱼，随时准备将靠近的敌人吞入腹中。

如此庞大的阵势，万恶金盟众人倒没有见过，虽然人数占优，而且高手云集，但一时也难以将这群渔夫摆平，而此时的北川雨星见没了师父和杭绮，立时拦住一位未死，但伤痕累累的白衣女子问道："这位姑娘，请问你们谷主呢，他们在哪里？"

那名女子见有援兵来，缓解了浮烟谷的局势，听了北川雨星的话，亦是面色一变，惊叫道："呀，只顾这里，倒忘了那一边有柳溪剑士潜了过来，谷主定在那边，我们去看看！"

两女匆匆而行，刚好碰上了狼狈而来的惊梦炫奇和杭绮，这里的战斗似乎烟消云散，一片寂静，数十名柳溪一、二等剑士趾高气扬地跟在靳贝磊和靳布衣的后面，北川雨星立时看到了血肉模糊的师父，而且还断了右臂，立时泪花直冒，向惊梦炫奇扑了过去，尖叫道：

"师父，你怎么成了这个样儿？"

就在快近惊梦炫奇时，几名一等剑士冲上前来，阻住了北川雨星，靳贝磊冷傲地道：

"不用阻他，量他也没什么本领可从本公子手中救出他们的，只不过多一人而已！"

那几名一等剑士让开了路，北川雨星泪涟涟地冲到惊梦炫奇跟前，看到苍白的笑脸，血淋淋的断臂之伤，心如刀割。惊梦炫奇急问道：

"人呢，你叫的人呢，在哪里？"

"他们正在那边阻挡万恶金盟的人！"

惊梦炫奇这才坦然地笑了笑，对杭绮道："我还有用，有一批赏脸的朋友，看来浮烟谷有救了，追魂针也有救了！"

杭绮扶着惊梦炫奇，眼睛里尽是泪花，却没有流出来，这时，靳贝磊冷冷地道：

"杭阿姨，就在这里了，你去取来怡心钩，若是有诈，你当是十分清楚小侄性格的！"

杭绮此时似乎心灰意冷，道："不用去了，就在这里，你看到那里的白石冢了吗？新月怡心钩就埋在那白石冢里！"

说完，只顾扶着惊梦炫奇向那边而去，众人这时均朝杭绮去的方向看去，果然看到了一月形的白石月冢，高高而起，别致之极，想不到朔玉先生夫妇被流星镖和追魂针所害，繁星宫内有星冢，而这里有弯月白石冢，有趣的事，往往也是最悲凉的事，无奈的事。

众人到了弯月白石冢前，才发现白石冢高过了人头，亦有两三尺之厚，算是比较庞大的建筑，在这花香泽国，花围水绕的地方，十分显眼，弯月白石冢前竖刻娟秀之字：

"新月怡心钩，朔玉先生之墓。"

不知为何，众人看着白壁黑字，均心里有着一股悲凉，靳贝磊冷峻的脸抽了一下，眼芒又射向那墓碑，狠狠地道："杭阿姨，你说怎样才能将新月怡心钩从坟中取出来？"

杭绮黯然道："只有一个办法，就是将这个坟墓大碑毁掉，才可能见到新月怡心钩！"

靳贝磊脸上更是面无表情，踏前几步，走到偌大的碑前，暗暗凝气，就欲毁掉墓碑，杭绮一见，立时脸色疾变，无奈地喝阻道：

"靳贝磊，你要毁这墓碑本谷主不怪你，里面除了新月怡心钩，什么也没有，但怎么说也算你师伯的墓碑，你真的愿为了新月怡心钩背上不忠不义不孝的罪名，让天下人议论么？"

"谁敢说本公子的长短，只要本公子拿到怡心钩，得到玉佛和用钩之法，就成为天下武林第一人，哈哈，古今仅我靳贝磊可以达到，若谁要说本公子的不是，本公子定要他如这墓碑！"

说完，靳贝磊立掌向那白石冢有字迹处中央疾劈，只听"轰"的一声，白石冢立时暴裂而开，变成了无数碎石和裂痕，裂痕惊心，但新月怡心钩依旧没有出现。

靳贝磊此时似乎有些昏乱，心智迷失，连番向破裂处乱劈，立时，白石头飞扬而起，溅入花丛，无意之间击穿了花叶，花叶破败不堪，坠入湖泊之中，急溅起无数的湖水，靳贝磊终于将石冢从中间劈开了缺口。

缺口深到了底，但依旧没有怡心钩，靳贝磊真是恼怒，回头责问杭绮，但突然看到有个小洞，一条金灿灿的小蛇从洞中射了出来，恶狠狠地看了看四周的人，一点也不惧怕，最后那条小蛇看到最近的靳贝磊，突然向靳贝磊"嘶嘶"叫了几声。

仿佛那金黄小蛇正式向他发出抗议，众人立时想起了新月怡心钩和钩主朔玉，当初钩和人就是以金黄色立威江湖，成了一个永恒的标志，象征着强大权威，无上的武学，让人动容，闻之胆寒，此时看到这条来历不明的金色，均有些惴惴不安，杭绮更是脸如死灰。

冥冥中的天意，靳贝磊此时狂怒之极，怎也不能让一条小金蛇在此嚣张，心里开始一惧之后，转而高兴无比，暗忖：一般藏宝之处均有瑞物看着，这条金蛇显然是长久与新月怡心钩呆在一起，才变成如此样儿！

想到这里，靳贝磊立时对那小金蛇虎视眈眈，眼中射出凛凛的杀机，又踏步上前，小金蛇并不怕他，见此人走近，又感到了杀气，立时吐出晶莹红蕊，仰头而视，成了人蛇对峙，杭绮惊惧之后，突然道：“你能杀它？它是你师伯的化身，在此守护怡心钩的！”

靳贝磊听之，哈哈狂笑了一声，笑声未止，突然一股青芒从靳贝磊腰间射出，闪电般射向小金蛇，一出手就用上了无忧剑绝技，但那条金蛇见之，突然飞跃而起，随空而划，立时变成了一条金灿灿的新月怡心钩，散发出金色光芒，在钩形与青芒相避之时，立见一团殷红溅起，正是“无忧一点红”，但奇怪的是，小金蛇没有停止，依旧飞势不减，倒旋而起，直向靳贝磊脖子力割而来，正是“飞钩断魂”之式。

靳贝磊见之，立时魂飞魄散，凭着直觉，就地一滚，但来势快疾的“飞钩”依旧带走了他的头巾，将长长的头发散了开来，十分狼狈。

小金蛇落在地上，挣扎了两下，终于没有再挣扎，死去了，众人看得更是心惊肉跳，更以为那小金蛇是朔玉灵魂，或是转世为蛇，方才如此厉害，差点要了这狂小子的命，靳贝磊躲得如此狼狈，在他的心性中，这是第一次逃，而且逃得如此糟，被卷了头巾，自己“驴打滚”，心中恼怒疯狂之极。

看到死去的小金蛇，踏步向前，凝气聚神，挥掌而出，立时见到两股烈焰“轰”的一声卷了过去，将小金蛇的遗体烧得无影无踪，口中更是狂笑道：“哈哈，师伯，这下你没有了灵魂，灵魂也被烧死了，看你用什么保护你的钩，保住你四大绝命兵器之首，哈哈……我是天下第一，是最厉害的人！”

说完，靳贝磊冷傲地看着大家，渐渐恢复了原来的英俊模样，惊梦炫奇看到靳贝磊如此厉害，与上一次相见，真的如换了一个人一样。

但是靳贝磊没错呀，他如何会使用“地熔邪火掌”？“地熔邪火掌”传说来自西域灼热的沙漠地带，那里气温很高，海拔低，能够清楚地感受到地热，据说有人在沙漠里不吃不喝，只是吸纳地热，很快就将地热精元吸入了体内，只要一运功，地热精元就会衍生出熊熊烈焰，从双掌喷出来，以它的高温，可以熔掉天下间难熔之物，当真可怕之极。

但在这江南之地，靳贝磊何以能这么快就炼成了“地熔邪火掌”？真是奇怪，而且靳候一向管教很严，不让门下弟子练习邪门功夫，但何以就没有发现自己的儿子会用这天下最可怕的来自西域的掌法？真是不可思议。

惊梦炫奇心里虽然大吃一惊，但依旧没有表情，没有表示愤懑，靳贝磊有点神经病了，若是表示不满，只怕他待会就会没命的，但看到眼前之事，想起惨死的朔玉，心里戚戚然，又忐忑不安，若新月怡心钩在这里，必定会被无忧剑拥有，一旦他们拥有了最厉害的，也可能得最大的宝物，岂不是再难以应付柳溪十二堡了？若怡心钩不在里面，靳贝磊怕会恼羞成怒，滥杀无辜，左想右想，惊梦炫奇均不能想出一个办法出来。

而靳贝磊杀了小金蛇，更加毫无畏惧，走到小金蛇出来的地方，青芒急点，尘土飞扬，很快就见到一生锈的铁匣，铁匣长长的，亦是弯弯的，众人见之，色变而心动，靳贝磊更是喜形于色，迫不急待地用宝剑划断铁锁。

铁匣被打开了，众人均睁大了眼睛，铁匣刚启，立时一道强冷的金光从铁匣中射了出来，在铁匣上空凝成一个弯弯的新月怡心钩，新月怡心钩停着，靳贝磊何时见过如此奇迹，用手去触摸华辉，但手一伸进去，就觉得冷如冰冻，而且皮肤隐隐作痛，立时一惊，忙缩回了手。

金光在凝聚了一会儿，向夜空中飞射而去，转眼就消失在苍穹之中，靳贝磊望空而叹，道："我的怡心钩啊，你别去，本公子还得靠你打江湖呢！"

靳贝磊的疯狂痴迷，众人的惊愕，使场面更加充满了神奇，更加不可思议，而惊梦炫奇亦被这场景引诱得无法自持，向着苍穹道："朔兄，你果然显灵了，不知是你的灵魂，还是你的怡心钩的灵气，但十五年过去了，你终于又出现在小弟的面前，你能告诉我，师父他老人家的血光玉佛在何处吗？"

众人一听到血光玉佛，又望向惊梦炫奇，见惊梦炫奇一副迷惘的样儿，一点没有作假，可见惊梦炫奇亦不知血光玉佛在何处，靳贝磊冷眼立时逼视向惊梦炫奇，冷厉地道：

"血光玉佛是本公子的，只有本公子才可能拥有它，才配拥有它，悔老算什么！"

此话一出，不只惊梦炫奇师徒忿然于色，浮烟谷谷主杭绮亦是不满，悔老毕竟是他们的长辈，毕竟是不悔不归老的同门师兄弟。

怡心钩的灵气一去，铁匣又恢复了平静，靳贝磊完全打开了铁匣，向匣里看去。

众人在此时亦屏住了呼吸，呆呆地看着那只铁匣，引起这场血腥和为浮烟谷引来无穷灾难的铁匣，场中立时如死一般寂静。

突然，靳贝磊如看到一大堆金灿灿黄金般，得意忘形，突然狂声大笑了起来，一手执着铁匣，一手就欲向铁匣里抓去，口中更是如痴如醉般叫道：

"哈哈，怡心钩，怡心钩，你还没有飞去，哈哈……还在这里，还在……"

就在他手伸向铁匣的一刹那，突然，从旁边紫莺兰藤叶之间闪电般掠出一条金色的人影，来人快疾无比，而且挟带着"嘶嘶"的劲风。

众人均没有注意到来人，只是惊奇地看着铁匣，看着靳贝磊的手向铁匣里伸去，又看到一条金色的匹练，卷起无匹的劲风，将痴迷的靳贝磊推向丈多开外，而手却闪电般伸了出来，抓住了那只铁匣，铁匣已到来人手中。

来人是个金衣人，相貌酷似死去的"朔玉"，他就是江湖上死而复活的"朔玉"，万恶金盟的地君座，这戏剧性的变化令大家惊惧无比。

靳贝磊更是又惊又怒，翻身而起，狂叫着向金衣人扑了过去，金衣人不逃不躲，冷哼一声，巨掌像靳贝磊卷了过来，靳贝磊是何等人物，在临近金衣人的一瞬间，突然拔剑刺出，只见一道青芒一闪即逝！

但这次青芒里没有出现一点红，只听"砰"的一声，靳贝磊向死隼一般向后抛去，在地上滚了许久，才停了下来，众人这才看见一片金衫飘飘而舞，几转几折，飘向湖心，金衣人满脸杀机，两眼如匕般射向靳贝磊。

而此时的靳贝磊颤颤地站了起来，"哇"的一声，吐出了一大口鲜血，两名一等剑士欲上前来扶，靳贝磊用力推开了他们，英俊的脸尽是苍白和冷傲的惊愕，倒是清醒了一大半，对金衣人道：

"你是谁？"

"本座踏足江湖，还是第一次受挫，年纪轻轻，居然将无忧剑用到这种地步，有种！"

显然金衣人被斩去一片金衣，心中亦是惊异无比，两个狂人并在一起，还真有盐有味，金衣人突然话锋一转，道：

"不要问本座是谁，本座欣赏你这种人，今日就暂且不与你计较，不服就回去再练十几年，本座乃金盟地君座，随时等候你的挑战，若是有意加入本盟，本座亦会十分欢迎！"

"哈哈，什么金盟，只不过一群乌合之众，怎可与我柳溪十二堡相比，就是八抬大轿来请，本公子也不屑于与你为伍，本公子何须等十几年，现在就与你一决高下，让你知道本公子的厉害！"

这位酷似"朔玉"的人北川雨星当然知道，他就是挑了丐帮两处分坛的人物，刚才又见他与靳贝磊一招之斗，心里震惊不已，北川雨星暗自问道：这就是朔玉？不可能，绝不可能！

众人当然看出了这位金衣人武功比靳贝磊高出不少，暗暗叹惜靳贝磊不自量力，这时靳布衣上前干咳道："贝磊，你不是他的对手，君子报仇，十年不晚，何况有我在呢！"

这话似是而非，靳贝磊转头忿怒地看向他，神色一黯，最后眼内闪出惊喜，方才转头对金衣人道："好，本公子不用多长时间，就会与你决斗，到时本公子决不会手软！"

说完，转头向众一等剑士一挥手，带着众人匆匆而去。靳布衣去时，奇怪地看了看金衣人，嗫嚅欲言，最后依旧未说出口，跟了过去。

金衣人向众人扫了一眼，得意得笑了起来。

笑声震动了浮烟谷，如汹涌的波涛一浪高过一浪，在众人的心中翻卷，惊梦炫奇突然道："阁下绝不是朔玉贤兄！"

金衣人立时顿住了笑声，转眼奇怪地看向惊梦炫奇，良久方才道："你是惊梦炫奇？"

北川雨星心中一震，难道他真的是朔玉？可师父又一口道出他不是朔玉，这是为何！

"真亦假兮假亦真，你只猜对了一半，哈哈……十五年前的朔玉与今日已有十五年之差，当然有很大的改变，本君不会怪你的！"

此话一出，惊梦炫奇和杭绮均是一惊，呆呆地望向那"朔玉"，相信不是，不相信亦不是，十五年，这么漫长的时间，可将一个魔鬼变成圣人，收归菩堤树下，同样，一个声名极佳的侠士，更可能变成一个血腥的魔鬼。

何况朔玉是人，一个含冤的人?!

惊梦炫奇的眼睛开始有些闪烁！

其余的人不是恐惧，就是无限迷惘。

这时，无数的黑衣人从紫莺兰藤叶里窜了出来，一看亦知道伤亡惨重，而浮烟谷谷主杭绮心里涌出一阵阵强烈的悲切，敌人已冲到这里来了，可是浮烟谷中的女弟子已溃散成什么样儿，北川雨星亦心里惴惴不安，暗忖：难道那些神鱼迦川的徒弟也没能挡住可恶的金盟？

"九州一枭""西域灾僧"和北斗七煞是什么角色，几十名神鱼迦川的徒弟应付起这些人当然亦有些吃力，但金衣人看到散乱不堪的部下，眼光一凛，向跑近的一名黑衣人喝道：

"怎么会这样?!"

"属下无能，挡不住浮烟谷的救援，而且……而且……"

金衣人一听到救援，恼怒无比，见这名属下说话语无伦次，眼中杀机一闪，挥手，立听"砰"的一声巨响，那黑衣人惨叫一声，直向湖泊摔去，湖水"哗啦"一声，卷起一股水柱，将那黑衣人卷入了湖底，金衣人又向另一名黑衣人厉声道："你说，来救援的是些什么人?"

"除了神鱼迦川的徒弟，还有雪衣人!"

"神鱼迦川？雪衣人?! 神鱼迦川不是死了，门下弟子亦被剿杀了，怎会在这里出现？雪衣人？我们不是达成了协议吗?"

但这话没有人能够回答，谁也回答不了，杭绮此时心中升起了一连串的希望，感激地望向惊梦炫奇，似乎这两股强大的力量全看在惊梦炫奇的面子上，才来帮助浮烟谷。

金衣人毕竟是一名巨枭，震怒之后向旁边的人道："呆着干什么，还不退出浮烟谷!"

说完，那些黑衣人隐入了藤叶之间，但很快就传来厮斗声和此起彼伏的惨叫声，可见这场夺钩之战死了多少人，流了多少血!

金衣人慢条斯理地从铁匣中抓出了新月怡心钩，钩依旧如故，如十五年前一般圣洁，依旧充满着神圣的光环，惊梦炫奇、浮烟谷众人和北川雨星呆呆看着，四周的厮杀声仿佛充耳不闻，与他们毫不相干一般，金衣人在空中挥了挥怡心钩，立时，一条灿烂的光环喷散而出，金衣人哈哈狂笑不已，又仔细地看了看，却没发现其中的秘密，于是，也斜着眼睛诡谲地对杭绮道："你是否已经发现了怡心钩中的秘密?!"

杭绮此时恢复了理智，愤道："你自称是朔玉，钩是你自己的，不知道看么?"

若他是真正的朔玉，当然会立刻发现钩中的秘密，当然不用问杭绮，金衣人贵为地君座，何等威望，被杭绮反唇相讥，陡怒，愤然向杭绮拍了过来，惊梦炫奇眼疾手快，一把拉开了杭绮，自己挡住了掌劲。

"砰!"的一声，惊梦炫奇挡了个结结实实，旧伤未愈，又添一掌，再强大的人也受不了，惊梦炫奇闷哼一声，向几丈开外飞抛而出。

北川雨星惊叫一声，身影如风，向师父追了过去，一把接住了师父，悲痛地叫道：

"师父，师父！"

惊梦炫奇此时已然昏死了过去，金衣人凶性暴升，大踏步地向杭绮走了过去，如一头发怒的老虎，要将对手连肉带骨吞下，就在这千钧系于一发之际，突然从众女背后的藤叶花丛间快疾无比地滚出十数雪衣人，雪衣人动作如风，弯弓搭箭，娴熟无比，数支劲箭如飞蝗一般袭向金衣人，金衣人被这突如其来的攻击震住了，身影暴涨而起，大喝一声，宽袖一挥，将袭来的劲箭一一扫入湖中、藤叶之间，但就在这时，两个巨大的雪衣人如大鸟一般分左右向金衣人攻了过来。

好个金衣人，处乱不慌，身影下坠之时，不依不饶地向飞来的两名雪衣人硬抵而去，两名雪衣人受到强震，向后斜抛，但金衣人毕竟是人，亦在空中翻腾了几下，脚下一虚，身子后仰。

在着地的一刹那，又有几名雪衣人从藤叶间窜了出来，如雪球一般在地上疾滚，手中的锋利弯刀如飓风一般向下落的金衣人切割而来。

金衣人大惊，身子急忙一旋，如螺旋一般，两脚向四周踢了出去，靠近的雪衣人惨叫几声，被劲凛的罡气弹了开去，但另几名雪衣人闪电般从金衣人身边一掠而过，划开了金衣人的金衣，更有几片冉冉而起。

这一连串的突袭虽然令金衣人狼狈不堪，而且破了衣服，但依旧未取到他的性命，在旁看得目瞪口呆的众人更是骇异无比。

雪衣人突袭失败，没有再行动，聚汇到两名主雪衣人面前，场中又恢复了平静，金衣人此时站在湖边，破衣猎猎而动，脸色难看之极，眼中更是凶悍无比，但亦有些惊愕，良久道：

"神羚谷高手如云，武士精良，但本盟与贵谷早已有协议，互不干涉，多杰兄弟何以一而再，再而三地破坏本盟的行动！"

来的正是神羚谷的雪衣人和多杰兄弟，多杰兄弟各与金衣人对了一掌，此时脸色苍白，但依旧挡不住他们强悍威凛的强者气势，桑龙多杰哈哈笑道："并非本谷刻意与贵盟为敌，应是贵盟处处与本谷为难，上次是贵盟地狱门突袭本谷之人，被本谷侥幸歼灭，这次乃是因为惊梦炫奇为本谷友人，地君座如此而为，岂不是令神羚谷面上无光！"

地君座一怔，良久才道：“好，好……多杰如此意思，本座也无话可说，今日就看在神羚谷面上，饶过浮烟谷，希望神羚谷遵守协议！”

说完，金衣人长啸一声，闪电般射向丛林之中，众人看着一群黑衣人向无缘洞方向掠去，这才长吁了口气，这两股强敌来得快，去得也快，但却留下来无边的血腥、无数的尸体，给浮烟谷留下的却是永远的悲恸与创伤！

那群神鱼迦川的徒弟这时亦走了过来，虽然依旧拿着鱼叉和鱼网，但没有了来时的整齐，已然疲惫不堪，惊梦炫奇立时上前向众人道谢，那位鱼大叔一脸冷漠，道：

“恩人这次居然惹了这么多厉害的魔头，我们虽然尽了绵薄之力，但亦只能挡住几位魔头，让恩人失望了，而且我们这次重露江湖，隐居的日子也完了，万恶金盟的人必然会来对付我们，我们只有重新返回海岛，恩人定要保重！”

北川雨星见这些人均是漠然处之的样儿，心中有气，不客气道：“同为江湖人，万恶金盟虽然厉害，但只要我们齐心合力，定然可以灭掉他们，你们这样，能算江湖道义么！”

惊梦炫奇狠狠地瞪了瞪北川雨星，北川雨星不服气地止住了话，惊梦炫奇方才对鱼大叔道：

“童言无忌，鱼兄可不要放在心上！”

北川雨星听师父说她童言无忌，狠狠地回瞪了一下师父，杭绮在旁看得不忍，俨然以一个师娘的口气道：“难道你还准备与师父赌气不成！”

被杭绮看出，又一语道破，北川雨星亦无法再怒形于色，那鱼大叔长叹道：

“道义，我们还敢去追求道义么？恩公当知道师父他老人家如何去世的，江湖上各门各派均是沽名钓誉、阴险奸诈之徒！”

说完，对北川雨星道：“还是麻烦这位小哥儿领我们出谷吧，各位好自为之！”

惊梦炫奇向北川雨星使了使眼神，北川雨星正要回绝，杭绮立时叫过一位贴身女侍，把这“苦差事”交给了她，待神鱼迦川的徒弟们走后，桑龙多杰兄弟方才和惊梦炫奇见过，熟络无比，北川雨星与多杰兄弟已经认识，忙问道：“你们怎么这么巧，到这里来，那……那你们的少头人呢，他怎么没有来？”

多杰兄弟不知北川雨星是易钗而弁，不理解她的一番心意，佐龙多杰哈哈笑道：

“少头人很忙，去很远的地方了，他叮嘱我们要注意万恶金盟的行动，亦要我们保护惊梦兄，似乎他早就料到万恶金盟会来浮烟谷劫取新月怡心钩，故我们能在这里出现！"

北川雨星听雪龙多杰去了很远的地方，心里一怔，正欲再问，惊梦炫奇已与多杰兄弟搭上了话，当然，谈论的问题就是被劫走的新月怡心钩，故人之物被劫走，他们均长吁短叹。

雪龙多杰高高兴兴，又是无可奈何地辞别了蝶妃，带上迷蝶格格上路，迷蝶格格如今虽然依旧穿着迷人蝴蝶般的裙衣，但却高绾少妇之发，脸上亦是一副艳丽的成熟静态之美，一笑一颦均点到为止，仿佛长大了。

更大的区别是迷蝶格格穿的不再是裸露的白纱裙，而是细绸亮丝之裙，她已是雪龙多杰的夫人了，她的身体只能让雪龙多杰欣赏，以雪龙多杰的身份、地位和霸气，怎也不愿意与他人一起分享这妖冶的身材、迷人的娇容，何况这个美人儿仿佛是他以不正当的手段非法得到的，当然要藏起来。

第十八章

迷蝶格格对这样的结果心里虽然十分满意，但离开娘亲蝶妃亦是十分难过，悲戚戚而泪涟涟，蝶妃见自己没有实现的梦想终于在女儿身上实现，暗想自己也算做了一件平身最大的事，又是激动，又是难舍，边安慰女儿，边泪花儿闪闪，雪龙多杰见这江湖上的两个女煞星此时这样充满人情味，好笑道：

"你们这样儿，还真是女人要出嫁的味道，我这新郎倌，似乎是来抢新娘，可不会流泪的！"

迷蝶格格拭了拭泪花，嗔怒地瞪了他几眼，雪龙多杰如拣到宝贝，无论如何也不会生气的，蝶妃看女婿，越来越喜欢，故作恶狠道："你这一路，可不能欺负她，否则……"

"否则格杀勿论，让女儿守寡也不让她吃亏！"

迷蝶格格仗着现在有娘在一旁，嗔骂道：

"今日是什么事，你居然说这样不吉祥的事，闭上你的臭嘴，没人当你是哑巴！"

"对，对，娘子责怪得是，今日是我们新婚好日子，夫君怎可说出这样的话，徒让娘子担心害怕，该打，该打！"

说完，真个儿自己掌起嘴来，那样儿滑稽得很，两女看得有趣，反哭为笑，冲淡了离别的惆怅，气氛轻松了许多。

雪龙多杰在临走时，早已知会了多杰兄弟，多杰兄弟听到了他与迷蝶格格的关系，迷蝶格格臭名昭著，想不到少头人会与她有一腿，多杰兄弟开始是又惊、又气，耿耿于怀，但少头人满意，而且是迷蝶格格献身解救，又听了蝶妃与朔玉缠绵的故事，也就无话可说了。

布置了一番的雪龙多杰，直觉得如今江湖已是山雨欲来风满楼的局势，为了江湖，为了神羚谷的存亡，老头子不出山，他只有双肩挑起，此时依旧忐忑不安，催促迷蝶格格上路。

在两名迷蝶浪女的陪同下，一行四人策马匆匆离开了江南水乡，离开了充满血腥气息的中原，向西南方而来。

当他们行到滇黔边境，就听到了丐帮易主给一个无名小卒，浮烟谷被毁，江湖出现了万恶金盟和朔玉，还劫走了新月怡心钩，雪龙多杰震惊不已，脸上更是焦虑不安，此时，他们栖身在苗疆一个不知名的小镇，迷蝶格格坐在床榻前，看着雪龙多杰在房内走来走去，似在想什么问题，把这难得的美好时光白白浪费，心里涌上一阵阵酸楚，忍不住想说，谁知雪龙多杰先道：

"唉，不知两位叔叔怎么样，他们应去了浮烟谷，但浮烟谷却为何被毁，若是他们走了，难道……"

他不敢说，亦不敢想，若是两位叔叔出了事，当真去了神羚谷的左膀右臂，神羚谷的威势将会减弱，转念又一想，对迷蝶格格道：

"格格，你说你娘亲会不会去浮烟谷？"

此话亦是迷蝶格格担心的，蹙眉一动，摇头道："不知道，按理说她可能去！"

雪龙多杰一想到这些，就心中有火，但又暗自庆幸自己未在场，否则不知如何自处，于是有心无意道："我怎么就到了这个鬼地方，若是有本少爷在，怎么也不会让那万恶金盟夺取新月怡心钩的，也不想想，朔玉会从坟冢里出来么？明明就是有人在装神弄鬼，万恶金盟的一些丑角，居然也让他们毁了浮烟谷，真是……"

雪龙多杰真想说是一群饭桶，但最后还是没有说出来，迷蝶格格看到雪龙多杰生气的样儿，显然听出了送她回滇南的懊悔，又听他说万恶金盟是一些丑角，那娘亲不也是丑角吗？微有委屈和愠怒，道：

"万一娘也去了，她也是丑角吗？"

"凡是跟了万恶金盟的人均是丑角，这难道不对吗？要争夺新月怡心钩的人都不得好死！"

迷蝶格格本以为雪龙多杰会说两句好听的话，但谁知还要来一句"不得好死"，立时伤心落泪，嘴里自个儿唠叨道：

"我早就知道你送我回澜沧江是迫不得已，想早点脱离干系，一路上都有怨怒，现在乘机显了出来，你要发怒，就向我来，为何这样恶毒地说娘亲！"

说完就抽泣了起来，在颤跳的灯光下，更是凄楚无比，委屈十分，雪龙多杰被几件江湖上的事搅得心中大乱，更因"朔玉"出现而乱了方寸，此时又听到哭声，更是心中厌烦，没好气道："哭什么，再哭，说不定我真的打马回走了！"

此话一出，更是糟糕，迷蝶格格边哭，边狠狠地道："你走吧，走了干净，反正你也看不过我，我自个儿回澜沧江边，以后也不用来看我！"

这边的哭闹声惊动了旁边的两名迷蝶浪女，慌忙过来敲门道："公子，格格出了什么事？"

雪龙多杰怒气正盛，吼道："没你们的事，你们滚到一边去，都是小女子！"

迷蝶格格见这小子欺负自己不够，还要把怨气发到两名属下身上，更是绝望，忽地站了起来，走到门口，拉开了房门，向外道：

"你们去备马，我们现在就走，回澜沧江！"

雪龙多杰大男人主义立时暴发了出来，又以为迷蝶格格在耍小性子，上前一把拉住，吼道：

"你疯够了没有，这一路上好好的，一到了这里就如中了邪，你醒醒行不行！"

说完，雪龙多杰抱着娇美人用力地摇了摇，还果真以为她中了邪呢，迷蝶格格娇小的身体被揽得死死的，被摇得脑袋晃来晃去，如飓风中的花蕾，更如汹浪中的浮萍，立时眼冒金星。

两位迷蝶浪女亦以为格格中了邪，大不了是两口子都中了邪，没什么大不了的，呆呆地看着他二人，迷蝶格格软弱无力，眼泪无助地哗哗下流，娇声道："你……你欺负人！"

"公子，打是亲，骂是爱，你应该狠狠地打她几下，骂她几句，她就不会惹你生气的！"

这话娇媚得似乎没有骨头，飘飘曳曳，如同迷香，两口子和二女听之，立时寻声望去，看到一位高绾长发的妖冶妇人媚目流盼地站在院中树枝之间，随着夜风飘来飘去，如同挂在树上的纸鹤。

来人功夫极高，雪龙多杰脑里立时开始翻阅，看是否能迅速辨出来者为谁，但可以肯定，不是好货色，迷蝶格格看到那美艳妇人立时脸色大变，忘了与雪龙多杰的拌嘴，紧紧偎在他的怀中，如惊恐之极的小鸟，哪里还敢哭。

"虞美人，这里没你的事，你少在这里多言多语，否则就是与我迷蝶派为敌！"

其中一名随行浪女与那美妇人严正交涉，但看她们严阵以待，神色凝重的样儿，就知道此女大不简单，雪龙多杰听到"虞美人"三字，心中立时剧震，才想起在苗疆有虞美人这号人物，江湖上使蛊毒最厉害的当是南疆的迷蝶派，苗疆的正是这虞美人，虞美人特别神秘，外人不知道是几名美女，还是单单一名，雪龙多杰生下来时，虞美人已名满江湖了，想不到岁月已去，美颜犹在，堪称佳丽，雪龙多杰料不到会在此时此地遇上这迷人的"老美人"。

虞美人眼睛一转，看了看两名迷蝶浪女，故作惊讶道："哟，原来是迷蝶派，看来那刚刚在哭的丫头定是迷蝶格格，想不到一晃多年，小丫头片子长成了小美人，比她娘还美，不知公子又是谁，怎么会上了小美人的当，被她贴上了，唉，以后可有苦吃了！"

这句话甚合雪龙多杰的胃口，现在他确实被贴上了，欲去不能，而且正在吃苦呢，雪龙多杰脸色和缓，道：

"晚辈雪龙多杰在此见过虞美人前辈！"

"哟，公子，什么前辈、晚辈的，虞美人真的老么？相见即是有缘，公子不妨称妾身姐姐，姐姐可是平生第一次看到像公子这样威猛神武，也解风情的男人！"

雪龙多杰想，怎么滇黔一带的民族均这样开放，说话也这样直露，让他这厚脸皮也有些不好意思，心里暗暗好笑，暗骂道：

"这老不正经的老骚货，居然让本少爷叫她姐姐，本少爷身边美女如云，你算哪根葱，虽然美，但骨子里却怕已经苍老丑陋不堪了！"

低头一看迷蝶格格，酸意似浓，戒备地看着虞美人，两臂不觉将雪龙多杰的虎腰箍得死死的，生怕他飞了一般，怒气只怕早去得一干二净，雪龙多杰暗自好笑，眼睛一转，对虞美人道："你要本少爷叫你姐姐，你可知道本少爷的来历？攀不攀得起本少爷这样的弟弟？！"

此话狂妄之极，但从雪龙多杰口中出来，一点也不令人反感，反而有点调侃的趣味，此时更有打情骂俏的意味，因为雪龙多杰脸上溢满了微笑，虞美人脸上亦是媚笑！

虞美人将雪龙多杰端详了良久，方才记起刚才雪龙多杰告诉她的名儿，立时娇容一怔，道："哟，姐姐只顾赞你样儿呢，现在才看出你是神羚谷少头人，江湖传闻朔玉之后，如今风头正劲的雪龙多杰，姐姐还真是高兴得昏了头，该骂亦该罚呢！"

雪龙多杰听到赞美之词，立时轻飘飘，喜洋洋，道："姐姐如此喜欢雪龙，雪龙又岂可打骂姐姐，何况弟弟打骂姐姐可是天理难容呢，姐姐与雪龙一见如三生有缘，不如下树来说，站在树上，雪龙老觉得姐姐是天上飘下来的仙子呢，似乎在做梦呢！"

以雪龙多杰的口才，三句话就可迷倒一大片美女，虞美人到听，风情依旧，热情似火，全身血液似乎在四肢流窜，更是妖冶无比，更是窃喜道：这小子果然风流倜傥，嘴巴甜蜜，如江湖之传言，真的是个上等的货色，日盼夜盼，终于盼到他出现，无论如何也要迷住他，好好地享用，人到中年的寂寞定会一去不复返了！

想着想着，这虞美人鬼使神差地从树上飘了下来，连如何站在地上她也不知晓，唉，如虞美人这样如虎似狼的年纪，此时如情窦初开的少女，还真是有点儿滑稽可笑。

躲在雪龙多杰怀中的迷蝶格格听到二人一来一往称起姐弟来，而且如奸夫淫妇一般在她面前打情骂俏，浑不把她当一会事儿，二女料不到格格千选万选，最后被一个如此"下贱"，品质低劣的人迷住，均愕然呆站在那里。

迷蝶格格怒火中烧，酸意更是一股一股向上冒，见雪龙多杰那把她当木头一样抱着的样儿，恨恨地紧咬皓齿，袖中几只迷蝶菱锥蓄势待发，只要迷蝶格格一狠心，雪龙多杰天大的本领也是挡不住的。

最后，迷蝶格格猛地想到自己已是他的妻子，怎可做出弑夫之举，何况这全是自己找的，暗暗叹了口气，收回了迷蝶菱锥，猛地推了雪龙多杰一把，本以为雪龙多杰依旧紧搂着她，舍不得让她去，谁知这一推，雪龙多杰立时飞了出去，踉踉跄跄几步，方才站稳，迷蝶格格更是满怀悲恸与绝望。

雪龙多杰站稳身子，立时怒火再起，向迷蝶格格狠狠骂道："你这个贱人，为夫忍你好久好久了，你居然还如此心狠手辣，果应了虞美人姐姐的话，贴上你就有受不完的苦，为夫看在昔日的情分上，不与你计较，你现在就滚，滚到为夫看不到的地方，若再让夫为看见，决不留情！"

这带有恫吓的声音如一根一根的针刺入了迷蝶格格本就受了伤的心，迷蝶格格娇躯不停地颤抖，眼睛里尽是怨恨，她何时受过这等委屈？

虞美人看在眼里，喜在心头，一个女人在英俊男人面前，战胜了另一个女人，何况她已人到中年，还如此诱人，岂有不高兴之理，此时简直自以为是天下最具吸引力的女子呢，虞美人眼睛一转，嫣然笑道：

"哟，公子这样欺负与你有过关系的小美人，你还真是狠心呢，若是姐姐，以后才不理你呢，更不会此时站在这里任由你骂！"

雪龙多杰与虞美人两人一个唱红脸，一个唱白脸，全是冲着迷蝶格格，迷蝶格格伤心欲绝，猛地一回头，冲出了客栈，两个迷蝶浪女慌了神，立即跟了过去，很快就听到"嗒嗒"的马蹄声，显然是迷蝶格格负气而去了。

雪龙多杰脸上反而挂上了微笑，耸了耸肩，仿佛轻松了许多，自语道：

"想不到到了这里，借助姐姐才将那小贱人甩开，阿弟在此谢过姐姐！"

说完，雪龙多杰顿了顿，又道："阿弟还有许多事要做，姐姐请回吧，阿弟也折返了！"

虞美人一愣，暗忖：这小子原来是在利用我甩脱迷蝶格格，还真薄情滑头得很，原先还以为他被我迷住了呢，想到这里，心里暗恨，心道：怎么说我虞美人也是天纵绝色，不知迷倒多少小生，今日遇到你这好货，还如此特别，我偏要与你斗斗，看谁厉害！

想到这里，娇躯一飘，到了雪龙多杰身前，艳丽娇容，摄魂媚目与雪龙多杰相对，一副怀春的样儿，雪龙多杰一怔，心中一漾，暗忖这女人还真是个妖怪，越来越迷人，有味道。

虞美人道："雪龙弟人才俊朗，风流多情，如此良辰，难道也要匆匆赶路么？"

雪龙多杰望着虞美人，脸上愕然，更是燥热无比，急促地道："我……我真的……要走呢！"

但这句话说得简直有气无力，他已被虞美人诱人的一切迷住了，虞美人知道有了作用，再多一点火候，这小子不是唐僧肉，最后也是了，于是将香香的身子又微微移了一点，简直如同偎在雪龙多杰身上，双手伸出，似要揽他。

雪龙多杰一愣，微微退了退，嗫嚅道："不可，阿弟是有妇之夫呢！"

"哟，雪龙弟怎如此老土，姐姐早就是多夫之妇了呢，还如此，你大男人怕什么！"

说着，纤手扣住罗绢，在雪龙多杰面前晃了两晃，然后掩嘴遮半脸"嘻嘻"而笑，更是娇艳欲滴，如任人采摘的路旁野花一般。

家花没有野花香，否则怎会有那么多妓院，更不要说不计其数的游妓了，雪龙多杰不是柳下惠，更如秦少游、柳三变，渐渐把持不住，突然问道：

"姐姐，你……你住在何处？"

虞美人听出了这句话的弦外之音，但依旧谨慎地道："阿弟那客房不是可以暂用么？！"

这话还真有些露骨，雪龙多杰摇了摇头，道："那不成，若让人知道我与姐姐有那勾当，岂不是污了姐姐的清白，坏了姐姐的名声！"

虞美人转念一想，立时认定雪龙多杰果然着迷了，这时雪龙多杰摇摇欲倒，两只眼睛更是如同要睡一般，虞美人见火候已到，立时挽起雪龙多杰就走，眨眼就在树林间消失了。

迷蝶格格驰马前行，胸中满是幽怨和愤恨，脑中更是一片昏乱，两浪女匆匆追了上来，其中之一道："格格，你真的就这样一走了之么？"

迷蝶格格立时怒道："不走难道看他们两个淫贼亲亲热热，一个骂，一个讥讽么！"

另一个摇头道："雪龙公子应不是那样的人，当初他与格格相见时，嘴里虽然如糖似蜜，但脑瓜子可清醒得很，虞美人已是个老婆子，又怎会被她迷住，格格难道对他一点信心也没有？对自己也没有信心么？"

"是呀，听说夫妇关系要贵在相知，若格格连雪龙多杰最起码的人格也怀疑，岂不是反过来说格格眼光……有问题！"

迷蝶格格被二女说得心烦，嗔怒道：

"你们懂什么，听到别人如何瞎说，就用来教训本姑娘，难道我还没你们有经验！"

两浪女一愣，嗫嚅道："属下不敢，当然是格格有经验些，但这事……有些不对，纵使是雪龙少爷的不对，被那老婆子诱惑了，格格这一走，正中她下坏，雪龙少爷处境定然不妙，格格……那可不是赌气的事！"

迷蝶格格听之顿时惶然大惊，暗忖：这丫头说得在理，若雪龙多杰在这里出了事，岂不是她害了雪龙？自己后悔不已，神羚谷定要恼怒不已，说不定要毁她迷蝶派也不无可能。

想到这些，迷蝶格格立时消了许多怨气，代之的是惴惴不安，在她眼中，雪龙多杰毕竟来自正派，对那些阴招防不胜防，若是对付得了虞美人那老婆子，当日就不会着了蝶妃的道，想到这些，迷蝶格格心里立时紧张起来，不由自主拨转了马头，对二女道：

"还呆着看什么，快跟我回去！"

两女心中暗喜，亦长吁了口气，而迷蝶格格心里却在骂道：就你狠心，骂妾身骂得痛快淋漓，很过瘾似的，如今还要妾身为你担心吊胆，若是妾身回去，发现了你与那妖婆子有不妥勾当，妾身……妾身……

骂到这里，迷蝶格格真不知如何处置这风流放荡的夫君了，只有自认霉气命苦，心里满是酸楚，更是心急如焚，打马疾走，因此比去得快，急促的马蹄声在夜空中久久回荡。

未几，三女到了客栈，回到原地，此时院中哪还有人，只有树影，空荡荡的，三女更是惶恐，迷蝶格格心慌意乱，暗怪自己就不能多忍忍，现在倒好，赌气一走，反而人影也没了，带着侥幸而忐忑不安的心情向雪龙多杰的房中走去，"咣当"，猛地推开了房门。

房内亦是空无一人，那盏灯依旧危颤颤地燃烧着，前后不过一个时辰，却变得如此之快，真是人生如戏，变化无常，迷蝶格格凄楚道：

"你……好无耻，竟然真的跟那贱人走了！"

这时门外的二女急叫道："格格，快来看！"

迷蝶格格芳心已然大乱，听到二女的叫声，立时飘射了出去，见一浪女手中拿着一张罗绢，那浪女道："格格，这里没有打的痕迹，而地上却遗留了一张罗绢，定是虞美人那淫婆子的，而且这罗绢上有迷香的味道，只怕公子……"

迷蝶格格一惊，当初着了蝶妃的道，就是因为迷香，如今这虞美人亦用了迷香，雪龙多杰经验尚浅，定是又着道了，迷蝶格格焦急地道：

"这可如何是好，你们谁知道那淫婆子住在何处，她带公子去了何处？"

两女摇了摇头，但很快道："有办法了，现在已是盛夏，我们可以用萤火虫呀！"

迷蝶格格当是知道流萤在夜空中最擅长辨认方向，而且有一套驯服小虫子的方法，立时带着二女跃入树林，看到草丛间确有许多流萤，那执罗绢的浪女从怀中掏出一个装满晶莹如水银液体的小瓶，打开瓶塞，在罗绢上倒了少许液体，立时异香扑鼻。

那些傻愣愣呆在草丛间的流萤，立时飞了过来，如一团旋动的银光之球，而这水银球由无数的萤灯构成，流萤在罗绢四周不断地上下直飞，显然是受到那股异香的引诱。

那浪女迅速将罗绢藏好，密封在袋时，外面的异香顿时越来越淡，最后流萤闻到的是虞美人留下来的淡淡幽香，那群流萤依依不舍，更是变得疯狂，没有了异香，他们依依难舍地向前飞去，迷蝶格格立时带着两名迷蝶浪女跟在流萤的后面，追出了古镇，进了大山。

雪龙多杰昏迷后被虞美人连搂带抱地劫走，出了小镇后，进了茫茫的大山之中，西南边陲的大山比江南的山有气势得多，仿佛拔高了许多，山上的怪石更是巨大，如怪兽一般翘首以待。

磅礴的巨石山很快就吞没了雪龙多杰和虞美人，虞美人三转两转，翻山过岭，很快就看到了一处深深的山谷，山谷里奇树异草，上面浮着一层似烟似雾的东西，正是有名的毒瘴。

虞美人显然是不怕毒瘴，几跃几落，已进入了毒瘴之中，沿着一片沼泽水道向里走，很快就出了毒瘴，前面环境险恶无比，却出现了零星的灯火，若隐若现，如同鬼火一般。

虞美人刚掠到一狭窄的岩石旁，从岩石两边闪出两名女子，年纪与虞美人不相上下，两名女子一见虞美人怀中抱着一个人，咯咯笑道：

"姐姐，你又从哪里打了一个野味回来？"

虞美人挥了挥手道："去去……什么野味，是一个活宝贝呢，姐姐这下发了，这可是个少头人呢，谷中没有事吧？"

另一女子道："姐姐，今日来了位黑衣人，他自称万恶金盟的使者，我们不敢挡他，他说是来收货的，妹妹不敢造次，让两个妹妹服侍他，现在他只怕是飘飘欲仙，有气无力呢！"

虞美人脸上一怔，又喝道："你们真是浪得很，连使者都敢'吃'，若把他弄死了，唯你们是问，你们去吧，姐姐不会亏待你们的，但不得让使者坏了姐姐今夜的事！"

两名妹妹当然知道姐姐有什么好事，均飞身而去，消逝在夜色之中。

虞美人悄悄掠过几层阁楼，这里的阁楼不是木质的，就是粗竹构成，十分精致，乍一看，还以为是什么隐士在此居住呢，谁会想到这十数座阁楼是个人肉市场，十足的淫窝。

这里是女人的天下，到了这里的男人享受完人间艳福后，就会被掏空，脱精而死，埋葬在这里的英俊男人不计其数，外面的人不知情况，纷纷传说这谷里有许多专门勾引男人的狐狸精呢，使方圆百里的男人想入非非，又是担惊受怕，想遇到狐狸精，但又怕死，最后这些男人中的优良品种莫名其妙地失踪了。

此时的雪龙多杰亦受了同等对待，成了山货野味，落入这淫窝里，不被掏个皮包骨才怪，虞美人亲自上阵，来"服侍"雪龙多杰，将他抱入了最精致的一座阁楼，虞美人将雪龙多杰轻轻放在了一张刺绣软榻上，方才吁了口气，伸了伸劳累了几里路的娇躯。

借着微弱的烛光，虞美人看着昏迷人雪龙多杰轮廓分明的玉面朱唇，散发出一股令她心颤的英气和醉心的男子汉气息，不由自主低下蛾首，吐出红红的香舌，如同一条美女蛇一般吐着红蕊，在玉脸上轻轻地滑了几下，又吻了吻宽阔的额头，才满意地站了起来，咯咯娇笑道："真是个好货，相人无数，今日才见到真正的好男人，不知他能不能战！"

说着，"高贵"的纤纤玉手向雪龙多杰胯下挥去，狠狠地抓了抓，立时又"咯咯"娇笑起来，兴奋地手舞足蹈，如一个刚出笼的少女龙，脸上一片潮红，更是多了些妖冶的艳丽，虞美人将手一伸，身子一旋，立时，宽大的衣裙飘曳而下，一座女神裸雕呈现了出来，在灯光下莹莹生辉，更是柔腻无比，那胴体不可以凡人的语言形容，以凡人的脑子去玄想。

万幸的是，雪龙多杰被迷香迷住了，否则看到这赛西施的尤物，不被骇得目瞪口呆才怪，虞美人自个儿陶醉地在房里轻唱游走，跳起了迷醉舞蹈，良久，虞美人脸更加红艳，眼睛更是亮丽无比，在灯光下如珍珠玛瑙，烫烫的，欲火更是喷涌而出，仿佛斗室里温度陡然升高了许多。

虞美人又多情地看了看雪龙多杰，嫣然一笑，道：

"小宝贝，看到姐姐这样儿，怎么还不动心呢，哦，你个小懒虫，这么美的人儿，这样的良宵，你怎能睡觉，得让你醒醒！"

说完，抓过一个小瓶，倒出了两粒红丸，另一只手轻轻掰开了雪龙多杰的嘴，就要往内放，就在这时，突然，雪龙多杰一只手奇快无比地袭向虞美人几处重穴，虞美人根本就没有注意这些，当几处穴位被点，才惊愕地看着雪龙多杰，简直不敢相信这会是真的。

雪龙多杰明明中了迷香，明明被她迷住，怎会突然醒来？那只有一个原因，雪龙多杰从开始就在骗她，被一个小辈骗了，虞美人又怎不惊愕呢？但此时不能动，也不能说，只有干瞪眼，雪龙多杰轻笑道：

"你淫荡是不是？今日就让你淫荡个够，让你下贱个够！"

说完，从瓶里倒了十数粒春药出来，虞美人眼中露出了惊恐之色，紧紧地闭着嘴，她知道，一旦自己吃下这些春药，就会尽情发泄，最后元阴泄尽，非死不可，但雪龙多杰阴损地笑了笑，又在笑穴处轻轻点了点，封住了哑穴，虞美人立时大张艳唇，笑了起来，但笑得没有声音，让人看了，不心惊胆战才怪。

雪龙多杰轻轻松松地将春药放入了虞美人的口中，虞美人依旧在笑，但脸上是绝望与狠毒的怨恨，雪龙多杰耸了耸肩，笑道：

"不要吓本少爷，就是你死了变成厉鬼又如何，本少爷可比包黑子还包黑子，上管天，下管地，你永远奈何不了本少爷的！"

说完，雪龙多杰解了虞美人的笑穴，将她手放在床榻上，端详了一下玉体，叹道：

"身段真是不错，面容也不错，本少爷真想吃了你，但一想到你已中年，唉，又有个爱吃醋，爱哭哭啼啼的老婆，只有割爱献出了！"

说完，雪龙多杰放下香帐，闪身而起，从窗前飘了出去，在黑暗中瞎摸索了一会儿，突见两个女子在一亮灯的阁楼外叫道：

"喂，你们够了没有？大姐要你们别损了使者大人的身体，这可是第二次来说了！"

两女说完嘀嘀咕咕地走了，显然是没有"粮食"，正在闹饥荒，对房中人极是不满，雪龙多杰亦嘀咕道："这里的女人真是一个个母老虎！"

待两女走后，雪龙多杰蹑手蹑足地走到门口，听见里面的急喘声和淫荡声，是正在干那事，雪龙猛地敲了两下门，压着嗓子，学方才那女子的声音，道："够了够了，大姐叫你们呢，只知道吃独食，也不让我们来尝尝使者猛男的滋味是什么！"

雪龙多杰现学现卖，绘声绘色，简直是天才，说后自己都想笑起来，但又不能笑，只听到里面的声音，像两对轻脆的足音，使者猛男在内淫笑道："你们大姐回来了，叫她过来陪陪老夫，看她还有什么新的把戏没有，哈哈……"

雪龙多杰暗忖：这家伙还真厉害，与两名淫荡浪女斗了这么久，底气还这般足，但听到两女足音越来越重，忙收住心思，严阵以待。

门吱呀一声打开，房内灯光立时射了出来，乘两女正在不满地嘀咕分神，雪龙多杰闪电出手，点了二女的几处穴道，然后一手扶着一女，将身子转了过去，使二女面对房内，摇晃二女的腰肢，又尖声学道："哟，使者大人，我们要去见大姐，你要不要同路去？我们也好一起在大姐那里再玩玩！"

说得醉人之极，里面的使者大人不疑有他，毫无防备地走了过来，雪龙多杰边晃着两女，边从二女腰间观察使者大人。

　　使者大人一边提着裤带，一边淫笑着走了过来，正欲用手去摸二女的脸蛋，雪龙多杰将二女一放，双手毫不留情地向使者大人的几处要穴袭去，使者大人被这突如其来的变故惊得魂飞魄散，只觉几处穴道一麻，暗叫不好，双手闪电般拍出，身子向后掠了丈多开外。

　　雪龙多杰暗惊，这使者果然厉害无比，他昔日遇见过万恶金盟的黑衣使者，心里有谱，刚才手中一点不留余地，万料不到他还能后掠。

　　使者后退了几步，惊惧地看着踏门而入的雪衣人，脸色更是一变，喝道："你是神羚谷的人……是雪龙多杰?!"

　　雪龙多杰知道这使者再厉害，业已着了道，几处穴道暂时冲不开，怡然自得道："正是本少爷，想不到你们还真有心跟踪本少爷到了这边陲一带，说好了互不干涉，却暗中对付本少头人，司马昭之心，路人皆知，何况聪明已极的本少爷，岂有不防备之理，本少爷本是要灭掉这淫窝，谁知你这该死的要来赶热闹，本少爷就即兴设上一个妙计，让你们窝里斗!"

　　使者大人当然亦知道雪龙多杰的厉害，此时腰下几处穴道又受制，不由自主地后退，暗暗运转功力，欲冲开穴道，口中道："雪龙公子乃是正派之人，岂可用这些阴招？何况本盟没有与神羚谷为敌的意思!"

　　"是么，本少爷倒是没有感觉出来，你们一惹再惹，本少爷都忍过去了，事不过三，但你们万恶金盟脸也太厚了，不但暗觑神羚谷，还在江湖上兴风作浪，暗里离间三大绝命兵器，又明里滋扰名门大派，自以为神不知鬼不觉，本少爷身为玉佛之主，岂有不知道的道理!"

　　那使者惊骇，叫道："你就是血光玉佛之主，朔玉的儿子?!"

　　"不错，知本少爷是朔玉之后的人不少，但本少爷是血光玉佛之主，现在就你我二人知晓，你应明白，本少爷现在告诉你意味着什么，这下你心安了吧!"

　　"不，你不能杀我，苏忆星被九州一枭抓住了，现在在我们手中，若你杀了我……"

　　雪龙多杰心中一震，立时想起苏忆星与他赌气，离开衔江镇，而九州一枭又在那里出现过，极有可能挟去了三女，但她怎可因此暴露身份？脸上杀机浮现，喝道："住嘴，天下间谁敢要挟本少爷？本少爷从生下就讨厌别人的要挟，今日你死定了!"

说完,又踏步上前,为防夜长梦多,雪龙多杰伸出手指,破空而出,又是"无相闲弹"。

使者大人哎哟两声,再没有了声音,昏迷了过去,但这次"无相闲弹"没有弹出血窟窿,而是点了两处穴道,雪龙多杰望向两位倒在地上的女子,两名女子听到了他就是朔玉之后、血光玉佛之主,惊恐不已,又见雪龙多杰脸上的杀气,更是颤抖不已。

雪龙多杰长叹了一声,道:"既如此,何必来惹?本少爷不得不辣手摧花了!"

说完走上前去,伸出双掌,口中说道:"阿弥陀佛,罪过罪过,本少爷就用血光玉佛上的'金磐佛掌'送你们下地狱吧!"

说完,雪龙多杰的双手突然金光闪闪,如同金手,金手突然向前一窜,闪电般消逝得无踪无影,但同一时刻,金手影在两女身上浮现了出来,无声无息,又很快消失了。

等雪龙多杰提起那黑衣使者时,两女已嘴角、鼻孔流出了鲜血,死得惨不忍睹,雪龙多杰英俊的脸上又浮现出玩世不恭的神色,好像一点儿没城府,永远长不大的模样。

雪龙多杰轻轻掩上房门,提着黑衣使者向虞美人房里快疾走去,等他到了房里,不由一怔,看到虞美人已滚到地上,下身淫水四溢,眼睛赤红,满是饥渴,口中更是诱人的呻吟,雪龙多杰自语道:"这春药还真管用,使者大人刚刚劳动过,又是个猛男,应多吃些,才来得快些!"

说完,扳开使者的大嘴,将瓶中所有春药给他吃了,解了他的麻穴,很快,使者就有了反应,全身赤红,身体亦颤动起来,雪龙多杰叫道:"你醒醒,看看你自己到底在干什么!"

话刚完,使者果然张开了赤红的灼热的双眼,显然已失去了理智,看到裸体横陈的虞美人,立时噪叫一声,不顾一切地扑了过去,狠狠压下。

雪龙多杰抱着渐渐变冷的黑衣使者神不知鬼不觉地离开了这个肮脏的淫窝,在离开时,他特意将使者大人那挂有"十"字的黑风衣留在了虞美人的房间里,让那些虞美人的姐妹认为是使者大人奸杀了虞美人和两位姐妹,掳走了雪龙多杰,独享功劳,让他们化友成仇。

在经过毒瘴沼泽时，雪龙多杰将使者扔进了沼泽，只见使者庞大的身躯在沼泽上飘了一会儿，就沉没了下去。

出了毒瘴，雪龙多杰方长长吁了一口气，狠狠地道："想跟我斗，简直就是在跟佛祖斗，跟天斗，你万恶盟算什么东西！"

又叹道："唉，老婆啊老婆，你误解了老公，老公又骂了你一通，互不相欠，好不好？"

说完诡谲地笑了笑，正欲回镇上客栈，忽听到声音，立时心中剧震，来不及多想，闪身藏到一块巨石后面。

刚藏好身子，就从黑暗中匆匆走出了迷蝶格格和两名浪女，三女在旷地上转动了一下，一女道："咦，格格，公子怎么突然不见了，他不可能有这么快吧！"

躲在岩石后的雪龙多杰大惊失色，暗忖：自己做得神不知鬼不觉，怎会让她们知道的？那她们也极可能知道自己的秘密，这如何是好？怎么说，她们也是万恶金盟迷蝶派的人！

正在雪龙多杰不知如何时，又听一女道："格格，还真看不出来，公子平时像孩子一般嬉笑风流，居然杀人不眨眼，一想起来他边笑边杀人的样儿，属下就心惊胆战，毛骨悚然，格格，这么狠的人，你可得当心！"

迷蝶格格脸色一变，显然也有些惊悸，迷迷糊糊地被割了脑袋，那可不是闹着玩的，但嘴里依旧道："你们胡说什么，待会儿碰上他，就当什么也不知道，他问起来，就说我们不放心，回头来找他，刚找到这里就遇上了，知道吗？"

"格格真的不害怕吗？在客栈，他骂你应是口是心非，假装的，但更说明他阴险狡诈，连虞美人也糊里糊涂地被他害死了，另外，他是血光玉佛之主，蝶妃正在四处寻找玉佛，若我们知情不报，岂不是背叛了迷蝶派！"

迷蝶格格心里害怕，一想起雪龙多杰杀人的样子，变脸之快，令她胆寒，心机之深，更出乎她意料，越想心里越乱，不知道自己这一趟回头是对还是错，是福还是祸，雪龙多杰明明将她"骂"去，就是不希望她知道这一切，但她偏偏知道了，令她怎放得下心，何况，雪龙多杰是不是真的爱她？这可是个关键性的问题，最后怒道："现在你们就跟在本格格左右，不许再出江湖，这样即没有生命之危，亦没背叛本派！"

两迷蝶浪女脸色一变，默然赞同，良久，一女道："还真看不出来，他就是玉佛之主！"

"叫你不要说，你还要说，是不是想死！"

对于震动江湖的血光玉佛之主就在她们身边，那迷蝶浪女确实是难以释怀，迷蝶格格此时更是心烦，更是委屈得想哭，自己用贞操救他的命，用全部身心去爱他，但他其实什么都没有跟她说，本质上什么都在骗她，她如何不想哭？三女默然，正欲返回客栈。

突然，雪龙多杰从岩石后闪身出来，挡住了三女，三女被吓得倒退了数步，见是雪龙多杰，此时的雪龙多杰面色阴沉，看着惊惶失措的三女，迷蝶格格见到雪龙多杰，先是一阵惊喜，后亦是心生骇异，不用说，雪龙多杰什么都知道了，但迷蝶格格依旧心存幻想，道：

"相公，你怎么会在这里，害得我们找得你好苦，刚才妾身赌气而走，又放心不下，怕你着了虞美人的道，你是如何摆脱那女人的?!"

雪龙多杰突然嬉笑道："你如何对自己的相公没有信心，真以为相公会被她迷住不成？上一回当，就学了一次乖，相公真有那么笨么！"

迷蝶格格脸色一变，见雪龙多杰虽然在笑，却是如同刚刚看到的他杀人的笑一般，浑身打了一个寒战，觉得雪龙多杰离她突然遥远了起来，支吾道："妾身不敢，只是关心你嘛！"

"哼，关心，明明是疑心，夫妻之间，最恨猜忌，贵在相知，你当明白相公骂你的深意，你居然信以为真，让我们以后如何相处！"

三女立时脸色均变，看来雪龙已知真相，而且现在就开始翻脸，找杀人灭口的原因，她们知道，要与这玉佛之主相斗，联合起来，也是送死，二浪女向迷蝶格格望来。

迷蝶格格将心一横，嗔道："不错，夫妻之间贵在相知，妾身以前对你如何，你心里明白，亦没有瞒过什么，但你却对妾身瞒得太多了，现在妾身无意间知道，你想杀人灭口，悉听尊便，妾身决不会向相公还手，也不会怨你！"

雪龙多杰听之，立时两眼射出凛凛冷光，脸上杀机愈来愈重，不由自主踏前了两步，但突然停了下来，良久叹道：

"你们三人均知道了一切，但本少爷说过，除了本少爷，谁知道真相都得死，现在本少爷让一步，老婆，你将她二人亲手杀了，表示你决不传于旁人的决心，让相公安心，如何?"

雪龙多杰说这话时，脸上又溢出孩子般灿烂的笑容，纯洁无比，温柔无比，但对三女来说，尤如晴天霹雳，迷蝶格格更是如坠冰窖，嘶叫道："你这明明也是不相信妾身，亦知道妾身决不会下手杀害她们，不容我们三人，你直说好了，为何要逼妾身？你不是什么都听到了么？妾身已要求她们与妾身一道回澜沧江，永不踏入江湖，更不泄露秘密，她们不是已答应了么？你……你真的如此手狠，不相信我们?!"

迷蝶格格依旧想感动雪龙多杰，毕竟她们已是夫妻，许多日的长途行走，已有了感情，她不相信雪龙多杰会把她当敌人一般杀掉！

但雪龙多杰依旧面色如故，深深看了看迷蝶格格，方才沉痛地道：

"你知道吗，娘亲是被她的娘和阿姨害死，父亲是被同门合力害死，这世上难道还有我相信的人？你也应知道，为这些我活得多么痛苦，我必须从小就学会守住死生之密，微有差错，就会有杀身之祸，我连头人也瞒着，连惊梦炫奇也瞒着，我……我不能相信别人，只能相信自己，你……你是迷蝶派的人，迷蝶派又属万恶金盟，虽然你是我妻子，但……我能相信你么！"

雪龙多杰此时的脸色不但阴沉，而且有无奈的哀恸，可见父母因玉佛被亲人害死对他几乎是一种毁灭性的打击，完全改变了他的一切，使他的性格变化无常，几乎有些变态，迷蝶格格此时方才开始有些了解自己的丈夫，以前所知道的几乎是一种假相，蒙住天下人心的假相，迷蝶格格觉得她有责任去改变丈夫，消除他从十五年前就深埋在心底的恐惧。

她不能让自己的丈夫往深渊越滑越深，只因那不但对天下苍生不利，对他周围的人来说，是一种痛苦，对他本身更是一种毁灭！

对玉佛之主来说，毁灭就是血腥的屠杀。

迷蝶格格泪涟涟道："相公，求求你别这样，这不但使你痛苦，而且妾身也会痛苦，关心你的人也会痛苦，你知道吗？妾身现在宁愿自杀，也不会泄露秘密，而伤害你！"

雪龙多杰布满阴云的脸上尽是怀疑，双眼几乎是完全不相信，道："你会这样做么？"

他深埋了十五年的恐惧与疑虑是年复一年地加深，已经埋得很深很深，当然不能立刻相信。迷蝶格格决心以身相劝，果断地从袖中飞出几支迷蝶菱锥，闪电般向头上命门射去。

两名浪女相救不及，悲恸道："格格……"

雪龙多杰双眼突然射出两股烁烁光芒，满脸惊愕，慌忙挥手击出一记无相闲弹，立听"当当"数声，飞出的几只迷蝶菱锥完全变了方向，折了双翼，向一旁的草丛飞去。

两女如在梦中一般，看得目瞪口呆，她们看到的是天下没有的武学，唯神人能及，雪龙多杰长吁了口气，语气和缓，道：

"我并没有要你死，你何苦要这样，你知不知道，我是真的爱你的，你死了，会有更多的人去死，为你陪葬，你明白吗！"

雪龙多杰说着这些，仿佛出自本能，面色丝毫没有改变，那惊愕如同凝固在脸上一般，他真的不相信。迷蝶格格听到雪龙多杰的话，特别是那一句"我是真的爱你的"，简直是千古绝唱，而且是从雪龙多杰口中说出，去了装饰说出来的，迷蝶格格欣喜无比，幸福无比。

这些欣喜与幸福她不知是来得太早，还是太迟，但她还是抓住了，迷蝶格格猛扑向雪龙多杰，泪花溢出眼睑，哗哗下流。

但雪龙多杰木呆呆地见迷蝶格格扑来，猛地醒来，闪身后退了几步，脸色又变得阴沉，对迷蝶格格喝道：

"不许过来，你是不是想杀我？"

迷蝶格格立时如同被淋了一瓢冷水，冷颤颤地刹住了脚，暗忖：他还是没有越过心理障碍，还是多疑，神经依旧绷得很紧，戒备过分严密，于是委屈地哭道："相公，你认为妾身会杀你么，妾身真的能狠心下手？！"

雪龙多杰斜疑眼道："你难道不会？！"

"决不会，妾身永远不会，不但妾身，天下还有很多人，不会杀你的，你知道吗？"

"不可能，你说，除了你，还会有谁？"

雪龙多杰疑云更浓，讶然而视，他仿佛不相信天下间还有这么多不会杀他的人，在他记忆深处，为了血光玉佛，所有人都想杀他。

"神羚谷头人不会，只因你父母双亡之后，是他一手将你养大，你是玉佛之主，暗习玉佛之武学这么多年，而且你进神羚谷时很小，他难道一点也不知道？这绝不可能，但他假装不知，而且也没有害你，妾身说得对吗？"

雪龙多杰双眼骇异，很快一黯，最后露出了少许的欣喜，吞吞吐吐道："不错，他不会杀我！"

"还有惊梦炫奇师徒，惊梦炫奇当年舍生救你，他也不会，北川雨星以朔玉之子出现江湖，掩人耳目，保护你，他也不会，还有一些妾身不知道的人，妾身敢肯定，他们不会！"

雪龙多杰立时面上露出欢愉之色，接口道：

"外婆和忆星亦知道一些，她们也可能不会，杭姐姐心特别软，对我很好，她也不会，确实如此！"

迷蝶格格听到他提到苏忆星和杭婉琪，两眼放出柔和光芒，显然对她们，他已动情了，立时心里酸溜溜的，凄楚地道：

"相公，苏忆星和杭婉琪你那么相信，为何就不相信妾身？妾身真的不及她们？是不是因为妾身出身不好，江湖上名誉不佳？"

雪龙多杰皱了皱眉头，忽而笑嘻嘻，调皮道："刚才我不是相信你了么，但是……"

迷蝶格格看着变化无常的丈夫，从凶神化为多疑人，现在又顽皮灿笑，如一个没有城府的小男孩，她真的应付得很累很累，但雪龙多杰渐渐恢复正常，而且似乎已在向她所希望的方向走来，立时快慰了许多，但看到丈夫深有犹豫和忧虑地看着吓怕的两名浪女，显然他依旧不相信两名浪女，于是幽怨地道：

"妾身已一而再，再而三地向你保证了，她们绝不会泄秘背叛我，我会让她们永远留在身边，难道你还不相信她们？这与不相信妾身有何区别？！"

雪龙多杰一愣，细想了一下，觉得迷蝶格格说得有理，最后无可奈何道："好吧，今日之事就当没有发生，但你回澜沧江后可得管住她们，若是让我发现她们离开澜沧江半步，必死无疑，若是向蝶妃通报，你们应该明白，那意味着什么，我决不会手软！"

说到这里，雪龙多杰双眼又如刀般射向两名迷蝶浪女，两名迷蝶浪女不由自主跪下道："谢谢公子不杀之恩，我们决不会将今夜知道的泄露半个字，否则天诛地灭！"

雪龙多杰不耐烦挥手道：

"不用谢我，应该谢的是你们的格格，怎么说本少爷也不会在她面前杀了你们灭口！"

说者话语冰冷之极，一点感情也没有，但迷蝶格格欣慰之极，比雪龙多杰说了千万句甜言蜜语还有效，怎么说雪龙多杰已宽恕了她们。

在往回走的路上，雪龙多杰道：

"也怪你多事，明明被我气走了，还要回来，看到不该看的，知道了不该知道的，这番波折，是你一手造成的，被我吓了一大跳，是你们自找的，看你以后还要怀疑自己的相公不！"

迷蝶格格放心了一大半，知道是雪龙多杰不服气，依旧在埋怨她，此时雪龙多杰哪像杀过几个人的样儿，立时化泪为笑，娇嗔道：

"开始不信，后来信了，一路上还多亏她们提醒妾身呢，她们总不相信你会变坏！"

雪龙多杰双眼一眨，惊异道："是么，天下有这么怪的事？看来本少爷应该挑她们做老婆，不该挑你这多疑多酸醋的女人，看来本少爷也有看走眼的时候！"

两名迷蝶浪女听之，立时心跳加快，脸上羞红，刚才差点被杀，现在他又会这般说话，还真是受不了，但气氛戏剧般地和缓了许多，迷蝶格格乘机道："那好啊，这么快就又后悔了，那不如就遂了你的心，让她二人嫁给你，以她二人的品性才貌，怎也配得上你，这样也让风流成性的你也有些收敛，我也多了两位姐妹，怎么样？"

"哇，哪有这样的事，老婆为老公介绍女人，你不是考我吧？相公刚才可是就事论事，你也知道老公是经不起诱惑的！"

两位迷蝶浪女更是羞得无地自容，心里更是有着强烈的期盼，迷蝶格格认真地道：

"妾身可没有开玩笑，与你嘻皮笑脸，你若要完全相信她们二人，只有将她们变成自己的女人，妾身这一路上可服侍不了你！"

这一句话还真有些露骨，雪龙多杰听得有些动心，他心里确实对二女还有顾忌，又不忍心杀了她们，伤了夫妻之和和天理之和，于是望向二女，见二浪女满脸通红，不敢看他，微低螓首，还真是诱人之极，雪龙多杰本就心花得很，现在心情又转愉快，于是细心观察迷蝶格格，看她到底是在考他，还是认真的。

若是考他，他可上不起这个当，若是认真的，他倒不愿放弃这一路上难得的好机会尝尝鲜，有三个美女轮流侍候，那是多么美妙。

"你看着办吧，现在你是老婆，你甘愿放弃一些机会，相公不得不成人之美！"

"嘻嘻，终于露出狐狸尾巴了，什么成人之美，这一路上，你就没有对她们动心过？只怕早就想'红杏出墙'了，路还很长，事情迟早要发生的，若硬挨到那时，闹得三方尴尬，不如现在妾身做个顺水人情，是不是?"

雪龙多杰见居然有这样的好事冲着他来，心里高兴，但脸上依旧并不在意，而且有一股被逼的味道，不开口，任由迷蝶格格给他乱牵红线，其实迷蝶格格倒不是因为大方，舍得割爱，只因为刚才雪龙多杰提到苏忆星和杭婉琪的表情，历历在目，当然，她不知道北川雨星还是雪龙多杰的第一任老婆呢，雪龙多杰与北川雨星的关系是从很久很久以前就确立了下来。

迷蝶格格想到自己出身迷蝶派，而繁星宫与浮烟谷与迷蝶派有生死之仇，两女对她可能不容，何况先入为主，到时雪龙多杰偏向何方还不知晓，以他变化无常的性格，谁也难预料，但如果现在将自己两名属下引介给雪龙多杰，雪龙多杰与她们有了关系，她们三位来自迷蝶派，必然会同仇敌忾，到时吵架反目，也可达到势均力敌，不吃亏，或许更因这边多一人，雪龙多杰只有以罚少数人为原则了。

雪龙多杰当然没有想到如此之远，只以为迷蝶格格甘心让贤，给他两位热情如火，风情醉人的大美人呢，他何乐而不为呢!

第十九章

在迷蝶格格强力要求下，雪龙多杰半推半就，只好答应了这两桩美妙的买卖，迷蝶格格见雪龙多杰果然不疑有他，没有看出她心里的主意，甚为得意，立即把两名羞得面红耳赤的迷蝶浪女叫了过来，对雪龙多杰道：

"矮小一点的是云蝶，年纪大一点的是烟蝶！"

雪龙多杰心里高兴，应道：

"过眼云烟，她俩飞掠起来还真如云烟，好名儿，云蝶、烟蝶，你们可听到了你们家格格的话，但本公子不会去追无意之蝶，若你俩不愿意，本公子一点儿也不会介意，只会怨自己没吸引力呢，居然连两个小美人也引诱不了！"

云蝶和烟蝶本就羞不自胜，此时又听雪龙多杰的疯言疯语，更是不敢抬头看格格和这刚才差点要了她们小命的英俊煞星，但心里却是欢喜无比，只因一路上二女见迷蝶格格与雪龙多杰卿卿我我，出双入对的幸福样儿，心里又是羡慕，又是嫉妒，做着一些不切实际的好梦，哪个少女不怀春，何况她们正是怀春的年龄，一点不怪了，再加上雪龙多杰的"童"言无忌，常常在余暇时与二女调笑，弄得两女昏头转向。

但雪龙多杰是格格的相公，她们做属下的怎可参与呢，她们有所想，但不敢有所行动，一路上有意无意地避开雪龙多杰，以免失控，引来杀身之祸，现在迷蝶格格突然提出来，她们开始还以为格格有所发现呢，更是害怕。

但这梦想居然成了真事，反而更加似在做梦一般，两女在雪龙多杰的问语下，不敢多言，迷蝶格格见两女不说话，怕自己的长远计划失败，立时开口问道：

"公子的意思和我的意思你们都明白了，现在公子让你们自己说，怎不开口呀，一路上不是说公子嘴甜么?！"

两迷蝶浪女听格格口气，更是惴惴不安，暗惊原来格格早就有所发现，均颤问道：

"格格……我们……我们……"

"你看，我说她们是不会愿意的，是你一厢情愿，自作多情，倒也是，格格的老公，迷蝶派属下有天大的胆也不敢染指的！"

雪龙多杰此语妙极了，更是将他难以启齿，但心有所图的心境暴露无遗，假装这件事从开始就是迷蝶格格一人做主，但又暗示两女不敢说出心里话的原因。

迷蝶格格岂听不出来，暗骂雪龙多杰"奸狡"无比，自己是真力真心也没讨好，有气道：

"我已说过，以后不要叫我格格，叫我姐妹就行，以后你们谁叫我格格，就掌谁的嘴！"

雪龙多杰见迷蝶格格怨气无处发的嗔怒样儿，忙上前安慰道："你生什么气，不要叫你格格，又说要以姐妹相称，但反过来，又要掌她们的嘴，还不是与当格格一样？换汤不换药！"

迷蝶格格暗想这话有道理，瞪着美眸问道：

"这样也不对，那样也不对，你说怎么办？"

"叫你格格，就当是自己的名儿好了，相公不也叫你格格么，你也要掌相公的嘴？格格这名儿不错，关键看你如何待她们，是以姐妹态度，还是以格格的身份呢！"

"你是说妾身待她们不好？"

"真是个傻瓜，你待她们当然好啦，但若你让她二人嫁给本相公，怎么说也是本相公的妻妾了，你如果还这样……"

说到这里，三女均好奇地看过来，两名迷蝶浪女虽然依旧红着脸，但挡不住好奇心，雪龙多杰更是来劲，立时双手叉腰，蛮横竖眉，学着迷蝶格格的声调道：

"喂，以后别当我是格格，要以姐妹相称，知道吗？否则，就掌你们的嘴！"

说着用手挥来挥去，三女看他学得有趣之极，声音也像极了，均笑了起来，倒放松了两名浪女的心情，迷蝶格格笑后，皱眉道：

"妾身真的有那么凶么？怎么感觉不出来？"

"你从小就当格格，旁边的人均惟命是从，你如感觉得出来才怪，只怕她二人也习惯了，若你突然改变态度，对二女道：'两位妹妹，你们说相公会不会在外拈花惹草？'两位只会说：'属下不知道！'只有我这方外之人，才看得一清二楚！"

三女见雪龙多杰如在唱戏一般，又笑了起来，迷蝶格格嗔道："这也不是，那也不是，相公，你说怎么办？我如何与她们相处才对？"

"贵在心知，贵在融洽，只要你们相互关心、理解、帮助，还在乎谁是格格，谁是属下？即使有这层关系，也是无关紧要的，顺其自然就行。"

迷蝶格格见这小子又来这一套，啐了一口，道："少在本格格面前卖乖巧！"

说着，迷蝶格格自个儿又笑了起来，然后又转头向两对迷蝶浪女道：

"刚才我问你们的话，你们总得表个态呀，相公不是讲得明明白白，很想你们做他的老婆呢，不然，他才不会如此开导我，为你们说话呢，就算是格格求你们开口了！"

两女已习惯了迷蝶格格的发号施令，此时听这些话，更是彷徨，连忙拜道：

"属下……谢谢格格的成全，谢谢公子……"

雪龙多杰摆手道："不用谢我，我也还得谢谢你们的格格呢，她是女菩萨，成人之美！"

迷蝶格格见雪龙多杰喜滋滋，乐陶陶的样儿，嗔道："就你滑头，占了便宜还卖乖，你现在可以老老实实地说，这以前一路上有没有与她们偷偷地眉来眼去，偷偷来一手?!"

雪龙多杰一怔，忙道："有你在旁边严管，我们就是有天大的胆子，也不敢啦，云蝶、烟蝶，你们两个说是不是？"

云蝶、烟蝶听雪龙多杰的话总有些不对劲，露了一些端倪，慌忙道："公子爷，你说话可要小心，别把我们两人害苦了！"

"怎么害苦了，眉来眼去倒偶尔有之，窈窕淑女，君子好逑，两位天生一双多情眼，妖冶骨，本公子亦不是什么君子，这是自然之事，只要没有做什么错事就成，格格说是不是？"

迷蝶格格看着惴惴不安的云烟二蝶，叹道：

"看来今日我是做对了一件事情，否则以后路上，难免一个多情，一个花心，把持不住，做出错事来，还不知如何办呢！"

雪龙多杰忿然道："我怎么是花心？看到美女，哪个男人不动心？何况有两个美人一直陪伴左右，假若有位和老公一样英俊的男人与我们同行，格格你说，你会不会有些动心！"

迷蝶格格脸色一变，看了看雪龙多杰的脸，暗忖：他是不是在试探妾身对他的心，立时脱口道："不会，妾身心里装的全是相公，怎么还装得下别人，相公可别冤枉好人！"

"错，是凡人的，绝达不到雁过潭底水无痕，风拂石阶尘不动的禅境，格格也不会例外，对英俊男人，凡女子者，均会为之怦然心动，但因你心里早有一男人占据着，动心是短暂的，要永远留在心底，深深地被痴情浓爱包裹起来就不可能了！"

迷蝶格格和云烟二蝶睁大了三双眼睛，呆呆地看着雪龙多杰侃侃而谈，雪龙多杰以为她们不明白，又道："比如格格深爱的是本少爷，无时无刻不为本少爷牵肠挂肚，但有一日遇上了潘安公子，当时绝对会对之赞叹钦慕不已，为之动心，潘安公子匆匆跑进格格的心上，发现有人已占据了格格的心，正想分一块地方，才发现本少爷已粘连在格格心上，永远也分不开，他只有失望地退出去，但如果格格与潘安还能分开，以潘安的绝世才貌，本少爷怎比得过，几个回合下来，本少爷被击得伤痕累累，要死不活的，只好退出阵地，含泪而去，虽然爱她，但有何用，因为她的心已被潘兄占据了，唉！"

迷蝶格格惊恐道："不，绝不可能，潘安是谁，妾身不会那么淫荡，见异思迁，你早就占据了妾身的心，完全融在一起，不能分离，甚至血液里也有你的身影，也在爱你！"

说着，迷蝶格格居然委屈地哭了起来，雪龙多杰心中一暖，上前揽住颤栗的迷蝶格格，拂着柔柔的长发，安慰道："小傻瓜，相公只是打个比方，让你明白，你明白吗？"

"不……妾身不明白，也不想去明白！"

说着，用双掌轻掐着雪龙多杰的腰，雪龙多杰暗叹，得妻如此，夫复何求？叹道："好……好，你不明白就不明白好了，我就不娶云烟二蝶！"

"不行，你必须娶她们，反正你们都动心了！"

雪龙多杰在迷蝶格格的软硬兼施之下，不得不同时娶了令他心动的云烟二蝶，老婆的数量由一位激增成了三位，一路上，雪龙多杰还真欣赏尽了山水风光，极尽了鱼水之欢！

但快乐的日子随着路程的结束而暂时终结了，雪龙多杰终于完成了任务，将三个老婆安全送到了澜沧江边，雪龙多杰的踪迹消失了，不知他去了何处。

"峨眉天下秀"，蜀西平原与高原衔连之处，峨眉山依着高原，俯瞰平原，山巍巍，而原坦坦，有着"天府之国"美称的成都平原，踏上峨眉之巅就能尽收眼底，而宁静的峨眉山路上出现了一位游客，身着皑皑雪衣，时停时攀，一副怡然自得，天地悠悠，唯我不动的样儿，他——就是玉佛之主雪龙多杰！

雪龙多杰到了澜沧江边，陪着三女在风光旖旎的西双版纳畅玩了几日，方才依依不舍地离开了那令人神往的橄榄坝，橄榄坝也是迷蝶派栖身的地方，对中原来说是个遥远的地方。

千里迢迢而去，又千里迢迢而回，倒消磨了半年多时间，到了川蜀大地，雪龙多杰四处打听，方知至从浮烟谷被毁，"朔玉"复现之后，江湖又出奇地平静了下来，万恶金盟似乎又由明转暗，不知去向了，天下第一大帮丐帮帮主莫名而死，天下人关心，纷纷猜测会是谁继任下一代帮主。

各门各派没有万恶金盟的打压，忙里偷闲，又相互排挤，雪龙多杰暗觉有些反常，万恶金盟为何不奋力向前，一统武林呢？由明转暗，他们又在捣什么鬼？难道那"朔玉"拿到怡心钩，他发现了什么？而天君座靳候呢？他又在干什么？真是难以测度，浮烟谷里的杭绮，惊梦炫奇师徒呢？他们还好吗？这一连串的问题，使雪龙多杰倒是心潮起伏，难以平静。

神羚谷，雪衣人，成了万恶金盟统一武林的最大障碍，对万恶金盟来说，毁掉浮烟谷最大的收获就是发现神鱼迥川的徒弟还活着，神羚谷十分强大，若以硬碰硬，必然难以统一武林，他们由明转暗乃是迫于形势。

神羚谷与万恶金盟绝不会互遵协议，而是势不两立，这一点谁都看得出来，万恶金盟派往苗疆的使者莫名其妙地失踪，而且虞美人与万恶金盟反目成仇，江湖上出现了数名虞美人，而攻击的目标却是万恶金盟，万恶金盟微有损失，不得不收敛。

雪龙多杰打探到这些，暗忖自己的毒计终于生效了，就让万恶金盟去对付虞美人吧，此时他才明白虞美人不只是一个，而是许多人扮成的，但他亦打探到惊梦炫奇被靳贝磊斩断了一只手臂，心中立时种下了对靳家父子的仇恨，他是个恩怨分明的人，而听到杭婉琪被繁星宫软禁，杭州闲宅被繁星宫一窝端了，心感不安。

本来雪龙多杰想赶往繁星宫救杭婉琪，但想到苏忆星还在"九州一枭"的手中，立时决定顺路到峨眉看看去，去救苏忆星，再救杭婉琪，他相信杭婉琪在外婆手中不会有事的！

雪龙多杰攀到金顶之上，望着云霞如浪潮一般滚滚而来，落霞之光照在云层之上，壮观之极，似身在九天之上，雪龙多杰心中豪气立生，向着云烟长啸一声，立时，云烟来去奔突，潮起潮落，更是雄壮。

就在雪龙多杰心旷神怡，踌躇满志之时，从山间奔掠而来两个灰色的人影，到了丈余开外，雪龙多杰才有所发觉，讶然回头，见是两位年轻的尼姑，与自己年纪相仿，似不食人间烟火，暗忖道：吃素食，原来可让人变成这副远离尘世超凡脱俗的样儿，哪一天，本少爷也试一试！

转而又想：峨眉派果然是名门大派，两个小尼姑也如此纯洁美丽，武学造诣也不错！

未等两位小尼姑站住脚，雪龙多杰就玩世不恭，笑嘻嘻地道："两位尼姑妹妹，你们……"

"谁是你的尼姑妹妹，在这佛门重地，要庄重，更不要有歪念，你知道吗？我们是峨眉派的第三代弟子，我们的师父是净尼大师，你知道吗?!"

雪龙多杰被两句"你知道吗"教训得啼笑皆非，两位小尼姑俨然一副庄重的样儿，不苟言笑，甚是有趣，想笑又强忍着，作揖道：

"两位小师父到此，不知有何见教？"

其中一个小点儿的道："你自己应该明白，看你不像坏人，样儿也长得蛮不错，怎么一点规矩也不懂，居然在这佛门圣地大呼小叫！"

大点儿的尼姑忙阻止小点儿的尼姑道："师妹，你也是没规矩，师父常教我们礼貌待人，对不认识的人更要如此，说话要轻言细语！"

"师姐，我怎么没规矩？你来试试！"

小点儿的尼姑在人面前被大点儿的尼姑批评，面子挂不住，满脸的不服，一双清丽的眼睛瞪着大点儿儿尼姑，大点儿儿尼姑也没有批评她，耐心地道：

"你现在看看，我如何与这位施主说！"

说完，转身向着雪龙多杰，单手掌竖于胸前，似模似样地道："阿弥陀佛，请问施主为何在此发啸？可知这是峨眉派重地——金顶，外人不得擅自闯入的！"

小点儿的尼姑嘴唇动了动，眼睛转动，如一只可爱的小灵雀一般，最后望向雪龙多杰，雪龙多杰看着满是有趣，顽心一起，但听了大点儿的尼姑的话，心里一怔，这就是金顶？忙道：

"真是不好意思，本少爷初到峨眉，不知这就是金顶，也不知在这里是不能发啸的，只是刚才看到这么美的霞光云海，才由心而发，还请两位师父原谅，本少爷下次决不会的！"

小点儿的见雪龙多杰果然耐心受教，心里不高兴，气鼓鼓地道："还想有下次？下次就将你打下金顶了，还有，你是谁？本少爷本少爷的，大得很啦，一点礼貌也没有，应称'在下'，懂吗！"

小点儿的语出不停，大点儿的尼姑又阻不住，雪龙多杰一点儿也不生气，嘻嘻地笑着，默默听完了小点儿的尼姑的"教训"，这时，大点儿的尼姑又教训了小点儿的尼姑一番。

雪龙多杰忙道："大点儿师父不用为难小点儿师父，这确是在下不对，在下在此受教了！"

两女瞪大眼睛，齐声道：

"哇，你怎么知道我是大点儿（小点儿）？！"

雪龙多杰一听，亦瞪大了双眼，不相信道：

"你们真的叫大点儿和小点儿？"

大点儿尼姑忙道："是啊，师父经常这么叫我们，只因我大些，又高些，而师妹小些，又矮些，所以……"

"什么矮些，人小当然矮，说不定我到了你那么大，还比你高呢！所以派中的大小尼姑，均叫我们小点儿大点儿呢！"

小点儿尼姑人小机灵，处处为难师姐，师姐性子还真是好，处处让着她，而且还耐心地教她，真比姐姐对妹妹还好，雪龙多杰听之，方才明白过来，大叫巧合，笑道：

"有趣，真是有趣，在下从未与两位师父相识，居然一下就猜出来了，在下与二位还真是有缘呢，不如就叫你们大点儿和小点儿？行不？"

"谁与你有缘？叫你别乱讲话，否则撕了你的嘴，师姐，这家伙可能是条披羊皮的狼！"

雪龙多杰被教训了一顿，又被小点儿尼姑骂成披羊皮的狼，心里觉得这小家伙有味儿，脸上故作不高兴起来，大点儿尼姑忙道：

"小师妹年纪小，口无遮拦，施主宽宏大量，不会因师妹的话而介意吧？"

雪龙多杰摇了摇头，方才道："贵派小半月师父，在下都可以叫她小半月，为何不能叫你们大点儿小点儿呢？"

大点儿尼姑听到小半月师父，立时脸色一变，小点儿尼姑沉不住气，拉了拉大点儿尼姑，嘀咕道：

"师姐，这家伙怕就是小半月师姐心里的情郎，他是不是来找峨眉派麻烦的！"

大点儿尼姑立时狠狠瞪了瞪小点儿尼姑，然后转头装着笑脸对雪龙多杰道：

"公子可就是东宫世家的东宫腾？"

雪龙多杰亦听见了小点儿尼姑的话，心里一沉，暗忖：难道小半月儿师父处境不妙？立时沉声道："不错，在下正是东宫腾，两位师父当然知道在下到峨眉山是为了何事！"

本来雪龙多杰想把真名说出来，但一想，用东宫腾名字更好，逼东宫腾走上与小半月儿结合的道路，又更有利于行事！

两尼姑被证实，立时"啊"的一声，脸上显出惊惧之色，小点儿尼姑显然是与小半月儿尼姑要好，焦急地道："小半月儿师姐已被掌门关在落魂崖面壁思过二十年，你这家伙怎么现在才来，肯定是被东宫傲那老家伙吓住了！"

雪龙多杰一愣，正欲问原因，大点儿尼姑稳重得多，对小点儿尼姑道：

"你少在这里瞎说，难道也想到落魂崖去面壁几天吗？"

小点儿尼姑立时脸色一变，显出惊悸之色，不敢再言，落魂崖定是一个让峨眉派众尼姑害怕的地方，那小小的半月儿如何受得了，雪龙多杰脱口而出道："那落魂崖在哪里？！"

小点儿尼姑嘴角动了动，向大点儿尼姑看了看，有些胆怯，没有说将出来，大点儿尼姑面色却是不友善了，对雪龙多杰道：

"施主若是上金顶欣赏美景，那自然是无罪，但若施主是存心来为难峨眉派，当是找错了地方，若施主还不去，贫尼就会不客气了！"

说完，向小点儿尼姑使了使眼色，小点儿尼姑忧心地看了看雪龙多杰，回头就向山下掠去，雪龙多杰眼疾手快，如大鹏展翅，道："想去通风报信么？只怕在本少爷面前溜脱不得！"

大点儿尼姑见雪龙多杰身影快疾无比，心中慌乱，掠身而起，两掌拍出，口中叫道：

"小点儿，你快去告诉师父，有人犯山！"

但话音刚落，就"哎哟"一声，大点儿尼姑如断线的风筝向下急坠而去，雪龙多杰依旧向前掠去，几起几落，已断了小点儿尼姑的去路。

小点儿尼姑料不到东宫腾会如此厉害，美眸圆瞪，又是惊诧又是骇，刹住了脚，后退了几步，啜嚅道："你不要逞凶，待会儿师父来了，有你好受的，你还是趁现在她们未发现下山吧！"

雪龙多杰嘻嘻笑道："只要抓住你们二人，净尼那老尼姑又如何能奈何我？嘿嘿，小半月儿在本少爷面前常说你很乖，很善良，把你当亲妹妹一样，如今她有难，你难道见死不救！"

"她没死，只是在落魂崖面壁思过而已！"

"哈哈，小点儿，你真糊涂，你小半月儿师姐思凡心重，无心向佛，面壁思过，度日如年，如何熬得过这二十年？假设就是过了二十年，你想想，还有人在么？小姑娘也变成老太婆了，本少爷也变成了老公公了，你就忍心看着我们二人天各一方，两处相思，两处闲愁，忧郁而死？总之，那不是在思过，是要把她折磨死！"

听到这里，小点儿尼姑脸色又变，眼睛更是惊愕已极，如大梦方醒一般，嘴角啜嚅了一下，显然是有些心动了，雪龙多杰暗自得意，暗忖道：未见过大世面的小家伙，本少爷三言两语就会骗你个昏头转向，不明是非！

这时，大点儿尼姑嚷道："师妹，你千万别说，否则，不但你我受罪，连师父也会受罚的，师父待我们那么好，你不会令她失望，是不是？"

小点儿尼姑这时方注意到师姐倒在地上站不起来，立时跑了回来，惊叫道：

"师姐，你怎么啦？是不是他打伤了你？"

"没什么，师姐只是被他点了穴道！"

小点儿在大点儿身上摸了半天，也没有起色，雪龙多杰在旁冷笑道："不用劳神啦，本少爷用的独门点穴术，就是少林和尚也没办法！"

小尼姑哭求道："东宫公子，求你发发善心，解了师姐的穴道吧，我们可没有害小半月儿姐姐，小半月儿姐姐与她可是最要好的呢！"

雪龙多杰心中一喜，但脸上依旧含霜，道：

"不行，除非你告诉本少爷落魂崖在何处，现在说了，你师父还有救，若是不说，待会儿可是连命都没了，怎么样？一句话换一条命！"

正在这时，山间庵内钟声急骤地响了起来，小点儿道："糟啦，有人来犯山！"

雪龙多杰心里亦是一怔，暗忖：会是谁来犯山呢？但管他是谁，只要没来找他就行，依旧心安理得道："小点儿师父，你说不说？"

小点儿急得脸色发红，对大点儿尼姑道：

"师姐，我们就说了吧，待会儿师父发现我们不在了，定会骂我们的，她也会着急的。"

大点儿依旧沉默不语,最后果断地摇了摇头,道:"不能说,就是不能说,要说你说!"

没有大点儿尼姑的首肯,小点儿尼姑又如何能答应呢,雪龙多杰嘿嘿冷笑着向大点儿尼姑身边走了过来,小点儿尼姑见之,脸色惶然,道:

"你……你想干什么?可别乱来!"

雪龙多杰冷声叫道:"你说我会干什么?你二人均是小半月儿的朋友,又是师姐师妹,居然如此忘情忘义,但本少爷知道,如果本少爷杀了你们,小半月儿一定会恨我入骨的!"

小点儿尼姑立时心中一缓,道:

"是啊是啊!如果小半月儿姐姐知道,即使你见到她,她也不会再与你在一起了!"

"不杀你们可以,但让你们也去面壁思过二十年!"

"我们可没有做错事!"

"本少爷有位朋友,风流倜傥,貌比潘安,而且不拘男女之小节,本少爷把两位貌美如仙的师父送到他面前,他一定会被你们迷住,你们可知道他如今还没有成家立业呢,说不定他会对你们做出糊涂事来!"

小点儿依旧不懂,道:"你朋友既然如此好,我们又没有得罪他,他如何做出糊涂事?而这又不是我们做的,又怎会上落魂崖?"

大点儿尼姑倒有些明白了,洁净尼姑脸上泛出一缕红晕,骇异地看着雪龙多杰。

雪龙多杰嘻嘻笑道:"你真是被你师父教糊涂了,男女之间,做出什么糊涂事也不知道,就是那种做了事后女的肚子会变大,越来越大,最后就会生下小孩,你说,尼姑生了个小孩,在落魂崖至少要留二十年!"

小点儿尼姑慢慢明白了过来,亦是骇异无比,但她聪明之极,道:"你别骗我们,你那朋友怎会是淫徒?说不定还会责难你呢,本师太虽然没出过山门,但对这世上的好人坏人还是很有研究的!"

雪龙多杰觉得这小点儿极是好玩,更是下不了狠心,但依旧骗道:

"小师父说得不错,但本少爷不会用计么?只要给我那朋友吃点什么春药,再把你二人与他关在一起,等过了一夜,你们就再不是纯洁之身了,哈哈……我那朋友绝不会因此与本少爷翻脸的，因为他很想讨个尼姑老婆，连做梦也想呢，这下大小点儿师父相信了吧！"

这时，山腰的警钟又急骤地响了起来，雪龙多杰脸色又是一变，对小点儿尼姑道：

"这钟声是不是有人犯山的声音？"

大小点儿被雪龙多杰几句鬼话吓得直打颤，此时听到钟声更是面色慌忙，大点儿尼姑气乎乎地道："我们没有回去，派里当然知道有人来犯山，犯山的人不就是你么！"

雪龙多杰一愣，但依旧紧锁眉头，道："恐怕没这么简单，大概峨眉山来犯的人不只本少爷一个，而是几个，无数个，你们看！"

说完，雪龙多杰指着远处一片苍松之间，两女寻指而望，果见几个黑衣人沿树林向后山而去，小点儿立时大惊道：

"哎呀，那边就是落魂崖，是不是去抢半月儿师姐的？肯定是你东宫家的人！"

"东宫家的人才不会到峨眉来自污名声呢，最多也只是……"

雪龙多杰本想说东宫腾，但很快就刹住了嘴，心里焦急，跑了几步，才想起大点儿尼姑穴道未解，立时飞指一招"无相闲弹"，说道：

"你们快些回去，否则会被那些黑衣人杀掉的，到时可别来诬陷本少爷！"

说完，雪龙多杰再不理两位尼姑，如飞一般向那几个黑衣人追去，他已知道这些黑衣人是谁了，但黑衣人怎么会突然来峨眉山？而且针对的是小半月儿，难道东宫腾与小半月儿之间的事涉及万恶金盟吗？这怎么说也不可能！

雪龙多杰脑子里不断地想，眼睛却始终盯住那几名黑影人，脚下更不怠慢，但那几名黑衣人显然是武功十分高绝，轻功也是不弱，雪龙多杰追了一个山岙，前面是一道笔直而上，直入云霄的山壁，几条黑影向上掠去，雪龙多杰立时明白过来，这里就是落魂崖！

此时雪龙多杰已在几名黑衣人几丈之后，雪龙多杰此时方才放慢脚步，亦跟着拔高，暗暗跟在后面，看这几个黑衣人想干什么。

小点儿和大点儿解除了禁制，立时心急如焚地赶往山腰庵内，刚到大院，就看到众尼姑匆匆而来，而且个个脸色凝重，小点儿轻声道：

"师姐，这半年怎么老是有人来犯山？扰得人都心烦了，什么时候定要抓住这些人，严加拷打，看他们还敢不敢再来！"

"你少吹牛，这些人连几位师伯师叔都不能奈何，凭你小点儿，不被别人抓去就是好事！"

正说着，从庵内匆匆走出一位中年清瘦的尼姑，中年尼姑一见二人，立时眼睛里大喜，但很快就隐了下去，换上一派严厉的面孔，冲着二人道："你二人跑到哪里去了？没听到警钟声么？为师老早就警告你们，别乱跑！"

此人正是净尼，亦是清尼之师妹，与圣月、灵月、乌月并称峨眉五月，净尼只收了大小点儿两徒，对二人当是关怀备至，严厉之极，如今看见二女安然回来，方才安心，两女慌里慌张地向师父道了歉，才跟着师父匆匆向山门大院道场而去。

在山门大院道场，此时已齐集了无数尼姑，面色均是十分凝重，而在对面，则站着二男一女，男的一个玉面朱唇，一个魁梧英伟，女的则是娇娆无比，如玉罗刹一般，瞪着众尼姑！

小点儿尼姑悄声道："师父，这三人是谁？用得着我们峨眉劳师动众吗！"

"小孩子不要乱说，左边那位金衣人就是东宫腾，身材高大的是南宫一望，而那女施主就是西宫世家千金西宫紫灵，三大世家的人都来齐了，这阵势还小么！"

不错，武林三宫中三翘楚就是这三人，西宫紫灵虽然是女儿之身，但天资聪颖，武学造诣并不下于其兄西宫锵，南宫一望是南宫世家之独子，当然得南宫盛之亲传，东宫腾离开衔江镇后，一路向西南追来，跟在清月师徒后面。

但二师徒一到峨眉，风云立变，掌门圣月师太恼羞成怒，一举将小半月儿打入冷宫，又暗中训了其师姐几句，清月为顾全大局，忍气吞声，当时偶尔有黑衣人侵扰山庵，东宫腾得到小半月儿被囚落魂崖，方寸大乱，几次三番冲上峨眉，均无功而返，最后想起了雪龙多杰的建议。

于是，东宫腾匆匆去找南宫一望，在半途上就碰上南宫一望和西宫紫灵，原来二人正在做一对神仙眷侣游山玩水，突闻东宫腾屡闯峨眉，就匆匆向峨眉而来，他们也明白，只有东宫腾这边没事，他们二人才没事，何况南宫一望与东宫腾乃知己，此人又是天不怕地不怕，什么事都想惹一惹的南宫混世魔王，当然欲前来助一臂之力。

东宫腾与二人会面，胆气一壮，三人又杀气腾腾地冲峨眉山而来，而三宫的三个老头子只怕还不知道这件事呢，纵使知道，又如何呢，难道也三宫联手上峨眉，劝说儿子女儿？那才是热闹呢，于是默然让他们去试试峨眉之锋芒。

且说小点儿和大点儿两位小尼姑瞪眼看了看东宫腾，横看竖看也看不出与刚才遇上的相似，小点儿尼姑讶然道："师姐，这人是东宫腾，山上那人也是东宫腾，到底谁是真的？"

大点儿尼姑本想阻止，已是来不及了，此话被净月师太听得一清二楚，净月立时惊异无比，追问原因，大点儿尼姑只好把山上遇到的事告诉了师父，倒是忘记说那人穿着雪衣，若说将出来，净月定会知道是雪龙多杰这搅得天下不得安宁的人物。

净月料不到还有人在暗处闯山，净月师太立时进身到并排站于前面的清月、圣月两位师姐，清月、圣月亦是大惊，清月更是心中焦虑无比，对东宫腾道："东宫公子，此次再闯峨眉，除了你们三人，还有没有其他人一道？"

此言一出，全场哗然，东宫腾苍白的俊脸上显出惊异，同时摇头道："只此三人！"

"胡说，堂堂东宫世家的东宫腾也会撒弥天大谎，明里三人，实际上更多的去了落魂崖，还把峨眉派放不放在眼里？灵月、乌月，你们带几名弟子去落魂崖，将犯崖之人生擒下来！"

灵月和乌月立即领着数名尼姑离开了道场，此时没有派清月去，显然圣月担心清月会放水，让他们带去叛徒小半月儿。清月心中明白，亦不多说话，只细心地注意着东宫腾。

东宫腾并不与圣月师太计较，反而慌了神，苍白的脸更加苍白，悄声向南宫一望和西宫紫灵询问着，两人均摇了摇头，东宫腾对清月师太道：

"清月师太，你快去看看小半月儿，以防她出事，你知道，我东宫腾从不说谎！"

清月师太亦觉此事大不简单，正欲向掌门禀报，这时圣月师太怒不可遏，对清月师太道：

"师姐，当初是你让出掌门之位，而非师妹相逼，如今你别逼师妹，否则师妹将以掌门之身份治你之罪！"

清月师太面色一变，突然冷冷地道："师妹，你身为掌门，师姐无不尊从，若是你滥用职权，造成派内不和，毁我峨眉基业，你也应当明白，师父传你位时，跟你我说了什么话！"

圣月师太面色立变，煞时铁青，叹道："自从师妹执掌峨眉以来，从未有过私心，日月昭昭，师父在天之灵，绝不会怪罪于我的！"

说完，再没出言与清月师太相抵，显然，清月师太在峨眉派中的地位十分特殊，圣月师太复问三位，冷冷地道：

"东宫公子，你前几次擅闯峨眉，本派并不与你计较，但今次前来，而且还唆使西宫紫灵和南宫一望，这未免太过分了吧！"

这时，在旁的西宫紫灵不屑道："圣月师太，话可得说清楚，本姑娘和南宫一望并不是因东宫腾的唆使才来峨眉，而是路见不平，自愿来的，小半月儿姑娘入峨眉还未入尼姑之门，只能算是一个俗家弟子，俗家弟子当然可以谈婚论嫁，她与东宫腾相爱，乃是天经地义，而你脑袋不开窍，硬要插手，不是自找麻烦，就是对小半月儿是清月师太的徒弟而耿耿于怀！"

"你胡说什么，少在峨眉山上乱说，你与东宫腾订婚许多年，居然与南宫一望在一起，闹得满城风雨，还有脸在此露面！"

南宫一望本少言谈，此时缓缓地道："圣月师太，南宫一望本不想在此说峨眉是非，但你身为掌门，不去关心峨眉派的存亡安危，却乱棒打鸳鸯，想当初郭襄前辈心属杨过，而看破红尘，开创峨眉一派，并不阻止尼姑还俗，何况俗家弟子？圣月师太身为掌门，居然违抗郭襄前辈之初衷，若小半月儿有个三长两短，将一对神仙眷侣破坏，不知你以后还有何面目去向师祖交待！"

"清月师太身为峨眉派执法兼监察，又是掌门之师姐，若是为了避嫌而听之任之，也当是罪过，但愿峨眉派百年基业不会因之受损！"

话刚完，西宫紫灵就努力拍手，双眼如水灵灵的葡萄，望着南宫一望，娇笑道："想不到你平时像哑巴，今日怎么如此会说！"

"与紫灵姑娘一道，哑巴亦会成雄辩之才！"

两人在大敌之前，居然也这样卿卿我我，而且是在峨眉山上，简直没把峨眉派放在眼里，东宫腾知道这二人是天不怕，地不怕，什么事都能做的浑人，轻轻地道："你二人收敛一点，这可是峨眉山，别把我的事闹砸了！"

南宫一望叫道："怎会闹砸？若是闹砸了，峨眉山也要被砸了，本公子才不管他是谁！"

圣月师太和清月师太面色均难看之极，圣月师太怒道："你们也太猖狂了，不将你们擒住，不知峨眉派的厉害！"

说完，将手一挥，数名尼姑飞身掠起，将二人围在了中间，锋利的宝剑在夕阳下晃着森森冷气，清月师太皱了皱眉头，想说什么，又没有说将出来，这时净月师太走了过来，对圣月师太道："师姐，后山来敌不明，灵月、乌月两位师妹恐怕有些势单力薄！"

圣月师太看了看清月师太，最后道：

"你带着大小点儿去帮助她们，要小心些！"

净月师太正是想得到这样的结果，在峨眉派中，她与清月师太实是相交甚笃，清月难以插手，她只有毛遂自荐了，于是向清月师太看了看，带着大小点儿迅速向后山而去。

这时围着的峨眉尼姑已向中心的三人发动了攻击，刚才被东宫、南宫、西宫两男一女一激，众尼姑均十分愤怒，当然是剑不长眼，手不留情，峨眉派剑法虽然成名已久，但武林三宫的武学也是厉害之极。

东宫腾的飘逸快疾，南宫一望的刚猛雄浑，西宫紫灵的诡谲轻灵，三人成品字形，硬生生挡住了十数名尼姑的攻击，而且稳稳地握住了场中的主动权，十数名尼姑根本就不是三人的对手。

圣月师太看了良久，面色难看，又向身边的数名尼姑叮嘱了一番，这数名尼姑又加入了剑阵，组成一张巨大的剑网，铺下，将三人罩在了中间。

突然，南宫一望大喝一声，双掌如飞，劈开了一道裂口，显见他功力浑厚之极，不愧为三宫之首的后起之秀，南宫一望吼道：

"东宫兄，你这个糊涂虫，还不快去？难道真的是与我们一路，到这里来捣乱的吗！"

东宫腾立时醒悟了过来，轻啸一声，拔身而起，从南宫一望劈出的裂口处飞掠而出，身影快疾之极，圣月师太见之，不再细想，亦拔身而起，欲阻住东宫腾，但东宫腾突然撒出什么，口中吼道："着……"

圣月师太以为这小子使出了暗器，滞身甩袖，强凌的罡气扫向空中，而空中什么也没有，东宫腾借助这难得的空隙，消逝在树林之中，圣月师太空负一身绝学，只有望林兴叹，更是因此而觉大扫颜面，怒不可遏，但又不能追去，只有气冲冲地回转身，狠狠地道：

"师姐，我们上去先将这两个擒住再说！"

清月师太肃容道："掌门，这样行吗？"

圣月明知道这样不行，但心中的恶气难消，怒气冲冲地道："你不去，我一人去，也足够了！"

说完，掠到剑阵里，大喝道：

"给我退下！"

众尼姑难得一个喘息的机会，纷纷退了下去，一看，才发现是掌门亲自出马，均是愕然，这样场中只留下了圣月师太和南宫一望、西宫此灵，南宫一望见圣月师太出马上场，亦觉得十分意外，冷傲地道："圣月师太身为掌门，居然要亲自出马，来对付我们两个后辈，我们简直受宠若惊，晚辈定不会错过这个机会，向圣月师太讨教几招！"

说完，对西宫紫灵道："紫灵，你先在一旁看着，若是我不敌，你再上来助我，晚辈应付前辈，不用讲多少规矩，是不是？"

西宫紫灵担心道："你行吗？这可是掌门呢！"

"掌门算老几，就是少林弗悲方丈来此与本公子过招，本公子也是不会胆怯的！"

这话当是把圣月师太气昏了，她本以为二人无胆与她相斗，万没料到南宫一望欲与她单挑，而且暗有贬低峨眉之意，叫道：

"本掌门念你是后辈，让你一掌！"

南宫一望冷傲地道："就怕你让不起这一招！"

说完，也就不客气，怒掌而出，如千百只手掌向圣月师太击了过去，清月师太面色一变，暗忖这小子果然有些门道，也不客气，一出手就用上了家传绝学"千影掌"，看来确实不能大意。场中圣月虽是心中怒不可遏，但在对敌时，立时心如止水，见"千掌"逼了过来，圣月师太身体急旋而起，掠上长空，轻轻松松地让过了掌影。

"好，好，掌门果然有些门道，果然比徒弟强一些，本公子就认真地与你单挑一会儿！"

话音刚落，圣月师太急掌如刀，怒指似剑，从上向下而来，南宫一望心中暗惊，收敛起狂态，向空中狠狠劈出无数掌影，但圣月师太毕竟内功浑厚了许多，刀光剑影劈刺如故，南宫一望就地一滚，同时双脚快疾无比地向空中重踢。

突然，南宫一望觉得脚上一痛，显然是被掌风击中，脚踝亦是剧痛，如同被洞穿了个血窟窿，定睛一看，只见紫青了一块，顿时大惊：这老死婆掌和指真的很厉害！

南宫一望滚开，圣月师太暗叫可惜，只因南宫一望那一脚足顶千钧，而且出奇不意，快疾无比，她不得不把袭来的腿招避让开去，身体不由自主退了几步。

南宫一望"死里逃生"，长吁了一口气，西宫紫灵慌忙跑上前去，惊魂未定，扶起南宫一望，道："一望，你还真厉害，逼得那老家伙退了几步！"

南宫一望一跃而起，欣喜道："那是当然，刚才只是用上了'千影掌'，岂知我们南宫世家是手脚并用，还有'无影脚'呢！"

圣月师太此时被两个后辈奚落，脸色铁青，但她亦知道南宫一望说得不错，当年南宫盛就是以双掌双脚成名江湖，位居三宫之首，刚才与南宫一望过了几招，她知道这小子已得南宫盛所有武学，只差火候而已。

虽胜尤败，刚才自己确实退了几步，而自己贵为峨眉之掌门，又是与南宫盛同时代的人，岂能退呢？心中怒火再升，正欲上前再战，突闻清月师太惊呼道：

"师妹，你贵为掌门，怎可轻易出手，还是让属下来应付这两个后辈吧，以免江湖有闲言碎语，说我峨眉派的不是！"

圣月师太一愣，望向清月师太，清月师太此时面上一片圣洁之光，似乎没有什么表情，但又似乎含着复杂的表情，圣月师太心中一热，不由自主忘却了自己是掌门，倒是记起了很小的时候，清月师太就如姐姐一般呵护着她。

心中一阵惭愧，缓缓退了回来，轻声道：

"师姐……你要小心些！"

清月师太身子一飘，已到了南宫一望和西宫紫灵的面前，二人脸色一变，西宫紫灵当然知道清月师太虽不是掌门，但以武学而论，乃是峨眉派的第一人，讪讪地道：

"师太，你……真的要与我们过招吗？"

清月师太落寞一笑，道："二位擅闯峨眉，冒犯掌门，便是有侮峨眉派，贫尼自当一战！"

"好，紫灵，你就与我并肩子上，与这峨眉第一高手一较高下，这机会可是难得哟！"

西宫紫灵本有些胆怯，但经南宫一望激励，鼓起了气，拔出腰剑，甜甜笑道："好，听你的！"

说完，西宫紫灵将身一转，罩住清月师太，刺出一团剑花，而南宫一望乘机沿地十八滚，掌影如波浪一般下卷而去，而腿影时时如暗礁一般，圣月见之，面色一变，二宫功夫已然厉害，但万万未料到此二人能将两宫武学联合，融成一体，其威力更是不同凡响！

想到这些，圣月师太不由为清月担忧起来，因为她知道，若师姐败了，就表示峨眉派败了，她亦心中有数，清月是峨眉派武学造诣最高之人。

清月师太面对绵绵剑花，突然浮身而起，双脚如浮萍一般，时而下沉，时而上窜，显然是在与南宫一望过脚下之招，轻踩莲瓣。清月师太双掌翻飞，一环扣一环，一环锁一花，将西宫紫灵剑花一朵又一朵地锁将起来。

突然，清月师太轻喝一声，声出影闪，立时如一道白光拔高几丈，脱出剑网。

众人大惊，南宫一望和西宫紫灵亦是面色大变，西宫紫灵心生怯意，剑花立乱，南宫一望大叫不好，立时双掌挥出，同时身影一窜，双腿踢出。

果如他所料，清月师太突然下坠，轻指伸入乱剑花中一弹，只听"当"的一声，西宫紫灵被震得倒退了几步，腰剑脱手落入地上，但此时圣月师太面色大变，深为师姐担心，只因清月一意孤行，击退了西宫紫灵，却眼看被南宫一望的掌劲和腿劲击了个实实在在。

但清月师太却左掌闪电般在近身划了一道圆弧，掌影和腿影碰到圆弧，立时消散开去，清月师太借势一弹，安然掠出，冷冷地道：

"你二人还要贫尼过招么？若你们束手就擒，或许掌门会从轻发落！"

这一句话当是向二人示警，向圣月师太暗示，不能逼二人太甚，若是劳动了西宫、南宫两位老家伙出马，这事可就麻烦多了！

南宫一望和西宫紫灵此时斗志全消，哪敢与清月师太再斗？相互飞快地瞄了瞄，说道：

"我们甘愿受罚，但圣月师太会不会关我们一生一世？"

说完，两人突然拔身而起，向山下快疾无比地射出，清月师太还真以为二人要受罚，谁知二人居然敢骗她，待她醒悟过来，拔身就追，这时圣月师太突然叹道：

"师姐，不用追了，追回来又有何益！"

清月师太诧异地回头望向自己的师妹，不相信圣月师太会说出这样宽容的话，圣月师太当然看得出清月师太异样的表情，冷冷笑道：

"师姐，师妹是不是有点儿不一样了？你说得对，凡事不要看得太重，看得过分严肃，一切皆有定数，峨眉派在师妹手中，盛衰如何，还得师姐鼎力相助，众弟子合力才成！"

清月师太心里惴惴不安，失声道：

"师妹……你……你……"

圣月师太面上露出浓浓的忧虑，复叹道：

"峨眉为武林一大派，定不会独善其身，师姐，我是不是有些过分担心，将小半月儿的事处理得不近情理？我是怕因这事而影响峨眉派众弟子的心，更是怕因此影响声誉，但如今细细想来，天意如是，不可强求，真是不可强求！"

"师妹，你是掌门，我虽是师姐，决不想越权做事，你是不是还在埋怨师姐管教弟子不严？有话你直说吧！"

圣月师太面色更是忧郁，似乎她与清月师太之间的鸿沟是短日难以消除的，圣月师太正欲收兵，这时乌月师太匆匆而来，禀报道：

"师姐，后山果然来了强敌，全是清一色的黑衣人，这些黑衣人武功高绝，而且诡谲无比，幸好雪龙公子到达，他们才匆匆逃走，但是小半月儿已经被人挟走，不知去向！"

清月师太和圣月师太面色一变，均叫出了声，清月师太更是焦急无比，忙问道：

"你们没有发现其他可疑之人吗？"

乌月茫然地摇了摇头，道："只有雪龙多杰！"

第二十章

　　雪龙多杰跟随几名黑衣人到了落魂崖上，其实落魂崖乃是山巅之下几丈处，向悬崖突出的一块巨大岩石，岩石表面平坦无比，平台背后是光洁的山壁，山壁上刻着列代掌门的遗训，以及佛门清规戒律，平台的两侧有着深深的间隙，间隙中生长出茂盛的花草，两棵古老的云雾松横崖而生，以示岁月沧桑。

　　落魂崖三面临悬崖，一面临壁，而在临壁处，则是曲折而上的石阶小道，下延至峨眉庵，上尽于一座石彻灰色石屋，用以遮风挡雨，走出石屋，站在古松之下，就让人有失魂落魄之感，唯佛存于心中，故名落魂崖。

　　前面的黑衣人和后面的雪龙多杰看着曲折的小道，均不由自主地提心吊胆起来，这时一名黑衣人急促地道：

　　"他妈的，这落魂崖还真是令人害怕，上不着天，不下着地，如果我们到了崖上，待会儿挟着小尼姑，而山下的尼姑堵住了小路，我们要想冲出来，岂不是很费神！"

　　"哈哈，你怕是胆小了，东宫腾他们现在不是正与峨眉尼姑打得热闹吗，而且我们到这里来，又神不知鬼不觉，圣月师太那糊涂尼姑过后一定认为是东宫腾他们做的，不将东宫腾生擒活捉才怪，东宫傲、西宫雄和南宫盛又岂会看着自己的儿女被困峨眉！峨眉不攻自破，这一切均在盟主和天君座的料想之中，哈哈……"

　　那黑衣人忽又道："日蚀坛的人跟左使留在这里，月蚀坛的人跟着本使到落魂崖去！"

　　说完，那黑衣人率先沿着小道向前急奔，如几点黑色弹丸一般，雪龙多杰看在眼中，急在心里，但看着日蚀坛的人和一名使者在路口虎视眈眈，就知道凭自己之力，无论如何也是闯不过去的，他知道，万恶金盟的使者均是江湖一流高手，何况日月二坛这些黑衣人个个精悍，不可小觑！

恰在这时，一名日蚀坛的黑衣人向旁边树林匆匆而去，那左使看到，立时厉喝道：

"喂，你去哪里?!"

"大人，属下去放放'包袱'，也不行？否则等尼姑发觉冲下来，属下已可能不动了！"

众黑衣人立时轻笑了起来，那左使不耐烦道："要小心些，不要因为小事而误了性命！"

"这些事儿虽小，但关系重大啦！"

那黑衣人边说笑边向雪龙多杰隐身的树林里匆匆而来，雪龙多杰看得一清二楚，听得一清二楚，心里顿时高兴了起来。

黑衣人走入树林，东瞅瞅，西望望，正准备方便，隐藏在树林间的雪龙多杰击出一记"无相闲弹"，弹指强劲破空而出，那黑衣人顿时额头印堂穴洞穿，倒在了地上。

雪龙多杰掠下树来，三下五去二就将那身黑衣物穿到自己身上，再将黑衣人尸体藏了起来，正欲大摇大摆地出去。

但这时，突闻急骤的足音和衣袂声，很快就看到数名尼姑在灵月师太和乌月师太的带领下，怒气冲冲地赶了过来，雪龙多杰一怔，暗骂大点儿和小点儿尼姑通风报信这么快。

雪龙多杰突然灵机一动，后退了数丈，正好在其余黑衣人能看见的地方对众尼姑道：

"哈哈……圣月老太婆也太轻视三宫之人了吧，居然派了这么几个尼姑来，岂不是羊落虎口？还不够塞牙逢呢！"

那守在路口上的黑衣人听之，立时急射了过来，看到了众尼姑，左使倒大觉意外地"咦"了一声，自语道："怎会被发现呢！"

"喂，你呆着干什么，还不去落魂崖叫他们行动快点，待会儿让清月师太赶来，就麻烦了！"

雪龙多杰见那左使大人对自己叫嚷着，心头暗喜，立时冲上了小路，刚到了中途，就看到数名黑衣人急匆匆而回，前面一人挟着白裙尼姑，雪龙多杰猜想这怕就是小半月儿了！

挟着小半月儿的黑衣人厉声问道：

"喂，你到这里来干什么？"

"左使大人派属下来禀报大人，山下已有数名尼姑冲到了路口，摧你们行动快些！"

说完转头就走，心里暗想，要如何才能把小半月儿从他们的手中安全骗到自己手中。

到了路口，看到黑衣人已和众尼姑混战，返回的黑衣人亦加入了战圈，灵月和乌月两位师太武功高上一筹，将那左使挟在中间，左使显然有些应付不过来。

挟着小半月儿的黑衣人见雪龙多杰站在他旁边不动，厉声道："你看着干什么，还不过去帮左使大人！"

雪龙多杰狡黠地道："大人让属下上去，不是白搭么，那两个老尼姑功力深厚，恐怕要大人这高人出马，才有效果！"

这话那黑衣人爱听，气哼哼地道："看来除了我们使者，你们这些喽啰都是充数的！"

雪龙多杰一愣，立时明白过来，众使者权高，对旗下的喽啰轻视，立时点头哈腰道："大人说得是，属下怎敢与大人相提并论，本盟战无不胜，攻无不克，全仗使者们的劳累奔波，这些盟主英明，定是看在眼中的！"

那黑衣人听得欣喜，将昏迷的小半月儿扔了过来，说道："看来你只有照看着这昏睡的人质了，但若有一丝差错，本使可保不了你的命！"

雪龙多杰心中欢喜无比，将小半月儿抱住，看到那黑衣使者径直冲向灵月、乌月二师太，心里笑道："看来本少爷无论到哪里，都有人缘，定混得八面玲珑！"

此时在这路边树林里，除了雪龙多杰，均是大忙人，各有各的对手，灵月和乌月各对付一位使者，优势荡然无存，谁也没有注意到雪龙多杰，雪龙多杰暗忖：此时不走，更待何时？想着拔身而起，抱着小半月儿掠身而起，就准备挟带私逃。

这时突闻从斜处又掠出了净月师太和大小点儿，净月师太一见雪龙多杰挟着小半月儿，劈掌阻断了去路，大喝道：

"哪里去？不留下小半月儿，休怪贫尼手下无情！"

大小点儿见之，心里慌忙，小点儿更是不得了，嚷道："师父，你先把小半月儿师姐抢回来再说这些不迟，否则他会将半月儿师姐当挡箭牌的！"

此话一出，雪龙多杰嘻嘻笑道：

"这位小姑娘说得对极了，一语惊醒梦中人，你要把人救了才能逞强，而我呢……"

说着，将半月儿瘦削的身体挡在了自己的身前，有恃无恐道："就用她来逃生了，小生在此多谢小尼姑的提醒！"

净月师徒三人为之色变，大点儿尼姑向小点儿尼姑叫嚷道："就你聪明，你看看，聪明反被聪明误，叫你别多嘴，你那张嘴……"

"不要吵，吵有什么用，小点儿不说，他也会如此做，别把对手当笨人！"

小尼姑见师父为之圆场，立时理直气壮道：

"就是的嘛，我能想到，对方想不到才怪！"

净月师太复转身对雪龙多杰道："施主若是放下人质，贫尼定会让你逃走，若是一味抵抗……"

"一味抵抗，先打死半月儿尼姑，再强毙本少爷，哈哈哈，只怕你也非本人之敌呢！"

话音刚落，净月师太已然出手，向雪龙多杰飞快抓来，正是抓向半月儿，雪龙多杰暗惊，身子一转，将小半月儿转到身后，运掌而抵，净月师太亦变指爪为掌，击了过来，只听"砰"的一声，两人俱硬生生地退了几步。

净月师太脸色一变，暗忖这黑衣人武功何以如此之高，她有些怀疑这些黑衣人是来自三宫，是除了三宫外，还有谁会来此挟持半月儿呢？同时，雪龙多杰亦暗骇不已。

这时在场中的两使者亦看到了这边的情景，亦有些胆怯，峨眉五尼到了三尼，已如此厉害，左使者突然长喝一声，与乌月师太硬生生对了一掌，借力逃出去，恰好落在雪龙多杰面前。

左使者不疑有他，向雪龙多杰嚷道：

"你快先走，让本使者应付她们！"

说完，掌影乱搅，直捣净月师太，净月师太运掌如飞，两大高手激斗起来，这时灵月亦飞了过来，而此时，雪龙多杰已在丈许开外，大点儿和小点儿追于其后。

灵月正要追，见峨眉派弟子与黑衣人的战斗延了过来，众黑衣人凶悍无比，行招运掌均是杀着，而峨眉尼姑来自佛门之地，行招之间，杀气极淡，此消彼长，已有几名尼姑受了伤，灵月师太怀着忐忑不安的心情向前追，几腾几跃，已到了大点儿和小点儿的身旁。

但雪龙多杰此时尽施神羚遁雪，如一只轻快的神羚渡雪而过，身后如风卷的残雪，而且雪龙多杰施出了难见的夸父追日步，只见他连跨几步，身影立时消失，重现，已在数丈开外，快疾得如同鬼影一般。

灵月师太道："此人好怪，好高的轻功和身影步法，但与其他黑衣人在武功上迥然而异！"

说话间，雪龙多杰已消失在茫茫林海之间。

雪龙多杰急掠儿下，已下了峨眉山，转入到一条清澈的溪涧之间，雪龙多杰才停下了骇人的脚步，自语道：

"能追上本少爷的，只怕还没出生呢！"

说完，将酥软无力的半月儿平放在沙滩上，看着半月儿洁如浩月的面孔，暗忖：东宫腾真他奶奶的会选老婆，居然选中了一位如小姑娘幼稚不食人间烟火的尼姑，看来是想为这小尼姑受尽人间折磨了。

"半月儿，你穴道受制，没有办法啦，本少爷与你家相公是一面缘朋友，醒后可别怪本少爷占了你便宜，朋友妻，怎能欺呢！"

说完，毫不客气地为半月儿推宫过穴，费了半天劲，半月儿才悠悠醒来，看到面前的黑衣人，立即后退了几步，惊骇道：

"你……你们是什么人，为什么要挟持我，准备把我带到什么地方?!"

雪龙多杰暗自笑道：还真是头母老虎，先要她一耍，于是柔声道："半月儿，我是东宫腾啦，你难道认不出我来！"

半月儿面色一变，欣喜无比，上前几步，突然又退了回去，嚷道："你不是东宫腾！"

雪龙多杰此时蒙着面，诧异道："为什么不是?"

"他……他……总之你不是，你是谁，为什么骗我？而且与你一路的黑衣人也不是东宫腾请来的，你们定是栽赃诬陷他的！"

"哈哈……你很聪明，也十分了解你的相公！"

说着，雪龙多杰拉下了面巾，露出一张英俊神武的面孔，半月儿"啊"了一声，幼稚地道：

"看你样儿，不像个坏人，上天给你如此好看的模样，就是要你别做坏事，快放了我！"

"别做梦啦，放了你？你可知道，为了你，本少爷从澜沧江边跑到这里来，还挖空了心思，才抢到你，我们寨主刚好缺个压寨夫人，他看到你一定高兴，那小头目的位置非我莫属啦！"

半月儿看着雪龙多杰古怪而得意的面孔，听得心惊，从澜沧江边跑来，路途很远呢，但自己死也不愿做压寨夫人，脸上骇异无比。

这时，树林里跃出了一个金衣人，大叫道：

"雪龙弟，你太可恶了，不是你救半月儿有功，为兄当跟你翻脸！"

雪龙多杰看到金衣人，一眼认出是东宫腾，又惊又喜，叫道："东宫兄，别来无恙否？"

看东宫腾的样儿，又道：

"我与你老婆开开玩笑，吓吓她不过分吧？"

"半月儿受的惊吓已太多了，这次就不与你计较，下次就万万不可！"

雪龙多杰耸了耸肩，半月儿瞪眼看着东宫腾，不相信自己的眼睛，最后哭了起来，趴到东宫腾的怀里，东宫腾亦潸然泪下，紧紧抱着半月儿，仿佛分离了几个世纪。

半月儿突然推开东宫腾，责问道："那些黑衣人真的是你请来侵扰我们峨眉的？"

东宫腾摇了摇头，又向雪龙多杰望来，雪龙多杰也摇头道："我与他们根本就不同路，他们是万恶金盟的人，是来挟持半月儿，再诬陷仁兄的，但小弟是来救半月儿，与仁兄牛郎织女鹊桥相会的，当然不相干！"

两人听了雪龙多杰的话，均面有羞赧。半月儿还是不相信，只因他也是穿着黑衣服，雪龙多杰笑道：

"你呆会儿就明白了！"

说完纵入树林里不见了踪影，半月儿这才问道："他就是你在衔江镇遇上的神羚谷少头人？"

东宫腾点头肯定，这时，一袭雪衣衫的倜傥公子走出了树林，向二人嘻嘻直笑，半月儿看得大瞪眼睛，失声道："雪衣人！"

"不错，在下正是雪衣人中的少头人！"

半月儿这才露出了几丝微笑，三人这才坐在溪边，听各自的经过，原来东宫腾暗中跟在灵月师太之后，到了落魂崖旁的树林里，看到雪龙多杰挟着半月儿，一副有恃无恐的样儿，只有在暗中呆着，最后雪龙多杰逃走，他一直在暗中跟着，但很快雪龙多杰就将他抛得远远的，万幸的是，雪龙多杰到了溪边，就未再走，否则东宫腾还真不知到何处去找他呢！

半月儿突然道："既然这样，那我回去向掌门说清楚，否则事情可真闹大了！"

东宫腾面色一变，失声道："这怎么可以，你这一回去，岂不又会送到落魂崖？那就再没机出来了！"

雪龙多杰突然道："没关系呀，让她回去，若峨眉派那顽固掌门真把她关在落魂崖，本少爷带着雪衣人，杀上峨眉山，毁了庵，废了掌门，她自然也就被救了！"

半月儿脸色一变，看了看雪龙多杰的脸色，有些半信半疑，因为神羚谷雪衣人连万恶金盟也要忌惮几分，要毁峨眉，一定可以的，于是细想自己回去，定要被关起来，为峨眉引去灭顶之灾，于是嗫嚅道："那……那我不回去了，但总得有人报信才行，师父也一定很着急！"

雪龙多杰见半月儿果然被吓住了，向东宫腾眨了眨眼睛，复道："东宫兄，这些闲杂小事，就让给小弟去做吧，你安安心心与半月儿去过逍遥日子！"

说完，转身一掠，已在十丈开外现身，半月儿看得目瞪口呆，东宫腾道："果然是武林一奇葩！"说完，拉着半月儿离开了峨眉山。

雪龙多杰很快就回到落魂崖旁的打斗之地，见万恶金盟的黑衣人依旧与众尼姑斗个不停，于是冷眼旁观，两使者见到一身雪衣的雪龙多杰，立时双双长啸一声，众黑衣人立时飞身而退，躲入了树林之中，朝远处遁去，两黑衣使者嘿嘿干笑几声，亦双双掠去。

众尼姑待要穷追，雪龙多杰笑道：

"得了吧，凭你们那身功夫，追也追不上了，纵使追上，只怕也是斗不赢！"

大点儿和小点儿见是在山中碰上的人，面上惊讶不已，小点儿立时拉着净月师太的手道："师父，快把他抓起来，他就是东宫腾，还点了师姐的穴道，定与他们是一路的！"

雪龙多杰呵呵笑道："小点儿师父，你没有说完吧？你师姐确是在下点了穴道，但最后也是在下解的呀，而且还叫你们快些回去，别到别处乱跑，让你师父担心！"

小点儿一下噘起了小嘴巴，嚷道：

"总之是你点了师姐的穴道！"

净月师太听明白后，立时上前作了一揖，道：

"阿弥陀佛，施主一袭雪衣，想必就是神羚谷少头人，新近江湖上声名最盛的雪龙多杰！"

"正是在下，只因在下心怀峨眉奇景，贸然进峨眉山禁地金顶，还请师太见谅！"

雪龙多杰此时文质彬彬，横看竖看也不像个坏人，大点儿和小点儿知道他是雪龙多杰后，眼睛瞪得大大的，极不相信，看了看师父，见师父面上含笑，对此人十分有礼，十分不服气，小点儿嘀咕道："有什么神气的，他不也那么丁点儿小么，师父也真是……"

净月师太瞪了瞪小点儿，小点儿忙住了嘴，但依旧一副不服气的样儿，净月师太又道：

"小点儿年幼无知，口无遮拦，还望雪龙施主见谅，其实她……"

雪龙多杰摆手笑道："师太不必客气，若在下与她赌气，只怕早就笑不出来了！"

小点儿更是气极，狠狠瞪了雪龙多杰一眼，这时净月师太方才道："还得多亏公子来得是时候，将那批黑衣人吓退，否则我们还得尽力抵挡，付出惨重的代价，这些人是不是万恶金盟之人?!"

"正是，在下听说峨眉几次受万恶金盟侵扰，方才到此一探究竟，居然碰了个正着，但神羚谷与万恶金盟有协议，在下不便出手相援，还请师太见谅！"

"哪里，哪里，但万恶金盟吞并武林之野心，昭然若揭，公子身为少头人，为何要与他们订那种协议？应知道唇亡齿寒的结果！"

雪龙多杰面色一肃，哑口无言，净月见之，忙道："贫尼只是实话实说，还望公子三思！"

雪龙多杰忙道："师太多虑了，万恶金盟与神羚谷有协议，乃是权议之计，在下岂会看不出来，但在下一直被他们追踪着，而且在下一旦被他们挟持，协议才会有效，师太当知江湖之传闻，在下亦是身不由己！"

净月师太听个明白，立时欣喜道："这倒是贫尼多虑了！"

"师太过奖了，在下驽钝，即使能献菲薄之力，那可就是在下之福了！"

说完自个儿笑了起来，净月亦轻笑，小点儿尼姑见之，惊讶道："师父对人均是有礼有节，你别沾沾自喜！"

复又问道："刚才那些黑衣人明明是被我们打跑了的，怎会被你吓跑？你别吹牛了！"

净月师太肃容道："出家之人，怎可说出如此粗话，一点礼貌也没有，还不向公子道歉！"

小点儿一脸委屈的样儿，雪龙多杰忙道：

"师太不用责怪她了，小点儿师父虽然伶牙俐齿，倒满合在下口味，听着十分亲近舒服，大概是我们年纪相近的原因，师太不会笑话在下吧？"

净月师太客气了一番，这时灵月、乌月均上前见过雪龙多杰，当知他就是神羚谷少头人，都多望了几眼，向雪龙多杰道谢。

雪龙多杰和众尼一路下山，到了庙庵之内，清月和圣月两位师太已得先行回来的乌月禀报，均站在小道场的草坪里与雪龙多杰相见，清月师太古怪地看着雪龙多杰，想问什么话，但最终没有说出来，雪龙多杰亦四下看了看，并没有看到南宫一望与西宫紫灵，知道二人已然逃去，心中大石方才放下。

圣月师太见到雪龙多杰，突然叹道："峨眉派恰逢多事之秋，不但万恶金盟侵扰，如今又加上武林三宫，唉，现在小半月儿又被掳走！"

雪龙多杰故作惊讶，问道："半月儿被人掳去？这到底是怎么回事？说实在的，在下这次到峨眉一半是想平息武林三宫与贵派之间的纷争！"

圣月当然相信雪龙多杰不明小半月儿被挟走的事，而且乌月也说得清清楚楚，小半月被黑衣人挟走之后，他才出现的，但他为平息三宫与峨眉之间的矛盾而来，倒出乎意料之外，随口道："贫尼还以为公子是因关系峨眉安危和武林大事而来的呢，难道公子也想来做说客？"

雪龙多杰听圣月师太口气不对，本想不说，但又不得不说，于是换个口气道：

"在下来峨眉一半是为万恶金盟和武林大计，一半是为了半月儿师父的事，只因东宫腾乃在下的朋友！"

圣月师太本面色疏缓，但最后又紧张了起来，她料不到雪龙多杰是东宫腾的朋友，这时雪龙多杰又道："在下来此，就准备接受师太的责怪，师太想必也看出半月儿与东宫腾的事已为万恶金盟注意到，他们定会利用二者的关系，孤立峨眉派，东宫傲老前辈无论怎么说，也是东宫腾的父亲，迟早会偏向儿子，在下已劝动南宫一望和西宫紫灵，联合拒婚，一旦西宫紫灵主动毁掉婚约，而且……"

雪龙多杰想说半月儿已与东宫腾在一起，但转念想，这样说不行，于是笑道："而且半月儿与东宫腾真心相爱，半月儿还不算正式的尼姑，圣月师太只需向江湖宣布一下，说半月儿是峨眉俗家弟子，赞同半月儿与东宫腾的婚事，岂不是让双方欢乐，联成统一阵线对付万恶金盟?!"

圣月师太冷冷地道："这万万不行，除了此事，想谈什么都行，贫尼无不洗耳恭听!"

清月师太忙打圆场道："这事暂且放在一边，半月儿被挟去，万恶金盟必定会用她来要挟贫尼，如今，峨眉的确处在不利的境地!"

雪龙多杰道："掌门既然坚持己见，晚辈也无话可说，现在不谈此事也可，但圣月师太是否可能谅解东宫兄几次侵扰峨眉？想必他心中也有悔意，刚才在下在山下遇上他，他正去追挟走半月儿的黑衣人，在下本要与他一道，但他却要在下转头来帮助净月师太等人，而且代他向圣月师太谢罪!"

圣月师太听之，面色立缓，诧异道："那小子真的如此有教养？那他是否追回了半月儿?"

"在下不得而知，但在下知道东宫兄怎么说也有教养，只是在这件事上因情而乱，圣月师太真的不肯原谅他么?"

圣月师太在众人面前死爱面子，不愿说出这重大的话，搪塞道："这事就放在后面吧，雪龙公子到底对万恶金盟了解多少?"

万恶金盟为恶江湖，江湖中人却知之甚少，雪龙多杰将自己知道的事告诉了峨眉掌门，最后，圣月师太追问道："万恶金盟如此阵容强大，独门独派根本就无法与之抵抗，本派意欲与少林、武当联合抗敌，那地君座'朔玉'是不是真的呢？听说惊梦炫奇的徒弟北川雨星是朔玉之子，她会不会就是血光玉佛之主?"

雪龙多杰不想吐露真实，只有搪塞，他亦没有告诉圣月师太弗禁大师和灵清道长被靳候所杀，而且弗戒大师和幽清道长被挟，怕因此而影响圣月师太的信心，最后道："要与少林、武当联手，就应早些，而且计划周详，否则万恶金盟会下手的!"

最后雪龙多杰又与圣月师太等人聊了一会儿，方才向山下去，刚走出一段，就听到衣袂之声，转头一望，见是清月师太，雪龙多杰不解道："清月师太何以要送晚辈如此之远?"

清月师太看了看雪龙多杰，低声问道："你实话告诉我，半月儿是不是与东宫腾在一起？而且挟走半月儿的人就是你雪龙多杰?!"

雪龙多杰一愣，问道："师太何有此言?"

"能让净月师妹叹为轻功第一的人，贫尼左想右想，也只有公子一人，而且以公子的武学，听到半月儿被挟，又岂会心安理得地按东宫腾的要求来峨眉山请罪呢？公子刚才撒谎，贫尼还是看得出来！"

雪龙多杰钦佩之极，呵呵笑道："录蒙师太看得起在下，什么轻功第一人，不过师太猜得不错，半月儿与东宫兄现在在一起，她本要回峨眉，向你报平安，最后被我们阻止，其实在下是应半月儿的请求，才来见贵掌门，若不是师太跟来，在下还是没机会讲出来呢！"

清月师太长舒了口气，道："她没事就好，没事就好，告诉她，永远不用回峨眉了，其实掌门师妹虽然固执一些，但宅心仁厚，经此一事，她也有些悔意，只是不愿承认罢了！"

雪龙多杰见天色已晚，与清月师太匆匆而别，刚窜过一片树林，就从黑暗处射出几支响箭，雪龙多杰立时身展神羚渡雪，手施女娲摘星手，脚踏夸父追日步，立时躲过了暗器，同一时刻，将手一扬，将手中暗箭全数抛射而去，立听数声惨叫，雪龙多杰向林中冷喝道：

"何等鼠辈，如此躲躲藏藏，还是出来说吧，本少爷不喜欢暗箭！"

雪龙多杰对施暗箭的人最是深恶痛绝，这时从树林里纵出数名黑衣人，领头的正是那两位使者，其中一名使者冷冷地对雪龙多杰道："雪龙公子，你也太狠了吧，三番五次坏我们的事，是不是有心先撕毁协议？"

雪龙多杰冷冷地道："不是本少爷存心与你们作对，而是你们处处与本少爷作对，你们说说，哪一次，是本少爷主动出手？这次亦然，半月儿乃一江湖弱女子，而且要命的是，她是东宫腾的情人，东宫腾又是在下的朋友，难道本公子出手有错么？这件事就此打住，若是因这事而来，你们可以走了！"

雪龙多杰霸道之极，那使者一愣，嘿嘿干笑道："雪龙公子果然有个性，但虞美人事件，雪龙公子又如何解释？"

"哇呀，你还有脸说，本少爷不想与你们作对，躲得远远的也不行，那的确是本少爷被贵使者挟走，谁知在路上得高人相救，本少爷才安然脱险，而贵使不识趣，居然被那人劈了！"

"那人是谁？居然只用了一掌！"

"告诉你们也没有关系，是悔老前辈，对了，他还要本少爷传话给你们盟主，一切他都看得清清楚楚，要他有所收敛才对！"

撒起谎来，雪龙多杰是天才，更是不眨眼睛，暗忖：这样的天才怎会被清月师太看穿呢？听到"悔老"二字，那些黑衣人均是惊叫起来，若不是蒙着面巾，只怕可看到他们灰色的面容，悔老和不悔不归老在江湖上几近天人，其惊骇力可想而知！

那蒙巾使者不信道："你果真遇见了悔老么？他从不出忘谷的！"

"偶尔出出忘谷也有的，这次出忘谷，只怕是追查血光玉佛的下落！"

"血光玉佛?! 他也不知血光玉佛在哪里？"

"废话，他若是知道，还派惊梦炫奇师徒出山干什么，以为是玩过家家的游戏?!"

那黑衣使者呆了呆后，突然道：

"公子大概没有忘记繁星宫少宫主苏忆星主婢三人吧，在中秋之夜，本盟地君座有请雪龙公子去不夜城赴宴，她们当安然无恙，否则……"

雪龙多杰厉眼一凛，道："否则怎么样？"

黑衣使者十分忌惮雪龙多杰，后退了几步，方道："本使也不知道，公子可以猜想，如果公子能够带上北川雨星和惊梦炫奇，那是更好！"

雪龙多杰心情坏极，喝道：

"话说完了，你们还不快滚！"

黑衣人知道此时雪龙多杰不会杀人，大摇大摆地带上众人消逝在夜色之中。

地君座乃是"朔玉"，雪龙多杰一想离中秋月圆还有数月，倒不如先去一趟繁星宫，证实一下怡心钩钩主到底是死是活，现在他真不知道是希望朔玉真死，还是假死。

抬头望苍天，苍天无语，没有人给他满意的答案，突然，他想到不夜城，天下间哪有不夜之城，而且自己也未听说过，难道那黑衣使者会撒谎？最后，雪龙多杰决定先到浮烟谷，问问"古今尽知"惊梦炫奇。

一想起"古今尽知"，雪龙多杰又想起当初自己初出江湖，在西湖楼外楼邂逅"古今尽知"的情形，斗转星移，不知不觉已过了很久，自己已身陷沼泽中不得自拔。

而且与自己前后相遇的人都一个个离开，如今剩他一人独行在这无边的黑夜之中，雪龙多杰长叹一声，觉得自己好寂寞，忍不住问道：

"父亲，你在神羚谷好么？杭姐姐，忆星，你们在哪里？还有北川雨星，你们怎么一个个都不在身边？格格，你是否在怨恨我……"

雪龙多杰胡思乱想，拔腿向前飞掠，他有个很强烈的欲望，碰上一个人，与他聊聊天，解除烦闷。

他的灵魂永远是孤独的，永远被一层厚厚的恐惧和郁疑包围着，他渴望与人知心相处，又怀疑一切人，怕他们伤害自己。

十五年的一幕，如血一般在脑海中泼开，雪龙多杰急骤地呼吸着，如同在血浆中一沉一浮，在无边的惊惧中拼命挣扎，他害怕被伤害。

虽然迷蝶格格在他严封的内心世界上撕开了一道口子，但依旧不能让他完全开放，虽然他震憾，但那道口子又渐渐合上了，更让他有一阵阵的剧痛。

义父不会害他，惊梦炫奇师徒不会害他，迷蝶格格三女不会害他……但这是真的么，天下间真有如此多人关心他，护着他，一点害他之心也没么？他有点相信，但又不敢相信。

父母的惨死与血光玉佛给他带来的灾难太巨大了，而他却又天生如此活泼外向，他是属于那种内外世界都十分复杂的人。

正在雪龙多杰不停地飞掠时，身后亦紧跟着一人，轻功之高，似胜过一筹，如流星一般，若隐若现，雪龙多杰突然心神战栗了一下，陡然停步，全身收缩戒备，没有回头，厉声道：

"你是谁？为何一直跟着我？"

"孩子，别问我是谁，你现在是玉佛的主人，就得负起主人的责任，为何如此彷徨消极？"

雪龙多杰回头，看到一位胡须长发如雪，仙风道骨的老人，正看着他，心中的怒意和面上的杀机硬生生压了下去，问道：

"老前辈，血光玉佛对武林是福，亦是祸，而对个人，只有祸，在下年纪轻轻，一点也不想与血光玉佛粘上边，更不想成为玉佛之主，老前辈如此说，若传将出去，岂不害苦了在下！"

那白发老者呵呵笑道："小娃儿好辩才，但老夫这把年纪，又岂会瞎说呢，血光玉佛曾经是祸，但对如今江湖，它却是福，对你个人而言，亦是如此，玉佛为有缘人得之，你是它的第二个有缘之主了，唉……第二个……"

雪龙多杰又看了看那老人，又听到"第二个有缘之主"的话，立时脸色剧变，跪头便拜道："晚辈不知是悔老前辈，刚才粗言冒犯，还请悔老前辈原谅在下！"

"好，好，果然聪明伶俐，一眼就看出了老夫，现在既然已知是老夫，还要撒谎么？"

听到此言，雪龙多杰真是暗自叫苦，刚才在万恶金盟使者面前，自己信口开河，撒谎说曾被悔老所救，却万万未料到果然应验，如今悔老逼他说实话，他不知悔老知道多少，于是支吾道："晚辈……不知前辈所指何事，在下不才，曾撒过许多谎以解危难，却不曾害人！"

悔老叹道："冰冻三尺，非一日之寒，你形成今日之个性，全因玉佛而起，老夫也有不可推却的责任，血光玉佛在何处，老夫岂有不知之理？当初你父亲聪明之极，被不悔不归老派来充当卧底，欲悄悄盗走血光玉佛，而且他果然成功，盗出了玉佛，暂时藏在一个只有他知道的地方，他刚将玉佛藏好，就被老夫发现，你父亲当时以为老夫会一怒之下将他毁掉，但事实却不是这样，老夫给他讲了悔老与不悔不归老之间的恩怨，以及列兵峰的事，有关血光玉佛的事，老夫相信，他弄清一切后，在大是大非面前，你父亲一定会后悔的。"

"当初他确实有些心动，但依旧没有主动拿出血光玉佛，其实当时老夫就已知玉佛在何处，只因一念之差，害了你父母，当时若我收回玉佛，就没有后来之事，但老夫心里一直装着一件事，那就是没有悟出玉佛上的混沌无极神功和天地鸿蒙一式，心有所贪，希望看见那一式，见你父亲如此天资过人，就假装不知，并要求他发下重誓，不将血光玉佛带给不悔不归老，不将血光玉佛带入江湖，并要他在二十年后归还列兵峰。"

"你父亲也确实遵守诺言，未将血光玉佛再移动过，这二十年，老夫无时无刻不在关注着血光玉佛，血光玉佛实质上依旧在老夫的手中，但你父亲却因玉佛引来杀身之祸，还没来得及研习玉佛上的武学，老夫深有愧意！"

雪龙多杰听悔老讲到这里，黯然神伤，惊讶道："你既然知道血光玉佛藏的地方，为何不将它带去，送入列兵峰，而且家父故去后，你知不知道在下屡次去习血光玉佛上的武学？！"

悔老又道："血光玉佛如今藏的地方，是最好的地方，离死谷忘谷最近，而且在那里，可以看见列兵峰，而且不悔不归老并不知这一切，他一日不明白，一日不敢违背诺言离开死谷，何况老夫也不得不违背诺言给你父亲二十年的机会，虽然你父亲死了，但是你还活着啊！"

"本来老夫失去了信心，但你父亲死后几年，居然发现一个小毛孩偷偷来习血光玉佛上的武学，令老夫大吃一惊，更未料到日积月累，你居然成就不小，老夫又看到了希望!"

雪龙多杰欣喜道:"难道在下有希望习成天地鸿蒙一式和混沌无极神功?"

"不错,天下间除了你,再没有人有如此资质了,只因你继承你父亲的天资,从小就深浸武学,习会了怡心钩法、流星镖法和冰雪神佑圣山派的武学,最后又习得了血光玉佛表面的武功,已练得很好的基础,若假天时、地利以及自己的努力,必会成为天地之间第一人!"

听到这些,雪龙多杰心里怦怦直跳,成为天地之间第一人,那是多么玄的境界啊,这时悔老突然凝重地道:

"如今江湖形势,你必须练成混沌无极神功和天地鸿蒙一式,这不是老夫的希望,而是天下苍生的希望,如果没有练成,万恶金盟必会无敌天下,为恶江湖!"

雪龙多杰不相信道:"万恶金盟有什么了不起的,在下已联络各大门派,而且利用神羚谷与他们之间的协议,慢慢剪除他们的利爪,最后再一鼓作气,将他们毁掉,哪用得着混沌无极神功和天地鸿蒙一式!"

"放肆,你至今遇到的是些什么人,只不过是万恶金盟的幌子,你见识过天地二君的真实武学么?你见过他们的盟主么?老夫在此提醒你,未练成神功和那鸿蒙一式,遇上他们的盟主,你……只有死路一条。"

"只因他们的盟主是几百年间天地间万魔之气凝成的魔元,吸天地精气、日月之精华长大,最后粘染人气,用人血浇灌的万魔真身,本来他是西土一个神秘教派——金魔派的头领,不知何时如幽灵一般窜到了中土,在中土建立了万恶金盟,这一仗,小娃儿,你只许胜,不许败!"

雪龙多杰如听神话一般,但天下之大,无奇不有,何况悔老说得如此凝重,雪龙多杰不得不听,正视这场神魔之间的赌约!

"今日老夫来告诉你这一切,就是要你放下一切担心杂念,看能不能突破人的界限,尽快练成混沌无极神功和天地鸿蒙一式,这对你个人的安全也是有极大的补益的!"

雪龙多杰一愣,道:"你……想要我回去,现在就回去,去学传说中的武学?"

悔老点了点头,诧异道:"你……你不愿意……还是没有信心?"

雪龙多杰看着满是忧虑和期待的眼神,而这种眼神是来自悔老,雪龙多杰心一沉,忙道:

"不,都不是,但如今在下必须去做几件事情,前辈可否允许在下在去不夜城救回人后，再回去研习神功和天地鸿蒙一式！"

悔老默念了良久，脸色一变再变，叹道：

"天意如此，确实强求不得，看来老夫是多虑了，这一趟也是白来了，小娃儿，你说话有没有你父亲那么算数？"

"事情一了，在下一定赶回，决不食言！"

悔老见雪龙多杰说得十分坚决，亦不再说，长啸了一声，消逝在夜空中。

雪龙风尘朴朴地赶到浮烟谷，当然，雪龙多杰不会想到无缘水尽头有个无缘洞，但以他如今的轻功，区区浮烟谷又怎奈何得了他。

站在山顶上，看到山谷一片寂静，似乎一个人也没有，雪龙多杰暗忖道：不会因为那一战而死得干干净净吧，这谷中的人难道都散伙了不成！

雪龙多杰在树林里瞎摸索，觉得十分有趣，怎么走都走不出去，心中不由烦怒，长啸了一声，暗道：这下就是死人也复活！

果然，没多久就看到两身着白裙的女人双双掠了过来，看到雪龙多杰，均是愕然，雪龙多杰将两人仔细看了一遍，方才问道：

"两位……是死人，还是活人？"

两女听之，似乎不懂，其中一女嚷道：

"你……是疯子还是傻子？居然连这无聊的话也问得出来，在此大闹大吵像疯子，连这片树林也走不出去，又像是傻子！"

雪龙多杰立时拍手道："答得好，答得妙！"

"两位姐姐，真不好意思，本少爷还以为浮烟谷经过那一劫，就从此散伙了呢，于是赶来，想把杭姐姐接到神羚谷去安身！"

那白衣少女更是生气，怒道："你少在这里幸灾乐祸，浮烟谷又岂是江湖一般门派，连一次劫难也受不起，你如果再疯言疯语，本姑娘立时将你赶出浮烟谷，哪管是不是雪龙少爷！"

雪龙多杰一愣，笑嘻嘻地道：

"原来两位姐姐早就知道在下是谁了，难怪如此优待本少爷，怎么说也是浮烟谷的乘龙快婿，少谷主蓝颜知己，是吧！"

两女均捂嘴而笑，她们当然知道少谷主是这家伙的杭姐姐，一女插言道："你还没说完呢，现在你也是浮烟谷的大恩人，当初没有公子的关照，我们损失会更加惨重，哪里会很快恢复过来！"

"怎么说也是杭姐姐的浮烟谷，而且惊梦炫奇师徒与在下关系非同小可，我是不得不为呀，如果说是大恩人，却是不敢当！"

两女见雪龙多杰江湖名气大，却一点也没有架子，和他说话轻松之极，另一女悄悄道："喂，雪龙少爷，有个天大的秘密，与你有很大的关系，你想不想听？"

雪龙多杰见二女笑如两朵花，好奇心大起，忙询问是什么大秘密，一女"咯咯"娇笑，另一女道："北川公子是女儿身呢！"

对这件事，雪龙多杰早有心理准备，但如今听别人说出，依旧心剧跳，不过假装漫不经心道："我以为是什么事呢，原来是北川雨星真实身份，其实本少爷早就知道了！"

这一招大出二女意料之外，她们满以为雪龙多杰定会大吃一惊，于是反而吃惊问道：

"你……你如何知道？"

"如何知道，还不是因为你们女人爱吃醋的天性，那日在西湖边，本少爷与你们家少谷主卿卿我我，让北川雨星看见了，喂，你们知不知道本少爷与北川雨星的关系？"

"当然知道，就是夫……妻……"

两女不好意思说将出来，但吞吞吐吐，还是说了出来，雪龙多杰吹牛道：

"这就对了，老婆见老公和别的女人卿卿我我，会有什么想法，会有什么行动！"

两女未出嫁，听到这些，又新奇，又刺激，脸上羞红，眼中却是奇特的光芒，一女忙问道：

"北川雨星乃闺女之身，有何行动？"

"不错，他总不能跳到本少爷面前，说是本少爷老婆，在老婆面前和别的女人勾搭，不得好死，教训一顿吧，何况她又是男人打扮，但与杭姐姐分手时，北川雨星就出来啦，又是嫉妒，又是酸楚，简直就想白刀子进，红刀子出，给本少爷留下永远的痕迹，当时本少爷就奇怪，与这人不相识，更无怨无仇，他何以要如此恨我呢，后来在衔江镇，惊梦炫奇给本少爷介绍了北川雨星，那时才知他不是我的兄弟，就是老婆，方才恍然大悟。"

"但当时我在想，这位兄弟怎么横看纵看，如个娘们的样子，于是又想起了当日他对本少爷泡妞的态度，心中更是怀疑，于是本少爷就言语相激，说如果是老婆，那该多好。"

"这下她露出马脚了，脸上一片红霞飞，更是不敢与本少爷对视，低头躲到了惊梦炫奇身边，你们说，天下间会有这种女人味的男人么？"

两女听得好笑，但雪龙多杰说得有趣，冲淡了其中的尴尬，两女的羞涩心理也破了不少，突然，一女道："你既然知道了北川雨星是女人身，当然要娶她，那我们少谷主你又如何处置呢？"

雪龙多杰摸了摸脑袋，笑嘻嘻地道：

"在下正为此事犯愁，你们说说看，有何好办法，让几方都高兴满意！"

"嘻嘻，那你就去当和尚，一个都不要！"

"哇，这一说，本少爷才知你们对本爷也有那么点点意思，否则不会说这酸溜的话！"

两女听之，立时面如桃红，娇羞欲滴，雪龙多杰只顾傻笑，这样边说边走，不知不觉走出了树林，进入了紫莺兰的海洋。

看惯许多风光美景的雪龙多杰被这怡人恬淡的花盆式美景迷住了，但四周没有人声，雪龙多杰忙问道："贵谷谷主、惊梦炫奇和北川雨星他们呢？本少爷到这里主要是找他们！"

"找他们，他们一人也未在谷中！"

雪龙多杰立时一愣，急忙问道：

"你们说什么？她们一个也没在这里？那本少爷到这里来干什么？快说，他们去了哪里？"

两名少女见雪龙多杰一副焦急的样儿，也不敢怠慢，忙解释道：

"本来惊梦先生一臂致残，就再没有离开过浮烟谷，后来北川雨星听说丐帮出了事，和尚丐老身陷囹圄，立时离开浮烟谷，去了丐帮，过了没几日，惊梦炫奇也去了，去时他说他去找北川雨星，但不敢肯定，此二人一去，谷主觉得好不寂寞，心里更是不好受，又一门心思地想救少谷主和报仇的事情，她几乎变成另外一个人了，我们都很怕她！"

雪龙多杰一愣，忙问道："你们谷主人呢？"

"公子来得真不巧，昨日繁星宫少宫主苏阿姨派人来函，要谷主去一趟繁星宫，消除先前的许多误会，谷主想了一夜，今日一早，谷主神色古怪地带着两人去了繁星宫！"

"带了两人？她有如此大的胆么？而且是到烟波浩渺，小岛数以千计的繁星宫！"

"我们也不相信，但不敢阻拦谷主，她那样儿，只怕谁去，谁都没有好下场的！"

雪龙多杰立时觉得有些不对劲，而且惊梦炫奇和北川雨星去了丐帮一点消息也没有，看来也是有些不妙，最后雪龙多杰还是决定先去一趟繁星宫，顺便拜祭星冢，了解"朔玉"内情，这样对以后或有帮助。

事情到了如此地步，雪龙多杰不敢在谷中多留，在一位浮烟谷的向导下，匆匆赶往繁星宫，繁星宫和浮烟谷一个在浙西北，一个在浙西南，一个在新安江上游一带，而另一个在中游偏南方向，说远不远，说近不近。

一谷一宫与柳溪十二堡成品字形分布，均在浙西的山岭之间，那一带风景怡人，又很偏僻隐蔽，是好地方。

三四个时辰过后，两人行到一处古镇上，这古镇在西出中土腹地的通道之上，规模不大，但却十分的繁华，虽是夕阳时分，依旧人声鼎沸，商铺依旧忙碌，生意火红无比。

雪龙多杰饶有兴趣地看着这些人，不由叹道："能做一个平平凡凡的人，那该有多好啊！"

旁边浮烟谷的女向导道："公子这是雾里看花，又岂能看到内幕呢，人活在这世上，无论干哪一行哪一业，都会有许多烦恼的！"

"噢！是吗？本少爷就怎么没有看见！"

那女向导"咯咯"笑道："雪龙少爷不相信就看那边吧，你看那小商贩会不会收那客人的钱！"

雪龙多杰顺着女向导所指的方向望了过去，看到一壮汉在铺前看来看去，那小商贩惊恐地赔着笑脸，而壮汉后面的几位随从亦把商铺上的东西弄得零乱无比。

雪龙多杰心里有火，恼怒道："他会买么？"

"他当然要买，不买白不买嘛，买了也白买！"

听到此言，果然看见那壮汉收了几件称心的东西到怀里，向随众一挥手，就欲离开，那商贩却依旧带着微笑，点头哈腰地为几位爷送行，雪龙多杰火冒三丈，几步走了过去，猛地一拉那壮汉，喝道：

"你这无赖，真浑得有盐有味，但今日碰上本少爷，得在本少爷面前规矩些!"

那壮汉见到人高马大，脸色难看之极的雪龙多杰，立刻镇定了下来，冷笑道：

"喂，小子，你是哪条道上的，能说就说出来，纵然你是强龙，老子也是个地头蛇!"

"强龙难压地头蛇"，雪龙多杰又岂有不知之理，但他见这壮汉满口黑话，皱了皱眉头，怒气一升，松开手，就是两巴掌，那壮汉见此忙向外闪，但怎有雪龙多杰快，只听"啪啪"两声，两道五指血印痕留在了壮汉脸上。

壮汉立时勃然大怒，拼命地手舞足蹈，道：

"敢打老子，简直是反了，兄弟们，给我上，将他往死里打!"

那些随从听到壮汉的号召，立时如恶狼一般扑了上来，这时，有许多人围了上来，议论纷纷，有人低声叫好，有人忧虑叹息，更有人静观其变。

第二十一章

雪龙多杰见这几人不知好歹，何况心情又不好，杀气陡涨，正要施杀，但突然想到这几人只是街头流氓，罪不致死，于是长叹一声，身形一展，众恶汉眼前一花，立听"啪啪"声不断，几名恶汉立时东倒西歪，那壮汉见之，正欲夺路而逃，雪龙多杰冷喝道：

"如果你再跑一步，哪条腿先跨，就废你哪条腿，本少爷言出必行，不信你就走一步！"

两壮汉立时止步，回头装笑道："哥们，我们是远无怨，近无仇，关系八字没有一撇，到底是小弟在何处惹着了你，不妨直说！"

雪龙多杰见这壮汉不但无赖，还滑头得很，于是冷冷地道："你买东西，怎么不给钱？"

那壮汉立时瞪大眼睛，突然哈哈笑道：

"原来如此，原来如此，我还当是什么事惹怒了公子呢，这事说白了还是让公子误会了，那商贩上次借了小弟几两银子，今日小弟在路上闲逛，碰巧遇上，那商贩非要用几样东西抵那几两银子不可，小弟没办法，只好答应。"

雪龙多杰听得一愣，死也不相信，但那壮汉眼睛溜向那惊恐的商贩，又笑道：

"公子若是不信，不如过去问问那商贩！"

果然，雪龙多杰走到那商面前加以证实，商贩看了看那壮汉，点头道："那位说得一点不错，是公子错怪他了，但公子如此行侠仗义，确实令人钦佩，这位爷，你说是不是？"

那壮汉立时笑道："不错，不错！"

雪龙多杰见围观众人忿忿不平的样儿，又见那商贩不自然的笑容和壮汉笑意深处的一丝冰冷，立时发现自己被愚弄了，被二人当傻瓜一样欺骗，何况是在自己一片好心的情形下，雪龙多杰静静地看着二人大演双簧。

他的脸色越来越难看了，杀机越来越浓了，突然道："你们为非作歹可以，但绝不能合起来欺骗本少爷，今日，你们是自找死路。"

两人立时脸色僵硬，四周的人见这玉面朱唇的少年突然脸色如此可怕，均不由自主地后退了几步，那壮汉见之，激起凶性，对众人道："兄弟们，今日不是他死，就是我们死，这杂种太霸道了，居然跑到我们头上拉屎，我们……"

说到这里，众随从已冲了过来，而壮汉却向人群中冲了过去，意欲逃走，雪龙多杰被此人骗过，又听他一口脏话难以入耳，更是觉得此人罪恶深重，足可被诛，如此一想，那壮汉岂有活命的机会，雪龙多杰并不理冲来的几名恶汉，而是拔足而起，向那逃走的壮汉袭去。

在手指逼近那壮汉背心时，突然，三道金黄的光芒射出，那三道光芒窜入壮汉背心内，不再现，而就在众人惊愕之时，那壮汉跨了几步，踉踉跄跄，如喝了酒一般。

最后，那壮汉吐出一口鲜血，惨叫道："好痛！"说完，倒在地上，再没有动弹了，那冲来的几名壮汉立时刹住了脚，脸色如死灰一般惊恐，他们不知什么叫"三黄指"，但知道眼前这少年必是武林高人。

雪龙多杰对几个恶汉道："你们罪不当死，本少爷不会杀你们，回去改过自新吧！"

那几人立如被特赦一般，纳头便拜，如滚一般向远处窜去，这时那商贩站着直打战，面如死鱼一般，想跑不敢跑，想呆着，又不甘心一般，雪龙多杰冷喝道："你也该死，死得虽然有些冤枉，但对本少爷来说，助纣为虐，特别是以怨报德，是十恶不赦，你不用怕，死了就一了白了！"

说着，雪龙多杰残酷地笑了笑，这时，那向导女子惊叫道："雪龙少爷，你真的要杀了他？"

雪龙多杰一愣，回头看看那向导女子，更觉得这以怨报德，合伙愚弄的商贩该死，深深叹了口气，似乎十分伤痛地伸掌向前。

就在这时，突然，一声冷叱声传来："休得以武凌人！"

说完，一道青芒割面而来，雪龙多杰一见青芒快疾无比，生冷无比，立时向后一射，掌飞快地向青芒斩了过去，正是盘古开天辟地斧，那青芒反应亦快疾无比，往下一沉，再斜斜一拉，躲开了这快疾而凶猛的一劈，立时，地上一块青石板

"轰"的一声从中间齐齐裂开。

远观的人见之，立时神色大变，刚才雪龙多杰用三黄指，他们还以为是什么妖术，但现在观看后，方才知道不是妖术，而是武林中的无上绝学，他们虽然窥出了一些端倪，但并不知道这一招是什么玩意儿，就是那施出一道青芒的人亦是茫然不知。

不过那道青芒倒暂时救了商贩的一条小命，商贩在几丈远处糊里糊涂，逃也不是，站也不是，十分可怜，雪龙多杰此时已猜到那青芒的主人，天下间，只有柳叶无忧剑才有无匹的青芒。

雪龙多杰没有杀着人，已是懊恼不已，见青芒，立时想起了十五年前的事，想起了那夜弗禁大师和灵清道长在青芒一点红中的惨死，又想起惊梦炫奇的残臂，心中的怒意化作了一种浓浓的仇恨，眼光如冰刃，向青芒处望去。

雪龙多杰心中一震，不远处站着一位身着红衣裙的少女，貌美如仙，一副永不服输的样儿，眼睛亦忿然地看着雪龙多杰，冷叱道：

"又是你，两次做坏事均被本小姐抓住，上次你厉害，这次只怕你没那么好的运气了！"

雪龙多杰四周看了看，心里想的不是这件事，而是另外一件事，奇怪问道：

"靳千各金怎么会一个人跑到这个地方来，不会是太无聊吧，或是暗着追本少爷来！"

此女正是靳贝琢，两人不是冤家不聚头，刚认识就是打架，如今一见面又是打架，靳贝琢见他盘问起自己来，而且说她"暗着追他"，这对一位姑娘家来说，是什么鬼话，何况是靳贝琢这样的蛮张飞，立时粉面一层霜，指着雪龙多杰的鼻子道：

"不会说话，就别说话，否则本小姐一生气，割破了你的嘴，怪不着别人！"

雪龙多杰一愣，回想自己说的话，方才明白过来，暗忖：嘴上占你便宜，还算看得起你，别在本少爷面前自作多情。他岂知靳贝琢爱的是北川雨星，而北川雨星又是雪龙多杰的未婚老婆，这事儿还真的要北川雨星在场才行。

"靳大千金，本少爷劝你还是不要管闲事，现在收手还来得及，待会儿收手就来不及了，不但保护不了别人，连自己也保护不到！"

"是吗，本姑娘就不信这个邪，自古以来，邪不胜正，就看你这个邪如何胜我这个正，本姑娘让你知道武学一道，永无止境，天外有天，人外有人，不要太猖狂！"

　　雪龙多杰料不到这死丫头辞锋如此之利，自己根本就占不了一点儿便宜，但亦知道这丫头并无什么罪恶，要杀她，岂不是陷自己于不义？这时，靳贝琢对那商贩道："喂，你是不是被吓糊涂了，有本姑娘拦着他，你还不快逃！"

　　那人如梦初醒，拔腿就跑，雪龙多杰立时恼怒，长啸一声，拔地而起，直向那商贩袭去，而靳贝琢不知好歹，立时拔剑挥芒而起，毫不客气地向雪龙多杰身影横切而去。

　　这一招凶狠之极，雪龙多杰不得不回顾，应付靳贝琢，对靳贝琢怒道：

　　"你一而再，再而三冒犯本少爷，今日定宽恕你不得，无忧剑多行不义，也应有个报应才符合天理！"说完，雪龙多杰向靳贝琢袭了去，靳贝琢当然知道雪龙多杰的厉害，而且忌惮他的无相闲弹，自然不遗余力，挥撒出一团团的青芒，如青江绿水一团团的漩涡一般，雪龙多杰在江湖上已有许多日子，与上次相比，经验丰富了许多，能自然而然地将自己所习的杂乱零碎的武学连贯起来，对血光玉佛上的散手，更如妙手偶得之一般神奇。

　　突然，雪龙多杰抓住靳贝琢换气，剑势一滞走弱时的破绽，连跨两步，手指间无相闲弹弹了出去，立听"当"的一声，青芒剧颤了一下，破绽纷呈。

　　雪龙多杰抓住这难得的机会，举掌猛劈而下，正是盘古开天辟地斧，立时"砰"的一声，那道青芒受到猛袭的冲击，很快消散开去，只听"叮当"一声，一切回归平静，两人均呆呆地站着，雪龙多杰依旧冷眼冷面如故。

　　而靳贝琢此时不相信地看着地上一分为二的无忧膺品剑，虽是膺品，但她所佩之剑，与真剑又有多远的差别，能赤手劈断无忧膺品，让她撒手，这的确令人难以相信，何况是出自雪龙多杰之手，她更是不敢相信，也不服。

　　但很久，双颊不知不觉滴下了晶莹的泪珠，不知是伤心，还是委屈，雪龙多杰此时心冷如铁，不想去猜，在一阵错愕间，继续踏步向傻瓜一般呆看着他的商贩走去。

　　"我求求你，他并无大罪恶，不要杀他！"

　　雪龙多杰开始以为是商贩在求饶，但最后发现居然出自靳贝琢之口，这太令他不敢相信了，回头错愕地看着靳贝琢，此时，靳贝琢不再有那股骄横之气，而如一朵蔫了的花儿，在雨后湿漉漉的，双眼苦求地看着雪龙多杰。

　　这副样儿，雪龙多杰不敢相信，只因这副面孔出自柳溪十二堡，这可恶的柳叶无忧剑主家，自傲、自狂，随时准备践踏别人，等待别人求饶的柳溪无忧剑士，也会有求饶的时候。

本来雪龙多杰早就料到他们有这么一天，却万万没料到第一个出现在他面前的是靳贝琢，靳家之千金，而且不是为自己，而是为别人，以雪龙多杰的偏见与自负，打死也不相信。

但此时雪龙多杰相信了，完全相信了，胸中的凶气也消失了不少，觉得自己确实做得有些过火，那商贩骗他，本不是出自真心，而是形势和生计所迫，若他当面指正真象，那壮汉最多受一顿打，但雪龙多杰这样的救世主一去，商贩只怕活命的机会也没有了，人生如场戏，生活中更有许多无奈的交易，才能让戏演到落幕。

在一瞪眼之后，雪龙多杰心情恢复了平静，又向那商贩看了看，方才道："算你福大命大，有人为你求情，你滚吧！"

那商贩立时如梦初醒，转身连道谢也忘说，就一溜烟地跑走了，雪龙多杰木然地看着远去的背影，最后不再理会靳贝琢，转身就走，对那浮烟谷的女向导道："这里离繁星宫还有多少路？必须在天黑之前抵达繁星宫！"

那浮烟谷向导见雪龙多杰恢复如初，把杀人这一回事完全忘记了，于是亦甜甜笑道：

"远是不远了，就怕到了千岛之湖进不了宫！"

"噢，有本少爷的威名，谁人敢挡！"

那女向导见靳贝琢恶狠狠地望了望雪龙多杰一眼，无声无息地离开了，悄声道：

"雪龙公子，你也太狠了，居然对靳家大千金没有好脸色，今日让她丢尽面子，看她离去的样儿，迟早你会栽在她手中，那可完蛋了！"

雪龙多杰朗朗笑道："如果为这区区小事也要提心吊胆，还能在江湖上混么？有些人往往就是患得患失，最后什么都失去了，本少爷连那万恶金盟也不放在眼里，何况她靳贝琢！"

"公子，你说这话是不是也忒狂了啦！"

"是么？没办法，如果你处在一些狂人之中，不凶狂一点，还真压不住呢，柳溪十二堡的剑士自以为会无忧剑，就睥睨天下剑士，猖狂之极，为非作歹，本少爷迟早要见识见识！"

这时，一个冷傲的声音道：

"是么，现在本公子就让你见识见识，但只怕你有福见识，没福再说下去了！"

这冷傲的声音直飘到雪龙多杰的耳朵里，雪龙多杰一怔，心中怒火直窜，朝发音处看去，看到的是一脸色冷傲阴森的翩翩公子，此人正是靳贝磊，雪龙多杰一见靳贝磊，立时暗忖道：这小子武功怎么精进如此之快，脸色含着浓浓阴紫气，似乎不是正门玄功，难道这小子又遇到什么奇事了？而且他杀气也重了许多！

几位白衣剑士一字排开，凝立在街道上，如几具僵尸，但这些僵尸都闪着杀气，靳贝琢狠狠地看着雪龙多杰，但手脚似乎有些战栗，面色更是惴惴不发。

雪龙多杰将吓得脸色大变的浮烟谷弟子拉到身后，嘲弄地笑道：

"哟，妹妹扫光了脸面，当哥哥的来撑腰，只怕这次不行喽，当哥哥的也帮不了忙，靳少爷，万事三思而行，若是你打败了，难不成还要将靳候请出来？那可丢人现眼喽！"

说完似笑非笑地看着靳家兄妹，靳贝琢突然道："我并没有请哥哥来出气，是你自己倒霉碰着了他，你还是告饶吧！"

"告饶？刚才是谁告饶？你站在那里别动，看等会儿是谁告饶，你们知不知道，本少爷知道浮烟谷被毁，惊梦炫奇手臂被毁，想了些什么？"未等众人有些表示，雪龙多杰又道：

"无忧剑是四大绝命兵器之一，来得何等高尚，但用剑的人品德之败坏，足可盖住其光辉，大概这就是无忧剑一直超不过怡心钩的原因！"

靳贝磊和靳贝琢不发一言，凶狠地看着雪龙多杰，雪龙多杰在强敌环伺下，反而更加亢奋，又笑呵呵地道：

"天作孽，尚可活，人作孽，岂可恕！柳溪十二堡所做的血腥之事全应得到报应，而你靳贝磊，恐怕尸骨不存！"

雪龙多杰说得恶毒之极，仿佛泼妇骂街一般，众人听得心惊胆战，靳贝磊冷冷的脸杀机愈来愈浓，紫色越来越厚，如涂了一层霜雪，雪龙多杰更是肯定这小子在练邪功，心中的戒备又多了一层，靳贝琢见眼前形势，突然道："哥哥，我们走吧，天色已经晚了！"

"要走你先走，今日非要斩了这小子，看他除了嘴巴厉害，手脚功夫又当作何！"

靳贝琢看了看雪龙多杰，居然露出了关切、焦急的神色，最后不忍眼睁睁地看着这么一位英俊小生白白死掉，黯然离开，靳贝磊对妹妹的离去无动于衷，双眼如鹰隼一般看着雪龙多杰，最后冷冷地道：

"最近你在江湖上风头出尽，声名如日中天，全因为你是神羚谷少头人，但行走江湖，只靠这些小聪明，恐怕没有善终！"

"是么？说出这样的话，只表示你对你的对手一点也不了解，这可是犯了江湖之大忌，本少爷嘴巴上轻视你，但心里却十分重视你，对你的武功知之甚祥，看来今日不用比了，若你也输了，柳溪无忧剑在江湖上的地位恐怕有些损失，难道要靳候亲自出马，向本少爷挑战，挽回无忧剑的声誉不成！"

靳贝磊出奇地平静，全身化作了一支虚幻的利箭，向前倾，仿佛随时都将飞射而出，眼睛里闪动着冰冷的刃光，平淡地道：

"阁下不知用何兵刃?!"

雪龙多杰知道靳贝磊的意思，立时摇头道：

"没有，普天之下还没有本少爷称心的！"

突然，雪龙多杰转头向那浮烟谷弟子笑道：

"将你的如烟追魂针借我几枚！"

那名女弟子惊愕无比，她亲眼见过靳贝磊的剑术，谷主都已不是他的对手了，而且惊梦炫奇在其剑下也不得不臣服，可见靳贝磊的剑术已达何种地步，当然，雪龙多杰也十分厉害，但无论如何，也不能以几枚追魂针与之相抗。

靳贝磊听到这样的话，亦有些愤怒，更是眼睛一眨不眨地看着雪龙多杰，雪龙多杰从那名浮烟谷女弟子手中接过追魂针，对靳贝磊道：

"你可得注意了，本少爷用的如烟追魂针一点也不外行，稍不留神，恐怕就会要了你的命！"

说完，眼睛直愣愣看着靳贝磊，而手指慢慢地搓着那几根追魂针，突然，靳贝磊轻啸一声，斜身向雪龙多杰扑了过来，身前青芒如匹练一般直罩而下，雪龙多杰在此时，突然扬起追魂针，飞快无比地划动开。

十分快，但十分沉重，如用四两去拨动千斤一般，只听破空"嘶嘶"的声音，几根如烟追魂针在空中划出了几道金光之环，严密之极，青芒触到金色光环，立时刺破了光环，余势未了，向雪龙多杰眉心刺来。

来势快疾无比，而且是对着眉心，雪龙多杰脚下不由自主向前一跺，身子却直愣愣地向后掠去，仰头而倒，这一招来得快疾无比，而且令人出乎意料。

就在大家觉得不可思议，青芒在同一时刻闪电般划过了雪龙多杰面孔，雪龙多杰见靳贝磊如此歹毒，自己一时处于了不利的境况之中，缕缕长发，飘飘而起。

看着自己心爱的长发曳曳而起，雪龙多杰又是伤心，又是骇异，暗忖：果然，靳贝磊出剑奇快无比，而且劲力十足，根本就不能用眼睛去看，但雪龙多杰是例外，他已习得"天元法眼"，对许多渺小之物观之清晰无比。

背与地贴，脸望长空，雪龙多杰只觉得整个人一下子变得强大起来，未等靳贝磊收回前进之身，或是剑势变横掠而直刺下来，雪龙多杰在下面眼睛看得清楚无比，抬指向青芒直弹而去，立听"当"的一声，青芒剧颤了一下，靳贝磊此时方才尝到雪龙多杰的厉害，脸色数变，愤力一旋。

青芒剑身立时如灵蛇一般，折身向雪龙多杰疾刺而来，雪龙多杰两腿一弹，身子一弯，人已上浮而起，同时，几只追魂针闪电般向身体上腾的靳贝磊直射而去，其快疾如流星，胜流荧，如一束光线划破夜空一般，那浮烟谷的女弟子见之，不由愕然变色，暗忖这小子怎么会将如烟追魂针用得如此之妙，如此犀利。

靳贝磊当然也未料到雪龙多杰会抛出如烟追魂针，他还以为是雪龙多杰用来作格挡兵器的，谁知他会抛射而出，心中一急，左手"轰"的一声，急掌吐出，同时，无忧剑一横，旋芒而起，疾射的几只追魂针被掌力一震，劲力衰竭了不少，但依旧犀利无比。

"当当！"数声，显然是青芒与追魂针撞在了一起，而此时雪龙多杰见靳贝磊突然施出猛烈的烈炎掌，上浮的身体重新下沉到地上，两腿一用力，身体立时又滑又轻，闪电般滑向了一边，正是神羚遁雪的奇妙用法。

掌劲过处，地上立时尘沙飞扬，出现了一个偌大的土坑，看得旁人脸色速变，雪龙多杰亦心中猛地一震，暗忖：这小子用的是什么掌？

两人同时虚惊一场，雪龙多杰手中没有了兵刃，靳贝磊好胜之心淹没了理智，如一头凶恶的巨狼，挟着利刃闪电般袭了过来，雪龙多杰见来势凶猛，立时全提丹田之气，顿时眼光如炬，如同孙悟空的火眼金睛，正是天元法眼。

"无忧一点红"一出，青芒逼现，雪龙多杰凝立不动，眼睛一眨不眨，如同死人一般，或是被这绝世一剑吓呆了，但就在青芒逼到他眉心之际，雪龙多杰突然一颤，眉心一晃。

眉心一晃，青芒立时短了微小的一段，但对致命的一击，差之毫厘，谬以千里，靳贝磊此时的感觉亦是如此，他本是一鼓作气，把毕生精力用在这到眉心的距离，这一轻微的变化，令他立时感到无力再继，亦无法改变剑势，雪龙多杰头部如有一层金光上浮，护住头部，但青芒之锋依旧浸在光芒里面，就在那闪电般的一滞之时，雪龙多杰护在胸部的手指间又闪电般冒出一缕烟雾，淡淡的，如梦似幻。

"如烟追魂针"，除了雪龙多杰，谁也未料到他手指间还留有一枚如烟追魂针，靳贝磊才智过人，也没有想到，此时愕然变色，不知该怎么办，但在这时，头脑里突然闪出绝望而恶毒的念头，扑身上前，不避不闪，衰竭的无忧剑在颤栗中突然又向前刺出。

眼看二人将同归于尽，但奇迹归奇迹，终究没有发生，那枚如烟追魂针袭去的方向不是靳贝磊的人，而是靳贝磊的剑，只听"当"的一声，剑身受到如烟追魂针猛烈的一撞，立时剧颤，雪龙多杰脚下一浮，让开了致命的一击，但同时，也觉得耳鬓间一凉，顿时魂飞魄散，以为自己已经死了。

雪龙多杰让开"无忧一点红"，顿时气极，他本可用最后一枚如烟追魂针杀掉靳贝磊，但他突然仁心大起，调头射向了无忧剑，想不到这一仁慈，差点害死了自己，身如矫龙出海，长虹掠波，手指排出，只见三束金黄指影一闪而过，再没有出现。

一切重归平静，雪龙多杰耳廓间已浸出了一线血迹，如一条红色的蚯蚓贴在耳边，而靳贝磊全身似乎一点伤也没有，众剑士正要欢叫，突然，靳贝磊剧晃了两下，吐出一口鲜血，胸部此时方才浸入淡淡的红色！

"好指法，靳某甘拜下风！"

说完，回头向众剑士一挥手，自顾踉踉跄跄地向前而去，众剑士脸上的惊愕之色依旧如故，默默地跟在靳贝磊背后，无语而去。

浮烟谷那名女弟子惊魂甫定，担心道：

"你受伤了，要不要紧？！"

"不要紧，无忧一点红，果然没有躲过去，还是见了红，这一剑让靳候施出，今日本少爷绝不会站在这里说话！"

"你是说，那一剑根本就躲不过吗？"

"确实如此，躲绝躲不过，但我觉得还是有办法让过这一剑，本来我已经成功了！"

"噢，是你存了仁慈之心，没有将最后一枚如烟追魂针射向靳贝磊！"

雪龙多杰惊愕地望向白衣女弟子，笑道：

"你居然也这般厉害，竟然看了出来！"

"不！如烟追魂针，针针追魂，宁可同归于尽，针也是要向着敌人的致命部位的，但公子却没有如此做，只射向了敌人的兵刃！"

雪龙多杰此时恍然大悟，大有悔意地道：

"不好意思，我浪费了追魂针，而且违背了用针的原则，是不是要罚在下一顿？"

那女弟子嫣然一笑，道："妾身怎敢，你的身份特殊嘛，但……但你如何能用追魂针？还这般好！"

雪龙多杰诡谲一笑，道："这是个秘密，可不可以不说，否则你会惹火上身的！"

那白衣女子一愣，很快明白过来，又道："刚才你击出的指法妾身从未见过！"

"确实这样，天下间只有我见过，三黄指！"

"三黄指？怎么有这么怪的名字？是不是这指劲猛烈之极，气势如三皇五帝一般？"

"大概是吧，三黄指，一指生三黄，三黄归一指，确有黄帝之架势！"

"那靳贝磊受了一击三黄指，会死么？"

雪龙多杰轻松地一笑，调皮道："你猜猜，你要他死就死，要他活就活！"

那浮烟谷女弟子又是嫣然笑了一下，暗忖：雪龙多杰果然很讨女孩的欢心，只凭他这张甜嘴就让人心如浸甜蜜，还不说那张上乘好脸皮，更要迷坏许多美人，难怪少谷主会一见倾情，只怕自己呆几日，也离不开他了！

如此一想，那白衣女子脸上立时一红，答道：

"以公子恶杀之心，定会留手的，但靳贝磊心高气傲，必会再来，而且靳候……"

一提到靳候，雪龙多杰心里就窝了火，只因靳候就是天君座，他以前还认为靳候一心向往过着归隐的恬淡生活，现在才发现这只是一层伪装，真正的靳候已变成万恶金盟天君座了。

"哼，迟早的事，本少爷会与他父子二人一一见面，分出胜负，无忧剑……哈哈……第一剑……"

"公子，你怎么啦？那无忧一点红，你不是说过，若是靳候施将出来，必死无疑么？"

"不错，以前必死无疑，但今后，却是未必，只因我是从无忧一点红中唯一活过来的人！"

那白衣女子对雪龙多杰又是感激，又是钦羡，对靳候的柳溪十二堡虽然憎恨不已，但由雪龙多杰毁去无忧剑，心中总是疙疙瘩瘩的。

两人匆匆而行，穿过了几道山梁，又是几条山谷，最后看到天空一阔，翁翁郁郁的树林向四周退去，变得朦朦胧胧，寂静的夜空在一群白色的水鸟扑腾惊叫而起后，变得热闹了起来。

夜空高远，鸟雀万点，在苍穹中翱翔，晚雾如同轻纱，裹着绿幽幽的小岛，若隐若现，美极了！

零星的小岛，浮在湖中，无数的渔船，悄悄浮现，又轻轻隐去，不知那是小岛，还是渔船！

雪龙多杰和那浮烟谷的女弟子站在如同碧螺的青山峭崖上，望着烟波渺渺的湖面，一筹莫展，正在二人不知如何是好时，突然，两艘青色，如同两片柳叶双叠而成的小船悄悄驶了过来，二人立时心中大喜，双双掠下山。

小小石阶渡口，此时已站着两人，身着黑衣，凝立风中，纹丝不动，正等待着青叶小船靠岸，雪龙多杰心中剧震，暗忖道：

这二人不是万恶金盟的钦使么，繁星宫怎么如同迎接贵宾一般？难道繁星宫业已被万恶金盟挟迫了？若真是如此，独独留下来的浮烟谷岂不是十分危险？而且杭姐姐在此，亦是万分危险，两名黑衣人的出现，立时打破了心中的宁静，不知道如何是好。

雪龙多杰与繁星宫有着千丝万缕的联系，他不敢相信有这样的结果出现，但万恶金盟能控制住柳溪十二堡，繁星宫又算得了什么呢！

两船刚一靠岸，从船里走出几位青衣女子，最后走出繁星宫宫主苏舒和杭绮，两人居然在一起，这又令雪龙多杰大吃了一惊，又想：杭绮到此不是要与苏舒了断恩怨的么？怎会是这样？如同聚会一般！

两女一见二黑衣人，立时恭敬一揖，道：

"童二侍，师父他老人家好么？"

两黑衣人立时恭敬地道："好，但对你们的表现却不太满意，玉佛没找到，就相互残杀，不但师父不满意，似乎悔老已给了师父警告！"

雪龙多杰这才明白过来，此二人是不悔不归老的两名使者，这天下真是小，万恶金盟的钦使也是黑衣人？雪龙多杰脑海中一片灵光，觉得极有可能，但很快就否定了自己的愚蠢想法。

不悔不归老怎么会有如此野心？何况三大绝命兵器与万恶金盟在江湖上水火不容，互有损失，何况有悔老控制着他，一想到那夜遇到的悔老，雪龙多杰顿时充满了希望。

就在雪龙多杰玄想之时，一艘青叶小船载着两名黑衣使者向湖心岛而去，而另一艘小船依旧停在那里，似乎依旧在等待着什么人，雪龙多杰和白衣女子双双望了望，立时猜到她们等待的人必定是柳溪十二堡的靳候。

立时，他二人想到今日在小镇碰上靳家兄妹，看来是二人匆匆向繁星宫而来，那么靳候当时何以不在场呢？若与她们一路，定然会出来与雪龙多杰过上几招的，但此时不容雪龙多杰细想，他立时在白衣女子耳边低语了几句。

两人掠出树丛，快如闪电般掠向船，船上青衣女子以为是柳溪的人来了，正欲说话，忽觉得不对劲，但此时已然迟了，雪龙多杰脚跨夸父追日步，施展神羚渡雪，轻快无比，而且使出无相闲弹，每指均不虚发。

船上几名女子还未发出示警之声，就被雪龙多杰点昏在船上，再看小船上狭窄无比，若将几女留在船上，必定让靳候发现，于是别无他法，只好将几女藏匿在树丛之间。

浮烟谷女弟子正换好青衣，靳候那熟悉的身影已出现在渡口上，雪龙多杰藏在树丛间，长舒了口气，靳候双眼如刃，四下环顾了一下，又直视着青衣女子看了看，那浮烟谷女弟子此时胆子出奇地大，恐怕是雪龙多杰这奇才在附近，心里有着依靠，否则以靳候在天下武林中的威名，她怎敢独自相对？她嫣然笑语道：

"二师伯怎么此时才到，害得师侄在此等待这么久，就二师伯一人来么？"

"嗯，童二侍来了么？"

靳候无论在何处，均有着一股睥睨天下的霸气，此时亦然，一踏上船，就凝望烟波浩浩之湖泊，心中似乎有无尽之情，眼睛更深如幽潭，雪龙多杰在暗处觉得一股股剑气散逼而来，湖水哗哗去远，很快就只看得见黑乎乎一点，雪龙多杰的心也就开始提了起来，他必须等待下一趟船的到来！

但在这时，渡头上又掠出一个人影，呆呆地望着阔阔的湖泊发呆，雪龙多杰见到此人，心里一震，只因此人正是在小镇上遇上的靳贝琢，这事也太玄奇了，靳贝琢怎么会到这里来？若她也是去繁星宫，为何不与她父亲一道呢？

雪龙多杰不知是现身一见，还是继续观察！

最后，还是决定等待时机，这时，突听到靳贝琢自言自语道："奇怪……老爷子怎会在这里呢……难道他好了……但这繁星宫一去能回么？"

说完这些，靳贝琢这时又匆匆沿原路而回，很快就消逝了，雪龙多杰听了靳贝琢的话，细想：原来她兄妹并不是来赴宴的，不悔不归老的使者来了，当然要靳候亲自莅临喽！

这时船又驶来了，雪龙多杰高兴无比，还未等船驶到岸上，雪龙多杰就掠上了船，那浮烟谷弟子一见雪龙多杰，立时边撑船边笑颜道：

"公子，妾身觉得靳候怪怪的！"

"哦，有什么怪怪的？！"

"说不上来，童二侍是师祖的两名侍童，因此叫童左侍和童右侍，他二人经常来传达师祖的口谕，这次二人同来，汇聚了三大绝命兵器，当是有十分重要的事，又不是赴生死之约，靳候却如此紧张，如一把快离鞘的剑！"

雪龙多杰不以为然，道："这有什么奇怪的，练武之人，随时都保持着警惕，何况靳候一代宗师，浑身均是浓浓的剑气，很正常的嘛！"

那青衣扮装女子虽然不服，但也不再说这些了，突然道："公子，我们本可光明正大地进入繁星宫，怎么说也不是外人，我们为何要费力又费时，装扮成这样，浑身都不舒服！"

"这样好些，万一她们商量的事是本少爷不能听得呢，当然就不会让本少爷参加，说不定会几人合谋害本少爷也不无可能！"

那名浮烟谷弟子不相信地看着雪龙多杰，最后不再说话，两人驶到了一座大些的岛屿，这里亭台楼阁随处可见，各个小岛上，已挂出了一串串红红的灯笼，如波光粼粼的秦淮河，更远处却有渔火万点，小船游戈，偶有几句轻脆的渔家小调，雪龙多杰忽然脱口道：

"不知星冢在哪座岛上？"

那浮烟谷弟子茫然地四下看了看，亦摇头道："恐怕只有问一问岛上的繁星宫弟子了！"

两人下了小船，就向一片竹林里飞窜，竹林幽幽，竹叶在夜雾下，沙沙直响，落着雨滴，两人窜过了竹林，前面出现了一个幽美的小湖，湖中有亭，有假山，湖岸有围廊回廊，有楼阁。

雪龙多杰看四周一片寂静，倒不敢轻举妄动，越是寂静，越是可怕，越是戒备森严，他突然回头问道："你以前来过繁星宫吗？"

那浮烟谷弟子很快地摇了摇头，道："这是妾身第一次来，就是我们谷主，也未曾上过繁星宫这些小岛！"

雪龙多杰一愣，心里觉得有点不对味，但又说不出来，突然悄声道："不管这些，我们先去救杭姐姐她们吧！"

说完，率先一掠而起，从幽色古径间向里窜，刚窜了一丈多远，就见两青衣女子从转角迎面而来，雪龙多杰心里一慌，欲窜入路边丛林中，但两青衣女子均齐齐看了过来，喝道："你是谁，为何在这里瞎跑？"

身后那名浮烟谷弟子亦不知如何回答，雪龙多杰立时毫无忌惮道："本少爷雪龙多杰，这地方难道来不得么？就是你们宫主也管不着本少爷，何况你们，快说杭婉琪软禁在何处，星冢在何处？"

两名青衣女子果然被唬住，看雪龙多杰一丝慌乱也没有，更是没有怀疑，只因江湖传言雪龙多杰就是朔玉的儿子，而且苏忆星主婢三人已然知晓雪龙多杰两臂的镖印和钩印，想必一定告诉了繁星宫宫主，何况他们与苏忆星的关系非同一般，繁星宫上下内外亦是知晓，也只有雪龙多杰此时才会如此狐假虎威。

二人不疑有他，立时面色一变，喜道："原来是雪龙少爷，是不是刚到岛上？"

"嗯，本少爷不想见你们宫主，你们宫主也不想见到我，你们一定不要告诉她！"

两名青衣女弟子当然明白，立时答允，其实她们还担心宫主与雪龙多杰相遇，一旦两人相逢，一定会打斗起来，她们也不好自处，雪龙多杰是宫主的外孙，外孙与外婆不和睦，旁人就是有天大的胆子，也是不敢插手。

"现在你们就带我去见杭姐姐！"

两女无可奈何，只好带着雪龙多杰二人折身向竹林幽深处走去，此时路上昏暗，只能借着斑斑光影看见白石小阶，雪龙多杰看着四周，慨叹唏嘘，黯然道："这地方似曾相似，在梦中怕是有数次相见，想不到今日却是真的！"

"其实宫主她老人家也很念你，希望你到这里来的，但怕你怀恨很深，才……"

"哼，你们别为她说话了，我永远不会原谅她的，居然连自己的女儿也想杀，如此狠心的女人，还是离得越远越好！"

两女见雪龙多杰咬牙切齿，不敢再说，这时，前方出现了一缕灯火，灯火通明处，是几间简朴的竹楼，竹楼隐在竹林里，很难辨别，但在这黑夜里，反而能看得更加清晰！

"雪龙少爷，这就是星儿阿姨曾住过的竹阁，宫主一直把它留着，如同原样一般，想不想去看看？"

雪龙多杰一看到幽静的阁楼，眼眶真的有些湿润了，咽喉也哽咽起来，脚下连走两步，走到那竹楼阁，突然止步叹道：

"人去音杳，留有何用，为赌物思人，空添一脸酸泪，天堂人间两处离愁，不见为好！"

说完双退了回来，此时雪龙多杰难受之极，悲愤更是无比，浮烟谷那名女弟子暗暗慨叹，终于相信雪龙多杰不是做戏，而是真的怡心钩少主。

两名青衣女子带着雪龙多杰走到另一座阁楼前，阁楼里射出微微的灯火，雪龙多杰心里一震，果然，两女停在了阁楼前，说道：

"这阁楼就是杭姑娘住的地方了！"

雪龙多杰摆手道："你们在这里等一会儿，我上去看看，转头再去星冢！"

说完，雪龙多杰迫不及待地上了阁楼，立听里面一熟悉的声音道："是谁呀，是花婆婆么？"

还未等雪龙多杰后闪，已有一双枯爪闪电般抓了过来，又凶又准，幸亏雪龙多杰闪得快，只抓住了虚影，雪龙多杰见花婆婆如此厉害，呵呵笑道："花婆婆，自己人呢，不要打！"

果然，从雪龙多杰身后闪出了浮烟谷女弟子，向花婆婆急道："花婆婆，你难道不认识小婢么？"

花婆婆这才看清来的两人，吃惊道：

"你们两人到这里来干什么？"

两人见到花婆婆无恙，那房里的杭婉琪也没有什么事了，那女弟子急急忙忙向花婆婆解释，而雪龙多杰已一头冲进了阁楼，看到了正从烛灯下站起来的杭婉琪，此时的杭婉琪依旧那么恬静，只是昔日高绾的头发如瀑布一般泻了下来，眼睛似乎亦没有原来那般活跃，恬静了许多，杭婉琪一见雪龙多杰，眼睛里立时闪出了光，怔怔地看着雪龙多杰，道：

"雪龙公子，你……你怎么会在这里？"

雪龙多杰见到杭婉琪，亦心里惊喜无比，张开手欲去抱杭婉琪，听到杭婉琪的话，立时冷静了下来，但依旧十分关心，道：

"杭姐姐，我是来救你的，你不高兴吗？"

"救我？你什么时候想到来救我的？！"

雪龙多杰一愣，这个问题还真的不好回答，最后尴尬地笑了笑，道："杭姐姐，小弟细细地想，听到你被挟到这里来了，我随时都在想救你，但是，你知道，有些事情……"

"你不用说了，是不是有苏忆星要救，还有很多很多的女孩子让你去救，到现在轮到我？"

雪龙多杰想不到一向温柔的杭姐姐怎么会一下子变得如此不近情理，不可理喻，但也做贼心虚，只有没有意思地笑，拉着杭婉琪的手，道："杭姐姐，你怎么一下这么凶，把我都吓坏了！"

看着雪龙多杰温柔的目光，杭婉琪心里仇懑之火一降再降，最后终于扑在雪龙多杰怀中哭了起来，仿佛在繁星宫受够了罪，受够了苦，雪龙多杰只有如安慰孩子般安慰着她，暗叹连这杭姐姐也不好"欺负"了。

正在二人处在温馨之中时，突听得传来急骤的脚步声，很快就听到花婆婆的吼声和一名女子的仓惶声音道：

"不好啦，童二侍和靳候突然间与宫主和浮烟谷谷主打起来了，宫主叫我过来告诉花婆婆，立刻带着杭姑娘离开繁星宫！"

"有这等怪事？童二侍是谁？老婆子去帮她们，就不信这二人如此猖狂！"

雪龙多杰和杭婉琪心中亦是一惊，立时冲出了竹阁楼，看到一名青衣女子身上溅满鲜血，已然昏了过去，而这时，一条巨大的黑影向这边闪电般扑来，雪龙多杰眼睛锐利无比，望着黑影，眼色剧变，还未等他反应过来，靳候已经凝立当场，冷冷地望着花婆婆和雪龙多杰，当看到雪龙多杰时，突然哈哈笑道：

"雪龙公子想不到也来了，真是巧合，浮烟谷与繁星宫身犯欺师灭祖之大罪，童二侍传来师父之令，除一宫一谷二人格杀之外，其余之人若不反抗，决不为难！"

说完，眼睛如冰一般凝望着在场的所有人，雪龙多杰心里惊愤不已，忙问道：

"你胡说，现在她们二人在哪里？"

"你不用见她们了，只怕童二侍已将她们制住！"

雪龙多杰陡怒，大叫道：

"你……你可是真正的叛徒，我亲眼看见你杀了弗禁大师和灵清道长，你是万恶金盟的天君座，今日，本少爷与你拼了！"

说完，正欲冲上前去，杭婉琪忙拦住他，此时她出奇地冷静，冷冷地看了靳候一眼，又看了雪龙多杰一眼，冷冷问道：

"二师伯，你说他说的是真的么？"

靳候诡谲地笑道："这样的问题，本候会答么？"

这时，脾气暴躁的花婆婆突然飞身而起，口中叫道："你不答也得答！"

但是，刚掠近靳候，靳候一动未动，只见一道青芒过后，就是一滴晶莹的殷红血珠暴现，花婆婆惨叫一声，急退数尺，倒了下去，口中道："好厉害的无忧一点红！"

雪龙多杰看得心惊肉跳，他亦看出这一招比靳贝磊使出的更加奇妙，更加快，更加精湛，他终于看到了无忧一点红的威力，他真想冲过去，但杭婉琪拉着她，不让他过去。

靳候冷冷地看着众人，这时突然传来两声尖啸，靳候立时诡谲地笑了笑，身体一缩，顿时挤入了黑暗之中，只留下"沙沙"作响的竹林。

众女看到这天地之间的一招剑法，均吓呆了，杭婉琪立时纵向花婆婆，而雪龙多杰抓住一名青衣女子喝道："快说，宫主和谷主在哪里？"

那青衣女子战栗着道："我……我带你……去！"

雪龙多杰跟着青衣女子，几掠几起，离开了竹林，到了湖畔，看到一座三层高的阁楼，阁楼上依旧亮着灯，但灯火十分淡，一亮一暗，那青衣女子指着灯火处道：

"她们应该就在那里与童二侍见面的！"

雪龙多杰未等她说完，已拔地而起，冲了上去，击碎窗纱而入，立时呆住了。

屋内一片殷红，使女东倒西歪，无一活口，简直是屠杀，宫主和谷主依旧坐在那里，而头却趴在了桌上，一片凄凉，雪龙多杰走了过去，看到二女坐处，已流了两摊血，再探二女鼻息，似已然香消玉殒，但雪龙多杰突然发现繁星宫宫主纤手轻轻颤动了两下，立时蹲下来，用力摇了摇她的身子，支起她的头叫道：

"外婆……外婆……你说话呀！"

这时苏舒突然睁开了眼睛，看到了雪龙多杰，眼中立时充出了晶莹的泪水，颤抖的纤手染满了鲜血，但这只手正摸着雪龙多杰，苏舒艰难地道："果然是……是你，你居然……肯……叫我……外婆，难道……不……恨外婆吗？"

雪龙多杰看着入气没有出气多的苏舒，泪花也出来了，横了心，摇头道："外孙没恨过你，真的，那一次只是你失手，并不是真正想杀了娘亲，外孙看得清清楚楚的！"

那时雪龙多杰还是个什么都不懂的小毛头，居然说看得清清楚楚，骗要死的人真是容易，果然，苏舒艰难地笑了笑，又道："我……我终于可以……安安心心去看你娘亲了！"

说完这些话，苏舒口中已满是鲜血，声音浑浊无比，最后艰难的两句，根本就听不清，但最后一个字倒是听见了，"……贾……"只因苏舒说了数遍，而且是含着这个字离开人间的。

雪龙多杰根本就没有去想其它的事，抱着苏舒，而这时，旁边也传来了哭声，一听就知道是杭婉琪，还有几名青衣女子，雪龙多杰见有人与他一起哭，立时毫无忌惮地大哭了起来，比任何人的声音都大。

第二日，却是一个大好的阴天，阴风愁煞湖岛人，懒散的乌云在天空中静静地流荡，千顷湖岛也沉郁一片，雪龙多杰和杭婉琪等众人静静地站在星冢旁边，向那数座新冢默哀。

想不到，繁星宫一夜之间多了如此多的新冢，简直令人难以相信，就是雪龙多杰也不相信，若说是死的浮烟谷与繁星宫两位主人，天下人不骂你是白痴，就是疯子，定是不会相信。

有时事实就如虚妄，甚至比虚妄更虚妄，就如同一家金铺，居然没有一锭黄金，铺主穷得无米下锅，谁会相信，但有人相信，因为这些人就是一夜之间劫光了这家金铺的贼人！

在众人默哀之际，杭婉琪突然说道："好了，这下两人的恩怨一笔勾销了，要吵要斗，也要到天堂去了，唉……"

说到这里，杭婉琪突然道："对了，苏阿姨在临去之时，与你说了些什么？"

雪龙多杰茫然地摇了摇头，辛酸地道："还能说什么，要死时才后悔，才向我认错！"

"不是这些，好像最后还有几句！"

"没听清楚，但有一个字清楚，'贾'字！"

杭婉琪面色一变，把娇容偏向一边，不再说话，突然道："雪龙弟，你离开这里准备去哪里，去不夜城救苏忆星，还是去……"

"去柳溪，将靳候抓出来，乱刀砍死！"

杭婉琪面色一变，突然道："你也太残忍了吧！"

"残忍？他柳溪杀了多少人，浮烟谷死了多少人，只怕他的野心还很大呢！"

"你真的看到他杀弗禁大师和灵清道长？"

"当然亲眼看到，难道我会信口雌黄？！"

杭婉琪突然道："凭你现在的功夫，只怕不是靳候的对手，你知道，输了就意味着什么？"

"当然知道，输了就意味着死亡！"

杭婉琪这时又道："好，我们一起去，但这一路，你得听我的，否则都没命的！"

雪龙多杰又是高兴，又是担扰，但知道杭姐姐说到就一定会做到，要死，死在一起也好！

第二十二章

柳溪，在杭州西南郊外十里，群山起伏，溪涧如画，竹海泼墨，有雾时，如山水淡墨，这里本是杭城远近一大胜景——九溪烟雨，但有靳候在此，九溪烟雨就更加神秘莫测。

在如烟的竹海之中，飞掠着两人，一位身着白衣素裙，一位全身雪衣，正是偷偷潜入柳溪的杭婉琪和雪龙多杰，两人窜过一片竹林又一片竹林，突然被前方小溪边的奇景吸引住。

一位金衣长袍的瘦削中年人静坐在阁楼上垂钓小溪中鱼，怡然自得，中年人旁边垂手站着一红衣女子，此二人对雪龙多杰来说再熟悉不过了，那中年人正是靳候，而红衣少女是靳贝琢，雪龙多杰一看到靳候，立时怒气上涌，身体如同大鸟一般，掠过溪面，向竹阁楼扑去，杭婉琪本想拉他一把，没有拉住，亦不得不跟了过去。

靳候首先发现飞掠而来的雪龙多杰，眼睛如刃一般射了过来，靳贝琢也发现了，靳贝琢万万没有料到雪龙多杰胆敢闯到这里来，看着稳稳站在阁楼一角的雪龙多杰，狠狠地道：

"你这人到底想怎样，居然胆大包天，跑到这里来，是不是有点欺人太甚？！"

靳候此时重新看着水面垂钓之处，身子纹丝不动，真如一把剑插在那里，雪龙多杰正想冲过去，与他厮打一番，但腕脉被杭婉琪紧紧抓住了，仿佛抓住了他的命。

"你就是雪龙多杰？两次击败本候的宝贝女儿的人，居然将贝磊这不知天高地厚的人也打得一点脾气也没有，厉害，厉害！"

说到这里，口中又道："三黄指，无相闲弹……夸父追日步，呵呵，不错，不错……"

雪龙多杰心中剧震，立时呆在那里，听着靳候说下去，开始觉得这个靳候满身散发出的是霸气，一种正义的剑气，与前夜碰上的恍若两人，心中冷哼道："白昼与黑夜居然变得如此之快，但你是靳候，世上唯一的靳候！"

突然，靳候双眼冷刃般射向雪龙多杰，厉声道："你是大师兄的儿子，快说，玉佛在哪里？你已经学会了多少上面的武功？"

说到这里，众人都面色一变，靳贝琢和杭婉琪亦呆了，想不到江湖上风传的玉佛之主、朔玉之子就在面前，杭婉琪更是恍然，先是怀疑，接着否定，否定后又怀疑，怀疑了又否定，最后居然是真的！果真是真假难辨！

靳贝琢结结巴巴地道："他……他是大师伯的儿子，那……那北川公子呢？"

"北川公子是假的，十五年前，惊梦炫奇就将你大师伯的儿子转给了神羚谷的头人吉龙多杰，这件事虽然没有人亲眼看见，但是他的武功，天下间能瞒过其余人，瞒不过本候！"

雪龙多杰这时突然冷冷地道："你难道只有在光天化日才看得清楚么，昨夜你怎么就没有看出来？靳候一方霸主，昨夜所作所为心里明白！"

靳候依旧冷眼如霜，面上的肌肉突然动了动，没有出声，靳贝琢厉声喝道：

"你胡说什么，老爷子昨夜与本小姐儿聊天聊了一整夜，哪里也没有去，这半年他身体不好，从没有出过柳溪半步……"

"住嘴，本候需要向人解释什么！"

这时，靳候突然泛怒，靳贝琢虽然恃宠生骄，但亦不敢在外人面前与老爷子分庭抗礼，狠狠地跺了跺脚，狠狠地向雪龙多杰看了看。

雪龙多杰听了靳贝琢的话，立时面色大变，心里突然一沉，不由自主向靳候望了过去，靳候此时已将脸望向烟雨飘渺的小溪和竹海，一点儿表情也没有，手中依旧紧紧抓住那鱼竿，雪龙多杰向杭婉琪看了看，杭婉琪亦在沉思着，突然抬头对靳候道：

"二师伯，侄女不想打扰你清静的生活，但是，你的生活真的是这么清静么？"

靳候没有言语，雪龙多杰见他死不认账，仿佛水鸭被人追急了，干脆将头埋入沙里面，誓死也不拔出来，真想过去猛拍他两下，但靳候是无忧剑主，是老虎，老虎的屁股岂能拍？

"二师伯，昨夜你与童二侍三人合力将一宫一谷两位师妹杀了，难道心中没数！"

靳候听到此言，突然身一颤，鱼竿坠入阁楼下的小溪中，两眼悲愤地扫了二人一眼，最后复转向溪水中。

靳贝琢此时脸色苍白，扶着竹柱，嗫嚅道：

"你说杭阿姨和苏阿姨昨夜都死了？"

杭婉琪向着满是不信的靳贝琢点了点头。

"不……不可能，老爷子没杀她们，童二侍两位叔叔也没有来找过老爷子！"

雪龙多杰和杭婉琪面色一变，细心地看着靳候父女，但看不出丝毫破绽，雪龙多杰还是第一次碰上这样的事，冷冷地道：

"靳候，你贵为无忧剑剑主，你说吧？"

"说，说什么，本侯说过，不用向天下的人解释本侯的所作所为，你们走吧！"

雪龙多杰立时火了起来，大声吼道："你说什么？先要搞清楚，我是你师兄的儿子，有权力听你对十五年前那件事的解释，你不承认是你在背后主使，会有个合理解释，现在，你解释呀，难道你也会赖皮不成！"

靳候面色一阵青一阵紫，但依旧没有动，靳贝琢突然跃身上前，拔剑就刺，一阵青芒一闪而过，雪龙多杰没有料到这一着，但他凭着本能一晃一退跃，青芒一偏，刺在了左肩胛上，立时鲜血"汩汩"而出，顿时染红了雪衣。

杭婉琪和靳贝琢均叫了起来，靳候横眉亦颤动了一下，不知是惊，还是骇，是怒，还是喜，无人知道，靳贝琢料不到自己会鬼使神差地出手，而且一剑就刺伤了这连番胜过她的雪龙多杰，她不相信这是真的，看着青冷剑锋上一滴血在颤抖着，如一颗血淋淋的心刺在剑尖上颤抖，哪里还握得住剑。

只听"当当"两声，剑甩在了阁楼上，翻转了几下，才停了下来，杭婉琪见血越流越多，心里沉痛无比，慌忙上前，欲为雪龙多杰包扎。

谁知此时的雪龙多杰如同一只发怒的老虎，狠狠地甩开杭婉琪的手，杭婉琪几个趔趄，差点坠入溪中，顿时面色一变，呆呆地看着雪龙多杰，雪龙多杰双眼赤红地看着自己的血从伤口处流了出来，突然骇人地将染满血的手指伸到嘴唇边，轻轻地舔了几下，似乎有滋有味。

不但杭婉琪两女向后退两步，就是靳候，亦面色变成愕然，他几十年怕也没有见过如此骇人的样子，雪龙多杰没有理他们，手指在手臂肩胛处急点了几下，方才望向靳贝琢，眼光中全是浓浓的杀意。

杭婉琪突然在几步远处焦急地道："雪龙弟，你怎么啦，你知不知道，那样儿多吓人!"

雪龙多杰此时如同一个吃人的魔鬼,踏步向靳贝琢走去,靳贝琢颤抖着站在那里,如同羔羊一般,这时只听雪龙多杰嘶吼道:

"十五年的血,居然会流到今天,好……好,有胆量,居然让我愈合的伤再次流出血来!"

顿了顿,雪龙多杰舔了舔嘴唇,又道:

"十五年前的血不会白流,我曾发过誓,谁若再让我流血,我便要他用命来偿还!"

说到这里,靳候面色突然煞白,喝道:

"你……你不能伤害她,一切都是本侯的罪过,有什么过节,本侯全部承担!"

雪龙多杰恶狠狠地转过头来,突然哈哈大笑道:"你的罪过,当然由你来承担,但她的罪过,也得由她来承担,你……你凭什么,你有什么资格全部承担,你以为你是谁!"

此语一出,杭婉琪脸色变得十分难看,十分厌恶此时他的嘴脸,但生怕他骤然发难,向靳贝琢攻去,总之靳贝琢是无罪的,但一切都无用,雪龙多杰突然虚步一跨,久久弯曲的手指在掌中突然上抬,向靳贝琢眉心闪电般弹去。

"快闪,贝琢,这是无相闲弹!"

靳候以为只有他才知道无相闲弹的厉害,靳贝琢本就知道,对无相闲弹简直心有余悸,恐惧无比,她对无相闲弹束手无策,现在又见雪龙多杰杀气浓烈,将无相闲弹更是毫不保留地施将了出来,她闭上了双眼。

"叭"的一声,同时,轻轻的闷哼传入了在场所有人的耳朵内,所有人均僵立不动,场中一片寂静,如死一般的静,雪龙多杰的心亦直往冰窖里沉,坚硬的手指此时不断地打着颤。

刚才他在弹出一指时,突然眼前一花,如同一团白影晃过了他的眼睛,昏沉的脑海顿时清醒了过来,心底惊恐地叫道:"杭姐姐!"

但一切已太迟了,杭婉琪站在靳贝琢的面前,胸前一片殷红,雪龙多杰道:

"杭姐姐,我……我不是有心的!"

杭婉琪凄楚地笑了笑,道:"我知道,你……你不用解释了,但你不应该这样滥杀无辜,若你真的疯狂杀人,比杀了我还让我痛心!"

"我……我,难道错了么?"

"眼前的结果，你还看不明白？"

雪龙多杰杀意浓浓的眼睛顿时黯淡了下来，不由自主地低下了头，这时杭婉琪"啊"的一声，摇摇欲倒，雪龙多杰仓惶地抬起头来，一个箭步上前，揽住了杭婉琪的娇躯，急点了她胸前几处穴道，方才回过头来狠狠对靳候道：

"你刚才为何不出手你的剑呢？"

靳候痛苦地摇头道："本侯早不用剑了，心中的剑也没有了，本侯杀不了你！"

雪龙多杰深深地看了看靳候，仿佛这时才相信他的话，长吁了一口气，道：

"是我错了，但你应告诉我，这里除了你，还有谁用你的剑，是谁让你心中无剑？"

靳候痛苦地摇了摇头，良久，道：

"本侯不能说，你们还是走吧，本侯也是人，不是神，玉佛重现，四大绝命兵器岂能生辉！"

雪龙多杰看着逐渐苍老的靳候，无奈地摇了摇头，泪水无声无息地流了出来，这时杭婉琪突然低声道："我们走吧！"

雪龙多杰没有再坚持，紧紧地抱起了杭婉琪，从阁楼上疾射而出，在空中连跨几步，立听溪水直溅，几晃，雪龙多杰已到了那片竹林，未等雪龙多杰顿住身影，突然，林间疾射出无数支劲箭，劲箭如剑，直刺雪龙多杰全身要害，雪龙多杰立时狂怒，长喝几声，挥出劲掌，"金磐佛掌"在空中如点点金光，一晃而逝，四周的劲箭尽数坠入竹林。

未等林中伏敌再次搭箭，雪龙多杰如大鸟拔身而起，在空中时隐时现，最后消失在空中，靳候看着离去的雪龙多杰，长叹了一声，方才蹒跚地走到靳贝琢的旁边，安慰道：

"贝琢，不要怕，有老爷子在呢！"

靳贝琢呆呆地望着雪龙多杰远去的方向，自言自语道："他果然是玉佛之主，大师伯的儿子！"说到这里，突然回过头来，已是满面泪水，向着靳候，哭泣道："你们……你们全都在骗我！"

说完，靳贝琢匆匆去，哭泣声在幽静的阁楼上久久萦绕，靳候回过头去，望着远山，重新坐了下来，欲去抓鱼竿。

而鱼竿早已滑进了小溪里，在水面上一沉一浮地飘荡，再也抓它不住了。

山野，人家，炊烟如缕，缭缭随风而去。

一间茅屋，屋前柳树下，坐着两位白衣人，白裙，雪衫，与青青山野和谐成画。

"杭姐姐，现在觉得好些了么？"

"能好么，中了无相闲弹，只怕永远都会留上伤痕，随时都会心痛的！"

"都怪我，没有及时收手，当时我就感到你会那样做，但不相信，你果然那样做了！"

坐在古柳之下的正是雪龙多杰和杭婉琪，杭婉琪面色依旧苍白，但眼中尽是一泓温柔，静静地望着平静下来的雪龙多杰。

"你是个煞星，但你又成了救世主，一旦成为玉佛之主，不是福，就是祸！"

"无论福还是祸，我只希望有个好的结局，就如同一个故事，无论它有多凄惨缠绵，只要最后是个喜剧结尾，就够了！"

杭婉琪甜甜地笑了起来，又想起初次与雪龙多杰见面时的情景，那时的雪龙多杰多么纯洁，如一块璞玉，但如今，她有些担忧起来。

这时，一白一青两位女子匆匆掠了过来，对二人道："少谷主，雪龙少爷……"

叫少谷主的当然是那白衣女子，而青衣女子当然是叫雪龙多杰，但雪龙多杰浓眉一扬，道：

"怎么样，她们愿不愿意？"

那青衣女子道："少宫主不在，宫主又去了，而你有神宫母镖在身，当然唯命是从！"

"唯命是从还不够，现在是听杭姑娘的，以前一谷一宫的恩怨从今以后谁也不许提，只有联手，才有希望不灭，你还不明白吗？"

"属下明白，但……"

"不用说了，就说是本少爷的旨意，本少爷已将神宫母镖暂由杭姐姐代管，谁若不从，就是违背宫里的规矩！"

那青衣女子面色一变，躬身道："属下明白！"

雪龙多杰挥了挥手，那青衣女子转头飞掠而去，这时，杭婉琪担扰道：

"她们真的肯听我的话吗？"

"敢不听，就连她们的少宫主也得听！"

杭婉琪皱了皱眉，道："这也太霸道了吧，我这难道不是为她做嫁衣裳？吃力不讨好!"

雪龙多杰忧郁地笑了笑,道:

"不但是为她人做嫁衣裳,亦是为自己做嫁衣裳,杭姐姐难道不明白阿弟的心意?"

杭婉琪粉脸立时飞过红霞,啐道:

"没大没小,居然敢吃姐姐的豆腐!"

雪龙多杰受到感染,嘻嘻笑道:"当初称你为姐姐时,就是在吃你的豆腐,如今叫习惯了,只怕这块豆腐吃得只剩一点点了,难道杭姐姐现在才发现?发现得也太迟了吧!"

说到这里,雪龙多杰戏谑地看着依偎着他的杭姐姐,杭婉琪伸出如葱玉手,轻轻点了点雪龙多杰的鼻子,笑道:"真拿你没办法!"

白衣女子轻咳了两声,对雪龙多杰道:"雪龙公子,我们已查出,丐帮如今群龙无首,帮中大权落入左右四大长老的手中,而四大长老,似乎意见并不一致,左一长老和右二长老似乎是一派,而右一长老和左二长老又是一派,北川雨星和惊梦炫奇,还有逍遥丐老全无音信!"

雪龙多杰和杭婉琪立时面色变得严峻了起来,雪龙多杰长叹道:

"丐帮帮主洪厚待死地蹊跷,亦死得是时候,恐怕万恶金盟已开始插手丐帮事务之中!"

"不是开始,而是早就有预谋,现在是显山露水的时候,你是不是担心北川雨星?"

雪龙多杰一怔,尴尬地道:"你这个问题很难回答,若要答是,你会认为有美人在怀,却去想着另外的人,吃些酸醋,若要答不是,你又会觉得我太轻浮,见到一个就忘了另一个,薄情寡义,不值得爱,唉,难做人!"

杭婉琪听之,立时脸上绯红,如初次恋爱的少女,笑道:

"就只有你的嘴巴儿会说,谁会吃醋?别来套近乎,我可与你一点干系也没有,但北川雨星就不同了,她可是你的原配呢!"

"看,还说没吃醋,她是原配,说起来酸溜溜的,是不是你也想当原配?"

杭婉琪更是羞不自胜,恰在这时,雪龙多杰的手又不规矩,在她的娇躯上滑来滑去,如虫子一般蠕动,令她心里痒痒的,难以自持,哪敢再依偎在雪龙多杰的怀里,双手一撑,意欲站起来,但心口一阵剧痛,微蹙蛾眉,轻哼了一声,雪龙多杰忙道：

"是不是伤口有些痛？叫你别乱动嘛！"

杭婉琪羞窘作嗔道："你说别乱动就不动，难道阿姐还要听你的话不成？"

"你不想当阿姐就当阿妹好啦，如今当阿姐嫌太老，当阿妹又嫌太小，没辙了！"

杭婉琪听得高兴，嗔怒道："是不是现在就嫌阿姐老，人老珠黄，不中看也中用……被你轻轻一弹，就弹得半死不活！"

说到这里，杭婉琪无来由地娇羞似花，更是不敢看雪龙多杰，雪龙多杰傻愣愣道：

"谁说阿姐老了，正当二八妙龄呢，女大十八变，越变越好看，当然也中用……"

说到这里，雪龙多杰恍然大悟，脸色古怪地邪笑道："原来阿姐思想也会抛锚，往歪处想呢！"

"你胡说什么，再说我真的生气不理你了！"

雪龙多杰耸了耸肩，不满意，又有些满意地看了看眼光闪烁不定，更加迷蒙如琉璃的杭婉琪，直如尝了一点点千年陈酿的葡萄酒，又是神往，又是心醉！

"喂，你是不是有点不高兴?!"

"有花在侧，心皆愉悦，有伊在侧，心皆陶醉，阿弟哪里是生气，而是忘了生气是什么滋味，不是神仙，也胜似神仙了！"

杭婉琪听得又笑了起来，二人之间的气氛又变得温柔了许多，雪龙多杰突然问道："现在丐帮中的和尚乞丐资格最老，丐中四长老均对他忌惮有加，丐中弟子对和尚乞丐信任有加，如今正是动荡之极，和尚乞丐却毫无音信，这的确有些奇怪，如果丐中有万恶金盟插入，那么他们的突破口呢？丐帮帮主突然身染重病而亡，其中就有更大的阴谋！"

杭婉琪插言道："但以和尚乞丐的江湖经验和不俗武学，是很难吃亏的，而且听说和尚乞丐的关门弟子年纪轻轻，已是杭州分舵主了，在丐帮中也有些威信，他当不应出什么意外，倒是北川雨星，有些让人担心！"

雪龙多杰深深点了点头，感喟道："她一出江湖，就要易钗而弁，忍气吞声，不惜无缘无故地祸惹到她身上，无论如何，我也要找到她，希望她千万别出事！"

虽然说得轻描淡写，但关爱之情，已早早溢于言表，杭婉琪看在眼中，心里的滋味一变再变，如打翻了五味瓶，什么均涌上来了！

"北川雨星是朔玉之子，玉佛之主，江湖中人不但忌惮她的出身，更欲得到血光玉佛，纵是有危险，也暂时没有什么生命威胁！"

"你果然不是吃醋了，唉……"

说着，雪龙多杰不由自主地叹起气来，杭婉琪完尔一笑，颦眉竖眼叫道：

"你别好心当成驴肝肺，阿姐只是为你分分忧，说说道理，让你心里有数，谁会吃醋？你也不看看，阿姐是那样的人么，倒是北川雨星平时只怕有点儿，不然怎么那么凶呢！"

"看看，吃醋的女人，再温文尔雅的，也会变得不可理喻，总想贬低别人，抬高自己！"

"哦，你居然心飞了，想法也有些离谱了，居然说阿姐是不可理喻，如悍妇一般！"

"这可是你自己说的，我是说那些时不时就吃醋的女人，你要承认搭言也没办法！"

"算了，算了，与你越说越糊涂！"

"我早就糊涂了，香熏得我迷迷糊糊，不可理喻！"

正说着，两名白衣女子匆匆行来，向杭婉琪禀道："少谷主，惊梦先生欲来见你和雪龙少爷！"待话刚落，就见惊梦炫奇匆匆踏石阶小道而来，看到杭婉琪和雪龙多杰，脸紧聚的忧愁立时舒松了下来，眼中闪着希望的光芒。

雪龙多杰见到惊梦炫奇，一股亲切感油然而生，立时站了起来，激动道："惊梦先生……"

当看到惊梦炫奇空荡荡的左袖随风转飘，当年风华卓绝，英俊翩翩的惊梦公子一下变得残缺不全，令人心寒怅然，雪龙多杰暗自后悔，当日为何没有将靳贝磊砍下一条手臂来，让他也尝尝残缺人生的痛苦，雪龙多杰本要问他的手，但突然改口道：

"你去找雨星，找到了吗？"

惊梦炫奇摇了摇头，急急忙忙问道："婉琪，你不是被关在繁星宫吗？怎么出来了？是雪龙多杰救出来的，还是杭绮？"

看到惊梦炫奇的焦急样儿，雪龙多杰和杭婉琪均不知如何回答，最后雪龙多杰嘻嘻笑道：

"当然是晚辈亲自去繁星宫救出来的!"

惊梦炫奇见杭婉琪低头不语,立时面色大变,摇头低嘶道:"绝不可能,绝不可能……"

这时花婆婆行了过来,见到惊梦炫奇,立时老泪纵横,这更让惊梦炫奇的一颗期待与火热的心直往冰水中沉,一片灰色氤氲而起,雪龙多杰恼怒道:"惊梦先生,你能不能说说你去探听的情况,雨星到底出了什么事?"

惊梦炫奇陡怒,吼道:"小子,你的命是我救回来的,你没有资格在我面前耍少爷脾气,雨星虽然是我的徒儿,但却是你的未婚妻,你去救她是天经地义,何况你救出她,也只是还了我昔日救你之恩!"

雪龙多杰脸色立时变得难看,心中在冒火,但这火也喷不出来,忍不住在草坪里走来走去,最后道:"好……好……你说得对,现在本少爷就去救她,但我告诉你,杭绮和苏舒均被万恶金盟的两名使者和天君座杀了,你没希望再见她一面,只能去星岛见见她的坟墓,快去呀!"

惊梦炫奇噩念得到证实,脸色苍白如死灰,倒退了几步,最后悲鸣一声,夺路而去,杭婉琪料不到二人相见会生这么大的火气,只因两人想的均不一样,惊梦炫奇认为雪龙多杰理应保护好杭绮,报答他的救命之恩,而雪龙多杰认为他应先救出自己的徒弟,谁知他一来就问杭绮的情况,令他极为不满,于是两人私念发生了冲突,当然就相互吼了起来。

惊梦炫奇这一去,雪龙多杰脑袋乱糟糟的,他满怀希望地等待消息,以为"古今尽知"的惊梦炫奇一定可以查出蛛丝马迹,谁知会有如此后果,除了忿恨之外,更是不满,骂道:

"不救活人,却先要去哭死人,真是混蛋!"

杭婉琪忐忑不安地上前安慰道:"不用着急,没有不透风的墙,迟早都会有北川雨星的消息!"

"迟早?!是不是要等到雨星暴尸荒野的消息,传到我耳朵里才不迟也不早?不行,我不能见她有个三长两短,现在就得去救她,哼,丐帮居然想与本少爷为难,本少爷就杀它的丐子丐孙,看他们还敢不敢与本少爷作对!"

说到这里,雪龙多杰牙齿咬得"咯咯"直响,眼中冒着森寒杀气冷光,面色早已变了。

杭婉琪看在眼中,听到耳里,心底生寒,更感到雪龙多杰如云一般无常,如风一般无相，犹豫半晌，道："那……那我与你一起去救北川雨星！"

雪龙多杰很快摇了摇头，倔强地道：

"不行，我们不是已经商量好了么？你留下来留意柳溪十二堡的情况，保护好靳候父女，我一人去就够了，另外，你要繁星宫弟子听令于你，跟着惊梦先生，若他破坏了星岛星冢，本少爷决不饶他，地君座也绝不是无忧钩钩主！"

说完，雪龙多杰看了一眼杭婉琪，甩袖大跨步向前飞掠，几逝几现，就去了远方，只留下氤氲的雾气。

杭婉琪怅然若失，心里凄楚地呆望着树林和满山的栀子花儿如星儿一般点缀摇曳，轻风送来淡淡的清香，但这香气却如空谷幽兰一般孤独，酸楚的鸭蛋脸如浸沐寒风的百合花，花婆婆低沉地道："少谷主，那小子无情无义，杀人不眨眼，喜怒更是无常，不是皇帝老儿，胜似皇帝老儿，你若是呆在他身边，迟早会出事的！"

"但愿他一路上不要因恨而滥杀无辜！"

说完，没有去理会花婆婆，径直向茅屋走去。

雪龙多杰心中恼怒，更是着急，心里乱糟糟的一片，现在自己仿佛救人就有些力不从心了，恨了丐帮，又恨万恶金盟，担心过了北川雨星，又担心苏忆星，如今，他才真正的体会到最难消受美人恩的滋味。

依本多情，没有办法，雪龙多杰本要去丐帮总舵，但一想还是先去杭州，知会一下神羚府中的两位叔叔和众雪衣人，让他们安心。

刚行到宋城不远处，就看到了古老的城墙，墙头上摇曳着古里古怪的旗子，偌大的城门口，熙熙攘攘，车水马龙，城是按照宋朝的风俗习惯筑建的一座孤城，乃杭州一大古迹，游人一走入城内，立刻就恍若穿过了时光燧道，从今日到了宋朝，里面的住民、房舍全是按宋时建，穿着也是那时的，让人过一段新鲜的时光，而雪龙多杰却是消受不起。

匆匆行过宋城，沿着去杭州的大道，两边是翁郁苍翠的树林，右边树林里传来哗哗的水声和"轰轰"的浪涛——钱塘江又快要涨潮了，钱塘潮每年均从八月初一到八月底，但从八月初到月圆中秋是潮水最盛之时。

在那段时间，从杭州到海宁漫长的江堤人，均会站满游人，观看这世上唯一的奇观，而观潮的最佳地方当是盐官镇，盐官镇是个很小的地方，但由于是最好的地方，阴历八月那里却成了最热闹的地方，很多达官贵人均会预先在那订好最佳位置，盐官镇因此而闻名于世。

"年年岁岁潮相似，岁岁年年人不同！"

这古老而叩人心扉的潮声逗引起了雪龙多杰无限的惆怅和相思，思念神羚谷中的亲人，神思躺在星冢中的双亲，更加想念苏忆星和北川雨星，江潮时而哮吟，如雷，而低鸣，如泣似咽，时而疯狂，排山倒海，时而轻柔，缠绵排恻！

潮水快来了，而自己还在这里奔波，寻找北川雨星的下落，去不夜城如同梦幻般遥遥无期，但雪龙多杰知道，在八月十五中秋月圆时，他必须离开这里，去赴金盟之约，生死之会。

雪龙多杰在听到不远处的潮声时，不知不觉，神思漫游千万里，但脚步却变慢了许多，有心无意地聆听钱塘潮音，潮音一会儿低，一会儿高，时而激越澎湃，时而静荡，"海潮本无情，人耳更有情，江湖魔嚣张，唯我救世人！"

潮音突然远去骤小，微声变得万马齐喑一般，杂而不乱，雪龙多杰正欲加快步子，忽听得树林江边有喝吼和打斗的声音，顿时心中一顿，好奇心油然而生，循着打斗的声音，雪龙多杰偏离了大道，向江堤上去。

窜过了树林，眼前一亮，映入浩瀚的钱塘江来，而在宽阔的江堤上，正有几个黑衣人和一个老者围着一位老僧激斗，雪龙多杰仔细一看，立时认出那老者就是死而复活的"九州一枭"，而被围的是血脸的"西域灾僧"。

"灾僧，你的胆子忒大，居然敢起反叛之心，如今你已上了这条路，想退回去，纵是老夫看在昔日同道的分上饶过你，但你逃得出盟主的手么，现在是不是有些后悔？若是现在回头，老夫一定向盟主求情，包你没事！"

"老魔头，你不用装好人了，本僧落到今日地步，全都是因为你，现在本僧已是铁了心，不再为你们卖命，不想与万恶金盟为伍，去做那些永远实现不了的春秋大梦！"

"什么永远实现不了的春秋大梦，是一统江湖的宏伟大志，盟主武功天下无敌，亏你做了几十年魔道人物，还有那么多原则！"

"朝闻道而夕死，亦不算迟，本僧一生犯恶无数，今日就来印证一下，看到底是何滋味！"

"好，既然你如此说，老夫就来成全你！"

说完，"九州一枭"冲上前去，抡开两只大臂，向西域灾僧狂劈而去，西域灾僧本已被几名黑衣人围攻得面色焦黄，此时又与九州一枭对了一掌，立时面色更加赤红，如有血浸出一般，西域灾僧后退了几步，反常地哈哈大笑起来。

"过瘾，真是过瘾！"

说着，巨大的身躯急颤了几下，头顶上冒出一团团的寒霜，九州一枭阴森森地道：

"灾僧，你现在后悔还来得及，你现在已中了老夫的天冻魔冰掌，支撑不了许久的！"

西域灾僧面色顿时变得十分难看，又见名黑衣人又围了上来，狠狠地叫道：

"本僧行走江湖几十年，从没有后悔过，也没有害怕过谁，就是当年与无忧钩钩主朔玉单打独斗，老夫也没有一点怯意，老魔头，血光玉佛为有缘人得之，你不是有缘之人，永远也得不到，本僧今日死，最大的遗憾就是不知玉佛到底在何处，为何人所得！"

说完，赤红的双眼向四周的黑衣人狠狠瞪了瞪，毫不示弱地举掌就劈，但那几名黑衣人武功一点也不弱，在江湖上有名的北斗七煞会差到哪儿去呢，只是七根锁天黑杖如魔影一般此逝彼现地锁将过来，将西域灾僧罩得一点可乘之机亦没有。

雪龙多杰在暗处观察了良久，觉得奇怪，西域灾僧是有名的魔头，而且加入万恶金盟没有许久，为何会突然变得这样？但看眼前景象，他们又不是虚张声势，引诱他落入圈套。

雪龙多杰对西域灾僧从骨子里很憎恨，只因当年他也是围攻朔玉一家的元凶，雪龙多杰在心里暗暗道：你落下这样的结局，也是罪有应得，纵你有改过自新的动机，但一切也太迟了，朔玉夫妇双双变成一座星冢！

想到这些，又想到北川雨星，雪龙多杰抬脚欲离开，但就在转身之际，只见七根锁天黑杖向西域灾僧黑乎乎的光头急压而下，西域灾僧无可奈何地急运神功，双掌托天，向空中的黑杖硬抵而去，顿时，下盘空门出现，九州一枭见到这难得的机会，庞大的身影迅疾窜向前去，狠狠地劈向西域灾僧的腰肋之处。

"哇啊"两声，锁天黑杖虽然被双掌托了开去，但西域灾僧下盘却被结结实实劈中，整个身子向远处滚了过去。

雪龙多杰见到这不公平的打斗，立时一股正义直冲胸口，踏步现出身来，向场中的人大喝道："住手，你们演戏也不用演得如此逼真，本少爷现在已经出来，结束你们的好戏吧！"

北斗七煞和九州一枭听到喝声，均转头望向雪龙多杰，脸上显出惊愕与意外喜悦。

"喂，小子，你居然也敢现身趟这浑水，老夫正在找你呢，想不到你居然自动送上门来！"

就在众人将目光转向雪龙多杰时，后面的西域灾僧突然飞身而起，雪龙多杰看在眼里，眼中尽是冷笑，以为果如他所料，但西域灾僧并没有发出得意的笑声，亦没有逃走，而是猛烈地向九州一枭扑了过来，欲与九州一枭同赴地狱，但九州一枭反应何等之快，转手就向西域灾僧发出猛烈的两掌，强劲无比。

"砰!"的一声，在九州一枭退了两小步的同时，西域灾僧如流星一般后射开去，接连吐出了几口鲜血，僵立在那里，带着潮气的江风吹了过来，摇摆如一只纸鸢，仿佛随时均可能倒入身后的钱塘江里。

看到眼前一切，雪龙多杰立即明白这不是做戏，西域灾僧确实有改邪归正的念头和决心，一想到这里，雪龙多杰恼羞成怒，冷森森地道：

"在下正是你们要找的朔玉之子，亦是血光玉佛之主，你们不是一直想知道吗？过来呀，看本少爷如何将你们碎尸万段！"

众人听到此言，立时面色数变，更是面面相觑，对雪龙多杰的话半信半疑，原来他们认为朔玉之子不是雪龙多杰就是北川雨星，而玉佛定在二人其中之一手中，但此天大的秘密被雪龙多杰亲口说出来，他们反而不相信了。

不但北斗七煞不相信，呆立不动的西域灾僧不相信，就是在江湖上混了几乎百年的九州一枭也不相信，眼睛眯成了两个三角形，眼光如炬地盯向雪龙多杰，看他说的是否真实！

但雪龙多杰凝立不动，任由江风吹得他一袭雪衣呼啦啦直响，脸色愈来愈阴沉，一丝儿怯意也没有，九州一枭眯着双眼，渐渐有了忐忑不安，他心里在飞速转着。

"这小子真是邪门得很，到底他在耍什么鬼把戏，难道他说的是真实的？凭老夫与北斗七煞，天下间除了盟主，还有谁有这份定力……难道他真的是玉佛之主……而且学会了玉佛上的绝世神功和天地间的鸿蒙一式不成……"

越想越是惴惴不安，越是不安，九州一枭越是不敢肯定，亦不敢否定，心里又是惧怕，又是涌出一阵阵莫名其妙的喜悦——玉佛终于有了音信，只要有了音信，就有得到的机会。

而此时的雪龙多杰只觉得那尊神秘的玉佛在脑海中不断闪现，不断旋转，昔日习过的奇怪招式如一根根乱麻，在相互交织，突然，玉佛幻化成一道血红的光影，快疾无比，雪龙多杰一喜，欲抓住那光影，但最后依旧没有抓住，玉佛顿时消失得无影无踪！

眼前一片空蒙之后，立时清晰了过来，出现了几张愕然的魔脸，雪龙多杰怅然若失，暗叹道："唉……那一闪而逝的灵光依旧没有抓住！"

回过神来的雪龙多杰冷眼向众人扫了扫，突然，冷冷地道："你们是一起上，还是单挑？但本少爷告诉你们，结果都是一样……"

这时，北斗七煞中一个踏步上前，叱道：

"乳臭未干的小子，居然如此不知高地厚，老夫就不相信，血光玉佛会将你变成超人！"

说完，举着锁天黑杖就向雪龙多杰奔来，雪龙多杰此时血气上涌，满心打抱不平，怎有怯意，两眼看着飞来的身影，天元法眼将对手看得真真切切。

在锁天黑杖压下的瞬间，雪龙多杰鼻中冷哼了一下，急跨了两步夸父追日步，立时身影一逝一显，已让过了压下的锁天黑杖，雪龙多杰在同一时刻，闪电般向来者射出一记无相闪弹，立听如同轻拨琴弦的轻响，那黑衣人"哎哟"一声，巨大的身子向一侧倾斜过去，但那黑衣人反应亦快疾无比，在雪龙多杰发动第二记怪招时，后退了数步。

其余六名煞星围了过去，九州一枭此时已面色大变，刚才他看得分明，雪龙多杰那一神秘的跨步让他亦没有看出来，而且那绝伦的一弹，他亦觉得没有把握躲过，何况那名黑衣人，更令他觉得不可思议的是，那一记轻弹强凌无比，不但弹破了衣服，透过了护身罡气，而且那黑衣人显然已受了重伤，否则，他不会知难而退！

"好厉害的指法，哎哟，痛煞老夫了！"

那中指弹的黑衣人全身战栗了几下，腰际处汩汩流出血液来，哪里还站得住，就要向地上倒去，六名煞星慌忙扶住受伤的煞星，为那煞星点穴止血！

在止住那名煞星的伤势后，另六名眼中冒出凶光，齐齐踏步向雪多杰冲来，雪龙多杰嘿嘿阴笑了数声，突然身影一旋，右手魔术般一挥，立时，数道七彩光环扩散荡开，向六名煞星迎头射来，六名煞星惊呼后退，同时挥动锁天黑杖，向空中轮翻扫去，顿时构成了一道道厚厚的黑墙，"叮叮当当"声不绝于耳。

"七彩流星镖……你怎么会用流星镖？"

九州一枭面色数变，在后退一步后，眼睛生骇地质问雪龙多杰，雪龙多杰道：

"朔玉之子不会流星镖和怡心钩钩法，怎配得上那显赫的身份，哈哈哈……"

雪龙多杰森冷的狂笑掩盖住了激荡而来的潮声，而江水遇到堤岸，"轰轰"卷上岸来，如千堆雪，水星乱飞乱舞，射溅到十数丈远的雪龙多杰身上，使他更觉得意气风发，豪迈之气溢于言表。

"原来怡心钩内的秘密是一张白纸，钩法秘笈也早早转到了你这漏网小子的身上！"

此话一出，雪龙多杰立时猜出万恶金盟地君座"朔玉"必定是假的，若是真朔玉，又怎会去计较怡心钩内的秘密，看来他们杀入浮烟谷夺取怡心钩真正的目的是获取钩内的秘密，而不是怡心钩，只有真朔玉才会为怡心钩而去！

"哈哈……是不是让你们那假'朔玉'十分失望？得到的怡心钩根本就没有秘密了，既然如此，怡心钩这四大绝命兵器之一对他一点用处也没有，何不送给本少爷，做个顺手人情！"

雪龙多杰心内踏实一些后讥笑着九州一枭，九州一枭百年魔头被一名二八小子讥笑，可是有生以来第一回，他做梦也想不到，两只三角眼狠毒地望着雪龙多杰，更有一股热烈的贪婪，仿佛雪龙多杰就是他千方百计想得到的血光玉佛，但现在血光玉佛就在他身边，他却首次有点彷徨，如同手中捧着一颗烫山芋！

但九州一枭毕竟是成名百年的魔头，眼睛一转，亦哈哈大笑道："雪龙公子说得对，怡心钩应归朔玉儿子所有，地君座此时正在等待公子大驾光临，公子想美人与怡心钩重回你的身边，就不要怕去不夜城！"

雪龙多杰听到不夜城，立时心里一沉，怒道："本少爷岂会怕个区区地君座，就是你们的鬼盟主，本少爷也是不怕的，哼，你一万个放心，本少爷自然会去赴死亡之约的！"

话音刚落，突听得空中传来一个宏亮的声音道：

"好，有胆量，本盟主很欣赏，但本盟主要提醒你，不要仗着血气方刚而意气用事，那会令你陷入死亡游戏中，你若不会鸿蒙一式，没练成混沌无极神功，最好别向本盟主挑战！"

众黑衣人和九州一枭面色中不但有无穷的惊骇，而且十分恭敬地向空中声音齐齐跪拜。

"属下不知盟主光临，还望盟主恕罪！"

那黑色声音又飘来荡去，如天上流动的云朵，更是来去无影无踪，雪龙多杰听到此音，四下看了看，未发现什么异物，但对方既然说出了自己的底细，看来他亦十分了解血光玉佛！

"你们还呆在这里干什么，有雪龙公子在这里，你们还想完成任务？只怕没有希望，何况本盟主说到从不反悔！"

九州一枭一听此言，哪里还敢留在这里，一溜烟逃走了，长堤上就只剩下雪龙多杰和西域灾僧二人，雪龙多杰未看到那说话的人，但听声音，那人明明就在附近，仿佛在空中飘来飘去，心直往下沉，更是变冷，暗骇此人难道会巫术不成？

"西域灾僧，你自愿加入本盟，跟随本盟主一统武林，但……你太让本盟主失望了，以本盟主的一贯风格，决容你不得，但看在玉佛之主的分上，本盟主饶过你，不过你再不得掺入江湖之事，否则，本盟主决不留情！"

雪龙多杰天生傲骨，充满傲气，听到声音，见不到人，心中大怒，向空中狂笑道："你有种就显身出来，与本少爷手上分个高下！"

"哈哈……本盟主早就显身了，只怪你未得玉佛之精髓，才看不到本盟主的真身，还想与本盟主分个高下，你太幼稚了……"

雪龙多杰大惊，立时消除心中浮躁，凝结真气，摧动法力，施展天元法眼，顿时，面前清洁空明，只见一团如云似烟的黑影在空中盘旋，既而飞快地向西天窜去，直至无影无踪！

雪龙多杰此时方感到天外有天，人外有人，虽然没有看到来人真身，但亦了解了一点，在颓丧之时，雪龙多杰又想到那神秘人离去说的话，心里顿时又升起了希望，暗忖：看来只有解开玉佛真正的秘密，才能对付这可怕的人，悔老的忠告一点不假！

想到这里，雪龙多杰心思顿收，恢复原状，看到西域灾僧依旧僵立在那里，一动也不动，心中顿时觉得奇怪，上前一看，才发现西域灾僧身体表面早已积了一层厚厚的冰霜，讶然道：

"老魔头的天冻魔冰掌真的如此厉害！"

在暗自庆幸之时，雪龙多杰忙暗运真力，默念神功心法，双掌缓缓伸出，立时，两掌变成金灿灿的幻影，充光溢彩，金掌一颤，向前一跳，消逝得无影无踪，同时，在那冰层上面浮现了出来，很快就听到"滋滋"的响声，冰层上冒出一团团雾气，升过西域灾僧头顶。

冰层渐渐变薄，最后消融成无物，西域灾僧死鱼般的眼睛突然一转，身子一阵颤抖，双腿更是支撑不住，酥软地一屈，向地上倒去。

雪龙多杰见之，不由一愣，蹲身一探气息，发觉西域灾僧气若游丝，时断时续，忙为之推拿，暗忖：他妈的，要死不死的魔头，平时飞扬跋扈，死到临头，居然有本少爷救你，真不知是你上辈人积了多少德！

正想着，西域灾僧两只血红牛眼猛地张开，骇得雪龙多杰一屁股坐地，这世上，只有死人最是可怕，而死人变成活人却更会将活人吓成死人，雪龙多杰不由怒道：

"魔头，你真会恩将仇恨，想吓死本少爷是不是？"

西域灾僧没有理会雪龙多杰，眼睛直勾勾地瞪着雪龙多杰，雪龙多杰看着他那死人样儿，顿时毛骨悚然，忽然"咕"的一声，一团血水从西域灾僧口中喷了出来，溅了雪龙多杰一身。

"你……你……真……是……朔玉……的……儿……子？！"

雪龙多杰料不到这老东西受了重伤，居然还能说话，点了点头后，忙坐起来继续为他输入真气，西域灾僧居然惨淡地笑了笑，摇头道："你……不……用……费力……了，中……了……天……冻……魔冰……掌，回……天……无……术，你……融……了……那层冰，为……我……输……真……力，只会……让……本……僧……死……得……更……更快！"

雪龙多杰立时停住双手，圆瞪大眼看着面色更差的西域灾僧，有些不信，这时，西域灾僧又吐出了一口瘀血，气息急骤了起来。

"血液流动得快，死得……也……更……快！你……有这……份心，本僧……归西……也欣慰……多……了，当初害死你父亲有本僧一份，你憎恨本僧是应该的，一死泯恩仇，本僧不后悔！"

这恶魔要死也不后悔，雪龙多杰心里骂着，眼睛却坦然地看着这要死的恶僧，口中哂道："本少爷大人不计小人过，泯恩仇就泯恩仇，你要死，难道就说这些无关紧要的话？"

"不……万恶金盟在各大门派均暗派了卧底，而且在各门派中地位很高，只要害死掌门之人，他们极有希望主持各门各派，三大绝命兵器的主人……都……完了，一切都快完了，金盟吞并武林的野心就要实现了，天君座……地君座……哈哈，一个奇……怪，一个神……秘！"

雪龙多杰听之，心急颤了几下，忙将耳朵靠近了许多，口中问道："你快说出他们到底是谁，天君座到底是谁，地君座呢？"

西域灾僧没有回答，双眼渐渐合上，雪龙多杰更是心急如焚，猛烈地摇撼他，良久，西域灾僧突然又张开了双眼，问道：

"你没有骗我，真的是玉佛的主人？"

这老东西，但如今是自己求他，也没有办法，暗想他是将死之人，还有何顾虑的，立时深深点了点头，西域灾僧见之，满意地道："果然是这样，佛祖原谅我了……"

说到这里，将手伸到胸口，满意地闭上了眼睛，雪龙多杰以为他还会醒来，于是耐心地等，但等了良久，也不见他再睁眼说话，立觉不对劲，探指试息，顿时呆住了，这老魔头原来已死得冰冷冷的。

雪龙多杰恼羞成怒，暗骂道：这老家伙真他妈的不是东西，要死也要骗本少爷几下！

但他很快就冷静下来，见西域灾僧手伸向胸口，立时喜出望外地摸向他手指指着的地方，发觉有个弯弯的、硬邦邦的东西，而且森寒逼人，暗忖，这老东西原来不但有胆反叛，而且还偷了别人的东西，真想不到他也会做起小偷来。

雪龙多杰边想边掏出那硬邦邦的东西，料不到那东西还裹着金色锦缎，显然是贵重无比，看到那弯弯的模样，雪龙多杰的心立时收缩起来，双手战栗，心情更是澎湃如江水一般。

他已经知道锦缎里裹着的是什么东西了，而且是他一直想得到的东西，做梦都想得到的，这东西就是四大兵器之首的新月怡心钩，雪龙多杰战栗地打开包裹的锦缎，眼睛一眨不眨地望着那东西，很快就看到了如华的锋刃，新月怡心钩终于重见天日，终于让他再次亲眼看见。

雪龙多杰仿佛又看到了那场震惊武林的血案，那令人胆颤心寒的月钩光环，那终于不是梦，不再是梦，雪龙多杰紧紧地握住了新月怡心钩，深沉地长啸了起来，发泄胸中的亢奋和无比的喜悦，这时，江潮又一波一波地卷了过来，猛击着长堤，发出"轰轰"声响。

心情渐渐平静后，雪龙多杰才旋开手柄，手柄中空，里面装着一根卷得细细的纸筒，他心里有数，这绝不是钩法秘笈，而是西域灾僧想说却没有说出来的东西，雪龙多杰轻轻地拉出纸筒，将其展开，立时看到了许多密密匝匝的蚊足蝇头小字，上面全是各派有头有面的人物，看着看着，雪龙多杰露出惊愕之色，道：

"万恶金盟怎么会如此神通广大，巨手无边，居然笼络了如此多的正派高手！"

当看到丐帮时，又是一惊，暗忖：原来丐帮帮主会不明不白地死掉，他最相信的得力助手居然也是万恶金盟的卧底，这件事非同小可！

最后看到天君座和地君座两个职务打着两个明显的"?"，怅然若失，叹道：

"两个关键的人物居然没有查出来，看来这两人果然隐藏得更为神秘，更不用说那万恶金盟的盟主了！"

看完这一切，雪龙多杰重新将纸笺卷好，放入钩柄内，平息了一下心情，暗想：这一些惊人的消息应告诉谁呢？应尽快让各大门派知晓，而且要十分保密才行！

想到最后，雪龙多杰想到神羚府的雪衣人，但想到雪衣人整体作战犀利，化整为零，就不能应付万恶金盟的众多好手了，而且雪衣人此时卷入江湖纷争，对人对己不利，还会打草惊蛇，最后想到少林为武林泰斗，还是将此事交于他们去办为好，何况少林派不知是否得知弗禁大师已死，看来只有自己亲自上一趟嵩山，弗悲大师才会相信！

雪龙多杰此时孑然一人站在江堤边，任由疯狂的江涛拍卷上岸，将千万粒水珠打在他的身上，望着涛涛江水一浪盖过一良，将江底的淤泥拉上浪尖，感到了自然的伟大力量！

感同身受，疲倦的身体亦不由自主地充满激情和力量，而且手中紧紧握着的是先父的东西——新月怡心钩，这钩曾带来至高无上的威信和荣誉，亦带来了血腥和杀身之祸。

但如今，这只弯弯的锋利的怡心钩，几经辗转，回到了他——玉佛之主的手中，将重新带来威信和荣誉，带来血腥，却再不会带来杀身之祸，它将成为镇定江湖的宁谧神钩！

雪龙多杰在心中暗暗发誓，埋在心底的恐惧被涛涛江水击得粉碎，狠狠压入江底，而那股冷冷的杀机如一张血网，越散越大，越大越浓，雪龙多杰忍不住长啸了一声，猛烈地将钩狠狠划向扑来的巨浪，立时，一条森寒的月华如飞鸿般割向巨浪，硬生生将巨浪割成上下两段，上段继续上升，而下段被怡心钩逼卷而下，正是钩法中的"虹钩生死"。

未等上段巨浪落下，雪龙多杰长啸而起，身影如雪羚，更如月兔升天，拔高几丈，手中钩影、锐气不断左冲右突，钩来划去，很快将急坠的巨浪划成千万碎块，点点飞溅，滴滴下落，幻作一片银白，壮观之极，豪气冲天，杀气逼人，这正是令天下人心惊胆战的"划月为星"，雪龙多杰在空中豪气干霄，在下落之际，突然踏步，身体急旋，上下翻卷，立时如一团白影，森森锐气、冷冷钩影散作一团，将雪龙多杰裹住。

这又是一招"浩月争辉"，突见怡心钩飞射而出，在空中划过一道巨大的圆弧，弧影如月，转瞬即逝，这是怡心钩中最有杀伤力的"飞钩断魂"，当年，朔玉就是这一招将一路的围追堵截者送归黄泉，突出重围，让雪龙多杰安然无恙地活下来，对这一招，雪龙多杰太熟悉了，熟悉得如同自己的生命！

雪龙多杰将怡心钩的四大式淋漓尽致地挥洒而出，钱塘江的波涛立时平息了许多，如一条条的山脉，向前翻滚而去，再也不敢扑上岸来，似乎害怕新月怡心钩一般。

雪龙多杰呆呆地看着江中的波涛，想着自己如梦似幻的一生，道："大难不死，必有后福，如今本少爷是大难不死，必有后患，必有血腥！"

但转念一想：血腥，谁的血呢？杭绮，外婆，她们死了，靳候，他无用了，各门各派，如今有难，人太多了，自古有法不治众，何况自己并不代表武林中的法！

只有那神秘人还藏匿着，天网恢恢，疏而不漏，十五年前，十五年后，江湖如一位千年老人，对他来说，只是弹指一挥间的事，但这一次，对雪龙多杰却是悠悠久远，如今，他要复仇，他要重新树立一座丰碑，为父母，为怡心钩，为自己，为正义与武林！

可惜万恶金盟太强大了，单单是怡心钩如何能应付，雪龙多杰道："当年你威慑了武林，如今我要继承家父的遗愿，你是否会给我带来同样的命运？"

怡心钩"嗡嗡"作响，似在回答少主人的问话，亦在踌躇满志地长吟，雪龙多杰听得得意忘形，哈哈大笑起来，同时，左手握住怡心钩，右手突然在空中快疾无比地一划，只见一道薄薄的、皎洁的月华飞快地散开，向江边划去，立时，奔流的江水被划出一道巨大的波痕，飞快地向江心翻卷而去，在"轰轰"的涛声中，又添了一阵杂音。

这一式正是钩法中的最高境界"化气幻钩"，料不到雪龙多杰年纪轻轻，居然也达到如此境界，但一想到他是玉佛之主，冰雪神佑圣山派的高徒，就不足为怪了，十五年，没有怡心钩在手，他只能用心去学，努力化气成钩，最先熟络这一式，当是正常，如今有钩在手，更是如虎添翼，将各式演化得出神入化。

此时，雪龙多杰意气风发，仿佛与天地融为一体，将自己由超我的境界导引入大我的境界，一般之人只能将本我练到自我的境界，达到超我已是很少，上升到大我境界更是万望而不可及，雪龙多杰脑海中又浮现出血光玉佛，仿佛玉佛在月光的沐浴下，通体晶莹，在那神秘的地方渐渐上升，渐渐变大，幻化成一团雾气，淡雾中，那殷红的血脉条条可见，雪龙多杰知道灵光再现，抓住机会将那些古怪的招式又温习了一遍，又将它们融洽在一起……

正在神思时，雪龙多杰突然心神一紧，一股惴惴不安涌了起来，立时，脑海中一片空白，雪龙多杰颓丧之时，更是心有怒火，明白有人向他走过来，立时警戒四周，既而听到纷乱急骤的脚步声，雪龙多杰脸上杀机陡涨，眼睛内寒光急射而出，望向传声之处。

很快，树林中就飞掠出来两名白纱女子，正是迷蝶浪女，雪龙多杰对迷蝶浪女本就没多少好感，此时又情绪极坏，喝叱道：

"就你们二人，也想来对付本少爷，简直是找死，念在你们与格格同门分上，本少爷不想杀你们，你们难道还不知趣！"

两名迷蝶浪女见雪龙多杰凶神恶煞的样儿，刹住身子，后退了几步，其中一位怯生生地道：

"公子爷，我们纵有天大的胆子，也不敢与你交恶，否则，格格知道，不打死我们才怪！"

"哦……听你的口气，本少爷还是沾你们格格的光，你们才饶过本少爷喽？"

"哪敢，是蝶妃派我们来告诉你，叫你快走，地君座带着日月双坛和迷蝶派的人闻风而来，似乎是冲着你，听说地君座丢失了一件十分珍贵的东西！"

雪龙多杰心中一震，立时领悟出来，定是西域灾僧盗走了新月怡心钩，而钩中有天大的秘密，地君座知道关系重大，没有告诉盟主，也没有告诉属下，他是有苦自知，想到这里，雪龙多杰嘴角浮现出得意的笑意，突然肃容道：

"你们这样做，就不怕地君座知道？"

两女听之，脸色剧变，现出惊恐，忙道：

"这是蝶妃的意思，怎么说你已是我们迷蝶派的女婿，蝶妃其实心好，并不是传说中……"

雪龙多杰不耐烦道："我知道，不用你们在这里啰嗦，你回去告诉蝶妃，本少爷正想会会那地君座，到时让她把自己人带得远些！"

"这……这……"

"这什么，蝶妃若要强出头，就休怪本少爷心狠手辣了，当初可是她亏欠本少爷，而不是格格，她是聪明人，知道怎么做，你们还不走？难道想让地君座知道你们来通风报信！"

两女见雪龙多杰杀机很浓，听了他的话，亦明白他的心意，更是惧怕地君座，齐声道：

"公子好自为之，我们去了！"

说完，二女转头就走，消逝在树林里，雪龙多杰犟牛般的脾气加上冷冷的心，此时正想杀人泄火，又想到了在澜沧江边的迷蝶格格，她是否带着二婢站在橄榄坝的橄榄树下望着这边，甜甜地，美美地思念着他呢！

想了一下，雪龙多杰看了一眼西域灾僧，道："现在他们追你来了，本少爷就用水葬将你送往极乐吧，唉，你本该下地狱的！"

说着，雪龙多杰挥掌而起，慢慢抬起西域灾僧，向前一送，西域灾僧僵硬的尸体飞快地飘向江水中，只听"砰"的一声，那庞大的身躯将水砸了一个大坑，水花四溅，但一层波浪掩盖而过，一切又恢复成了原样，江水依旧那般，根本就不在乎一具渺小的尸体。

看着这一切，雪龙多杰感喟道："若活着，能看到死后的样儿，恐怕心情会平和许多，充满野心和罪恶的人均会恬淡隐居，与世无争，与世相谐，那世界，那武林将平淡无味了！"

就在这时，突听到沙沙的叶动声和轻窜声，雪龙多杰立时回身，将背对着钱塘江，背水一战，他充满斗志，充满力量和杀意！

树林里掠出数十名黑衣人，成扇形向雪龙多杰围了上来，来的正是日蚀坛和月蚀坛的众多高手，雪龙多杰将手中的新月怡心钩又握紧了几分，这时，树林中又掠出了数名迷蝶浪女，最后方才出现蝶妃和一名金衣人，这名金衣人衣着华贵，脸上有浓浓的威严，眼光直望着雪龙多杰，最后盯在雪龙多杰的新月怡心钩上。

"雪龙少头人，本座已给你机会了，但你却自不量力，三番五次与本座为难，似存心与我万恶金盟过不去，今日，居然伙同西域灾僧盗走本座之物新月怡心钩，念在有神羚谷与万恶金盟的协议，本座再给你一次机会，只要你给出新月怡心钩，本座依旧可以放了你！"

雪龙多杰见眼前之人就是地君座，亦是江湖传闻的"朔玉"，虽然有些似曾相识的感觉，但他心里却没有震撼，没有一种与生俱来的亲情感，他不相信面前之人就是"朔玉"。

"欲加之罪，何患无辞？本少爷要索取的新月怡心钩本就为我所有，也无须与西域灾僧合谋来应付你这区区的地君座，仅仅是机缘巧合，让本少爷得了应得之物，当然不存在与贵盟为敌的说法，倒是贵盟，扣留本少爷的朋友，存心与本少爷过不去，本少爷倒是不惧！"

地君座被雪龙多杰反驳得哑口无言，嘿嘿阴笑道："你知道苏忆星在本座手中，难道就不忌惮？只要你交出新月怡心钩，本座可以网开一面！"

"废话，亏你还是万恶金盟的地君座，居然说出这样厚颜无耻的话，新月怡心钩本非你之物，而且你亦不会用它，难不成有什么秘密？"

雪龙多杰说这话本就想给地君座一个错误的信息，果然，地君座脸色一变，露出一丝喜色，暗忖：这小子幸亏还未发现钩柄中的秘密，立时心有定计，哈哈笑道："没有什么秘密，只要你交出怡心钩，本座当放出苏忆星主婢三人，怎么样？这笔交易还不亏吧？"

雪龙多杰心中一动，转念一想，又冷冷地道：

"不行，待到中秋，本少爷自会去不夜城赴约救回她们，要索取怡心钩，也要等到那时，本少爷说过，怡心钩为本少爷所有，你凭什么？"

"不要忘了，本座就是怡心钩钩主朔玉，普天之下，能说所有二字的只有本座！"

"哈哈哈……朔玉？！朔玉早就死了，又怎会死而复活？骗谁都行，就是骗不了本少爷！"

地君座心虚得紧，而且心有苦衷，不能道出，见雪龙多杰不为所动，阴森森地道：

"本座劝你不要敬酒不吃吃罚酒！"

"没关系，有什么只管使出，本少爷接着就是，新月怡心钩复出江湖，也是想吮血了！"

地君座恼羞成怒，一心想夺回新月怡心钩，守住秘密，暗忖决不能让他知道里面的秘密，只有在此乘机杀人灭口，怡心钩才能重新收回来，不让盟主知晓，但转念一想，这小子不能死，若死了，就不能要挟神羚谷那些人，反而捅了马蜂窝，凭自己这么多人，活捉他当是易如反掌，这样岂不是两面受益。

想到这里，地君座眼冒神光，已有定计，低啸了一声，随着啸声，众黑衣人立时如潮水般蜂拥而上，这时，钱塘江中的潮水亦受到鼓舞，重新向高高的长堤扑来，只听"轰"的一声，潮水涌上，巨浪淹过长堤，升向空中，如一张巨大的帘，更如一张巨口，向雪龙多杰猛吞而来，雪龙多杰此时心如止水，更是杀意与斗志达到了巅峰，对从背后扑来的潮水充耳不闻，只冷冷地看着他真正的敌人——黑衣人！

黑衣人仗着人多势众，执着怪异的鱼刺弯刀，同时出手，如同殷红的血幕，杂着水银色的月光，袭向雪龙多杰，雪龙多杰低哼了一声，手中的新月怡心钩已然出手，他要怡心钩在一招之内，染满鲜血，在它复出后重树它至高无上的权威，成为名副其实的四大绝命兵器之首。

雪龙多杰此时人钩合一，人已经飞掠而起，几乎在巨浪吞噬他的一瞬间，飞出了巨浪，挟带着水花与浓浓的水气，无所顾忌地冲向众黑衣人布下的刃阵，同一时刻，凝重浓厚的一道如虹的华光如一道弯弯的月牙，击向刃阵。

立听得"叮叮当当"的声音不绝于耳，数十支兵刃脱手飞了出去，兵刃在一式"划月为星"中碎成细刃，闪往雪龙多杰的两侧，击入巨浪之中，分不清哪是水花，是碎刃。

雪龙多杰用新月怡心钩护住自己方圆几尺的空间，眼中充满了杀机，脚踏"夸父追日步"，身展"神羚渡雪"，而怡心钩如飞转审遁的月华，似流星，"浩月争辉"中含着"划月为星"，亦含有"钩虹生死"，三式合一，是雪龙多杰多年来的梦想与期盼，如今有钩在手，加上雄霸的气势和杀意，灵光急闪，居然轻易突破了心中的难关与钩法中的障碍，使自己对钩法的认识达到了完美的境界，虽然有些斧琢之痕，如果假以时日，娴熟并不亚于当年朔玉的境界，而如今雪龙多杰以"神羚渡雪"和"夸父追日步"与之相配合，其杀伤力可想而知。

众黑衣人见怡心钩锋芒如此之盛，钩刃如此之利，均纷纷后退，但雪龙多杰在巨浪的推动下，来势汹涌，手中的怡心钩展影吐芒，只见一阵阵血光染红了浩洁的月华，一阵阵的惨叫响彻云霄，黑衣人后退不及，被一分为二，二分为四，被轻盈的月华刃芒碎成数块。

场中惨烈无比，地君座见此情形，立时大惊失色，他万万没有料到雪龙多杰会如此厉害，有新月怡心钩在手更如虎添翼，成了一名名副其实的超级杀手，他更没有想到雪龙多杰会怡心钩法，而且造诣如此之深，在愕然间，跨前一步，挥掌就劈，立时，"天冻魔冰掌"攻来，雪龙多杰只觉得一寒，如临冰雪之境，立时知道这是"天冻魔冰掌"，不敢大意，后跃了几步，以"释裂神功"将全身围得毫无空隙。

掌风过处，去时凝成阴气之冰，而"释裂神功"却将这一层层的阴气魔冰一层层地阻止，掌劲一过，地君座以为雪龙多杰很快就会凝结成冰块，眼前亦确实如此，雪龙多杰凝立在那里，四周凝成了厚厚的冰，如一座冰雕一般。

蝶妃见此，脸色虽然未变，但心里却焦急无比，无论如何，这小子也是自己的女婿，而且他是自己初恋情人的儿子，她怎能见死不救呢？于是向地君座嫣然笑道：

"哟，大爷，你真的要将这死小子杀了么，盟主可是要活人，而不要死人的呀！"

地君座漠然地看了一眼风情万种的蝶妃，心神一震，但很快明白了过来，嘿嘿冷笑道：

"你的心意，本座岂有不知，但你得搞清楚，你是万恶金盟的属下，若有反叛之心，本座决饶你不得，这件事，本座有分寸！"

蝶妃听之，立时脸色大变，但很快嫣笑道：

"大爷说得对，是妾身多嘴好啦！"

地君座没有再去理会蝶妃，踏步向雪龙多杰走去，突听"咔嚓咔嚓"的声响，那座完美无缺的冰雕居然崩裂而开，数块碎冰向四周飞散，冰破下坠之时，露出了如凶神一般的雪龙多杰，雪龙多杰眼睛逼视着地君座，毫无惧意，那玉脸，冰冷，那朱唇，傲慢，更如玉树临风，雪衣丝毫无损！

这一着震呆了在场所有的人，自视高人一等，目空一切的地君座亦惊愕地后退了一步，方才微皱眉头，惶惶道："这就是释裂神功？"

"不错，正是释裂神功，并不是真眼睛！"

雪龙多杰此时静如止水，冷冷地回答，残酷地哂笑，地君座长长地吐了口气，又道：

"你知不知道，用出释裂神功会给你带来无穷无尽的灾难，甚至杀身之祸？"

"哈哈……新的怡心钩钩主，玉佛之主，普天之下，唯本少爷幸运，何来灾难？何来杀身之祸？是你么？你不配！"

雪龙多杰以释裂神功击退了天冻魔冰掌，冷傲无比，更是兴奋万分，顿时口出狂言，地君座一人之下，万人之上，何时受过如此窝囊气，顿时，胸中杀机陡升，吼道：

"小子，你也太猖狂了，今日本座一忍再忍，你却得寸进尺，不识趣！"

说完，突然挥掌向雪龙多杰袭来，雪龙多杰见掌影如同一个个金灿灿的漩涡，而且不停地扩大，向自己猛扑而来，心中剧震，慌忙挥动新月怡心钩，以钩影月华与之相抵。

但钩劲如何抵得住无数金掌涡流的剥蚀，新月怡心钩一触掌影，雪龙多杰就觉得怡心钩猛烈地晃动，而且仿佛有股巨大的吸引力将怡心钩吸去，雪龙多杰心惊肉跳之时，紧紧抓住钩柄，但人却跟着向掌影中去。

地君座见雪龙多杰一下就被其掌劲控制，立时得意忘形，边挥动烈掌，边笑道：

"小子，本座过的桥比你走的路多，不要以为自己是朔玉之子，有玉佛之助，就可与本座相提并论，这简直是找死，大概你不知这是什么掌法吧，本座就来告诉你，这掌法叫'天旋金魔掌'，是万恶金盟三大魔掌之一！"

雪龙多杰听得心惊，立刻以掌对掌，慌乱中施出了"冰雪神佑圣山派"的"移冰推雪掌"，"冰雪玄幻掌"和"乱雪碎冰掌"，三式掌法，各有所长，一式刚猛，一式快疾轻灵，一式犀利精密，雪龙多杰将三式掌法连番施将了出来，立时将天旋金魔掌中的无数漩涡击散，亦抵消了掌劲，而地君座在雪龙多杰的掌劲钩锋下，亦不由自主地后退了几步。

地君座目光灼灼地看着雪龙多杰，最后又踏步上前，凶狠地道："你真的不交出怡心钩么？"

雪龙多杰嘴角动了一下，冷傲地道：

"本少爷从不重复自己说的话！"

地君座踏步而上，双掌一抢，立见双掌间发出金色光芒，似有一根红通通的炎柱在双掌间拉长拉短，一个巨大的火球在其间不停地流窜，雪龙多杰见之又是一惊，暗忖：这又是什么玩意儿？是秘密武器？还是又一套掌法！

这正是三套掌法中的"地熔邪火掌"，若"天冻魔冰掌"至阴至柔，那地熔邪火掌至刚至阳，一者以冰为元，一者用火作质，雪龙多杰见到这熊熊的炙火，立时想到"金磐佛掌"，但自己功力不知是否是地君座的对手，但雪龙多杰很快就想到了投机取巧的招式——化空导虚指！

第二十三章

心中有了应对战术，雪龙多杰后退了两步，说道："你也不过三掌之威，若本少爷能一一破解，看你还能如何奈何得了本少爷。"

地君座断然不相信乳臭未干的小子会与他硬斗硬拼，而且不会落败，大吼道："若本座不能在掌中胜你，今日就放你！"

"哈哈，真是大言不惭，既然你不能胜本少爷，又如何存在放不放一码事呢，你虽是万恶金盟的地君座，在如今江湖中算是一个顶尖的人物了，但你千万别忘了，你面前的人是玉佛之主，能不落败就够幸运了，丢脸之事多正常，能输给本少爷，不但不辱及你的名声，反而让你更加出名！"

地君座听得刺耳，立时将两掌之间的火舌向外一拉，火舌立时成为两个火球，附在两掌心处，地君座将两掌一抡，立时，两掌拉出两条火舌，相互缠绕，"呼啦啦"直响，立时，四周炙热无比，数名黑衣人向一旁闪避，雪龙多杰见之，又后退了几步，退到了刚才与众黑衣人对峙时所处的位置，这是他最后的立锥之地！

地君座见之，十分神气得意，在狂笑一声后，挥掌向雪龙多杰击来，立时，长空如有两条火龙在转，向雪龙多杰掠来，散发着炙热火焰。

在两条火龙向雪龙多杰面上扑来之时，雪龙多杰冷静应对之，立时将双掌在面前虚空划动，立听得"嘶嘶"作响，如有划破空气之利，说也奇怪，两条巨大火龙，沿着雪龙多杰的指影而上，亦画出两条金灿灿的轨迹。

雪龙多杰将火龙引到身侧，但火龙一直在身边游弋，雪龙多杰在此时，突然挥掌而起，他双掌通亮，黄灿灿的，正是"金磐佛掌"。

"金磐佛掌"除魔降妖，专门压抑邪门歪道的武学，地狱邪火一见"金磐佛掌"，立时蔫了一般，两条火龙颤几下，伏在了地上。

雪龙多杰见"金磐佛掌"如此管用，立时受到鼓舞，跨步向前，挥动怡心钩，向露出的空门划割而去，地君座料不到自己的地熔邪火掌如此不济，他哪里知道金磐佛掌来自血光玉佛，是无上至高的武学，但他毕竟久走江湖，临危不乱，大吼一声，将两条火龙重新从地上拉了起来，两条火龙立时又恢复了生机，向雪龙多杰扑卷而来，雪龙多杰再次用上了"金磐佛掌"，两掌相逢，立时"砰"的一声。

"金磐佛掌"散发出点点金光，而两条火龙亦散发而开，庞大的身躯被肢解，地君座再次将手掌一翻，又吐出两条火龙，一齐向雪龙多杰袭来，雪龙多杰脑怒之极，急踏"夸父追日步"，在两条火龙间窜遁，而怡心钩灵巧地见孔而入。

两人拼了良久，互有先机，但瞬间就互有得失，地君座愈斗愈惊，他万万没有料到雪龙多杰会如此厉害，渐渐不敢再轻视雪龙多杰，雪龙多杰却是越斗越勇，将自己学得的驳杂武学一一用将出来，一会儿是"冰雪神佑圣山派"的掌法和身法，一会儿又是血佛绝学，但怡心钩始终灵气四溢，将雪龙多杰围得密不透风，偶尔长窜而出，向地君座奔来，防不胜防。

雪龙多杰突然长啸一声，将掌力摧到巅峰，并同时使出了"飞钩断魂"这惊天骇地的招式，怡心钩脱手而出，劲力十足，窜入了"地熔邪火"之中，"地熔邪火"掌影立时被破了个大洞，雪龙多杰攻上，欲近身一举击倒地君座，地君座见雪龙多杰求功心切，立时脸上露出诡谲的笑容，只顾将掌劲扫向怡心钩，怡心钩来势快疾无比，地君座本能地一低头，怡心钩散发出冷冷的杀意。

这电闪雷鸣般的经过，众人虽然并未看清，但感同身受，地君座被怡心钩扼制着，并不惊慌，亦未生怒，在让过怡心钩的同时，单掌上挑火龙，火龙陡然变成一个火球，向近身的雪龙多杰吞噬而来，蝶妃和众迷蝶浪女均愕然失色，但不敢大叫提醒，纵是提醒，也是来不及了。

雪龙多杰在怡心钩扑了空后，就感到意外，此时又见"地熔邪火"掌的汹涌来势，雪龙多杰避闪不及，大吼一声，变掌为指，只见三条金黄色的指箭喷射而出，只听"砰砰"两声，雪龙多杰和地君座均闷哼一声，暴退数丈。

雪龙多杰凝立不动，手中的怡心钩低垂，一动未动，面色苍白，嘴角溢出了一丝血迹，而地君座倒好得多，面色未变，但右手亦是下垂，轻微地颤抖着，从手指尖上滴下殷红的血液，眼睛如鹰隼一般狠狠望着雪龙多杰，沉声道："很好！很好……"

雪龙多杰傲然不动，平静地看着地君座，良久道："你也不错，居然躲过了飞钩断魂！"

言外之意，天下间没有几人可以躲过"飞钩断魂"，若每个人或许多人均躲得过这一式，还叫什么狗屁"飞钩断魂"，雪龙多杰本是信心十足，不断魂也可划他一道伤口，让他失去战斗力，为这一式，他当然用尽全力，否则以他的身手，怎会老老实实迎接别人的掌呢！

　　"不但躲过了飞钩断魂，而且你的手只是被三黄指击伤，并没有击碎报废，当可喜可贺！"

　　地君座脸上青一阵，白一阵，被雪龙多杰讥笑加讽刺，心里余怒难平，吼道："小子，你也别猖狂，你中了本座的地熔邪火掌，就等着地熔邪火焚心而亡吧！"

　　雪龙多杰一惊，运了运气，并没有什么异样的迹象，血脉通畅，而且也不觉得有火在体内，猛地想起自己是冰雪神佑圣山派的弟子，冰雪神佑气功自成一体，来自极阴寒，冰冷之地，大概这正是地熔邪火的克星吧。

　　"哈哈……你这是痴人说梦，你难道忘了本少爷是冰雪神佑圣山派后辈之翘楚，区区地熔邪火怎奈何得了本少爷！"

　　地君座见雪龙多杰果然没有越来越不行，而是越来越有精神，显然在边说话边自疗伤，想到这些，地君座恼羞成怒，后退了几步，对迷蝶浪女道："你们上，看这小子还能猖狂几时！"

　　蝶妃心里一震，暗忖：难道地君座果真看出来了？是试探我还是故意为难她与雪龙多杰？

　　正在不知如何是好时，雪龙多杰突然长啸一声，道："本少爷去了，有本领的就追来，地君座，你亦见到本少爷的厉害了，若你亏待了忆星主婢三人，本少爷将把不夜城砸个稀烂！"

　　说完，雪龙多杰如一缕清烟拔起，迷蝶浪女此时假装追了上去，但她们哪是雪龙多杰的对手，同一时间，地君座亦飞掠而起，追向雪龙多杰，但雪龙多杰的"夸父追日步"何人能及，只见雪龙多杰一闪一现，一现一逝，几次三番，两人之间的距离已相差十几丈远了。

　　地君座知道再追无益，只有看着雪龙多杰飞快的幻影，第一次显出颓丧与无奈，第一次感到疲倦与苍老，黯然道：

　　"看来，这小子只有靠盟主才能对付了！"

　　这时蝶妃亦追了上来，假装问道："人呢？"

　　地君座恼怒道："这不是你希望的结果么？哼，别以为他是你的女婿，邪门就是邪门，永远不会被正道谅解的，你别妄想了！"

蝶妃顿时脸色苍白，怔怔地站在那里，神情非常凄迷，道："真的是这样么？"

显然，地君座的话严重刺激了她，就如同昔日朔玉严叱她一样，今日又被这与朔玉一模一样的上司严叱，这难道是苦难的轮回？

若苦难能轮回，那又如何回头是岸呢?!

雪龙多杰以快绝天下的轻功逃离开了钱塘江大堤，一路狂奔，方才缓下脚步来，回头一看，后面什么也没有，雪龙多杰自言自语道：

"格格，不是看在你的面子，本少爷才不会跑呢，你娘和那几名迷蝶浪女算什么，本少爷这是为你而跑，为爱而跑，你明白吗？"

丐帮杭州分舵如今是庭院深深，门可罗雀，一场急雨过后，凉风送爽，杨柳依依，杭城一片新鲜，却更显得丐帮分舵那古庙似的殿堂陈旧与苍老！

幕色里，窄窄的巷子更是幽深僻静，夕阳的余辉从分舵的脊梁上撒了下来，更显得杭州分舵衰败，雪龙多杰沿着小巷如幽灵一般向前去，一路上无人，只有脚步声。

雪龙多杰抵达杭城，先到了神羚府，见到了久违的两位叔叔佐龙多杰和桑龙多杰及众雪衣人，多杰兄弟见雪龙多杰平安回来，亦欣慰了许多，雪龙多杰将回途所遇到的事尽数告诉了他们，给他们看了怡心钩和钩内的秘笺。

多杰兄弟见到怡心钩，均惊喜无比，再看到那张黑名单，均神色大变，桑龙多杰对雪龙多杰道："少头人，这件事非同小可，应尽早知会各大门派，若是等到万恶金盟采取行动，各门派只怕已是人心惶惶了！"

雪龙多杰何尝没有想到这些，但事关重大，而且机密之极，雪龙多杰本不想神羚谷的人马牵涉到这件事中来，亦不想让神羚谷有丝毫损失，对万恶金盟亦有所顾忌，忧虑道：

"万恶金盟虽然与我们有协议，但无时无刻不在监视着我们，若我们有所行动，或是人力分散，他们必会伺机而动！"

桑龙多杰肃容道："少头人在此时还有如此之私心，自古以来，唇亡齿寒，万恶金盟迟早会对我们有所行动，小小的损失若能挽回江湖的太平，免去不必要的血腥，也是值得的！"

雪龙多杰见两位叔叔态度坚决，安心了许多，方才与他们商议由多杰兄弟乔装改扮，将秘函交于少林弗悲住持，至于通知各大名派，那就是少林寺的事了，最后又一致赞同，众雪衣人均改装分成两批，一批跟随雪龙多杰，一批暗中潜到少林寺，保护这武林之宗派。

待到一切办好，雪龙多杰方才向丐帮分舵而来，到了拐角处，雪龙多杰望了望丐帮分舵高高的古殿，见分舵大门紧锁，里面没有一丝声音，暗忖道：难不成丐帮分舵的人走光了么？

想归想，雪龙多杰凝气提神，雪衣人立时飞飘而上，瞬间就已上了围墙，四下环视了一番，见大院里一个人影也没有，雪龙多杰一式神羚遁雪向下一滚，立时悄无声息地窜到了一棵大树上，巨树轻轻颤了一下，刚藏好身子，就听到内屋传来轻微的脚步声，既而看到两位衣衫褴褛的乞丐走了出来，行色匆匆，雪龙多杰心中大喜，看来杭州分舵的人还没有死绝，本来也是，丐帮分舵离总舵并不远，半日的马程就可抵达，怎么说这里的人也不会走尽，何况此时总舵变化扑朔迷离，没有定数，惹不起，可以躲得起，有四位长老在那里兴风作浪，其余的人再怎么活动，也是兴不起飓风，作不起巨浪的，小头目当是在附近坐看风雪就行了。

但奇怪的是，两位乞丐刚"吱呀"一声打开大门，向门外走去的时候，雪龙多杰见对面屋檐下突然白影一晃，再没有人影，怎么想也想不起这人会是谁，但以此人的身法，可见来历不大简单，而且武功极高。

雪龙多杰玄想了片刻，立时跃身而起，追出了围墙外，又看到那白影在拐角处一闪而过，迅疾无比，心中暗暗惊叹，当追到拐角处，那白影已不见了踪影，而且两个乞丐亦消失得无影无踪，雪龙多杰两只眼睛四下望了望，突然发足狂奔，没多久就已出了杭城。

前面是大道，大道经过大雨的冲刷，仿佛一尘不染，前面依旧没有半个人影，雪龙多杰不得不停下来，重新思索，正在左右为难时，听到"嗒嗒"的脚步声由远而近，雪龙多杰忙闪身到路边的树林里，两眼盯着大道，终于，大道上出现了两个人影，此二人不是别人，正是从杭州分舵出来的两名乞丐，两名乞丐去势匆忙已极，一看便知是丐帮人物，而且武功极高。

雪龙多杰洋洋自得地站在林中，暗忖：他们也不过如此，先出来，却落在后面，与他比较起来，还是稍逊一筹，而且自己的判断也一定没错，两名乞丐刚过，正欲跟上去，又见到那白影在树林间一闪，紧紧地跟着前面的二人，但这次雪龙多杰已看明白那人身影有些矮小，而且十分瘦削，一袭白衣，令他失望的是，那白衣人蒙着一块白头巾，看不清面容。

"大哥，我们真是苦命，当了乞丐也如此辛苦，几日一来回，骨头都老了许多，这还不用说，要命的是，这事稍有差错，就会死的！"

"不要多嘴，屋里说话隔墙有耳，出门在外说话有草耳，若是让别人知道，倒真要应验的！"

那乞丐定是两兄弟，一同加入了丐帮，自以为丐帮势大，而且不用辛苦劳动就可得到想要的，但乞丐也有乞丐烦恼的事，也有丐帮要担心的事，这年月乞丐也是难当的！

白衣人紧紧跟着两名乞丐，两名乞丐一点也不知晓，而白衣人也万万没有料到，螳螂捕蝉，黄雀在后，她后面还有个雪龙多杰呢！

两名乞丐急掠的身子忽然停了下来，原来他们此时站在了一个黄土岗口，黄土岗下面是一个小村庄，村庄有一些参天的树木杂生相伴，夜色和晚雾使它们看起来飘渺遥远，他们在黄土岗上站了一会儿，又说道：

"大哥，他们会来么？"

"怎么不来，量他们也不敢！"

"唉，这世道真是离奇得很，也是颠倒过来了，贵为长老，居然也要忌惮我们几分！"

"叫你别说，你怎么又在重提，小心走漏风声，你知道是什么后果?!"

那当弟弟的乞丐面色一变，不敢再出声了，雪龙多杰静静地听他们的谈话，心里顿时亮了许多，他看过秘笺，已知道丐帮的卧底是谁了，但为的是左双长老，还是右双长老呢，想到这里，雪龙多杰眼睛又盯向在不远处悄悄窥视二人谈话的白衣人，白衣人追得辛苦，听得全神贯注，一点也没有察觉有另一人在场，雪龙多杰看此人身影，觉得有些面熟，但没有将面容露出，他无论如何想也想不出来。

两乞丐刚说完，就纵身而起，向山岙而去，那白衣人毫不迟疑，飞身而起，雪龙多杰一见此人身影，暗呼道：附梦影法。心中的狂喜挡都挡不住，立时冲到白衣人身后，一把拉住了那白衣人，那白衣人身躯剧颤，骇然回首，一看是雪龙多杰，嗔道："想吓死人啦！"

雪龙多杰听声音莺语燕言，狂喜道：

"雨星，果真是你，老公差点急死了呢！"

白衣人一把拉下面巾，露出了玉面朱唇，两眼火辣辣地看着雪龙多杰，亦是惊喜不已，神色更是娇羞欲滴，嘀咕道：

"你胡说什么，谁是你……你的……"

说到这里，北川雨星哪还说得出口，雪龙多杰见北川雨星娇羞的样儿，乐开了花，就欲上前拥抱，显见他心中的喜悦，北川雨星一惊，闪身而开，嗔骂道："你这色鬼，想干什么？"

"是兄弟，好久不见，抱抱也不奇怪，是老夫老妻的，就更应该亲热，是不是？"

说完，雪龙多杰又欲去抱，北川雨星急道："别瞎胡闹，现在我有紧要的事办，你看不出来！"

雪龙多杰这才想到前面的两名乞丐，立时望去，哪里还有两个乞丐的影儿，焦急道：

"哎哟，他们怎么这么快就不见了？！"

北川雨星惊望，颓丧道："就你这扫把星，我候了好几日，才跟上他们，现在经你一胡闹，什么都没了，你去把他们找出来！"

雪龙多杰摸了摸头，暗叫倒霉，嘟哝道：

"老公到哪里去找，你早承认不就没事了！"

北川雨星听"老公"二字十分刺耳，但在心里却是甜蜜蜜的，狠狠地瞪了雪龙多杰两眼，再没有反驳，提足继续向前去，雪龙多杰亦只好跟上，但此时心里舒爽了许多，多日的担心终于不再担心了，北川雨星依旧好好的呢，而且并没有被困在丐帮，他心里暗想：江湖传闻真是不可信，惊梦炫奇，十足的大骗子一个！

两人在山岙中找了半天，也没有发现两名乞丐半个人影，北川雨星垂头丧气地坐在林间一块白石上，一声不响，独自生闷气，雪龙多杰惴惴不安地依过去，偷偷看了她几眼，想也坐到白石上去，刚要落下屁股，北川雨星嚷道："你站到一边去，什么事都砸了！"

雪龙多杰知道她在生他的气，小心翼翼赔笑道："都是我不好，还不行么？雨星，现在时间紧迫，我们还是去不夜城，救……苏忆星吧！"

本来雪龙多杰想说"救忆星"，但想在北川雨星面前不能有如此亲热的称呼，否则定会又有气受，但倒霉的人终是躲不过去，北川雨星一听苏忆星三字，立时醋味十足，恼怒道：

"噢，你到这里来，原来想找个帮手去救那贱人，一点不为我着想，你滚，我不会与你去不夜城，要救，你一个人去救好啦！"

"看看……又吃醋了，怎么我们一见面就吵，真是绝配，我要是没想着你，就独自去不夜城了，在我心里，孰轻孰重，明眼人一看就明白，不信你以后问你那师父，你看我，听到你杳无音信，传说被丐帮困住了，一路上，吃不香，睡不着，还要不停地赶路，瘦多了呢！"

雪龙多杰为了消除北川雨星的怒气，巧舌绽花，动听之极，北川雨星果然有些心动，斜着美目望向雪龙多杰，愠怒道："真的？没撒谎？"

雪龙多杰见有了转机，乘机靠了过去，道："你看我的脸，是不是瘦了许多？"

北川雨星脸上又浮出红晕，啐道："去去去，就你的脸皮厚，我看你一点儿也没瘦！"

"哈哈……原来你早就关切着我，连胖瘦也这样留心，你说你是不是心里爱着我？"

北川雨星知雪龙多杰十分滑头，料不到还是中了他的计，脸红更甚，不再理雪龙多杰，雪龙多杰见北川雨星已经气消怒散，放松了心情，亦坐在了白石旁的草地上，轻轻地吸着从北川雨星身上散发出的淡淡轻香，渐渐有些陶醉，北川雨星深思了一会儿，见雪龙多杰迷迷地看着她，眼睛如醉似迷一般，脸上又有些燥热，嗔道："怎么不说话，傻愣愣地看着我干什么？难不成我脸上有什么东西？"

雪龙多杰哂笑道："看着你真的变愣了，你脸上有一朵花，仿佛是花魁牡丹，又像是清雅之幽兰，有妻如此，夫复何求！"

北川雨星听到赞美之词，何况又是自己的夫君，心里高兴，脸上更是艳丽，他们两人相处的时间很少，而且这样亲近更少，北川雨星一时适应不过来，但想自己与他有媒在先，而且师父常常在她面前唠叨着雪龙多杰，她早就耳濡目染，对他不陌生，此时经雪龙多杰甜蜜蜜地一说，心里距离更近了许多，哂道：

"你不是天不怕地不怕？怎么坐得远远的？我又不是老虎，吃不了你的！"

雪龙多杰听之，大喜，将身子挪到了北川雨星的腿边，嘻嘻笑道："天下间，我最怕的是你，你是我的老婆大人嘛，而且是梦中的青梅竹马！"

听到"梦中的青梅竹马"，北川雨星感同身受，脸上浮现出幸福之光，但嘴上依旧道：

"少要臭美，谁是你……老婆，八字没一撇呢！"

说到这里，北川雨星先羞了起来，不敢再看旁边蹲在腿边的男人，雪龙多杰笑呵呵地道：

"没有一撇，很快就会加上的，不提前练练口，到了洞房花烛夜，就有些口吃了！"

北川雨星听他越说越"难听"，居然说到了"洞房花烛夜"，皱了皱眉头，嗔怪道：

"你正经点行不行，那两个人是因为你才跟丢了的，你总得想想办法，说说看，他们会和谁接头，会说些什么话？"

说这些，北川雨星依旧不敢看雪龙多杰，雪龙多杰为难道："我又不是神仙，怎么……"

还未说完，雪龙多杰就觉得不应该如此说，免得又被北川雨星责怪，果然，北川雨星不满地看了他一眼，但只一眼，就又转回去了！

雪龙多杰为了讨好北川雨星，将丐帮卧底的人告诉了北川雨星，北川雨星听之大惊，忽而忧虑道："照这么说，逍遥丐老麻烦了！"

"逍遥丐老是不是已被他们囚了起来？"

北川雨星点了点头，将自己如何被困，如何被救的经过告诉了雪龙多杰，雪龙多杰听到一位白须白发的老人将北川雨星救了，暗想会不会是悔老呢？最后他肯定，只有他才有如此大的本事，也有动机，就是让他早回去领悟天地鸿蒙一式和混沌无极神功。

来救北川雨星的的确是悔老，亦如雪龙多杰猜测的一样，他只想雪龙多杰早早学得绝学。

两人仔细商量，觉得还是回杭州分舵，未走出几步，就听到了后面有人，回头看，才发现是那两个乞丐，北川雨星大喜，叱道：

"两个败类，终于等到你们出现了！"

两乞丐被二人挡道，不明不白被骂，又惊又骇又怒，道："你……你们是谁，居然如此胆大？"

但两人将目光回到雪龙多杰身上时，很快弄清楚眼前二人是谁，脸色立时大变，均后退了几步，那当大哥的乞丐道：

"你……你是雪龙多杰，怎么会在这里？"

雪龙多杰逼前两步，森然道："正是本少爷，本少爷怎么会在这里，你们心里有数！"

两人听话头不对，心里又有鬼，脸色更是难看，转身欲遁，雪龙多杰二人早有准备，双双跃去，雪龙多杰更是如飞鸿一般，掠过二人的头顶，挡住了两乞丐的退路，两乞丐此时无暇细想，陡然伸掌怒出，向雪龙多杰攻来。

北川雨星见之，担心不已，忙从背后出掌，意欲让二乞丐回身解围，岂知二丐如困兽，横心舍身，不理不问，掌劲已出，立听"砰"的一声。

雪龙多杰只觉得五脏乱翻，热血上涌，更往回一退，但二丐亦不好受，脸色苍白，退了几步，二丐暗骇，雪龙多杰果然名如其人，功夫了得，谁知祸不单行，北川雨星两掌已结结实实地击在了二丐的背上，二丐立时又向前进了几步。

二丐受此重创，双双吐出了鲜血，受了内伤，雪龙多杰上前，道：

"快说，刚才你们是不是与左两长老碰头？"

二丐脸色更是死灰，以为二人已在暗处窥探得一清二楚，更以为他们知道了伎俩，绝望道："你们两人，可知与万恶金盟作对的后果？"

雪龙多杰并不胆怯，再踏前几步，嘿嘿冷笑道："与万恶金盟作对又怎么样？"

说完，雪龙多杰卸下新月怡心钩，只见月华一闪而逝，两丐飞退不及，抵挡无用，惨叫两声，躺在地上，北川雨星一看，只见二丐腰际均被怡心钩割开了长长的殷红血口，鲜血正汹涌而出，立时全身发颤，心亦在收紧，暗怪雪龙多杰心狠手辣，若是她看到雪龙多杰杀金盟使者和三名虞美人，那才让她刺激呢！可惜的是，她并不知晓，亦不了解雪龙多杰的内心世界，看来只有迷蝶格格了解得多些。

两丐痛得龇牙咧嘴，双眼恶毒地看着雪龙多杰，但口中依旧道："好……新月怡心钩果然好！"

"好，当然好，还需要你们来评价么，你们知不知道，这只钩本来在谁的手中？"

两丐相互望了望，大吃一惊，齐呼道：

"你……你杀了地君座，不……这不可能！"

雪龙多杰狂笑道："当然没有杀掉你们的地君座，但也够他受的了，你们将他估得太高！"

两丐简直不相信这一切是真的，万恶金盟的天、地二君武功之高，普天之下，除了盟主，应无对手，但怎会败在这个年轻人的手上呢！

"现在不说这些，你们且说说逍遥丐老被困在何处？你们与左两长老密谋了些什么？若是有半句假话，休怪本少爷的钩不长眼睛！"

两丐脸色一变，惊悸地望向那滴血的新月怡心钩，嗫嚅了半天，依旧没有吐一个字，雪龙多杰的脸色更是有些阴沉，只见他将钩一提，伸手一割，立时，一式划月为星骇然出手，两丐又是几声惨叫，全身有数处血痕，而且他们的脸，也被划出了几道口子，变成了血人。

北川雨星见之，忙上前，紧紧拉住雪龙多杰，道："他们已成了这样，不说就算了吧！"

雪龙多杰对北川雨星道：

"算了？能算了么？他们天生反骨，吃里扒外，暗算同门，猪狗不如，今日他们若是不说出来，本少爷决不会饶了他们！"

北川雨星见雪龙多杰眼中射出仇恨与悲恸的神色，心中一悸，立时明白过来雪龙多杰为何如此心狠手辣，只因他骨子里就恨这种暗害同门的人物，紧拉着的手不由自主地松开了。

两丐突然一跃而起，向雪龙多杰冲了过来，口中大叫道："小贼，我们与你拼了！"

雪龙多杰眼中寒光一涨，将钩一送，怡心钩如有灵气一般，在一送之力下，飞旋而出，在两声惨叫声中，二丐还没有跃到雪龙多杰面前，就齐齐下坠，空中撒满血红之雨，点点滴滴而下，"砰砰"两声，地上的二丐已齐臂齐腿而断，如两个球在地上滚来滚去。

北川雨星看得心惊胆战，似要作呕，忙上前怒叫道："够了，你够了没有？这还不解心头之恨？你一定要杀人才能好受些么？"

说着说着，北川雨星居然伤心地哭了起来，雪龙多杰这才仿佛如梦初醒，回头呆看着北川雨星，忙抱着她的娇躯，边拭泪，边柔声道：

"别哭了，我饶了他们就是，但他们的确可恶，不用这些手段，他们怎会说出秘密！"

北川雨星偎在爱郎的怀中，更是伤心，又有些委屈，仿佛被害的是她一样，哭得好不厉害，泪水不住地流，雪龙多杰见安慰无效，皱了皱眉，望向两丐，才发现二丐一动也不动了，心中暗惊道：难道他们死了？

若一个人被伤在那样，而且还流了这么多的血，不死才怪呢，此时北川雨星也止住了哭，但依旧不敢去看那血淋淋的场面，雪龙多杰这才上前去，探了探二人的气息，果然已然气绝，此时才悔恨自己下手太重，没有问出许多问题，暗暗告诫自己，以后碰上万恶金盟的人，要一点点地折磨，如同将皮肉一小块一小块地割去那样，纵是铁打的人，有反叛前科，也定会屈从的！

若北川雨星知道雪龙多杰想的是什么，不但没有悔意，而且还要变本加厉，心里定是不高兴，又会骂雪龙多杰一通的，但雪龙多杰此时的沉默寡言，十足的忏悔样儿！

两人一路上，一前一后，没有说话，都在想着心事，而心沉甸甸的，夜，不知不觉地将二人裹住，越来越厚，静寂无声！

多杰兄弟化装成两名商人，带着几名随从赶着几辆马车沿道而去，十数日，就到了嵩山脚下的小镇上，一路上无事，到此两兄弟才长舒了口气，安顿好人员后，二人到街上一打听，方知少林弗悲大师已在几日前突然圆寂，而且街上时有道士、尼姑出现，当看到忧心忡忡的武当掌门心虚道长和峨眉的圣月师太，方知他们到此来凭吊的，桑龙多杰暗叹天意弄人，万恶金盟行动快了一些，让可怜的弗悲大师莫名其妙地去了西天，留下了人心惶惶的江湖同道，不知佛祖会不会责怪他。

第二日，桑龙多杰和佐龙多杰商议后，决定要尽快将黑名单上的人公布于各大门派，少林寺更是时间紧急，若让那奸人当上了方丈，那可不是闹着玩的，二人匆匆向嵩山掠去，两兄弟在山腰见心虚道长和圣月师太静静站在一处山崖上望着雾茫茫的嵩山之谷！

多杰兄弟正欲上前打个招呼，又看到少林寺的弗空和弗戒两位大师飞掠而来，忙缩回一块巨石后，看这到底是何事。

四人相见，客套了一下，只听弗空道：

"道长和师太能在如此江湖局势下来凭吊掌门师兄，老衲代表众门人致以感谢！"

圣月师太一脸肃容，望向二位高僧，对心虚道长道："道长，有什么话，你说吧！"

心虚道长看了看三人，憋在心里的气长吁了一下，方才道："贵寺掌门与贫道友谊极深，对于他的身体，贫道当亦知之不少，说起来，不应当突然圆寂，贫道知道不应打探贵寺秘情，但这件事非同小可，不但关系着少林、武当和峨眉，而且关系到整个武林……"

弗空和弗戒面色均是一变，弗戒更是急不可耐，打断心虚道长的话，厉声道：

"道长难道怀疑有人在暗中弄鬼，方丈才会突然圆寂？"

"贫道确有此意，不知贵寺可有警悟？"

弗空插言道："多谢道长关心，掌门师兄圆寂后本寺上下确有怀疑，但经几位师兄弟暗查，发现方丈师兄是由于勤练本寺七十二门绝技，而本身功力又有衰竭现象，最后因真力不继，强行运功，走火入魔，方才圆寂的！"

心虚道长和圣月师太此时脸上显出惊愕神情，更有一丝惴惴不安，心虚道长对二僧道：

"既然如此，贫道不再胡思乱想！"

"师兄，今日是各门派来此凭吊方丈师兄的，你是掌门继承之人，在此恐有不当吧！"

圣月师太立时明白过来，对二僧道：

"既然这样，两位就请回去吧，我们待会儿再去，唉，方丈大师义薄云天，武学造诣已达化境，如此西去，实在令天下之人唏嘘！"

四人又客套了一番，二僧方才离开山崖。

心虚道长看着二人去远，方才向圣月师太道："弗空和弗戒二人中必有一人有问题，若弗空说的是真实的，那问题就出在弗悲大师真力出现衰竭上，以他的武功造诣，真力衰竭应是反常现象，难道有人在中间做手脚？！"

圣月师太此时面色极为难看，听了心虚道长的话，良久方道："道长，实不相瞒，贫尼最近一段时间也有真力出现衰竭的现象，每次运功打坐，均有些心烦意乱，难道贫尼亦……"

"师太如此坦诚，令贫道汗颜，其实贫道早就有这反常现象，贫道为稳住大家的心态，有口难言，如今这里没有其他人，说出也是无妨，唉，看来万恶金盟早就有觊觎各派之心！"

两人坦露心迹，立时脸色更是忧虑，仿佛他们也是将死之人，多杰兄弟听到这里，哪里还沉得住气，双双跃了出来。

一道一尼见居然有人听到了他们的秘谈，立时脸上闪出怒意，向多杰兄弟喝道：

"你们是什么人，居然胆敢在此偷听？"

桑龙多杰立时上前道："道长不用戒备生怒，这事实在十分紧急，我们兄弟不得不出来相见，并且奉少头人之令，来转告道长和师太惊人的事！"

说完，多杰兄弟将万恶金盟向各门各派派了卧底的事告诉了二人，心虚道长和圣月师太听得面色大变，齐惊道："原来如此，这些人在各门各派不但武功极高，而且是各掌门最器重的新一代接班人！"他们还有些不相信，心虚道长问道："不知两位是否已有证据？"

　　桑龙多杰将雪龙多杰给他的那张秘笺递给了心虚道长，心虚道长越看，脸色越难看，边看边道："想不到，真的是想不到……"

　　说完，将黑名单递给了圣月师太，圣月师太亦如其形，哑然无语，心虚道长对桑龙多杰道："贵少头人乃是武林奇葩，江湖传闻他是怡心钩钩主的遗子，而且极可能就是玉佛之主！"

　　"道长所言极是，少头人就是玉佛之主，每个人都想知道玉佛在何人之手，每个人均想得到，但只有少头人知道玉佛在何处，普天之下的武林人士纷纷猜测，其实少头人已将玉佛上的武功学尽，就是金盟盟主也无可奈何！"

　　"那就万幸了，若是让金盟得到，天下间还有各门各派的生存之道么？不知贵少头人对此事有何看法和定计？"

　　"凭刚才二位所言的现象，必中了一种慢性毒，破坏了内功平衡，此事定要保密，而且我们联合起来，将各派内奸除去，万恶金盟欲统一武林，也有许多顾虑的！"

　　圣月师太叹道："想不到乌月会是万恶金盟的卧底，平时贫尼对她十分放心，而且有意传她掌门之位，此时贫尼业已方寸大乱了！"

　　说到这里，续道："听说繁星宫宫主和浮烟谷谷主双双惨死，靳候又少出门，这些难道也是万恶金盟从中作怪么？"

　　桑龙多杰点头道："确是如此，而且靳候武功尽失，现在如同废人，靳贝磊又被万恶金盟引入邪道，四大绝命兵器算是名存实亡了！"

　　心虚道长和圣月师太听之，脸上有了些惊惧，对万恶金盟的忌惮更增加了许多，桑龙多杰见此，忙道："万恶金盟并不可怕，少头人已有所安排，如今繁星宫与浮烟谷合为一体，对柳溪十二堡进行监视和保护，听他口气，靳候尚有武功恢复的希望，二位恢复功力，驱除毒素按理希望也很大，各派门人众多，有何忌惮的，如今我们不能退，也不能散！"

　　"靳贝磊是否就是天君座？而'复活'的朔玉是否就是地君座呢？"

　　"都不是，以天君座的武功造诣，靳贝磊纵使一日千里，也不能达到，朔先生确实已故多年，少头人在繁星宫业已得到证实！"

圣月师太此时依旧忧虑，忙问道："贵少头人风流倜傥，感情极为丰富，听说苏忆星被挟去不夜城，地君座邀他去，若要他交出血光玉佛，他能不从么？"

桑龙多杰果断地道："他绝不会，以他的性格，就是头人被挟持，他也不会顺从的，何况与他并不算深交的苏忆星，而且他表面谦和心软，其实他冷傲之极，心硬如磐石，谁若为非作歹，有反叛的行径，就是我们，他也会睁眼溅血的！"

心虚道长和圣月师太惊愕不已，问道：

"果真如此么？他怎会变成这样？"

"这是因十五年前的血腥事件而起，在他心目中，只有自己完全相信自己，其余之人均可能有害他之心，玉佛是福星，亦是祸星，如今少头人虽然没有惹祸上身，但他变成这样，没有人情冷暖的感觉，这何尝不是祸呢！"

圣月师太和心虚道长均倒吸了口凉气，不无忧虑道："那……那贵少头人若踏入邪道，以他从玉佛习的武功，岂不是比金盟更可怕！"

"可怕是可怕，但他从小就与玉佛相连，绝不会滥杀无辜的！"

二人这才长舒了口气，但依旧不能释怀，因为他们也是第一次听到如此怪的人，如此可怕的人，如此难以测度的人。

夜色之中，雪龙多杰和北川雨星换上夜行衣，悄悄跃过杭州丐帮分舵的围墙，只见偌大的殿堂里空荡荡的，黑乎乎的，阴森可怖。

北川雨星对这里当是熟悉不过，带着雪龙多杰几转几转，到了内院，内院中有一屋里闪着微弱的光芒，从纸窗渗了出来，寂寞无比。

雪龙多杰悄声问道："那间厢房是谁的？"

北川雨星没有理他，只顾悄悄向那厢房潜去，雪龙多杰耸了耸肩，无可奈何地跟上，心里暗想：北川雨星依旧在生他的闷气，两人刚到窗下，就听见房里一低沉的声音问道："谁？"

北川雨星忙回身闪入黑暗之中，雪龙多杰却走到门口，亦低声道："分舵主，有急事相禀报！"

房内那人显然就是逍遥丐老的徒儿陀丐，小陀丐半晌没有出声，似乎对雪龙多杰的话有些怀疑，但依旧问道："有什么急事，不能等到明天再来禀报吗？"

"分舵主，派去的两人如今还没有回来，有弟子回报，在前面山路上发现两具模糊不清的尸体，以衣饰判断，很像他们二人。"

小陀丐的身影在纸窗上一闪，显然已被雪龙多杰的话说动，很快就听到开门之声，片刻，只听"吱呀"一声，房门洞开，灯光立时散了出来，小陀丐大模大样地探身向外看，但外面一个人影也没有，只能看到灯光下小院和灯光外围的黑暗，小陀丐又向外走了几步，在离雪龙多杰没有多远处站住身子，向四周十分小心地看，雪龙多杰见机会来了，立时从黑暗中闪出身来，怡然自得地看着小陀丐，小陀丐被吓得倒退了几步，方才立定。

"你是谁？本舵主根本就不认识你，你他娘的居然敢闯到这里来，是不是想找死啊！"

雪龙多杰看到小陀丐，立时陡怒，翻掌就向他头顶砍去，小陀丐反应快疾无比，身影一晃，让过了掌劲，抽手变爪，向雪龙多杰手腕抓来，雪龙多杰嘿嘿冷笑一声，脚下一跨，就已离开了几尺，小陀丐的爪势变空，身子前倾，可见刚才他是全力而为，自负得很，以为一招半式就可扣住雪龙多杰，却落了空，而且自己已隐入空阵。

站在暗处的北川雨星见二人刚说了两句，就打斗了起来，立时悄无声息地闪进了房间，环视了四周，并无他人在内，北川雨星立时纳闷，暗忖道：这忘恩负义的家伙将老和尚乞丐藏在哪里呢，这里面一定有问题！

突然，北川雨星看到墙上有幅"八骏图"，暗想这些当乞丐的还如此风雅？上前轻拂八骏图，八骏图画面光洁无比，原来是用琉璃石嵌在这里的，远看像是挂着的低帛之画。

而这嵌着的琉璃画上面居然还有个挂钩和铁钉，北川雨星心中一亮，激动不已，毫不犹豫地向那铁钉按了过去，刚按在铁钉上，一用力，就听"轰"的一声，那八骏琉璃图画生生向左移去，从移开的暗洞里劲射出无数利箭。

北川雨星大吃一惊，慌忙后射，闪避利箭，但依旧有几支箭射中了双臂和前胸，剧痛贯心，忍不住轻呼了起来。

门外的雪龙多杰听到北川雨星的叫声，心中剧震，立时将真力再提了几层，将冰雪神佑圣山派的武学尽数施展出来，几招之间，就占据了上风，雪龙多杰在推去一掌后，突然变掌为弹，无相闲弹崩射而出，疾快无比，小陀丐向旁疾晃，但如何有强劲快，只觉得右臂剧痛，已然中招，右臂无力地垂了下去，而雪龙多杰不解恨，伸指如风，无相闲弹几点，已将小陀丐几处大穴点住，小陀丐立时趴在地上，一动也不动，脸色惊恐，眼中更是又骇又恨，但只能看着雪龙多杰大步流星地往房内走，一点办法也没有。

雪龙多杰到了房内，见北川雨星倒在了地上，昏迷不醒，慌忙过去，顿时惊愕不已，点了北川雨星伤口几处穴道，晃了晃她的身子，北川雨星这才在剧痛中醒来，见雪龙多杰紧抱着她，脸色尽是关切，立时又羞又甜蜜，始觉雪龙多杰对她确实关怀备至，情深意重。

"你抱着我干什么，还不帮我把箭拔出来，若这些箭有毒，那可就惨了！"

雪龙多杰忙一边小心翼翼地为北川雨星拔箭，一边责怪道："叫你别胡来，你偏要以为自己有多厉害，小反骨仔狡猾得很，喂，你觉得这些箭有没有毒，真有毒，可要麻烦我了！"

北川雨星忍着痛，看雪龙多杰拔箭，当见他将手伸到自己的酥胸上，立觉得烫烫的，痒痒的，心烦意乱道："你别把手放在那里，若你……你，看过后，我……会不给你好脸色看！"

说了这些，北川雨星暗想，自己迟早都会成为他老婆的，此时还计较这些干什么，果然，雪龙多杰对她的话一点反应也没有，仿佛他将手放在她胸上是天经地义，合理合情的，此时他猛地将北川雨星胸前的利箭拔了出来，立时，一股鲜血喷涌而出，痛得北川雨星香汗淋漓，叫了起来，哪还管此时在哪里。

雪龙多杰见伤口处没有中毒的迹象，方才长吁了口气，往身上一摸，叫道：

"这下没辙了，忘了将我们神羚谷的神丹带上，看来你倒霉得很，有你痛的！"

"真是粗心，谁要用你神羚谷那些骗人的东西，我们惊梦一族有的是神丹妙药，但……"

说到这里，北川雨星无缘无故地忸怩，羞红了脸，偷偷看着自己胸侧偏腰际的地方，雪龙多杰立时明白过来，暗觉这妮子有时野得很，有时又腼腆得很，此时还计较什么，说道：

"天生就是本少爷的老婆了，胸也被我摸过，你还计较什么，有什么难为情的！"

说完，就伸手向北川雨星的纤腰摸去。

北川雨星更是羞甚，但又无可奈何，干脆眼不见为净，任由雪龙多杰在他身上摸来摸去，好半天，雪龙多杰才把药拿了出来，将药抹在北川雨星的伤处，二人如此"亲热"过后，感觉都有些怪怪的，但距离又近了许多，仿佛他们真的已洞房花烛夜过了，成了名正言顺的夫妻。

雪龙多杰抱着北川雨星想退出来，但在北川雨星的坚持下，只有暗自叫苦，一手扶着北川雨星，一手持着火折，进了那暗暗的燧道。

燧道里很静，但十分干燥干净，时有人到此来过，两人不知走了多远，见前面终于有了火光，而且一个粗大的声音问道：

"是谁？舵主么？"

雪龙多杰没有搭话，只是轻咳了两下，前面就再没有了审问之音，二人又走近了许多，灯火已照在了他们身上，从暗处突然射出两个彪形大汉，不由分说，就向雪龙多杰头顶劈来，雪龙多杰慌忙将手中的火折向前一伸，又划了一道美丽的弧线，正是一式"虹钩生死"，在这一式一过，雪龙多杰将火折一抖，立时，火折暴射而开，变成了满天火星，正是"化月为星"。

两个大汉被火星逼退了丈多开外，雪龙多杰这才放下北川雨星，解下怡心钩，他觉得现在必须速战速决，主意一定，他立时飞跨而起，脚踩夸父追日步，而怡心钩毫不留情地向二人面门划去，两人见如此狠毒犀利的招式，心骇不已，哪敢硬拼，只有不停地躲闪。

但天下间，谁有雪龙多杰快，很快两人就挂了重彩，而钩势一点没有减弱的迹象，最后雪龙多杰飞钩而出，立听到两声惨叫，在空阔处回荡，令人毛骨悚然，两名大汉此时已倒在了血泊之中，再不能发出声息了。

雪龙多杰四下看了看，方才回身扶住北川雨星，说道："逍遥丐老大概就在前面铁栏内了！"

说完，扶着北川雨星走到铁栏处，看到铁栏内有微弱的壁灯，在灯光之下，一位老者微闭双眼，对外面的事充耳不闻，北川雨星立时认出此老正是逍遥丐老，忙叫道："丐老，我们终于找到你了，你快睁眼看看，我是雨星呢！"

丐老果然睁开眼睛，望了过来，叹了口气，才道："是你们小两口儿，是不是外面自由自在的甜蜜日子过不惯，想到这里来和我一起受苦？唉，将死之人，又何必救呢！"

北川雨星此时已潸然泪下，拉了拉雪龙多杰，道："你……你快想想办法，打开这铁栏！"

"我又不是神仙佛祖，法力终是有限的！"

"你们不要吵了，现在不走，只怕没有时间的，若是让那狗东西知道……"

"嘿，狗东西也是你的徒弟嘛，别以为你的徒弟有多厉害，现在他躺在那里动不了呢！"

丐老又睁大了眼睛，向雪龙多杰瞪来，怒道："什么?! 你杀了他? 他也会有报应！"

顿了顿，丐老又道："玉佛传人，玉佛之主，当然没有把我这糟老头放在眼里！"

雪龙多杰看着粗大的铁栏杆，心里直发毛，忙回身去两名大汉身上找钥匙，丐老命不该绝，二人身上果然有钥匙，雪龙多杰心中大喜，急忙打开了大门，但当他们走进牢房，心又直往下沉，原来丐老双手双足均被铁链扣得死死的。

丐老看着目瞪口呆的二人，苦笑道："没办法了吧? 这铁链谁也打不开，只有那狗东西身上才有钥匙，如今出去取，怕已经迟了！"

雪龙多杰恼羞成怒，冷森森地道："是么，对本少爷来说，永远不会迟，丐帮分舵谁还挡得住本少爷的钩锋? 挡我者死！"

说完，转向北川雨星道："你留在这里，我一会儿就回来，知道吗?"

看着雪龙多杰充满杀气的脸，北川雨星担扰道："你……你要小心些，别乱杀人！"

"只要他们不阻拦我，我不会惹他们的！"

说完，雪龙多杰闪身而出，消失在黑暗之中。

不夜城，坐落在关东北极，四周皑皑白雪，白天有日光照，夜里有白雪映照，而且这里夜晚极短，故江湖中人名之为不夜之城！

苏忆星和三婢被困在不夜城的一间院子里，院子成了她们生活的天地，日薄西山，望着远处的巍巍大山，千百年的积雪，城如雪筑，院子里亦是雪，苏忆星望着茫茫苍天，苍天无眼，将她紧锁在这里，饱尝相思之苦，但今日似乎不同，院角落的梅树上居然绽放了几朵梅花，迎风傲雪。

苏忆星望着天空，低头平视梅花，向二婢叹道："不知这样的日子何日才有个尽头，古有林黛玉葬花，怕我也会等到那一天，梅花开了就意味着凋谢的日子也不久远！"

小画眉尖声道："小姐，不要这样，说不定宫主正在想方设法来救我们呢，还有雪龙公子，他是玉佛传人，如今恐怕十分厉害，以他与小姐的情谊，一定会来救你！"

苏忆星叹道："但愿他们不要来，这里不是中原，不夜城也不是繁星宫和神羚谷，万恶金盟的势力，太强大了！"

小黄鹂柔声道："小姐，不要自悲，说不定他们正在路上走，不用几日，就会达到这里！"

"但愿他们不要来，如果他们因我而出现意外，我去得也不安心！"

这时，两个异族少女端着晚膳走了进来，对三女道："别胡思乱想了，还是快吃饭吧，你们怕是有麻烦了！"

两女与苏忆星主婢三人相处日久，居然有了情谊，此时更如姐妹一般亲密，小黄鹂和小画眉忙上前帮忙，小画眉忙问道："会有什么麻烦，难道地君座要将我们处死？"

一女悄声道："这次地君座匆匆去了中原，又匆匆而回，却是惨败，听人说，是被一位雪衣少年击败，因此地君座被盟主严训了一顿，现在正在自己的房里气得咆哮怒骂呢，听说他的伤势很重，要呆很久时间！"

"呀，那雪衣人必定是雪龙公子，想不到如今他的武功如此之高，打得好，打得好……"

小黄鹂激动得直拍巴掌，苏忆星亦听得心惊愕然，她也想不到雪龙多杰武功会日日增长，难道这是因为血光玉佛吗？想到这里，担心道："那雪衣人情况如何？是不是也受了重伤？是独自一人吗？"

"确是独自一人，据说西域灾僧盗走了新月怡心钩，地君座发现后，一路追去，却迟了，西域灾僧在死前，将怡心钩给了你们的雪龙公子，听说他一拿着怡心钩，就如天生会用一般，威力慑人，将日月双坛的数十人杀了个精光，最后将地君座击成重伤后，平安逃走！"

苏忆星这才长舒了口气，对雪龙多杰天生会用新月怡心钩，她不赞同，但她想他是怡心钩唯一传人，自然有他学会的秘密之径。

"听说中秋节，地君座约了玉佛之主，也可能是雪龙公子来不夜城，他不来，你们三人就会……"

那使女没有把最后不吉利的话说出来，苏忆星三女亦听了出来，均又惊又喜，苏忆星忧虑道："但愿他不要来，否则有来无回！"

"但是雪龙公似乎当场就答应了下来，看来他对苏姑娘的感情非比一般之人"

"那当然，他的命还是我们小姐救的呢！"

"小黄鹂，就你的舌头又快又尖，谁要你说这些，我哪有本事去救玉佛传人，他救我才是合情合理的呢！"

"是呀，现在真的要等他来救我们了！"

正说着，忽听得外院传来喧哗声和打斗声，苏忆星几女均是住声聆听，以为是雪龙多杰带人来救苏忆星三女了，但这又极不可能。

没有多久，就见一白发白须的老人跃进了小院，轻如一团烟雾，快如一颗流星，苏忆星几女均是不识此人，那白发老者望了望苏忆星几女，冷冷问道：

"谁是苏忆星？"

苏忆星忙站了起来，向老者作了一揖，老者一看，方道："果然长得貌美如仙，那死小子难怪要先救你，才肯跟我走，好啦，告诉你们，老夫就是江湖传闻中的悔老，快带上两婢跟我走吧！"

苏忆星一听"悔老"，立时惊呆了，这就是苏忆星的师伯祖，心里顿时激动万分，向悔老跪拜，悔老弄清了主婢三人，向两使女挥了挥手，两女立时昏头倒地，苏忆星惊道：

"师伯祖，你为什么杀了她们？"

"哈哈，只有你师祖现在才在外杀人，我可不会杀人，只是制住她们的两处穴道而已！"

苏忆星听之，更是受宠若惊，居然能劳驾悔老和不悔不归老这两个传奇人物出马来救她，她心里又怎会不激动呢！

"哈哈……列兵峰的二老居然也耐不住寂寞了，本盟主找你们很久，想不到你们会自动送上门来，今日，恐怕轮不到你们猖狂了！"

此话如同天外飞音一般从空中传下，而且远处一团黑影正快疾无比地飞掠而来，悔老面色一变，拉起苏忆星，匆忙道：

"你快拉紧二婢，我们必须马上走，否则等老魔头来了，我们都不妙的！"

苏忆星惊诧那说话人的武功，又听他就是万恶金盟的盟主，但让列兵峰二老惧怕，实在令苏忆星难以想象，在被悔老带去小院时，问道："师伯祖，那盟主是谁，难道合你二老之手，也难以胜他么？"

"不错，这魔头来自西方，名恶旦，是希腊传说中早已死去的撒旦的幽灵转世，附于人体而成，他不但武功极高，巫术精湛，而且有个万魔之盒，只要打开魔盒，除了玉佛，谁也挡不住他！"

苏忆星听到撒旦这个恶名，立时面色大变，暗忖今日果然不同，不但遇仙，而且遇鬼，遇魔魂，这样的经历如同做梦一般，苏忆星此时惴惴不安，不由自主拉紧了悔老的手，耳边风声呼呼作响，脚下更如腾云驾雾一般，夜中的树木更是如疾风一般后闪。

"不悔不归，老魔头来了，快带着你的童左右二侍撤退，知道吗？"

"哈哈……走得了么，都去死吧！"

那黑影人飘过，凝在空中，突然变形，如一支利剑，向悔老刺来，刚掠出一半，那黑影突然分成数条，分刺向二老和童左右二侍，只听"轰"的一声，那黑影如烟一般散开，很快又聚在一起。

苏忆星只觉得全身一抖，飞退了数丈之远，而悔老亦向下坠，两名童侍惨叫两声，口吐鲜血而亡，不悔不归老呆呆地站在那里，看着陪伴自己多年的侍使一下变成了亡魂，居然凄叫了几声，声音尖锐，高亢之极。

悔老重新拉起苏忆星，让二婢紧跟其后，向不悔不归老厉声道："师弟，怎么一出谷又不听话了，还不随我快走，是不是想死在这里！"

"哈哈……师兄，你一人走吧，以前的我不后悔，如今死亦无所谓，而且我还有何颜面上列兵峰，我们两人能全身而退么，我要为他们报仇，与这老鬼同归于尽，你走吧！"

说完，不悔不归老疯狂地向扑上来的黑衣人抢掌劈去，立时血光飞溅，惨叫连连，可见其功力之深厚，普天之下，有几人能与之匹敌？悔老看了看又凝成一团的黑影向这边飘来，无可奈何地长叹了一声，对不悔不归老道：

"师弟，我去了，我会把你们的名字刻在峰上，请祖师二老原谅你的！"

说完，猛拉苏忆星一把，苏忆星主婢三人立时飞掠而起，如流星一般向不夜城外而去。

"哈哈，想走？别痴心妄想！"

那黑影快疾地飘了过来，苏忆星看着黑影，始终看不清那是魂还是人，是人又没有形，是魂却又看得见，难道是介于人魂之间的怪物？这怪物就是盟主恶旦？！

太可怕了，苏忆星心里恐慌无比，但只能眼睁睁地看着那黑影愈来愈近，愈来愈快。

突然，不悔不归老尖锐的声音又起，既而看到不悔不归老身如利剑，向那团黑影刺去，"轰"的一声响过，又传来闷哼声和惨叫声，不悔不归老飞退了十数丈，但依旧挡在了黑影前进的道上，不倒，黑影飞退了丈多开外，散开许多，那黑影又渐渐收缩成狭长，如利剑，向不悔不归老急刺而来，伴随着巨响之声，悔老已带上苏忆星三女飞掠到了很远的地方。

想到今日如梦似幻的经历，苏忆星不敢相信，想到师祖不悔不归老舍身相救他们，忍不住难过的心情，潸然泪下。

雪龙多杰自从血洗杭州丐帮分舵救出逍遥丐老后，就销声匿迹，有人说他去了不夜城，又有人说他去了远藏圣山，更有人说他带上了玉佛去了列兵峰，但这些无从考证，大家均将之当作了真实的江湖秩事，如今的江湖，已是风声鹤唳，血雨腥风，少林掌门死后，各派突然公布了叛徒，而在公布之前，业已将叛徒正法，但联合阵线还未筑成，万恶金盟就向各门各派施以屠城之策，小门派在一夜之间就荡然无存，峨眉、武当和少林等九大门派均遭受了重创，在这正不抑邪的时候，突然又传来了不悔不归老死于不夜城，靳候退隐，靳贝磊这冷酷无情的公子继任无忧剑掌门，一时人心惶惶，联合阵线更如镜中之花，水中之月，万恶金盟从暗到明，如今隐有一统武林的气候，但坏事难让天成，恶人难服人心。

在这微妙时刻，丐帮传出了右双长老掌舵的事，而左双长老和杭州分舵主小陀丐三个叛徒被诛，丐帮已被肃清，在逍遥丐老的幕后主持下重新以天下第一帮的姿态出现。

而且神羚谷亦传出单方撕毁与万恶金盟的和平协议，号召天下各门各派合力剪除万恶金盟，这两则消息立时如兴奋剂一般刺激了黯然无光的正道势力，有丐帮和少林寺的奋勇向前，有神羚谷作统率和势力核心，立时天下一片沸乱，正邪杀得天昏地暗，难解难分。

正当大家不知这样的日子何时才能过去，正邪的拼杀何时才能结束，神秘失踪了的雪龙多杰又出现，公开以怡心钩主和玉佛传人的身份出现，江湖顿时寂静了许多。

而后人们开始议论雪龙多杰查出了万恶金盟的天君座就是靳候的兄弟靳布衣，地君座乃是其盟主恶旦利用邪术重塑了一个"朔玉"，但此"朔玉"非昔日的朔玉，他不会怡心钩法，他没有那股侠义之气概，而雪龙多杰一出现，就用混沌无极神功练成的天地鸿蒙一式诛杀了靳布衣和假"朔玉"及靳贝磊，铲除了万恶金盟的三大高手，令万恶金盟由明退回暗处，雪龙多杰为天下苍生着想，约斗万恶金盟盟主恶旦于泰山之巅的观日峰。

这一决斗被看成介于人神之境的决斗，被看成一切正邪之间的最后一次殊死搏斗，天下间，不只走江湖的，就是从不过问江湖的人也对此津津乐道，乐此不疲。

泰山之巅，夕阳西坠，云海苍茫如血，天地之间变得空阔与浩渺，泰山观日峰如刃，直突云层而出，仿佛离天空更近了一步，但天空依旧那么遥远，就如同那盘夕阳，永远也抓不住，摸不着，观日峰上，此时静静地站着一个人。

此人一袭雪衣，迎风猎猎作响，在夕阳映照下，更加英气逼人，他就是玉佛唯一的传人雪龙多杰，雪龙多杰看着茫茫云海如波似浪地汹涌卷动，直向脚下而来，立时，心里充满了无比的斗志和必胜的决心。

没有人来这里观战，但他知道，有无数的人在泰山脚下翘首以待，有自己的亲人，有正道人士，亦有邪门中人，虽然他们只能看到云层，但他们依旧在看，仿佛在看精彩的决斗！

恶旦还没有来，雪龙多杰摸了摸腰际的怡心钩，又在脑海里浮现出血光殷红晶莹的玉佛，双眼如芒，望向天际，望向夕阳，望向巍巍泰山！

忽然，雪龙多杰感到心神一震，一种杀意越来越强，越来越明显，立时凝神聚气，仿佛全身的毛孔也处于戒备之态。

远处一团黑影冉冉而来，开始一小点，而后如一团，直滚而来，雪龙多杰施展天元法眼望向黑影，立时发现黑影内的一个似人非人的实心，他——就是撒旦的转世恶旦，万恶之首。

"哈哈哈，痛快，本盟主自以为武功绝技天下无人能匹敌，想不到要与一个年轻人决斗，而且雄伟大计被你一阻再阻，本盟主实在是想不到，真是自古英雄出少年！"

雪龙多杰朗声压了过去，道："武学虽是殊途同归，万流归宗，但却有正邪之分，附在肉身之上，亦便有侠魔之别，自古邪不胜正，今日之战，这定会再次应验！"

"哼，是么？自古亦有道高一尺，魔高一丈，今日只要击败你，天下也尽在本盟主的囊中了，哼，那些死不正视现实的人定要有惨报！"

雪龙多杰冷冷应道："别说这些废话，这一战决出胜负后，胜者才能去夸海口！"

"好，够爽快，够爽快！"

说完，那恶旦黑影一飘，立时化作了一把利剑，快速无匹地向雪龙多杰刺来，雪龙多杰冷哼了一下，瞬间拔出了新月怡心钩，立时，怡心钩月华暴涨几尺，钩形变得若隐若现，不可琢磨，就在黑影刺来之时，突然，黑影利剑化作了千万把，向雪龙多杰全身要害刺了过来。

雪龙多杰身子急旋，轻啸一声，长掠而起，脚点夸父追日步，但那黑影剑如同有灵气，长了眼睛，转了弯，又重复向雪龙多杰罩来，四周顿时阴森可怖，更有一种无形的压力，雪龙多杰的心脾均压得不能动弹了，雪龙多杰突然手一颤，立时，月华暴涨，手变千手，钩影变成千万条，月华更如千万层一般，裹住了自己，更是激荡而开，与那黑影剑气针锋相对！

黑与白相嵌，相融，在二人之间卷动成巨大的涡流，两人均被逼得退了开去，那黑影人恶旦将散开的黑影剑气收了回去，雪龙多杰亦收住了新月怡心钩，这一照面，二人拼了个半斤八两，不相伯仲，一切又重新开始！

突然，雪龙多杰挥手而起，立时，手影又浮现出千万个，每一只幻手均冒出一道道七彩的光环，快如慧星扫过，直向那恶旦凝结的黑影飞去。

恶旦冷哼了一声，突然一卷，立时那团黑影变成了巨大的涡流，如一个黑洞一般，七彩流星镖一粘上飞转的黑影，立时石沉大海，无势无力，跟着涡流急转，在雪龙多杰惊愕之际，恶旦冷笑一声，将那黑色涡流一顿，立时，七彩流星镖飞散回来，击向雪龙多杰全身，看来七彩流星镖根本就无法伤害他。

雪龙多杰见七彩流星镖飞回，立时掠身而起，身影快疾无比，而且他的手神奇无比地四下一捞，正是女娲摘星手，很快就将飞回的流星镖收入手中，整齐地排在雪龙多杰的掌心。

"有门道，但本盟主对你的这些散手根本就不感兴趣，你还是将天地鸿蒙一式露出来吧！"

"不用着急，本少爷很快就会用那一式，若现在你死了，那本少爷还有什么可玩的！"

恶旦陡怒，黑影立时膨胀，汹涌而来，雪龙多杰知道这非同小可，立时将混沌无极神功运起，上提到最大限度，很快，雪龙多杰就如同金佛一般，一片金灿灿的光辉裹住他，而且无数金光四溅而开。

突见那黑影中寒光如雪，如闪电般向雪龙多杰射来，雪龙多杰知道是恶旦打开了万恶金盒，哪敢大意，运神功将自己防得天衣无缝，血光玉佛终于重现江湖，那道无匹的寒光一触到玉佛金光，立时"噼噼啪啪"直响，冒出一缕焦臭气味。

雪龙多杰在此时，知道万恶之盒中的邪光被天地佛光击败，立时气势大盛，双掌相合，向天而立，双足并并，触地生根，成了规规矩矩地立正姿势，但这只是瞬间，突然，他身体一旋，化为一团灿烂的金光之球，果然，鸿蒙似无物，但见金光圆球伸出千万金手，正如金磬佛掌一般，一闪而逝，但很快又浮现出来，化作了无数的散手，无数的刀剑之势，包含了天下所有的招式，向那团浓黑的影子击了过去，立听一声长长的惨叫声。

黑影化作了千万缕白烟，飘散而开，坠入汹涌的云海里，消失得无影无踪，雪龙多杰知道恶旦完了，魂魄也被那天地鸿蒙一式击碎分解，永世也不能重生，再不会为恶江湖了。

雪龙多杰渐渐散去混沌无极神功，化开天地鸿蒙一式，金光亦随着褪去，最后消失殆尽，一切又恢复如初，又是雪龙多杰孑然一身呆呆站在这观日峰上，仿佛什么也没有发生。

长吁了一口气，确信一切都已经结束，血腥的江湖将重回安宁，雪龙多杰回身正欲下峰，又见两人匆匆而来，立时又提心吊胆，全神戒备，但很快，他看到的是两张熟悉的面孔。

一人是悔老，一人是北川雨星，雪龙多杰寂寞的感觉立时化为乌有，上前一把抱住了北川雨星，嘻嘻笑道："还是老婆好，红颜知己和情人迟早都会离你而去，关键时刻无影无踪，老婆却不同，古人云'执子之手，与子偕老'，有老婆真好！"

说完，就欲去吻北川雨星，北川雨星羞甚，忙阻道："别这样，师祖在旁边呢，他会笑我们的！"

"雪龙，你会了列兵峰上的至高武学，已不是凡人，不能留在江湖之中，必须去列兵峰！"

悔老一脸严肃，雪龙多杰惊愕道："那怎么成，那里不好玩，又不能娶妻生子，我不去！"

北川雨星离开雪龙多杰的怀抱，亦担惊受怕，道："师祖，他是为了天下苍生，免除血腥，维护正义，才学天地鸿蒙一式和混沌无极神功的，怎么能这样不公平地对他，有另外的办法吗？"

悔老见二人情意绵绵，卿卿我我的样儿，长叹道："可惜，可惜了一个奇才，被凡事俗念浪费了，不去列兵峰可以，但必须去忘谷，将你学到的神功全忘掉才行，这是天地二老留下的誓言，天下无人可以违背！"

　　雪龙多杰和北川雨星立时面露喜色，情不自禁，又相互拥抱在一起，雪龙多杰趁机给了北川雨星一个甜甜的吻，北川雨星羞怒之极，一巴掌扇了过来，此时的雪龙多杰何等了得，将身一闪，那一掌已然落空，北川雨星惊愕之极，对悔老道："师祖，我们现在就去忘谷，将他所有的武功全部收去，他就不会猖狂了！"

　　悔老长吁短叹，无可奈何地摇头叫可惜，只说了一句："走吧！"就不再理他们，独自向峰下急掠而去，雪龙多杰二人嘻嘻哈哈，打闹着紧跟其后，观日峰很快静了下来，恢复如初！

——全书完——